DII

NA

FILHOS DE DUNA

TÍTULO ORIGINAL:
Children of Dune

COPIDESQUE:
Opus Editorial

REVISÃO:
Pausa Dramática
Hebe Ester Lucas

CAPA E PROJETO GRÁFICO:
Pedro Inoue

DIAGRAMAÇÃO:
Desenho Editorial

ILUSTRAÇÃO:
Marc Simonetti

DADOS INTERNACIONAIS DE CATALOGAÇÃO NA PUBLICAÇÃO (CIP)
ANGÉLICA ILACQUA CRB-8/7057

Herbert, Frank
Filhos de Duna / Frank Herbert ;
tradução de Maria Silvia Mourão Netto. - 2. ed. -
São Paulo : Aleph, 2017.
528 p.

ISBN 978-85-7657-314-2
Título original: Children of Dune

1. Ficção científica norte-americana 2. Literatura norte-americana I. Título II. Mourão Netto, Maria Silvia

16-0193   CDD 813.0876

ÍNDICES PARA CATÁLOGO SISTEMÁTICO:
1. Ficção científica norte-americana

Copyright © Herbert Properties LLC., 1976
Copyright © Editora Aleph, 2017
(edição em língua portuguesa para o Brasil)

Todos os direitos reservados. Proibida a reprodução,
no todo ou em parte, através de quaisquer meios
sem a devida autorização.

Rua Bento Freitas, 306 - Conj. 71 - São Paulo/SP
CEP 01220-000 • TEL 11 3743-3202
www.editoraaleph.com.br

⌾ @editoraaleph
♪ @editora_aleph

FRANK HERBERT

FILHOS DE DUNA

2ª EDIÇÃO

SÉRIE DUNA · VOLUME III

TRADUÇÃO
MARIA SILVIA MOURÃO NETTO

Aleph

Para Bev: pelo maravilhoso comprometimento do nosso amor e por compartilhar sua beleza e sabedoria, pois ela verdadeiramente inspirou este livro.

> **Os ensinamentos de Muad'Dib tornaram-se o parque de diversões dos escolásticos, dos supersticiosos e dos corruptos. Ele pregava um modo de vida equilibrado, uma filosofia com a qual o ser humano pode enfrentar os problemas advindos de um universo em perpétua mudança. Ele afirmou que a raça humana ainda está evoluindo, num processo que nunca terminará. Ele disse que essa evolução se desenrola de acordo com princípios mutáveis que só são conhecidos pela eternidade. Como um raciocínio corrupto pode brincar com tal essência?**
>
> **– Palavras do Mentat Duncan Idaho**

Uma mancha de luz apareceu no tapete de vermelho intenso que recobria a rocha nua do chão da caverna. A luz brilhou sem uma fonte aparente e só existia na superfície do tecido vermelho cuja trama era de fibra de especiaria. Aquele círculo esquadrinhador de mais ou menos dois centímetros de diâmetro deslocava-se em movimentos erráticos, que ora se alongavam, ora desenhavam um oval. Quando encontrou o verde-escuro de uma cama, saltou para cima, dobrando-se sobre a superfície do leito.

Debaixo da coberta verde estava deitada uma criança de cabelos cor de ferrugem, o rosto ainda redondo com as bochechas de bebê, uma boca generosa – uma figura que não trazia a esguia frugalidade da tradição fremen, mas que não continha tanta água quanto algum forasteiro. Quando a luz passou pelas pálpebras fechadas, a pequena criatura se remexeu. O círculo piscou e sumiu.

Então havia apenas o som da respiração compassada e, debilmente atrás dele, o tranquilizador gotejar da água que ia se acumulando numa pia coletora situada embaixo do peitoril da janela, no alto da caverna.

A luz apareceu novamente no aposento, agora um pouco maior e alguns lumens mais intensa. Desta vez havia indícios de sua fonte e de sua movimentação: uma figura encapuzada preenchia a soleira abaulada da entrada, na extremidade daquela câmara, e era dali que vinha a luz. Mais uma vez a luz flutuou pelo quarto, testando, buscando. Havia algo de ameaçador nela, uma insatisfação desassossegada. Ela evitou a criança adormecida, parou na entrada gradeada de ar que ficava no canto superior, verificou uma saliência no revestimento verde e dourado que suavizava as paredes de rocha por toda a volta.

Nesse momento, a luz piscou e sumiu. A figura de capuz se deslocou com um ruído de tecido que denunciava seus passos e assumiu posição num dos lados da passagem em arco. Qualquer pessoa a par da rotina que se desenrolava aqui, em Sietch Tabr, teria imediatamente desconfiado de que essa figura deveria ser Stilgar, naib do Sietch, guardião dos gêmeos órfãos que um dia iriam envergar o manto de seu pai, Paul Muad'Dib. Stilgar fazia frequentes visitas noturnas de inspeção nos aposentos dos gêmeos, sempre entrando primeiro naquele em que dormia Ghanima e terminando a ronda no quarto adjacente, onde podia se tranquilizar de que Leto não estava sob ameaça.

Sou um velho tolo, pensou Stilgar.

Tocou com um dedo a superfície fria do projetor de luz antes de tornar a engatá-lo na alça correspondente da faixa que lhe cingia a cintura. O projetor o deixava irritado, ainda que dependesse dele. Essa coisa era um sutil instrumento do Imperium, um dispositivo para detectar a presença de grandes corpos vivos. E só tinha identificado as crianças adormecidas nos aposentos reais.

Stilgar sabia que seus pensamentos e suas emoções eram como a luz. Ele não era capaz de aquietar uma projeção interna desassossegada. Algum poder maior controlava *esse* movimento e o projetava neste momento em que captava o perigo acumulado. Aqui está o ímã para os sonhos de grandeza difundidos por todo o universo conhecido. Aqui se encontram riquezas temporais, a autoridade secular e o mais poderoso de todos os talismãs místicos: a divina autenticidade do legado religioso de Muad'Dib. Neste par de gêmeos – Leto e sua irmã, Ghanima – estava concentrado um poder extraordinário. Enquanto eles vivessem, Muad'Dib, mesmo morto, viveria neles.

Os dois não eram somente crianças de nove anos de idade: eram também uma força natural, objetos de veneração e medo. Eram os filhos de Paul Atreides, que havia se tornado Muad'Dib, o mahdi de todos os fremen. Muad'Dib tinha desencadeado uma explosão de humanidade. Num jihad, instigados por seu fervor, os fremen haviam se espalhado desde este planeta por todo o universo humano, provocando uma onda de governos religiosos cujo alcance e autoridade onipresentes haviam deixado marcas em todos os planetas.

Ainda assim, estes filhos de Muad'Dib são de carne e sangue, refletiu Stilgar. *Dois simples golpes de minha faca fariam o coração deles parar. E sua água retornaria para a tribo.*

Essa divagação provocou um tremendo tumulto em seus pensamentos. *Matar os filhos de Muad'Dib!*

Mas o passar dos anos o havia deixado mais sábio em suas introspecções. Stilgar sabia a origem de uma ideia tão terrível. Ela nascia da mão esquerda do amaldiçoado, não da mão direita do abençoado. Os *ayat* e os *burhan* da Vida guardavam poucos mistérios para ele. Houve um tempo em que ele se sentira orgulhoso de si mesmo como fremen, quando pensava que o deserto era seu amigo, em seus pensamentos chamando o planeta de Duna e não de Arrakis, tal como estava assinalado em todos os mapas estelares imperiais.

Como eram simples as coisas quando nosso messias era somente um sonho, ele pensou. *Quando encontramos nosso mahdi, despejamos no universo uma incontável quantidade de sonhos messiânicos. Cada povo subjugado pelo jihad hoje sonha com a vinda de um líder.*

Stilgar relanceou os olhos pelo quarto envolto na penumbra.

Se a minha faca libertasse todos esses povos, será que me tornariam um messias?

Era possível ouvir Leto se mexendo inquieto em sua cama.

Stilgar suspirou. Ele nunca vira o avô Atreides, cujo nome fora dado a essa criança; mas muitos diziam que a força moral do Muad'Dib tinha vindo dessa fonte. Será que aquela aterrorizante qualidade da *correção* pularia uma geração agora? Stilgar se flagrou incapaz de responder a essa pergunta.

Ele pensou: *Sietch Tabr é meu. Aqui, eu governo. Sou um naib dos fremen. Sem mim, não teria existido o Muad'Dib. Agora, os gêmeos... através de Chani, mãe deles e minha parente, meu sangue corre nas veias dessas crianças. Estou ali, junto com o Muad'Dib e Chani e todos os outros. O que foi que fizemos ao nosso universo?*

Stilgar não conseguia explicar por que tais pensamentos lhe ocorriam à noite e por que provocavam tanto sentimento de culpa. Agachou-se dentro de seu manto com capuz. A realidade não era, de maneira nenhuma, como o sonho. O Deserto Amistoso, que certa vez se estendia de polo a polo, fora reduzido à metade de seu tamanho original. O mítico paraíso de uma crescente área verde enchia-o de desânimo. Não era como o sonho. E, assim como seu planeta tinha mudado, ele se percebia mudado. Tinha se tornado uma pessoa muito mais sutil do que o antigo chefe de sietch. Agora, estava consciente de muitas coisas: da política e das profundas consequências das menores decisões. Ainda assim, parecia-lhe que esse conhecimento e essa sutileza eram uma fina camada recobrindo um núcleo férreo de uma percepção mais simples e governada por determinismos. E esse antigo núcleo estava clamando por atenção, instigando-o a retomar valores mais limpos.

Os sons matutinos do sietch começaram a se imiscuir em seus pensamentos. As pessoas estavam começando a se movimentar dentro daquela caverna. Ele sentiu um sopro de brisa no rosto: as pessoas estavam saindo pelos veda-portas, rumo à escuridão que antecede a aurora. A brisa indicava tanto um descuido como o tempo. Os numerosos habitantes atuais não mantinham mais a rígida disciplina da água do passado. E por que deveriam mantê-la, quando a chuva fora registrada neste planeta, quando nuvens tinham sido vistas, quando oito fremen tinham sido vítimas de uma inundação e morrido num transbordamento repentino de um wadi? Até que esse acontecimento tivesse ocorrido, a palavra *afogado* não existia no vocabulário de Duna. Mas esse lugar não era mais Duna; agora era Arrakis... e esta era a manhã de um dia memorável.

Ele pensou: *Jéssica, mãe de Muad'Dib e avó destes gêmeos reais, retorna ao nosso planeta hoje. Por que ela põe fim a seu exílio autoimposto justamente agora? Por que ela deixa a amenidade e a segurança de Caladan pelos perigos de Arrakis?*

E ainda havia mais preocupações: será que ela perceberia as dúvidas de Stilgar? Ela era uma feiticeira Bene Gesserit, graduada no mais alto nível de treinamento da irmandade e legítima portadora do título de Reverenda Madre. Essas mulheres eram incisivas e perigosas. Será que lhe ordenaria o suicídio com sua própria faca, como o Protetor Umma de Liet-Kynes fora instruído a fazer?

E será que eu obedeceria a ela?, ele ainda cogitou.

Incapaz de responder a essa questão, pensou então em Liet-Kynes, o planetólogo que fora o primeiro a sonhar com a transformação do deserto de Duna, que cobria todo o seu território, na área verde e favorável à vida em que aquele planeta estava enfim se tornando. Liet-Kynes fora o pai de Chani. Sem ele, não teria existido nenhum sonho, nem Chani, nem os gêmeos reais. Os elos dessa frágil cadeia abateram Stilgar.

Como foi que nos encontramos neste local?, ele se perguntou. *Como foi que combinamos? Com que finalidade? Seria meu dever dar um fim a tudo isso, destruir essa grande combinação?*

Stilgar reconhecia agora essa ânsia terrível em seu íntimo. Ele podia optar por isso, negando o amor e a família para fazer o que um naib deve fazer eventualmente: tomar uma decisão letal pelo bem da tribo. De um ponto de vista, esse assassinato representava a traição e a atrocidade mais extremas. *Matar meras crianças!* Entretanto, aquelas não eram meras crianças. Elas já tinham ingerido mélange, participado da orgia no sietch, investigado o deserto atrás de trutas da areia e feito outras brincadeiras com as crianças fremen... E haviam se sentado no Conselho Real. Crianças ainda tão pequenas e, não obstante, sábias o suficiente para tomar assento no Conselho. Podiam ter a carne de crianças, mas possuíam a experiência dos anciãos, tendo nascido com a totalidade da memória genética, uma consciência aterrorizante que diferenciava sua tia Alia e elas mesmas do restante dos humanos vivos.

Muitas vezes, em muitas noites, Stilgar percebera que sua mente rodeava essa *diferença* compartilhada pelos gêmeos e a tia. Com frequência ele tinha sido despertado de seu sono por esses tormentos, então se dirigia para o quarto dos gêmeos carregando seus sonhos inconclusos. Agora suas dúvidas entravam em foco. A incapacidade de tomar uma decisão era em si uma decisão: ele sabia disso. Esses gêmeos e sua tia tinham se tornado conscientes ainda dentro do útero, onde haviam tomado ciência de todas as lembranças transmitidas a eles por seus ancestrais. O vício na especiaria tinha feito isso, o vício na especiaria de suas mães: lady Jéssica e Chani. Lady Jéssica tinha dado à luz um varão – Muad'Dib – antes de se viciar. Alia tinha nascido depois do vício instalado. Rememorando as situações, isso ficava claro. As incontáveis gerações de fertilização seletiva conduzidas pelas Bene Gesserit tinham produzido Muad'Dib, mas em nenhuma parte dos planos da Irmandade elas haviam consentido com o mélange. Ah, elas estavam a par dessa possibilidade, mas a temiam e chamavam-na de *Abominação*. Esse era o fato mais desanimador. Abominação. Elas devem ter motivos para aplicar tal julgamento. E se diziam que Alia era uma Abominação, então esse juízo certamente também seria aplicável aos gêmeos, porque Chani, ela também, tinha sido viciada, seu corpo fora saturado com a especiaria, e seus genes de alguma maneira haviam complementado os de Muad'Dib.

Os pensamentos de Stilgar fervilhavam. Não podia haver dúvida de que os gêmeos iam além do pai. Mas em qual direção? O menino falava da capacidade de *ser* seu pai – e tinha provado isso. Quando ainda era apenas um bebê, Leto revelara lembranças de que somente Muad'Dib poderia ter tido conhecimento. Haveria outros ancestrais esperando naquele vasto espectro de memórias, ancestrais cujas crenças e cujos hábitos criavam perigos indizíveis para os humanos viventes?

Abominações – era o que diziam as feiticeiras sagradas das Bene Gesserit. Entretanto, a Irmandade cobiçava a genofase dessas crianças. As feiticeiras queriam o esperma e os óvulos sem a carne perturbadora que os continha. Seria esse o motivo pelo qual lady Jéssica estaria voltando agora? Ela havia rompido com a Irmandade para prestar apoio a seu consorte ducal, mas havia boatos de que ela retomara as doutrinas Bene Gesserit.

Eu podia dar cabo de todos esses sonhos, Stilgar pensou. *Seria muito simples.*

E, todavia, mais uma vez ele se admirou de que ele mesmo era capaz de contemplar a mera possibilidade dessa opção. Os gêmeos de Muad'Dib eram responsáveis pela realidade que obliterava os sonhos dos outros? Não. Eles eram simplesmente as lentes por meio das quais a luz era vertida para revelar novas formas no universo.

Atormentada, sua mente reverteu para as crenças fremen primárias, e ele pensou: *A ordem de Deus vem; portanto, não tente apressá-la. Cabe a Deus indicar o caminho, e alguns de fato se desviam dele.*

Era a religião de Muad'Dib que mais aborrecia Stilgar. Por que tinham tornado Muad'Dib um deus? Por que deificar um homem que se sabia ser de carne? O *elixir dourado da vida* de Muad'Dib havia criado um monstro burocrático que encilhava os assuntos humanos e ali se instalava. Com o governo e a religião ligados, ferir a lei virava pecado. Um cheiro de blasfêmia invadia o ar como fumaça sempre que havia algum questionamento de editos governamentais. A culpa da rebelião invocava o fogo do inferno e julgamentos moralistas.

Apesar disso, eram homens os que criavam esses editos governamentais.

Entristecido, Stilgar balançou a cabeça de um lado para o outro, sem ver os serviçais que tinham se dirigido à Antecâmara Real para seus deveres matinais.

Dedilhou a dagacris em sua cintura, pensando no passado que ela simbolizava, pensando que mais de uma vez ele havia simpatizado com rebeldes cujos levantes abortivos tinham sido esmagados por suas ordens diretas. A confusão inundou sua mente e ele desejava saber como neutralizá-la, retornando às simplicidades representadas pela faca. Mas o universo não andaria para trás. Era um grande motor projetado sobre o vácuo cinzento da inexistência. Sua faca, se causasse a morte dos gêmeos, reverberaria somente contra esse vácuo, tecendo novas complexidades que ecoariam através da história humana, criando novas ondas de caos, convidando a humanidade a tentar outras formas de ordem e desordem.

Stilgar suspirou, cada vez mais consciente dos movimentos ao seu redor. Sim, esses serviçais representavam uma espécie de ordem construída em torno dos gêmeos de Muad'Dib. Eles passavam de um momento para o seguinte, atendendo a cada necessidade que ocorresse ali. *É melhor imitá-los*, Stilgar disse para si mesmo. *É melhor enfrentar o que vem quando vier.*

Ainda sou um serviçal, ele murmurou consigo mesmo. *E meu mestre é Deus, o misericordioso, o compassivo.* Então, citou para si mesmo: "*Certamente, pusemos no pescoço deles grilhões que chegam até o queixo para que suas cabeças se mantenham erguidas. E pusemos diante deles uma barreira e atrás deles outra barreira. E nós os cobrimos para que não enxerguem*".

Assim estava escrito na antiga religião fremen.

Stilgar concordou interiormente, com um movimento de cabeça.

Ver, antecipar o momento seguinte como Muad'Dib tinha feito com suas espantosas visões do futuro, injetava uma contraforça nas questões humanas. Criava novos lugares para decisões. Não ser atado por grilhões; sim, isso bem poderia indicar um capricho de Deus. Outra complexidade além do alcance humano comum.

Frank Herbert

Stilgar afastou a mão da faca. Seus dedos formigavam com a lembrança dela. Mas aquela lâmina, que um dia cintilara no oco da boca escancarada de um verme da areia, agora seguia embainhada. Stilgar sabia que agora não sacaria essa arma branca para matar os gêmeos. Ele tinha chegado a uma decisão. Melhor preservar aquela única virtude que ele ainda prezava: a lealdade. Melhor ter as complexidades que se pensava conhecer do que as complexidades que desafiavam o entendimento. Melhor o presente do que o futuro de um sonho. O gosto amargo em sua boca avisou Stilgar como alguns sonhos podem ser vazios e revoltantes.

Não! Chega de sonhos!

> **DESAFIO:** "Você viu O Pregador?"
> **RESPOSTA:** "Vi um verme da areia."
> **DESAFIO:** "O que me diz desse verme da areia?"
> **RESPOSTA:** "Ele nos dá o ar que respiramos."
> **DESAFIO:** "Então por que destruímos a terra dele?"
> **RESPOSTA:** "Porque Shai-hulud (*o verme da areia deificado*) ordena que o façamos."
>
> – Enigmas de Arrakis, por Harq al-Ada

Como era costume entre os fremen, os gêmeos Atreides se levantaram uma hora antes do alvorecer. Bocejaram e se espreguiçaram em secreta simultaneidade em seus quartos adjacentes, percebendo a atividade da população da caverna à volta deles. Podiam ouvir os serviçais na antecâmara preparando o desjejum, um mingau simples com tâmaras e nozes misturadas num líquido extraído da especiaria parcialmente fermentada. Havia luciglobos na antecâmara, e uma suave luz ambarina entrava pelos arcos abertos de acesso aos quartos. Os gêmeos se vestiram sem demora, à luz mortiça, cada um ouvindo o outro ali perto. Como tinham combinado, trajaram o trajestilador contra os ventos abrasivos do deserto.

Foi então que o par real se reuniu na antecâmara, reparando na repentina imobilidade dos serviçais. Observaram que Leto usava uma sobrecapa castanha de borda preta recobrindo a esguia silhueta desenhada pelo trajestilador cinzento. Sua irmã trajava uma capa verde. A gola da capa de cada criança era fechada no pescoço por uma fivela no formato do gavião dos Atreides, em ouro com gemas vermelhas formando os olhos.

Reparando nessa elegância, Harah, uma das esposas de Stilgar, comentou:

– Vejo que vocês se vestiram em honra de sua avó.

Leto pegou sua tigela de comida antes de olhar para o rosto de Harah, escuro e vincado pelo vento. Balançando a cabeça, ele respondeu:

– Como sabe que não é em nossa própria honra?

Harah enfrentou a mirada mordaz do menino sem recuar, e então retrucou:

– Meus olhos são tão azuis quanto os seus!

Ghanima riu alto. Harah era sempre hábil no jogo de desafios dos fremen. Em uma única sentença ela havia dito: "Não zombe de mim, menino. Você pode ser da realeza, mas nós dois carregamos o mesmo estigma do vício em mélange: olhos sem a parte branca. Que fremen precisa de mais elegância ou mais honra do que essa?".

Leto sorriu, moveu a cabeça pesarosamente e falou:

– Harah, minha querida, se você fosse mais jovem e já não fosse casada com Stilgar, eu a faria minha esposa.

Harah aceitou facilmente a pequena vitória, sinalizando para os demais serviçais que prosseguissem preparando o aposento para as importantes atividades daquele dia. Então disse:

– Tomem o café da manhã. Vocês vão precisar de energia hoje.

– Então, você concorda que não estamos elegantes demais para nossa avó? – Ghanima indagou, falando com a boca cheia de mingau.

– Não tenha medo dela, Ghani – disse Harah.

Leto engoliu uma boa colherada da papa e disparou um olhar penetrante na direção de Harah. Aquela mulher era infernalmente perspicaz, enxergando muito depressa através do estratagema envolvendo seus vestuários.

– Ela vai acreditar que temos medo dela? – ele perguntou.

– Pouco provável – Harah respondeu. – Ela foi nossa Reverenda Madre, lembre-se disso. Conheço o jeito dela.

– Como Alia está vestida? – Ghanima quis saber.

– Eu não a vi – Harah respondeu concisamente, deu as costas e se afastou.

Leto e Ghanima trocaram um olhar de segredos compartilhados e rapidamente se concentraram de volta em seu desjejum. Depois, saíram na direção da grande passagem central.

Usando uma das línguas antigas que ambos partilhavam por meio de sua memória genética, Ghanima disse:

– Então, hoje, temos uma avó.

– O que aborrece Alia imensamente – Leto observou.

– Quem gosta de abdicar de tanta autoridade? – indagou Ghanima.

Leto riu baixinho, emitindo um som estranhamente adulto de sua carne tão jovem.

– É mais do que isso.

– Será que os olhos de sua mãe irão reparar no que nós observamos?
– E por que não? – Leto questionou.
– Sim... pode ser isso que Alia receie.
– Quem conhece melhor uma Abominação do que outra? – Leto indagou.
– Podemos estar enganados, você sabe – lembrou Ghanima.
– Mas não estamos. – E, então, fez uma citação tirada do livro de Azhar das Bene Gesserit. – "É com razão e com base em terríveis experiências que chamamos os pré-nascidos de uma *Abominação*. Pois quem sabe qual persona perdida e amaldiçoada saída de nosso passado maligno pode ocupar a carne viva?".
– Eu conheço a origem disso – afirmou Ghanima. – Mas, se isso for verdade, por que não padecemos desse ataque interior?
– Talvez nossos pais estejam montando guarda dentro de nós – sugeriu Leto.
– Então, por que não haveria também guardiões para Alia?
– Não sei. Talvez porque um de seus progenitores ainda continua entre os vivos. Poderia simplesmente ser porque ainda somos jovens e fortes. Talvez, quando formos mais velhos e mais cínicos...
– Temos de tomar grande cuidado com essa avó – interrompeu Ghanima.
– E não discutir sobre esse Pregador que perambula por nosso planeta falando de heresias?
– Você não pode estar realmente pensando que ele é o nosso pai!
– Não faço julgamentos a respeito disso, mas Alia tem medo dele.
Ghanima sacudiu a cabeça com vigor.
– Não acredito nesse absurdo de Abominação!
– Você tem tantas recordações quanto eu tenho – Leto retrucou. – Você pode acreditar no que quiser acreditar.
– Você acha que é porque não ousamos experimentar o transe da especiaria e Alia ousou – disse Ghanima.
– É exatamente isso que penso.
Ficaram então em silêncio, deslocando-se junto com as pessoas em movimento pela passagem central. Fazia frio em Sietch Tabr, mas os trajestiladores eram aquecidos e os gêmeos deixaram os capuzes condensadores caídos para trás, expondo seus cabelos ruivos. No rosto, estampavam a marca de seus genes comuns: a boca generosa, os olhos afastados um do outro na tonalidade azul sobre azul dos viciados na especiaria.

Leto foi quem primeiro percebeu a aproximação da tia Alia.

– Olha ela chegando – ele avisou, mudando para a língua de batalha dos Atreides para dar o alerta.

Ghanima inclinou a cabeça para cumprimentar Alia quando a tia parou diante deles e disse:

– Um *espólio de guerra* saúda sua ilustre parente. – Usando a mesma língua chakobsa, Ghanima enfatizou o significado de seu próprio nome, *Espólio de Guerra*.

– Você pode ver, querida tia – comentou Leto –, que nos preparamos para o encontro de hoje com sua mãe.

Alia, a única pessoa em toda a fervilhante casa real que não experimentava a menor surpresa diante das atitudes adultas dessas crianças, olhou uma e depois a outra. Então disse:

– Cuidado com a língua, vocês dois!

Os cabelos cor de bronze de Alia estavam puxados para trás e unidos por dois anéis dourados de água. Seu rosto oval exibia a testa franzida, e sua boca larga, com a discreta contração para baixo de quem contempla sempre os próprios desejos, estava então fechada firmemente, desenhando uma linha reta. Rugas de preocupação se abriam nos cantos de seus olhos de azul sobre azul.

– Já avisei os dois sobre como devem se comportar hoje – Alia disse. – E sabem por que tanto quanto eu.

– Nós sabemos quais são seus motivos, mas talvez você não saiba quais são os nossos – desafiou Ghanima.

– Ghani! – repreendeu Alia.

Leto olhou francamente para a tia e disse:

– Hoje, em especial, não iremos fingir que somos duas criancinhas simplórias!

– Ninguém quer que vocês se façam de simplórios – Alia concedeu. – Mas achamos que não é sensato provocar pensamentos perigosos em minha mãe. Irulan concorda comigo. Quem sabe que papel lady Jéssica escolherá desempenhar? Afinal de contas, ela é Bene Gesserit.

Leto balançou a cabeça, pensando em silêncio: *Por que Alia não enxerga aquilo de que suspeitamos? Será que ela está irremediavelmente perdida?* E ele prestou uma atenção especial aos sutis marcadores genéticos no rosto de Alia que traíam a presença do avô paterno dela. O barão

Filhos de Duna

Vladimir Harkonnen não tinha sido uma pessoa agradável. Com essa observação, Leto identificou vagos indícios de seu próprio desassossego quando lembrou: *Meu ancestral também.*

– Lady Jéssica foi treinada para comandar – ele lembrou.

Ghanima anuiu, dizendo:

– Por que teria ela escolhido este momento para voltar?

Alia fechou a cara, e então argumentou:

– Será possível que ela apenas queira ver os netos?

Ghanima pensou: *Isso é o que você espera, tia querida. Mas este dificilmente é o motivo.*

– Aqui ela não pode governar – continuou Alia. – Ela tem Caladan. Isso deveria bastar.

Ghanima falou então, em tom apaziguador:

– Quando nosso pai foi para o deserto a fim de morrer ele deixou você como Regente. Ele...

– Você tem alguma queixa? – Alia quis saber.

– Foi uma escolha razoável – Leto interpôs, aproveitando a deixa da irmã. – Você era a única pessoa que sabia o que é nascer do jeito que nascemos.

– Há boatos de que minha mãe voltou para a Irmandade – Alia comentou –, e vocês dois sabem muito bem o que as Bene Gesserit pensam de uma...

– Abominação – Leto completou.

– Sim! – Alia concordou em voz cortante.

– Uma vez bruxa, sempre bruxa... é o que dizem – Ghanima acrescentou.

Irmã, esse jogo que você está fazendo é perigoso, Leto pensou, mas ainda assim seguiu a abertura da irmã:

– Nossa avó foi uma mulher de simplicidade maior do que a das outras de sua espécie. Você compartilha as lembranças dela, Alia. Sem dúvida, deve saber o que esperar.

– Simplicidade! – Alia exclamou, sacudindo a cabeça e olhando à sua volta para a passagem atulhada de visitantes; depois tornou a olhar para os gêmeos. – Se minha mãe fosse menos complexa, nenhum de vocês estaria aqui agora, nem eu. Eu teria sido a primogênita dela e nada disto... – E um leve encolher de ombros acentuou sua postura. – Um aviso para vocês dois: tenham muito cuidado com o que forem fazer no dia de hoje. – E então ela olhou para cima: – Eis a minha guarda.

– E você ainda acha que não é seguro que a acompanhemos até o espaçoporto? – indagou Leto.

– Esperem aqui – determinou Alia. – Eu a trarei de volta.

Leto e a irmã trocaram um olhar, e então o menino acrescentou:

– Muitas vezes você nos disse que as lembranças que guardamos daqueles que passaram antes de nós não têm utilidade certa antes de termos vivenciado o suficiente com nossa própria carne para que elas ganhem realidade. Minha irmã e eu acreditamos nisso. Prevemos mudanças perigosas com a chegada de nossa avó.

– Não deixem de acreditar nisso – Alia murmurou. E, virando-se, foi rodeada por seus guardas, e o grupo se distanciou rapidamente através da passagem, rumo à Entrada Oficial, onde ornitópteros os aguardavam.

Ghanima limpou uma lágrima de seu olho direito.

– Água pelos mortos? – Leto sussurrou, tomando o braço da irmã.

Ghanima inspirou profundamente e depois soltou um longo e intenso suspiro, pensando em como tinha observado a tia usar o método que conhecia muito bem por conta de seu próprio acúmulo de experiências ancestrais.

– Foi por causa do transe da especiaria? – ela perguntou, mesmo sabendo o que Leto iria dizer.

– Você tem uma sugestão melhor?

– Só para constar: por que nosso pai, ou mesmo nossa avó, não sucumbiram?

Ele a estudou por um momento. Então respondeu:

– Você sabe o porquê tanto quanto eu. Eles tinham personalidades bem definidas quando vieram para Arrakis. O transe da especiaria... bom... – E deu de ombros. – Eles não nasceram neste mundo já possuindo os ancestrais. Alia, todavia...

– Por que ela não acreditou nas advertências das Bene Gesserit? – Ghanima mordeu o lábio inferior. – Alia tinha as mesmas informações que nós às quais recorrer.

– Elas já estavam chamando Alia de Abominação – Leto lembrou. – Você não acha tentador descobrir se é mais forte do que todas aquelas...

– Não acho, não! – e Ghanima desviou os olhos do olhar inquiridor do irmão, estremecendo. Bastava que consultasse suas lembranças genéticas e as advertências da Irmandade assumiam um formato vívido. Era notório que pré-nascidos tendiam a se tornar adultos de hábitos deploráveis. E a causa provável para isso era... e novamente Ghanima estremeceu.

– Pena que não tenhamos alguns pré-nascidos entre nossos ancestrais – Leto assinalou.

– Talvez tenhamos.

– Mas nós... ah, é! A velha pergunta que não quer calar: será que realmente temos acesso livre ao acervo total de experiências de cada um de nossos ancestrais?

Considerando seu próprio tumulto interior, Leto sabia como essa conversa deveria estar perturbando a irmã. Eles tinham falado a respeito dessa questão muitas vezes, sempre sem conseguir chegar a uma conclusão. Então ele disse:

– Devemos adiar e adiar mais um pouco todas as vezes que ela insistir conosco para experimentarmos o transe. Extrema cautela com uma dose excessiva da especiaria. Essa é a nossa melhor estratégia.

– Uma overdose teria de ser mesmo muito grande – comentou Ghanima.

– Nossa tolerância provavelmente é alta – ele concordou. – Veja só de quanto Alia precisa.

– Tenho pena dela – Ghanima disse. – O fascínio disso deve ter sido muito sutil e insidioso, insinuando-se dentro dela até...

– Ela é uma vítima, sim – disse Leto. – Abominação.

– Talvez estejamos errados.

– Verdade.

– Sempre me perguntei – contemplou Ghanima – se a próxima lembrança ancestral que buscarei será aquela que...

– O passado está tão longe quanto seu travesseiro – Leto relembrou.

– Temos de criar uma oportunidade de falar sobre isso com nossa avó.

– É o que a recordação dela em mim pede com insistência – Leto concordou.

Ghanima encontrou o olhar do irmão. E então observou:

– Conhecimento demais nunca facilita decisões simples.

> **O sietch na borda do deserto**
> **Era de Liet, era de Kynes,**
> **Era de Stilgar, era de Muad'Dib**
> **E, mais uma vez, de Stilgar.**
> **Os naibs dormem um a um na areia,**
> **Mas o sietch resiste.**
>
> – De uma canção fremen

Alia sentia o coração martelando enquanto se afastava dos gêmeos. Durante alguns segundos latejantes, ela se sentiu fortemente compelida a ficar com eles e implorar que a ajudassem. Que fraqueza tola! Lembrar-se dela disparava por todo o ser de Alia uma imobilidade de advertência. Será que esses gêmeos ousariam praticar a presciência? O caminho que havia engolido o pai deles devia ser um verdadeiro chamariz para as crianças: o transe da especiaria com suas visões de futuro tremeluzindo como a névoa fina soprada por uma brisa débil.

Por que eu não consigo enxergar o futuro?, Alia se perguntava. *Por mais que eu tente, por que isso se esquiva de mim?*

Ela disse para si mesma que os gêmeos deveriam ser levados a experimentar o transe. Poderiam ser seduzidos a fazer isso. Tinham a curiosidade das crianças, e o transe estava associado a recordações que atravessavam milênios.

Assim como eu fui, Alia pensou.

Os guardas que a acompanhavam abriram os veda-portas da Entrada Oficial do sietch e se postaram ao lado do umbral quando ela emergiu na plataforma de aterrissagem onde os ornitópteros aguardavam. Um vento vindo do deserto soprava poeira para todo lado no céu, mas o dia estava claro. Sair do halo dos luciglobos do sietch para a luz do dia ali fora também fez seus pensamentos se voltarem para assuntos externos.

Por que lady Jéssica estaria regressando nesse momento? Será que teriam chegado a Caladan histórias sobre como a Regência estava...

– Devemos nos apressar, milady – disse um de seus guardas, elevando o tom de voz para ser ouvido acima do uivo do vento.

Alia deixou que a ajudassem a subir a bordo do ornitóptero e atou o cinto de segurança, mas seus pensamentos saltavam à sua frente.

Por que agora?

Conforme as asas do ornitóptero mergulhavam e a aeronave seguia deslizando com as correntes aéreas, ela percebia a pompa e o poder de sua posição como coisas físicas... mas frágeis, oh, como eram frágeis!

Por que agora, quando seus planos não estavam concluídos?

A névoa de poeira flutuava, suspensa e subindo, e ela conseguia enxergar a luz brilhante do sol caindo sobre a paisagem móvel do planeta: amplas áreas de vegetação verde onde antes predominavam apenas terrenos ressecados.

Sem uma visão do futuro, poderei fracassar. Oh, que magia eu poderia realizar se pelo menos pudesse enxergar como Paul! Mas não é para mim a amargura que resulta de visões da presciência.

Uma fome torturante atravessou-a de cima a baixo e ela desejou ser capaz de deixar o poder de lado. Oh, ser como os outros: cegos em meio à mais segura de todas as cegueiras, vivendo apenas a meia-vida hipnótica na qual a maioria dos humanos era lançada pelo choque do nascimento. Mas não! Ela nascera uma Atreides, vítima de uma percepção consciente com éons de idade, infligida a ela pelo vício de sua mãe em especiaria.

Por que minha mãe regressa hoje?

Gurney Halleck estaria com ela. Sempre o servo leal, esse assassino contratado de semblante horrendo, dedicado e franco, um músico capaz de executar mortes com o aço-liso com a mesma facilidade com que entretinha ouvintes aos toques de seu baliset de nove cordas. Havia quem dissesse que ele tinha se tornado amante de sua mãe. Isso seria algo para se comprovar; poderia se revelar um trunfo muito valioso.

O desejo de ser como os outros se esvaiu.

Leto tem de ser seduzido para provar o transe da especiaria.

Ela se lembrava de ter perguntado ao menino como ele lidaria com Gurney Halleck, e Leto, pressentindo intenções ocultas nessa indagação, disse que Halleck era leal "ao extremo", e acrescentou: "Ele adorava... o meu pai".

Ela de fato percebera a discreta hesitação. Leto quase tinha dito "a mim" em vez de "o meu pai". Sim, havia momentos em que era difícil separar a memória genética das disposições da carne viva. Gurney Halleck tornaria ainda mais difícil essa separação para Leto.

Um sorriso áspero roçou nos lábios de Alia.

Gurney decidira retornar a Caladan com lady Jéssica após a morte de Paul. A volta dele agora emaranharia muitas coisas. Regressando para Arrakis, ele acrescentaria sua própria cota de complexidades às linhas existentes. Tinha servido ao pai de Paul e, assim, havia uma sucessão: de Leto I para Paul e deste para Leto II. E, proveniente da programação de linhagem das Bene Gesserit, de Jéssica para Alia e desta para Ghanima, em um ramo perpendicular. Injetando um pouco de confusão nas identidades, Gurney poderia se mostrar inestimável.

O que ele faria se descobrisse que temos nas veias sangue dos Harkonnen, esses mesmos Harkonnen que ele odeia com todas as forças?

O sorriso no rosto de Alia ganhou um tom introspectivo. Afinal de contas, os gêmeos eram apenas crianças. Eram como os filhos de um sem-número de pais, cujas lembranças pertenciam tanto aos outros quanto a eles mesmos. Os gêmeos estariam aguardando na plataforma de Sietch Tabr e assistiriam ao pouso da nave de sua avó, na Bacia de Arrakina. A marca fulgurante da passagem da aeronave pelo céu seria visível; será que isso tornaria a chegada de Jéssica mais real para seus netos?

Minha mãe irá me indagar a respeito do treinamento deles, Alia refletiu. *Será que incluo os exercícios de prana-bindu na medida certa? Será que digo a ela que eles se treinam sozinhos, exatamente como eu fazia? Citarei para ela as palavras de seu próprio neto: "Entre as responsabilidades do comando está a necessidade de punir... mas somente quando a vítima o exige".*

Ocorreu a Alia, então, que se pelo menos ela conseguisse fazer a mãe prestar atenção somente nos gêmeos, os demais poderiam escapar a um exame mais minucioso.

Isso era uma coisa que podia ser feita. Leto era muito parecido com Paul. E por que não? Ele poderia ser Paul sempre que quisesse. Até Ghanima possuía essa aterradora capacidade.

Da mesma maneira que eu posso ser minha mãe ou qualquer outra pessoa que tenha compartilhado sua vida conosco.

Ela se desviou bruscamente dessa ideia, fixando os olhos no panorama da Muralha-Escudo conforme passava. Então: *Qual era a sensação de deixar a acolhedora segurança de Caladan e toda a sua água e voltar para Arrakis, esse planeta desértico em que seu duque fora assassinado e seu filho morrera como mártir?*

Por que lady Jéssica estaria voltando neste momento?

Alia não achava resposta; nenhuma resposta certeira. Era capaz de compartilhar os mesmos conteúdos que existissem na consciência do ego de outra pessoa, mas, quando as experiências assumiam rumos diferentes, os motivos também divergiam. O cerne das decisões estava nas ações particulares realizadas pelos indivíduos. Para os pré-nascidos, os *multinascidos* Atreides, essa era uma realidade incontornável, em si uma outra espécie de nascimento: era a separação absoluta da carne viva, com sua respiração, quando essa carne deixava o útero que a havia infundido com a múltipla consciência.

Alia não via nada estranho em amar e odiar a mãe ao mesmo tempo. Era uma necessidade, um equilíbrio exigido sem espaço para culpa ou recriminações. Como se podia parar de amar e odiar? Devia culpar as Bene Gesserit por terem levado lady Jéssica por determinado caminho? A culpa e as recriminações se tornavam mais difusas quando a memória cobria milênios. A Irmandade só tinha buscado gerar um Kwisatz Haderach: a contraparte masculina de uma Reverenda Madre plenamente desenvolvida... e mais um pouco; um humano de sensibilidade e consciência superiores, o Kwisatz Haderach que poderia estar em muitos lugares ao mesmo tempo. E lady Jéssica, mero peão no tabuleiro desse jogo de fertilizações, tivera o mau gosto de se apaixonar pelo parceiro de cruzamento que lhe fora destinado. Reagindo favoravelmente aos desejos de seu amado duque, ela produzira um filho em vez da filha que a Irmandade lhe havia ordenado que parisse como primogênita.

Ela me deixou nascer em segundo lugar, depois que já estava viciada na especiaria! E agora elas não me querem. Agora elas têm medo de mim! E por bons motivos...

Elas haviam obtido seu Kwisatz Haderach, Paul, uma encarnação antes da hora, um pequeno erro de cálculo em um plano tão extenso. E agora tinham de lidar com outro problema: a Abominação, que continha os preciosos genes que vinham buscando havia tantas gerações.

Alia sentiu uma sombra recobri-la e então olhou para cima. Sua escolta estava assumindo a posição de alta guarda, preparando-se para a aterrissagem. Ela balançou a cabeça, espantada com seus pensamentos fugidios. Que bem poderia se obter convocando encarnações passadas e esfregando seus erros uns nos outros? Esta era uma nova encarnação.

Duncan Idaho havia dirigido sua consciência Mentat para a questão de por que Jéssica voltava nesse momento, avaliando o problema com seu dom, que era ser um computador humano. Disse então que ela estava ali para levar os gêmeos para a Irmandade. Os gêmeos também carregavam os genes preciosos. Duncan bem poderia estar com a razão. Esse seria um motivo suficiente para tirar lady Jéssica de sua autoimposta reclusão em Caladan. Se a Irmandade ordenasse... Bem, por que outro motivo ela voltaria ao palco onde se haviam desenrolado fatos tão terrivelmente dolorosos para ela?

– Veremos – murmurou Alia, entre dentes.

Ela sentiu o ornitóptero tocar o teto de seu Forte, uma pontuação positiva e irritante que a preencheu de uma lúgubre expectativa.

> **mélange** (me'-lange; também ma-lanj) subst. Origem incerta (possivelmente derivação do antigo franzh terrano). 1. mistura de especiarias; 2. especiaria de Arrakis (Duna) com propriedades geriátricas inicialmente percebidas por Yanshuph Ashkoko, químico real no reinado de Shakkad, o Sábio; mélange arrakino, encontrado somente nas areias mais remotas do deserto em Arrakis, associado com as visões proféticas de Paul Muad'Dib (Atreides), o primeiro mahdi fremen; também empregado pelos Navegadores da Guilda Espacial e pelas Bene Gesserit.
>
> – Dicionário Real, 5ª edição

Os dois grandes felinos chegaram à ponta do rochedo à luz do amanhecer, movendo-se com toda a facilidade. Ainda não estavam realmente entretidos com a paixão da caça e somente esquadrinhavam seu território. Eram chamados tigres laza, uma raça especial introduzida no planeta Salusa Secundus há quase oito mil anos. A manipulação genética da antiga espécie terrana tinha apagado uma parte dos traços do tigre original e refinado outros elementos. As presas continuavam longas. A face era larga com olhos espertos e inteligentes. As patas, aumentadas, ofereciam melhor sustentação num terreno irregular, e as garras, recolhidas na carne das patas, chegavam a se estender até dez centímetros, mas eram afiadas como navalhas devido à compressão sofrida dentro de suas bainhas. A pelagem era de uma só cor, com um tom acobreado claro que tornava os animais praticamente invisíveis contra a areia.

Eram diferentes de seus ancestrais também em outro aspecto: servoestimuladores tinham sido implantados no cérebro desses felinos quando ainda eram filhotes pequenos. Esses estimuladores tornavam os animais verdadeiros peões de quem detivesse o controle dos transmissores.

Estava frio e, quando os animais pararam para esquadrinhar o terreno, seu hálito criou uma mancha de neblina no ar. Ali em volta encontrava-se uma região de Salusa Secundus que permanecia estéril e inculta, uma zona que abrigava raríssimas trutas da areia contrabandeadas desde Arrakis e mantidas precariamente vivas no sonho de que o monopólio do mélange poderia ser vencido. No local em que os felinos estavam parados, a paisagem era caracterizada por rochas de tom ocre e alguns poucos arbustos espalhados que as longas sombras criadas pelo sol matutino tornavam cinza-prateados.

Usando somente movimentos mínimos, os animais de repente entraram em alerta. Seus olhos giraram lentamente para a esquerda e depois a cabeça deles também virou nessa direção. Bem longe, lá embaixo no terreno erodido, duas crianças de mãos dadas tentavam avançar pelo leito de um rio seco. Pareciam ser da mesma idade, talvez nove ou dez anos-padrão. Tinham cabelos ruivos e usavam trajestiladores cobertos em parte pelas ricas burkas brancas que, ao longo de toda a borda assim como na testa, exibiam o relevo do gavião da Casa Atreides, engastado em fios de joias de cor flamejante. Enquanto seguiam andando, as crianças conversavam com alegria e suas vozes chegavam distintamente aos ouvidos dos felinos predadores. Os tigres laza conheciam esse jogo, já o tinham jogado antes, mas permaneceram impassíveis, aguardando que o servoestimulador lhes enviasse o sinal de caça.

Nesse momento, apareceu um homem no alto do rochedo, atrás dos felinos. Ele parou e averiguou o que se passava: os animais, as crianças. Esse homem usava um uniforme de serviço dos Sardaukar, em cinza e preto, com a insígnia dos levenbrech, que eram auxiliares de um bashar. Um arnês passava por trás de seu pescoço e sob o braço para transportar o servotransmissor em um invólucro estreito preso ao peito, onde as chaves podiam ser facilmente acionadas por qualquer uma das mãos.

Os animais não se viraram quando ele se aproximou. Conheciam esse homem tanto pelo cheiro como pelos sons que produzia. Ele desceu pelos sulcos do rochedo até parar a dois passos dos felinos, e então enxugou a testa. O ar estava frio, mas esse era um trabalho que esquentava bastante. Mais uma vez, seus olhos pálidos esquadrinharam a cena: os animais, as crianças. Ele enfiou uma mecha úmida de cabelo louro para dentro de seu capacete preto de serviço e tocou o microfone implantado em sua garganta.

– Os tigres estão com os dois em seu campo de visão.

A voz que respondeu chegou ao homem pelos receptores implantados atrás de cada orelha:

– Nós estamos vendo.

– É agora? – indagou o levenbrech.

– Eles agiriam sem um comando de caça? – a voz quis saber.

– Eles estão prontos – o levenbrech confirmou.

– Muito bem. Vamos ver se nossas quatro sessões de condicionamento serão suficientes.

– Diga quando você estiver pronto.

– Quando você quiser.

– Agora, então – disse o levenbrech.

Ele tocou uma chave vermelha do lado direito de seu servotransmissor, liberando primeiro uma trava que envolvia a chave. Finalmente os tigres se encontravam livres de todos os limites transmitidos. Ele colocou a mão sobre uma chave preta sob a vermelha, pronto para deter os animais caso se voltassem contra ele. Mas os dois tigres não tomaram conhecimento dele; agacharam-se, em vez disso, e começaram a descida da escarpa, na direção das crianças. Suas patas enormes deslizavam em suaves movimentos escorregadios.

O levenbrech ficou de cócoras para observar, sabendo que em algum ponto à volta dele um transolho transmitia a cena toda para um monitor secreto no interior da Torre, onde vivia seu Príncipe.

Nesse momento, os tigres começaram a trotar e depois a correr.

Atentas à escalada que lhes impunha aquele terreno rochoso, as crianças ainda não tinham visto o perigo. Uma delas riu, e o som alto e penetrante soou cristalino no ar. A outra tropeçou e, ao recuperar o equilíbrio, virou-se e então viu os tigres. Ela apontou e exclamou:

– Olhe!

As duas crianças interromperam a subida e olharam com atenção para aquela interessante intromissão em suas vidas. Elas ainda estavam em pé quando os tigres laza atacaram, um animal sobre cada criança. Ambas morreram com uma rapidez fulminante e informal, com o pescoço partido sem delongas. Os tigres começaram a se alimentar.

– Devo chamar os animais de volta? – perguntou o levenbrech.

– Deixe que terminem. Eles se comportaram bem. Eu sabia que seria assim. Essa dupla é espetacular.

– A melhor que já vi – concordou o levenbrech.

– Muito bem, então. Estamos enviando um transporte para você. Desligando.

Frank Herbert

O levenbrech continuou parado e se alongou. Absteve-se de olhar diretamente para a silhueta dos morros à sua esquerda, onde um lampejo denunciava a localização do transolho, enquanto ele retransmitia o belo desempenho da operação ao seu bashar, instalado a uma grande distância nas terras verdes do Capitólio. O levenbrech sorriu. Ele receberia uma promoção pelo trabalho executado naquele dia. Ele já podia sentir a insígnia de bator no pescoço e, no futuro, de um burseg... Até mesmo de um bashar, futuramente. As pessoas que serviam corretamente nos batalhões de Farad'n, neto do falecido Shaddam IV, conquistavam generosas promoções. Um dia, quando o Príncipe estivesse sentado em seu legítimo trono, haveria promoções ainda maiores. O posto de bashar poderia não ser o fim de tudo. Havia baronatos e condados nos muitos mundos deste reino... assim que os gêmeos Atreides fossem removidos.

> **Os fremen devem retornar à sua fé original, ao seu gênio na formação de comunidades humanas; eles devem retornar ao passado no qual essa lição de sobrevivência foi aprendida na luta com Arrakis. A única questão dos fremen deveria ser a de abrir sua alma aos ensinamentos interiores. Os mundos do Imperium, o Landsraad e a Confederação CHOAM não têm nenhuma mensagem para transmitir a eles, apenas os destituirão de sua alma.**
>
> – O Pregador, em Arrakina

Ao redor de lady Jéssica, alcançando longe na planura da pista de pouso na qual seu transporte estava estacionado, rangendo e estalando depois de seu mergulho desde o espaço, espalhava-se um verdadeiro mar de gente. Ela estimou um público da ordem de meio milhão de pessoas das quais possivelmente apenas um terço era de peregrinos. Estavam todos em pé e imóveis, guardando um silêncio assombrado, com a atenção colada na plataforma de saída do transporte, cuja escotilha sombria ocultava lady Jéssica e seu séquito.

Faltavam duas horas para o meio-dia, mas o ar que pairava sobre o povaréu já estava refletindo uma empoeirada luminosidade que prometia um dia quente.

Jéssica tocou seu cabelo ruivo riscado de prata no ponto em que emoldurava seu rosto oval abaixo do capuz da aba de Reverenda Madre. Ela sabia que não estava com sua melhor aparência após uma viagem tão longa e que o preto da aba não era a cor que mais a favorecia. Mas ela já havia usado esse traje antes. O significado da aba não seria ignorado pelos fremen. Ela suspirou. Viagens espaciais não lhe faziam bem, e tinha havido o ônus adicional de suas lembranças – da outra viagem de Caladan para Arrakis quando seu duque fora forçado a vir para esse feudo, ainda que contra sua vontade.

Lentamente, sondando o ambiente com a habilidade de seu treinamento Bene Gesserit para detectar minúcias significativas, ela examinou aquele mar de pessoas. Havia trajestiladores com capuzes cinza-chumbo, trajes dos fremen do deserto profundo; peregrinos de mantos brancos com marcas de penitentes nos ombros; bolsões esparsos de mercadores ricos, sem capuz, em trajes leves para exibir seu desdém pela perda de água no ar ressequido de Arrakina... e havia a delegação da Sociedade dos Fiéis, de mantos verdes e capuzes pesados, num grupo à parte, protegidos pelo círculo da santidade de seu próprio grupo.

Somente quando ela ergueu os olhos que esquadrinhavam a multidão foi que a cena retomou alguma semelhança com a que a havia saudado na ocasião em que ali chegara com seu bem-amado duque. Há quanto tempo tinha sido isso? *Há mais de vinte anos*. Ela não gostava de pensar nos batimentos acelerados de seu coração que se intrometiam naquele instante. Em seu íntimo, o tempo se depositava como peso morto e a sensação era de que todos os anos em que estivera distante daquele planeta não tinham existido.

Mais uma vez, adentrando a boca do dragão, ela pensou.

Aqui, neste planalto, seu filho tinha arrancado o Imperium das garras do finado Shaddam IV. Uma convulsão histórica havia imprimido esse local nas mentes e nas crenças dos homens.

Ela ouviu o burburinho inquieto do séquito atrás de si e mais uma vez suspirou. Eles deviam esperar por Alia, que estava atrasada. Agora já se podia ver o cortejo de Alia aproximando-se da borda externa da multidão, desencadeando uma onda humana com a Guarda Real em formação de cunha que abria passagem.

Jéssica examinou o cenário todo mais uma vez. Muitas diferenças se evidenciavam à sua mirada investigativa. Um púlpito para orações fora acrescentado à torre de controle do campo de pouso. E, visível na extremidade esquerda, do outro lado do planalto, erguia-se a formidável pilha de açoplás que Paul tinha erguido para ser sua fortaleza – seu "sietch sobre a areia". Era a maior de todas as construções individuais que jamais se vira erguer pelas mãos do homem. Cidades inteiras poderiam ter sido abrigadas dentro de seus muros, com espaço de sobra. Agora, era a sede da mais poderosa força governante do Imperium, a "Sociedade dos Fiéis" de Alia, que ela montara sobre o cadáver do irmão.

Esse lugar deve desaparecer, Jéssica pensou.

A delegação de Alia tinha alcançado a base da rampa de saída e se postara ali, aguardando. Jéssica reconheceu os traços enrugados de

Stilgar. *E que Deus me ajude!* Ali estava a princesa Irulan mascarando sua selvageria com o corpo sedutor e o halo de seus cabelos dourados esvoaçando ao sopro de uma brisa ligeira. Irulan não parecia ter envelhecido um dia sequer. Uma afronta. E lá, na ponta da cunha, vinha Alia com seus traços imprudentemente juvenis, os olhos dirigidos para cima, para as sombras que envolviam a escotilha. Os lábios de Jéssica se apertaram e formaram uma linha reta, e ela examinou intensamente o rosto da filha. Uma sensação de chumbo latejou, atravessando o corpo de Jéssica, e ela ouviu o som da rebentação de sua própria vida ondulando em seus ouvidos. *Os rumores eram verdadeiros! Que horror! Que horror!* Alia tinha descambado para o caminho proibido. Ali estavam as evidências que uma iniciada saberia ler. *Abominação!*

Nos poucos minutos de que precisou para se recompor, Jéssica se deu conta do quanto havia esperado que os boatos fossem falsos.

E quanto aos gêmeos?, ela se indagou. *Será que eles também estão perdidos?*

Lentamente, como corresponde à mãe de um deus, Jéssica se afastou das sombras e alcançou a borda da rampa. Seu séquito ficou para trás, como ela havia instruído. Os instantes seguintes eram cruciais. Jéssica postou-se sozinha, perfeitamente à vista de toda aquela multidão. Ouviu quando Gurney Halleck deu uma pequena tossida nervosa atrás dela. Ele havia objetado: *"Sem nenhum tipo de escudo para protegê-la? Deuses das profundezas, mulher! Você perdeu o juízo!"*.

Mas entre os aspectos mais valiosos de Gurney estava seu núcleo de obediência. Ele diria o que achava necessário e então obedeceria. Agora era o momento de obedecer.

O mar humano emitiu um som, que lembrava o silvo de um verme da areia gigante, assim que Jéssica saiu das sombras. Ela ergueu os braços para realizar o gesto de abençoar com o qual a casta dos sacerdotes tinha condicionado o Imperium. Evidenciando significativos bolsões de relutância, mas ainda como um único organismo gigantesco, o povo se pôs de joelhos. Até mesmo o cortejo oficial aderiu à reverência.

Jéssica tinha registrado os grupos relutantes em meio à multidão e sabia que outros olhos atrás dela e entre seus agentes infiltrados no público tinham memorizado um mapa temporário com base no qual identificar os tardios.

Enquanto Jéssica continuava com os braços levantados, Gurney e seus homens saíram das sombras. Passaram por ela rapidamente para descer a rampa, ignorando os olhares surpresos dos integrantes do cortejo oficial e indo ao encontro dos agentes que se identificavam por sinais de mão. Sem demora se espalharam em meio ao mar humano, saltando montinhos de gente ajoelhada e se esgueirando em meio a trilhos estreitos. Alguns indivíduos que eram seu alvo viram o perigo e tentaram fugir. Esses foram os mais fáceis; uma faca lançada, um laço de garrote, e os fugitivos caíam ao chão. Os outros foram apartados do povo e tiveram as mãos atadas e os pés amarrados.

Durante todo esse procedimento, Jéssica continuou com os braços estendidos e erguidos, abençoando com sua presença e mantendo a turba toda submissa. Apesar disso, ela lera os sinais de boatos que se espalhavam e sabia qual era o predominante porque tinha sido plantado: *"A Reverenda Madre retorna para extirpar os indolentes. Abençoada seja a mãe de nosso Senhor!"*.

Quando tudo havia terminado – e alguns corpos mortos estavam estendidos na areia, com cativos já removidos para as celas de detenção sob a torre de pouso –, Jéssica abaixou os braços. Talvez tivessem decorrido três minutos. Ela sabia que havia pouca chance de Gurney e seus homens terem de fato removido os líderes da insubordinação, aqueles que representavam a ameaça mais poderosa. Eles seriam mais sensíveis e estariam mais alertas, mas entre os cativos também havia presas interessantes junto com os usuais simplórios e paus-mandados.

Jéssica baixou os braços e o povo, vibrando de exultação, se colocou de novo em pé. Como se não tivesse acontecido nada de mais, Jéssica desceu a rampa sozinha, evitando a filha e dirigindo a Stilgar toda a sua mais concentrada atenção. A barba preta que se espalhava pelo pescoço do capuz de seu trajestilador como um delta ingovernável continha manchas cinzentas, mas seus olhos transmitiam a mesma intensidade sem branco que tinham apresentado a ela na primeira vez que se haviam visto no deserto. Stilgar sabia o que tinha acabado de acontecer e aprovava. Ali estava um verdadeiro naib fremen, um líder de homens, capaz de tomar decisões sangrentas. Suas primeiras palavras foram completamente apropriadas.

– Bem-vinda ao lar, milady. É sempre um prazer presenciar uma ação direta e eficaz.

Jéssica se permitiu um minúsculo sorriso.

– Feche o porto, Stil. Ninguém sai até termos interrogado os detidos.

– Isso já foi providenciado, milady – informou Stilgar. – Os homens de Gurney e eu planejamos isso juntos.

– Então eram seus homens os que nos ajudaram.

– Alguns deles, milady.

Ela entendeu a reserva insinuada e anuiu com um movimento de cabeça.

– Você me estudou muito bem naqueles tempos, Stil.

– Como certa vez a senhora se deu o trabalho de me dizer, observamos os sobreviventes e aprendemos com eles.

Alia se adiantou nesse momento e Stilgar deu um passo para o lado, enquanto Jéssica confrontava a filha.

Sabendo que não havia como ocultar o que havia descoberto, Jéssica não tentou nenhuma manobra de mascaramento. Alia era capaz de ler nas entrelinhas quando isso era preciso e podia fazê-lo tão bem quanto qualquer adepta da Irmandade. Ela já percebera, pela conduta de Jéssica, o que tinha sido visto e interpretado. Ambas eram inimigas para quem o termo *mortal* apenas arranhava a superfície da questão.

Alia escolheu a raiva como a reação mais fácil e apropriada.

– Como ousa planejar uma ação como essa sem ao menos me consultar? – ela questionou, aproximando o rosto do de Jéssica.

– Como você acaba de ouvir, nem Gurney me inteirou do plano todo – Jéssica respondeu mansamente. – Foi concebido...

– E você, Stilgar! – Alia vociferou, caindo sobre ele. – A quem *você* é leal?

– Minha palavra é para com os filhos de Muad'Dib – Stilgar redarguiu, falando com dureza. – Removemos uma ameaça a eles.

– E por que isso não a enche de alegria... filha? – Jéssica indagou.

Alia piscou, lançou os olhos para a mãe, abafou o tumulto interior e até conseguiu forjar um sorriso.

– *Estou* cheia de alegria... mãe – ela respondeu. E, para sua própria surpresa, Alia percebeu que *estava* mesmo feliz, vivenciando um terrível contentamento diante do fato de tudo ter sido finalmente deixado às claras entre ela e a mãe. O momento que tanto temera tinha passado e o equilíbrio de forças não havia sido realmente modificado. – Discutiremos isso em maiores detalhes em outro momento mais conveniente – Alia concluiu, dirigindo-se tanto para a mãe como para Stilgar.

– Ora, claro que sim – disse Jéssica, girando com um aceno para encerrar esse diálogo e voltar sua atenção para a princesa Irulan.

No intervalo de alguns batimentos de coração, Jéssica e a princesa ficaram paradas em silêncio, estudando-se reciprocamente. Elas eram duas Bene Gesserit que haviam rompido com a Irmandade pelo mesmo motivo: amor... e as duas por amor a homens que agora estavam mortos. A princesa tinha amado Paul em vão. Fora sua esposa, mas não sua companheira. E agora vivia somente para os filhos que Chani, a concubina fremen de Paul, lhe havia dado.

Jéssica falou primeiro:

– Onde estão meus netos?

– Em Sietch Tabr.

– Aqui é perigoso demais para eles. Entendo.

Irulan permitiu-se um mínimo aceno de cabeça. Ela havia acompanhado a interação entre Jéssica e Alia, mas cuidara da cena com a interpretação que Alia lhe havia fornecido: *"Jéssica retornou para a Irmandade, e nós duas sabemos que elas têm planos para os filhos de Paul"*. Irulan nunca fora a mais competente das adeptas das Bene Gesserit e era valiosa somente pelo fato de ser a filha de Shaddam IV, e não por nenhum outro motivo; em geral, era orgulhosa demais para se dedicar ao desenvolvimento de suas habilidades. Agora tomava partido com uma brusquidão que não enaltecia seu treinamento.

– Realmente, Jéssica – argumentou Irulan –, o Conselho Real deveria ter sido consultado. Foi errado de sua parte agir somente através...

– Devo acreditar que nenhuma de vocês confia em Stilgar? – Jéssica indagou.

Irulan era perspicaz o suficiente para perceber que não poderia haver resposta para essa pergunta. Ficou feliz quando os delegados religiosos, incapazes de conter por mais tempo sua impaciência, se aproximaram com decisão. Enquanto trocava um olhar com Alia, estava pensando: *Como sempre, Jéssica é tão altiva e convicta de si mesma!* Todavia, um axioma Bene Gesserit brotou espontaneamente em sua cabeça: *"O altivo de fato constrói muros de castelo atrás dos quais esconde suas dúvidas e seus medos"*. Será que isso se aplicava à Jéssica? Certamente não. Então devia ser pose. Mas com que propósito? Essa pergunta perturbava Irulan.

Os sacerdotes se alvoroçavam para tomar posse da mãe de Muad'Dib. Alguns a tocavam nos braços, mas a maioria fazia mesuras exageradas e externava suas boas-vindas. Finalmente, os líderes da delegação tiveram sua vez com a Mais Santa Reverenda Madre, aceitando o papel ordenado – "Os primeiros serão os últimos" – com sorrisos treinados, dizendo a ela que a cerimônia oficial de Lustração a aguardava no Forte, a antiga cidadela-fortaleza de Paul.

Jéssica estudou os dois e achou ambos repugnantes. O que se chamava Javid era um rapaz de traços taciturnos e bochechas redondas, olhos sombrios que não conseguiam encobrir as suspeitas que espreitavam no fundo do seu ser. O outro era Zebataleph, o segundo filho de um naib que ela havia conhecido nos tempos com os fremen, como ele prontamente a lembrou. Ele era fácil de se classificar: jovialidade associada com crueldade, rosto fino com barba loura, exalava um ar de secreta empolgação e conhecimentos poderosos. Javid lhe pareceu muito mais perigoso que o outro; era alguém que abrigava convicções secretas, sendo ao mesmo tempo magnético e – não lhe ocorria nenhuma outra palavra – *repulsivo*. O sotaque dele lhe pareceu estranho, cheio de pronúncia fremen antiga, como se ele tivesse vindo de alguma comunidade isolada de seu próprio povo.

Então ela lhe perguntou:

– Diga-me, Javid, de onde você vem?

– Sou apenas um simples fremen do deserto – ele respondeu, permitindo que cada sílaba desmentisse essa afirmação.

Zebataleph se intrometeu com uma deferência ofensiva, quase sarcástica:

– Temos muito que conversar sobre os velhos tempos, milady. Como a senhora sabe, fui um dos primeiros a reconhecer a sagrada natureza da missão de seu filho.

– Mas você não foi um dos Fedaykin dele – ela apontou.

– Não, milady. Estava possuído por uma propensão mais filosófica. Estudei para me tornar sacerdote.

E com isso garantiu que sua pele ficasse bem salva, ela pensou.

– Estão esperando por nós no Forte, milady – Javid informou.

Novamente, ela achou estranho o sotaque do rapaz, e essa era uma questão em aberto que pedia uma resposta.

– Quem espera por nós? – ela quis saber.

– A Convocação da Fé, todos aqueles que mantêm acesa a chama do nome e dos feitos de seu santo filho – Javid respondeu.

Jéssica olhou em torno e, quando viu Alia sorrindo para Javid, indagou:
– Este homem é um de seus indicados, filha?
– Um homem destinado a grandes realizações – Alia assentiu.

Mas Jéssica notou que Javid não apreciava essa espécie de atenção. O que o deixou marcado, em sua mente, para que Gurney o estudasse com cuidado. E ali vinha Gurney com cinco homens de confiança, sinalizando que tinha os suspeitos em processo de interrogatório. Caminhou até ela com as passadas ritmadas de um homem poderoso, os olhos perscrutando rapidamente o que acontecia à direita e à esquerda, em todo o entorno, cada músculo de seu corpo no estado de descontraída vigilância que ela lhe havia ensinado com base em princípios do manual *prana-bindu* das Bene Gesserit. Ele era feio e desajeitado, com reflexos treinados, um assassino e totalmente aterrorizante para algumas pessoas, enquanto Jéssica o amava e apreciava mais do que qualquer outro homem vivo. A cicatriz da chicotada de cipó-tinta circundava seu queixo, dando-lhe uma aparência sinistra, mas um sorriso abrandou-lhe a expressão quando ele viu Stilgar.

– Parabéns, Stil – ele comentou. E trocaram um cumprimento ao modo dos fremen.

– A Lustração – insistiu Javid, tocando o braço de Jéssica.

Jéssica recuou, escolhendo cuidadosamente as palavras que diria com o poder controlado da Voz, num tom deliberadamente calculado para surtir um efeito emocional preciso em Javid e Zebataleph:

– Voltei a Duna para ver meus netos. Será preciso usar tempo para esse absurdo sacerdotal?

Zebataleph reagiu com uma expressão de choque. A boca abriu e o queixo caiu, os olhos demonstraram sinal de alarme e ele relanceou a vista pelo grupo dos que tinham ouvido aquele comentário. Seus olhos registraram cada um dos ouvintes. *Absurdo sacerdotal!* Que efeito poderiam ter tais palavras, vindas da mãe do messias de todos eles?

Entretanto, Javid confirmou a avaliação que Jéssica havia feito anteriormente. A boca do jovem sacerdote endureceu e depois sorriu. Os olhos não sorriram, nem se dirigiram aos ouvintes para marcar a reação deles. Javid já conhecia cada membro de seu grupo. Ele tinha um mapa no seu raio de audição de todos que seriam observados com cuidados especiais deste momento em diante. Somente alguns segundos depois, Javid parou de sorrir com uma brusquidão que mostrava que ele sabia como havia se traído. Ele não deixara de fazer sua lição de casa: ele conhecia os poderes de observação que lady Jéssica possuía. Com um meneio curto e contraído de sua cabeça reconheceu esses poderes.

Num instantâneo lampejo de mentação, Jéssica sopesou as necessidades. Um sutil sinal com a mão para Gurney traria a morte de Javid. Isso poderia ser feito ali, de imediato, para deixar uma clara impressão, ou sigilosamente mais tarde e de maneira que parecesse ter sido por acidente.

Ela pensou: *Quando tentamos ocultar nossos motivos mais profundos, o ser todo proclama a traição.* O treinamento Bene Gesserit orientava para essa revelação: elevando as adeptas acima disso e ensinando-lhes a ler a carne dos outros como um livro aberto. Ela viu a inteligência de Javid como algo valioso, como um peso temporário na balança. Se ele pudesse ser conquistado e se aliasse a ela, poderia ser o elo de que necessitava, a linha até o clero arrakino. E era o homem de Alia.

– Meu cortejo oficial deve continuar pequeno – Jéssica continuou. – Mas temos espaço para mais um. Javid, você virá conosco. Zebataleph, desculpe-me. E Javid... compareço a essa... a essa cerimônia, se você insiste.

Javid permitiu-se exalar um profundo suspiro e em voz baixa respondeu:

– Como ordenar a mãe de Muad'Dib. – Olhou brevemente para Alia, para Zebataleph e novamente para Jéssica. – Dói-me adiar o encontro com seus netos, mas há... hmmm... razões de Estado...

Jéssica pensou: *Bom. Acima de tudo ele é um homem de negócios. Assim que estabelecermos a quantidade certa de moedas, nós o compraremos.* E ela se percebeu desfrutando o fato de ele ter insistido em sua preciosa cerimônia. Essa pequena vitória lhe daria poder perante os colegas e os dois sabiam disso. Aceitar a Lustração poderia ser um adiantamento pelos futuros serviços do jovem sacerdote.

– Imagino que tenha providenciado um transporte – ela disse.

> **Eu lhe dou o camaleão do deserto cuja habilidade de se mesclar com o ambiente lhe diz tudo que você precisa saber sobre as origens da ecologia e as bases de uma identidade pessoal.**
>
> – Livro das *Diatribes* da Crônica de Hayt

Leto estava sentado tocando um pequeno baliset que lhe tinha sido enviado em seu aniversário de cinco anos pelo mais exímio artista nesse instrumento, Gurney Halleck. Depois de quatro anos praticando, Leto tinha conseguido desenvolver certa fluência, embora as duas cordas laterais graves ainda lhe dessem trabalho. Para ele, porém, tocar o baliset era uma atividade tranquilizadora, que acalmava determinadas inquietações, fato que Ghanima não deixara de perceber. Agora, ele estava sentado ao entardecer numa rocha plana, na extremidade mais ao sul do afloramento de pedras fendidas que protegia Sietch Tabr. Ele tocava o instrumento suavemente.

Ghanima estava atrás dele, e toda ela, mesmo pequenina, irradiava seu protesto. Ela não quisera vir até aqui, ao ar livre, depois de saber por Stilgar que sua avó tinha sido detida em Arrakina. Ela objetava a esse passeio em especial porque já estava quase de noite. Tentando apressar seu irmão, perguntou:

– Pois bem, o que foi?

Em resposta, ele deu início a outra melodia.

Pela primeira vez desde que aceitara o presente, Leto tomou nítida consciência de que aquele instrumento tinha sido produzido por um mestre artesão em Caladan. Ele tinha lembranças herdadas que eram capazes de inundá-lo com uma profunda saudade em relação àquele lindo planeta governado pela Casa Atreides. Leto só precisava relaxar suas barreiras internas em presença da música para ouvir as recordações daqueles tempos em que Gurney usara o baliset para ludibriar seu amigo e encargo, Paul Atreides. Com o instrumento soando em suas próprias mãos, Leto se sentiu cada vez mais dominado pela presença psíquica de seu pai. Ainda assim, ele continuava a tocar, intensificando sua relação com o instrumento a cada segundo que passava. Ele sentia a absoluta culminação idealizada em seu íntimo de que *sabia* como tocar aquele baliset, embora seus músculos de nove anos de idade ainda não tivessem sido condicionados no mesmo nível dessa percepção.

Ghanima bateu algumas vezes com o pé, impaciente, alheia ao fato de que estava acompanhando o ritmo da melodia executada pelo irmão.

Com a boca desenhada num ricto de concentração, Leto interrompeu a música conhecida e tentou uma canção ainda mais antiga do que qualquer outra que até Gurney tivesse tocado. Essa peça já era antiga quando os fremen migraram para seu quinto planeta. As palavras reproduziam um tema zen-sunita e ele as ouviu em sua memória enquanto seus dedos executavam uma versão irregular da melodia.

> *A bela forma da natureza*
> *Contém uma essência amorosa*
> *Que alguns chamam decadência.*
> *Por sua adorável presença*
> *A nova vida encontra um caminho.*
> *Lágrimas que escorrem em silêncio*
> *São somente águas da alma:*
> *Trazem nova vida*
> *À dor de ser...*
> *Uma separação daquela visão*
> *Que a morte torna completa.*

Ghanima falou atrás dele quando ele dedilhou a última nota:
– Essa é uma canção velha e sórdida. Por que escolheu essa?
– Porque cai bem.
– Você vai tocá-la para Gurney?
– Talvez.
– Ele vai dizer que é um absurdo descabido.
– Eu sei.

Leto girou a cabeça para olhar por cima do ombro para a irmã. Não era nenhuma surpresa para ele que Ghanima conhecesse a música e a letra, mas ele sentiu uma onda repentina de admiração pela singularidade de suas vidas gêmeas. Um deles poderia morrer e ao mesmo tempo seguir vivendo na consciência do outro, com todas as lembranças compartilhadas intactas. Eram próximos nesse nível. Assustado com a sensação dessa teia atemporal de proximidade, Leto desviou o olhar da irmã. Ele sabia que essa teia tinha falhas. Seu medo vinha da falha mais recente. Ele percebia que a vida deles estava começando a se distanciar e questionou-se: *Como dizer para ela isso que só aconteceu comigo?*

Leto alongou o olhar sobre o deserto, reparando nas sombras intensas por trás das barachans, aquelas dunas migratórias em forma de lua crescente que se deslocam como ondas por Arrakis. Ali era o *kedem*, o deserto interior, e agora raramente suas dunas eram marcadas pelas irregularidades do avanço de um verme gigante. O pôr do sol inscrevia laivos cor de sangue nas dunas, recobrindo as beiradas das sombras com uma luminosidade incandescente. Um gavião em voo descendente no céu carmesim capturou sua atenção quando fisgou uma perdiz-das-rochas em pleno ar.

Diretamente abaixo dele, no solo do deserto, as plantas cresciam numa variada profusão de verdes, abastecidas de água por um qanat que escoava um pouco a céu aberto e um pouco por dentro de túneis cobertos. A água vinha de imensos coletores movidos por moinhos dispostos atrás de Leto, no ponto mais alto da rocha. O estandarte verde dos Atreides tremulava ali explicitamente.

Água e verde.

Os novos símbolos de Arrakis: água e verde.

Um oásis de dunas plantadas em formato de diamante se espalhava embaixo do afloramento elevado onde ele estava encarapitado focalizando sua atenção na penetrante consciência fremen. O pio metálico de uma ave noturna soou desde o penhasco que se abria aos pés de Leto e amplificava sua sensação de que estava vivendo esse momento como se num passado selvagem.

Nous avons changé tout cela, ele pensou, retomando facilmente uma das línguas antigas que ele e Ghanima usavam em particular. *"Nós mudamos tudo isso."* Ele suspirou. *Oublier je ne puis. "Não posso esquecer."*

Além do oásis, ele conseguia ver com o recurso dos últimos vestígios de luz a terra que os fremen chamavam "O Vazio" – ali onde nada cresce, a terra jamais é fértil. A água e o grande plano ecológico estavam mudando isso. Havia locais em Arrakis agora onde se podia admirar o luxuriante veludo verde dos morros recobertos por florestas. Florestas em Arrakis!

Alguns membros da nova geração achavam difícil imaginar dunas por baixo desses ondulantes relevos em verde. Para olhos assim tão jovens não havia nenhum choque de valores em ver a folhagem lisa de árvores tropicais. Mas Leto se flagrou pensando então conforme o velho modo fremen, desconfiado de mudanças, temeroso diante do novo.

– As crianças me dizem que agora elas raramente encontram trutas da areia aqui, perto da superfície – ele comentou.

– E o que isso deve indicar? – Ghanima indagou, com petulância na voz.

– As coisas estão começando a mudar muito depressa – ele respondeu.

Novamente o pássaro trinou no penhasco e a noite caiu de vez sobre o deserto, assim como o gavião tinha caído sobre a perdiz. Frequentemente, a noite o sujeitava a um ataque insidioso de lembranças – todas aquelas vidas interiores clamando por ter cada uma seu momento. Ghanima não objetava a esse fenômeno da mesma maneira que ele. Ela sabia, porém, que ele estava inquieto, e ele sentiu a mão dela tocá-lo no ombro em sinal de solidariedade.

Então, arrancou um acorde raivoso do baliset.

Como dizer a ela o que estava acontecendo com ele?

Em sua cabeça havia guerras, vidas não computadas processando em parcelas suas antigas lembranças: acidentes violentos, a languidez do amor, as cores de muitos lugares e muitas fisionomias... os padecimentos enterrados e as alegrias esfuziantes de multidões. Ele ouviu elegias a primaveras em planetas que não existiam mais, danças na mata à luz de fogueiras, gemidos e saudações, toda uma colheita interminável de conversas.

O momento mais difícil para fazer frente a essa investida era ao ar livre, ao cair da noite.

– Será que não era melhor irmos andando? – Ghanima perguntou.

Ele sacudiu a cabeça, e ela sentiu o movimento, finalmente se dando conta de que as aflições que o atormentavam eram mais profundas do que ela havia inicialmente percebido.

Por que tantas vezes eu saúdo a noite aqui, ao relento?, Leto se questionou. Ele não sentiu a irmã retirar a mão. Então ela disse:

– Você sabe por que se atormenta desse jeito.

Ele captou a delicada reprimenda na voz da irmã. Sim, ele sabia. A resposta estava bem ali, no campo de sua consciência, totalmente óbvia: *Porque aquele grande conhecido-desconhecido interior me transporta como uma onda*. Ele sentia seu passado se encrespando e avolumando como se estivesse numa prancha de surfe. Tinha em si, distribuídas ao longo do tempo, as recordações da presciência de seu pai superpostas a tudo o mais. Todavia, ainda queria ter todos aqueles passados. Ele os queria. E eram todos tão perigosos. Agora ele sabia completamente disso com essa nova coisa que ele teria de contar à Ghanima.

O deserto estava começando a brilhar ao fulgor da primeira lua que vinha surgindo no céu. Ele contemplou a falsa imobilidade das dobras de areia, que se estendiam infinitamente. À sua esquerda, a pequena distância, estava O Serviçal, um afloramento de rochas que as tempestades de areia soprada pelo vento do deserto tinham reduzido a uma silhueta baixa e sinuosa como um verme escuro esgueirando-se pelas dunas. Algum dia, a rocha debaixo dele seria lavrada até uma forma semelhante e Sietch Tabr não existiria mais, exceto nas recordações de alguém como ele. Ele não tinha dúvidas de que existiria alguém como ele.

– Por que você está olhando para O Serviçal? – perguntou Ghanima.

Ele encolheu os ombros. Desafiando as ordens de seus guardiões, ele e a irmã costumavam ir até O Serviçal. Tinham descoberto ali um esconderijo secreto, e Leto sabia agora por que aquele lugar os atraía tanto.

Embaixo dele, a uma distância diminuída pela escuridão, um trecho aberto do qanat cintilava à luz da lua. Sua superfície enrugava com os movimentos dos peixes predadores que os fremen sempre depositavam em sua água armazenada para inibir a presença das trutas da areia.

– Estou entre os peixes e os vermes – ele murmurou.

– O quê?

Ele repetiu a declaração em voz mais alta.

Ela levou uma das mãos à boca, começando a desconfiar do que é que estava se remexendo dentro do irmão. O pai dela tinha agido do mesmo modo. Era preciso apenas que ela contemplasse suas lembranças e comparasse.

Leto estremeceu. Recordações que o aprisionavam a lugares que sua carne nunca conhecera propunham-lhe respostas para perguntas que ele ainda não tinha formulado. Ele via relacionamentos e eventos se desenrolando contra o pano de fundo de uma gigantesca tela interior. O verme da areia de Duna não cruzava a água, já que a água o envenenava. Contudo, desde os tempos pré-históricos, a água já era conhecida por ali.

Bolsões de gipsita branca atestavam a presença de lagos e mares de priscas eras. Poços profundos localizavam água que as trutas da areia tinham lacrado. Com a mesma clareza de quem tivesse testemunhado os acontecimentos, ele via o que havia se passado nesse planeta, e isso o preenchia com a sensação premonitória das mudanças cataclísmicas que a intervenção humana estava desencadeando.

Com a voz somente um pouco mais elevada do que um murmúrio, ele disse:

– Eu sei o que aconteceu, Ghanima.

Ela se curvou para ele.

– Sim?

– As trutas da areia...

Então calou-se, e ela se perguntou por que ele continuava se referindo à fase haploide do gigantesco verme da areia deste planeta, mas não teve coragem de provocar o irmão. Então, ele repetiu:

– A truta da areia foi introduzida aqui, trazida de outro lugar. Antes este era um planeta úmido. Elas proliferaram além da capacidade dos ecossistemas existentes de lidar com elas. As trutas da areia enquistaram a água existente e desertificaram o planeta... e fizeram isso para sobreviver. Num planeta suficientemente seco, elas puderam evoluir para a fase de verme da areia.

– A truta da areia? – Ghanima balançou a cabeça. Não que duvidasse dele, mas não estava interessada em escarafunchar as profundezas de onde ele havia extraído essa informação. Então ela pensou: *Truta da areia?* Muitas vezes, nesta carne e em outra, ela se divertira com esse jogo de crianças, remexer a areia em busca de trutas da areia, cutucando a criatura que então se revestia com um fino invólucro membranoso como uma luva antes de levá-la à morte com a água. Era difícil imaginar que essa criaturinha sem inteligência fosse responsável por eventos tão enormes.

Leto assentiu com a cabeça à sua questão. Os fremen eram conhecidos por sempre terem instalado peixes predadores em suas cisternas de água. A truta da areia haploide resistia ativamente a grandes acúmulos de água perto da superfície do planeta. Os predadores nadavam no qanat debaixo deles. Seu vetor de verme da areia era capaz de enfrentar pequenas quantidades de água – quantidades guardadas em cativeiro celular pela carne humana, por exemplo. Mas, diante de grandes corpos aquáticos, suas fábricas químicas enlouqueciam e explodiam na transformação mortal que produzia o perigoso concentrado de mélange, a droga conscientizadora radical empregada em frações diluídas nas orgias do sietch. O concentrado puro tinha feito Paul Muad'Dib transpor as muralhas do Tempo, afundando naquele poço da dissolução que nenhum outro homem tinha sequer ousado vislumbrar.

Ghanima sentiu o irmão tremendo ali onde estava sentado, à frente dela.

– O que você fez? – ela exigiu saber.

Mas ele não saía de seu próprio fio de revelações.

– Com menos trutas da areia, a transformação ecológica do planeta...

– Claro que elas se oporiam a isso – ela disse, começando agora a compreender o medo que havia na voz dele, atraída pela voragem dessa coisa, ainda que contra sua vontade.

– Quando a truta da areia se for, também irão todos os vermes – ele continuou. – As tribos devem ser avisadas.

– A especiaria acabaria – ela concluiu.

As palavras apenas roçavam pelos pontos altos do perigo sistemático que ambos viam suspenso sobre a invasão humana contra os relacionamentos ancestrais em Duna.

– É o que Alia sabe – ele disse. – É por isso que ela se vangloria.

– E como você pode ter certeza disso?

– Estou certo.

Agora ela sabia sem dúvida o que afligia o irmão, e ela sentiu esse conhecimento percorrê-la como um calafrio.

– As tribos não vão acreditar em nós se ela negar – contrapôs Leto.

Essa afirmação dizia respeito ao problema essencial da existência deles dois: que fremen esperaria tamanha sabedoria de uma criança de nove anos? Alia, a cada dia distanciando-se mais e mais de seus próprios compartilhamentos interiores, manipulava esse fato.

– Temos de convencer Stilgar – sugeriu Ghanima.

Em uníssono, suas cabeças viraram para que contemplassem o deserto banhado pelo luar. Era um lugar diferente agora, modificado por apenas uns poucos instantes de percepção. A interação humana com esse ambiente nunca tinha sido tão aparente para eles quanto naquele momento. Eles se sentiam parte integral de um sistema dinâmico mantido numa ordem delicadamente equilibrada. A nova perspectiva envolvia uma verdadeira mudança de orientação de consciência que os inundava com observações. Como Liet-Kynes tinha dito, o universo era um lugar de constante conversação entre populações animais. As trutas da areia haploides tinham falado com eles como animais humanos.

– As tribos compreenderiam uma ameaça à água – Leto propôs.

– Mas é uma ameaça que vai além da água. É uma... – mas ela se calou, compreendendo o significado mais profundo de suas palavras. A água era o símbolo final do poder em Arrakis. Em suas origens, os fremen permaneciam animais de aplicação especial, sobreviventes do deserto, especialistas em governança em condições de estresse. E, quando a água se tornou abundante, uma estranha transferência de símbolos lhes ocorreu, ainda que entendessem as antigas necessidades.

– Você quer dizer uma ameaça ao poder – ela o corrigiu.

– Claro.

– Mas será que eles irão acreditar em nós?

– Se virem acontecendo, perceberão o desequilíbrio.

– Equilíbrio – ela murmurou, e repetiu então as palavras ditas por seu pai há muito tempo: – É o que distingue um povo de uma turba.

As palavras de Ghanima despertaram o pai dentro de Leto, e ele recitou:

– Economia *versus* beleza, uma história mais antiga do que Sheba. – Ele suspirou e olhou por cima do ombro para ela. – Estou começando a ter sonhos prescientes, Ghani.

Um som sufocado e breve escapou da garganta dela.

– Quando Stilgar nos disse que nossa avó estava atrasada – ele disse –, eu já sabia sobre aquele momento. Agora, meus outros sonhos são suspeitos.

– Leto... – E ela balançou a cabeça, com os olhos úmidos. – Para o nosso pai aconteceu mais tarde. Você não acha que poderia ser...

– Já sonhei comigo protegido por uma armadura e correndo através das dunas – ele disse. – E estive em Jacurutu.

– Jacu... – e ela pigarreou um pouco. – Aquele mito antigo!

– Um lugar real, Ghani! Tenho de encontrar esse homem que chamam O Pregador. Tenho de encontrá-lo e interrogá-lo.

– Você acha que ele é... nosso pai?

– Faça essa pergunta a si mesma.

– Seria bem uma coisa dele – ela concordou –, mas...

– Não gosto das coisas que sei que farei – ele confessou. – Pela primeira vez na minha vida, entendo o nosso pai.

Ela se sentiu excluída dos pensamentos do irmão e comentou:

– Provavelmente, O Pregador é só um velho místico.

– Rezo para que sim – ele suspirou. – Oh, como rezo para que seja isso! – Ele então se balançou para a frente um pouco e depois ficou em pé. O baliset emitiu um som em sua mão, quando ele se mexeu. – Gostaria que ele fosse apenas Gabriel, sem uma trombeta. – E então contemplou em silêncio o deserto sob a luz da lua.

Ela se virou para olhar na mesma direção que ele, viu o brilho argênteo da vegetação apodrecendo na borda das plantações do sietch, e então as limpas sinuosidades que iam até a linha das dunas. Ali estava um lugar vivo. Ainda quando o deserto dormia, alguma coisa nele permanecia desperta. Ela sentiu essa vigília, ouvindo os animais num plano abaixo matando a sede no qanat. A revelação de Leto tinha transformado a noite: aquele era um momento vivo, um momento para descobrir regularidades dentro das perpétuas mudanças, um instante no qual sentir aquele longo movimento desde seu passado terrânico, todo ele encapsulado em suas lembranças de menina.

– Por que Jacurutu? – ela quis saber, e a ausência de inflexão em sua voz mudou seu estado de ânimo.

– Porque... não sei. Quando Stilgar nos falou disso pela primeira vez, contando como mataram as pessoas de lá e tornaram o lugar um tabu, achei... o que você também achou, mas o perigo vem de lá, agora... e d'O Pregador.

Ela não respondeu, não pediu que ele compartilhasse mais de seus sonhos prescientes com ela, e ela sabia quanto isso indicava para ele do terror que ela estava sentindo. Esse era um caminho que levava à Abominação, e ambos sabiam disso. A palavra permaneceu muda e em suspenso entre eles quando se viraram para tomar o caminho de volta, passando pelas pedras, até a entrada do sietch. *Abominação.*

> O universo é de Deus. É *uma coisa só*, uma totalidade em contraste com a qual todas as separações podem ser identificadas. A vida transitória, inclusive aquela vida consciente de si e dotada de raciocínio, que chamamos de senciente, detém apenas uma frágil curatela de qualquer porção da totalidade.
>
> – **Comentários da CTE (Comissão de Tradutores Ecumênicos)**

Halleck usou sinais com as mãos para transmitir a verdadeira mensagem ao mesmo tempo em que falava em voz alta sobre outros assuntos. Ele não gostara da pequena antecâmara que os sacerdotes haviam destinado a esse relatório, sabendo que estaria fervilhando de dispositivos de espionagem. Que eles tentem decifrar os mínimos sinais com as mãos, então. Os Atreides tinham usado esse meio de comunicação durante séculos, sem que ninguém conseguisse compreendê-los.

Lá fora a noite havia caído, mas aquele aposento não tinha janelas e dependia dos luciglobos instalados nos cantos superiores.

"Muitos dos que pegamos eram gente de Alia", Halleck sinalizou, observando o rosto de Jéssica enquanto falava com ela audivelmente para informar que o interrogatório ainda estava em andamento.

"Foi como você previu, certo?", os dedos de Jéssica piscaram uma resposta. Ela assentiu com um movimento de cabeça e enunciou uma resposta aberta:

– Vou esperar um relatório completo quando você estiver satisfeito, Gurney.

– Naturalmente, milady – ele aquiesceu, e, com os dedos, continuou: "Mas tem outra coisa, muito perturbadora. Sob o efeito de drogas fortes, alguns cativos mencionaram Jacurutu e, quando disseram esse nome, morreram".

Com os dedos, Jéssica perguntou: "Um interruptor de batimentos cardíacos condicionado?". Enquanto isso, perguntou em voz alta:

– Você já liberou algum dos cativos?

– Poucos, milady – os mais obviamente obtusos. – E os dedos dele dispararam o restante da informação: "Desconfiamos de uma compulsão cardíaca, mas ainda não temos certeza. As autópsias não estão concluídas. Todavia, pensei que a senhora deveria saber sobre essa questão de Jacurutu, por isso vim de imediato".

A isso Jéssica sinalizou um comentário, esforçando-se para ignorar o aperto da saudade no coração, falando de seu amor morto há tanto tempo: "Meu duque e eu sempre pensamos que Jacurutu fosse uma lenda interessante, provavelmente baseada em fatos".

– A senhora tem alguma ordem? – Halleck perguntou, em voz alta.

E Jéssica respondeu da mesma maneira, instruindo-o a voltar ao campo de pouso e relatar quando tivesse informações consistentes; mas, com os dedos, a mensagem foi outra: "Retome o contato com seus amigos entre os contrabandistas. Se Jacurutu existe, eles se sustentam vendendo a especiaria. Não haveria nenhum outro mercado para eles além dos contrabandistas".

Halleck curvou brevemente a cabeça para saudá-la enquanto, com os dedos, dizia: "Já dei início a esse curso de ação, milady". E, como ele não poderia ignorar o treinamento de uma vida inteira, acrescentou: "Tome muito cuidado aqui, neste lugar. Alia é sua inimiga e a maior parte do clero pertence a ela".

Ao que Jéssica respondeu manualmente: "Javid não. Ele detesta os Atreides. Duvido que alguém que não seja adepto possa detectar isso, mas tenho certeza. Ele conspira, e Alia não tem noção disso".

– Estou destinando mais alguns guardas para sua proteção pessoal – Halleck acrescentou em voz alta, evitando a discreta faísca de desprazer que os olhos de Jéssica traíam. – Tenho certeza de que há perigos rondando. A senhora passará a noite aqui?

– Iremos para Sietch Tabr mais tarde – ela o informou e hesitou, quase pedindo que ele não lhe mandasse mais guardas, mas resolveu se calar. O instinto de Gurney devia ser respeitado. Mais de um Atreides tinha aprendido essa lição, tanto para sua alegria como para seu padecimento. Depois, ela acrescentou:

– Tenho mais uma reunião: com o Mestre dos Noviciados, desta vez. Essa será a última, e então serei felizmente despachada para fora deste lugar.

> **E contemplei outra fera surgindo de dentro da areia; e ela tinha dois chifres como um carneiro, mas a boca era cheia de presas e soltava labaredas como um dragão, e seu corpo cintilava e incendiava com o forte calor, enquanto silvava como uma serpente.**
>
> – **Bíblia Católica Orange Revisada**

Ele mesmo se chamava *O Pregador*, e tinha passado a existir um medo assombroso em muitos habitantes de Arrakis de que ele pudesse ser Muad'Dib de regresso do deserto, absolutamente vivo. Muad'Dib poderia estar vivo, já que ninguém tinha encontrado seu cadáver. A propósito, quem já tinha visto algum dos corpos que o deserto tinha reclamado? Mesmo assim... Muad'Dib? Poderiam ser delineados pontos de comparação, embora ninguém dos tempos antigos tivesse se adiantado para dizer: "Sim, vejo que este é Muad'Dib. Eu o conheço".

Ainda assim... Como Muad'Dib, O Pregador era cego, com as órbitas vazias e cicatrizadas de uma maneira que as marcas poderiam ter sido causadas por um queima-pedra. E sua voz transmitia aquela penetração crepitante, aquela mesma força arrebatadora que exigia uma resposta do âmago da pessoa. Muita gente comentava isso. Ele era seco de tão magro, esse Pregador, e a pele de sua face grossa como couro, com cabelos muito grisalhos. Mas o deserto profundo deixava muitas pessoas com essa aparência. Era só olhar em volta para ter uma comprovação. E ainda havia outro fato para se levar em conta: O Pregador era conduzido por um jovem fremen, um rapaz sem sietch conhecido que, quando indagado, respondia que trabalhava como mercenário. Dizia-se que Muad'Dib, sabedor do futuro como era, não tinha necessitado de tal guia exceto no fim de tudo, quando o sofrimento se apoderou dele. Então, ele precisara de um guia; todos sabiam disso.

O Pregador tinha aparecido numa determinada manhã de inverno nas ruas de Arrakina, sua mão morena e de veias salientes pousada no ombro de seu jovem guia. O rapaz, que se apresentou como Assan Tariq, movia-se em meio ao pó com cheiro de pederneira do enxame de gente no início da manhã, conduzindo sua carga com a agilidade experiente dos nascidos em setores superpovoados, sem perder o contato uma única vez.

Observaram que o cego usava uma burka tradicional sobre um trajestilador ostentando as marcas daqueles que eram apenas confeccionados nas cavernas do sietch do deserto profundo. Não era como os trajes malfeitos que se viam atualmente. O tubo do nariz que capturava a umidade de sua respiração para as camadas de reciclagem sob a burka era envolto em sutache, daquele tipo de debrum preto que era tão raro de se ver hoje em dia. A máscara do traje sobre a metade inferior do rosto trazia manchas verdes que haviam sido escavadas pelos sopros da areia. Em tudo, esse Pregador era uma figura do passado de Duna.

Muitas pessoas dentre as primeiras aglomerações daquele inverno tinham reparado na passagem desses dois forasteiros. Afinal de contas, um fremen cego continuava sendo uma raridade. A lei fremen ainda consignava os cegos a Shai-hulud. Os termos da lei, embora fossem menos honrados nestes tempos atuais modernos e amolecidos pela água, continuavam imutáveis desde os primeiros dias. Os cegos eram um presente para Shai-hulud. Deviam ser expostos no *bled* aberto para serem devorados pelos grandes vermes. Quando isso era feito – e havia histórias que voltavam para as cidades – era sempre na região em que os maiores vermes ainda governassem, os chamados Velhos do Deserto. Assim, um fremen cego era uma verdadeira curiosidade, e as pessoas se detinham para observar a passagem do insólito par.

O rapaz parecia ter catorze anos-padrão e era um indivíduo da nova geração que usava trajestiladores modificados, em que o rosto ficava ao ar livre, que roubava a umidade. Seus traços eram esguios, seus olhos mostravam a tonalidade azul total provocada pela especiaria, o nariz era incompleto e ele demonstrava aquela expressão inócua da inocência que tantas vezes encobre o cínico conhecimento dos jovens. Por outro lado, o cego era um lembrete de tempos quase esquecidos; dava passadas largas e com uma elasticidade que só se alcançava depois de muitos anos palmilhando a areia com os próprios pés ou com um verme capturado a transportá-lo. Mantinha a cabeça naquela posição rígida imposta pelo pescoço imóvel que alguns cegos não conseguem deixar de ter. A cabeça protegida pelo capuz só se movia quando ele movimentava a orelha na direção de algum som interessante.

Filhos de Duna

Atravessando a multidão que se reunia para o dia, o estranho par apareceu e chegou finalmente aos degraus que, como hectares de terraços, levavam à escarpa que constituía o Templo de Alia, uma companhia condizente para o Forte de Paul. O Pregador foi subindo os degraus até que ele e seu jovem guia chegaram ao terceiro patamar, onde os peregrinos do hajj aguardavam a abertura matinal daqueles portões gigantescos acima deles. Essas eram portas grandes o bastante para ter franqueado a entrada de uma catedral inteira de uma das antigas religiões. Diziam que passar por uma delas era reduzir a alma do peregrino a um estado *micropó*, pequeno o suficiente para passar pelo buraco de uma agulha e entrar no Céu.

Na beirada do terceiro patamar, O Pregador se voltou e era como se estivesse olhando à sua volta, enxergando com suas órbitas vazias os residentes afetados e vaidosos daquela cidade, alguns dos quais inclusive eram fremen, com roupas que imitavam trajestiladores, mas não passavam de tecidos decorativos, *vendo* os ávidos peregrinos recém-desembarcados dos transportes espaciais da Guilda e esperando pelo primeiro passo em sua devoção que lhes garantiria um lugarzinho no paraíso.

O patamar era um lugar barulhento. Havia membros do Culto Espiritual do Mahdi em mantos verdes, com falcões vivos no braço, treinados para emitir um agudo "chamado para o Céu". Vendedores ofereciam alimentos aos berros. Muitas coisas estavam sendo postas à venda e as vozes que as apregoavam competiam em estridência. Havia o Tarô de Duna, com suas brochuras de comentários impressas em shigafio. Um vendedor exibia pedaços exóticos de um tecido "que podemos garantir que foi tocado pelo próprio Muad'Dib". Outros tinham frascos com água "com origem certificada em Sietch Tabr, onde viveu Muad'Dib". Em meio a tudo isso, ouviam-se conversas em mais de uma centena de dialetos de galach, entremeados com os ásperos sons guturais e ganidos das línguas *outrinas*, reunidas sob o manto do Santo Imperium. Dançarinos Faciais e pessoas pequenas de suspeitos planetas artesãos dos Tleilaxu saltitavam e rodopiavam em meio à turba, com seus trajes coloridos. Havia rostos magros e rostos gordos, cheios de água. O rumor de pés nervosos vinha do açoplás arenoso que formava os largos degraus. E, de vez em quando, destacava-se da cacofonia uma voz aguda e penetrante, entoando uma oração: "Mua-a-a-ad'Dib! Mua-a-a-ad'Dib! Conceda-me o que suplica minha alma! Você, que é ungido por Deus, atenda à minha alma! Mua-a-a-ad'Dib!".

Nas imediações da turba de peregrinos, dois profissionais de pantomimas atuavam por alguns trocados, recitando os versos do atualmente popular "Controvérsia de Armistead e Leandgrah".

O Pregador inclinou a cabeça para ouvir melhor.

Os pantomimeiros eram homens da cidade, de meia-idade, com vozes entediadas. Obedecendo a uma instrução do Pregador, o rapaz que o guiava descreveu os artistas para ele. Trajavam mantos soltos, que nem tentavam imitar trajestiladores em seus corpos cheios d'água. Assan Tariq achou isso engraçado, mas O Pregador o repreendeu.

O artista que fazia o papel de Leandgrah estava quase terminando esta oração: "Bah! O universo pode ser apreendido somente pela mão senciente. Essa mão é o que dirige o seu precioso cérebro e dirige tudo o mais que deriva do cérebro. Você vê o que criou, você *se torna* senciente, somente depois que a mão efetuou seu trabalho!".

Alguns aplausos esparsos cumprimentaram sua performance.

O Pregador aspirou o ar, e suas narinas registraram os ricos odores desse lugar: ésteres livres de trajestiladores mal ajustados, odores artificiais empregados para mascarar outros odores de diversas procedências, o pó de pederneira comum, a exalação de incontáveis regimes alimentares exóticos e os aromas de incensos raros que já tinham sido acesos no interior do Templo de Alia e que agora produziam novelos de fumaça que vinham flutuando pelos degraus, em correntes descendentes que rumavam para lados variados. Os pensamentos do Pregador estavam estampados em seu rosto enquanto ele absorvia o que se desenrolava ao seu redor: *Nós, fremen, chegamos a isto!*

Um súbito movimento de distração percorreu como uma onda a multidão apinhada no patamar. Dançarinos das Areias tinham chegado ali, na *plaza*, no início da escadaria, meia centena deles unidos um ao outro por cordas de elacca. Era óbvio que já vinham dançando assim havia vários dias, em busca do estado de êxtase. A boca deles espumava e dela escorriam fios, conforme estertoravam e batiam os pés inspirados por sua música secreta. Pelo menos um terço deles pendia inconsciente entre as cordas, puxados e arrastados para a frente e para trás pelos outros, como se fossem marionetes. Uma dessas marionetes tinha recobrado a consciência, todavia, e a multidão aparentemente sabia o que estava por vir.

– Eu *viiiii*! – berrava o dançarino recém-despertado. – Eu *viiii*! – Ele resistia aos puxões dos outros dançarinos, disparando seu olhar enlouquecido à direita e à esquerda. – Onde está esta cidade hoje, só haverá areia! Eu *viiiii*!

Uma grande risada se espalhou e cresceu em volume, envolvendo todos os circunstantes. Até os novos peregrinos aderiram.

Isso foi demais para O Pregador. Ele ergueu os dois braços e trovejou numa voz que seguramente havia comandado cavaleiros de vermes:

– *Silêncio!*

No mesmo instante, a turba se calou diante daquele grito de guerra.

O Pregador apontou sua mão delgada na direção dos dançarinos, e a ilusão de que ele efetivamente podia vê-los era assombrosa.

– Vocês não ouviram esse homem? Blasfemos e idólatras! Todos vocês! A religião de Muad'Dib não é Muad'Dib. Ele a desdenha tanto quanto desdenha vocês! A areia cobrirá todo este lugar. A areia cobrirá vocês.

Dizendo isso, desceu os braços, apoiou uma mão no ombro de seu jovem guia e ordenou:

– Leve-me embora deste lugar.

Talvez tenha sido a escolha das palavras do Pregador: *Ele a desdenha, tanto quando desdenha vocês!* Talvez tenha sido seu tom de voz, certamente mais do que humano, uma capacidade vocal sem dúvida treinada nas artes da Voz das Bene Gesserit, que comandavam por meio de simples nuances de inflexões sutis. Talvez tenha sido somente o misticismo inerente daquele lugar em que Muad'Dib tinha vivido, por onde caminhara e que governara. Alguém clamou do patamar, gritando para O Pregador, que ia se afastando de costas, usando um tom de voz que tremia de fervor religioso:

– Esse é Muad'Dib que voltou para nós?

O Pregador parou, enfiou a mão numa bolsa dentro da burka e retirou de lá um objeto que somente os que estavam perto puderam reconhecer. Era uma mão humana mumificada pelo deserto, uma das piadas desse planeta sobre a mortalidade que, vez ou outra, brotavam da areia e eram universalmente consideradas comunicados de Shai-hulud. Essa mão desidratara a ponto de se tornar um punho fechado que terminava em ossos brancos e esculpidos pelas ventanias sopradas no deserto.

– Eu trago a Mão de Deus, e isso é tudo que trago! – bradou O Pregador. – Falo pela Mão de Deus. Eu sou O Pregador.

Alguns entenderam que ele queria dizer que aquela era a mão de Muad'Dib, mas outros se prenderam à sua presença majestosa e à sua voz terrível – e foi assim que Arrakis veio a saber o nome dele. Mas aquela não seria a última vez que tal voz se faria ouvir.

É comumente mencionado, meu prezado Georad, que existe uma grande virtude natural na experiência proporcionada pelo mélange. Talvez isso seja verdade. Todavia, persistem no meu íntimo dúvidas profundas a respeito de cada uso de mélange sempre redundar em virtudes. Para mim, algumas pessoas corromperam o uso do mélange numa atitude de desafio a Deus. Nas palavras de Ecumenon, essas pessoas desfiguraram a alma. Elas tão somente roçam a superfície do mélange e acreditam que é dessa maneira que alcançam a graça. Zombam de seus semelhantes, causam grandes danos à divindade e distorcem maliciosamente o significado dessa dádiva abundante, sem dúvida efetuando uma mutilação que está além do poder do homem restaurar. Para a verdadeira união com a virtude da especiaria, incorruptível em todos os sentidos, repleta da honra sagrada, o homem deve fazer com que seus feitos e suas palavras concordem. Quando seus atos descrevem um sistema de consequências funestas, você deverá ser julgado por essas consequências e não por suas explicações. É assim que devemos julgar Muad'Dib.

– A Heresia Pedante

Era um aposento pequeno, marcado pelo odor de ozônio e reduzido a um cinzento sombrio pelos luciglobos de claridade amortecida e pela luz azul metálica da tela de monitoramento de um único transolho. Essa tela teria um metro de largura e apenas dois terços de metro de altura. Apresentava em detalhes remotos um vale rochoso e estéril em que dois tigres laza se fartavam com os despojos sangrentos de alguma presa recém-abatida. Na encosta do morro, num plano acima dos tigres, podia-se ver um homem magro usando o uniforme de serviço dos Sardaukar, com a insígnia de levenbrech na gola. No peito, trazia um teclado de servocontrole.

Uma cadeira vermiforme suspensa estava de frente para a tela, ocupada por uma mulher de cabelos claros, de idade indeterminada. Seu rosto lembrava o formato de um coração, e suas mãos, esguias, firmavam-se nos braços da cadeira enquanto ela assistia à cena. Um amplo manto branco de bordas douradas encobria sua silhueta. A um passo de distância, à direita, havia um homem corpulento, vestido com o uniforme bronze e dourado de um bashar assessor do antigo estilo dos Sardaukar imperiais. Seus cabelos grisalhos tinham sido cortados bem rentes na cabeça em que todos os outros traços não demonstravam nenhuma emoção.

A mulher tossiu e disse:

– Aconteceu como previsto, Tyekanik.

– Certamente, princesa – confirmou o bashar assessor, com sua voz áspera.

Ela sorriu ao perceber a tensão na voz dele e perguntou:

– Diga-me, Tyekanik, você acha que meu filho gostará do som de Imperador Farad'n I?

– Esse título convém a ele, princesa.

– Não foi isso que perguntei.

– Talvez ele não aprove algumas das coisas que foram feitas para que ele recebesse esse, digamos... título.

– Mesmo assim... – E ela se voltou para esquadrinhar o aspecto sombrio do homem. – Você serviu bem ao meu pai. Não foi por sua culpa que ele perdeu o trono para Atreides. Mas certamente o ferrão dessa perda deve ter sido tão fortemente sentido por você como por qualquer...

– Teria a princesa Wensicia alguma tarefa especial para mim? – Tyekanik indagou. A voz dele continuava áspera, mas agora vinha acrescida de um tom incisivo.

– Você tem o mau hábito de me interromper – ela o repreendeu.

Então ele sorriu, exibindo dentes grossos que brilharam à luz emanada pelo monitor.

– Às vezes, você me faz lembrar seu pai – ele observou. – Sempre esses circunlóquios antes de solicitar uma missão, digamos... delicada.

Ela desviou bruscamente os olhos dele para encobrir sua raiva e perguntou:

– Você realmente acha que os lazas colocarão meu filho no trono?

– É notadamente possível, princesa. Você deve admitir que a prole bastarda de Paul Atreides não seria mais do que um banquete suculento para aqueles dois. E depois que os gêmeos se forem... – Ele encolheu os ombros.

– O neto de Shaddam IV se torna o sucessor lógico – ela completou. – Quer dizer, se pudermos remover as objeções dos fremen, do Landsraad e da CHOAM, sem mencionar nenhum Atreides remanescente que poderia...

– Javid me garantiu que seu pessoal pode dar conta de Alia com muita facilidade. Não computo lady Jéssica como uma Atreides. Resta mais alguém?

– O Landsraad e a CHOAM vão aonde há promessa de lucros – ela prosseguiu–, mas e quanto aos fremen?

– Nós os afogaremos na religião de seu Muad'Dib!

– É mais fácil falar do que fazer, meu caro Tyekanik.

– Entendo – ele respondeu. – Estamos de volta ao mesmo velho argumento.

– A Casa Corrino fez coisas piores para conquistar o poder – ela lembrou.

– Mas adotar a... religião desse Mahdi!

– Meu filho respeita você – ela comentou.

– Princesa, anseio pelo dia em que a Casa Corrino retornará ao seu legítimo trono no poder, assim como todo Sardaukar remanescente aqui, em Salusa. Mas se você...

– Tyekanik! Este é o planeta Salusa *Secundus*. Não adote o maneirismo preguiçoso que se alastrou por nosso Imperium. Nomes completos, títulos completos: atenção a cada detalhe. Esses atributos lançarão o sangue dos Atreides nas areias de Arrakis. Cada detalhe, Tyekanik!

Ele sabia o que ela estava fazendo com esse ataque. Fazia parte da camaleônica astúcia que tinha aprendido com sua irmã, Irulan. Mas ele sentia que estava perdendo terreno.

– Você me ouviu, Tyekanik?

– Ouvi, princesa.

– Quero que adote a religião desse Muad'Dib – ela declarou.

– Princesa, eu caminharia sobre o fogo por você, mas isto...

– É uma ordem, Tyekanik!

Ele engoliu em seco e plantou os olhos na tela. Os tigres laza tinham acabado de se alimentar e agora estavam estirados na areia completando sua toalete, com as longas línguas limpando as patas dianteiras.

– Uma *ordem*, Tyekanik, você me entendeu?

– Ouço e obedeço, princesa. – A voz dele não mudou de tom.

– Ah, se pelo menos meu pai estivesse vivo... – ela suspirou.

– Sim, princesa.

– Não zombe de mim, Tyekanik. Sei quanto isso para você é desagradável. Mas se você der o exemplo...

– Talvez ele não o siga, princesa.

– Ele seguirá. – Ela apontou para o monitor. – Está me ocorrendo que aquele levenbrech lá embaixo pode ser um problema.

– Um problema? Como assim?

– Quantas pessoas estão a par dessa coisa com os tigres?

– Aquele levenbrech, que é o treinador dos animais... um piloto de transporte, você e, naturalmente... – ele cutucou o próprio peito.

– E os compradores?

– Não sabem de nada. O que está temendo, princesa?

– Meu filho, bem, ele é sensitivo.

– Os Sardaukar não revelam segredos – ele afirmou.

– Homens mortos também não. – Ela estendeu a mão para a frente e apertou uma chave vermelha sob o monitor aceso.

Imediatamente, os tigres laza ergueram a cabeça. Ficaram em pé e olharam na direção do morro onde estava o levenbrech. Partindo juntos como um só organismo, viraram-se na direção da encosta e começaram a subir em marcha acelerada.

Aparentando calma no início, o levenbrech apertou uma chave em seu console. Seus movimentos eram seguros, mas, como os felinos continuavam vindo em sua direção com clara intenção de atacá-lo, ele começou a ficar agitado e apertava a chave com cada vez mais força. Uma expressão de total aturdimento recobriu seus traços, e suas mãos buscaram aflitivamente a faca de serviço que trazia na cinta. Esse movimento ocorreu tarde demais. Uma pata talhou seu peito e o mandou rodopiando para o chão. Enquanto caía, o outro tigre se ocupou de seu pescoço com uma única mordida de suas imensas presas e depois o sacudiu. A coluna do homem se partiu.

— Atenção aos detalhes — instruiu a princesa. Ela então se virou, tensa quando Tyekanik desembainhou a faca. Mas ele entregou a lâmina para ela, com o cabo voltado para a princesa.

— Talvez queira usar minha faca para cuidar de outro detalhe — ele sugeriu.

— Ponha isso de volta na bainha e não se faça de tolo! — ela ordenou, enfurecida. — Às vezes, Tyekanik, você me testa até o...

— Aquele ali era um bom homem, princesa. Um dos meus melhores.

— Um dos *meus* melhores — ela o corrigiu.

Ele inspirou fundo, tremendo de leve, e guardou a faca na bainha.

— E quanto ao meu piloto de transporte?

— Isso será resolvido com um acidente — ela murmurou. — Você o aconselhará a usar de máxima cautela quando trouxer os tigres de volta para nós. E, naturalmente, assim que ele tiver entregado nossos bichinhos de estimação para o pessoal de Javid no transporte... — E ela olhou para a faca dele.

— Isso é uma ordem, princesa?

— É.

— Então, devo me ocupar com a faca, ou você resolverá esse, digamos... detalhe?

— Tyekanik — ela falou com uma falsa calma; sua voz estava pesada —, se eu não estivesse absolutamente convencida de que você se *ocupará* de sua faca quando eu lhe der essa ordem, você nem estaria aqui, ao meu lado, armado.

Ele engoliu em seco, os olhos pregados na tela. Os tigres estavam se banqueteando mais uma vez.

— Além disso — ela se recusou a olhar para a cena e continuou encarando Tyekanik enquanto falava —, você dirá aos nossos compradores que não nos tragam mais pares combinados de crianças que correspondam à descrição necessária.

— Como desejar, princesa.

— Não use esse tom de voz comigo, Tyekanik.

— Sim, princesa.

Os lábios dela se tensionaram até formar uma única linha reta. Depois, ela acrescentou:

— Quantos pares mais desses trajes nós ainda temos?

– Seis conjuntos de mantos completos, com trajestiladores e calçados de areia, todos com as insígnias dos Atreides gravadas neles.

– Em tecidos tão ricos quanto os que usavam aquelas duas? – E ela inclinou a cabeça na direção da tela.

– Bons o bastante para a realeza, princesa.

– Atenção aos detalhes – ela insinuou. – As roupas serão enviadas para Arrakis como presentes para nossos primos reais. Serão presentes de meu filho, você está me entendendo, Tyekanik?

– Completamente, princesa.

– Faça-o redigir um bilhete adequado, dizendo que ele envia esses trajes singelos como símbolo de sua devoção à Casa Atreides. Algo nesse sentido.

– E quando deveremos mandar o presente?

– Num aniversário ou dia santo, algo assim, Tyekanik. Deixo isso por sua conta. Confio em você, meu amigo.

Ele olhou fixamente para ela, em silêncio.

O rosto dela endureceu.

– Claro que você deve saber disso, não é? Em quem mais posso confiar desde a morte de meu marido?

Ele deu de ombros, pensando como ela emulava tão bem uma aranha. Não seria nada bom manter uma relação de intimidade com ela, como agora ele desconfiava que o seu levenbrech tinha feito.

– E, Tyekanik – ela sussurrou –, só mais um detalhe.

– Sim, princesa.

– Meu filho está sendo treinado para governar. Chegará o momento em que deverá empunhar a espada com suas próprias mãos. Você saberá quando chegar esse momento. Desejo então ser informada imediatamente.

– Às suas ordens, princesa.

Ela se reclinou e encostou, esquadrinhando o rosto de Tyekanik com expressão perspicaz.

– Você não me aprova, eu sei disso. Mas, para mim, isso não importa, desde que você se lembre da lição do levenbrech.

– Sim, ele era ótimo com animais, princesa, mas descartável.

– Não é isso que quis dizer!

– Não é? Então... não estou entendendo.

– Um exército é constituído por partes descartáveis e completamente substituíveis – ela explicou. – Essa é a lição do levenbrech.

– Partes substituíveis – ele repetiu –, incluindo o comando supremo?

– Sem o comando supremo, Tyekanik, raramente existe motivo para haver um exército. É por isso que você irá adotar imediatamente a religião desse Mahdi e, ao mesmo tempo, começar uma campanha para converter meu filho.

– Imediatamente, princesa. Imagino que não quer que eu cerceie a educação dele nas demais artes marciais por conta dessa, digamos... religião?

Ela se levantou da cadeira, passou por ele e avançou firme, parando à porta, e falou, sem olhar para trás:

– Algum dia você ainda vai acabar mesmo com a minha paciência, Tyekanik.

E então saiu do recinto.

Ou abandonamos a longamente respeitada Teoria da Relatividade, ou deixamos de acreditar que conseguimos nos dedicar a uma previsão acurada do futuro. Aliás, saber o que o futuro nos reserva suscita uma multiplicidade de perguntas que não podem ser respondidas de acordo com as suposições convencionais, a menos que, em primeiro lugar, a pessoa projete um Observador para fora do Tempo e, depois, que ela elimine todos os movimentos. Se a pessoa aceita a Teoria da Relatividade, pode ser demonstrado que o Tempo e o Observador devem permanecer imóveis um em relação ao outro, ou haverá a interposição de inexatidões. Poderia parecer que se está dizendo que é impossível realizar predições acuradas do futuro. Mas, então, como explicar a busca contínua dessa meta visionária por cientistas tão respeitados? Como, então, explicar Muad'Dib?

– Palestras sobre presciência
por Harq al-Ada

– Preciso lhe dizer uma coisa – Jéssica falou –, ainda que eu saiba que minhas palavras farão com que se lembre de muitas experiências de nosso passado comum, e que isso a colocará em risco.

Ela parou para observar o efeito desse aviso em Ghanima.

Estavam as duas sozinhas, sentadas em almofadões numa câmara em Sietch Tabr. Tinha sido preciso recorrer a uma considerável dose de habilidade para providenciar aquele encontro, e Jéssica não estava inteiramente certa de que realizara todas as manobras necessárias sozinha. Ghanima tinha dado a impressão de antecipar e amplificar cada passo.

Já se passavam quase duas horas desde o alvorecer, e já havia passado a excitação de todos os cumprimentos e de todas as demonstrações de respeito. Jéssica se impôs uma desaceleração dos batimentos cardíacos até seu pulso se mostrar regularizado, e então prestou atenção a esse aposento de paredes de rocha com suas tapeçarias penduradas em tons escuros e os almofadões amarelos. Para fazer frente ao acúmulo de tensões, ela se encontrou pela primeira vez em anos repetindo mentalmente a Litania contra o Medo, aprendida nos ritos Bene Gesserit.

"*Não terei medo. O medo mata a mente. O medo é a pequena morte que leva à aniquilação total. Enfrentarei meu medo. Permitirei que passe por cima e através de mim. E, quando tiver passado, voltarei o olho interior para ver seu rastro. Onde o medo não estiver mais, nada haverá. Somente eu restarei.*"

Essa oração concluída em silêncio, Jéssica inspirou profunda e calmamente.

– Às vezes, ajuda – Ghanima comentou. – A Litania, quero dizer.

Jéssica fechou os olhos para ocultar seu choque diante dessa revelação. Já fazia muito tempo desde a última vez que alguém conseguira ler o que se passava em seu íntimo. Essa constatação foi desconcertante, especialmente por ter sido desencadeada por um intelecto que se escondia por trás da máscara da infância.

Assim, tendo enfrentado seu temor, Jéssica abriu os olhos e identificou a origem de seu tumulto interior: *Temo por meus netos*. Nenhum dos dois denunciava os estigmas da Abominação que Alia exibia, embora Leto transpirasse todos os indícios de algo terrível que ele encobria. Fora esse o motivo de ele ter sido habilmente excluído desse encontro.

Tomada por um impulso, Jéssica deixou de lado suas máscaras emocionais tão entranhadas em seu ser, sabendo que ali teriam pouca serventia, que não passariam de obstáculos à comunicação. Nunca, desde seus momentos de amor com seu duque, ela havia baixado essas barreiras, e sentiu ao mesmo tempo alívio e dor ao fazer isso agora. Continuam havendo fatos que nenhuma maldição, prece ou litania poderiam apagar. Fugir não deixaria esses fatos para trás. Eles não poderiam ser ignorados. Alguns elementos da visão de Paul tinham sido reorganizados, e o tempo tinha alcançado os filhos dele. Eles eram como um ímã no vácuo: o mal e todos os lamentáveis abusos do poder se aglutinavam em torno deles.

Observando o jogo de emoções que cruzava a fisionomia de sua avó, Ghanima se maravilhava ao constatar que Jéssica havia deixado de lado os controles que habitualmente usava.

Com movimentos de percepção da cabeça que se mostravam notavelmente sincronizados, as duas se viraram, seus olhos se encontraram e elas se olharam intensamente, esquadrinhando uma à outra. Passavam entre elas pensamentos que não se traduziam em palavras ditas em voz alta.

Jéssica: *Quero que você veja meu temor.*

Ghanima: *Agora eu sei que você me ama.*

Foi um breve momento de total confiança.

– Quando seu pai era menino – Jéssica contou –, levei uma Reverenda Madre a Caladan para testá-lo.

Ghanima assentiu. A lembrança desse episódio era extremamente vívida.

– Nós, Bene Gesserit, já éramos cautelosas e garantíamos que as crianças fossem criadas como humanos e não como animais. Nem sempre se pode distinguir só com base em sua aparência.

– É como você foi treinada – Ghanima concordou, e a lembrança inundou sua mente: a velha Bene Gesserit, Gaius Helen Mohiam. Ela fora ao Castelo Caladan com seu gom jabbar envenenado e sua caixa de dor ardente. A mão de Paul (a mão da própria Ghanima na lembrança compartilhada) berrava com a agonia daquela caixa enquanto a velha falava calmamente da morte iminente se a mão fosse retirada da dor. E não tinha havido dúvida quanto à morte naquela agulha mantida pronta para perfurar o pescoço da criança enquanto a voz idosa descrevia suas razões como numa ladainha:

"Já ouviu falar de animais que roem a pata para escapar de uma armadilha? É o tipo de truque que um animal usaria. Um ser humano ficaria preso, resistiria à dor e fingiria estar morto, para que pudesse matar o caçador e acabar com essa ameaça a sua espécie."

Ghanima balançou a cabeça para dissipar a lembrança daquela dor. A queimação! A ardência! Paul tinha imaginado sua pele ficando escura e retorcida em sua mão agonizante dentro da caixa, a carne ficando crestada e caindo até que restassem os ossos carbonizados. E tinha sido um truque, pois a mão permanecera incólume. A testa de Ghanima, contudo, estava lisa de suor.

– Claro que você se lembra disso de uma maneira que eu não posso – Jéssica comentou.

Por um instante, possuída pela lembrança, Ghanima viu a avó sob uma luz diferente: o que essa mulher poderia fazer em nome das pungentes necessidades daquele início de condicionamento nas escolas Bene Gesserit! Isso provocava novas indagações sobre o retorno de Jéssica a Arrakis.

– Seria estupidez repetir um teste desses em você ou em seu irmão – declarou Jéssica. – Vocês já sabem como é feito. Devo supor que vocês são humanos e que não abusarão de seus poderes herdados.

– Mas é certo que você não supõe isso de maneira nenhuma – afirmou Ghanima.

Jéssica piscou. Constatou que as barreiras estavam se esgueirando de volta para os antigos lugares, e então baixou-as uma vez mais. Depois, perguntou:

– Você acreditará no meu amor por você?

– Sim. – E Ghanima ergueu uma mão quando Jéssica começou a falar. – Mas esse amor não a impediria de nos destruir. Oh, eu conheço o raciocínio: "Melhor que o animal-humano morra do que se recrie". E isso é especialmente verdadeiro se o animal-humano vem com o nome Atreides.

– Pelo menos você é humana – respondeu Jéssica num rompante. – Confio no meu instinto.

Ghanima viu verdade nisso e complementou:

– Mas quanto a Leto você não tem certeza.

– Não.

– Abominação?

Jéssica pôde simplesmente aquiescer.

– Ainda não, por ora – Ghanima concedeu. – Todavia, nós dois sabemos o perigo que isso é. Podemos ver em Alia como isso acontece.

Jéssica cobriu os olhos com as mãos e pensou: *Nem mesmo o amor pode nos proteger de fatos indesejáveis*. E então ela soube que ainda amava a filha, lamentando-se em silêncio contra o destino: *Alia! Oh, Alia! Sinto muito por minha parte em sua destruição*.

Ghanima pigarreou com força.

Jéssica baixou as mãos, e então pensou: *Posso sofrer a perda da minha filha, mas agora há outras necessidades*. E disse:

– Quer dizer que você reconheceu o que aconteceu com Alia.

– Leto e eu vimos acontecer. Estávamos impotentes para impedir, embora tenhamos discutido muitas possibilidades.

– Você está segura de que seu irmão está livre dessa maldição?

– Estou segura.

A calma confirmação daquela sentença não poderia ser ignorada. Jéssica se percebeu aceitando a declaração. Em seguida, ela questionou:

– Como foi que você escapou?

Ghanima explicou a teoria com a qual ela e Leto tinham enfim se contentado, segundo a qual o fato de terem evitado o transe com a especiaria, enquanto Alia se entregava a ele com frequência, fazia toda a diferença. Depois ela revelou os sonhos do irmão e os planos que tinham traçado – incluindo Jacurutu.

Jéssica concordou.

– Ainda assim, Alia é uma Atreides, e isso representa enormes problemas.

Ghanima ficou calada antes de perceber subitamente que Jéssica ainda estava de luto por seu duque, como se a morte dele tivesse ocorrido apenas no dia anterior, que ela protegeria o nome dele e sua lembrança contra todas as ameaças. Recordações pessoais da existência do próprio duque atravessaram o campo da consciência de Ghanima para reforçar essa avaliação e para acalmá-la com uma dose de compreensão.

– Então – Jéssica prosseguiu, com um tom de voz mais ríspido –, e esse tal de Pregador? Ontem ouvi alguns comentários inquietantes depois daquela maldita Lustração.

– Ele poderia ser... – Ghanima encolheu os ombros.

– Paul?

– Sim, mas ainda não o vimos para poder examiná-lo.

– Javid ri desses boatos – Jéssica acrescentou.

Ghanima hesitou. Então perguntou:

– Você confia em Javid?

Um sorriso pesado roçou pelos lábios de Jéssica.

– Tanto quanto você.

– Leto diz que Javid ri das coisas erradas – Ghanima comentou.

– Deixemos para lá as risadas de Javid – Jéssica murmurou. – Mas você realmente acredita na hipótese de que meu filho ainda esteja vivo, que tenha retornado sob esse disfarce?

– Dizemos que isso é possível. E Leto... – Ghanima percebeu que de repente sua boca tinha ficado seca, alguns temores relembrados lhe apertavam o peito. Ela se forçou a superá-los e narrou para a avó as outras revelações de Leto obtidas em seus sonhos prescientes.

Jéssica mexia a cabeça de um lado para o outro como se estivesse ferida.

— Leto diz que ele deve encontrar esse Pregador para ter certeza — Ghanima acrescentou.

— Sim... naturalmente. Eu nunca deveria ter saído daqui. Foi covardia da minha parte.

— Por que você se recrimina? Você tinha chegado a um limite. Eu sei disso. Leto sabe disso. Até Alia deve saber disso.

Jéssica levou a mão até a garganta e esfregou-a por alguns instantes. Então disse:

— Sim, o problema de Alia.

— Ela exerce uma estranha atração sobre Leto — Ghanima revelou. — É por isso que a ajudei a ter este encontro só comigo. Ele concorda que ela não tem mais salvação, mas ainda assim acha meios e modos de estar com ela... de estudá-la. E... é muito perturbador. Quando tento objetar a isso, ele cai no sono. Ele...

— Ela está drogando Leto?

— Nãããão! — E Ghanima sacudiu a cabeça. — Mas ele sente essa estranha empatia por ela. E... quando ele dorme, muitas vezes balbucia *Jacurutu*.

— Novamente isso! — Jéssica se flagrou compartilhando o relato de Gurney sobre os conspiradores identificados no campo de pouso.

— Às vezes, eu temo que Alia queira que Leto vá em busca de Jacurutu — Ghanima confessou. — E eu sempre pensei que fosse só uma lenda. Você sabe do que estou falando, claro.

— História terrível. — Jéssica estremeceu. — Terrível.

— E o que devemos fazer? — Ghanima indagou. — Temo remexer em todas as minhas lembranças, em todas as minhas vidas...

— Ghani! Recomendo que não o faça! Você não deve de jeito nenhum arriscar...

— Isso pode acontecer mesmo que eu não me arrisque. Como saber o que realmente aconteceu com Alia?

— Não! Você poderia ser poupada dessa... dessa *possessão*. — Ela disse essa palavra como se a mordesse. — Bom... Jacurutu, é isso? Despachei Gurney para encontrar esse lugar... se ele existir.

— Mas como ele poderia... Ora! Claro! Os contrabandistas.

Jéssica percebeu que se silenciara diante de mais esse exemplo de como a mente de Ghanima funcionava em harmonia com o que devia ser uma percepção consciente dos outros. *De mim!* Como realmente era muito estranho, Jéssica pensou, que aquela carne tão jovem pudesse conter todas as recordações de Paul, pelo menos até o momento em que Paul tivera sua separação espermática de seu próprio passado. Era uma invasão de privacidade contra a qual algo muito primal em Jéssica se indignava. Por um momento, ela se sentiu afundando no absoluto e inabalável julgamento Bene Gesserit: *Abominação!* Mas havia uma doçura nessa criança, uma disponibilidade para se sacrificar pelo irmão que não podia ser negada.

Somos uma única vida indo em busca de um futuro sombrio, pensou Jéssica. *Somos um só sangue*. E ela se preparou para aceitar os eventos que ela e Gurney Halleck tinham posto em movimento. Leto devia ser separado de sua irmã, devia ser treinado do modo como a Irmandade insistia.

> **Ouço o vento soprando através do deserto e vejo as luas de uma noite de inverno subindo como grandes navios no vazio. A elas presto meu juramento: serei resoluto e farei de governar uma arte. Equilibrarei o passado que herdei e me tornarei um armazém perfeito para minhas preciosas recordações. E serei conhecido mais por minha bondade do que por meu conhecimento. Meu rosto brilhará nos corredores do tempo enquanto existirem humanos.**
>
> – Juramento de Leto,
> segundo Harq al-Ada

Quando era bem jovem, Alia Atreides tinha praticado durante horas o transe *prana-bindu*, tentando fortalecer sua própria personalidade e individualidade contra os ataques de *todos aqueles outros*. Ela sabia qual era o problema: o mélange não poderia ser evitado no superpovoamento de um sietch. O mélange infestava tudo: a comida, a água, o ar, até mesmo os tecidos nos quais se enterrava para chorar à noite. Desde bem cedo ela havia reconhecido os usos das orgias no sietch, quando a tribo bebia a água letal de um verme. Na orgia, os fremen soltavam as tensões acumuladas de suas próprias recordações genéticas, e eles negavam essas recordações. Ela viu seus companheiros temporariamente possuídos durante as orgias.

Para ela, não havia essa liberação, essa negação. Muito antes de nascer, ela já possuía plena consciência. Com essa consciência, vinha uma cataclísmica percepção de suas circunstâncias: presa dentro do útero, estava submetida a um intenso e inescapável contato com as personas de todos os seus ancestrais e daquelas identidades transmitidas a lady Jéssica, via morte, por meio do *tau* da especiaria. Antes de nascer, Alia contivera cada fração do conhecimento exigido de uma Reverenda Madre Bene Gesserit – além de mais, muito mais, de *todos aqueles outros*.

Naquele conhecimento se imiscuía o reconhecimento de uma realidade terrível: Abominação. A totalidade desse conhecimento a enfraqueceu. Os pré-nascidos não escapavam. Ainda assim, ela havia lutado contra o mais aterrorizante de seus ancestrais, obtendo uma temporária vitória de Pirro que havia durado por toda a sua infância. Ela havia provado de uma personalidade particular, mas essa não tinha imunidade contra eventuais invasões daqueles que viviam suas vidas refletidas por meio dela.

Assim como eu serei um dia, ela pensou. Essa ideia veio com um calafrio que a percorreu de cima a baixo. Perambular e se dissimular na vida de uma criança, nascida de seu ventre, imiscuindo-se, apoderando-se de sua consciência para acrescentar uma medida de experiência.

O medo rondava sua infância. Persistiu até a puberdade. Ela o havia combatido sem jamais pedir ajuda. Quem iria entender a ajuda que ela precisava receber? Não sua mãe, que jamais poderia de fato dissipar o espectro do julgamento Bene Gesserit: os pré-nascidos eram Abominações.

Chegara aquela noite em que seu irmão fora para o deserto e lá chegara sozinho e pelos próprios pés em busca da morte, entregando-se a Shai-hulud como se espera que façam os fremen cegos. No mês seguinte, Alia se casara com o mestre de armas de Paul, Duncan Idaho, um Mentat ressuscitado graças às artes dos Tleilaxu. Sua mãe voltara para Caladan. Os gêmeos de Paul estavam sob os cuidados legais de Alia.

E ela controlava a Regência.

As pressões da responsabilidade haviam afastado os temores, e ela se abrira amplamente às vidas interiores, exigindo que a aconselhassem, mergulhando no transe da especiaria em busca de visões norteadoras.

A crise se deu num dia como muitos outros, no mês de primavera de Laab, uma manhã clara no Forte de Muad'Dib, que recebia um vento frio soprado do polo. Alia ainda estava usando amarelo do luto, a cor do sol estéril. Cada vez mais, nas últimas semanas, ela vinha negando a voz interior de sua mãe, que tendia a ser sarcástica a respeito dos preparativos para os próximos Dias Santos, a serem celebrados basicamente no Templo.

A Jéssica que habitava sua percepção interior se desfazia, se desfazia... afundando enfim na anônima exigência de que Alia faria melhor se se ocupasse em melhorar a Lei Atreides. Novas vidas começaram a clamar por seu próprio momento de consciência. Alia sentiu que tinha rompido o lacre de um poço sem fundo, e rostos brotavam dele como uma nuvem de gafanhotos, até que por fim ela acabou focando a atenção em um que era como um animal selvagem: o barão Harkonnen. Presa de cólera e terror, ela explodira contra todo aquele clamor interno, conquistando aos gritos um silêncio provisório.

Nessa manhã, Alia realizou sua caminhada antes do desjejum através do jardim suspenso na Torre. Em nova tentativa de vencer a batalha íntima, ela tentou centrar a totalidade de sua consciência na advertência de Choda aos zen-sunitas:

"Abandonando a escada, pode-se cair para cima!"

Mas a luminosidade da manhã espalhando-se pelas escarpas da Muralha-Escudo distraía continuamente sua atenção. Plantações da resistente fibrograma recobriam os caminhos do jardim. Quando desviou o olhar da Muralha-Escudo, ela viu orvalho na grama, a colheita de toda a umidade que tinha passado por lá durante a noite. Refletia sua própria passagem como se fosse uma multidão.

Aquela multidão a deixava com vertigens. Cada reflexo trazia a imagem de cada uma das faces da multidão que habitava o íntimo de Alia.

Ela tentou concentrar seus pensamentos no que a grama representava. A presença de orvalho em abundância mostrava quanto a transformação ecológica havia progredido em Arrakis. O clima nessas latitudes setentrionais estava se tornando mais quente; o dióxido de carbono atmosférico estava aumentando. Ela se lembrou de quantos novos hectares seriam destinados a novas áreas verdes no ano vindouro – e eram necessários 37 mil pés cúbicos de água para irrigar somente um hectare.

Apesar de todas as tentativas de se ocupar com ideias triviais, ela não conseguia afastar o cerco que lhe faziam internamente todos aqueles outros, rodeando-a como tubarões.

Alia colocou as mãos na testa e apertou.

No dia anterior, ao pôr do sol, seus guardas no templo lhe haviam trazido um prisioneiro para que o julgasse. Era um tal Essas Paymon, um homem pequeno e moreno ostensivamente a serviço de uma casa menor, os Nebiros, que negociavam artefatos sagrados e pequenos artigos manufaturados para decoração. Na realidade, Paymon era reconhecidamente um espião da CHOAM, cuja tarefa consistia em avaliar a safra anual da especiaria. Alia estivera a ponto de enviá-lo para os calabouços quando ele protestou em alto e bom som contra "a injustiça dos Atreides". Isso poderia ter-lhe custado uma sentença de morte imediata no tripé de enforcamento, mas Alia ficara surpresa com a audácia do homem. Ela havia se pronunciado com severidade, instalada em seu Trono do Julgamento, tentando intimidá-lo para que ele revelasse mais do que já tinha dito aos seus inquisidores.

– Por que nossas safras de especiaria são tão interessantes para o Consórcio Honnête? – ela quisera saber. – Diga-nos e talvez poupemos sua vida.

– Apenas colho aquilo para o que já existe mercado – respondera Paymon. – Não sei mais nada do que é feito com o que colho.

– E você interfere em nossos planos reais em nome desse lucro pífio? – Alia indagara.

– A realeza nunca leva em conta que também podemos ter nossos planos – ele rebatera.

Cativada pela audácia e pelo desespero do homem, Alia questionara:

– Essas Paymon, você quer trabalhar para mim?

Ouvindo isso, um sorriso branqueara seu rosto moreno, e ele retrucara:

– A senhora estava para me destruir totalmente sem nem piscar. Qual é o novo valor que eu tenho e que de repente a faz pensar em negociar em cima dele?

– Você tem um valor prático e simples – ela explicara. – Você é audacioso e está disponível para compra pelo lance mais alto. Eu posso pagar mais do que qualquer outro em todo o Império.

Diante dessas palavras, ele citara a soma admirável que exigia por seus serviços, mas Alia rira e, como contraproposta, apresentara uma cifra que lhe parecera mais razoável e que, sem sombra de dúvida, era muito mais do que ele jamais teria recebido na vida. E ela ainda acrescentara:

– E, naturalmente, vai no pacote a dádiva de você manter sua vida... o que, posso imaginar, deve ser de um valor incalculável para você.

– Uma barganha! – Paymon exclamara e, a um sinal de Alia, fora conduzido para longe dali por Ziarenko Javid, seu sacerdotal Mestre de Compromissos.

Menos de uma hora mais tarde, quando Alia estava se preparando para sair do Salão de Julgamentos, Javid entrara às pressas para reportar que Paymon fora ouvido recitando um trecho fatídico da Bíblia Católica de Orange: *"Maleficos non patieris vivere"*.

"Tu não sofrerás que uma bruxa viva", Alia traduzira. Então era assim que ele demonstrava gratidão! Ele era um daqueles que tramava contra a vida dela mesma! Num acesso de fúria como nunca tinha sentido antes, ela ordenara a imediata execução de Paymon, despachando seu corpo para as destilarias fúnebres do Templo onde pelo menos a água desse organismo poderia ter algum valor para os cofres dos sacerdotes.

E, ao longo de toda aquela noite, a face escura de Paymon a havia assombrado.

Ela tentou todos os truques que conhecia para apagar essa imagem persistente, acusadora, recitando o *Bu Ji*, do Livro Fremen de Kreos: "Nada ocorre! Nada ocorre!". Mas Paymon a havia acossado ao longo de toda uma noite cansativa e chegara com ela ao novo e vertiginoso dia em que ela era capaz de ver que o rosto dele tinha se unido aos dos reflexos do orvalho, faiscantes como joias.

Uma guarda a chamou para o desjejum, aparecendo no vão da porta do telhado atrás de uma sebe baixa de mimosas. Alia suspirou, percebendo uma pequena escolha entre infernos: o clamor de sua mente ou o clamor de quem a acompanhava – todas aquelas vozes despropositadas, mas persistentes em suas cobranças, ruídos de ampulheta que ela gostaria de silenciar a fio de espada.

Ignorando essa guarda, Alia contemplou a área do jardim suspenso até a linha da Muralha-Escudo. Uma *bahada* tinha deixado uma larga faixa de detritos de areia, gelo e cascalho que lembrava um leque cobrindo o solo abrigado daquele domínio. O delta de areia se espalhava diante de seus olhos, delineado ao sol da manhã. Ocorreu à Alia que um olho não iniciado poderia enxergar aquele amplo leque como evidência do fluxo de um rio, mas não era senão o lugar em que seu irmão tinha estilhaçado a Muralha-Escudo com os recursos atômicos da Família Atreides, rasgando um caminho desde o deserto para os vermes da areia que tinham transportado suas tropas fremen para a obtenção da chocante vitória sobre seu predecessor imperial, Shaddam IV. Hoje, havia um largo qanat fluindo com água, no lado extremo da Muralha-Escudo, para impedir o acesso de vermes da areia pretendendo invadir o território. Vermes da areia não eram capazes de atravessar a água a céu aberto: ficavam envenenados.

Se apenas eu tivesse uma barreira dessas dentro da minha mente, ela pensou.

Essa ideia acentuou a sensação de vertigem de estar separada da realidade.

Vermes da areia! Vermes da areia!

Sua memória lhe apresentou um desfile de imagens de vermes da areia: o poderoso Shai-hulud, demiurgo dos fremen, animal mortífero das profundezas do deserto cujas secreções incluíam a inestimável especiaria. Como era estranho que esse verme da areia se desenvolvesse a partir de uma truta da areia, tão achatada e coriácea, ela pensou. Eram como a pululante multidão no íntimo de sua consciência. Quando ligadas borda com borda ao leito rochoso do planeta, as trutas da areia formavam cisternas vivas que continham a água com a qual seu vetor, o verme da areia, poderia viver. Alia era capaz de perceber a analogia: alguns *daqueles outros* dentro de sua cabeça continham forças perigosas, capazes de destruí-la.

Novamente, a mulher da guarda chamou-a para o café da manhã, com um tom de aparente impaciência.

Irritada, Alia se virou e acenou para que ela se afastasse.

A guarda obedeceu, mas a porta do terraço bateu com força.

Ao som daquela pancada, Alia se sentiu aprisionada por tudo que tinha tentado negar. As outras vidas se acumulavam dentro dela como uma maré hedionda. Cada uma daquelas vidas exigentes pressionava sua face contra seus centros de visão, uma nuvem de fisionomias. Algumas tinham a pele manchada de sarna, outras eram grossas e cheias de sombras fuliginosas; algumas bocas pareciam losangos úmidos. A pressão da turba levava Alia de arrasto em sua correnteza, obrigando-a a flutuar e então mergulhar dentro dela.

– Não – ela sussurrou –, não, não, não...

Ela poderia ter despencado no chão se não fosse por um banco que ficava na lateral do caminho e que aceitou o peso de seu corpo vacilante. Ela tentou se sentar, não conseguiu, e então se estendeu sobre o açoplás frio, continuando a entoar sua recusa.

A maré continuava crescendo dentro dela.

Ela se sentia sintonizada com a mais mínima mostra de atenção, ciente dos riscos, mas alerta para cada exclamação daquelas bocas protegidas que clamavam em seu íntimo. Havia uma cacofonia de pedidos por sua atenção: *"Eu! Eu!"* e *"Não! Eu!"*. Ela sabia que se prestasse atenção uma só vez que fosse, de maneira completa, estaria perdida. Contemplar uma única face dentre toda a multidão de faces e seguir a sua voz seria ficar presa ao egocentrismo que compartilhava sua existência.

– A presciência faz isso com você – murmurou uma voz.

Ela tapou as orelhas com as mãos, pensando: *Não sou presciente! O transe não funciona comigo!*

Mas a voz insistia:

– Poderia funcionar, se você tivesse ajuda.

E ela murmurava:

– Não, não.

Outras vozes se entrelaçavam em sua cabeça:

– Eu, Agamêmnon, seu ancestral, exijo uma audiência!

– Não... não...

E ela espremia as mãos contra as orelhas até que a carne reagiu com dor.

Uma risadinha lunática em sua cabeça perguntou:

– E o que aconteceu com Ovídio? Simples. Ele é o mesmo que John Bartlett!

Nesse estado extremo em que ela se encontrava, os nomes não tinham sentido. Ela queria gritar contra eles e contra todas as outras vozes, mas não conseguia encontrar sua própria voz.

Sua guarda, enviada de volta ao teto por auxiliares mais graduadas, enfiou a cabeça mais uma vez no vão da porta, por trás das mimosas, viu Alia estirada no banco e disse para sua acompanhante:

– Ahhh, ela está descansando. Você reparou que ela não dormiu bem na noite passada. É bom para ela fazer a *zaha*, a sesta da manhã.

Alia não ouviu a guarda. Sua consciência foi capturada pelas notas estridentes de um canto:

– Que pássaros contentes somos nós, viva! – e essas vozes ecoavam dentro de seu crânio. Então ela pensou: *Estou ficando doida. Estou perdendo o juízo.*

Seus pés fizeram débeis movimentos para tentar sair do banco. Ela sentiu que, se pelo menos conseguisse ordenar ao seu corpo que corresse, poderia escapar. Tinha de escapar, senão alguma parte daquele tsunami interior iria varrê-la para dentro de um mar de silêncio, contaminando sua alma para sempre. Mas seu corpo não obedecia. As forças mais poderosas do universo imperial obedeciam aos seus menores caprichos, mas seu corpo, não.

Uma voz interior deu uma risadinha, e então ela ouviu:

– De um dado ponto de vista, minha criança, cada incidente da criação representa uma catástrofe. – O tom era de baixo e vinha rolando e trombeteando de encontro aos seus olhos. Depois, houve nova risadinha, como se a voz zombasse de sua própria declaração. – Minha querida criança, eu vou ajudar você, mas você tem de me ajudar também.

Contra o crescente clamor de fundo que se avolumava por trás da voz de baixo, Alia respondeu com dentes que tremiam:

– Quem... quem...

Um rosto se formou no campo de sua consciência. Era sorridente e tão gordo que poderia ter sido a face de um bebê, exceto pela cintilante avidez de seus olhos. Ela tentou se desvencilhar daquela fisionomia, mas só o que conseguiu foi ampliar sua visão e identificar um corpo ligado àquele rosto. Era um corpo atarracado, imensamente gordo, vestido num manto que revelava sutis protuberâncias por baixo do tecido. Era tanta gordura que tinha necessidade de ser guardada por suspensores portáteis.

– Veja – trovejou a voz de barítono –, é somente seu avô materno. Você me conhece. Eu era o barão Vladimir Harkonnen.

– Você... você está morto! – ela disse, engasgada.

– Ora, claro que sim, minha querida! A *maioria* de nós, dentro de você, está morta. Mas nenhum dos outros está realmente querendo ajudar você. Eles não a entendem.

– Vá embora – ela pediu. – Por favor, ah, por favor, vá embora.

– Mas você precisa de ajuda, minha neta – argumentou a voz do barão.

Como ele parece admirável, ela pensou, assistindo à projeção da figura do barão em suas pálpebras cerradas.

– Estou disposto a ajudar você – o barão tentou engambelar. – Os outros aqui só se interessam em combater para capturar toda a sua consciência. Qualquer um deles se esforçaria para expulsá-la de seu juízo. Já eu... só quero ter um cantinho para mim.

Novamente, as outras vidas dentro dela ergueram suas vozes em protesto. A maré começou mais uma vez a ameaçar engolfá-la, e ela ouviu a voz estridente de sua mãe. Então, Alia pensou: *Ela não está morta.*

– Calem a boca! – ordenou o barão.

Alia sentiu seus próprios desejos reforçando essa ordem, tornando-a perceptível através de toda a extensão de sua consciência.

Um silêncio interior a encharcou como um banho frio, e ela sentiu seu coração martelando um pouco mais devagar, voltando lentamente ao ritmo normal. Tranquilizadora, a voz do barão se intrometeu:

Filhos de Duna

– Viu? Juntos, somos invencíveis. Você me ajuda, e eu ajudo você.

– O que... o que você quer? – ela murmurou.

Uma expressão pensativa ocupou o rosto rechonchudo nas pálpebras de Alia.

– Ahhh, minha neta querida – ele disse –, só quero alguns prazeres simples. Permita-me de vez em quando um momento de contato com seus sentidos. Ninguém mais precisa saber. Permita-me sentir algum pequeno recesso de sua vida quando, por exemplo, você estiver nos braços de seu amante. Não é um preço pequeno de se cobrar?

– S-sim.

– Que bom, que bom! – o barão exultou. – Em troca, minha neta querida, posso servi-la de várias maneiras. Posso aconselhá-la, ajudá-la com meus conselhos. Você será invencível, dentro e fora. Será capaz de derrotar todas as formas de oposição. A História esquecerá seu irmão e cultuará você. O futuro será seu.

– Você... não... deixará... que... os outros tomem o poder?

– Eles não conseguem nos enfrentar! Isolados, nós podemos ser vencidos, mas juntos nós comandamos. Vou demonstrar. Ouça.

E o barão ficou em silêncio, aboliu sua imagem, sua presença interior. Nenhuma recordação, nenhuma voz de outras vidas se intrometeu.

Alia se permitiu um suspiro trêmulo.

Acompanhando esse suspiro surgiu um pensamento que se forçou a ser ouvido no campo de sua consciência, como se fosse algo dela mesma, embora captasse vozes mudas por trás dele.

O velho barão era mau. Ele matou o seu pai. Ele teria matado você e Paul. Ele tentou, mas fracassou.

A voz do barão se pronunciou, sem rosto:

– Claro que eu teria matado você. Você não se meteu no meu caminho? Mas essa discussão está encerrada. Você venceu, criança! Você é a nova verdade.

Ela se percebeu aquiescendo, e seu rosto raspou contra a superfície áspera do banco.

As palavras dele foram razoáveis, Alia pensou. Um preceito Bene Gesserit reforçava o caráter razoável das palavras dele: *"O propósito de uma discussão é mudar a natureza da verdade"*.

Sim... era desse jeito que as Bene Gesserit teriam feito.

– Exatamente – disse o barão. – E eu estou morto enquanto você está viva. Tenho somente uma existência frágil. Sou apenas um mero eu-recordação dentro de você. Estou às suas ordens. E como é pouco o que peço em troca pela profundidade do aconselhamento que estou em condições de proporcionar.

– E o que você me aconselha a fazer agora? – ela perguntou como teste.

– Você está preocupada com o julgamento que proferiu ontem à noite – ele disse. – Você está se perguntando se as palavras de Paymon foram reproduzidas fielmente no relato que lhe foi feito. Talvez Javid tenha visto uma ameaça em Paymon ao seu próprio cargo de confiança. Não é essa a dúvida que a está atormentando?

– S-sim.

– E sua dúvida se baseia numa observação apurada, não é isso? Javid se comporta com uma intimidade cada vez maior em relação a você. Até mesmo Duncan já reparou, não foi?

– Você sabe que sim.

– Pois muito bem. Pegue Javid como seu amante e...

– Não!

– Você se preocupa com Duncan? Mas seu marido é um Mentat místico. Ele não pode ser tocado nem prejudicado por atividades relativas à carne. Você já não sentiu algumas vezes como ele é distante de você?

– M-mas ele...

– A parte Mentat de Duncan irá compreender se algum dia ele tiver necessidade de conhecer o dispositivo que você empregou para destruir Javid.

– Destruir...

– Certamente! Instrumentos perigosos podem ser usados, mas devem ser descartados assim que se tornam perigosos demais...

– Então... por que eu deveria... quer dizer...

– Ah... preciosa bobinha! Por causa do valor contido na lição.

– Não entendo.

– Os valores, querida netinha, dependem de serem aceitos para terem sucesso. A obediência de Javid deve ser incondicional, a aceitação de sua autoridade deve ser absoluta, e a...

– Continuo sem entender a moralidade dessa *lição*...

– Não seja obtusa, minha neta! A moralidade sempre deve se basear no lado prático. "Dê a Cesar" e toda aquela bobagem. Uma vitória é inútil a menos que reflita seus mais profundos desejos. Não é verdade que você tem admirado a masculinidade de Javid?

Alia engoliu em seco, odiando ter de admiti-lo, mas forçada a fazê-lo dada sua total nudez perante o observador interior.

– Sim.

– Bom! – E como soou jovial essa palavra em sua cabeça. – Agora, estamos começando a compreender um ao outro. Quando você estiver com ele em sua cama, e ele estiver completamente desarmado, convencido de que você está nas garras *dele*, você irá perguntar sobre Paymon. Faça-o rindo, como uma coisa muito divertida entre vocês dois. E quando ele confessar que mentiu, você enterrará uma dagacris entre as costelas dele. Ahhh, o fio de sangue só fará acrescentar sua satis...

– Não – ela murmurou, com a boca seca de horror. – Não... não... não...

– Então eu o farei por você – o barão sugeriu. – Isso deve ser feito. Você admite isso. Se você apenas montar a situação, poderei assumir um temporário domínio sobre...

– Não!

– Seu temor é tão transparente, minha neta. Meu domínio de seus sentidos não pode ser senão temporário. Agora, há outros que poderiam imitá-la com tamanha perfeição que... Mas você sabe disso também. Comigo, ahhh, as pessoas iriam detectar a minha presença imediatamente. Você conhece a lei fremen para os que estão possuídos. Seria executada sem hesitação. Sim, até você. E você sabe que eu não quero que *isso* aconteça. Eu cuido de Javid por você e, assim que tudo estiver terminado, saio de cena. Você só precisa...

– E como esse pode ser um bom conselho?

– Ele livra você de um instrumento perigoso. E, minha criança, dá início a um relacionamento operacional entre nós dois, um relacionamento que apenas lhe ensinará a arte dos próximos julgamentos que...

– Ensinará?

– Naturalmente!

Alia cobriu os olhos com as mãos, tentando pensar, sabendo que qualquer ideia poderia ser de conhecimento dessa presença dentro dela, que uma ideia poderia se originar com essa presença e ser considerada como produto dela.

– Você está preocupada sem necessidade – disse o barão lisonjeiramente. – O camarada Paymon, bem, era...

– O que eu fiz foi errado! Eu estava cansada e agi impulsivamente. Eu deveria ter buscado confirmação do...

– Você agiu certo! Seus julgamentos não podem ser baseados em abstrações tão idiotas quanto a noção de igualdade daquele Atreides. O que a manteve acordada foi isso, não a morte de Paymon. Você tomou uma boa decisão! Ele era outro instrumento perigoso. Você agiu a fim de manter a ordem em sua sociedade. Agora existe um bom motivo para julgamentos, não essa bobagem de *justiça!* Não existe isso de uma justiça igualitária, em lugar nenhum. Perturba-se a ordem social quando se tenta alcançar um equilíbrio tão falso.

Alia sentiu prazer com essa defesa de seu julgamento contra Paymon, mas estava chocada com o conceito amoral por trás da argumentação. "Justiça igualitária foi um Atreides... foi..." Ela tirou as mãos de sobre os olhos, mas continuou com eles fechados.

– Todos os seus juízes clericais deveriam ser advertidos a respeito desse erro – afirmou o barão. – As decisões devem ser avaliadas somente em termos de seu mérito para manter a sociedade em ordem. Incontáveis civilizações passadas naufragaram nos escolhos da justiça igualitária. Essa tolice destrói as hierarquias naturais, que são muito mais importantes. Qualquer indivíduo tem significado somente em sua relação com a sociedade como um todo. A menos que essa sociedade seja ordenada em passos lógicos, ninguém pode encontrar seu lugar dentro dela, nem os mais baixos, nem os mais elevados. Ora, ora, minha neta! Você deve ser a mãe severa de seu povo. É seu dever manter a ordem.

– Tudo que Paul fez foi...

– Seu irmão está morto, um fracasso!

– Você também.

– É verdade... mas comigo foi um acidente além dos meus desígnios. Muito bem; agora, vamos cuidar da questão desse Javid do jeito como mostrei a você.

Ela sentiu o corpo ficar quente à ideia e disse rapidamente:

– Preciso pensar a respeito. – E pensou: *Se for feito desse jeito, será somente para colocar Javid no lugar que lhe corresponde. Não é preciso matá-lo para isso. E o bobo pode simplesmente se entregar... na minha cama.*

– Com quem está falando, milady? – uma voz indagou.

Durante um momento de confusão, Alia pensou que essa outra invasão vinha das clamorosas multidões em seu íntimo, mas, ao reconhecer a voz, abriu os olhos e viu Ziarenka Valefor, chefa de sua guarda de amazonas, em pé ao lado do banco, com um vinco de preocupação em sua testa enrugada de traços fremen castigados pelo tempo.

— Falo com minhas vozes interiores — Alia respondeu, endireitando-se no assento do banco. Sentia-se revigorada, rejuvenescida com o silêncio daquele tumulto de vozes que a inquietava e distraía.

— Suas vozes interiores, milady. Sim. — Os olhos de Ziarenka faiscaram ao ouvir essa informação. Todos sabiam que a Sagrada Alia contava com recursos interiores indisponíveis a qualquer outra pessoa.

— Leve Javid aos meus aposentos — Alia disse. — Tenho um assunto muito grave para discutir com ele.

— Aos seus aposentos, milady?

— Sim! Aos meus aposentos particulares.

— Como ordenar, milady. — A guarda voltou-se para obedecer.

— Um momento — Alia disse. — Mestre Idaho já foi para Sietch Tabr?

— Sim, milady, ele partiu antes do amanhecer, como a senhora havia instruído. Deseja que eu mande...

— Não, eu mesma cuidarei disso. E, Zia, ninguém deve saber que Javid está sendo levado até onde estou. Você mesma cuida disso. Trata-se de uma questão muito séria.

A guarda tocou a dagacris em sua cintura.

— Milady, alguma ameaça a...

— Sim, existe uma ameaça e Javid pode ser a peça-chave.

— Ohhh, milady, talvez eu não deva levá-lo...

— Zia! Você me acha incapaz de lidar com esse sujeito?

Um sorriso lupino raspou os lábios da guarda.

— Perdoe-me, milady. Eu o levarei aos seus aposentos privados imediatamente, mas... com sua permissão, montarei guarda do lado de fora de sua porta.

— Só você — Alia ordenou.

— Sim, milady. Irei agora mesmo.

Alia consentiu com seus atos enquanto observava Ziarenka recuando. Javid não era benquisto entre as guardas, portanto. Outra nódoa contra ele. Mas ainda era valioso, muito valioso. Ele era a chave dela para Jacurutu e com esse lugar, bem...

Frank Herbert

– Talvez você estivesse certo, barão – ela murmurou.
– Viu?! – elogiou a voz interior. – Ahhh, este será um serviço agradável de fazer por você, minha criança, e é só o começo...

Estas são as ilusões da História popular que uma religião bem-sucedida deve promover: os homens maus nunca prosperam; somente os corajosos merecem o que é justo; a honestidade é a melhor política; os atos falam mais alto do que as palavras; a virtude sempre triunfa; uma boa ação é sua própria recompensa; qualquer ser humano ruim pode ser transformado; talismãs religiosos protegem quem os usa da possessão pelo demônio; somente as mulheres compreendem os antigos mistérios; os ricos estão condenados a ser infelizes...

– Do Manual de instruções: Missionaria Protectora

– Eu me chamo Muriz – disse o fremen idoso.

Ele estava sentado no interior de uma caverna na rocha, à luz de uma lamparina de especiaria cuja luz irregular revelava paredes úmidas e buracos escuros, que eram passagens saindo desse lugar. O som de água gotejando podia ser ouvido dentro de uma dessas passagens e, embora o som da água fosse essencial ao paraíso fremen, os seis homens atados diante de Muriz não sentiam prazer com aquele gotejar ritmado. O odor dentro daquela câmara lembrava uma destilaria fúnebre.

Um rapazinho de seus catorze anos-padrão, talvez, surgiu de uma das passagens e se colocou ao lado esquerdo de Muriz. Uma dagacris desembainhada refletiu o âmbar pálido da lamparina de especiaria quando o jovem ergueu a lâmina e a apontou brevemente na direção de cada um dos prisioneiros.

Com um gesto na direção do jovem, Muriz disse:

– Este é meu filho, Assan Tariq, que está prestes a passar por seu teste para ser aceito como adulto.

Muriz pigarreou e olhou uma vez para cada um dos seis cativos que estavam sentados num semicírculo irregular à sua frente, bem amarrados por cordas feitas de fibra de especiaria que mantinham as pernas dos homens cruzadas e suas mãos presas às costas. O trabalho das cordas terminava num laço frouxo em torno do pescoço de cada um dos homens. O trajestilador de cada um tinha sido rasgado na altura da garganta.

Os homens amarrados devolveram o olhar a Muriz sem nem piscar. Dois deles estavam usando trajes folgados, exclusivos, que os distinguiam como ricos residentes de alguma cidade arrakina. A pele desses dois era mais lisa e mais leve do que a de seus companheiros, cujos traços ressequidos e estruturas ossudas identificavam-nos como nativos do deserto.

Muriz lembrava os moradores do deserto, mas seus olhos eram mais afundados, dando a impressão de serem buracos sem fundo e sem branco, que nem mesmo o fulgor da lamparina de especiaria era capaz de tocar. Seu filho parecia uma cópia malformada do pai, com um rosto tão simples que não era capaz de ocultar o tumulto que se desenrolava em seu interior.

– Entre os Excluídos temos um teste especial antes de ser aceito como adulto – disse Muriz. – Um dia, meu filho será um juiz em Shuloch. Devemos saber que ele é capaz de agir como se espera que faça. Nossos juízes não podem se esquecer de Jacurutu e de nosso dia de desespero. Kralizec, a Batalha do Tufão, vive em nossos corações. – Tudo isso fora dito com a monótona entonação de um ritual.

Um dos habitantes da cidade, com seus traços mais suaves, bem diante de Muriz, mexeu-se um pouco em seu lugar e então disse:

– Você está errado em nos ameaçar e amarrar, mantendo-nos cativos. Viemos pacificamente em *umma*.

Muriz aquiesceu.

– Vocês vieram em busca de um despertar religioso pessoal? Que bom. Terão esse despertar.

– Se nós... – começou o homem de rosto suave.

Ao lado, um fremen do deserto, de tez mais escura, interrompeu com brusquidão:

– Cale a boca, seu idiota! Eles são os ladrões de água. Eles são justamente aqueles que pensávamos ter liquidado.

– Aquela velha história – murmurou o cativo de rosto suave.

– Jacurutu é mais do que uma história – Muriz afirmou. Mais uma vez, ele gesticulou para o filho. – Já lhes apresentei Assan Tariq. Sou *arifa* neste lugar, seu único juiz. Meu filho também será treinado para detectar demônios. O modo antigo é melhor.

– Foi por isso que nos embrenhamos tão fundo no deserto – argumentou o homem de rosto suave, em protesto. – Escolhemos o modo antigo, perambulando em...

– Com guias pagos – retrucou Muriz, gesticulando para os cativos morenos. – Você compraria sua entrada no Céu? – Muriz olhou de esguelha para o filho. – Assan, você está preparado?

– Refleti bastante sobre aquela noite em que os homens vieram e mataram nosso povo – Assan respondeu. A voz dele emitia um esforço vacilante. – Vocês nos devem água.

– Seu pai lhe dá seis deles – Muriz disse. – A água deles é nossa. As sombras deles são suas, serão suas guardiãs para sempre. As sombras deles irão adverti-lo da presença de demônios. Serão suas escravas quando você cruzar para o *alam al-mythal*. O que diz, meu filho?

– Agradeço ao meu pai – Assan disse. Então deu um curto passo para a frente. – Aceito a passagem para a vida adulta entre os Excluídos. Esta água é nossa água.

Quando terminou de falar, o jovem atravessou o espaço até onde estavam os cativos. Começando pela esquerda, ele pegou o homem pelo cabelo e enterrou sua dagacris de baixo para cima, pelo queixo até o cérebro. O gesto foi realizado com habilidade, de modo que derramou um mínimo de sangue. Somente o morador da cidade de traços delicados protestou, berrando quando o jovem o agarrou pelo cabelo. Os outros cuspiram em Assan Tariq ao modo antigo, com o que diziam: "*Veja o pouco valor que dou à minha água quando é bebida por animais!*".

Quando estava tudo concluído, Muriz bateu palmas somente uma vez. Vieram alguns assistentes que começaram a retirar os corpos, levando-os para a destilaria fúnebre onde poderiam ser espoliados de sua água.

Muriz se levantou, olhou para o filho que continuava em pé, ofegando, observando os assistentes em sua faina de remover os corpos.

– Agora você é um homem – Muriz sentenciou. – A água de nossos inimigos irá alimentar escravos. E, meu filho...

Assan Tariq se virou para lançar um olhar vigilante e selvagem sobre o pai. Os lábios do jovem estavam retesados em um sorriso controlado.

– O Pregador não precisa saber disto – completou Muriz.

— Eu entendo, pai.

— Você agiu bem — declarou Muriz. — Os que acabam chegando a Shuloch não devem sobreviver.

— Como queira, pai.

— Você foi incumbido de deveres importantes — Muriz comentou. — Estou orgulhoso de você.

> **O humano sofisticado pode se tornar primitivo. O que isso realmente quer dizer é que o modo de vida humano muda. Os antigos valores mudam, tornam-se ligados à paisagem com seus animais e plantas. Essa nova existência requer um conhecimento operacional desses eventos multifacetados e entrecruzados aos quais normalmente nos referimos como *natureza*. Ela requer uma medida de respeito pelo poder inercial no âmago desses sistemas *naturais*. Quando um humano adquire esse conhecimento operacional e respeito, isso se chama "ser primitivo". O inverso, naturalmente, é igualmente verdadeiro: o primitivo pode se tornar sofisticado, mas não sem aceitar danos psicológicos apavorantes.**
>
> – Comentário de Leto, segundo Harq al-Ada

– E como podemos ter certeza? – indagou Ghanima. – Isso é muito perigoso.

– Já testamos antes – Leto argumentou.

– Pode não ser a mesma coisa desta vez. E se...

– É o único caminho aberto para nós – disse Leto. – Você concorda que não podemos seguir pelo caminho da especiaria.

Ghanima suspirou. Ela não gostava desse bate-rebate de palavras, mas sabia da necessidade que pressionava seu irmão. Ela também sabia da temível fonte de sua relutância. Bastava olharem para Alia para saber dos perigos desse mundo interior.

– Bem? – perguntou Leto.

Ela suspirou de novo.

Estavam sentados no chão, de pernas cruzadas, em um de seus lugares privados – uma estreita abertura que saía da caverna no penhasco onde muitas vezes seu pai e sua mãe tinham contemplado o pôr do sol no *bled*. Já haviam se passado duas horas do horário de sua refeição noturna, um momento em que os gêmeos deveriam exercitar seu corpo e sua mente. Eles tinham preferido flexionar a mente.

– Vou tentar sozinho se você se recusar a ajudar – insistiu Leto.

Ghanima desviou o olhar para longe dele e mirou as cortinas pretas de vedar umidade que protegiam essa abertura na rocha. Leto continuou com o olhar perdido sobre as areias do deserto.

Os dois vinham conversando em um idioma tão antigo que até mesmo seu nome era desconhecido atualmente. Essa era uma língua que conferia privacidade a seus pensamentos, assim impenetráveis a qualquer outro humano. Até mesmo Alia, que evitava as complexidades de seu próprio mundo interior, não tinha os elos mentais que lhe permitiriam captar não mais do que uma palavra ou outra.

Leto inspirou fundo, sentindo o inconfundível odor de pele de animal que forrava aquela caverna-sietch dos fremen e persistia nessa alcova sem vento. O débil burburinho do sietch e seu calor úmido não chegavam ali, o que era um alívio para ambos.

– Concordo que precisamos de orientação – Ghanima concedeu. – Mas se nós...

– Ghani! Precisamos de mais do que orientação. Precisamos de proteção.

– Talvez não haja proteção. – Ela encarou o irmão, olhando diretamente nos olhos dele com a paciente vigilância de um predador. Os olhos dele desmentiam a placidez de seus traços.

– Devemos escapar à possessão – Leto afirmou categoricamente. Ele usou o infinitivo especial da língua antiga, uma forma estritamente neutra em termos de voz e tempo verbal, mas profundamente ativa em suas implicações.

Ghanima interpretou corretamente o argumento dele.

– Mohw'pwium d'mi hish pash moh'm ka – ela entoou. *A captura da minha alma é a captura de mil almas.*

– Muito mais do que isso – ele objetou.

– Mesmo sabendo dos perigos, você insiste. – Ela não estava interrogando, estava afirmando.

– Wabun 'k wabunat! – ele disse. *Erguendo, tu ergues!*

Ele achava que sua escolha era uma necessidade óbvia. Fazer aquilo era melhor que fosse feito ativamente. Deviam entretecer o passado no presente e permitir que isso se desenrolasse em seu futuro.

– Muriyat – ela concordou, em voz baixa. *Deve ser feito amorosamente.*

– É claro. – E, com um gesto de sua mão, demonstrou sua total aceitação. – Então poderemos dar conselhos como nossos pais faziam.

Ghanima guardou silêncio, tentando engolir e superar aquele caroço incômodo em sua garganta. Instintivamente, desviou os olhos para o lado sul, na direção do grande *erg* aberto que estava mostrando um indistinto padrão cinzento de dunas nos últimos resquícios da luz do dia. Naquela direção, o pai dela tinha seguido em sua derradeira caminhada para os confins do deserto.

Leto desceu os olhos pela borda do penhasco até a zona verde do oásis do sietch. Lá embaixo já tinha escurecido, mas ele conhecia todas as formas e todas as cores: botões cor de cobre, de ouro, vermelhos, amarelos, cor de ferrugem e castanho-avermelhados se espalhavam até os limites de pedra que identificavam a área coberta pelos plantios irrigados pelo qanat. Além desses marcos de pedra, estendia-se uma faixa fedorenta de vida morta arrakina, assassinada pelas plantas estrangeiras e pelo excesso de água, formando agora uma barreira contra o deserto.

Então, Ghanima disse:

– Estou pronta. Vamos começar.

– Sim, que se dane tudo! – Ele estendeu a mão, tocou o braço da irmã para atenuar a explosão e então acrescentou: – Por favor, Ghani... Cante aquela música. Fica mais fácil para mim.

Ghanima se aproximou dele, rodeando-lhe a cintura com o braço esquerdo. Inspirando duas vezes profundamente, pigarreou e começou a cantar com uma voz clara e límpida as palavras que tantas vezes sua mãe havia entoado para seu pai:

Aqui eu redimo o juramento que tu fizeste;
Vertendo água fresca sobre ti.
A vida prevalecerá neste lugar sem vento,
Meu amor, tu viverás num palácio,
Teus inimigos tombarão no nada.
Andaremos juntos pelo caminho
Que o amor desenhou para ti.
Certamente faço bem em mostrar o caminho
Pois meu amor é o teu palácio...

E a voz dela se fundiu ao silêncio do deserto que um murmúrio bastaria para despojar, e Leto se sentiu afundando, afundando... tornando-se seu pai cujas lembranças se difundiam como uma sobrecapa nos genes de seu passado imediato.

Por este breve momento, devo ser Paul, ele disse a si mesmo. *Esta não é Ghani ao meu lado, mas sim minha amada Chani, cujos sábios conselhos nos salvaram muitas e muitas vezes.*

Por seu lado, Ghanima tinha assumido a memória-persona de sua mãe com uma assustadora facilidade, como sabia que aconteceria. Como era mais fácil para a mulher! E muito mais perigoso.

Num tom de voz que subitamente se tornou incisivo, Ghanima exclamou:

– Olhe ali, meu amor! – A primeira lua tinha subido e, em contraste com sua luz fria, viram o arco de um fogo de cor alaranjada caindo no espaço. O transporte que tinha trazido lady Jéssica, agora carregado com especiaria, estava voltando a seu aglomerado-mãe em órbita.

As mais intensas lembranças invadiram Leto, então, com recordações nítidas como o repicar de sinos. Por um fugaz instante, ele se tornara outro Leto: o duque de Jéssica. A necessidade empurrou essas lembranças para o lado, mas não antes que ele pudesse sentir o aguilhão do amor e da dor.

Devo ser Paul, ele se lembrou.

A transformação se impôs a ele com uma assustadora dualidade, como se Leto fosse uma tela escura na qual seu pai era projetado. Ele sentia ao mesmo tempo sua própria carne e a de seu pai, e as diferenças intermitentes ameaçavam dominá-lo.

– Ajude-me, pai – ele murmurou.

A perturbação intermitente passou, e agora havia outra impressão se impondo à sua consciência, enquanto sua outra identidade como Leto se punha de lado no papel de observador.

– Minha última visão ainda não se realizou – ele proferiu, e a voz era de Paul. Ele se voltou para Ghanima. – Você sabe o que eu vi.

Ela encostou a mão direita no rosto dele.

– Você foi caminhando para o deserto para morrer, meu amor? Foi isso que você fez?

– Pode ser que eu tenha feito isso, mas aquela visão... Não seria ela razão suficiente para continuar vivo?

– Mas cego? – ela indagou.

– Mesmo assim.

– Aonde você poderia ir?

Ele inspirou fundo, e seu corpo estremeceu.

– Jacurutu.

– Meu querido! – Lágrimas começaram a escorrer por seu rosto.

– Muad'Dib, o herói, deve ser destruído completamente – ele explicou. – Senão, esta criança não conseguirá nos retirar do caos.

– O Caminho Dourado – ela sussurrou. – Não é uma boa visão.

– É a única visão possível.

– Alia fracassou, então...

– Totalmente. Você viu o registro disso.

– Sua mãe voltou tarde demais. – Ela aquiesceu, e era a sábia expressão de Chani no rosto infantil de Ghanima. – Não haveria possibilidade de existir outra visão? Talvez se...

– Não, querida. Ainda não. Esta criança ainda não pode perscrutar o futuro e retornar a salvo.

Mais uma vez uma respiração tremida atravessou o corpo de Leto, e o Leto observador sentiu o profundo anseio de seu pai por viver mais uma vez numa carne viva, tomar decisões vitais e... Que necessidade desesperada de desfazer erros passados!

– Pai! – Leto chamou, e era como se gritasse em eco dentro do próprio crânio.

Foi um intenso ato de vontade que Leto registrou então. O lento e apegado recuo da presença interna de seu pai, a libertação de seus músculos e órgãos dos sentidos.

– Querido – murmurou a voz de Chani ao lado dele, e o recuo se desacelerou. – O que está acontecendo?

– Não vá ainda – Leto disse, e foi com sua própria voz, rouca e incerta, mas, ainda assim, a sua própria voz. E acrescentou: – Chani, você tem de nos dizer: como é que podemos evitar... o que aconteceu com Alia?

Mas foi o Paul-interior que respondeu a ele, usando palavras que lhe chegaram ao ouvido interior, entrecortadas e distanciadas por longas pausas: "Não há certeza. Você... viu... o que... quase... aconteceu... comigo."

– Mas Alia...

– Ela está nas garras daquele maldito barão!

Leto sentiu sua garganta ardendo de tão seca:

– Será que ele... que eu...

– Ele está em você... mas... eu... nós não podemos... às vezes... sentimos... um o outro... mas você...

– Você não consegue ler meus pensamentos? – Leto perguntou. – Você saberia se ele...

– Às vezes eu consigo sentir seus pensamentos... mas eu... nós só vivemos através... dos reflexos... de sua própria consciência. É a sua memória que nos cria. O perigo... é uma memória precisa. E... aqueles de nós... aqueles de nós que amaram o poder... e o reuniram em... a qualquer preço... esses podem ser... mais precisos.

– Mais fortes? – Leto murmurou.

– Mais fortes.

– Eu conheço sua visão – Leto revelou. – Em vez de deixar que ele se apodere de mim, eu me torno você.

– Isso não!

Leto assentiu para si mesmo, sentindo a enorme força de vontade que seu pai tinha adquirido para se afastar, reconhecendo as consequências do fracasso. *Qualquer* forma de possessão reduzia o possuído a uma Abominação. Essa constatação lhe renovou a sensação de força, e ele sentiu seu próprio corpo com uma exatidão extraordinária e uma percepção profundamente intensa de erros passados; tanto os seus como os de seus ancestrais. Eram as incertezas que enfraqueciam, isso ele enxergava agora. Por um momento, a tentação entrou em guerra com o medo em seu íntimo. A carne possuía a capacidade de transformar mélange numa visão do futuro. Com a especiaria, ele era capaz de respirar o futuro, de rasgar os véus do Tempo. Ele achou difícil se desvencilhar da tentação. Apertou as mãos e afundou no transe de consciência *prana-bindu*. Sua carne negava a tentação. Sua carne estava investida do profundo conhecimento aprendido em seu sangue por meio de Paul. Aqueles que buscavam o futuro esperavam vencer a aposta na corrida com o amanhã. Em vez disso, eles se achavam presos na armadilha de uma existência em que conheciam cada lamento angustiado, cada batimento de coração aflito. A visão final de Paul tinha mostrado a precária saída dessa armadilha, e Leto sabia, agora, que não lhe restava nenhuma outra escolha senão seguir por esse caminho.

– A alegria de viver, sua beleza, tudo está contido no fato de que a vida pode nos surpreender – ele disse.

Uma voz suave sussurrou no ouvido dele:

— Sempre soube dessa beleza.

Leto virou a cabeça e fixou o olhar no rosto de Ghanima, cujos olhos faiscavam à luz do luar. Ele viu Chani, que o contemplava, por sua vez.

— Mãe, você deve se retirar — ele advertiu.

— Ahhh, a tentação — ela comentou, e lhe deu um beijo.

Ele a repeliu.

— Você tomaria a vida de sua filha? — ele indagou em tom imperioso.

— É tão fácil... tão estupidamente fácil — ela retrucou.

Sentindo o pânico se apossando dele, Leto se lembrou do esforço que a persona interior de seu pai tinha precisado fazer para abandonar a carne. Estaria então Ghanima perdida naquele mundo de observadores em que ele tanto tinha visto e ouvido, aprendendo com seu pai o que era preciso?

— Eu a desprezarei, mãe — ele a repudiou.

— Outros não me desprezarão — ela argumentou. — Seja meu bem-amado.

— Se eu for... você sabe o que vocês duas se tornarão — ele rebateu. — Meu pai irá desprezar você.

— Nunca!

— Mas eu sim!

Aquele som saiu arrancado de sua garganta sem que ele quisesse e vinha carregado com todas as nuances da Voz que Paul tinha aprendido com sua própria mãe feiticeira.

— Não diga isso — ela disse, lamentosa.

— Eu desprezarei você!

— Por favor... por favor, não diga isso.

Leto esfregou a garganta, sentindo que os músculos voltavam a ser novamente seus.

— Ele desprezará você. Ele lhe dará as costas. Ele partirá para o deserto mais uma vez.

— Não... não...

Ela balançava a cabeça de um lado para o outro.

— Você deve partir, mãe — ele insistiu.

— Não... não... — Mas a voz já não tinha a mesma força do começo.

Leto observou o rosto da irmã. Como os músculos repuxavam! As emoções riscavam a carne em resposta ao tumulto que se desenrolava em seu íntimo.

– Saia – ele murmurou. – Vá embora.

– Não...

Ele agarrou o braço dela, sentiu o tremor que agitava aqueles músculos, as contrações nervosas. Ela se contorceu, tentando se desvencilhar dele, mas ele a segurava com firmeza pelo braço, murmurando o tempo todo:

– Vá embora, vá embora...

E o tempo todo Leto se condenava por ter incluído Ghani nesse *jogo de pais* que um dia tinham jogado, e ao qual nos últimos tempos ela vinha se opondo. Era verdade que as mulheres tinham mais fraqueza perante esse assédio interior, como estava constatando. Ali estava a origem do temor das Bene Gesserit.

Passaram-se horas, e o corpo de Ghanima ainda tremia e se convulsionava com a batalha travada em seu interior, mas agora a voz de sua irmã já entrava na discussão. Ele a ouviu falando com aquela imago interna, suplicando com ela.

– Mãe... por favor... – E depois: – Você viu Alia! Você vai se tornar outra Alia?

Finalmente, Ghanima se reclinou no irmão, murmurando:

– Ela aceitou. Ela foi embora.

Ele lhe acariciou a cabeça.

– Ghani, me desculpe. Sinto muito. Nunca mais vou lhe pedir que faça isso. Fui egoísta. Me perdoe.

– Não há nada a perdoar – ela disse, e sua voz veio ofegante, como se ela tivesse realizado um imenso esforço físico. – Aprendemos muitas coisas que precisávamos saber.

– Ela falou com você a respeito de muitas coisas – ele comentou. – Falaremos disso mais tarde, quando...

– Não, não! Falaremos disso agora. Você tinha razão.

– Meu Caminho Dourado?

– Seu maldito Caminho Dourado!

– A lógica é inútil a menos que venha carregada com dados essenciais – ele começou. – Mas eu...

– Nossa avó voltou para orientar nossa educação e para verificar se tínhamos sido... contaminados.

– Isso é o que Duncan diz. Não há nenhuma novidade em...

— Computação elementar — ela concordou, sua voz estava ficando mais firme. Ela se soltou dele, olhou ao longe no deserto, suavizado pelo silêncio que antecede a aurora. Essa batalha... e esse conhecimento tinham lhe custado uma noite toda. A Guarda Real que ficava além dos lacres de umidade devia ter muito que explicar. Leto havia determinado que nada os importunasse.

— As pessoas muitas vezes aprendem sutilezas quando crescem — Leto retomou. — O que é que estamos aprendendo com todo esse envelhecimento a que podemos recorrer?

— O universo que vemos nunca é bem o universo físico exato — ela respondeu. — Não devemos perceber esta avó como simplesmente uma avó.

— Isso seria perigoso — ele concordou. — Mas minha perg...

— Há algo além da sutileza — ela o interrompeu novamente. — Devemos ter no campo de nossa consciência um lugar para perceber o que não podemos preconceber. É por isso... que minha mãe falou-me muitas vezes sobre Jéssica. Na última, quando estávamos as duas reconciliadas com nossa troca interna, ela disse muitas coisas. — E Ghanima suspirou.

— Nós *sabemos* que ela é nossa avó — ele observou. — Ontem você ficou com ela durante horas. Seria por isso que...

— Se deixarmos, nosso *saber* irá determinar como reagimos a ela — disse Ghanima. — É disso que minha mãe sempre me avisava. Ela citou nossa avó uma vez e... — Ghanima tocou o braço dele — e eu ouvi o eco disso dentro de mim na voz de nossa avó.

— Avisando você — Leto concluiu. Ele achava essa ideia perturbadora. Será que nada neste mundo era confiável?

— A maioria dos erros fatais decorre de suposições obsoletas — Ghanima entoou. — É isso que minha mãe ficava repetindo.

— Isso é Bene Gesserit puro.

— Se... se Jéssica retornou para a Irmandade completamente...

— Seria algo muito perigoso para nós — ele disse, completando a ideia. — Temos nas veias o sangue do Kwisatz Haderach delas, seu Bene Gesserit masculino.

— Elas não irão abandonar a busca — Ghanima concordou —, mas podem nos abandonar. Nossa avó poderia ser o instrumento.

— Há um outro jeito — ele disse.

— Sim, nós dois... acasalados. Mas eles sabem quais os recessivos que podem complicar esse pareamento.

– É uma aposta que devem ter discutido.
– E com nossa avó, sem dúvida. Não gosto dessa solução.
– Nem eu.
– Ainda assim, não é a primeira vez que uma linhagem real tentou...
– Isso me repugna – ele disse, estremecendo.
Ela captou o movimento do irmão e guardou silêncio.
– Poder – ele sussurrou.
E, naquela estranha alquimia de suas similaridades, ela sabia quais tinham sido os pensamentos dele.
– O poder do Kwisatz Haderach deve fracassar – ela concordou.
– Usado do jeito delas – ele complementou.

Naquele instante, o dia desceu sobre o deserto mais além de onde podiam ver. Eles sentiram o calor começando. As cores saltitavam para fora das plantações no sopé da escarpa. Folhas cinza-esverdeadas traçavam sombras pontiagudas no solo. A baixa luz matutina do sol prateado de Duna revelava o oásis verdejante, pleno de sombras douradas e cor de púrpura, nos recessos dos penhascos protetores.

Leto se pôs em pé e espreguiçou.

– Então, que seja o Caminho Dourado – murmurou Ghanima, e ela falou tanto para si mesma como para ele, sabendo que a derradeira visão de seu pai correspondia aos sonhos de Leto e neles se fundia.

Algo roçou os lacres de umidade atrás deles, e algumas vozes eram audíveis, murmurando ali atrás.

Leto tornou a usar a língua ancestral que empregavam quando queriam se comunicar em particular:

– L'ii ani howr samis sm'kwi owr samit sut.

Era ali que a decisão se aninhava no campo da consciência dos dois. Literalmente queria dizer: *nós acompanharemos um ao outro até os domínios da morte, embora somente um possa retornar para reportar o acontecido.*

Ghanima, então, se colocou em pé, e juntos regressaram, passando pelos lacres de umidade rumo ao sietch, onde os guardas despertaram e os seguiram, quando os gêmeos seguiram em direção a seus aposentos particulares. A multidão abria passagem diante deles nessa manhã de maneira diferente, trocando olhares com os guardas. Passar a noite sozinho, num plano elevado em relação ao deserto, era um antigo costume fremen dos sábios sagrados. Todos os Umma tinham praticado essa forma de vigília. Paul Muad'Dib tinha feito isso... assim como Alia. E agora os gêmeos reais tinham começado a fazê-lo.

Leto notou a diferença e mencionou o fato a Ghanima.

– Eles não sabem o que decidimos por eles – ela confidenciou. – Eles realmente não sabem.

Ainda recorrendo à sua língua particular, ele complementou:

– É preciso o início mais benfazejo.

Ghanima hesitou um momento para dar forma a suas ideias. E então disse:

– No devido tempo, o luto pelo irmão deve ser exatamente real, inclusive com a construção de um túmulo. O coração deve seguir o sono, para que não haja um despertar.

Na língua ancestral, essa afirmação era extremamente intrincada e empregava um objeto pronominal separado do infinitivo. Nessa sintaxe, cada conjunto de frases internas podia se voltar para si mesmo, assumindo diversos sentidos, todos definidos e muito diferenciados entre si conquanto sutilmente inter-relacionados. Em parte, o que ela havia dito era que eles se arriscariam à morte seguindo o plano de Leto e que, fosse de modo real ou simulado, não faria nenhuma diferença. A mudança subsequente equivaleria literalmente à morte: "assassinato funeral". E havia outra camada de significado adicionada ao todo que sinalizava, como uma acusação, a quem *sobrevivesse* para relatar: *atuando como a parte viva*. Qualquer passo em falso no caminho negaria o plano todo, e o Caminho Dourado de Leto se tornaria um beco sem saída.

– Extremamente delicado – Leto concordou. Ele afastou os pingentes para que passassem quando entraram em sua antecâmara particular.

A atividade dos serviçais foi interrompida somente por uma fração de segundo, quando os gêmeos atravessaram o umbral em arco que dava acesso aos aposentos destinados a lady Jéssica.

– Você não é Osíris – Ghanima lembrou o irmão.

– Nem tentarei ser.

Ghanima tomou-o pelo braço para interrompê-lo.

– Alia darsatay haunus m'smow – ela advertiu.

Leto olhou diretamente nos olhos da irmã. Realmente, as atitudes de Alia deixavam exalar um odor fétido que a avó deles devia ter captado. Ele sorriu para a irmã de maneira a traduzir o quanto a apreciava. Ela havia mesclado a língua ancestral com a superstição fremen para conjurar o vaticínio tribal mais fundamental. *M'smow*, o odor fétido de uma noite de verão, era o arauto da morte nas mãos dos demônios. E Osíris tinha sido o deus demoníaco da morte para o povo cuja língua eles falavam agora.

– Nós, Atreides, temos a reputação de nossa audácia a manter – ele retrucou.

– Então, *pegaremos* o que precisamos – ela afirmou.

– Ou isso ou nos tornamos suplicantes perante nossa própria Regência – ele murmurou. – Alia gostaria disso.

– Mas nosso plano... – e ela deixou que a ideia escoasse.

Nosso plano, ele pensou. Ela agora compartilhava dele plenamente. Ele disse:

– Penso que o nosso plano é a faina do shaduf.

Ghanima olhou rapidamente para a antecâmara pela qual tinham passado, sentindo o cheiro dos odores de pelo animal da manhã, com sua impressão de eterno início. Ela gostava de como Leto tinha empregado o idioma particular deles dois. *Faina do shaduf.* Era uma promessa. Ele tinha chamado o plano dos dois de o trabalho de lavoura do tipo mais simples: adubar, irrigar, arrancar as ervas daninhas, transplantar, podar – e, sim, com a implicação fremen de que essa faina ocorria ao mesmo tempo em Outro Mundo onde simbolizava cultivar a riqueza da alma.

Ghanima estudou seu irmão, enquanto hesitavam ali, no túnel de rocha. Estava cada vez mais claro para ela que ele estava se comprometendo em dois níveis: em um, com o Caminho Dourado de sua visão e da visão de seu pai; e, no outro, que ela lhe daria carta branca para levar adiante o mito de criação extremamente perigoso que o plano geraria. Isso a assustava. Haveria mais alguma coisa na visão particular que ele tivera e que não tinha comentado com ela? Será que ele era capaz de se enxergar como a figura potencialmente deificada que levaria a humanidade a um renascimento – tal pai, tal filho? O culto a Muad'Dib tinha azedado, fermentado no desgoverno de Alia e nas licenças impunes de um sacerdócio militar que comandava as linhas de poder entre os fremen. Leto queria a regeneração.

Ele está escondendo alguma coisa de mim, ela percebeu.

Ghanima passou em revista o que ele lhe havia dito sobre seu sonho. Continha uma realidade tão iridescente que Leto poderia ter andado a esmo por horas depois dele, imerso nessa névoa. Ele dizia que o sonho nunca variava.

"Estou na areia, à brilhante luz do dia, mas não há sol. Então me dou conta de que eu sou o sol. Minha luz emana como um Caminho Dourado. Quando percebo isso, saio de mim. Volto-me, esperando me ver como o sol, mas não sou o sol. Sou uma figura esquemática, o desenho de uma criança com linhas luminosas em ziguezague formando os olhos, e riscos no lugar das pernas e dos braços. Há um cetro na minha mão esquerda, e é um cetro de verdade, muito mais detalhado em sua realidade do que a figura esquemática que o está segurando. O cetro se mexe, e isso me deixa apavorado. Quando ele se mexe, eu me sinto acordar, mas sei que continuo sonhando. Entendo então que a minha pele está revestida por alguma coisa, uma armadura que se mexe conforme eu me movimento. Não consigo ver essa armadura, mas posso senti-la. Meu terror então sai de mim, pois essa armadura me dá a força de dez mil homens."

Quando Ghanima o encarou de frente, Leto tentou se desvencilhar e continuar o percurso até os aposentos de Jéssica. Ghanima resistiu.

– Esse Caminho Dourado talvez não seja melhor do que qualquer outro – ela comentou.

Leto olhou para o chão de pedra entre os dois, sentindo a intensidade dos receios de Ghanima voltando à tona.

– Eu tenho de fazer isso – ele insistiu.

– Alia está possuída – ela lembrou. – Isso poderia acontecer conosco. Já poderia inclusive ter acontecido e a gente não perceber.

– Não. – Ele sacudiu a cabeça e enfrentou o olhar dela. – Alia resistiu. Isso deu força aos poderes dentro dela. Ela foi sobrepujada por sua própria força. Nós ousamos buscar em nosso interior, buscar as antigas línguas e o antigo conhecimento. Já somos amálgamas dessas vidas em nosso íntimo. Nós não resistimos; seguimos com elas. Foi isso que aprendi com nosso pai na noite passada. Era o que eu tinha de aprender.

– Dentro de mim ele não disse nada disso.

– Você ouviu a nossa mãe. É o que nós...

– E quase me perdi.

– Ela ainda está forte dentro de você? – E o medo endureceu a voz dele.

– Sim... mas agora eu acho que ela me protege com o amor que tem por mim. Você foi muito bem quando discutiu com ela. – E Ghanima pensou na mãe interna refletida e continuou: – Nossa mãe agora existe para mim no *alam al-mythal* com os outros, mas ela provou dos frutos do inferno. Agora eu posso ouvi-la sem temor. Quanto aos outros...

– Sim – ele anuiu. – E eu ouvi meu pai, mas acho que realmente estou seguindo o conselho do avô de quem tenho o nome. Talvez o nome facilite isso.

– Você foi aconselhado a falar com nossa avó sobre o Caminho Dourado?

Leto aguardou enquanto um serviçal passava apressado por eles com uma bandeja-cesto contendo o desjejum de lady Jéssica. Um forte aroma de especiaria se espalhou pelo ar quando o assistente passou.

– Ela vive em nós e em sua própria carne – Leto observou. – O conselho dela pode ser obtido duas vezes.

– Por mim, não – objetou Ghanima. – Não me arrisco a isso outra vez.

– Então, por mim.

– Achei que tínhamos concordado que ela havia voltado para a Irmandade.

– É verdade. Bene Gesserit no começo, ela mesma no meio, Bene Gesserit no fim. Mas, lembre-se, ela também tem sangue Harkonnen nas veias e é mais próxima dessa herança do que nós; ela vivencia uma forma desse compartilhamento interior que também é nosso.

– Uma forma muito rasa – objetou Ghanima. – E você não me respondeu.

– Não acho que eu vá mencionar o Caminho Dourado.

– Mas eu sim.

– Ghani!

– Nós não precisamos de mais nenhum deus Atreides! Precisamos de um espaço para mais humanidade!

– E alguma vez eu neguei isso?

– Não. – Ela respirou fundo e desviou o olhar até então fixado no rosto do irmão. Dentro da antecâmara, os assistentes olhavam para os gêmeos, ouvindo que debatiam pelo tom de suas vozes, mas sem conseguir compreender o idioma milenar.

– Temos de fazê-lo – Leto concluiu. – Se não agirmos, seria melhor que caíssemos sobre nossas próprias adagas. – Aqui ele adotou o termo fremen que embutia o significado de "verter nossa água na cisterna tribal".

Mais uma vez, Ghanima olhou para ele. Era obrigada a concordar, mas se sentia aprisionada dentro de uma construção com muitos muros. Os dois sabiam que o dia do julgamento ocorreria em seu caminho, cedo ou tarde, apesar do que fizessem. Ghanima sabia disso com uma certeza que era reforçada pelos dados colhidos das outras vidas-recordações, mas agora temia a força infundida nessas outras psiques, usando as informações de suas experiências. Essas vidas-recordações espreitavam em seu íntimo como harpias, como sombras demoníacas aguardando, na tocaia.

Exceto por sua mãe, que havia detido o poder carnal e renunciara a ele. Ghanima ainda se sentia abalada por esse combate interior, sabendo que teria perdido se não fosse a capacidade de persuasão de Leto.

Leto disse que o Caminho Dourado dele levava à saída dessa armadilha. Tirando a incômoda constatação de que ele ocultava dela algum elemento da visão que tivera, ela só podia aceitar a sinceridade do irmão. Ele precisava da fértil criatividade dela para enriquecer o plano.

– Seremos testados – ele informou, sabendo aonde estavam indo as dúvidas dela.

– Não na especiaria.

– Talvez inclusive aí. Seguramente no deserto e no Teste da Possessão.

– Você nunca falou do Teste da Possessão! – ela acusou. – Isso faz parte do seu sonho?

Ele tentou engolir apesar da garganta seca, amaldiçoando essa traição.

– Sim.

– Então... seremos possuídos?

– Não.

Ela pensou sobre o Teste: era uma antiga forma de exame fremen cujo final provocava uma morte terrível, na maior parte das vezes. Então, esse plano continha outros níveis de complexidade. Ele os levaria até a borda de onde o mergulho para qualquer um dos lados poderia não ser contemplado por uma mente humana que, depois, mantivesse a própria sanidade.

Sabendo por onde se esgueiravam os pensamentos da irmã, Leto professou:

– O poder atrai os psicóticos. Sempre. É isso que devemos evitar dentro de nós.

– Você tem certeza de que não seremos... possuídos?

– Não, se criarmos o Caminho Dourado.

Ainda em dúvida, ela afirmou:

– Eu não vou ter seus filhos, Leto.

Ele sacudiu a cabeça, suprimindo as traições internas, e retomou o tom formal da língua antiga:

– Minha irmã, eu amo você mais profundamente do que amo a mim mesmo, mas esse não é o mais caro dos meus desejos.

– Muito bem; então, voltemos ao outro assunto antes de irmos ter com nossa avó. Uma faca enterrada em Alia poderia dar cabo da maioria de nossos problemas.

– Se você acredita nisso, também acredita que podemos andar na lama sem deixar rastros – ele retrucou. – Além do mais, quando foi que Alia deu a qualquer um a menor chance?

– Falam desse Javid.

– Duncan estaria por acaso dando sinais de chifres na testa?

Ghanima encolheu os ombros.

– Veneno um, veneno dois. – Era esse o rótulo comum usado pela realeza para catalogar os consortes pela ameaça que representam à sua pessoa, uma marca dos regentes de toda parte.

– Temos de fazê-lo do meu jeito – ele insistiu.

– O outro jeito poderia ser mais limpo.

Por meio dessa resposta, ele soube que ela finalmente havia superado suas dúvidas e chegara ao ponto de concordar com o plano dele. Essa constatação não o deixou feliz. Ele se viu olhando para as próprias mãos, pensando se aquela sujeira sairia um dia.

> **Este foi o feito de Muad'Dib: ele entendeu que o reservatório subliminar de cada pessoa era um banco inconsciente de recordações que remontavam até às células primais de nossa gênese comum. Ele dizia que cada um de nós pode medir sua distância em relação a essa origem comum. Quando viu isso e relatou sua percepção, ele realizou o audacioso passo de tomar uma decisão. Muad'Dib se incumbiu de integrar a memória genética à avaliação em andamento. Com isso, ele de fato atravessou os véus do Tempo, tornando o futuro e o passado uma coisa só. Essa foi a criação de Muad'Dib corporificada em seu filho e em sua filha.**
>
> – Testamento de Arrakis, por Harq al-Ada

Farad'n atravessou o complexo do jardim do palácio real de seu pai observando como sua sombra ficava cada vez menor conforme o sol de Salusa Secundus fazia seu arco rumo ao zênite. Ele teve de esticar um pouco as passadas para se manter no mesmo passo que o alto bashar que o acompanhava.

– Tenho minhas dúvidas, Tyekanik – ele confessou. – Bem, não há como negar a sedução de um trono, mas... – e ele respirou fundo – tenho muitos outros interesses.

Tyekanik, recém-chegado de um acirrado debate com a mãe de Farad'n, olhou de esguelha para o príncipe, reparando em como a carne do rapaz estava se firmando à medida que ele se aproximava dos dezoito anos. Havia nele cada vez menos Wensicia a cada dia que se passava, e mais e mais de Shaddam, aquele que tinha preferido seus interesses privados às responsabilidades da realeza. Fora isso que, no fim, lhe havia custado o trono, evidentemente. Ele tinha ficado muito mole para comandar.

– Você tem de escolher – Tyekanik afirmou. – Ora, sem dúvida haverá tempo para alguns de seus interesses, mas...

Farad'n mordeu o lábio inferior. O dever o prendia ali, mas ele se sentia frustrado. Ele teria preferido muito mais ir até o enclave rochoso onde os experimentos com as trutas da areia estavam sendo realizados. Este, *sim,* era um projeto de enorme potencial: arranque o monopólio da especiaria das mãos dos Atreides e tudo pode acontecer.

– Você está seguro de que os gêmeos serão... eliminados?

– Nada é absolutamente certo, meu príncipe, mas as perspectivas são boas.

Farad'n encolheu os ombros. Assassinatos continuavam sendo um fato da vida da realeza. A língua estava bem abastecida de sutis substituições em referência à eliminação de personagens importantes. Com uma simples palavra, era possível a pessoa distinguir entre colocar veneno numa bebida ou numa comida. Ele supunha que a eliminação dos gêmeos Atreides seria posta em prática com o uso de um veneno. Não era uma ideia agradável. Em todos os sentidos, os gêmeos eram um par de criaturas altamente interessantes.

– Teremos de nos mudar para Arrakis? – Farad'n quis saber.

– É a melhor escolha, já que nos coloca no sítio da maior pressão. – Farad'n parecia estar evitando uma pergunta, e Tyekanik se perguntou qual poderia ser.

– Estou aflito, Tyekanik – Farad'n disse, falando no momento em que contornavam uma sebe e se aproximavam de uma fonte rodeada por rosas negras enormes. Podiam ouvir os jardineiros podando galhos na outra ponta da sebe.

– Sim? – Tyekanik indagou, convidativo.

– Esta, ah, religião que você professa...

– Não há nada de estranho nisso, meu príncipe – Tyekanik disse, esperando que sua voz não perdesse a firmeza. – Essa religião fala ao guerreiro que existe em mim. É uma religião que combina com um Sardaukar. – Pelo menos essa parte era verdade.

– Sssim... mas minha mãe parece muito satisfeita com ela.

Maldita Wensicia!, pensou Tyekanik. *Ela deixou o filho desconfiado.*

– Não me importo muito com o que sua mãe pensa – disse o bashar. – Religião é uma questão muito pessoal. Talvez ela enxergue nisso algo capaz de colocá-lo no trono.

– Foi o que pensei – murmurou Farad'n.

Ahhh, mas que jovem sagaz!, pensou Tyekanik. E então sugeriu:

– Analise por si mesmo essa religião e verá imediatamente por que a escolhi.

– Ainda assim... pregações do Muad'Dib? Afinal de contas, ele era um Atreides.

– A única coisa que posso dizer é que os caminhos de Deus são misteriosos – Tyekanik acrescentou.

– Sei... mas, me diga, Tyek, por que me convidou para caminhar com você exatamente agora? É quase meio-dia e normalmente você está em alguma parte, nesse horário, cumprindo ordens de minha mãe.

Tyekanik parou ao lado de um banco de pedra que dava para a fonte e para o canteiro das rosas gigantescas. O rumor da água caindo o acalmou e ele manteve sua atenção concentrada nesse som quando falou:

– Meu príncipe, fiz uma coisa que talvez sua mãe desaprove. – E então pensou: *Se ele acreditar nisso, o maldito complô dela dará certo.* Tyekanik quase esperava que o esquema de Wensicia fracassasse. *Trazer aquele desgraçado do Pregador até ali. Ela estava louca. E a que custo!*

Como Tyekanik manteve silêncio, aguardando, Farad'n perguntou:

– Muito bem, Tyek, e o que foi que você fez?

– Trouxe até aqui um praticante de oniromancia – ele explicou.

Farad'n lançou um olhar inquisitivo ao seu acompanhante. Alguns dos Sardaukar mais antigos praticavam o jogo da interpretação de sonhos e vinham fazendo isso cada vez mais desde sua derrota pelo "Sonhador Supremo", Muad'Dib. Eles pensavam que em algum ponto em seus sonhos poderia existir um caminho que os levaria de volta ao poder e à glória. Mas Tyekanik sempre tinha se negado a esse jogo.

– Não parece muito coisa sua, Tyek – observou Farad'n.

– Então, só posso falar com base em minha nova religião – ele argumentou, dirigindo-se à fonte. Evidentemente, era para falar da religião que tinham se arriscado a trazer O Pregador até ali.

– Então faça isso – disse Farad'n.

– Como ordenar, meu príncipe. – Ele se voltou, olhando para esse jovem detentor de todos os sonhos que agora eram destilados no caminho que a Casa Corrino deveria seguir. – Igreja e Estado, meu príncipe, até o pensamento científico e a fé, e mais ainda: progresso e tradição. Tudo isso está reconciliado nos ensinamentos de Muad'Dib. Ele dizia que não há opostos intransigentes exceto nas crenças dos homens e, às vezes, em seus sonhos. Descobrimos o futuro no passado e ambos fazem parte de um todo.

Apesar das dúvidas que ele não conseguia dissipar, Farad'n sentiu-se impressionado por essas palavras. Ele captou uma nota de relutante sinceridade na voz de Tyekanik, como se aquele homem estivesse falando contra suas compulsões internas.

– E é por isso que você me traz esse... esse intérprete de sonhos?

– Sim, meu príncipe. Talvez seu sonho penetre no Tempo. Você retoma sua consciência de seu ser interior quando reconhece o universo como um todo coerente. Seus sonhos... bem...

– Mas eu falo dos meus sonhos de maneira descompromissada – Farad'n protestou. – Eles são mera curiosidade, nada mais. Nunca eu desconfiei que você...

– Meu príncipe, nada que faça pode ser sem importância.

– Isso é muito lisonjeiro, Tyek. Você realmente acredita que esse sujeito pode enxergar o que está no cerne dos grandes mistérios?

– Acredito, meu príncipe.

– Então, que minha mãe desaprove.

– Você falará com ele?

– Claro que sim... já que você o trouxe aqui para amolar minha mãe.

Será que está zombando de mim?, ponderou Tyekanik, e então prosseguiu:

– Devo avisá-lo que o velho usa uma máscara. É um recurso ixiano que permite aos cegos enxergarem com a pele.

– Ele é cego?

– Sim, meu príncipe.

– Ele sabe quem eu sou?

– Eu disse a ele, meu príncipe.

– Muito bem. Vamos a ele, então.

– Se meu príncipe quiser aguardar só um instante, eu trago o homem até aqui.

Farad'n olhou em torno do jardim com fonte, sorrindo. Um lugar tão bom quanto qualquer outro para essa tolice.

– Você disse a ele o que eu sonhei?

– Só em termos gerais, meu príncipe. Ele lhe pedirá que faça um relato pessoal.

– Ah, muito bem. Espero aqui. Traga o homem.

Farad'n virou de costas e ouviu Tyekanik saindo apressado. Um jardineiro estava à vista, trabalhando logo depois da sebe, de onde o príncipe via o alto de sua cabeça envolta por um capuz marrom em torno do qual esvoaçavam aparas de arbustos. Era um movimento hipnótico.

Essa história do sonho é um absurdo completo, Farad'n pensou. *Foi errado da parte de Tyek fazer isso sem me consultar. Muito estranho Tyek entrar nessa coisa de religião nessa idade. E agora essa conversa de sonhos.*

Nesse instante, ele ouviu o som de passos atrás dele. As conhecidas passadas de Tyekanik com sua firmeza típica e então um andar mais arrastado. Farad'n se voltou e encarou o intérprete de sonhos que se aproximava. A máscara ixiana era preta, feita de um tecido que lembrava gaze, e escondia o rosto todo, da testa até embaixo do queixo. Não havia frestas para os olhos nessa máscara. Se o que ixianos diziam era verdade, a máscara toda era um olho só.

Tyekanik se deteve a dois passos de Farad'n, mas o mascarado se aproximou até ficar a menos de um passo de distância.

– O intérprete de sonhos – Tyekanik anunciou.

Farad'n moveu a cabeça em assentimento.

O mascarado tossiu de uma maneira roufenha e distante, como se estivesse tentando puxar alguma coisa desde o estômago.

Farad'n estava agudamente ciente de um acre aroma de especiaria emanado do velho, especificamente por seu longo manto cinzento que o recobria de cima a baixo.

– Essa máscara faz realmente parte de sua carne? – Farad'n perguntou, consciente de que estava tentando adiar a questão do sonho.

– Enquanto eu a uso – disse o velho, e sua voz continha um viés de amargura e apenas vagos indícios do sotaque fremen. – Seu sonho, conte-me – ele disse em seguida.

Farad'n encolheu os ombros. *Ora, por que não?* Era para isso que Tyek tinha trazido o velho até ali. Era *mesmo*? Farad'n se sentiu tomado por dúvidas e perguntou:

– Você é realmente um praticante de oniromancia?

– Vim para interpretar seu sonho, Pujante Senhor.

Mais uma vez, Farad'n deu de ombros. Essa figura mascarada o estava deixando nervoso e ele olhou de lado para Tyekanik, ainda no mesmo lugar em que tinha parado, os braços cruzados, contemplando a fonte.

– Seu sonho, então – insistiu o velho.

Farad'n inspirou fundo e começou a contar o sonho. Foi ficando mais fácil conforme ele foi se envolvendo com o relato. Ele falou da água que escorria para cima, vinda da fonte, falou dos mundos que eram átomos dançando em sua cabeça, da serpente que se transformava num verme da areia e explodia numa nuvem de pó. Falar da serpente, como percebia agora para sua própria surpresa, era algo que exigia mais esforço. Uma terrível relutância o inibia, e isso o deixou zangado enquanto falava.

O velho se manteve impassível até que Farad'n finalmente se calou. A máscara preta de gaze se mexia de leve, acompanhando a respiração do homem. Farad'n aguardava. O silêncio se estendia.

Até que Farad'n perguntou:

– Você não vai interpretar meu sonho?

– Já interpretei – ele respondeu, e sua voz parecia vir de uma imensa distância.

– E então? – Farad'n ouviu sua própria voz esganiçada, denunciando toda a tensão que o sonho havia induzido.

E o velho continuava impassível, em silêncio.

– Então me diga! – a raiva era evidente no tom de voz do rapaz.

– Eu disse que interpretaria o sonho – o velho falou –, mas não concordei em revelar a minha interpretação.

Até mesmo Tyekanik ficou abalado com essa atitude, deixando cair os braços e fechando as mãos em punho, ao lado do corpo.

– Como assim? – ele grunhiu.

– Eu não disse que revelaria minha interpretação – o velho repetiu.

– Você quer mais dinheiro? – indagou Farad'n.

– Não pedi nenhum pagamento para vir aqui. – Um orgulho frio vibrava na resposta do velho, e isso amenizou a raiva de Farad'n. Ali estava um velho corajoso, diga-se de passagem. Ele devia saber que desobedecer seria sua sentença de morte.

– Com licença, meu príncipe – Tyekanik interrompeu no instante em que Farad'n se preparava para falar. – Você poderia nos dizer por que não vai revelar sua interpretação?

– Sim, senhores. O sonho me diz que não teria nenhum propósito explicar essas coisas.

Farad'n não conseguiu se controlar:
– Você está dizendo que eu já sei o sentido do meu sonho?
– Talvez sim, meu senhor, mas essa não é a questão.

Tyekanik se adiantou até ficar ao lado de Farad'n. Os dois encaravam o velho.

– Explique-se – exigiu Tyekanik.
– Sim, explique-se – repetiu Farad'n.
– Se eu fosse falar desse sonho, analisar esses elementos da água e do pó, das serpentes e dos vermes, esmiuçar os átomos que dançam em sua cabeça como acontece na minha, ah, meu Pujante Senhor, minhas palavras apenas o confundiriam, e o senhor insistiria no desentendimento.
– Você teme que suas palavras possam me zangar? – Farad'n indagou.
– Meu senhor! O senhor já está zangado.
– Será porque não confia em nós? – perguntou Tyekanik.
– Isso chega bem perto do alvo, meu senhor. Não confio em nenhum dos dois e pelo simples motivo de que vocês não confiam em si mesmos.
– Você anda perigosamente no fio da navalha – Tyekanik decretou. – Muitos homens já foram mortos por atitudes bem menos abusadas que a sua.

Farad'n aquiesceu e completou:
– Não nos faça sentir raiva.

Ao que respondeu o velho:
– As consequências fatais da raiva Corrino são muito conhecidas, meu senhor de Salusa Secundus.

Tyekanik conteve Farad'n pelo braço e então perguntou:
– Você está tentando nos induzir a matá-lo?

Farad'n não tinha pensado nisso e então sentiu um calafrio percorrê-lo de alto a baixo ao ponderar o que uma conduta dessas poderia representar. Será que esse velho que se dizia chamar O Pregador... era mais do que parecia? Quais poderiam ser as consequências de sua morte? Mártires podiam ser criações perigosas.

– Duvido que me mate, independentemente do que eu diga – afirmou O Pregador. – Acho que conhece o meu valor, bashar, e agora seu príncipe também suspeita qual ele é.

– Você se recusa absolutamente a interpretar o sonho dele? – Tyekanik perguntou.

– Eu *já* interpretei.

– E não vai dizer o que viu nele?

– O senhor me culpa?

– Como você pode ser valioso para mim? – indagou Farad'n.

O Pregador estendeu a mão direita.

– Se eu apenas acenar com esta mão, Duncan Idaho virá até mim e me obedecerá.

– Mas que fanfarronice fútil é essa? – perguntou Farad'n.

Tyekanik, porém, balançou a cabeça, tendo se lembrado da discussão com Wensicia. Então disse:

– Meu príncipe, isso talvez seja verdade. Este Pregador tem muitos seguidores em Duna.

– Por que não me disse que ele era daquele lugar? – Farad'n indagou.

Antes que Tyekanik pudesse responder, O Pregador se dirigiu a Farad'n:

– Meu senhor, não se sinta culpado pelo ocorrido em Arrakis. O senhor é somente um produto do seu tempo. Este é um pedido especial que qualquer homem pode fazer quando suas culpas o assediam.

– Culpas! – exclamou Farad'n, indignado.

O Pregador apenas deu de ombros.

Estranhamente, essa atitude fez Farad'n mudar de encolerizado para divertido. Ele riu, jogou a cabeça para trás e arrancou desse modo um olhar espantado de Tyekanik. Então ele disse:

– Eu gosto de você, Pregador.

– Isso me gratifica, meu príncipe – aquiesceu o velho.

Engolindo uma risadinha, Farad'n continuou:

– Iremos providenciar acomodações para você aqui, no palácio. Você será meu intérprete oficial de sonhos – ainda que nunca me diga uma única palavra de suas interpretações. E poderá me aconselhar quanto a Duna. Tenho muita curiosidade sobre esse lugar.

– Isso não posso fazer, príncipe.

Uma ponta de ira ameaçava se manifestar. Farad'n encarou a máscara preta.

– E por que não, poderia me dizer?

– Meu príncipe – murmurou Tyekanik, tocando o braço de Farad'n outra vez.

– Que foi, Tyek?

– Nós o trouxemos mediante um acordo juramentado com a Guilda. Ele deve ser levado de volta a Duna.

– Sou convocado a voltar para Arrakis – disse O Pregador.

– E quem o convoca? – exigiu saber Farad'n.

– Um poder maior do que o teu, príncipe.

Farad'n disparou um olhar inquisitivo na direção de Tyekanik.

– Por acaso ele é um espião dos Atreides?

– Pouco provável, meu príncipe. Alia colocou a cabeça dele a prêmio.

– Se não é um Atreides, então quem o convoca? – Farad'n insistiu, tornando a prestar atenção ao Pregador.

– Um poder maior do que os Atreides.

Uma risadinha escapuliu de Farad'n. Aquilo não passava de um absurdo místico. Como é que Tyekanik pôde ser ludibriado por uma coisa dessas? Esse Pregador tinha sido *convocado*, muito provavelmente, por um sonho. E qual a importância de sonhos?

– Isso tudo foi uma grande perda de tempo, Tyek – reprovou Farad'n. – Por que me sujeitou a esta... esta farsa?

– Aqui o preço é duplo, meu príncipe – disse Tyekanik. – Este intérprete de sonhos prometeu-me entregar Duncan Idaho como agente da Casa Corrino. Tudo que me pediu foi para vir conhecê-lo e interpretar seu sonho. – E Tyekanik acrescentou para si mesmo: *Pelo menos foi o que ele dissera a Wensicia!* Agora, novas dúvidas minavam a confiança do bashar.

– Por que meu sonho é tão importante para você, velho? – perguntou Farad'n.

– Seu sonho me diz que grandes eventos se desenrolam até sua conclusão lógica – explicou O Pregador. – Devo apressar minha volta.

Sarcástico, Farad'n redarguiu:

– E continuará inescrutável, sem dar nenhum conselho.

– Conselhos, meu príncipe, são uma mercadoria perigosa. Mas posso arriscar algumas palavras que o senhor poderá considerar um conselho ou qualquer outra coisa que lhe convier...

– Por favor – pediu Farad'n.

O Pregador manteve o rosto mascarado firmemente erguido na altura do de Farad'n:

– Governos podem subir e cair por razões que parecem insignificantes, príncipe. Eventos tão pequenos! Uma discussão entre duas mulheres... o lado por onde sopra o vento num certo dia... um espirro, um pigarro, o comprimento de um manto ou a colisão imprevista de um grão de areia com o olho de um cortesão. Nem sempre são as majestosas preocupações dos ministros imperiais que ditam o curso da História, nem são necessariamente as pontificações dos sacerdotes que movem as mãos de Deus.

Farad'n se sentiu profundamente mobilizado por essas palavras e não se sentiu capaz de explicar tais emoções.

Tyekanik, porém, havia se detido em uma frase em particular. Por que esse Pregador falava de um manto? A mente de Tyekanik se concentrou nos trajes imperiais despachados para os gêmeos Atreides, nos tigres treinados para atacar. Será que esse velho estaria dando voz a uma sutil advertência? Até onde ele sabia?

– Como isso pode ser um conselho? – Farad'n perguntou.

– Para ser bem-sucedido – prosseguiu O Pregador –, o senhor deve reduzir sua estratégia ao ponto de sua aplicação. Onde é que se aplica uma estratégia? Num lugar específico e com pessoas específicas em mente. Mas mesmo tomando o máximo cuidado com as minúcias, algum pequeno detalhe sem importância no contexto poderia lhe escapar. Será, príncipe, que sua estratégia pode ser reduzida às ambições da esposa de um governador regional?

Com a voz gélida, Tyekanik interrompeu:

– Por que fica matraqueando sobre estratégia, Pregador? Qual você acha que meu príncipe terá?

– Ele está sendo levado a desejar um trono – respondeu O Pregador. – Eu desejo a ele boa sorte, mas ele necessitará de mais do que sorte.

– Essas são palavras perigosas – observou Farad'n. – Como ousa proferi-las?

– Ambições tendem a permanecer intactas diante da realidade – esclareceu O Pregador. – Ouso proferir tais palavras porque o senhor se encontra numa encruzilhada. O senhor poderia se tornar admirável. Mas agora está rodeado por aqueles que não buscam justificativas morais, por conselheiros que são orientados por estratégias. O senhor é jovem e resistente, mas não tem aquela espécie de treinamento avançado por meio do qual seu caráter poderia evoluir. O que é uma pena, porque tem fraquezas nessas dimensões que acabei de descrever.

– O que quer dizer? – Tyekanik inquiriu.

– Cuidado com o que for falar – avisou Farad'n. – Qual é essa fraqueza?

– O senhor não pensou no tipo de sociedade que poderia preferir – disse O Pregador. – O senhor não leva em consideração as esperanças de seus súditos. Até mesmo a forma do Imperium que busca tem pouca definição em seus pensamentos. – Ele voltou o rosto mascarado para Tyekanik. – O senhor mira o poder e não os usos sutis e os perigos desse poder. Seu futuro, portanto, está cheio de pontos desconhecidos evidentes: na discussão com mulheres, em tosses e dias de vento. Como poderá criar uma época quando não consegue enxergar cada detalhe? Sua mente resistente não lhe terá serventia. É aí que o senhor é fraco.

Farad'n estudou o velho por um longo intervalo, ponderando sobre as camadas mais profundas que essas ideias insinuavam, sobre a persistência de conceitos tão desacreditados. Moralidade! Objetivos sociais! Esses eram mitos para serem deixados de lado no movimento ascendente da evolução.

– Já ouvimos palavras suficientes – sentenciou Tyekanik. – E quanto ao preço combinado, Pregador?

– Duncan Idaho é seu – afirmou O Pregador. – Tomem cuidado com o modo como vão usá-lo. Ele é uma joia inestimável.

– Oh, nós temos uma missão apropriada para ele – Tyekanik comentou, olhando rapidamente para Farad'n. – Com sua licença, meu príncipe?

– Diga que ele se prepare para partir antes que eu mude de ideia – resmungou Farad'n. Depois, olhando para Tyekanik, acrescentou: – Não gosto do jeito como você me usou, Tyek!

– Perdoe-me, príncipe – O Pregador disse. – Seu fiel bashar cumpre a vontade de Deus ainda que não saiba disso. – Fazendo uma reverência, O Pregador partiu, e Tyekanik se apressou em acompanhá-lo até a saída.

Farad'n observou os dois de costas, afastando-se, e pensou: *Devo examinar essa religião que Tyek adotou.* E então ele sorriu, pesaroso: *Que intérprete de sonhos! Mas que importância tem isso? Meu sonho não foi uma coisa importante.*

> **E ele teve a visão de uma armadura. A armadura não era sua própria pele; era mais forte do que açoplás. Nada penetrava nessa armadura: facas, venenos ou areia, nem o pó do deserto ou seu calor de desidratar. Na mão direita ele trazia o poder de causar a tempestade de Coriolis, de sacudir a terra e provocar uma erosão terminal. Seus olhos estavam fincados no Caminho Dourado e, na mão esquerda, ele portava o cetro da maestria absoluta. Mais além do Caminho Dourado, os olhos dele se estendiam para a eternidade que ele sabia ser o alimento de sua alma e de sua carne perpétua.**
>
> **– Heighia, O sonho do meu irmão, do Livro de Ghanima**

– Seria melhor que eu nunca me tornasse imperador – afirmou Leto. – Oh, não estou insinuando que cometi o erro de meu pai e espreitei o futuro com uma taça de especiaria. Digo isso por puro egoísmo. Minha irmã e eu precisamos desesperadamente de um período de liberdade durante o qual possamos aprender como viver sendo quem somos.

Então ele ficou em silêncio, contemplando lady Jéssica com ar interrogativo. Ele falara o que ele e Ghanima tinham combinado que diria. E qual seria a resposta de sua avó?

Jéssica estudou a fisionomia do neto à luz dos luciglobos que iluminavam seus aposentos em Sietch Tabr. Ainda era cedo naquela manhã de seu segundo dia de visita, e ela já havia recebido relatórios perturbadores sobre os gêmeos, dizendo que tinham passado a noite em vigília fora do sietch. O que tinham feito? Ela não havia dormido bem e sentia os ácidos da fadiga exigindo que descesse do hipernível que a havia sustentado durante todas as desgastantes demandas desde aquele desempenho crucial no espaçoporto. Aquele era o sietch de seus pesadelos, mas lá fora não era o deserto de que ela se lembrava. *De onde tinham vindo todas aquelas flores?* E o ar em volta dela parecia muito úmido. Os jovens praticavam mal a disciplina dos trajestiladores.

– E o que você é, criança, que precisa ter tempo para saber mais sobre si mesmo? – ela indagou.

Ele balançou a cabeça delicadamente, ciente de que era um movimento adulto bizarro no corpo de uma criança, e se lembrando de que devia manter aquela mulher em desequilíbrio.

– Em primeiro lugar, não sou uma criança. Oh... – ele tocou o próprio peito. – Este é o corpo de uma criança, sem dúvida. Mas *eu* não sou uma criança.

Jéssica mordeu o lábio superior, desconsiderando o que isso denunciava. Seu amado duque, morto há tantos anos neste planeta desgraçado, tinha rido dela quando ela fizera isso. *"Sua única resposta descontrolada"*, ele tinha dito a respeito de ela morder a própria boca. *"Isso me mostra que você está perturbada e preciso beijar esses lábios para acalmar o tremor neles."*

Agora, este neto, que tinha o mesmo nome do duque, a deixava tão chocada que seu coração começava a martelar dentro do peito só por ele dizer, sorrindo:

– Você ficou perturbada; posso ver isso pelo tremor de sua boca.

Ela precisou adotar sua mais rigorosa disciplina Bene Gesserit para recuperar um semblante que denotasse calma. Só então conseguiu dizer:

– Você está me provocando?

– Provocando? Jamais. Mas devo deixar claro para você o quanto somos diferentes. Deixe-me lembrá-la daquela orgia no sietch, há tanto tempo, em que a Antiga Reverenda Madre lhe deu as vidas e as recordações dela. Ela se entregou a você e lhe deu essa... essa longa cadeia de salsichas, cada uma delas uma pessoa. Você ainda as tem. Por isso, conhece um pouco do que Ghanima e eu vivenciamos.

– E Alia? – indagou Jéssica para testá-lo.

– Você não falou sobre isso com Ghani?

– Queria conversar a esse respeito com você.

– Muito bem. Alia negou quem era e se tornou aquilo que mais temia. O *passado-interno* não pode ser relegado ao inconsciente. Esse é um rumo perigoso para qualquer humano, mas para nós, que somos pré-nascidos, é pior do que a morte. E isso é tudo que direi sobre Alia.

– Então você não é uma criança – Jéssica repetiu.

– Tenho um milhão de anos. Isso exige ajustes que os humanos nunca antes foram convocados a fazer.

Jéssica aquiesceu, mais calma agora, e muito mais cautelosa do que se havia conduzido com Ghanima. E onde estava Ghanima? Por que Leto tinha vindo sozinho?

— Bem, avó — ele disse —, somos Abominações ou somos a esperança dos Atreides?

Jéssica ignorou a pergunta.

— Onde está sua irmã?

— Ela foi distrair Alia para garantir que não sejamos interrompidos. É necessário. Mas Ghani não lhe diria nada além do que eu já disse. Você não reparou nisso ontem?

— No que reparei ontem é problema meu. Por que você fica insistindo nessa questão da Abominação?

— Insistindo? Não me venha com essa arenga Bene Gesserit, avó. Eu a rebaterei, palavra por palavra, diretamente de suas próprias recordações. Eu quero mais do que sua boca tremendo.

Jéssica balançou a cabeça, sentindo a frieza dessa... *pessoa* que tinha seu próprio sangue nas veias. Os recursos à disposição dele assombravam-na. Ela tentou usar um tom equivalente ao dele e perguntou:

— O que você sabe de minhas intenções?

— Não precisa investigar se eu cometi ou não o mesmo erro de meu pai — Leto desdenhou. — Não xeretei além do nosso jardim do tempo, pelo menos não deliberadamente. Que o conhecimento absoluto do futuro fique a cargo dos momentos de *déjà vu* que todo humano pode experimentar. Eu *conheço* a armadilha da presciência. A vida de meu pai me diz o que eu preciso saber sobre isso. Não, minha avó; conhecer o futuro absolutamente é ficar absolutamente preso nesse futuro. Ele colapsa o tempo. O presente se torna o futuro. Eu preciso de mais liberdade do que essa.

Jéssica sentiu a língua se contrair com as palavras que engolia. Como é que ela poderia responder a ele com algo que ele ainda não soubesse? Isso era monstruoso! *Ele sou eu! Ele é meu bem-amado Leto!* Esse pensamento deixou-a abalada. Por um momento, ela cogitou se por acaso aquela máscara pueril não poderia deslizar de volta no tempo até recuperar os traços fisionômicos de seu amado e ressuscitar... *Não!*

Leto baixou sua cabeça, mas ergueu os olhos para examinar o rosto da avó de baixo para cima. Sim, afinal de contas ela podia ser manipulada. Então, prosseguiu:

Filhos de Duna

— Quando você pensa em presciência, o que eu espero que só aconteça raramente, é provável que você não seja diferente de qualquer outra pessoa. A maioria imagina como seria bom saber a cotação de amanhã para o preço da pele de baleia. Ou saber se um Harkonnen voltará um dia a governar seu mundo natal de Giedi Primo. Mas, naturalmente, *nós* conhecemos os Harkonnen sem presciência, não é mesmo, minha avó?

Ela se recusou a morder a isca. É claro que ele estaria a par do sangue Harkonnen amaldiçoado de seus ancestrais.

— Quem é um Harkonnen? - ele perguntou, bajulando. - Quem é a Besta Rabban? Pode ser qualquer um de nós, certo? Mas estou divagando. Falo do mito popular da presciência: conhecer *absolutamente* o futuro! Tudo do futuro! Que fortunas poderiam ser construídas – e perdidas – com um conhecimento absoluto desse teor, não é? A ralé acredita nisso. Eles acreditam que, se um pouco é bom, mais deve ser melhor. Que excelente! E se você descrevesse a algum deles o cenário completo de sua vida, o diálogo invariável até o momento de sua morte, que dádiva infernal não seria isso! Que tédio monumental! Cada instante de vida seria a repetição do que ele já sabia absolutamente. Sem derivações. Ele poderia antecipar cada resposta, cada palavra proferida, um número infinito de vezes...

Leto sacudiu a cabeça. E então concluiu:

— A ignorância tem suas vantagens. Um universo de surpresas é tudo pelo que rezo!

Foi um discurso extenso e, enquanto ouvia, Jéssica se sentia maravilhada ao ver como os maneirismos dele, as inflexões de sua voz, eram um eco do pai – o filho que ela havia perdido. Até mesmo as ideias que expunha: eram coisas que Paul poderia realmente ter dito.

— Você me lembra seu pai – ela murmurou.

— Isso é doloroso para você?

— De certo modo, mas é tranquilizador saber que ele está vivo em você.

— Como é pouco o que você entende de como ele vive em mim.

Jéssica sentiu que esse tom aparentemente neutro exsudava amargura. Ela ergueu um pouco o queixo para olhar direto nos olhos do neto.

— Ou como seu duque vive em mim – Leto complementou. – Minha avó, Ghanima é *você*! Ela é você em tal medida que a sua vida não tem para ela nenhum segredo até o instante em que você teve nosso pai. E eu! Que catálogo de recordações encarnadas eu sou. Há momentos em que é demais para aguentar. Você veio aqui para nos julgar? Você veio para julgar Alia? É melhor que nós julguemos você!

Jéssica exigiu de si mesma uma resposta e não achou nenhuma. O que ele estava fazendo? Por que essa ênfase na diferença que ele representava? Será que ele cortejava a rejeição? Teria alcançado a mesma condição de Alia, ser uma Abominação?

– Isso a deixa perturbada – ele observou.

– Sim, me perturba. – Ela se permitiu um fútil encolher de ombros. – Sim, me perturba, e por razões que você conhece perfeitamente bem. Estou certa de que você passou em revisão meu treinamento Bene Gesserit. Ghanima confessou. Eu sei que Alia... também o fez. Você sabe quais são as consequências da sua *diferença*.

Ele olhou para ela erguendo os olhos com uma intensidade inquietante.

– Quase, nós não enveredamos por aí com você – ele disse, e em sua voz havia a percepção da fadiga que ela mesma sentia. – Conhecemos o tremor de seus lábios da mesma maneira que seu amado conhecia. Todas as palavras de ternura que seu duque pronunciou ao pé de ouvido, em seu quarto nupcial, estão à nossa disposição se assim o desejarmos. É claro que, intelectualmente, você já aceitou isso. Mas quero adverti-la disto: sua aceitação intelectual não é suficiente. Se um de nós se tornar uma Abominação, poderia ser você dentro de nós quem criou isso! Ou meu pai... ou minha mãe! O seu duque! Qualquer um de vocês poderia se apossar de nós, e a condição seria a mesma.

Jéssica sentiu uma queimação no peito, umidade se acumulando nos olhos.

– Leto... – ela conseguiu enunciar, permitindo-se enfim dizer o nome dele. Para sua surpresa, a dor foi menor do que ela havia imaginado e com isso ela se forçou a prosseguir. – O que é que você quer de mim?

– Que eu ensine minha avó.

– Ensinar-me o quê?

– Na noite passada, Ghani e eu fizemos o jogo de desempenhar os papéis de mãe e pai até quase nos destruirmos, mas aprendemos muito. Há coisas que se podem saber, desde que se tenha consciência das condições. As ações podem ser previstas. Agora, Alia com toda certeza está arquitetando um plano para sequestrar você.

Jéssica piscou, chocada com a rapidez da acusação. Ela conhecia este truque muito bem, já o havia empregado inúmeras vezes: levar a pessoa numa linha de raciocínio e então, de repente, introduzir um dado chocante de outra linha. Mas ela se recompôs com uma inspiração muito profunda.

– Eu sei o que Alia tem feito... o que ela *é*, mas...

– Minha avó, tenha piedade dela. Use seu coração tanto quanto sua inteligência. Você já fez isso antes. Você representa uma ameaça, e Alia quer o Imperium todo para si... pelo menos, a coisa em que ela se transformou o quer.

– Como posso saber que não é outra Abominação falando?

Ele deu de ombros e respondeu:

– É aqui que entra seu coração. Ghani e eu sabemos como ela sucumbiu. Não foi somente o clamor daquela multidão interior. Suprima o ego deles e eles voltarão a se amontoar da próxima vez que você despertar uma lembrança. Um dia... – E ele engoliu em seco. – Um ego forte dessa matilha interna decide que chegou a hora de compartilhar a carne.

– E não há nada que você possa fazer? – Ela formulou a pergunta, mesmo temendo a resposta.

– Acreditamos que haja algo... sim. Não podemos sucumbir à especiaria; isso é da máxima importância. E não devemos suprimir inteiramente o passado. Devemos usá-lo, fazer um amálgama com ele. Por fim, nós os mesclaremos em nós. Não teremos mais nosso ser original, *mas não seremos possuídos*.

– Você falou de um complô para me sequestrar.

– É óbvio. Wensicia tem ambições para o filho. Alia tem ambições para si mesma, e...

– Alia e Farad'n?

– Isso não está indicado – ele disse. – Mas Alia e Wensicia seguem cursos paralelos neste exato momento. Wensicia tem uma irmã na casa de Alia. Quer uma coisa mais simples do que uma mensagem para...

– Você está a par de tal mensagem?

– Como se a tivesse visto e lido, palavra por palavra.

– Mas você não viu propriamente essa mensagem?

– Não preciso. Para mim, basta saber que os Atreides estão todos juntos, aqui em Arrakis. A água toda em uma única cisterna. – E ele gesticulou abrangendo o planeta.

– A Casa Corrino não teria a audácia de nos atacar aqui!

– Alia lucraria se eles fizessem isso. – Um tom sarcástico na voz dele foi uma provocação para ela.

— Não vou ser tratada com essa arrogância por meu próprio neto! — ela explodiu.

— Então, maldita seja, mulher, pare de pensar em mim como seu neto! Pense em mim como o seu *duque* Leto! — O tom e a expressão facial, o gesto abrupto da mão, tudo era tão exato que ela ficou calada e confusa.

Com voz seca e distante, Leto murmurou:

— Tentei preparar você. Pelo menos, conceda-me isso.

— Por que Alia iria me raptar?

— Para colocar a culpa na Casa Corrino, é claro.

— Não acredito nisso. Até mesmo para ela, isso seria... monstruoso! Perigoso demais! Como ela conseguiria fazer isso sem... não posso acreditar!

— Quando acontecer, você acreditará. Ahh, minha avó, Ghani e eu precisamos apenas ouvir "atrás da porta" dentro de nós mesmos para *saber*. É uma simples questão de autopreservação. De que outro modo podemos sequer suspeitar dos erros que são cometidos perto de nós?

— Não aceito nem por um instante que um rapto faça parte dos planos de Alia...

— Pelos deuses das profundezas! Como uma Bene Gesserit como você pode ser tão obtusa? O Imperium inteiro desconfia de seus motivos para estar aqui. Os arautos de Wensicia estão todos preparados para desacreditar você. Alia mal pode esperar para que isso aconteça. Se você cair, a Casa Atreides irá sofrer um golpe mortal.

— Do que o Imperium inteiro desconfia?

Ela pronunciou meticulosamente cada uma dessas palavras, com toda a frieza possível, sabendo que não conseguiria desnortear essa *não criança* com qualquer um dos truques da Voz.

— Que lady Jéssica planeja acasalar os gêmeos! — ele respondeu asperamente. — É isso que a Irmandade deseja. Incesto!

Ela piscou.

— Boatos infundados. — Ela engoliu. — As Bene Gesserit não permitirão que um boato desses tenha livre curso através do Imperium. Ainda temos uma relativa influência. Lembre-se disso.

— Boato? Que boato? Você sem dúvida deixou suas escolhas em aberto quanto a um acasalamento entre nós. — Ele balançou a cabeça quando ela começou a falar: — Não negue. Deixe que vivamos nossa puberdade ainda morando na mesma casa, com *você* dentro dela, e sua influência não será mais do que um trapo abanando perante um verme da areia.

– Você acredita que nós sejamos idiotas a tal ponto? – Jéssica indagou.

– Certamente que sim. Sua Irmandade não passa de um bando de velhas tolas que não pensam em nada além de seu precioso programa de reprodução seletiva! Ghani e eu conhecemos o trunfo delas. *Você* acha que *nós* somos idiotas?

– Trunfo?

– Elas sabem que você é uma Harkonnen! Isso estará nos registros de reprodução delas: Jéssica, de Tanidia Nerus, pelo barão Vladimir Harkonnen. Se esse registro fosse *acidentalmente* levado a conhecimento público você ficaria bem exposta...

– E você acha que a Irmandade seria detida por uma chantagem?

– Eu *sei* que sim. Bom, elas recobrem isso com toda a astúcia. Dizem que você deve investigar os boatos a respeito de sua filha. Instigam seus temores e sua curiosidade. Invocam seu senso de responsabilidade fazendo você se sentir culpada porque fugiu de volta para Caladan. E lhe oferecem a perspectiva de *salvar* seus netos.

Jéssica só pôde olhar para ele, em silêncio. Era como se ele tivesse ouvido atrás da porta todos os emocionados encontros com suas censoras na Irmandade. Sentia-se completamente subjugada pelas palavras dele e agora começava a aceitar a possibilidade de que ele havia dito a verdade quando mencionara que Alia planejava raptá-la.

– Veja, minha avó. Tenho uma difícil decisão a tomar – ele confidenciou. – Sigo a mística Atreides? Vivo por meus súditos... e morro por eles? Ou escolho outro rumo, um rumo que me permitirá viver milhares de anos?

Involuntariamente, Jéssica recuou, encolhida. Essas palavras, ditas com tanta simplicidade, tocavam num tema que as Bene Gesserit tinham tornado praticamente impensável. Muitas Reverendas Madres poderiam escolher esse rumo... ou tentar fazê-lo. A manipulação da química interna estava à disposição das iniciadas da Irmandade. Mas se alguém fizesse isso, cedo ou tarde todas iriam tentar a mesma coisa. Não haveria como ocultar um tal acúmulo de mulheres sem idade. Elas sabiam, além de toda dúvida, que esse curso de ação iria levá-las à destruição. A humanidade, vivendo poucos anos, se voltaria contra elas. Não... era impensável.

– Não gosto do rumo de seus pensamentos – ela resmungou.

– Você não entende meus pensamentos – ele afirmou. – Ghani e eu... – e ele balançou a cabeça. – Alia teve isso ao seu alcance e jogou tudo fora.

– Você tem certeza disso? Já mandei uma nota para a Irmandade dizendo que as práticas de Alia são impensáveis. Olhe para ela! Não envelheceu nenhum dia sequer desde a última vez em que eu...

– Ah, isso! – e ele descartou o equilíbrio corporal Bene Gesserit com um aceno de mão. – Estou falando de outra coisa: estou falando de uma perfeição de ser muito além de qualquer coisa que os humanos já alcançaram antes.

Jéssica tornou a ficar calada, atônita com a facilidade com que ele extraíra dela aquela revelação de tanto impacto. Ele seguramente saberia que essa mensagem representava a sentença de morte para Alia. E, por mais que mudasse as palavras, ele só podia estar falando de cometer a mesma espécie de transgressão. Será que ele ignorava o perigo das palavras que enunciava?

– Você deve explicar – ela demandou, enfim.

– Como? – ele indagou. – A menos que você entenda que o Tempo não é o que parece, não posso nem começar a explicar. Meu pai suspeitava disso. Ele chegou à beira da compreensão, mas recuou. Agora, cabe a Ghani e a mim.

– Insisto que você explique – Jéssica disse, e tocou com os dedos a agulha envenenada que guardava dentro das dobras de seu manto. Era o gom jabbar, tão mortífero que o menor furinho causado por ele provocava a morte em poucos segundos. E ela pensou: *Elas me alertaram que eu talvez tivesse de usá-lo*. Esse pensamento fez os músculos de seu braço tremerem em ondas sucessivas e ela ficou grata pelo manto que ocultava essa reação.

– Muito bem – ele suspirou. – Em primeiro lugar, quanto ao Tempo: não existe diferença entre dez mil anos e um ano; nenhuma diferença entre cem mil anos e um batimento do coração. Nenhuma diferença. Esse é o primeiro fato sobre o Tempo. E o segundo é: o universo inteiro com todo o seu Tempo está dentro de mim.

– Mas que absurdo é esse? – ela indagou.

– Está vendo? Você não entende. Tentarei explicar de outro modo, então. – Ele ergueu a mão direita para ilustrar, movimentando-a enquanto falava. – Vamos para a frente e voltamos.

– Essas palavras não explicam nada!

– Correto – ele retrucou. – Existem coisas que as palavras não podem explicar. Você tem de experimentá-las sem palavras. Mas você não está preparada para essa aventura, assim como quando olha para mim e não me vê.

– Mas... estou olhando diretamente para você. É claro que vejo você! – e ela o encarou firmemente. As palavras dele refletiam o conhecimento do Códice Zen-sunita, que ela havia estudado nas escolas Bene Gesserit: eram jogos com palavras para confundir o entendimento da filosofia.

– Algumas coisas acontecem além de seu controle – ele insistiu.

– E como isso explica essa... essa *perfeição* que está tão além das outras experiências humanas?

Ele aquiesceu, respondendo:

– Se a pessoa adia a velhice ou a morte usando o mélange, ou esse ajustamento aprendido do equilíbrio carnal que vocês, Bene Gesserit, tanto temem, esse adiamento sugere apenas uma ilusão de controle. A pessoa andar devagar ou depressa através do sietch dá no mesmo: ela atravessa o sietch. E essa passagem do tempo é sentida internamente.

– Por que você enfileira as palavras desse jeito? Eu já tinha arrancado meus dentes do juízo para não mastigar essas bobagens muito antes que seu pai nascesse.

– Mas somente os dentes nasceram – ele observou.

– Palavras! Palavras!

– Ahh! Você está tão perto!

– Ora!

– Minha avó?

– Sim?

Ele guardou silêncio por um longo intervalo. Então disse:

– Está vendo? Você ainda consegue responder como você mesma. – Ele sorriu para ela. – Mas não consegue enxergar além das sombras. Estou aqui. – Ele sorriu de novo. – Meu pai chegou muito perto disso. Quando ele viveu, ele viveu, mas, quando ele morreu, ele deixou de morrer.

– O que você está dizendo?

– Mostre-me o corpo dele!

– Você acha que esse Pregador...

– Talvez, mas ainda que sim, esse não é o corpo dele.

– Você não explicou nada – ela acusou-o.

– Tal qual avisei.

– Então por quê...

– Você pediu. Você tinha de ver. Agora, voltemos ao assunto Alia e seu plano para raptar você.

– Você estaria planejando o impensável? – ela perguntou, segurando o venenoso gom jabbar pronto para entrar em ação, dentro do manto.

– Será você a carrasca de Alia? – ele perguntou, e a voz dele era enganosamente suave. Ele apontou para a mão dela que estava dentro do manto. – Você acha que ela irá permitir que você use isso? Ou acha que eu permitirei que use?

Jéssica percebeu que não estava podendo engolir.

– Como resposta a sua indagação – ele continuou –, não estou planejando o impensável. Não sou tão imbecil. Mas estou chocado com você. Você ousa julgar Alia. Claro que ela desobedeceu ao precioso mandamento Bene Gesserit! O que você esperava? Você a desamparou, deixou-a para trás, aqui, como uma rainha, mas sem o título. Todo aquele poder! Então voltou correndo para Caladan para lamber as próprias feridas nos braços de Gurney. Muito bom. Mas quem é você para julgar Alia?

– Uma coisa lhe digo: eu não vou...

– Ora, cale a boca! – e ele desviou os olhos dela, enojado. Mas as palavras dele tinham sido pronunciadas ao modo Bene Gesserit especial: com a *Voz* controladora. Isso a silenciou como se uma mão tivesse sido posta sobre sua boca, à força. Ela pensou, então: *Quem saberia me atingir com a Voz melhor do que esta criatura?* Era um argumento que mitigava e amenizava sua mágoa. Quantas vezes ela mesma não havia usado essa Voz com outras pessoas, mas não esperava ser tão suscetível a ela... não novamente... desde aqueles tempos na escola...

Ele voltou a encarar a avó.

– Desculpe-me. É que por acaso eu sei como você é capaz de reagir cegamente quando...

– Cegamente? Eu? – ela ficou mais encolerizada com essa descrição do que tinha se sentido com o uso peculiar da Voz que ele havia feito contra ela.

– Sim, você – ele repetiu. – Cegamente. Se você ainda tem algum vestígio de honestidade em seu ser, irá reconhecer suas próprias reações. Eu a chamo pelo nome e você responde "Sim?". Eu calo a sua boca. Invoco todos os seus mitos Bene Gesserit. Olhe para dentro e veja de que maneira foi ensinada. Isso, pelo menos, é uma coisa que você pode fazer por...

– Como ousa! Mas o que você pode saber de... – e a voz dela fraquejou e sumiu. Mas é claro que ele sabia!

– Olhe aí dentro, agora! – e a voz dele era imperiosa.

Mais uma vez, a voz dele a dominou. Ela sentia seus órgãos dos sentidos imobilizados e a respiração acelerada. Logo depois do umbral da percepção consciente havia um coração martelando, o hálito ofegante... De súbito, ela constatou que a respiração acelerada e o coração martelando não eram latentes, não estavam sob o controle de seu treino Bene Gesserit. Com os olhos arregalados após o choque dessa constatação, ela sentia sua própria carne obedecendo a outros comandos. Lentamente, ela recuperou sua compostura, mas a constatação permanecia. Essa *não criança* tinha manipulado a avó como um instrumento de precisão durante toda aquela conversa.

– Agora você sabe com que profundidade você foi condicionada por suas preciosas Bene Gesserit – ele declarou.

Ela não pôde senão aquiescer com um movimento de cabeça. Sua crença nas palavras estava despedaçada. Leto a havia forçado a olhar para seu universo físico diretamente, sem subterfúgios, e ela retornara desse contato abalada, com a mente fustigada por novas constatações. *"Mostre-me o corpo dele!"* Ele lhe havia mostrado o corpo dela mesma como se fosse recém-nascida. Não desde seus primeiros dias na escola em Wallach, não desde aqueles dias terríveis antes que os compradores do duque viessem atrás dela, ela não havia provado uma incerteza tão radical a respeito de seus próximos momentos desde então.

– Você se permitirá ser raptada – Leto afirmou.

– Mas...

– Não estou pedindo para debatermos esse ponto – ele disse. – Você deixará que aconteça. Pense que essa é uma ordem de seu duque. Você entenderá o motivo disso assim que tiver acontecido. Você terá de enfrentar um estudante muito interessante.

Leto se pôs em pé e saiu depois de um cumprimento com a cabeça. Mas antes ainda revelou:

– Alguns atos têm um fim, mas não um começo. Alguns começam, mas não terminam. Tudo depende de onde o observador está situado. – Então, deu as costas à avó e saiu do aposento.

Na segunda antecâmara, Leto encontrou Ghanima indo apressadamente para seus próprios aposentos. Ela parou quando o viu e reportou:

– Alia está ocupada com a Convocação da Fé. – E ela olhou interrogativamente na direção da passagem que conduzia ao quarto de Jéssica.

– Funcionou – ele disse.

> **A atrocidade é reconhecida como tal tanto pela vítima como pelo agressor, e também por todos os que ficam a par dos fatos, seja qual for a distância em que estiverem. A atrocidade não tem desculpas, não tem uma razão mitigante. A atrocidade nunca equilibra nem retifica o passado. A atrocidade apenas arma o futuro para mais atrocidades. Ela se autoperpetua a partir de si mesma, como uma forma bárbara de incesto. Quem comete uma atrocidade também comete as futuras atrocidades que ela engendra.**
>
> – Textos apócrifos de Muad'Dib

Pouco depois do meio-dia, quando quase todos os peregrinos tinham se dispersado para se refrescar sob qualquer sombra que encontrassem e matar a sede com as bebidas que houvesse, O Pregador entrou na grande praça sob o Templo de Alia. Veio de braço dado com seus olhos condutores, o jovem Assan Tariq. Num bolso interno de seu manto esvoaçante, O Pregador levava a máscara preta de gaze que tinha usado em Salusa Secundus. Ele se divertia pensando que a máscara e o garoto serviam ao mesmo propósito: disfarçá-lo. Enquanto ele precisasse de olhos, as dúvidas persistiriam.

Que o mito aumente, mas mantenha as dúvidas vivas, ele pensou.

Ninguém deveria descobrir que a máscara era somente um tecido, e não um artefato ixiano. Sua mão não devia escorregar do ombro ossudo de Assan Tariq. Se O Pregador pudesse caminhar como os dotados de visão apesar de suas órbitas vazias, todas as dúvidas seriam imediatamente dissipadas. A pequena esperança que ele nutria estaria morta. Todo dia ele rezava por uma mudança, por algo diferente em que tropeçar, mas até mesmo Salusa Secundus tinha sido mero pedrisco, conhecido em todos os seus aspectos. Nada mudava, nada podia ser mudado... por enquanto.

Muitas pessoas reparavam em sua passagem pelas lojas e áreas de lazer, notando como ele virava a cabeça de um lado para outro, mantendo-a centralizada diante de um umbral ou de uma pessoa. Os movimentos de sua cabeça nem sempre eram os esperados de um cego, o que fazia aumentar o mito em torno de sua pessoa.

Alia acompanhava essa movimentação, escondida dentro de uma ameia bem no alto de sua torre. Ela esquadrinhava aquele rosto com cicatrizes lá embaixo em busca de algum sinal, de um claro indício de identidade. Cada boato era informado a ela. Todos vinham com seu tempero de excitação ou medo.

Ela havia imaginado que sua ordem de capturar O Pregador fosse permanecer secreta, mas agora até isso lhe era reportado como um novo boato. Mesmo entre seus guardas houve alguém que não aguentou ficar calado. Agora, ela esperava que eles cumprissem suas novas ordens e não pegassem essa misteriosa criatura de manto num local público onde tudo podia ser visto e relatado.

Fazia um calor tremendo naquela praça empoeirada. O jovem guia do Pregador tinha puxado o véu de seu manto para cobrir o nariz, deixando de fora somente os olhos escuros e uma estreita faixa da testa. O véu se avolumava onde cobria o tubo coletor do trajestilador. Com isso, Alia deduziu que tinham vindo do deserto. E quando estavam lá, onde se escondiam?

O Pregador não usava nenhum véu de proteção contra o ar dilacerante. Inclusive tinha aberto a aba do tubo coletor do seu trajestilador. Expunha o rosto nu ao sol e às emanações inquietas do calor que subia em ondas trêmulas do piso de pavimentação da praça.

Nos degraus do Templo encontrava-se um grupo de nove peregrinos ocupados com seus ritos de partida. A borda da praça que permanecia à sombra abrigava em torno de outras cinquenta pessoas, a maioria delas peregrinos dedicados às diversas penitências que os sacerdotes lhes impunham. Entre os circunstantes, podiam-se ver alguns mensageiros e uns poucos mercadores que ainda não tinham vendido o suficiente para fechar as portas durante as horas do pior calor do dia.

Observando a cena pela fresta aberta em sua torre, Alia sentia o calor de derreter e se percebeu dividida entre pensar e sentir, do modo como muitas vezes tinha visto acontecer com seu irmão. A tentação de consultar sua mente soou dentro dela como um murmúrio soturno. O barão estava ali: obsequioso, mas sempre pronto para agir a partir dos terrores ocultos de Alia, quando seu julgamento racional falhava e as coisas à sua volta perdiam seu senso de passado, presente e futuro.

E se for Paul que está lá embaixo?, ela se perguntou.

– Absurdo! – disse a voz dentro dela.

Mas os relatos sobre o que dizia O Pregador não podiam ser postos em dúvida. *Heresia!* Ela ficava aterrorizada ao pensar que o próprio Paul poderia pôr abaixo a estrutura erguida em nome dele.

Por que não?

Ela pensou no que havia dito no Conselho ainda naquela manhã, voltando-se com decidida hostilidade contra Irulan, que tinha insistido em aceitar o presente dos trajes enviado pela Casa Corrino.

– Todos os presentes para os gêmeos serão examinados minuciosamente, como sempre – Irulan afirmara.

– E quando acharmos que o presente é inócuo? – Alia tinha exclamado.

De algum modo essa tinha sido sempre a coisa mais assustadora de todas: achar que os presentes não representavam nenhum perigo.

No fim, tinham aceitado as belas peças de roupa e depois passado para o outro assunto: deveriam dar a lady Jéssica um assento no Conselho? Alia havia conseguido adiar a votação.

Ela pensou nisso enquanto olhava para O Pregador, lá embaixo.

As coisas que tinham acontecido com sua Regência, agora, eram como o avesso daquela transformação que havia infligido a esse planeta. Duna havia, antes, simbolizado o poder do deserto cabal. Esse poder tinha minguado fisicamente, mas o mito de seu poder crescera no mesmo ritmo. Somente restara o deserto-oceano, a grande Mãe Deserto do planeta interior, com sua borda de arbustos espinhosos que os fremen ainda chamavam Rainha da Noite. Atrás dos arbustos de espinhos cresciam suaves colinas verdejantes que se curvavam perante as areias. Todos os morros tinham sido feitos por homens. Até o último deles fora plantado por homens que se haviam esfalfado como insetos rastejantes. O verde desses morros era quase avassalador para aqueles que, como Alia, haviam sido criados na tradição das dunas de areia parda. Para ela, assim como na concepção de todos os fremen, o deserto-oceano ainda mantinha Duna sob rédeas cujo controle jamais seria perdido. Para ela bastava que fechasse os olhos e enxergaria aquele deserto.

De olhos abertos para o deserto, agora ela via morros verdejantes, o lodo dos charcos fabricando pseudópodos verdes que alcançam até a areia, mas o outro deserto segue tão poderoso como sempre.

Alia balançou a cabeça, fixando os olhos no Pregador.

Ele tinha subido o primeiro lance de degraus que formava um patamar sob o Templo, e agora virava para se defrontar com a praça praticamente deserta. Alia tocou o botão ao lado de sua janela, por meio do qual eram amplificadas as vozes que vinham de baixo. Sentiu uma onda de autocomiseração, percebendo-se ali, presa em sua solidão. Em quem poderia confiar? Tinha achado que Stilgar continuava confiável, mas Stilgar tinha sido infectado por esse homem cego.

– Você sabe como ele conta? – Stilgar perguntara a ela. – Ouvi-o contando moedas para pagar seu guia. É muito estranho para meus ouvidos fremen, e é uma coisa terrível. Ele conta "shuc, ishcai, qimsa, chuascu, picha, sucta" e assim por diante. Não tinha ouvido mais ninguém contar desse jeito, desde os velhos tempos no deserto.

Com base nisso, Alia soube que Stilgar não poderia ser enviado para realizar o serviço que necessitava ser feito. Ela também teria de ser circunspecta com seus guardas, entre os quais a mais discreta ênfase por parte da Regente tendia a ser tomada como uma ordem absoluta.

O que é que esse Pregador estava fazendo lá embaixo?

A área do mercado circundante, sob seus balcões de proteção e serviços de lazer em arcadas, ainda mostrava um aspecto espalhafatoso: mercadorias à mostra, com alguns meninos tomando conta. Poucos mercadores continuavam acordados por ali, farejando o dinheiro dos interessados em biscoitos de especiarias vindos de regiões remotas, ou o tilintar das bolsas de dinheiro de peregrinos.

Alia estudou as costas do Pregador. Ele parecia pronto para discursar, mas algo segurava sua voz.

Por que fico aqui, em pé, vigiando essa carne velha em ruínas?, ela se perguntou. *Esse destroço de um mortal lá embaixo não pode ser o "receptáculo da magnificência" que um dia foi meu irmão.*

Alia estava tomada por uma frustração que beirava a raiva. Como é que poderia descobrir mais sobre O Pregador, descobrir ao certo *sem descobrir*? Estava presa numa armadilha. Não ousava demonstrar mais do que uma curiosidade ligeira a respeito desse herege.

Irulan tinha percebido. Tendo perdido sua famosa compostura Bene Gesserit, gritara em pleno Conselho:

– Perdemos o poder de pensar bem a nosso respeito!

Até mesmo Stilgar tinha ficado chocado.

Javid os havia devolvido ao bom senso:

– Não temos tempo para tais absurdos!

Javid estava certo. O que importava o que pensassem de si mesmos? Tudo que dizia respeito a eles era a manutenção do poder imperial.

Irulan, porém, recuperando a pose, tinha se pronunciado de maneira ainda mais devastadora:

– Digo a vocês que perdemos algo vital. Quando o perdemos, perdemos junto a capacidade de tomar boas decisões. Hoje em dia, caímos sobre as decisões do modo como caímos sobre um inimigo, ou esperamos e esperamos, que é uma forma de desistir, e então permitimos que as decisões de outros nos ponham em movimento. Será que esquecemos que somos nós que disparamos esse fluxo atual?

E novamente a questão de aceitar ou não um presente da Casa Corrino.

Irulan terá de ser descartada, Alia decidiu.

E o que aquele velho lá embaixo estava esperando? Ele se chamava Pregador. Por que não pregava, então?

Irulan estava errada a respeito do processo de tomada de decisões, pensou Alia. *Eu ainda posso tomar decisões apropriadas!* A pessoa que deve tomar decisões de vida ou morte deve tomar decisões ou ficará presa no pêndulo. Paul sempre dissera que a estase era a coisa mais perigosa dentre as coisas não naturais. A única permanência era o fluir. A mudança era tudo que importava.

Eu vou mostrar mudança para eles!, Alia resolveu.

Alguns poucos indivíduos que continuavam na praça se aproximaram dele, e Alia notou a lentidão daquele deslocamento. Sim, os boatos diziam que O Pregador tinha despertado o desprazer de Alia. Ela se aproximou mais do alto-falante ixiano, ao lado de sua vigia. O dispositivo lhe trouxe os murmúrios das pessoas na praça, o som do vento e o arrastar de pés na areia.

– Eu trago quatro mensagens para vocês! – anunciou O Pregador.

A voz dele explodiu no falante de Alia, e ela teve de abaixar o volume.

— Cada mensagem é destinada a uma certa pessoa — continuou O Pregador. — A primeira é para Alia, a suserana deste lugar. — Ele apontou para trás de si, na direção da vigia. — Para ela, trago uma advertência: você, que guardou em seu ventre o segredo da duração, vendeu seu futuro por uma bolsa vazia!

Mas como ele ousa?, pensou Alia. Entretanto, as palavras dele a deixaram petrificada.

— Minha segunda mensagem — prosseguiu O Pregador — é para Stilgar, o naib fremen, que acredita ser capaz de traduzir o poder das tribos no poder do Imperium. Minha advertência para você, Stilgar, é esta: a mais perigosa de todas as criações é um código de ética rígido. Ele se voltará contra você e o mandará para o exílio!

Ele foi longe demais!, Alia pensou. *Devo mandar os guardas prenderem-no, sejam quais forem as consequências.* Mas as mãos dela permaneceram ao lado do corpo.

O Pregador virou o rosto para encarar o Templo, subiu ao segundo patamar e mais uma vez girou para ficar de frente para a praça, o tempo todo com a mão esquerda sobre o ombro de seu guia. Então, proclamou:

— Minha terceira mensagem é para a princesa Irulan. Princesa! Humilhação é algo que ninguém consegue esquecer. Aconselho que você fuja!

Mas o que ele está falando?, Alia se perguntou. *Nós humilhamos Irulan, mas... Por que ele a aconselha a fugir? Acabei de tomar minha decisão!*

— Minha quarta mensagem é para Duncan Idaho — ele gritou. — Duncan! Você foi ensinado a acreditar que lealdade compra lealdade. Oh, Duncan, não acredite nessa história porque a história é movida por qualquer coisa que se passe por dinheiro. Duncan! Pegue seus chifres e faça o que você sabe fazer de melhor.

Alia mordeu com força a parte carnuda do lado da mão. *Chifres!* Ela queria estender a mão e apertar o botão que convocaria os guardas imediatamente, mas sua mão se recusava a se mexer.

— Agora, pregarei para vocês — bradou O Pregador. — Este é um sermão do deserto. Eu o dirijo aos ouvidos dos sacerdotes de Muad'Dib, aqueles que praticam o ecumenismo da espada. Oh, vocês que creem no destino manifesto! Não sabem que o destino manifesto tem um lado demoníaco? Vocês declaram que se sentem exaltados apenas por terem vivido nas abençoadas gerações de Muad'Dib. Eu lhes digo que vocês abandonaram Muad'Dib. A santidade substituiu o amor na religião de vocês! Vocês cortejam a vingança do deserto!

O Pregador abaixou a cabeça como se estivesse orando.

Alia sentiu-se tremendo com as constatações. Pelos deuses das profundezas! Aquela voz! Tinha sido debilitada por todos os anos passados nas areias escaldantes, mas podia bem ser o resquício da voz de Paul.

Mais uma vez, O Pregador ergueu a cabeça. A voz dele trovejou através da praça onde mais pessoas tinham começado a se reunir, atraídas por aquela exótica figura saída do passado.

– Assim está escrito! – exclamou O Pregador. – Aqueles que rezam pelo orvalho na borda do deserto causarão o dilúvio! Eles não escaparão ao seu destino pelos poderes da razão! A razão nasce do orgulho para que o homem, desta forma, não saiba quando agiu mal. – Então, ele baixou a voz. – Dizem que Muad'Dib morreu por causa de sua presciência, que o conhecimento do futuro o matou e que ele passou do universo da realidade para o *alam al-mythal*. Eu digo a vocês que essa é a ilusão de Maya. Tais pensamentos não têm realidade independente. Eles não podem sair de dentro de vocês e executar coisas reais. Muad'Dib disse que ele mesmo não possuía a mágica rihani com a qual cifrar o universo. Não duvidem dele.

Novamente, O Pregador ergueu os braços e elevou a voz em brados estentóreos:

– Advirto os sacerdotes de Muad'Dib! O fogo no penhasco queimará vocês! Aqueles que aprendem bem demais a lição do autoengano perecerão por causa desse engano. O sangue de um irmão não poderá ser purgado!

Ele agora tinha abaixado os braços, encontrado seu jovem guia e saía da praça, antes que Alia pudesse se desembaraçar daquele tremor que a imobilizava e a dominava por completo. Que heresia destemida! Devia ser Paul. Ela precisava alertar os guardas. Eles não ousavam agir abertamente contra esse *Pregador*. A evidência na praça lá embaixo confirmava isso.

Apesar da heresia, ninguém mexeu um dedo para deter O Pregador, que se afastava. Nenhum guarda do Templo saltou adiante para persegui-lo. Nenhum peregrino tentou impedi-lo. Que cego mais carismático! Todos aqueles que o viram ou ouviram puderam sentir seu poder, reflexo de um talento divino.

Apesar do calor do dia, Alia sentiu frio, de repente. Percebeu como era uma coisa física a fina borda de seu controle sobre o Imperium. Ela se agarrou na beirada de sua ameia como se estivesse se agarrando ao seu poder, pensando na fragilidade disso tudo. O equilíbrio entre Landsraad, CHOAM e as armas fremen constituía o cerne do poder, enquanto a Guilda Espacial e as Bene Gesserit atuavam silenciosamente, nas sombras. A infiltração proibida de desenvolvimento tecnológico que acontecia desde as fronteiras das mais remotas migrações da humanidade mordiscava o poder central pelas beiradas. Produtos permitidos das fábricas ixianas e tleilaxu não eram capazes de aliviar a pressão. E sempre, nas asas, perfilava-se Farad'n da Casa Corrino, herdeiro dos títulos e das prerrogativas de Shaddam IV.

Sem os fremen, sem o monopólio da Casa Atreides sobre a especiaria geriátrica, seu controle seria enfraquecido. Todo o poder talvez fosse dissolvido. Ela era capaz de senti-lo escorregando de seus dedos já nesse momento. As pessoas davam atenção a esse Pregador. Seria perigoso silenciá-lo, assim como seria igualmente perigoso deixar que ele continuasse pregando mensagens como essas que tinha esbravejado na praça, hoje. Ela conseguia vislumbrar os primeiros indícios de sua própria derrota e o padrão do problema se delineava claramente em sua mente. As Bene Gesserit haviam codificado esse problema:

"Uma grande multidão imobilizada por uma pequena, mas poderosa força é uma situação comum demais em nosso universo. E nós sabemos quais são as principais condições nas quais essa grande multidão pode se voltar contra seus guardiães...

Primeira: quando encontram um líder. Essa é a ameaça mais volátil aos poderosos; eles devem conservar o controle dos líderes.

Segunda: quando a multidão reconhece seus grilhões. Mantenha a multidão cega e sem questionar.

Terceira: quando a multidão percebe uma esperança de fuga da escravidão. Eles nunca devem sequer acreditar que é possível escapar!"

Alia sacudiu a cabeça, sentindo as bochechas tremerem com o impacto desse movimento. Os sinais estavam aqui, em sua multidão. Cada relato que recebia de seus espiões infiltrados por todo o Imperium reforçava a certeza de seu conhecimento. A guerra incessante travada pelo jihad fremen deixava suas marcas por toda parte. Onde quer que "o ecumenismo da espada" tocasse, as pessoas conservavam a atitude de uma população subjugada: defensiva, dissimulada, evasiva. Todas as manifestações de autoridade – e isso significava essencialmente uma autoridade *religiosa* – se tornavam sujeitas a ressentimentos. Oh, os peregrinos ainda compareciam aos milhares, e sem dúvida alguns deles eram de fato devotos; mas, em sua maioria, a peregrinação tinha outros motivos além do devocional. No mais das vezes, era uma engenhosa garantia para o futuro que enfatizava a obediência e adquiria uma verdadeira forma de poder que facilmente se traduzia em riqueza. Os hajji que vinham a Arrakis voltavam para casa investidos de uma nova autoridade, de um novo *status* social. Os hajji podiam tomar lucrativas decisões econômicas que os circunscritos pelo planeta em sua terra natal não ousavam desafiar.

Alia conhecia a adivinha popular: "O que se vê dentro da bolsa vazia que foi trazida de Duna?". E a resposta era: "Os olhos de Muad'Dib (diamantes de fogo)".

Os meios tradicionais de se combater a crescente inquietação desfilavam na tela da consciência de Alia: o povo tinha de aprender que a oposição sempre era punida e que a ajuda ao regente sempre era recompensada. As forças imperiais deviam ser trocadas de maneira aleatória. Os principais assessores do poder imperial deviam ser ocultados. Cada movimento por meio do qual a Regência combatia possíveis ataques exigia uma sensível percepção do melhor momento, a fim de manter a oposição desequilibrada.

Será que perdi minha noção de timing?, ela se indagou.

– Que conjectura mais sem cabimento é essa? – sussurrou uma voz em sua cabeça. Ela se sentiu um pouco mais calma. Sim, o plano do barão era bom. Eliminamos a ameaça representada por lady Jéssica e, ao mesmo tempo, desacreditamos a Casa Corrino. Sim.

Mais tarde haveria tempo para cuidar do Pregador. Ela entendia a postura dele. O simbolismo era claro. Ele era o espírito ancestral da especulação desgovernada, o espírito da heresia, vivo e dinâmico, no deserto da ortodoxia. Essa era a força do Pregador. Não importava se ele era ou não era Paul... desde que isso pudesse continuar sendo posto em dúvida. Mas os conhecimentos Bene Gesserit de Alia lhe diziam que a força dele poderia conter a chave de sua fraqueza.

O Pregador tem um defeito que iremos encontrar. Colocarei espiões atrás dele que o vigiarão a cada momento. E, havendo a oportunidade, ele será desacreditado.

> **Não discutirei com as alegações dos fremen de que são inspirados pela esfera divina a transmitir uma revelação religiosa. É sua alegação concomitante de serem portadores de uma revelação ideológica que me inspira a cobri-los de desdém. Naturalmente, eles apresentam sua dupla reivindicação na esperança de assim fortalecer seu mandarinato, ajudando-os a seguir resistindo frente a um universo que cada vez mais os considera opressores. É em nome de todos os povos oprimidos que advirto os fremen: expedientes imediatistas sempre falham no longo prazo.**
>
> – O Pregador, em Arrakina

Junto com Stilgar, Leto tinha ido à noite até a estreita projeção de pedras na crista do baixo afloramento rochoso que em Sietch Tabr chamavam O Serviçal. Sob a luz pálida da segunda lua em fase minguante, daquela projeção das pedras eles eram brindados com uma visão panorâmica: a Muralha-Escudo com o Monte Idaho ao norte, a Grande Chã ao sul e as dunas ondulantes a leste, estendendo-se na direção da Colina de Habbanya. Redemoinhos sinuosos de poeira, na esteira de uma tempestade, ocultavam o horizonte ao sul. O luar aplicava um brilho de geada à borda da Muralha-Escudo.

Stilgar havia ido a contragosto, mas afinal estava participando daquela aventura sigilosa porque Leto provocara sua curiosidade. Por que era necessário arriscar uma travessia das areias à noite? O rapaz tinha ameaçado escapulir e fazer essa viagem sozinho caso Stilgar se recusasse a acompanhá-lo. O modo como aquilo estava acontecendo o deixava profundamente aborrecido, porém. Dois alvos tão importantes, sozinhos e à noite!

Leto se agachou no pontal de pedra de frente para o sul e a planície. De vez em quando dava um soco no joelho, como se estivesse frustrado.

Stilgar esperava. Ele era bom para ficar esperando em silêncio e se mantinha a dois passos de distância de sua incumbência, ao lado dele e de braços cruzados, seu manto esvoaçando suavemente com a brisa da noite.

Para Leto, a travessia das areias representava uma resposta à sua agonia íntima, era uma necessidade de buscar novo alinhamento para sua vida, em um silencioso conflito no qual Ghanima não podia mais se arriscar. Ele havia manobrado Stilgar para que este fosse com ele na viagem porque havia coisas que Stilgar precisaria saber para se preparar para os tempos que viriam.

Mais uma vez, Leto socou o joelho. Era difícil saber o começo! Às vezes, ele se sentia como um prolongamento daquela incontável série de outras vidas, todas tão reais e imediatas quanto a sua. No fluxo dessas vidas não existia fim, não havia conquistas: somente eternos começos. Elas também podiam ser uma multidão, clamando para ele como se ele fosse a única janela através da qual cada uma delas desejava espreitar. E ali estava o perigo que havia destruído Alia.

Leto estendeu o olhar para abranger o luar que prateava os resquícios da tempestade. Dobras e sobredobras de dunas estendiam-se pela planície; sílica triturada alisada pelos ventos, amontoada em ondas – areia fina, areia grossa, pedriscos. Ele se sentiu preso em um desses momentos contemplativos, pouco antes do amanhecer. O tempo o estava pressionando. Já estavam no mês de Akkad e atrás dele jazia o último trecho de um interminável tempo de espera: dias quentes e longos, ventos secos e quentes, noites como essa, atormentadas por rajadas e ventanias incessantes que vinham das terras escaldantes do *bled* do Gavião. Ele olhou por cima do ombro na direção da Muralha-Escudo, uma linha interrompida à luz das estrelas. Além da muralha, na Bacia do Norte, jazia o foco de seus problemas.

Mais uma vez, Leto olhou o deserto. Enquanto esquadrinhava as trevas tórridas, o dia rompeu e o sol se ergueu por entre faixas e faixas de poeira, assentando um toque amarelo-esverdeado nas bordas vermelhas da tempestade. Ele fechou os olhos, e em seu íntimo decidiu ver como este dia nasceria em Arrakina, naquela cidade que se abria à sua consciência, disposta como caixotes espalhados entre a luz e as novas sombras. Deserto... caixas... deserto... caixas...

Quando tornou a abrir os olhos, o deserto seguia ali, imperturbável: uma mancha imensa, cor de curry, de areias espicaçadas pelo vento. Sombras oleosas na base de cada duna se estendiam adiante como raios da noite recém-encerrada, ligando um tempo a outro. Ele pensou na noite, acocorado ali com o aflito Stilgar ao lado, preocupado com seu silêncio e com a inexplicável razão para terem vindo até aquele lugar. Com toda a sua idade, Stilgar devia ter muitas recordações de passar momentos assim com seu adorado Muad'Dib. Stilgar continuava se mexendo, olhando atentamente para todos os lados, em alerta máximo para eventuais perigos. Ele não gostava de estar ao ar livre durante o dia. Quanto a isso, era fremen até a alma.

Em sua mente, Leto relutava em deixar a noite e o limpo esforço de uma travessia das areias. Assim que chegara a esse local entre as rochas, a noite havia assumido sua sombria quietude. Ele simpatizava com os receios de Stilgar quanto à luz do dia. A escuridão era uma coisa só ainda que contivesse terrores fervilhantes. A luz podia ser muitas coisas. A noite guardava os odores do medo e as coisas que se achegavam com sons resvalantes. À noite, as dimensões se separavam, tudo era amplificado: os espinhos eram mais pontiagudos; as lâminas, mais cortantes. Mas os terrores do dia podiam ser ainda piores.

Stilgar pigarreou.

– Estou com um problema sério, Stil – Leto falou sem se virar.

– Foi o que suspeitei. – A voz ao lado de Leto veio baixa e tensa. A criança tinha falado de um jeito perturbadoramente semelhante ao de seu pai. Era coisa da magia proibida que fazia soar um acorde de repulsa em Stilgar. Os fremen sabiam o que era o terror da *possessão*. Os que eram encontrados em estado de possessão eram legalmente mortos e sua água era lançada à areia para que não contaminasse a cisterna tribal. Os mortos deviam permanecer mortos. Era correto encontrar a própria imortalidade nos filhos, mas as crianças não tinham o direito de assumir de maneira exata demais uma forma de seu passado.

– Meu problema é que meu pai deixou muitas coisas por fazer – Leto prosseguiu. – Especialmente o foco de nossas vidas. O Império não pode prosseguir desse jeito, Stil, sem um foco adequado para a vida humana. Estou falando da vida, entende? Da vida, não da morte.

– Certa vez, quando seu pai ficou perturbado por uma visão, ele falou comigo dessa maneira – Stilgar comentou.

Leto se sentiu tentado a ignorar aquele medo questionador vibrando ao seu lado por meio de uma resposta superficial, talvez mencionando que poderiam tomar o desjejum. Ele percebeu que estava com muita fome. Tinham feito uma refeição ao meio-dia do dia anterior, e Leto insistira em jejuar a noite toda. Mas agora havia outra fome a atraí-lo.

O problema com a minha vida é o problema deste lugar, Leto estava pensando. *Nenhuma criação preliminar. Eu apenas fico voltando cada vez mais para trás, até que a distância se dissipe. Não consigo enxergar o horizonte. Não consigo enxergar a Colina de Habbanya. Não consigo encontrar o lugar original da prova.*

– Realmente, não há substituto para a presciência – Leto disse. – Talvez eu deva me arriscar com a especiaria...

– E ser destruído como foi seu pai?

– Que dilema – murmurou Leto.

– Uma vez seu pai me confidenciou que conhecer o futuro bem demais era ficar trancado dentro dele, excluindo toda liberdade de mudar.

– O paradoxo que é o nosso problema – Leto anuiu. – Coisa sutil e poderosa, a presciência. O futuro se torna o agora. Ter olhos em terra de cego acarreta seus perigos. Se você tenta interpretar para o cego o que você está vendo, o mais provável é que se esqueça de que o cego tem um movimento inerente condicionado por sua cegueira. Os cegos são como máquinas monstruosas seguindo adiante por um caminho todo seu. Eles têm seu próprio impulso, suas próprias fixações. Tenho medo dos cegos, Stil. Tenho medo deles. Eles conseguem esmagar facilmente qualquer coisa que esteja em seu caminho.

Stilgar contemplou o deserto. A aurora amarelo-esverdeada havia se transformado num dia claro como aço. Ele questionou:

– Por que foi que viemos para cá?

– Porque eu queria que você visse o lugar em que eu talvez morra.

Stilgar ficou tenso. Subitamente, exclamou:

– Então você *teve* uma visão!

– Pode ter sido só um sonho.

– Por que você vem a lugares tão perigosos? – Stilgar olhou intensamente para sua incumbência, agachada nos próprios calcanhares. – Devemos regressar imediatamente.

– Não vou morrer hoje, Stil.

– Ah, não? O que foi sua visão?

– Vi três caminhos – revelou Leto. E a voz dele soou sonolenta, como se saísse das brumas de remotas reminiscências. – Um desses futuros exige que eu mate nossa avó.

Stilgar desferiu uma olhada penetrante na direção de Sietch Tabr como se receasse que lady Jéssica conseguisse escutá-los ali no deserto, atravessando toda essa distância.

– Por quê?

– Para impedir a perda do monopólio da especiaria.

– Não entendo.

– Nem eu. Mas esse é o pensamento no meu sonho, quando uso a faca.

– Oh. – Stilgar entendia o uso de uma faca. Então, inspirou fundo. – E qual é o segundo caminho?

– Ghani e eu nos casamos para garantir a descendência Atreides.

– *Nããããoo!* – Stilgar soltou o ar com uma violenta expressão de nojo.

– Nos tempos antigos era comum que reis e rainhas fizessem isso – Leto lembrou. – Ghani e eu decidimos que não procriaremos.

– Aconselho que sigam fielmente essa decisão! – Havia o som da morte na voz de Stilgar. Pela lei dos fremen, o incesto era passível de punição pela morte no tripé de enforcamento. Ele pigarreou de novo e perguntou: – E o terceiro caminho?

– Sou chamado a reduzir meu pai à sua estatura humana.

– Ele era meu amigo, Muad'Dib – Stilgar murmurou.

– Ele era o seu deus! Devo desdeificá-lo.

Stilgar deu as costas ao deserto e lançou um longo olhar na direção do oásis de seu amado Sietch Tabr. Essa espécie de conversa sempre o inquietava.

Leto captou o odor suarento do movimento de Stilgar. Era forte a tentação de evitar as coisas propositais que tinham de ser ditas nesse lugar. Eles poderiam facilmente ficar falando pela metade do dia, pulando do específico para o abstrato como se fossem arrancados da esfera das verdadeiras decisões, da esfera das necessidades imediatas que os confrontavam. E não havia dúvida de que a Casa Corrino representava uma ameaça real a vidas reais: a sua e a de Ghani. Mas tudo o que ele fizesse agora teria de ser avaliado e testado em contraste com suas necessidades secretas. Houve um dia em que Stilgar tinha votado pelo assassinato de Farad'n, defendendo o uso sutil de chaumurky, o veneno que era administrado numa bebida. Sabia-se que Farad'n tinha predileção por certos líquidos doces. Isso não se poderia permitir.

Leto então retomou o assunto:

– Caso eu morra aqui, Stil, você deve tomar cuidado com Alia. Ela não é mais sua amiga.

– Que conversa é essa de morte e sua tia? – Agora, Stilgar estava realmente indignado. *Matar lady Jéssica! Cuidado com Alia! Morrer neste lugar!*

– Os homens pequenos mudam de rosto a uma ordem dela – elucidou Leto. – O governante não precisa ser profeta, Stil. Nem mesmo precisa ser divino. O governante só precisa ser sensível. Eu o trouxe até aqui para deixar claro do que o nosso Imperium necessita. Ele necessita de um bom governo. Isso não depende de leis ou precedente, mas das qualidades pessoais de quem governa.

– A regente dá conta de seus deveres imperiais bastante bem – Stilgar retrucou. – Quando você atingir a maioridade...

– Já *sou* maior! Sou a pessoa mais velha daqui! Você é um bebê chorão perto de mim. Eu consigo me lembrar de coisas várias vezes mais antigas do que cinquenta séculos! Ah! Consigo me lembrar inclusive de quando nós, fremen, estávamos em Thurgrod.

– Por que você brinca com tais fantasias? – Stilgar questionou em tom peremptório.

Leto assentiu para si, pensando. Por que mesmo? Por que mencionar essas recordações de tantos séculos passados? Os fremen de hoje eram seu problema imediato, e a maioria deles ainda era um bando de selvagens semidomesticados, propensos a gargalhar diante da inocência desafortunada.

– A dagacris se dissolve quando da morte de seu dono – Leto murmurou. – Muad'Dib se dissolveu. Por que os fremen ainda estão vivos?

Essa era uma daquelas mudanças abruptas de raciocínio que tanto confundiam Stilgar. Ele se percebeu momentaneamente parvo. Essas palavras continham outro sentido que lhe escapava.

– Esperam de mim que eu me torne imperador, mas devo ser o serviçal – Leto explicou. Então, olhou por cima do ombro para Stilgar. – Meu avô, de quem tenho o nome, acrescentou algumas palavras a seu brasão quando veio para cá, para Duna: "Aqui estou; aqui fico".

– Ele não tinha escolha – Stilgar apontou.

– Muito bem, Stil. Eu também não tenho escolha. Devo ser o imperador por nascimento, pela aptidão de meu intelecto, por tudo o que existe em mim. Até mesmo sei do que o Imperium necessita: um bom governo.

– "Naib" tem um significado antigo – Stilgar lembrou. – É o serviçal do Sietch.

– Eu me lembro de seu treinamento, Stil – Leto assentiu. – Para um bom governo, a tribo deve ter meios para escolher homens cujas vidas reflitam de que modo o governo deve se comportar.

Do mais fundo de sua alma fremen, Stilgar complementou:

– Você envergará o Manto Imperial se for apropriado. Primeiro, você deve provar que pode se comportar como um regente!

Inesperadamente, Leto riu. Então perguntou:

– Você duvida de minha sinceridade, Stil?

– Claro que não.

– De meu direito por nascimento?

– Você é quem é.

– E, se eu fizer o que se espera de mim, essa é a medida da minha sinceridade, então?

– É o costume fremen.

– Então não posso ter sentimentos íntimos ditando meu comportamento?

– Não entendo o que...

– Se eu sempre me comportar com propriedade, não importa quanto me custe suprimir meus desejos pessoais, então essa é a minha medida.

– Essa é a essência do autocontrole, meu jovem.

– Meu jovem! – Leto abanou a cabeça. – Ah, Stil, você me apresenta a chave de uma ética racional de governo. Devo ser constante, e todos os atos devem se originar das tradições passadas.

– Isso é apropriado.

– Mas o meu passado alcança mais longe do que o seu!

– Que diferença...

– Stil, eu não tenho uma primeira pessoa do singular. Eu sou uma pessoa múltipla com recordações de tradições mais antigas do que você possa imaginar. Esse é o meu fardo, Stil. Sou focado no passado. Sou cheio até a borda de um conhecimento inato que resiste a inovações e mudanças. Mas Muad'Dib mudou tudo isso. – Ele acenou na direção do deserto, seu braço descrevendo um movimento amplo que abrangia toda a Muralha-Escudo atrás dele.

Stilgar se virou para olhar para a Muralha-Escudo. Um povoado tinha sido construído sob a muralha desde a época de Muad'Dib, com casas para abrigar uma equipe de planetólogos que estava ajudando a espalhar vida vegetal pelo deserto. Stilgar olhava fixamente para aquela invasão da paisagem imposta pelo homem. Mudança? Sim; naquele povoado havia alinhamento, havia uma verossimilhança que o ofendia. Ele permaneceu em pé, imóvel e em silêncio, ignorando o comichão que as partículas de poeira grossa provocavam em sua pele sob o trajestilador. Aquele povoado era uma ofensa contra o que este planeta tinha sido. De repente, Stilgar queria um vento circular que viesse uivando e saltasse sobre as dunas para encobrir de areia aquela localidade. Essa sensação o deixou tremendo.

– Stil, você já reparou que novos trajestiladores são malfeitos? – Leto observou. – Nossa perda de água aumentou muito.

Stilgar se deteve por uma fração de segundo antes de indagar: *Mas eu já não disse isso?* Em lugar dessa pergunta, ele comentou:

– Nosso povo ficou muito mais dependente das pílulas.

Leto aquiesceu. As pílulas mudavam a temperatura do corpo, reduziam a perda de água. Eram mais baratas e mais fáceis do que os trajestiladores. Mas acarretavam outros ônus a quem as usasse, entre eles um tempo de reação mais lento e visão nublada de tempos em tempos.

– É por isso que viemos até aqui? – Stilgar perguntou. – Para falar da fabricação dos trajestiladores?

– Por que não? – Leto indagou. – Já que você não encara o que tenho de conversar com você.

– Por que preciso tomar cuidado com sua tia? – e a raiva despontou em sua voz.

– Porque ela manipula o antigo desejo fremen de resistir a mudanças, para então provocar uma mudança muito mais terrível do que você possa imaginar.

– Você faz uma tempestade em copo d'água! Ela é uma fremen completa.

– Ah! Então o fremen completo pratica os costumes do passado e eu tenho um passado ancestral. Stil, se eu fosse dar livre curso a essa inclinação, eu exigiria que a sociedade fosse fechada e completamente dependente dos sagrados caminhos antigos. Eu controlaria a migração, explicando que isso estimula novas ideias e que novas ideias são uma ameaça à estrutura inteira da vida. Cada pequena pólis planetária seguiria seu próprio caminho, tornando-se o que pudesse. Finalmente, o Império sucumbiria sob o peso de suas diferenças.

Stilgar tentou engolir em seco. Essas palavras que o próprio Muad'Dib poderia ter pronunciado. Tinham o mesmo timbre dele. Eram paradoxais, ameaçadoras. Mas se as mudanças fossem permitidas... ele sacudiu a cabeça de um lado a outro.

– O passado pode mostrar o jeito certo de se comportar se você vive no passado, Stil. Mas as circunstâncias mudam.

Stilgar só podia concordar que as circunstâncias de fato mudam. Então, como é que as pessoas deveriam se comportar? Ele olhou além de Leto e viu o deserto, mas sem vê-lo. Muad'Dib tinha andado por ali. A planície era um lugar de sombras douradas, conforme o sol ascendia, sombras cor de púrpura, riachos pedregosos encristados por vapores poeirentos. A névoa de poeira que normalmente pairava sobre a Colina de Habbanya agora estava visível bem ao longe, e o deserto entre eles oferecia aos seus olhos dunas que iam diminuindo, uma curva cedendo à outra. Em meio aos fulgores esfumaçados do calor, ele viu plantas que se esgueiravam desde a borda do deserto. Muad'Dib tinha provocado o surgimento da vida naquele lugar desolado. Flores cor de cobre, douradas, vermelhas, amarelas, cor de ferrugem e castanho-avermelhadas, folhas verde-acinzentadas, espinhos e sombras ásperas sob os arbustos. O movimento do calor do dia espalhava sombras trêmulas que vibravam no ar.

Nesse momento, Stilgar suspirou:

– Sou apenas um líder dos fremen. Você é o filho de um duque.

– Sem saber o que disse, você disse – Leto apontou.

Stilgar fechou o cenho. Certa feita, havia muito tempo, Muad'Dib tinha sido sarcástico com ele, do mesmo jeito.

– Você se lembra, não é, Stil? – Leto perguntou. – Estávamos sob a Colina de Habbanya e o capitão Sardaukar, você se lembra dele? Era Aramsham? Ele matou o próprio amigo para se salvar. E, naquele dia, você me alertou várias vezes a respeito de preservar a vida dos Sardaukar que tivessem visto nossos ritos secretos. No fim, você disse que eles seguramente iriam revelar o que tinham visto e que deviam ser mortos. Então, meu pai retrucou: "Sem saber o que disse, você disse". E você ficou magoado. Você disse a ele que era um *simples* líder dos fremen. Os duques devem saber coisas mais importantes.

Stilgar encarou Leto, ainda agachado rente do chão. *Estávamos sob a Colina de Habbanya? Nós!* Esta... esta criança, que ainda não tinha nem sido concebida nesse dia, sabia exatamente o que havia acontecido, em detalhes que só poderiam ser do conhecimento de alguém que de fato tivesse estado lá. Essa era somente outra prova de que essas crianças Atreides não podiam ser julgadas segundo os padrões habituais.

– Agora, ouça o que vou lhe dizer – Leto insistiu. – Se eu morrer ou desaparecer no deserto, você deve fugir de Sietch Tabr. Eu ordeno que faça isso. Você vai pegar Ghani e...

– Você ainda não é meu duque! Você é uma... criança!

– Sou um adulto na carne de uma criança – explodiu Leto. Então indicou uma pequena fenda nas rochas embaixo deles. – Se eu morrer aqui, será exatamente naquele local. Você verá o sangue. Então saberá. Pegue minha irmã e...

– Vou dobrar sua guarda – Stilgar afirmou. – Você não virá mais aqui. Agora nós vamos embora e...

– Stil! Você não pode me deter. Retome em sua mente mais uma vez aquele momento na Colina de Habbanya. Está se lembrando? A lagarta-usina, com o operador, estava lá fora, na areia, e um grande Criador estava vindo. Não havia meios de salvar a lagarta do verme, e meu pai ficou aborrecido porque não conseguiu salvá-la. Mas Gurney só foi capaz de pensar nos homens que tinha perdido na areia. Você se lembra do que ele lamentara? "Seu pai se preocupa mais com os homens que ele não conseguiu salvar." Stil, eu o incumbo de salvar o povo. Eles são mais importantes do que as coisas. E Ghani é a mais preciosa de todos porque, sem mim, ela é a única esperança para os Atreides.

– Não vou ouvir mais nada – Stilgar grunhiu. Ele se virou e começou a descer a parede de pedras na direção do oásis, do outro lado da areia. Ele ouviu Leto, que o seguia. Então, o menino o ultrapassou e, olhando para trás, ainda comentou:

– Stil, você reparou em como as moças estão lindas este ano?

> **A vida de um único humano, assim como a vida de uma família ou de um povo inteiro, persiste como lembrança. Meu povo deve chegar a ver isso como parte de seu processo de amadurecimento. Eles são povo como um *organismo* e, nessa lembrança persistente, eles armazenam mais e mais experiências num reservatório subliminar. A humanidade espera poder recorrer a esse material, se for preciso, para manter o universo em constante mudança. Mas muitas coisas que estão armazenadas podem ser perdidas em meio àquele jogo de azar de acidentes que chamamos "destino". Muitas coisas podem não estar integradas nesse relacionamento evolutivo e, por isso, não podem ser avaliadas nem acionadas pelas mudanças ambientais em andamento, as quais se impõem à carne. A *espécie* pode esquecer! Esse é o valor especial do Kwisatz Haderach que as Bene Gesserit nunca suspeitaram: o Kwisatz Haderach não pode esquecer.**
>
> **– O Livro de Leto, conforme Harq al-Ada**

Stilgar não conseguia explicar, mas ficou profundamente perturbado com a informal observação de Leto. Enquanto faziam o caminho de volta através das areias até Sietch Tabr, o comentário ficou repercutindo em sua consciência, tornando-se mais importante do que tudo o mais que Leto havia dito enquanto estavam no Serviçal.

Realmente, as moças de Arrakis estavam lindas aquele ano. E os rapazes também. O rosto deles todos tinha um brilho sereno, fruto de sua riqueza de água. Seus olhos miravam longe. Expunham seus traços com frequência, sem nenhum encobrimento das máscaras dos trajestiladores e das serpentinas ondulantes dos tubos coletores. Muitas vezes, nem mesmo usavam os trajestiladores ao ar livre, preferindo novos trajes que, quando andavam, ofereciam rápidos vislumbres de seus corpos jovens e ágeis.

Essa beleza humana se manifestava contra o pano de fundo da nova beleza da paisagem. Em contraste com o antigo Arrakis, agora os olhos podiam ser hipnotizados pela visão de um pequeno montinho de ramos verdes que crescia entre as rochas marrom-avermelhadas. E os antigos distritos aglomerados no velho sietch, com sua cultura da metrópole de cavernas, todos os seus elaborados lacres e coletores de umidades em cada ponto de acesso, agora estavam dando lugar a povoados ao ar livre, muitos deles construídos com tijolos de barro. Tijolos de barro!

Por que eu desejei ver aquele povoado ser destruído?, Stilgar se indagou, e tropeçou nos próprios pés.

Ele sabia que era um exemplar de uma raça moribunda. Os antigos fremen perdiam o fôlego, maravilhados diante da prodigalidade de seu planeta, em que a água era desperdiçada no ar apenas por sua capacidade de moldar tijolos para edificações. A água para a habitação de uma única família seria capaz de manter um sietch inteiro vivo durante um ano.

As novas construções tinham inclusive janelas transparentes para deixar entrar o calor do sol e dessecar os corpos que estivessem lá dentro. Essas janelas se abriam para fora.

Os novos fremen, dentro de seus lares de barro, podiam olhar para fora e contemplar a paisagem. Não ficavam mais contidos e amontoados no sietch. Por onde se deslocava a nova visão, também a imaginação se movimentava. Stilgar era capaz de sentir isso. A nova visão unia os fremen ao restante do universo imperial; condicionava-os a um espaço ilimitado. Antes, eles eram presos a um Arrakis pobre em água, escravizados pelas necessidades desse planeta. Não eram capazes de compartilhar essa amplitude de perspectivas às quais condicionam os habitantes da maioria dos planetas do Imperium.

Stilgar podia enxergar as mudanças contrastando com suas próprias dúvidas e aflições. Antigamente, era raro o fremen que sequer cogitava a possibilidade de poder sair de Arrakis para começar uma nova vida em um dos mundos com água em abundância. Não teria sido permitido nem mesmo *sonhar* em escapar dali.

Ele viu as costas de Leto se afastando enquanto seguia adiante. Leto tinha falado de proibições contra movimentos extraplanetários. Bem, essa sempre fora uma realidade para a maioria dos cidadãos de outros mundos, mesmo nos lugares em que o sonho era autorizado como válvula de escape. Mas a servidão planetária tinha alcançado seu clímax ali, em Arrakis. Os fremen tinham se voltado para si mesmos, erguendo barricadas em torno de suas mentes à semelhança das barricadas em que haviam transformado seus distritos dentro das cavernas.

O próprio significado do sietch – local de refúgio em épocas perigosas – tinha sido pervertido ali no monstruoso confinamento de uma população inteira.

Leto dissera a verdade: Muad'Dib tinha mudado aquilo tudo.

Stilgar se sentiu perdido. Ele podia ouvir suas antigas crenças desmoronando. A nova visão exterior produzia uma vida que desejava se distanciar do confinamento.

"Como estão lindas as moças este ano."

Os costumes antigos (*Os meus costumes!*, ele reconheceu) tinham forçado o povo a ignorar a totalidade da história, exceto aquela que se voltava para dentro e para seus próprios esforços. Os antigos fremen tinham lido a história nascida de suas próprias e terríveis migrações, de suas fugas de uma série de perseguições. O antigo governo planetário tinha acatado a política consagrada do velho Imperium. Haviam sido suprimidas a criatividade e toda noção de progresso, de evolução. A prosperidade fora algo perigoso no antigo Imperium e para os detentores do poder.

Com um choque abrupto, Stilgar tomou consciência de que essas coisas eram igualmente perigosas no curso de acontecimentos que Alia estava traçando.

Novamente, Stilgar tropeçou e ficou ainda mais para trás de Leto.

No âmbito delineado pelos velhos costumes e as antigas religiões, não existia futuro, só um *agora* interminável. Antes de Muad'Dib, como Stilgar fora testemunha, os fremen tinham sido condicionados a crer no fracasso, nunca na possibilidade de conquistar algo. Bem... tinham acreditado em Liet-Kynes, mas ele estipulara uma escala de tempo de quarenta gerações. Não havia conquistas ou realizações; isso era um sonho que, como ele percebia agora, também tinha se voltado para dentro.

Muad'Dib mudou isso!

Durante o jihad, os fremen haviam aprendido muitas coisas sobre o velho imperador padixá, Shaddam IV. O 81º padixá da Casa Corrino a ocupar o Trono do Leão Dourado e reinar sobre este Imperium e seu número incontável de mundos tinha usado Arrakis como local de testes para as políticas que esperava implantar no restante do império. Seus governadores planetários em Arrakis haviam cultivado um pessimismo persistente a fim de promover sua base de poder. Tinham feito o possível para assegurar que todos em Arrakis, inclusive os fremen com sua liberdade de ir e vir, se acostumassem com os numerosos casos de injustiça e de problemas insolúveis. Todos tinham sido ensinados a pensar em si mesmos como um povo impotente, para o qual não havia socorro possível.

"Como estão lindas as moças este ano!"

Olhando Leto, que se afastava mais e mais, Stilgar começou a ponderar sobre como o jovem tinha disparado esse fluxo de pensamentos – e apenas fazendo um comentário aparentemente tão despretensioso. Por causa desse comentário, Stilgar se viu considerando Alia e seu próprio papel no Conselho de uma maneira totalmente diferente.

Alia gostava de dizer que os costumes antigos cediam terreno devagar. Stilgar admitia, em seu íntimo, que sempre se sentira vagamente reconfortado por essa constatação. Mudanças eram perigosas. As invenções deviam ser suprimidas. A força de vontade individual devia ser negada. A que outra função o sacerdócio servia senão negar a vontade individual?

Alia sempre dizia que as oportunidades para uma competição escancarada tinham de ser reduzidas a limites administráveis. Mas isso queria dizer que a recorrente ameaça da tecnologia só poderia ser usada para confinar populações, assim como tinha servido a seus antigos mestres. A tecnologia que tivesse autorização para funcionar tinha de ser baseada em rituais. Senão... senão...

Mais uma vez, Stilgar tropeçou. Agora, estava no qanat e viu Leto esperando sob um pomar de pés de damascos que cresciam acompanhando a margem do canal de água. Stilgar ouviu os pés dele se movimentando através da relva alta.

Relva alta!

Em que posso acreditar?, Stilgar indagou a si mesmo.

Era adequado que um fremen de sua geração acreditasse que as pessoas precisavam de uma intensa noção de suas próprias limitações. As tradições eram, sem dúvida, o elemento mais controlador de uma sociedade segura. As pessoas tinham de saber quais eram os limites de seu tempo, de sua sociedade, de seu território. O que havia de errado com o sietch como modelo para todos os pensamentos? A sensação de contenção deveria permear as escolhas de todas as pessoas; deveria incluir e cercear a família, a comunidade e cada passo dado por um governo apropriado.

Stilgar acabou parando e estendeu o olhar para alcançar Leto, no pomar. O jovem estava ali, parado, olhando para ele e sorrindo.

Será que ele conhece o turbilhão dos meus pensamentos?, perguntou-se Stilgar.

E o velho naib fremen tentou recorrer ao catecismo tradicional de seu povo. Cada aspecto da vida exigia uma forma única, e sua circularidade inerente devia se basear no conhecimento interior secreto do que dará certo e do que não dará certo. O modelo de vida, de comunidade, de cada elemento dentro da sociedade geral, alcançando até os píncaros do governo e mais além, tinha de ser o sietch e sua contraparte na areia: Shai-hulud. O gigantesco verme da areia era, sem sombra de dúvida, uma criatura formidável, mas, quando se sentia ameaçada, ela se escondia nas mais impenetráveis profundezas.

Mudar é perigoso!, Stilgar repetiu para si mesmo. Manter tudo sem mudanças e estável era o objetivo mais apropriado de um governo.

Mas os rapazes e as moças estavam lindos.

E eles lembravam as palavras de Muad'Dib quando da destituição de Shaddam IV: "Não é vida longa para o imperador o que eu busco; é longa vida para o Imperium".

E não é isso que eu venho dizendo para mim mesmo?, Stilgar pensou.

Ele recomeçou a andar, na direção da entrada do sietch, que ficava ligeiramente à direita de onde estava Leto. O jovem se adiantou para interceptá-lo.

Muad'Dib tinha dito outra coisa, como Stilgar estava se lembrando naquele instante: *"Assim como os indivíduos nascem, amadurecem, se reproduzem e morrem, também acontece com as sociedades, as civilizações e os governos".*

Perigosa ou não, a mudança aconteceria. Os belos jovens fremen sabiam disso. Eles eram capazes de olhar adiante, enxergar isso e se preparar para tanto.

Stilgar foi forçado a parar. Ou fazia isso ou atropelava Leto.

O jovem olhou para ele com a expressão curiosa e intensa de uma coruja e disse:

– Você percebe, Stil? A tradição não é o guia absoluto que você achou que fosse.

> **O fremen morre quando fica longe demais do deserto. A isso chamamos "mal da água".**
>
> – Stilgar, os Comentários

– É difícil para mim pedir-lhe que faça isso – Alia murmurou. – Mas... devo me certificar de que exista um império para os filhos de Paul herdarem. Não existe outra razão para esta Regência.

Alia, que estava sentada diante de um espelho completando sua toalete matinal, virou-se para olhar para o marido, avaliando de que maneira ele teria assimilado essas suas palavras. Duncan Idaho merecia um estudo cuidadoso em momentos assim. Não havia nenhuma dúvida de que ele tinha se tornado uma criatura muito mais sutil e perigosa do que o antigo mestre-espadachim da Casa Atreides. Por fora, sua aparência continuava a mesma – os cabelos pretos e encaracolados caindo sobre traços escuros –, mas, nos longos anos que haviam decorrido desde que despertara de seu estado ghola, ele havia passado por uma verdadeira metamorfose interior.

Tal como já lhe havia ocorrido muitas vezes antes, ela se perguntava o que o renascimento ghola após a morte poderia ter ocultado na sigilosa solidão que ele era. Antes que os Tleilaxu tivessem trabalhado com ele, usando sua ciência sutil, as reações de Duncan tinham sempre trazido claras identificações para os Atreides: lealdade, adesão fanática ao código moral de seus antepassados mercenários, rápido para sentir raiva e rápido para se recobrar. Ele fora implacável em sua resolução de se vingar da Casa Harkonnen. E tinha morrido salvando Paul. Mas os Tleilaxu tinham comprado seu corpo dos Sardaukar e, em seus tanques de regeneração, produziram um zumbi-katrundo: a carne de Duncan Idaho, mas nenhuma de suas recordações conscientes. Ele fora treinado como um Mentat e enviado como um presente, um computador humano para Paul, um belo utensílio equipado com uma compulsão hipnótica para matar seu dono. A carne de Duncan Idaho tinha resistido a essa compulsão e, sob um estresse intolerável, seu passado celular lhe havia voltado.

Há muito tempo, Alia tinha decidido que era perigoso pensar nele como Duncan, na privacidade de seus pensamentos. Era melhor pensar nele com seu nome ghola: Hayt. Muito melhor. E era essencial que ele não tivesse nem a mais leve suspeita de que o velho barão Harkonnen estivesse sentado bem ali, na mente de Alia.

Duncan viu que Alia o estudava e deu-lhe as costas. O amor não era capaz de esconder as mudanças que ocorriam nela, nem ocultar dele a transparência dos motivos dela. Os olhos metálicos multifacetados que os Tleilaxu lhe haviam implantado eram cruéis em sua capacidade de enxergar nitidamente através de um logro. Agora, eles a delineavam como uma figura inchada, quase masculina, e ele não suportava enxergá-la assim.

— Por que se virou de costas? — Alia perguntou.

— Preciso refletir sobre uma coisa — ele respondeu. — Lady Jéssica é uma... Atreides.

— E sua lealdade é com a Casa Atreides, não comigo — Alia comentou, com um muxoxo.

— Não coloque em mim essas interpretações mesquinhas — ele a admoestou.

Alia fez bico. Será que teria se movimentado depressa demais?

Duncan cruzou a passagem da alcova que se abria para um canto da praça do Templo. Dali, podia ver os peregrinos que começavam a se reunir lá embaixo, e os comerciantes de Arrakina se aproximando para obter seus lucros com quem estivesse na borda da multidão, como uma matilha de predadores caindo sobre um bando de presas. Seus olhos focalizavam um grupo específico de comerciantes, cujas cestas de fibra de especiaria vinham penduradas em seus braços, enquanto mercenários fremen se mantinham atrás, à distância de um passo. Todos andavam como uma força compacta através da turba apinhada.

— Eles vendem peças de mármore entalhado — ele murmurou, apontando. — Você sabia? Eles colocam as peças no deserto para que sejam entalhadas pelas tempestades de areia. Às vezes, encontram padrões interessantes na pedra. Chamam isso de uma nova forma de arte, muito popular: mármore genuíno de Duna, esculpido pelas tempestades. Comprei uma dessas peças na semana passada: uma árvore dourada com cinco pendões, linda, mas muito frágil.

— Não mude de assunto — Alia resmungou.

— Não mudei de assunto — ele respondeu. — É uma coisa linda, mas não é arte. Os humanos criam arte com sua própria violência, por vontade própria. – Ele colocou a mão direita no peitoril da janela. – Os gêmeos detestam esta cidade e acho que entendo por quê.

– Não estou entendendo a ligação – Alia admitiu. – O sequestro de minha mãe não é um verdadeiro sequestro. Ela ficará a salvo como sua refém.

– Esta cidade foi construída por cegos – ele disse. – Você sabia que Leto e Stilgar saíram de Sietch Tabr e foram para o deserto, na semana passada? Ficaram lá fora a noite toda.

– Recebi esse relatório – ela comentou. – Essas bugigangas da areia... você quer que eu proíba a venda dessas coisas?

– Isso seria ruim para os negócios – ele advertiu, voltando-se para ela. – Você sabe o que Stilgar disse quando eu perguntei por que eles tinham ido para a areia daquele jeito? Ele disse que Leto tinha desejado comungar com o espírito de Muad'Dib.

Alia sentiu o súbito gelo do pânico. Olhou-se então ao espelho por um instante para se recuperar. Leto não sairia do sietch à noite por uma razão tão despropositada. Seria uma conspiração?

Idaho colocou uma mão sobre os olhos para impedir-se de ver a mulher e então continuou:

– Stilgar me disse que foi junto com Leto porque ele ainda acredita em Muad'Dib.

– Claro que ele acredita!

Idaho deu uma risadinha para dentro, um som cavo.

– Ele disse que ainda acredita porque Muad'Dib sempre cuidou das pessoas pequenas.

– E o que você respondeu a isso? – Alia indagou, e sua voz traiu o medo que sentia.

Idaho tirou a mão que tapava os olhos.

– Eu disse: "Isso deve tornar você uma das pessoas pequenas".

– Duncan! Esse é um jogo perigoso. Se você atiçar *esse* naib fremen, pode acabar acordando uma fera que irá destruir a todos nós.

– Ele ainda acredita em Muad'Dib – Idaho insistiu. – Essa é a nossa proteção.

– E qual foi a resposta dele?

– Ele disse que conhecia seus próprios pensamentos.

– Entendo.

– Não... não acho que você entenda. Coisas que mordem têm dentes maiores do que os de Stilgar.

— Não estou entendendo você hoje, Duncan. Peço que você faça uma coisa muito importante, algo vital para... E o que é toda essa ladainha?

Que petulante essa maneira de falar. Ele se voltou para a janela larga.

— Quando fui treinado como Mentat... É muito difícil, Alia, aprender como exercitar a própria mente. Primeiro, você aprende que a mente deve ter condições de exercitar a si mesma, e isso é muito estranho. Você pode exercitar seus músculos, trabalhar para deixá-los fortes, mas a mente atua sozinha. Às vezes, quando você já sabe isso sobre o funcionamento mental, a mente lhe mostra coisas que você não quer enxergar.

— E foi por isso que você tentou insultar Stilgar?

— Stilgar não conhece sua mente; ele não deixa que ela aja com liberdade.

— Exceto nas orgias com a especiaria.

— Nem assim. É isso que faz dele um naib. Para ser um líder de homens, ele controla e limita as próprias reações. Faz o que é esperado dele. Assim que você sabe como é isso, você conhece Stilgar e pode medir o tamanho dos dentes dele.

— É assim que os fremen funcionam — ela concluiu. — Bem, Duncan, você vai fazer o que pedi ou não? Ela deve ser raptada e tem de parecer que foi obra da Casa Corrino.

Ele ficou em silêncio, avaliando o tom de voz dela e seus argumentos conforme seu treino de Mentat. Esse plano de sequestro mostrava uma frieza e uma crueldade cujas dimensões, reveladas dessa maneira, deixaram-no chocado. Arriscar a vida de sua própria mãe pelos motivos apresentados até agora? Alia estava mentindo. Talvez os rumores sobre Alia e Javid fossem verdadeiros. Esse pensamento causou uma tensão gélida em seu estômago.

— Você é o único em quem posso confiar para executar essa missão — ela murmurou.

— Eu sei.

Alia interpretou esse comentário como a aceitação dele e sorriu para si mesma ao espelho.

— Você sabe — comentou Idaho — que o Mentat aprende a olhar cada humano como uma série de relacionamentos.

Alia não respondeu. Ela se sentou, capturada por uma lembrança pessoal que lançava uma expressão vazia em seu rosto. Olhando para ela por cima do ombro, Idaho viu essa expressão e estremeceu. Era como se ela estivesse comungando com vozes que só ela podia ouvir.

– Relacionamentos – ele sussurrou.

E pensou: *A pessoa tem de se desvencilhar de velhas agonias, da mesma maneira como as cobras se desvencilham da pele para depois crescer outra, e aceitar todas essas limitações. É a mesma coisa com os governos – inclusive com a Regência. Os velhos governos podem ser rastreados como peles descartadas. Devo executar esse plano, mas não do modo como Alia ordena.*

Nesse instante, Alia sacudiu os ombros e disse:

– Leto não deveria sair ao ar livre desse jeito, nos tempos que correm. Irei repreendê-lo.

– Nem mesmo com Stilgar?

– Nem com ele.

Ela se levantou e saiu da frente do espelho, foi até onde Idaho estava em pé, ao lado da janela, e colocou a mão em seu braço.

Ele reprimiu um calafrio, reduzindo sua reação a um cálculo Mentat. Algo nela era repulsivo a ele.

Algo nela.

Ele não conseguia olhar para ela. Sentia o aroma do mélange nos cosméticos que ela usava. Idaho pigarreou.

– Hoje ficarei ocupada examinando os presentes enviados por Farad'n – Alia avisou.

– As roupas?

– Sim. Nada do que ele faz é o que parece. E devemos lembrar que esse bashar, Tyekanik, é adepto do chaumurky, do chaumas e de todas as demais sutilezas dos assassinatos reais.

– O preço do poder – ele murmurou, afastando-se dela. – Mas ainda temos espaço para nos movimentar e Farad'n, não.

Ela estudou aquele perfil de traços cinzelados. Às vezes, era difícil perceber o sentido das ideias dele. Será que pensava apenas que a liberdade de ação dava vida ao poder militar? Bem, a vida em Arrakis já era segura havia muito, muito tempo. Os sentidos que antes eram exercitados por perigos onipresentes poderiam degenerar se não fossem usados.

– Sim – ela concordou –, ainda temos os fremen.

– Mobilidade – ele repetiu. – Não podemos degenerar numa infantaria. Isso é tolo demais.

O tom de voz dele deixou-a aborrecida, e ela argumentou:

– Farad'n fará uso de qualquer meio para nos destruir.

– Ah, é isso – ele sussurrou. – Essa é uma forma de iniciativa, uma mobilidade que não tínhamos antigamente. Tínhamos um código, o código da Casa Atreides. Sempre pagávamos por nossas ações e deixávamos o inimigo ser o saqueador. Essas restrições não se aplicam mais, evidentemente. Somos igualmente móveis, a Casa Atreides e a Casa Corrino.

– Nós raptaremos a minha mãe para salvá-la de danos tanto quanto por qualquer outro motivo – explodiu Alia. – Ainda vivemos segundo o código!

Ele olhou para ela. Ela sabia o perigo de provocar um Mentat a computar. Será que ela não se dava conta do que ele havia computado? Não obstante... ele ainda a amava. Duncan passou a mão nos olhos. Como ela parecia jovem. Lady Jéssica tinha razão: Alia dava a impressão de não ter envelhecido um único dia após todos esses anos juntos. Ainda exibia os traços suaves de sua mãe Bene Gesserit, mas com olhos Atreides – medindo, exigindo, agudos como os de um gavião. E agora havia algo dotado de uma cruel capacidade de cálculo espreitando no fundo daqueles olhos.

Idaho tinha servido a Casa Atreides por um número de anos grande demais para deixar de entender as forças e as fraquezas daquela família. Mas essa coisa em Alia... isso era novidade. Os Atreides podiam jogar pesado e de maneira desleal contra seus inimigos, mas nunca contra amigos e aliados e em absoluto contra a própria família. Isso era algo entranhado no modo Atreides de ser: apoiar o próprio povo o melhor que pudesse; mostrar a todos como viviam melhor sendo governados pelos Atreides. Demonstrar o amor pelos amigos com a cordialidade de sua conduta em relação a eles. Mas o que Alia estava pedindo agora não era algo Atreides. Ele sentia isso com cada fibra de sua nova carne, com cada nova terminação nervosa de sua atual estrutura. Ele era uma unidade, indivisível, que captava em Alia uma atitude alheia.

De súbito, o aparato sensorial desse Mentat estalou e entrou em total lucidez, e sua mente entrou naquele torpor congelado em que o Tempo deixava de existir, em que apenas existia a computação. Alia iria reconhecer o que tinha acontecido com ele, mas isso era algo que não se podia evitar. Ele se rendeu à computação.

Computação: uma lady Jéssica *refletida* levava uma pseudovida na consciência de Alia. Ele enxergava isso assim como enxergava o reflexo de

Duncan Idaho pré-ghola, que permanecia uma constante em sua própria consciência. Alia tinha essa consciência sendo uma pré-nascida. Ele tinha essa consciência tendo sido produzido nos tanques de regeneração dos Tleilaxu. Apesar disso, Alia negava esse reflexo, colocando a vida de sua mãe em risco. Portanto, Alia não estava em contato com essa pseudo--Jéssica em seu interior. Portanto, Alia estava *completamente* possuída por outra pseudovida, o que excluía todas as outras.

Possuída!
Força alheia!
Abominação!

Conforme o paradigma Mentat, ele aceitou isso e se voltou para outras facetas deste problema. Todos os Atreides estavam neste único planeta. Será que a Casa Corrino se arriscaria a desfechar um ataque oriundo do espaço? A mente de Idaho, como um relâmpago, passou em revista aquelas convenções que tinham dado fim às formas primitivas de guerrear:

Primeira – Todos os planetas eram vulneráveis a ataques vindos do espaço, portanto, instalações de retaliação/vingança foram montadas fora do planeta por toda a Casa Maior. Farad'n devia saber que os Atreides não teriam omitido uma precaução tão elementar quanto essa.

Segunda – Escudos de força eram uma defesa completa contra projéteis e explosivos de tipo não atômico, razão elementar pela qual conflitos corporais tinham sido reintroduzidos no combate entre humanos. Mas a infantaria tinha seus limites. A Casa Corrino poderia ter trazido seus Sardaukar de volta a uma forma pré-Arrakina, mas ainda não eram oponentes à altura da desgarrada ferocidade dos fremen.

Terceira – O feudalismo planetário continuava em constante perigo vindo de uma grande classe técnica, mas os efeitos do Jihad Butleriano continuavam a conter os excessos tecnológicos. Ixianos, Tleilaxu e uns poucos planetas dispersos eram a única possível ameaça nesse sentido, e eram vulneráveis como planetas diante da fúria combinada do resto do Imperium. O Jihad Butleriano não seria desfeito. A guerra mecanizada exigia uma grande classe de técnicos. O Imperium Atreides tinha canalizado essa força para outras iniciativas. Não existia uma grande classe técnica sem supervisão. E o Império permanecia protegidamente feudalista, naturalmente, uma vez que esta era a melhor forma social para se disseminar por fronteiras incultas e amplamente espalhadas: novos planetas.

Filhos de Duna

Duncan sentia sua consciência Mentat coruscando enquanto disparava através de dados de memória autorreferenciados e completamente blindados à passagem do tempo. A percepção de que a Casa Corrino não se arriscaria a um ataque atômico *ilegal* se deu através dos principais trajetos decisórios da computação instantânea, mas ele estava perfeitamente ciente de quais elementos constituíam sua convicção: o Imperium comandava tantas armas nucleares e aliadas quanto todas as demais Grandes Casas em conjunto. Pelo menos metade das Grandes Casas reagiria sem pensar se a Casa Corrino rompesse com a Convenção. O sistema Atreides de retaliação extraplanetária contaria com o acréscimo de uma força avassaladora, sem nenhuma necessidade de sequer convocá-la. O medo faria o chamado. Salusa Secundus e seus aliados desapareceriam em meio a nuvens fumegantes. A Casa Corrino não correria o risco de um holocausto de tais dimensões. Eles sem dúvida estavam sendo sinceros quando endossaram o argumento de que as armas nucleares eram uma reserva para um único propósito: defender a humanidade no caso de uma "outra inteligência" ameaçadora vir a confrontá-la algum dia.

Os pensamentos computacionais tinham gumes nítidos, tinham um perfil incisivo. Não havia meios tons indistintos. Alia escolhia o sequestro e o terror porque havia se tornado uma força alheia, deixara de ser Atreides. A Casa Corrino era uma ameaça, mas não da maneira como Alia argumentara no Conselho. Alia queria que lady Jéssica fosse removida porque aquela penetrante inteligência Bene Gesserit tinha enxergado o que somente agora tinha ficado claro para ele.

Idaho se desemaranhou do estado de transe Mentat e viu que Alia estava em pé à sua frente com uma fria expressão de mensuração em seu rosto.

– Você não acharia melhor se lady Jéssica fosse morta? – ele indagou.

O lampejo alienígena do júbilo revelou-se aos olhos dele por um súbito instante antes de ser mascarado por um falso movimento de indignação:

– Duncan!

Sim, essa força alheia em Alia preferia o matricídio.

– Você teme sua mãe; não teme *por* ela – ele observou.

Ela falou sem mudar em nada sua mirada mensuradora:

– Claro que sim. Ela me denunciou para a Irmandade.

– O que você quer dizer?

– Você não sabe qual é a maior tentação para uma Bene Gesserit? – Ela se aproximou dele, sedutora, olhando para cima, buscando-o com o olhar por entre os cílios. – Só pensei em me manter forte e alerta pelo bem dos gêmeos.

– Você falou de tentação – ele disse, e sua voz tinha o timbre Mentat inflexível.

– É aquilo que a Irmandade esconde mais profundamente, aquilo que elas mais temem. É por isso que me chamam de *Abominação*. Elas sabem que as inibições que praticam não vão me conter. Tentação, disso elas sempre falam com forte ênfase: a *Grande Tentação*. Veja, nós que utilizamos os ensinamentos Bene Gesserit podemos influenciar coisas tais como o ajuste interno do equilíbrio enzimático em nosso corpo. Isso pode prolongar a juventude, por muito mais tempo do que o mélange. Você percebe as consequências, caso as Bene Gesserit façam isso? Seria notório. Estou certa de que você computa a exatidão do que estou dizendo. O mélange é o que nos torna alvos de tantos complôs. Controlamos uma substância que prolonga a vida. E se viesse a ser conhecido que as Bene Gesserit controlavam um segredo ainda mais potente? Você entende! Nenhuma Reverenda Madre estaria mais a salvo. Raptar e torturar Bene Gesserit se tornariam atividades corriqueiras.

– Você conseguiu realizar esse equilíbrio enzimático. – Ele disse isso como uma constatação, não como uma interrogação.

– Desafiei a Irmandade! Os relatos de minha mãe para a Irmandade farão das Bene Gesserit aliadas inabaláveis da Casa Corrino.

Tão plausível, pensou Duncan.

Ele testou:

– Mas, sem dúvida, sua própria mãe não se voltaria contra você!

– Ela era Bene Gesserit muito antes de ser minha mãe. Duncan, ela permitiu que seu próprio filho, meu irmão, fosse submetido ao teste do gom jabbar! Ela providenciou tudo! E ela sabia que ele talvez não sobrevivesse! As Bene Gesserit sempre foram de pouca fé e muito pragmatismo. Ela agirá contra mim se acreditar que assim servirá melhor aos interesses da Irmandade.

Ele aquiesceu. Ela era de fato convincente. Triste constatação.

– Devemos manter a iniciativa – ela concluiu. – Essa é a nossa arma mais afiada.

– Há o problema de Gurney Halleck – ele observou. – Terei de matar meu velho amigo?

– Gurney partiu em alguma missão de espionagem no deserto – ela comentou, sabendo que Idaho já estava perfeitamente inteirado disso. – Ele está a salvo.

– Muito estranho – murmurou Duncan – que o governador regente de Caladan esteja executando tarefas por aqui, em Arrakis.

– Por que não? – Alia contrapôs. – Ele é o amante dela... nos sonhos dele, se não de fato.

– Sim, claro. – E ele se perguntou se ela não teria captado a insinceridade de sua voz.

– Quando é que você vai raptá-la? – Alia perguntou.

– É melhor que você não saiba.

– Sim... sim, entendo. Para onde irá levá-la?

– Para onde não possa ser achada. Pode confiar nisso. Ela não ficará por aqui para ameaçá-la.

O contentamento nos olhos de Alia não podia ser ignorado.

– Mas para onde...

– Se você não souber, então, poderá responder a uma Proclamadora da Verdade que não sabe onde ela está se for necessário.

– Ah, Duncan, muito esperto.

Agora ela acredita que eu matarei lady Jéssica, ele pensou. E então disse:

– Adeus, querida.

Ela não percebeu o tom de despedida na voz dele, e chegou até a beijá-lo de leve quando ele estava de saída.

E ao longo de todo o trajeto em meio ao labirinto do Templo, que lembrava os meandros do sietch, Idaho ficou limpando os olhos. Olhos tleilaxu não eram imunes a lágrimas.

> **Você amou Caladan**
> **E lamentou seu anfitrião desaparecido,**
> **Mas a dor descobre**
> **Novos amores não podem apagar**
> **Os fantasmas eternos.**
>
> **– Refrão do Lamento de Habbanya**

Stilgar quadruplicou a guarda do sietch dedicada aos gêmeos, mas sabia que era inútil. O garoto era como seu parente Atreides de mesmo nome, seu avô Leto. Todos os que tinham conhecido o duque original comentavam isso. Leto tinha a atitude de quem ponderava tudo, e cautela também, claro; mas tudo isso tinha de ser cotejado com aquela selvageria latente, aquela propensão a tomar decisões perigosas.

Já Ghanima era mais como sua mãe. Possuía os cabelos ruivos de Chani, os olhos dela e uma maneira calculada de ser quando se ajustava a dificuldades. Ela costumava dizer que só fazia o que tinha de ser feito, mas seguia Leto aonde quer que ele a conduzisse.

E Leto iria conduzi-los ao perigo.

Nem uma única vez Stilgar cogitou mencionar seu problema à Alia. Isso eliminava Irulan, que corria a falar com Alia sobre tudo e qualquer coisa. Quando chegou a essa decisão, Stilgar se deu conta de que aceitara a possibilidade de Leto ter julgado Alia corretamente.

Ela usa as pessoas de maneira descuidada e indiferente, ele pensou. *Ela trata até Duncan dessa maneira. O problema nem é o fato de que ela se voltaria contra mim e me mataria. É que ela me descartaria.*

Enquanto isso, a guarda foi fortalecida e Stilgar vigiava o sietch como um espectro de manto, espiando tudo o tempo todo. Sua mente fervilhava incessantemente com as dúvidas que Leto tinha semeado em suas ideias. Se a pessoa não podia depender das tradições, então onde estava o alicerce em que erguer sua vida?

Na tarde da Convocação de Boas-Vindas a lady Jéssica, Stilgar espionou Ghanima e a avó, as duas juntas em pé à plataforma de entrada para a grande câmara da assembleia do sietch. Ainda era cedo e Alia não tinha chegado, mas as pessoas já estavam chegando em grandes números à câmara, olhando de esguelha para aquela criança e aquela mulher conforme iam passando.

Stilgar parou numa alcova protegida pelas sombras, fora do fluxo da multidão, e ficou contemplando as duas, incapaz de ouvir o que diziam em meio ao burburinho do povo que ia se reunindo no recinto da assembleia. Pessoas de muitas tribos estariam hoje ali para dar as boas-vindas à sua velha Reverenda Madre. Mas ele de fato olhava com atenção para Ghanima. Os olhos dela – como dançavam quando ela falava! Esse movimento o deixava fascinado. Eram olhos de um azul intenso, firmes, exigentes, avaliadores. E aquele modo de sacudir a cabeça e assim tirar o cabelo de um vermelho-dourado de cima dos ombros. Isso era totalmente Chani. Uma ressurreição assombrosa, uma semelhança sobrenatural.

Lentamente, Stilgar se aproximou e assumiu posição em outra alcova. Ele não conseguia associar os modos observadores de Ghanima a nenhuma outra criança que tivesse conhecido, exceto ao irmão dela. Onde estaria Leto? Stilgar olhou para trás, na direção da passagem lotada de pessoas. Os guardas dele teriam dado um aviso se alguma coisa tivesse acontecido. Ele balançou a cabeça. Esses gêmeos eram um ataque à sua sanidade. Eram uma fonte constante de desgaste para sua paz de espírito. Ele quase conseguia detestar os dois. Os parentes não eram imunes ao ódio de alguém, mas o sangue (e seu precioso teor de água) impunha exigências de autocontrole que transcendiam a maioria das demais preocupações. A existência desses gêmeos consistia em sua maior responsabilidade.

Uma luz castanha e filtrada pela poeira entrava pela cavernosa câmara da assembleia além de onde estavam Ghanima e Jéssica, tocava os ombros da menina e o manto branco e novo que ela estava usando, criando um fundo luminoso de contraste cada vez que ela se virava para espiar o que acontecia no amplo corredor de passagem para a multidão que ia ocupando totalmente o local.

Por que Leto me afligiu com essas dúvidas?, ele pensou. Não havia dúvida de que ele fizera isso deliberadamente. *Talvez Leto quisesse que eu provasse uma pequena parcela de suas experiências mentais.* Stilgar *sabia* por que os gêmeos eram diferentes, mas sempre tinha achado que seu processo de raciocínio era incapaz de aceitar o que ele mesmo sabia. Ele nunca havia vivenciado o útero como a prisão de uma consciência desperta, de uma percepção lúcida a partir do segundo mês da gestação, como diziam.

Uma vez Leto tinha dito que sua memória era como um "holograma interno, cujo tamanho e detalhamento aumentavam desde o chocante despertar primordial, mas sem mudar o esboço ou o molde".

Pela primeira vez, olhando para Ghanima e para lady Jéssica, Stilgar começou a compreender como devia ser viver com uma teia tão revirada de lembranças, incapaz de se furtar a ela e de alcançar algum recanto isolado dentro da mente. Diante de uma condição mental desse porte, era preciso integrar a loucura, selecionar e rejeitar em meio a uma multidão de ofertas dentro de um sistema cujas respostas mudavam tão depressa quanto as perguntas.

Não poderia haver tradições fixas. Não poderiam existir respostas absolutas para questões dupla-face. O que funciona? O que não funciona. O que não funciona? O que funciona. Ele reconhecia esse padrão. Era a velha brincadeira fremen das adivinhações. Pergunta: "Traz a vida e a morte". Resposta: "O vento Coriolis".

Por que Leto quis que eu entendesse isso?, Stilgar se perguntou. Como resultado de suas cuidadosas indagações, Stilgar acabara sabendo que os gêmeos tinham uma visão comum da sua própria diferença: eles achavam que era uma deformação. *O canal do parto seria um local de escoamento para seres assim*, ele pensou. A ignorância reduz o choque de algumas experiências, mas eles não tinham nenhuma ignorância acerca do nascimento. Que tal seria levar uma vida em que a pessoa saberia *tudo* que poderia dar errado? Ela ficaria em estado de combate constante com dúvidas. Sentiria ressentimento por ser tão diferente de todos os outros. Seria agradável infligir aos outros nem que fosse um mínimo aperitivo dessa diferença. "Por que eu?" seria a primeira pergunta sem resposta dessas criaturas.

E o que foi que fiquei perguntando a mim mesmo?, Stilgar pensou. Um sorriso retorcido atravessou seus lábios. *Por que eu?*

Vendo os gêmeos por essa nova perspectiva, ele compreendeu as chances arriscadas que tinham com aquele corpo incompleto que os recebia. Ghanima lhe havia dito isso com extrema concisão certa vez, depois que ele a havia repreendido por ela ter escalado a face escarpada a oeste do penhasco sobre Sietch Tabr.

– Por que eu deveria temer a morte? Já estive lá antes, muitas vezes.

Como posso presumir que tenho o que ensinar a estas crianças?, Stilgar ponderou. *Como alguém pode presumir?*

* * *

Era estranho, mas os pensamentos de Jéssica estavam seguindo num rumo parecido enquanto ela conversava com a neta. Ela estivera pensando sobre como deveria ser difícil conter uma mente tão madura num corpo imaturo. O corpo teria de aprender o que a mente já sabia fazer: alinhar respostas e reflexos. A antiga disciplina *prana-bindu* das Bene Gesserit estaria à disposição dos gêmeos, mas mesmo assim a mente poderia correr por onde o corpo não conseguia. Gurney tinha uma tarefa sumamente difícil de cumprir na execução de suas ordens.

– Stilgar está nos observando daquela alcova lá atrás – Ghanima informou.

Jéssica não se virou. Mas se sentiu confundida pelo que ouviu na voz de Ghanima. A menina adorava o velho fremen como se ama um parente. Ainda que falasse dele de maneira zombeteira e que o provocasse, ela o amava. Essa constatação forçou Jéssica a ver o velho naib por outro ângulo, compreendendo numa revelação todo-abrangente o que os gêmeos e Stilgar compartilhavam. Esse novo Arrakis não comportava bem Stilgar, foi o que Jéssica compreendeu. Tanto quanto esse novo universo não comportava seus netos.

Indesejada e não requisitada, uma máxima Bene Gesserit flutuou entre as ideias de Jéssica: *"Desconfiar da própria mortalidade é conhecer o começo do terror; saber irrefutavelmente que você é mortal é conhecer o fim do terror".*

Sim, a morte não seria um jugo pesado demais para suportar, mas a vida era um fogo baixo para Stilgar e para os gêmeos. Cada um deles encontrara um mundo sem bom encaixe para si e ansiava por outros caminhos, onde pudessem conhecer variações que não contivessem ameaças. Eles eram filhos de Abraão, e aprendiam mais com o gavião pairando sobre o deserto do que lendo qualquer livro que já tenha sido escrito.

Leto tinha confundido Jéssica apenas naquela manhã em que haviam conversado ao lado do qanat que corria abaixo do sietch. Ele dissera, naquela ocasião: "A água nos aprisiona como uma armadilha, minha avó. Seria melhor se vivêssemos como o pó, porque então o vento nos ergueria ainda mais alto do que os mais elevados penhascos da Muralha-Escudo".

Embora já estivesse acostumada com as insólitas mostras de maturidade que saíam da boca dessas crianças, Jéssica tinha ficado mesmerizada com esse comentário, mas ainda assim conseguira reagir e dissera: "Seu pai poderia ter dito isso".

E Leto, atirando um punhado de areia no ar para vê-la cair, respondera: "Sim, ele poderia. Mas meu pai não levava em conta, em seu próprio tempo, com que rapidez a água faz tudo voltar ao chão de onde ela brotou".

Agora, ao lado de Ghanima no sietch, Jéssica sentia de novo o choque dessas palavras. Olhando de novo para a multidão que continuava chegando e lotando o lugar, ela se virou e deixou que seus olhos alcançassem o nublado perfil de Stilgar, ainda dentro da alcova. Stilgar não era um fremen domado, treinado para somente levar gravetos ao ninho. Ele ainda era um gavião. Quando ele pensava em algo vermelho, não via flores, mas sangue.

– De repente você ficou tão calada – Ghanima reparou. – Alguma coisa errada?

Jéssica sacudiu a cabeça.

– Foi uma coisa que Leto disse hoje de manhã, só isso.

– Quando vocês foram até a plantação? O que ele disse?

Jéssica lembrou a curiosa expressão de sabedoria adulta que tinha se manifestado nos traços de Leto durante aquela conversa pela manhã. Era a mesma expressão que ela via no rosto de Ghanima nesse mesmo momento.

– Ele estava se lembrando daquele tempo em que Gurney voltou dos contrabandistas e se reintegrou ao estandarte Atreides – Jéssica respondeu.

– Então vocês conversaram sobre Stilgar – Ghanima observou.

Jéssica não questionou como essa dedução poderia ter ocorrido. Os gêmeos pareciam capazes de reproduzir o fio de pensamento um do outro sempre que quisessem.

– Sim, conversamos – Jéssica confessou. – Stilgar não gostou de ouvir Gurney chamando... Paul como o duque dele, mas a presença de Gurney impôs isso a todos os fremen. Gurney ficava repetindo "meu duque".

– Entendo – anuiu Ghanima. – E, naturalmente, Leto observou que *ele* ainda não era o duque de Stilgar.

– Exatamente.

– Você sabe o que ele estava fazendo com você, é claro – Ghanima afirmou.

– Estou certa de que sim – Jéssica admitiu, e sentiu nessa confissão algo especialmente perturbador porque nem lhe havia ocorrido que Leto estivesse fazendo alguma coisa com ela.

– Ele estava tentando despertar suas lembranças de nosso pai – Ghanima revelou. – Leto sempre tem vontade de saber como era nosso pai do ponto de vista dos que o conheceram.

– Mas... não é verdade que Leto tem...

– Ah, ele pode ouvir a *vida interior*. Sem dúvida. Mas não é a mesma coisa. Você falou sobre ele, claro. Sobre nosso pai, quero dizer. Você falou dele como seu filho.

– Sim – e Jéssica se fechou como uma ostra. Ela não gostava da sensação de que esses gêmeos pudessem ligá-la e desligá-la a seu bel-prazer, destampando suas recordações para observá-las, cutucando qualquer emoção que atraísse sua curiosidade. Ghanima até poderia estar fazendo a mesma coisa nesse justo momento!

– Leto disse algo que a perturbou – Ghanima apontou.

Jéssica se sentiu chocada com sua própria necessidade de suprimir a raiva.

– Sim... disse.

– E você não gosta do fato de ele conhecer nosso pai como nossa mãe o conheceu, e de conhecer nossa mãe como nosso pai a conheceu – Ghanima continuou. – Você não gosta das implicações disso, do que podemos saber de você.

– Na realidade, eu nunca tinha pensando nisso por esse lado até agora – Jéssica respondeu, sentindo a voz mais dura.

– É o conhecimento das coisas sensuais que normalmente incomoda – Ghanima observou. – É o seu condicionamento. Você acha extremamente difícil pensar em nós como qualquer coisa além de crianças, mas não há nada que nossos pais tenham feito juntos, em público ou em particular, que nós não saibamos.

Por um breve instante, Jéssica se viu retornando à reação que a havia tomado naquele momento, ao lado do qanat, mas agora focou a reação em Ghanima.

– Provavelmente, ele falou da "sensualidade animalesca" do duque – Ghanima insistiu. – Às vezes, Leto precisa pôr um freio na boca!

Será que não existe nada que esses gêmeos não consigam profanar?, Jéssica se perguntou, passando do estado de choque para a indignação e para a repulsa. Como é que ousavam falar da sensualidade do *seu* Leto? Claro que um homem e uma mulher que se amavam iriam compartilhar o prazer do corpo um do outro! Era uma coisa linda e íntima, e não para ser desfilada em conversas ligeiras entre uma criança e uma adulta.

Criança e adulta!

De súbito, Jéssica se deu conta de que nem Leto, nem Ghanima tinham feito aquilo por acaso.

Como Jéssica continuasse calada, Ghanima prosseguiu:

– Nós deixamos você chocada. Peço desculpas por nós dois. Conhecendo Leto, sei que ele nem pensa em se desculpar. Às vezes, quando está perseguindo um cheiro qualquer, ele se esquece de como somos diferentes... de você, por exemplo.

Jéssica pensou: *E é por isso que vocês dois fazem isso, naturalmente. Vocês estão me ensinando!* E então ela se indagou: *Quem mais vocês estão ensinando? Stilgar? Duncan?*

– Leto tenta ver as coisas como você as vê – Ghanima acrescentou. – As recordações não são suficientes. Quando você se esforça muito, justamente então é que na maioria das vezes você fracassa.

Jéssica suspirou.

Ghanima tocou o braço de sua avó.

– Seu filho deixou muitas coisas sem serem ditas, mas que ainda devem sê-lo, inclusive para você. Perdoe-nos, mas ele amava você. Você não sabe disso?

Jéssica se virou um pouco para ocultar as lágrimas que cintilavam em seus olhos.

– Ele conhecia os temores que você sente – Ghanima revelou. – Do mesmo modo como sabia dos temores de Stilgar. Querido Stil. Nosso pai era o "médico dos animais selvagens" para ele, e Stil não era mais do que um caramujo verde escondido dentro da própria casca. – Ela cantarolou a canção de onde tinha tirado essas palavras. A melodia lançou a letra no campo de consciência de Jéssica, sem concessões:

Ó, médico dos animais selvagens,
Para um caramujo verde em sua casca,
Com seu tímido milagre
Escondido, esperando a morte,

Filhos de Duna

Você aparece como uma divindade!
Até os caramujos sabem
Que os deuses obliteram
E as curas causam dor,
Que o céu é visto
Através de uma porta de chamas.
Ó, médico dos animais selvagens,
Eu sou o homem-caramujo
Que enxerga seu único olho
A espreitar dentro da minha casca!
Por que Muad'Dib? Por quê?

Ghanima, então, concluiu:
– Infelizmente, nosso pai deixou muitos homens-caramujos em nosso universo.

A suposição de que os humanos existem dentro de um universo essencialmente impermanente, considerado um preceito operacional, exige que o intelecto se torne um instrumento de equilíbrio totalmente alerta. Mas o intelecto não pode reagir dessa maneira sem envolver o organismo inteiro. Esse organismo pode ser reconhecido por seu comportamento incandescente, impetuoso. Acontece a mesma coisa com a sociedade que tratamos como organismo. Nela, porém, encontramos uma antiga inércia. As sociedades se movem estimuladas por impulsos reativos ancestrais. Elas exigem permanência. Qualquer tentativa de exibir um universo de impermanência desencadeia padrões de rejeição, medo, raiva e desespero. Então, como explicamos a aceitação da presciência? É simples: aquele que fornece visões prescientes, porque fala de uma constatação absoluta (permanente), pode ser saudado com alegria pela humanidade ainda que sua previsão revele os mais funestos acontecimentos.

– O Livro de Leto, segundo Harq al-Ada

– É como lutar no escuro – Alia explodiu.

Ela atravessou a Câmara do Conselho com passadas raivosas, afastando-se das longas cortinas prateadas que atenuavam o fulgor do sol da manhã entrando pelas janelas a leste, e se aproximou dos divãs agrupados perto dos painéis de parede decorados, na outra extremidade do recinto. Suas sandálias pisavam em tapetes de fibra de especiaria, cruzavam trechos de soalho de madeira, depois grandes lajotas de granada e, novamente, outra área coberta por tapetes. Por fim, chegou ao lado de Irulan e Idaho, que estavam sentados, um de frente para o outro, em divãs de pele de baleia cinzenta.

Idaho tinha resistido a voltar de Tabr, mas ela havia despachado ordens peremptórias. O sequestro de Jéssica era mais importante do que nunca, agora, mas tinha de aguardar. As percepções Mentat de Idaho eram indispensáveis.

– Essas coisas são recortadas de um mesmo molde – Alia disse. – Fedem a um complô que vai longe.

– Talvez não – Irulan sugeriu, mas olhando para Idaho, incerta.

O rosto de Alia descuidou-se e evidenciou um desdém indisfarçável. Como Irulan podia ser tão inocente? A menos... e Alia disparou um olhar agudo e questionador na direção da princesa. Irulan estava usando um simples manto aba preta que combinava com as sombras de seus olhos índigo-especiaria. O cabelo loiro da princesa estava preso num coque apertado, na nuca, o que salientava seu rosto endurecido e que tanto tinha emagrecido após anos e anos em Arrakis. Ela ainda conservava a altivez que havia aprendido na corte de seu pai, Shaddam IV, e Alia muitas vezes sentia que essa atitude orgulhosa poderia encobrir os pensamentos de uma conspiradora.

Idaho estava recostado, em seu uniforme verde e preto da Guarda Real da Casa Atreides, sem insígnias. Essa era uma afetação que secretamente era objeto de ressentimento entre muitos dos verdadeiros guardas de Alia, especialmente as amazonas, que glorificavam as insígnias de seu ofício. Elas não gostavam da presença pura e simples do ghola-Mentat-mestre-espadachim, ainda mais porque ele era o marido de sua regente.

– Então, as tribos querem lady Jéssica reempossada no Conselho da Regência – Idaho murmurou. – Como isso pôde...

– Elas apresentaram uma exigência unânime! – Alia esbravejou, apontando para uma folha timbrada de papel de especiaria sobre o divã ao lado de Irulan. – Farad'n é uma coisa, mas isto... isto tem o ranço de outro tipo de alinhamento!

– Qual é a opinião de Stilgar? – Irulan indagou.

– A assinatura dele está no papel! – Alia respondeu.

– Mas, se ele...

– Como ele poderia negar a mãe de seu deus? – Alia indagou, sarcástica.

Idaho ergueu os olhos para ela, pensando: *Isso está se aproximando perigosamente do limite com Irulan!* Mais uma vez, ele se perguntou por que Alia mandara que ele viesse de volta quando ela sabia que ele era necessário em Sietch Tabr para que o plano de rapto pudesse ser posto em ação. Seria possível que ela tivesse ouvido falar da mensagem que O Pregador havia enviado a ele? Essa ideia encheu seu peito de um sentimento atribulado. Como é que aquele místico mendicante podia conhecer o sinal secreto por meio do qual Paul Atreides sempre havia convocado a presença de seu mestre-espadachim? Idaho ansiava por deixar aquela reunião sem cabimento e voltar para a busca de uma resposta para essa questão.

– Não há dúvida de que O Pregador tenha saído do planeta – Alia disse. – A Guilda não ousaria nos enganar com uma coisa dessas. Eu farei com que ele...

– Cuidado! – Irulan interpôs.

– De fato, tome cuidado – Idaho disse. – Metade do planeta acredita que ele é... – e, dando de ombros, continuou – seu irmão. – E Idaho esperou ter insinuado a informação com a leveza adequada. Mas como é que aquele homem sabia do sinal?

– Mas, se ele é um mensageiro, ou um espião...

– Ele não fez contato com ninguém da CHOAM ou da Casa Corrino – Irulan afirmou. – Podemos ter certeza de...

– Não podemos ter certeza de nada! – Alia nem tentou mascarar seu escárnio. Deu as costas a Irulan, encarando Idaho. Ele sabia por que estava ali! Por que ele não se havia comportado da maneira esperada? Ele estava no Conselho porque Irulan estava lá. A história de que tinha trazido uma princesa da Casa Corrino para o seio dos Atreides nunca poderia ser esquecida. Uma aliança, uma vez traída, poderia perfeitamente ser traída de novo. Os poderes Mentat de Duncan deveriam estar rastreando falhas e sutis desvios na conduta de Irulan.

Idaho se mexeu no assento, olhando francamente para Irulan. Havia momentos em que ele se ressentia das necessidades objetivamente impostas ao seu desempenho de Mentat. Ele sabia o que Alia estava pensando. Irulan sabia também, mas essa princesa-esposa de Paul Muad'Dib tinha sobrepujado as decisões que a haviam tornado menos do que a concubina real, Chani. Não podia haver dúvida da devoção de Irulan aos gêmeos reais. Ela havia renunciado à família e às Bene Gesserit em nome de sua dedicação aos Atreides.

– Minha mãe faz parte desse complô! – Alia insistia. – Por qual outro motivo a Irmandade iria mandá-la de volta para cá, num momento destes?

– Histeria não vai nos ajudar – Idaho comentou.

Alia girou rapidamente e se afastou dele, como ele sabia que ela faria. Para ele era melhor não ter mais de olhar para aquele rosto, antes tão amado, e que agora se mostrava distorcido e retorcido por uma força alheia.

– Bem – Irulan apontou –, a Guilda não pode ser objeto de total confiança...

– A Guilda! – Alia zombou.

– Não podemos descartar a inimizade da Guilda ou das Bene Gesserit – Idaho concordou. – Mas devemos atribuir-lhes categorias especiais como combatentes essencialmente passivos. A Guilda corresponderá à sua regra fundamental: Jamais Governar. Eles são uma excrescência parasita e sabem disso. Não farão nada para matar o organismo que os mantém vivos.

– A ideia deles de qual é o organismo que os mantém vivos pode ser diferente da nossa – Irulan observou com sarcasmo. Aquilo era o mais próximo que ela já havia chegado de falar algo com desdém, usando um tom de voz preguiçoso que apontava: "Você não viu esse lado, Mentat".

Alia parecia atônita. Não tinha esperado de Irulan uma conduta dessa ordem. Não era o tipo de perspectiva que uma conspiradora iria querer que fosse examinado.

– Sem dúvida – anuiu Idaho. – Mas a Guilda não se manifestará abertamente contra a Casa Atreides. Por outro lado, a Irmandade poderia se arriscar a algum tipo de ruptura política que...

– Se elas fizerem isso – Irulan interrompeu –, será por intermédio de algum testa-de-ferro, alguém ou algum grupo que possam renegar. As Bene Gesserit não existiram por todos esses séculos sem conhecer o valor da discrição. Elas preferem ficar por trás do trono, não instaladas nele.

Discrição?, Alia se perguntou. Seria essa a escolha de Irulan?

– Exatamente o que digo sobre a Guilda – Idaho acrescentou. Ele achava útil a necessidade de argumentar e explicar. Isso mantinha sua mente alheia a outros problemas.

Alia caminhou de volta na direção da janela iluminada pelo sol. Ela conhecia o ponto cego de Idaho; todo Mentat tinha isso: eles tinham de fazer pronunciamentos. Com isso acionavam a tendência a depender de absolutos, de enxergar limites finitos. Eles sabiam disso a respeito de si próprios. Fazia parte de seu treinamento. Não obstante, continuavam a agir além dos parâmetros de autolimitação. *Eu devia tê-lo deixado em Sietch Tabr*, Alia considerou. *Teria sido melhor apenas despachar Irulan para ser interrogada por Javid.*

Dentro do crânio, Alia ouviu a voz rumorejante:

– Exatamente!

Cala a boca! Cala a boca! Cala a boca!, ela pensou. Um erro perigoso acenava para ela nesses momentos, e ela não podia reconhecer o contorno dessa manobra. Ela só conseguia perceber o perigo. Idaho tinha de ajudá-la a sair desse apuro. Ele era um Mentat. Os Mentat eram necessários. O humano-computador substituía os dispositivos mecânicos destruídos pelo Jihad Butleriano. *Não construirás uma máquina à semelhança da mente humana!* Mas Alia agora queria muito uma máquina obediente. Eles não poderiam padecer por conta das limitações de Idaho. Nunca se podia desconfiar de uma máquina.

Alia ouviu a voz arrastada de Irulan.

– Uma finta dentro de uma finta dentro de uma finta dentro de uma finta – ela dizia. – Todos sabemos qual é o padrão aceito de ataque ao poder. Não culpo Alia por ser desconfiada. Naturalmente que ela suspeita de todo mundo... até de nós. Mas ignore isso por um instante. O que resta como arena principal de motivos, como a fonte mais fértil de perigos para a Regência?

– A CHOAM – Idaho respondeu, com a voz inexpressiva do Mentat.

Alia permitiu-se um sorriso amargo. O Consórcio Honnête Ober Advancer Mercantiles! Mas a Casa Atreides dominava a CHOAM com 51% de suas ações. O Sacerdócio de Muad'Dib tinha mais 5%, e a pragmática aceitação pelas Casas Maiores de Duna controlava o inestimável mélange. Não por acaso a especiaria era às vezes chamada "a moeda secreta". Sem o mélange, os paquetes não podiam se movimentar. O mélange desencadeava o "transe de navegação" por meio do qual uma rota transluz podia ser "visualizada" antes de ser percorrida. Sem o mélange e sua amplificação do sistema imunogenético humano, a expectativa de vida para os muitos ricos degenerava em pelo menos quatro vezes. Até a vasta classe média do Imperium consumia mélange diluído na alimentação em pequenos borrifos, pelo menos em uma refeição por dia.

Mas Alia tinha ouvido a sinceridade Mentat na voz de Idaho, um som que estivera aguardando com terrível ansiedade.

Filhos de Duna

CHOAM. O Consórcio Honnête era muito mais do que a Casa Atreides, muito mais do que Duna, muito mais do que o Sacerdócio ou o mélange. Era o cipó-tinta, a pele de baleia, o shigafio, os artefatos ixianos e seus artistas, o comércio entre povos e lugares, o hajj, os produtos que chegavam por intermédio da legalidade fronteiriça da tecnologia tleilaxu. Era as drogas viciantes e as técnicas medicinais; era transporte (a Guilda) e a totalidade do comércio supercomplexo de um império que abrangia milhares de planetas conhecidos, mais alguns que se abasteciam secretamente nas bordas, ali autorizados pelos serviços prestados. Quando Idaho disse "CHOAM", ele falou de um fermento constante, de intrigas dentro de intrigas, de um jogo de poderes em que a mudança em um ponto duodecimal no pagamento de juros poderia mudar a posse de um planeta inteiro.

Alia tornou a se postar em pé ao lado dos outros dois, sentados nos divãs. Então perguntou:

– Alguma coisa específica sobre a CHOAM incomoda vocês?

– Sempre existe a intensa estocagem para fins de especulação da especiaria que algumas Casas praticam – argumentou Irulan.

Alia bateu as mãos nas suas coxas e depois gesticulou na direção do papel de especiaria, timbrado, que estava ao lado da princesa.

– Essa *demanda* não deixa você intrigada, vindo como vem...

– Muito bem! – trovejou Idaho. – Chega disso. O que você está escondendo? Você sabe que não adianta negar os dados e ainda assim esperar que eu funcione como...

– Recentemente, houve um aumento muito significativo da atividade comercial envolvendo pessoas de quatro especialidades específicas – Alia revelou. Mas então pensou se essa realmente seria uma informação nova para aqueles dois.

– Quais especialidades? – Irulan perguntou.

– Mestres-espadachins, Mentat deturpados dos Tleilaxu, médicos condicionados da escola Suk e contadores financistas. Mais especialmente estes últimos. Por que justamente guarda-livros questionáveis estariam sendo tão requisitados bem agora? – e ela dirigia essa indagação a Idaho.

Funcione como um Mentat, ele disse a si mesmo. Bem, isso era melhor do que ficar ruminando sobre o que Alia havia se tornado. Ele se concentrou nas palavras que ela havia dito, repetindo-as em sua mente, conforme o gabarito Mentat. *Mestres-espadachins?* Essa tinha sido sua própria ocupação em outros tempos. Naturalmente, mestres-espadachins eram mais do que lutadores pessoais. Eles eram capazes de consertar campos de força, planejar campanhas militares, projetar instalações militares de apoio, improvisar armas. *Mentat deturpados?* Os Tleilaxu insistiam nesse tipo de logro, evidentemente. Sendo ele mesmo um Mentat, Idaho conhecia a frágil insegurança da *deturpação* tleilaxu. As Casas Maiores que compravam Mentat desse tipo esperavam exercer um controle absoluto sobre eles. Impossível! Até mesmo Piter de Vries, que tinha servido aos Harkonnen em seu ataque à Casa Atreides, tinha mantido sua própria dignidade essencial, aceitando a morte em vez da rendição de sua individualidade fundamental, no fim de tudo. *Médicos Suk?* O condicionamento deles supostamente garantia que fossem imunes à deslealdade em relação a seus pacientes-proprietários. Os médicos Suk eram muito caros. Um aumento na aquisição de Suk implicaria uma substancial movimentação de recursos financeiros.

Idaho pesou todos esses fatos em comparação com o aumento na demanda por contadores fraudulentos.

– Computação elementar – ele começou, indicando uma certeza solidamente alcançada após uma análise indutiva. – Houve um recente aumento de riqueza entre as Casas Menores. Algumas têm de estar passando discretamente para o *status* de Casa Maior. Uma riqueza assim só pode advir de algumas mudanças específicas nos alinhamentos políticos.

– Finalmente chegamos ao Landsraad – Alia murmurou, dando voz à sua própria opinião.

– A próxima sessão do Landsraad está a quase dois anos-padrão de distância – Irulan relembrou-a.

– Mas as barganhas políticas nunca param – Alia rebateu. – E aposto como alguns desses signatários tribais – e ela gesticulou indicando o papel ao lado de Irulan – estão entre as Casas Menores que acabaram de mudar seu alinhamento.

– Pode ser – Irulan concedeu.

– O Landsraad – Alia insistiu. – Que fachada melhor para as Bene Gesserit? E que melhor agente para a Irmandade do que minha própria mãe? – Alia se plantou diretamente à frente de Idaho. – E então, Duncan?

Por que não funcionar como um Mentat?, Idaho perguntou a si mesmo. Agora ele via o teor das suspeitas de Alia. Afinal de contas, Duncan

Idaho tinha sido guarda pessoal de lady Jéssica, em sua residência, durante muitos anos.

– Duncan? – Alia insistiu.

– Você deveria investigar de perto toda legislação consultiva que possa estar sendo preparada para a próxima sessão do Landsraad – Idaho sugeriu. – Eles podem assumir como posição legal que uma Regência não pode vetar determinados tipos de legislação, especificamente ajustes tributários e o policiamento de cartéis. Há outros, mas...

– Essa não seria uma boa aposta pragmática da parte deles se assumirem uma posição assim – Irulan comentou.

– Concordo – anuiu Alia. – Os Sardaukar não têm dentes, e nós temos as nossas legiões fremen.

– Cuidado, Alia – avisou Idaho. – Nossos inimigos gostariam mais do que tudo de nos fazer parecer monstruosos. Por mais legiões que você comande, em última análise o poder se estriba no sufrágio popular num império tão espalhado quanto este.

– Sufrágio popular? – Irulan indagou.

– Você quer dizer sufrágio das Grandes Casas – Alia arriscou.

– E quantas Grandes Casas iremos enfrentar com essa nova aliança? – Idaho indagou. – O dinheiro está sendo acumulado em lugares estranhos!

– Nas bordas? – Irulan perguntou.

Idaho encolheu os ombros. Essa era uma pergunta sem resposta. Todos eles suspeitavam que um dia os Tleilaxu ou os atravessadores de tecnologia nas bordas do Imperium iriam anular o Efeito Holtzmann. Nesse dia, os escudos serão inúteis. Todo o precário equilíbrio que manteve os feudos planetários entrará em colapso.

Alia se recusou a considerar essa possibilidade.

– Seguiremos em frente com o que temos – ela disse. – E o que temos é um certo conhecimento de todas as esferas da diretoria da CHOAM de que *podemos* destruir a especiaria se nos forçarem a isso. Eles não vão correr esse risco.

– De volta à CHOAM – murmurou Irulan.

– A menos que alguém tenha conseguido duplicar o ciclo da truta da areia e do verme da areia em outro planeta – Idaho sugeriu. Olhando com ar especulativo para Irulan, mostrou-se excitado com a pergunta: – Salusa Secundus?

– Meus contatos ali continuam confiáveis – Irulan retrucou. – Salusa, não.

– Então, minha resposta ainda serve – Alia insistiu, encarando Idaho. – Seguimos em frente com o que temos.

Agora é a *minha* vez. Ele perguntou:

– Por que você me tirou de uma *tarefa importante*? Você poderia ter entendido isso tudo sozinha.

– Não fale nesse tom comigo! – Alia rebateu, rápida.

Os olhos de Idaho se arregalaram. Por um instante, ele tinha captado o alienígena no rosto de Alia, e tinha sido uma visão desconcertante. Ele voltou a atenção para Irulan, mas ela não havia visto nada, ou pelo menos aparentava que não.

– Não preciso de uma educação elementar – Alia rosnou, e em sua voz ainda se distinguia uma raiva alheia.

Idaho conseguiu montar um sorriso brincalhão, mas seu peito doía.

– Nunca nos afastamos muito da riqueza e de todas as suas máscaras quando lidamos com o poder – Irulan comentou, mastigando as palavras. – Paul era uma mutação social e, sendo assim, temos de nos lembrar que ele mudou o antigo equilíbrio das riquezas.

– Essas mutações não são irreversíveis – Alia disse enquanto se afastava deles, como se não tivesse exposto sua terrível diferença. – Onde quer que exista riqueza neste império, eles sabem.

– Eles também sabem que existem três pessoas capazes de perpetuar essa mutação: os gêmeos e... – e Irulan apontou para Alia.

Mas estão as duas loucas?, Idaho cogitou.

– Eles tentarão me assassinar! – Alia grasnou.

E Idaho permaneceu sentado, em silêncio, chocado, com sua consciência Mentat rodopiando. Assassinar Alia? Por quê? Eles podiam desacreditá-la com extrema facilidade. Podiam eliminá-la do coletivo fremen e então caçá-la à vontade. Mas os gêmeos, agora... Ele sabia que não estava num estado mental calmo o suficiente para uma avaliação Mentat, mas tinha de tentar. Tinha de ser tão preciso quanto possível. Ao mesmo tempo, ele sabia que um pensamento preciso continha absolutos não digeridos. A natureza não era precisa. O universo não era preciso quando reduzido à escala dele, Idaho. Era vago e indistinto, cheio de movimentos e mudanças inesperadas. Como um todo, a humanidade tinha de ser introduzida nesta computação como um fenômeno natural. E o processo todo de análise com precisão representava amputações, implicava uma retirada de algo da corrente em fluxo no universo. Ele tinha de acessar essa corrente, enxergá-la em movimento.

— Estávamos certos ao focar nossa atenção na CHOAM e no Landsraad — comentou Irulan sem pressa. — E a sugestão de Duncan oferece uma primeira linha de raciocínio para...

— O dinheiro, como tradução de energia, não pode ser separado da energia que expressa — Alia pontificou. — Todos sabemos disso. Mas temos de responder a três perguntas específicas: Quando? Usando que armas? Onde?

Os gêmeos... os gêmeos, Idaho pensou. *São os gêmeos que correm perigo; não Alia.*

— Você não tem interesse em quem ou como? — Irulan questionou.

— Se a Casa Corrino ou a CHOAM, ou qualquer outro grupo, empregar instrumentos humanos neste planeta — Alia explicou —, temos mais de 60% de chance de encontrá-los antes que eles entrem em ação. Saber quando eles agirão e onde nos dá uma vantagem muito maior. Como? Isso é o mesmo que perguntar somente *com que armas*.

Por que elas não conseguem ver do jeito que eu vejo?, Idaho matutou.

— Muito bem — concedeu Irulan. — Quando?

— Quando a atenção estiver dirigida para outra pessoa — Alia respondeu.

— Na Convocação, a atenção estava voltada para sua mãe — Irulan apontou. — Não houve tentativa.

— Lugar errado — Alia argumentou.

O que ela está fazendo?, Idaho se perguntou.

— Onde, então? — Irulan insistiu.

— Bem aqui, no Forte — Alia sugeriu. — É o lugar onde eu me sinto mais segura e onde fico menos em guarda.

— E com que armas? — continuou Irulan.

— Convencionais, algo que um fremen poderia levar escondido: uma dagacris envenenada, uma pistola maula...

— Já faz muito tempo que eles não empregam um caçador-buscador — Irulan lembrou.

— Não iria funcionar no meio da multidão — Alia contrapôs. — Vai ser preciso uma multidão.

— Arma biológica? — Irulan perguntou.

– Um agente infeccioso? – Alia questionou, sem esconder sua incredulidade. Como é que Irulan podia pensar que um agente infeccioso teria êxito contra as barreiras imunológicas que protegiam um Atreides?

– Eu estava pensando mais em termos de algum animal – Irulan explicou. – Um animal doméstico de pequeno porte, por exemplo, treinado para morder uma vítima específica, injetando veneno com as presas.

– As doninhas da Casa impediriam isso – Alia retrucou.

– E uma *delas*, então? – Irulan indagou.

– Não poderia dar certo. As doninhas da Casa rejeitarão algo de fora, matarão a criatura. Você sabe disso.

– Estava apenas aventando possibilidades, na esperança de que...

– Vou alertar a minha guarda – disse Alia.

Quando Alia disse *guarda*, Idaho cobriu seus olhos tleilaxu com a mão, tentando bloquear o exigente envolvimento que o inundava. Era rhajia, o movimento do Infinito expresso pela Vida, a taça latente de imersão total na consciência Mentat que estava à espera de todo Mentat. Ela lançaria sua consciência sobre o universo como uma rede, que cairia e definiria as formas embaixo dela. Ele viu os gêmeos agachados na escuridão enquanto garras gigantescas rastelavam o ar em torno deles.

– Não – ele sussurrou.

– O quê? – Alia olhou para ele como se estivesse surpresa por ele ainda continuar ali.

Ele tirou a mão de cima dos olhos.

– Onde estão as roupas que a Casa Corrino mandou? – ele perguntou. – Já foram enviadas para os gêmeos?

– Claro – informou Irulan. – São perfeitamente seguras.

– Ninguém está atrás dos gêmeos em Sietch Tabr – Alia resmungou. – Não com todos aqueles guardas treinados por Stilgar em volta deles.

Idaho encarou Alia firmemente. Ele não tinha dados específicos para sustentar um debate baseado em computações Mentat, mas ele sabia. *Ele sabia*. Aquela coisa que ele havia vivenciado tinha chegado muito perto do poder visionário que Paul tinha conhecido. Nem Irulan, nem Alia iriam acreditar nisso, vindo dele.

– Gostaria de alertar as autoridades portuárias para que não autorizem a importação de animais de fora – ele pediu.

– Você não está levando a ideia de Irulan a sério – Alia protestou.

— E por que correr riscos? — ele perguntou.

— Diga isso para os contrabandistas — Alia falou — e eu vou colocar minha confiança nas doninhas da Casa.

Idaho sacudiu a cabeça. O que as doninhas da Casa poderiam fazer contra garras do tamanho daquelas que ele tinha visualizado? Mas Alia estava certa. Suborno nos lugares certos, um navegador da Guilda que topasse o jogo, e qualquer lugar no Quadrante Vazio se tornaria um porto de aterrissagem. A Guilda não resistiria a uma posição frontal na eventualidade de algum ataque à Casa Atreides, mas se o preço fosse alto o suficiente... Bem, a Guilda só poderia ser vista como uma espécie de barreira geológica que dificultava os ataques, mas não os tornava impossíveis. Eles sempre poderiam protestar que eram somente "uma agência de transporte". Como poderiam saber a utilidade específica de qualquer carga que chegasse?

Alia rompeu o silêncio com um gesto puramente fremen, o punho erguido com o polegar na horizontal. Ela acompanhou esse gesto com um expletivo tradicional que queria dizer "eu presenteio com o Conflito Tufão". Evidentemente, ela se via como o único alvo lógico de assassinos, e esse gesto anunciava um universo repleto de ameaças indigestas. Ela estava dizendo que desencadearia o vento da morte contra qualquer um que a atacasse.

Idaho sentiu a inutilidade de qualquer objeção. Ele viu que ela não desconfiava mais dele. Ele iria de volta para Tabr e ela esperava um rapto perfeitamente executado de lady Jéssica. Ele se levantou do divã movido por uma onda de adrenalina raivosa, pensando: *Ah, se pelo menos o alvo fosse Alia! Se pelo menos os assassinos pusessem as mãos nela!* Por um instante, ele descansou a mão em sua própria faca, mas não estava nele fazer isso. Muito melhor seria, ele pensou, que ela morresse como mártir do que viver para ser desacreditada e caçada até encontrar seu túmulo na areia.

— Sim — Alia comentou, interpretando errado a expressão no rosto dele como preocupação por ela —, é melhor que volte rapidamente para Tabr. — E pensava: *Que idiotice a minha desconfiar de Duncan! Ele é meu, não de Jéssica!* Tinha sido a exigência das tribos que a havia afligido, pensou Alia. Ela fez um aceno de despedida para Idaho quando ele saiu.

Idaho deixou a Câmara do Conselho se sentindo impotente. Não apenas Alia estava cega para sua possessão por uma entidade alheia, como se tornava mais insana a cada crise. Ela já havia ultrapassado o ponto do perigo e estava condenada. Mas o que podia ser feito pelos gêmeos? A quem ele poderia convencer? Stilgar? E o que Stilgar poderia fazer que já não estaria fazendo?

Lady Jéssica, então?

Sim, ele iria explorar essa possibilidade, mas ela também já poderia estar muito intensamente envolvida em suas articulações com a Irmandade. Ele alimentava poucas ilusões a respeito daquela concubina Atreides. Ela poderia fazer qualquer coisa que as Bene Gesserit ordenassem, inclusive se voltar contra os próprios netos.

> **O bom governo nunca depende de leis, mas das qualidades pessoais dos que governam. A máquina do governo sempre está subordinada à vontade daqueles que administram essa máquina. Portanto, o elemento mais importante do governo é o método de escolha dos líderes.**
>
> – Lei e governança, **Manual da Guilda Espacial**

Por que Alia quis que eu participasse da audiência desta manhã?, Jéssica se perguntou. *Não votaram a favor do meu retorno ao Conselho.*

Jéssica estava na antessala do Grande Salão do Forte. Essa antessala teria sido, ela mesma, um grande recinto em qualquer outro lugar além de Arrakis. Seguindo a tendência dos Atreides, as construções em Arrakina tinham se tornado cada vez mais gigantescas, acompanhando a concentração de riqueza e poder, e esse salão era o exemplo perfeito de sua desconfiança. Ela não gostava dessa antessala com seu chão de piso frio, retratando a vitória de seu filho sobre Shaddam IV.

Jéssica viu um reflexo de seu rosto na porta lustrosa de açoplás que dava acesso ao Grande Salão. O retorno a Duna impunha a ela essas espécies de comparação, e Jéssica reparou apenas nos sinais de envelhecimento em seus próprios traços: o rosto oval tinha criado rugas leves e os olhos emitiam um tom mais frágil de índigo. Ela conseguia se lembrar de um tempo em que havia uma região branca em torno do azul de seus olhos. Somente os cuidados especializados de um cabeleireiro profissional é que mantinham o bronze luzidio de seus cabelos. Seu nariz continuava pequeno; a boca, generosa, e seu corpo se mantinha esguio, mas até mesmo músculos treinados na disciplina Bene Gesserit eram propensos a reagir com lentidão com a passagem do tempo. Alguns podiam não notar isso e até dizer: "Você não mudou nada!", mas o treinamento da Irmandade era uma faca de dois gumes. As pequenas mudanças raramente escapavam à percepção de pessoas submetidas a tal treinamento.

E a ausência de pequenas mudanças em Alia não havia escapado à atenção de Jéssica.

Javid, chefe de cerimonial de Alia, estava parado sob a soleira da enorme porta, muito zeloso de seu cargo oficial naquela manhã. Ele era um gênio de manto, com um sorriso cínico em seu rosto redondo. Jéssica achava Javid um verdadeiro paradoxo: ele era um fremen bem alimentado. Notando a atenção que ela lhe dava, Javid sorriu em reconhecimento e encolheu os ombros. Sua participação como parte do séquito de Jéssica tinha sido breve, como já sabia que seria. Ele odiava os Atreides, mas era o homem de Alia em mais de um sentido, se os boatos fossem verdadeiros.

Jéssica percebeu o movimento de ombros dele e pensou: *Esta é a era do dar de ombros. Ele sabe que já ouvi todas as histórias a seu respeito e não se importa. Nossa civilização poderia muito bem falecer de sua própria indiferença bem antes de sucumbir a algum ataque externo.*

Os guardas que Gurney tinha destacado para protegê-la antes de partir ao encontro dos contrabandistas e do deserto não tinham apreciado o fato de ela ter vindo para Arrakis sem a companhia deles. Mas Jéssica se sentia estranhamente a salvo. Que alguém a tornasse uma mártir nesse lugar: a isso Alia não conseguiria sobreviver. E Alia devia saber disso muito bem.

Quando Jéssica não respondeu ao movimento de ombros dele, nem ao seu sorriso, Javid tossiu, uma eructação perturbadora em sua laringe que só podia ter sido alcançada com muita prática. Era como uma língua secreta. Significava: "Nós entendemos o absurdo de toda esta pompa, milady. Não é mesmo maravilhoso em que os humanos são levados a acreditar?!".

Maravilhoso!, Jéssica concordou, mas seu rosto não dava nenhum indício de seus pensamentos.

Agora, aquela antessala estava cheia. Todos os suplicantes autorizados da manhã tinham recebido do pessoal de Javid o direito de entrar no recinto. As portas externas tinham sido fechadas. Os suplicantes e os visitantes mantinham-se a uma distância educada de Jéssica, mas observaram que ela usava o manto aba preta formal de uma Reverenda Madre fremen. Isso provocaria muitas questões. Nenhuma marca do sacerdócio de Muad'Dib podia ser vista em sua pessoa. As conversas seguiam em tom baixo enquanto as pessoas dividiam sua atenção entre Jéssica e a pequena porta lateral por onde Alia entraria para conduzi-los para o Grande Salão. Estava evidente para Jéssica que o antigo padrão que definia onde se situavam os poderes da Regência tinha sido abalado.

Fiz isso simplesmente vindo até aqui, ela pensou. *Mas vim porque Alia me convidou.*

Ao ler os sinais da perturbação, Jéssica se deu conta de que Alia estava deliberadamente prolongando esse momento, deixando que as correntes sutis seguissem seu curso ali. Alia estaria certamente espiando por trás de uma fresta. Poucas eram as sutilezas da conduta de Alia que escapavam a Jéssica, e ela sentia, a cada minuto que passava, como tinha sido acertado aceitar a missão que a Irmandade lhe havia destinado.

– A situação não pode continuar do jeito que está – a líder da delegação Bene Gesserit tinha afirmado. – Sem dúvida, os sinais da decadência não escaparam à sua atenção, principalmente a você! Sabemos por que você nos deixou, mas também sabemos como você foi treinada. Nada em sua educação foi limitado. Você é uma adepta da panoplia propheticus e deve saber quando a debilidade de uma religião poderosa coloca todos sob ameaça.

Jéssica tinha enrugado os lábios enquanto pensava, com o olhar lançado através da janela, percebendo os leves sinais da primavera que chegava ao Castelo Caladan. Ela não gostava de encaminhar seu pensamento de uma maneira tão lógica. Uma das primeiras lições da Irmandade tinha sido resguardar uma atitude de desconfiança e questionamento com relação a qualquer coisa que surgisse com aparência lógica. Mas as integrantes da delegação também sabiam disso.

Olhando em torno da antessala de Alia, Jéssica se lembrou de como o ar tinha estado úmido naquela outra manhã. Fresco e úmido. Aqui, predominava uma umidade pegajosa no ar que despertava em Jéssica uma sensação de inquietação. Então ela pensou: *Voltei ao modo fremen*. O ar naquele sietch acima do solo era úmido demais. O que havia de errado com o Mestre das Destilarias? Paul jamais teria permitido tal desatenção.

Ela notou que Javid, com o rosto brilhante e alerta e uma fisionomia adequada, parecia não ter percebido a falta de umidade no ar da antessala. Para alguém nascido em Arrakis isso era um mau treinamento.

As integrantes da delegação Bene Gesserit tinham querido saber se ela exigiria provas do que estava sendo alegado. Ela lhes dera uma resposta irritada, extraída dos próprios manuais que acatavam: "Todas as provas inevitavelmente levam a proposições que não têm provas! Todas as coisas são sabidas porque queremos acreditar nelas".

– Mas submetemos essas perguntas aos Mentat – a líder da delegação retrucara, em protesto.

Jéssica ficara olhando para aquela mulher, atônita.

– Fico extasiada com o fato de você ter alcançado sua atual posição e ainda não estar a par dos limites dos Mentat – Jéssica dissera.

Diante disso, a delegação relaxara. Aparentemente, tinha sido tudo um teste, e ela havia passado. Naturalmente, as Bene Gesserit tinham receado que ela houvesse perdido o contato com aquelas capacidades equilibradoras que eram o próprio eixo do seu treinamento.

Agora, Jéssica entrara suavemente em estado de alerta porque Javid saíra de sua posição à porta e se aproximara dela. Ele se inclinou numa mesura e disse:

– Milady, ocorreu-me que você talvez não tenha ouvido a mais recente performance do Pregador.

– Recebo informes diários de tudo que acontece aqui – Jéssica devolveu. *Que ele leve isso até os ouvidos de Alia!*

Javid sorriu.

– Então, sabe que ele faz discursos contra sua família. Na noite passada, inclusive, ele pregou no subúrbio ao sul e ninguém ousou encostar a mão nele. Naturalmente, você sabe por quê.

– Porque eles acham que ele é o meu filho que voltou para eles – Jéssica respondeu com a voz entediada.

– Esta questão ainda não foi levada ao conhecimento do Mentat Idaho – Javid comentou. – Talvez isso deva ser feito para que essa questão seja resolvida.

Jéssica pensou: *Aqui está uma criatura que realmente não sabe quais são os limites de um Mentat, embora ouse colocar chifres na testa de um deles... pelo menos em seus sonhos, senão de fato.*

– Os Mentat compartilham as mesmas deficiências daqueles que os usam – ela murmurou. – A mente humana, como é o caso da mente de qualquer animal, é uma câmara de ressonância. Ela reage a ressonâncias do ambiente. O Mentat aprendeu a ampliar sua percepção consciente através de muitos elos paralelos de causalidade e a acompanhar o trajeto desses elos ao longo de extensos encadeamentos de consequências. – *Deixe-o digerir isso.*

– Então, esse Pregador não a incomoda? – Javid indagou, e sua voz de repente tinha se mostrado formal e portentosa.

– Para mim ele é um sinal saudável – ela respondeu. – Não quero que ele seja incomodado.

Javid evidentemente não tinha antecipado uma resposta tão acintosa. Tentou sorrir, mas não pôde.

– O Conselho regente da igreja que deifica seu filho irá sem dúvida concordar com seu desejo, se você insistir. Mas certamente alguma explicação...

– Talvez seja melhor você explicar como é que *eu* me encaixo nos esquemas que você articula – ela o cortou.

Javid encarou-a de olhos duros, bem de perto.

– Milady, não vejo motivo lógico pelo qual vos recusais a denunciar esse Pregador. Ele não pode ser vosso filho. Apresento uma solicitação razoável: denunciai-o.

Isso tudo foi bem ensaiado, Jéssica pensou. *Alia o obrigou a tanto.*

E Jéssica disse:

– Não.

– Mas ele desonra o nome de vosso filho! Ele prega coisas abomináveis contra vossa santa filha. Incita a população contra nós. Quando o interrogaram, ele disse que até vós possuís a natureza do mal e que vossa...

– Basta de tanta asneira! – Jéssica exclamou. – Diga a Alia que me recuso. Desde que voltei não ouvi nada além de boatos a respeito desse Pregador. Ele me cansa.

– Será que vos cansa, madame, saber que, no último sermão desabonador que ele fez, ele disse que a senhora não se voltaria contra ele? E aqui, claramente, a senhora...

– Mesmo eu sendo tão má, ainda assim não irei denunciá-lo – ela insistiu.

– Esta não é uma questão trivial, senhora!

Jéssica fez um aceno irritado com a mão.

– Vá embora! – e ela falou com suficiente poder e autoridade para os outros ouvirem, o que o forçou a obedecer.

Os olhos de Javid faiscavam enfurecidos, mas ele conseguiu fazer uma mesura rígida e voltar ao seu posto junto à porta.

Essa discussão se encaixava perfeitamente nas observações que Jéssica já tinha feito. Quando falava de Alia, a voz de Javid vinha embalada num timbre rouco como o de um amante; não havia como se enganar quanto a isso. Os boatos eram sem dúvida verdadeiros. Alia permitira que sua vida degenerasse de um modo terrível. Percebendo isso, Jéssica começou a alimentar a suspeita de que Alia pudesse ser uma participante voluntária na Abominação. Seria esse um caso de perversa vontade de autodestruição? Porque sem dúvida Alia estava trabalhando para se destruir e destruir toda a base de poder que se sustentava nos ensinamentos de seu irmão.

Tênues sensações de desassossego começaram a se tornar aparentes na antessala. Os apaixonados por esse lugar sabiam quando Alia estava demorando demais e, a essa altura, já teriam ouvido que Jéssica se desvencilhara de modo peremptório do favorito de sua filha.

Jéssica suspirou. Ela sentia que seu corpo tinha andado até chegar a essa sala e sua alma viera se arrastando atrás. Os movimentos dos membros da corte eram tão transparentes! A busca das pessoas importantes era uma dança como o vento que varre um campo de talos de cereal. Os habitantes mais sofisticados desse lugar franziam a testa e aplicavam números classificatórios de acordo com a importância de cada um de seus pares. Obviamente ela ter descartado Javid fora um estrago para ele; eram poucos os que lhe dirigiam a palavra agora. Mas e os outros! O olho treinado de Jéssica podia ler a classificação de cada um dos satélites ao redor dos poderosos.

Essas pessoas não ficam ao meu redor porque sou perigosa, ela pensou. *Tenho o cheiro ruim de alguém que Alia teme.*

Jéssica lançou o olhar em torno, percebendo como os outros desviavam os olhos. Eram todas pessoas tão seriamente fúteis que ela mesma se percebeu com vontade de denunciar suas justificativas bem alinhavadas para vidas sem sentido. Oh, se pelo menos O Pregador pudesse ver como estava aquela sala agora!

Um fragmento de uma conversa ali perto chamou-lhe a atenção. Um sacerdote alto e magro estava se dirigindo a seus acompanhantes, sem dúvida um grupo de suplicantes reunido sob seus auspícios:

– Muitas vezes devo falar de um modo diverso de como penso – ele dizia. – Isso se chama diplomacia.

A risada resultante foi um pouco alta demais, e se calou depressa. As pessoas desse grupo perceberam que Jéssica tinha ouvido.

Meu duque teria transportado essa criatura para o buraco dos infernos mais remoto que existe!, Jéssica pensou. *Voltei bem a tempo.*

Agora ela estava vendo como tinha vivido na longínqua Caladan, dentro de uma cápsula de isolamento que só lhe havia permitido a intrusão dos mais notórios excessos de Alia. *Contribuí para a minha própria existência onírica*, ela pensou. Caladan tinha sido algo como um isolamento fornecido por uma fragata que navegasse em total segurança sob a proteção de um paquete da Guilda. Somente as manobras mais violentas podiam ser percebidas e, ainda assim, como se tivessem sido os movimentos mais delicados.

Como é sedutor viver em paz, ela pensou.

Quanto mais ela via a corte de Alia, mais simpatia Jéssica sentia pelas palavras que lhe diziam ter sido proferidas por esse Pregador cego. Sim, Paul poderia ter dito essas mesmas palavras se visse o que tinha sido feito com seu reino. E Jéssica se perguntava o que Gurney poderia ter descoberto entre os contrabandistas.

A primeira reação dela a Arrakina tinha sido a correta – agora Jéssica se dava conta disso. Naquela sua primeira incursão pela cidade com Javid, ela havia prestado atenção nas telas de proteção como armaduras em torno das casas, nos caminhos e vielas fortemente guarnecidos de guardas, nos pacientes observadores a cada esquina, nas paredes altas e nos indícios de fundos recintos subterrâneos que fundações grossas revelavam. Arrakina tinha se transformado num lugar sem generosidade, num lugar contido, nada razoável e arrogante em suas certezas e contornos inamistosos.

A pequena porta lateral da antessala foi aberta abruptamente. Uma vanguarda de amazonas sacerdotisas irrompeu pela sala com Alia escudada atrás delas, altiva e se movimentando com a confinada consciência de um poder real e terrível. O rosto de Alia estava controlado, sem o menor vestígio de emoção, nem quando sua mirada fixou a de sua mãe e a capturou. As duas, porém, sabiam que a batalha tinha tido início.

Ao comando de Javid, as portas gigantescas que davam para o Grande Salão foram abertas de par em par, movendo-se com a sensação silenciosa e inevitável de energias ocultas.

Alia chegou perto da mãe, e as guardas as rodearam.

– Entramos agora, mãe? – Alia perguntou.

– Está mais do que na hora – Jéssica respondeu. E ela pensou, vendo uma expressão triunfante nos olhos de Alia: *Ela acha que pode me destruir e continuar intacta! Está louca!*

Frank Herbert

E Jéssica ponderou se isso talvez não seria o que Idaho tinha querido. Ele havia mandado um recado, mas ela não tivera condições de responder. Uma mensagem muito enigmática: *"Perigo. Preciso ver você"*. Tinha sido escrita numa variação do antigo chakobsa, idioma em que o termo especificamente escolhido para denotar perigo significava complô.

Irei vê-lo imediatamente, assim que retornar a Tabr, ela pensou.

> **Esta é a falácia do poder: em última análise, o poder só é efetivo num universo absoluto e limitado. Mas a lição básica de nosso universo relativo é que as coisas mudam. Todo poder deve sempre encontrar um poder maior. Paul Muad'Dib ensinou essa lição aos Sardaukar nas planícies de Arrakina. Seus descendentes ainda têm de aprender essa lição por si mesmos.**
>
> – O Pregador, em Arrakina

O primeiro suplicante da audiência da manhã era um trovador kadeshiano, um peregrino do hajj cuja bolsa tinha sido esvaziada pelos mercenários de Arrakina. Ele estava em pé sobre as pedras verde-água do piso daquele recinto sem dar a menor impressão de que estava esmolando.

Instalada no alto de uma plataforma de sete degraus, ao lado de Alia, Jéssica admirou a audácia do sujeito. Tronos idênticos tinham sido instalados ali para a mãe e a filha, e Jéssica notou em particular o fato de que Alia se sentara à direita, na posição *masculina*.

Quanto ao trovador kadeshiano, era óbvio que o pessoal de Javid o havia admitido justamente pela qualidade que ele agora transmitia, sua audácia. Esperava-se do trovador que oferecesse um pouco de entretenimento aos cortesãos no Grande Salão; era o pagamento que receberia em vez do dinheiro que não tinha mais.

Com base no relato do Sacerdote-Advogado que agora fazia a defesa do caso do trovador, o kadeshiano tinha conservado somente a roupa do corpo e o baliset atravessado ao ombro, preso por uma tira de couro.

– Ele disse que lhe deram uma bebida escura – contou o Advogado, mal e mal disfarçando o sorriso que tentava subir-lhe à boca. – Se lhe apraz, Sua Santidade, a bebida deixou-o paralisado, mas acordado, enquanto sua bolsa era cortada.

Jéssica estudou o trovador enquanto o Advogado arengava e se repetia, com falsa subserviência e a voz cheia de um moralismo sórdido. O kadeshiano era alto, teria facilmente dois metros. Seus olhos eram rápidos, demonstrando inteligência, estado de alerta e bom humor. Seus cabelos dourados chegavam aos ombros, como era o estilo naquele planeta, e havia uma sensação de força viril no peito largo e no corpo finamente trabalhado que o manto cinza do hajj não podia disfarçar. Chamava-se Tagir Mohandis e descendia de engenheiros mercantis. Era um homem orgulhoso de seus ancestrais e de si mesmo.

Alia finalmente atalhou a interminável súplica com um aceno de mão e falou sem se virar para a mãe:

– Lady Jéssica pronunciará o primeiro julgamento em honra de seu regresso para nós.

– Obrigada, filha – Jéssica disse, reafirmando a ordem de ascendência para quem quisesse ouvir. *Filha!* Então, esse Tagir Mohandis fazia parte do plano deles. Ou seria uma marionete inocente? Esse julgamento se destinava a abrir o ataque contra si mesmo, Jéssica percebeu. Isso era óbvio pela atitude de Alia.

– Você toca bem esse instrumento? – Jéssica indagou, mostrando o baliset de nove cordas no ombro do trovador.

– Tão bem quanto o grande Gurney Halleck em pessoa! – Tagir Mohandis falava alto para que todos ali pudessem ouvir, e suas palavras despertaram o interesse dos cortesãos, que se agitaram um pouco.

– Você pede a doação do dinheiro do transporte – Jéssica observou. – Aonde esse dinheiro o levaria?

– Para Salusa Secundus e a corte de Farad'n – Mohandis respondeu. – Ouvi dizer que ele está procurando trovadores e menestréis, que ele apoia as artes e que constrói uma grande renascença de vida instruída ao seu redor.

Jéssica refreou sua vontade de olhar rapidamente para Alia. Elas sabiam o que Mohandis ia pedir, é claro. Ela sentiu que se divertia com esse subterfúgio. Será que pensavam que ela não era capaz de enfrentar essa estocada?

– Você pode tocar em troca de sua passagem? – Jéssica perguntou. – Meus termos são os termos fremen. Se eu gostar de sua música, posso mantê-lo por aqui para amenizar minhas preocupações. Se sua música me ofender, posso mandá-lo labutar no deserto para obter o dinheiro de sua passagem. Se achar que seu desempenho é justamente o que serve para Farad'n, que dizem ser inimigo dos Atreides, então vou mandá-lo para ele com a minha bênção. Você vai tocar nessas condições, Tagir Mohandis?

Ele jogou a cabeça para trás e soltou uma estrondosa gargalhada. O cabelo loiro dele dançou quando ele tirou o instrumento do ombro e o afinou com habilidade, indicando que aceitava o desafio.

A multidão ali dentro começou a se aproximar, mas as pessoas foram contidas em seus lugares pelos cortesãos e pelos guardas.

Então, Mohandis dedilhou um acorde, segurando a corda lateral do baixo numa nota longa, dando uma refinada atenção à sua sedutora vibração. Então, erguendo a voz melodiosa de um tenor, cantou um evidente improviso, mas com uma execução tão primorosa que Jéssica ficou fascinada antes que pudesse prestar mais atenção à letra:

Você diz que anseia pelos mares de Caladan,
Onde um dia foi regente, Atreides,
Inniterruptamente...
Mas exilados habitam em terras de estranhos!

Você diz que eram amargos, homens rudes
Vendendo seus sonhos de Shai-hulud
Por comida sem gosto...
E, exilados, habitam terras de estranhos.

Você faz Arrakis adoecer
Silencia a passagem do verme
E, termina seu prazo...
Como exilados, habitando terras de estranhos.

Alia! Eles a chamam de Jovem Coan
Aquele espírito que nunca é visto
Até...

– *Basta!* – Alia gritou. Ela se ergueu do trono, quase saindo dele. – Vou te mandar...

– Alia! – Jéssica exclamou em voz alta, num timbre preciso o suficiente para evitar um confronto e, ao mesmo tempo, chamar a atenção de todos os presentes. Era um uso exímio da Voz, e todos que a ouviram reconheceram o domínio do poder que havia em tal demonstração. Alia despencou novamente em seu assento, e Jéssica reparou que ela não aparentava nenhum desconforto.

Isso também já era esperado, Jéssica pensou. *Que coisa mais interessante.*

– O julgamento deste primeiro caso é meu – ela lembrou à filha.

– Muito bem – as palavras de Alia eram praticamente inaudíveis.

– Acho que este é um presente muito adequado para Farad'n – Jéssica sentenciou. – Tem uma língua que corta como dagacris. A sangria que uma língua tão afiada pode administrar seria bem saudável para nossa própria corte, mas prefiro que seja ministrada à Casa Corrino.

Uma leve ondulação de risadinhas se disseminou pelo salão.

Alia se permitiu expirar e bufar ao mesmo tempo.

– Você sabe do que ele me chamou?

– Ele não a chamou de nada, filha. Ele apenas relatou o que ele ou qualquer outra pessoa poderia ouvir nas ruas. Lá eles a chamam de Jovem Coan...

– O espírito feminino da morte que caminha sem pés – Alia retrucou com desdém.

– Se você descartar os que relatam as coisas com exatidão, só conservará aqueles que sabem o que você deseja ouvir – Jéssica assinalou com voz doce. – Não consigo imaginar nada mais venenoso do que apodrecer na bacia de seu próprio reflexo.

Sons audíveis de pessoas perdendo o fôlego e engasgando vinham de quem estava imediatamente aos pés do trono.

Jéssica focalizou a atenção em Mohandis, que continuava calado e em pé, totalmente não acovardado. Ele esperava fosse qual fosse o julgamento que lhe dessem como se isso não importasse. Era exatamente o tipo de homem que seu duque teria escolhido para manter a seu lado em momentos de inquietação – alguém que agia com confiança em seu próprio discernimento, mas que aceitava o que lhe viesse pela frente, inclusive a morte, sem amaldiçoar seu destino. Então por que ele havia escolhido esse caminho?

– Por que você cantou essa letra em especial? – Jéssica perguntou a ele.

Ele levantou a cabeça para falar mais claramente:

– Eu tinha ouvido dizer que os Atreides eram honrados e tinham mentalidade aberta. Pensei em testar essa informação e talvez permanecer aqui, a serviço de vocês, e com isso ter tempo de ir em busca daqueles que me furtaram e dar-lhes o tratamento que acho adequado.

– Ele ousa nos testar! – Alia resmungou.

– E por que não? – Jéssica perguntou.

Ela dirigiu um sorriso até lá embaixo onde estava o trovador para sinalizar sua boa vontade. Ele tinha entrado naquele recinto somente porque lhe oferecia a chance de ter outra aventura, outra passagem através do universo dele. Jéssica sentiu-se tentada a integrá-lo ao seu séquito pessoal, mas a reação de Alia sinalizava maus ventos para o bravo Mohandis. Havia também aqueles sinais que diziam que essa era a atitude esperada de lady Jéssica: integrar um belo e bravo trovador à sua equipe de serviços, assim como havia feito com Gurney Halleck. Era melhor que Mohandis fosse despachado para seguir seu caminho, embora fosse uma pena perder um espécime tão raro para Farad'n.

– Ele deve ir para Farad'n – Jéssica decidiu. – Que ele receba o dinheiro para essa passagem. Que a língua desse trovador arranque sangue da Casa Corrino e vejamos como ele sobrevive a isso.

Alia mirou o chão e então produziu um sorriso atrasado.

– A sabedoria de lady Jéssica prevalece – ela anuiu e, com um aceno, dispensou Mohandis.

Isso não saiu do jeito que ela queria, Jéssica pensou, mas havia indícios nos modos de Alia de que haveria um teste mais potente.

Trouxeram outro suplicante até o trono.

Reparando na reação de sua filha, Jéssica sentiu a dúvida mordendo-a por dentro. A lição aprendida com os gêmeos era necessária agora. Mesmo se Alia fosse a *Abominação*, ainda assim ela era uma pré-nascida. Ela podia conhecer sua mãe na mesma medida em que Jéssica se conhecia. Não importava que Alia pudesse se enganar na avaliação da reação de sua mãe ao trovador. *Por que Alia encenava esse confronto? Para me desviar a atenção?*

Não havia mais tempo para refletir. O segundo suplicante tinha sido trazido até o lugar reservado para eles, ao pé do par de tronos, com seu Advogado ao lado.

Era um fremen desta vez, um velho com as marcas de areia dos nascidos no deserto em seu rosto. Não era um suplicante alto, mas tinha um corpo atlético, e a longa *dishdasha* normalmente usada sobre o trajestilador lhe conferia uma aparência majestosa. O manto condizia com seu rosto afilado e o nariz adunco e com os olhos totalmente azuis, que encaravam a cena sem piscar. Não estava usando o trajestilador e parecia desconfortável sem ele. O espaço gigantesco do Salão de Audiências devia parecer-lhe o ar livre perigoso que privava sua carne da inestimável umidade. Sob o capuz, parcialmente caído para trás, ele usava o *keffiya* trançado na cabeça, o adorno clássico dos naibs.

– Sou Ghadhean al-Fali – ele se apresentou, apoiando um pé nos degraus que levavam ao trono, indicando desse modo que seu *status* era superior ao da multidão. – Fui um membro dos comandos suicidas de Muad'Dib e estou aqui por causa de uma questão do deserto.

Alia ficou apenas levemente tensa: era uma pequena traição, já que o nome de Al-Fali tinha integrado a solicitação para reinstalar Jéssica no Conselho.

Uma questão do deserto!, Jéssica pensou.

Ghadhean al-Fali tinha falado antes que seu Advogado pudesse dar início à petição. Com essa frase formal dos fremen, ele as havia notificado de que estava trazendo um assunto que era de interesse de Duna inteiro – e, além disso, tinha falado com a autoridade de um Fedaykin que tinha oferecido a própria vida ao lado da de Paul Muad'Dib. Jéssica duvidava de que fora isso que Ghadhean al-Fali tinha dito a Javid ou ao Advogado-geral para conseguir essa audiência. Sua suposição se confirmou quando ela viu um oficial do Sacerdócio correr para a frente, vindo do fundo do salão, abanando no ar a flâmula preta da interrupção.

– Senhoras! – o oficial exclamou. – Não deem ouvidos a este homem! Ele veio com uma falsa alegação...

Vendo como aquele sacerdote havia corrido na direção do trono, Jéssica também tinha captado um movimento com sua visão periférica, quando Alia usara um gesto de mão da velha língua de batalha dos Atreides, que queria dizer *Agora!*. Jéssica não conseguiu identificar para quem o sinal tinha sido endereçado, mas agiu instintivamente dando uma guinada para a esquerda, derrubando o trono e tudo. Enquanto caía, rolou para fora do assento, colocou-se em pé e nesse instante ouviu o *spat* seco e agudo do tiro de uma pistola maula... e mais outro. Mas desde o primeiro disparo ela estava se mexendo, só que agora sentia um puxão em sua manga direita. Lançou-se em meio ao enxame de suplicantes e cortesãos reunidos sob o púlpito. Ela viu que Alia não tinha se mexido.

Rodeada pelas pessoas, Jéssica parou.

Ghadhean al-Fali, como ela notou, tinha ido rapidamente para o outro lado do púlpito, mas o Advogado permanecia em sua posição original.

Tudo tinha acontecido com a rapidez de uma emboscada, mas todos no Salão sabiam aonde os reflexos treinados teriam levado qualquer um que fosse pego de surpresa. Alia e o Advogado continuavam imóveis em suas posições.

Uma agitação mais ou menos no meio do recinto chamou a atenção de Jéssica, e ela abriu caminho à força em meio à multidão. Então viu quatro suplicantes contendo o oficial sacerdote. A flâmula preta da interrupção que ele segurava estava no chão, perto de seus pés, e uma pistola maula aparecia nas dobras de suas vestes.

Al-Fali veio rasgando uma brecha, passou por Jéssica e seu olhar foi da pistola para o sacerdote. O fremen explodiu num berro de fúria; de seu cinto os dedos rígidos de sua mão esquerda desferiram um golpe *achag*, pegando o sacerdote pela garganta, e ele desfaleceu, estrangulado. Sem um único olhar para trás na direção do homem que tinha acabado de matar, o velho naib virou-se para o púlpito com uma expressão feroz nos olhos.

– Dalal-il 'an-nubuwwa! – Al-Fali exclamou, colocando as duas palmas das mãos contra a testa, e então as baixou. – O Qadis as-Salaf não me fará silenciar! Se eu não liquidar aqueles que interferem, outros darão cabo deles!

Ele acha que era o alvo, Jéssica entendeu. Ela olhou para baixo, para a manga de seu manto, e enfiou um dedo no buraco redondinho feito pela bala da maula. Envenenada, sem dúvida.

Os suplicantes tinham deixado o sacerdote cair ao chão. Ele se estirou, contorcendo-se e morrendo de asfixia com a laringe esmagada. Jéssica empurrou de lado uns dois cortesãos chocados que se mantinham petrificados à sua esquerda e sentenciou:

– Quero que esse homem seja tratado para ser interrogado. Se ele morrer, vocês morrem! – Como eles hesitassem, olhando de lado para o púlpito, ela usou a Voz para tirá-los do torpor: – Vão!

Os dois saíram dali.

Jéssica chegou bem perto de Al-Fali e deu-lhe um cutucão:

– Você é um tolo, naib! Estavam atrás de mim, não de você.

Várias pessoas ali perto ouviram as palavras de Jéssica. Em meio ao silêncio chocado que se instalou, Al-Fali relanceou os olhos pelo púlpito, com um dos tronos de lado e Alia acomodada no outro. A expressão de compreensão que cobriu seus traços não poderia ter sido interpretada por um novato.

– Fedaykin – Jéssica clamou, lembrando-se dos antigos serviços daquele homem à sua família –, nós que fomos escorraçados sabemos como nos proteger ficando de costas um para o outro.

– Confie em mim, milady – ele concordou, entendendo imediatamente o que ela lhe havia dito.

Um som de voz engasgada atrás de Jéssica a fez rodopiar no mesmo instante, e ela sentiu Al-Fali se movimentando para ficar de costas, rente a ela. Uma mulher usando o traje espalhafatoso de uma fremen urbana estava se endireitando depois de ter ficado ao lado do sacerdote, no chão.

Os dois cortesãos tinham sumido de vista. A mulher nem olhou para Jéssica, mas soltou a voz no chamado ancestral de seu povo, chamado que era destinado àqueles que lidavam com trajestiladores para que viessem e coletassem a água de um corpo e a destinassem à cisterna tribal. Era um som curiosamente incongruente por vir de uma mulher vestida daquele modo. Jéssica sentia a persistência dos velhos costumes ainda que enxergasse claramente a falsidade daquela mulher citadina. A criatura que usava aquela roupa tão vistosa evidentemente tinha acabado de sacrificar o sacerdote para garantir que ele manteria silêncio.

Por que ela se deu a esse trabalho?, Jéssica se perguntou. *Ela só precisava esperar que o homem morresse asfixiado.* Esse era um ato desesperado, um sinal de um medo intenso.

Alia sentou-se na beirada do trono com os olhos faiscando em intensa vigília. Uma mulher esguia, usando o cabelo trançado em nós que identificava a guarda pessoal de Alia, passou ao lado dela com movimentos decididos, debruçou-se sobre o sacerdote, depois se endireitou e olhou para o púlpito:

– Está morto.

– Mande tirá-lo daí – Alia ordenou. Então, moveu a mão para os guardas que estavam ao pé do púlpito. – Endireitem o trono de lady Jéssica.

Então você vai tentar fingir que não aconteceu nada e seguir em frente com toda essa desfaçatez!, Jéssica pensou. Será que Alia pensava que alguém ali teria sido enganado? Al-Fali tinha mencionado o Qadis as-Salaf, invocando os santos pais da mitologia fremen como seus protetores. Mas nenhuma entidade sobrenatural tinha entrado com uma pistola maula naquele salão onde armas não eram permitidas. Uma conspiração envolvendo o pessoal de Javid era a única resposta, e a despreocupação de Alia com sua própria pessoa indicou a todos os presentes que ela fazia parte dessa conspiração.

O velho naib falou para Jéssica, por cima do ombro:

– Aceite minhas desculpas, milady. Nós, do deserto, viemos em sua procura como nossa última esperança, e agora vemos que você ainda precisa de nós.

– O matricídio não combina muito bem com minha filha – Jéssica acusou.

– As tribos saberão disso – Al-Fali prometeu.

– Se vocês têm uma necessidade tão desesperada de mim – Jéssica perguntou –, por que não me procuraram na cerimônia de Convocação em Sietch Tabr?

– Stilgar não permitiu.

Ah, Jéssica pensou, *a regra dos naibs! Em Tabr, a palavra de Stilgar é lei.*

O trono caído tinha sido devidamente reposicionado. Alia gesticulou para que sua mãe retomasse o lugar e disse:

– Todos vocês, por favor, queiram tomar nota da morte daquele sacerdote traidor. Os que me ameaçam morrem. – Ela olhou brevemente para Al-Fali. – Meus agradecimentos a você, naib.

– Agradeça por meu erro – Al-Fali resmungou. Então, olhou para Jéssica. – Você tinha razão. Minha raiva tirou de cena alguém que deveria ter sido interrogado.

– Pegue aqueles dois cortesãos e a mulher de vestido colorido, Fedaykin – Jéssica sussurrou. – Quero todos presos e interrogados.

– Será feito – ele assentiu.

– Se sairmos vivos daqui – Jéssica lembrou. – Venha, vamos voltar e desempenhar nossos papéis.

– Como queira, milady.

Juntos, os dois voltaram até o púlpito e Jéssica subiu os degraus para retomar sua posição ao lado de Alia. Al-Fali continuou embaixo, no lugar dos suplicantes.

– Bem – disse Alia.

– Um instante, minha filha – Jéssica disse. Ela ergueu a manga de seu manto, exibiu o buraco passando o dedo através dele e então continuou: – O ataque foi dirigido a mim. A bala quase me acertou, mesmo que eu tivesse me esquivado. Vocês verão que a pistola maula não está mais lá. – E ela apontava o dedo. – Quem está com ela?

Ninguém respondeu.

– Talvez ela possa ser rastreada – Jéssica sugeriu.

– Que absurdo! – exclamou Alia. – *Eu* era o...

Jéssica virou meio corpo na direção da filha e levantou a mão esquerda.

– Alguém aqui dentro está com a pistola. Não tenha medo de que...

– Uma das minhas guardas está com ela – Alia falou.

– Então essa guarda trará a arma para mim – ditou Jéssica.

– Ela já a levou embora.

– Que conveniente – Jéssica respondeu.

– O que você está dizendo? – Alia questionou.

Jéssica se permitiu um sorriso amargo.

– Estou dizendo que duas pessoas da sua equipe foram encarregadas de salvar aquele *sacerdote traidor*. Eu as adverti que queria o homem e que, se ele morresse, elas também morreriam. Elas morrerão.

– Eu proíbo!

Jéssica apenas encolheu os ombros.

– Temos aqui um Fedaykin corajoso – Alia falou, acenando na direção de Al-Fali. – Esta discussão pode esperar.

– Pode esperar para sempre – Jéssica arrematou, falando em chakobsa, com palavras de duplo sentido que transmitiam para Alia o fato de que nenhuma discussão poderia deter a ordem de matar já emitida.

– Veremos! – Alia exclamou. Então, voltou-se para Al-Fali: – Por que está aqui, Ghadhean al-Fali?

– Para ver a mãe de Muad'Dib – o naib explicou. – O que restou dos Fedaykin, aquele bando de irmãos que serviu ao filho dela, reuniu seus escassos recursos para me pagar a viagem até aqui e passar pelos guardas avarentos que protegem os Atreides da realidade de Arrakis.

Alia começou:

– Qualquer coisa que os Fedaykin peçam, eles só precisam...

– Ele veio me ver – Jéssica interrompeu. – Qual é sua desesperada necessidade, Fedaykin?

Alia insistiu:

– Aqui eu falo pelos Atreides! Qual é...

– Calada, ó Abominação assassina! – Jéssica explodiu. – Você tentou me matar, *minha filha!* Digo isto para que todos aqui saibam. Você não vai conseguir matar todos neste recinto para calar a boca deles, como aquele sacerdote foi silenciado. Sim, o golpe do naib poderia ter matado o homem, mas ele poderia ter sido salvo. Ele poderia ter sido interrogado! Você não se incomoda em nada que ele tenha sido silenciado. Pode borrifar seus protestos sobre nós quanto quiser, mas sua culpa está tatuada em seus atos!

Alia ficou petrificada em silêncio, com o rosto lívido. E Jéssica, observando o jogo de emoções que cruzava o rosto da filha, percebeu um movimento aterrorizantemente conhecido nas mãos de Alia, uma resposta inconsciente que uma vez havia identificado um inimigo mortal dos Atreides. Os dedos de Alia tamborilaram de maneira rítmica – o dedo mínimo duas vezes; o indicador, três vezes; o anular, duas vezes; o mínimo, uma vez; o anular, duas... e novamente o tamborilar repetiu o padrão.

O velho barão!

O foco dos olhos de Jéssica chamou a atenção de Alia, e ela olhou rapidamente para sua mão, imobilizou-a, olhou de volta para sua mãe e constatou o terrível olhar de reconhecimento. Um sorriso de regozijo travou a boca de Alia.

– Então, você vai ter a sua vingança contra nós – Jéssica sussurrou.

– Você enlouqueceu, mãe? – Alia perguntou.

– Quisera ter enlouquecido – Jéssica respondeu e pensou: *Ela sabe que irei confirmar isso com a Irmandade. Ela sabe. Ela até pode desconfiar de que direi aos fremen e que a forçarei a passar pelo Teste da Possessão. Ela não pode me deixar sair viva daqui.*

– Nosso bravo Fedaykin espera, enquanto estamos discutindo – Alia falou.

Jéssica forçou-se a prestar novamente atenção no velho naib. Controlando sua resposta, ela retomou:

– Você veio me ver, Ghadhean.

– Sim, milady. Nós, do deserto, vemos coisas terríveis acontecendo. Os criadorezinhos saíram da areia como foi previsto pelas antigas profecias. Shai-hulud não pode mais ser encontrado exceto nos recessos do Setor Vazio. Abandonamos nosso amigo, o deserto!

Jéssica olhou de soslaio para Alia, que simplesmente mandou com um aceno que Jéssica prosseguisse. Ela lançou o olhar sobre a multidão que se apinhava na Câmara, e em como cada rosto estava chocado e alerta. O significado da briga entre mãe e filha não tinha passado despercebido pela multidão e eles deviam estar se perguntando por que a audiência tinha continuidade. Jéssica tornou a prestar atenção em Al-Fali.

– Ghadhean, qual é esse assunto dos criadorezinhos e a escassez de vermes da areia?

– Mãe da Umidade – ele respondeu, usando o antigo título fremen –, fomos alertados a esse respeito no Kitab al-Ibar. Nós vos suplicamos! Que ninguém esqueça que, no dia em que Muad'Dib morreu, Arrakis se voltou contra si mesmo! Não podemos abandonar o deserto.

– Ah! – Alia interrompeu, com menosprezo. – A ralé supersticiosa do Deserto Profundo receia as transformações ecológicas. Eles...

– Entendo você, Ghadhean – Jéssica atalhou. – Se os vermes sumirem, a especiaria também desaparece. Se a especiaria desaparece, que moeda temos para fazer negócios?

Sons de surpresa percorreram o Salão: vozes engasgadas e sussurros podiam ser ouvidos em toda a sua extensão. A Câmara ecoava com esses sons.

Alia encolheu os ombros:

– Superstição sem sentido!

Al-Fali levantou a mão direita para apontar para Alia.

– Falo com a Mãe da Umidade, não com a Jovem Coan!

As mãos de Alia agarraram firmemente os braços do trono, mas ela permaneceu sentada.

Al-Fali olhou para Jéssica.

– Antes, ali era a terra onde nada crescia. Agora há plantas. Elas se espalham como piolhos numa ferida. Temos nuvens e chuva por todo lugar em Duna! Chuva, milady! Oh, preciosa mãe de Muad'Dib, assim como o sono é o irmão da morte, é a chuva no Cinturão de Duna. Ela é a morte para todos nós.

– Fazemos apenas o que Liet-Kynes e o próprio Muad'Dib projetaram para nós – Alia protestou. – O que é toda essa lenga-lenga supersticiosa? Reverenciamos as palavras de Liet-Kynes, que nos disse: "Desejo ver este planeta inteiro coberto por uma rede de plantas verdes". Que assim seja.

– E quanto aos vermes e à especiaria?

– Sempre restará um pouco de deserto – Alia pontificou. – Os vermes sobreviverão.

Ela está mentindo, Jéssica pensou. *Por que ela mente?*

– Ajudai-nos, Mãe da Umidade – Al-Fali suplicou.

Com uma abrupta sensação de visão dupla, Jéssica sentiu sua consciência cambalear, desequilibrada pelas palavras do velho naib. Era a inconfundível *adab*, a lembrança exigente que se impunha por si mesma à pessoa. Veio sem nenhum motivo e manteve seus sentidos imobilizados enquanto a lição do passado se imprimia no campo de sua consciência. Ela ficou completamente aprisionada nesse cerco, como um peixe na rede. No entanto, sentiu esse imperativo como um momento humaníssimo, em que cada pequena parte era uma recordação da criação. Cada elemento da recordação-lição era real, mas insubstancial em sua constante mudança, e ela sabia que isso era o mais perto que jamais conseguiria chegar de vivenciar a rotina de apreensões prescientes que havia sido infligida a seu filho.

Alia mentiu porque estava possuída por alguém que quer destruir os Atreides. Em si mesma, ela foi a primeira destruição. Então Al-Fali falou a verdade: os vermes da areia estão condenados, a menos que o curso da transformação ecológica seja modificado.

Sob a pressão dessa revelação, Jéssica viu o povo presente à audiência reduzido a lentos movimentos, seus papéis identificados para ela. Ela era capaz de pinçar aqueles incumbidos de garantir que ela não saísse dali com vida! E o caminho entre eles se abria ali, em sua consciência, como se tivesse sido traçado com uma luz incandescente. Haveria confusão entre eles, um seria bloqueado e cairia tropeçando em cima de outro, grupos inteiros ficariam emaranhados entre si. Ela também viu que poderia sair desse Grande Salão, mas acabaria caindo em outras mãos. Alia não se importava minimamente em criar uma mártir. Não... *aquilo que a possuía* não se importa.

Agora, nessa janela de tempo congelado, Jéssica escolheu uma saída para salvar o velho naib e mandá-lo embora como mensageiro. O caminho atravessando o público permanecia indelevelmente claro. Como era simples! Eram bobos da corte de olhos vendados, ombro a ombro, imóveis em sua posição de defesa. Cada posição no imenso piso podia ser visualizada como uma colisão atrópica da qual a carne morta poderia ser removida em retalhos até desnudar os esqueletos. Seus corpos, suas roupas e fisionomias descreviam infernos individuais – o seio ressequido de terrores camuflados, o ganho faiscante de uma joia se tornando uma armadura substituta; as bocas eram julgamentos repletos de absolutos assustados, prismas de catedrais de sobrancelhas denunciando elevados sentimentos religiosos negados em suas próprias virilhas.

Jéssica sentiu dissolução nas forças modeladoras que haviam sido desfechadas sobre Arrakis. A voz de Al-Fali tinha sido como um distrans em sua alma, despertando uma criatura selvagem na mais recuada dimensão de seu ser.

Num piscar de olhos, Jéssica saiu do *adab* para entrar no universo do movimento, mas esse era um universo diferente daquele que havia comandado sua atenção um segundo antes.

Alia estava começando a dizer alguma coisa, mas Jéssica ordenou-lhe que se calasse e, então, falou:

– Há aqueles que temem que eu tenha retornado sem reservas para a Irmandade. Mas, desde aquele dia no deserto quando os fremen deram a mim e ao meu filho a dádiva da vida, tenho sido fremen! – E então prosseguiu falando, mas no antigo idioma que somente aqueles naquela sala que eram capazes de se beneficiar dele podiam entender: – Onsar akhaka zeliman aw maslumen! – *Apoie seu irmão neste momento de dificuldade, seja ele justo ou injusto!*

Suas palavras surtiram o efeito desejado, uma sutil mudança nas posições no interior da Câmara.

Mas Jéssica continuou proclamando:

– Este Ghadhean al-Fali, um fremen honesto, vem aqui para me dizer o que outros deveriam ter-me revelado. Que ninguém negue isso! A transformação ecológica tornou-se uma tempestade fora de controle.

Mudas confirmações podiam ser constatadas através da sala.

– E minha filha se compraz com isso! – Jéssica seguia dizendo. – Mektub al-mellah! Você cava feridas na minha carne e ali escreve com sal! Por que os Atreides encontraram um lar aqui? Porque a *Mohalata* era natural a nós. Para os Atreides, o governo sempre foi uma parceria protetora: *Mohalata*, como os fremen sempre souberam. Agora, olhem para ela! – Jéssica apontava para Alia. – Ela ri sozinha à noite quando contempla seu próprio mal em ação! A produção de especiaria se reduzirá a nada ou, na melhor das hipóteses, a uma fração de seu nível anterior! E quando *essa* notícia se espalhar...

— Teremos um recanto com o mais inestimável produto do universo! — Alia bradou.

— Teremos um recanto no inferno! — Jéssica trovejou.

E Alia começou a falar no mais antigo chakobsa possível, a língua particular dos Atreides, com todas as suas difíceis pausas de glote e estalidos:

— Agora você sabe, *mãe*! Você achou mesmo que uma neta do barão Harkonnen não saberia valorizar todas as vidas que você esmagou e comprimiu no campo da minha consciência antes mesmo que eu tivesse nascido? Quando me revoltei contra o que você tinha feito comigo, eu só precisei perguntar a mim mesma o que o barão teria feito. E ele respondeu! Entenda-me de uma vez por todas, maldita Atreides! Ele respondeu para *mim*!

Jéssica captou o veneno e a confirmação de suas suspeitas. *Abominação!* Alia tinha sido dominada por dentro, possuída por aquele *cahueit* do mal, o barão Vladimir Harkonnen. O próprio barão falara pela boca de Alia naquele instante, pouco se importando com o que fosse revelado. Ele queria que Jéssica testemunhasse a vingança dele, queria que ela soubesse que ele não podia ser simplesmente descartado.

Então eu devo ficar aqui, impotente, com tudo que sei, Jéssica pensou. Assim que lhe ocorreu essa ideia, ela se lançou no caminho revelado pela *adab*, gritando:

— Fedaykin, siga-me!

Ocorreu que havia seis Fedaykin na sala, e cinco deles se postaram atrás dela.

> **Quando estou mais fraco do que você, peço que me conceda liberdade porque isso está de acordo com seus princípios; quando eu estou mais forte do que você, eu tiro a sua liberdade porque isso está de acordo com os meus princípios.**
>
> **– Palavras de um antigo filósofo**
> **(atribuídas por Harq al-Ada a Louis Veuillot)**

Leto se inclinou para fora da saída camuflada do sietch e viu a curva do penhasco elevando-se sobre seu limitado alcance de visão. Os raios do sol quase poente lançavam longas sombras a escorrer pelas estrias verticais da íngreme encosta. Uma borboleta translúcida voejava entrando e saindo das zonas de sombra, e a teia de suas asas projetava uma renda transparente contra a luz. E Leto pensou como era delicado que uma borboleta dessas pudesse existir ali.

Em linha reta à sua frente, estendia-se o pomar de damascos onde as crianças se empenhavam em recolher os frutos caídos. Depois do pomar estava o qanat. Ele e Ghanima tinham escapulido à vigilância de sua guarda infiltrando-se num repentino ajuntamento de trabalhadores que tinham vindo para a lida diária. Tinha sido relativamente fácil se esgueirar rente ao chão pelo duto de ar até onde ele se ligava aos degraus que davam na saída camuflada. Agora, eles só precisavam se misturar com as demais crianças, chegar ao qanat e entrar no túnel. Ali, poderiam se deslocar ao lado dos peixes predadores que impediam as trutas da areia de enquistar a água de irrigação da tribo. Nenhum fremen tinha pensado ainda que um humano se arriscaria a uma imersão acidental na água.

Ele deu alguns passos para fora da passagem protegida. O penhasco que se estendia dos dois lados dele tornara-se horizontal apenas com esse seu movimento.

Ghanima o seguia bem de perto. Os dois levavam pequenas cestas de frutas feitas de fibra de especiaria, mas cada cesta abrigava um pacote fechado contendo fremkit, uma pistola maula, dagacris... e os novos mantos que Farad'n tinha enviado.

Filhos de Duna

Ghanima ia atrás do irmão pelo pomar, no meio das crianças trabalhadoras. As máscaras do trajestilador escondiam-lhes o rosto. Ali, eles dois eram apenas outros trabalhadores do grupo, mas ela sentia que aquela atitude colocava sua vida fora dos limites protetores e dos usos e costumes conhecidos. Que passo simples era aquele, e que passo de um perigo ao próximo!

Nas cestas, os novos trajes enviados por Farad'n carregavam um propósito que ambos entendiam claramente qual era. Ghanima tinha acentuado esse conhecimento costurando seu lema pessoal – *Nós compartilhamos* – em chakobsa, na crista do gavião em cada peitilho.

Logo cairia a noitinha e, além do qanat que delimitava a área de cultivo do sietch, se instalaria uma qualidade especial de entardecer a que poucos lugares no universo conseguiriam se equiparar. O local se transformaria num mundo desértico e suavemente iluminado, com sua solidão persistente e uma sensação saturada de que cada criatura que nele existia estava só, num universo novo.

– Fomos vistos – Ghanima murmurou, curvando-se para prosseguir ao lado do irmão.

– Guardas?

– Não... os outros.

– Bom.

– Devemos ir depressa – ela disse.

Leto concordou com isso e se afastou prontamente do penhasco através do pomar. Ele pensava com os pensamentos de seu pai: *Tudo permanece em movimento no deserto ou perece.* Bem adiante, lá longe na areia, ele conseguia enxergar o perfil do Serviçal se erguendo contra o céu, um lembrete da necessidade de que era preciso seguir andando. As pedras permaneciam estáticas e rígidas em seu vigilante enigma, ano a ano se desfazendo sob a ação inclemente da areia açoitada pelos ventos do deserto. Um dia, O Serviçal seria areia.

Ao se aproximarem do qanat, ouviram a música que vinha do alto umbral de entrada do sietch. Era um grupo de músicos fremen ao estilo antigo: flautas de dois furos, pandeiros, tímpanos feitos de plástico de especiaria em tambores com peles bem esticadas sobre uma das bordas. Ninguém perguntava qual era o animal naquele planeta que fornecia tanta pele.

Stilgar se lembrará do que eu disse a ele a respeito da fenda no Serviçal, Leto pensou. *Ele virá quando estiver escuro e for tarde demais... e, então, ele saberá.*

Nesse momento, tinham chegado ao qanat. Deslizaram para dentro de um tubo aberto e desceram pela escada de inspeção até a plataforma de serviço. Ali, no qanat, era sombrio, úmido e frio, e eles conseguiam ouvir os peixes predadores espadanando. Qualquer truta da areia que tentasse roubar aquela água teria sua superfície interna amolecida pela água lançada pelos peixes. Os humanos também deviam tomar cuidado com aqueles peixes.

– Cuidado – Leto acautelou, deslocando-se para baixo pela plataforma escorregadia. Ele então atrelou sua memória a tempos e lugares que nunca havia conhecido. Ghanima o seguia.

No final do qanat, despiram os trajestiladores e colocaram os novos mantos. Deixaram as antigas vestimentas fremen para trás, para então subir por outro tubo de inspeção e escalaram agachados uma duna pela qual deslizaram pela face mais distante. Ali se sentaram, ocultos do sietch, afivelaram as pistolas maula e as dagacris e, em seguida, atravessaram os pacotes fremkit pelo ombro. Ali não conseguiam mais ouvir a música.

Leto se pôs em pé e começou a andar pelo vale entre as dunas.

Ghanima partiu atrás dele, deslocando-se com o silêncio de passos irregulares e sem ritmo sobre a areia aberta, num movimento em que era hábil.

Abaixo da crista de cada duna, eles se agachavam rente ao chão e seguiam adiante até um ponto onde pudessem se esconder. Faziam ali uma breve pausa e olhavam para trás tentando enxergar se alguém os perseguia. Até o momento em que alcançaram as primeiras pedras, nenhum caçador tinha aparecido no deserto.

À sombra das rochas, eles contornaram O Serviçal e escalaram uma parte que se projetava e de onde poderiam divisar o deserto ao longe. As cores faiscavam bem distantes no *bled*. O ar que ia escurecendo era da fragilidade do mais fino cristal. A paisagem que vinha ao encontro de seus olhares estava além da piedade, e em ponto nenhum parava; ali não havia a menor hesitação que fosse. Eles não fixavam o olhar em nenhum lugar específico enquanto escaneavam aquela imensidão.

É o horizonte da eternidade, Leto pensou.

Ghanima se acocorou ao lado do irmão, pensando: *O ataque virá logo*. Ela abria os ouvidos à captura do mais leve som, e seu corpo todo tinha se transformado num único órgão sensorial de refinada e impecável percepção.

Ali sentado, Leto também estava em alerta. Ele conhecia agora o ápice de todo o treinamento que tinha ocorrido nas vidas que ele compartilhava tão intimamente. Naqueles ermos, a pessoa desenvolvia uma firme confiança em seus sentidos, em *todos* os sentidos. A vida se tornara um acervo de percepções armazenadas, cada uma delas associada somente à sobrevivência momentânea.

Nesse momento, Ghanima subiu nas pedras e espiou através de uma fenda para avaliar o caminho por onde tinham vindo. A segurança do sietch parecia a uma vida de distância, um maciço de penhascos verticais que se projetava ao alto contra o fundo castanho-púrpura do horizonte. Suas bordas apresentavam-se indistintas pelas nuvens de poeira quando os últimos raios de sol desferiam filamentos prateados. Ainda não se via nenhum sinal de perseguição em toda a extensão que tinham vencido para chegar até ali. Ela voltou para ficar ao lado de Leto.

– Será um animal predador – Leto observou. – Essa é a minha computação terciária.

– Acho que você parou de computar cedo demais – Ghanima resmungou. – Será mais de um animal. A Casa Corrino aprendeu a não depositar todas as suas esperanças numa única opção.

Leto aquiesceu com um movimento de cabeça.

Em sua cabeça havia agora o peso da multidão de vidas que sua *diferença* fornecia a ele – todas aquelas vidas, e a dele mesmo antes do nascimento. Ele estava impregnado de vida e queria fugir do campo de sua própria consciência. O mundo interior era um animal corpulento, capaz de devorá-lo.

Com movimentos desassossegados ele se pôs em pé, escalou até a fenda entre as rochas por onde Ghanima tinha olhado para trás e ali conseguiu enxergar como o qanat traçava uma linha entre a vida e a morte. Na ponta do oásis, ele era capaz de ver arbustos de sálvia, talos de cebola, gramíneas do tipo estipa, alfafa selvagem. Com a última claridade, ele ainda divisou os sombrios movimentos de aves que bicavam e ciscavam os trechos com alfafa. As tramas de grãos ao longe eram açoitadas de leve pelo vento, lançando sombras vindas da direita e que se estendiam sobre o pomar. Esse movimento insistiu em se impor à sua percepção, e ele então viu que as sombras encobriam em suas formas fluidas uma mudança de porte maior, e essa mudança maior ofereceu resgate aos arco-íris de um céu de poeira prateada.

O que é que vai acontecer lá?, ele se perguntou.

E Leto soube que seria ou a morte ou um jogo de morte, em que ele era o alvo. Ghanima seria a única a regressar, acreditando na realidade de uma morte que ela havia visto ou relatado sinceramente, num estado de profunda compulsão hipnótica: que seu irmão tinha efetivamente sido morto.

Os elementos desconhecidos desse lugar assustavam-no. Ele pensou como seria fácil sucumbir à demanda da presciência, arriscando lançar sua percepção consciente num futuro absoluto e imutável. A pequena visão de seu sonho, todavia, já fora ruim o suficiente. Ele sabia que não se arriscaria a uma visão mais ampla.

Nesse instante, ele voltou para onde Ghanima estava.

– Ninguém nos persegue ainda – ele informou.

– Os animais que mandaram atrás de nós são grandes – Ghanima murmurou. – Talvez tenhamos tempo de ver quando estiverem perto.

– Não se vierem à noite.

– Logo vai ficar escuro – ela rebateu.

– Sim. Está na hora de irmos para o *nosso* lugar. – Ele indicava as rochas à esquerda e abaixo de onde estavam, onde a areia soprada pelo vento tinha escavado uma pequena fenda no basalto. Era grande o bastante para abrigar os dois, mas pequena o suficiente para impedir o acesso a criaturas de porte avantajado. O próprio Leto relutou um pouco a entrar, mas sabia que precisava fazer isso. Esse era o lugar que ele tinha indicado a Stilgar.

– É possível que eles realmente nos matem – ele comentou.

– Esse é o risco que devemos correr – ela anuiu. – Devemos isso ao nosso pai.

– Não estou discutindo.

E ele pensou: *Esse é o caminho certo. Fizemos a coisa certa*. Mas ele sabia como era perigoso estar *certo* nesse universo. A sobrevivência deles, agora, exigia vigor e preparo físico e a compreensão das limitações, a cada segundo. As práticas fremen eram seu melhor escudo e o conhecimento Bene Gesserit era uma força de reserva. Agora, os dois estavam pensando como Atreides veteranos de guerra, sem mais defesas que não a resiliência fremen, algo que nem poderia ser insinuado pelo corpo infantil que os identificava nem pelos trajes formais que estavam usando.

Leto tocou com o dedo a bainha de sua dagacris de ponta envenenada, atada à sua cintura. Inconscientemente, Ghanima repetiu o gesto do irmão.

– Descemos agora? – Ghanima perguntou. Ao falar, ela viu o movimento bem abaixo deles, movimentos que a distância tornava menos ameaçadores. A imobilidade da irmã alertou Leto antes que ela precisasse dar qualquer aviso.

– Tigres – ele observou.

– Tigres laza – ela o corrigiu.

– Eles nos veem – ele apontou.

– Melhor irmos logo – ela falou. – Uma maula nunca conseguiria deter essas feras. Eles terão sido treinados para isso.

– Em algum lugar, um humano está dirigindo esses animais – ele explicou, indo à frente em passo acelerado, descendo as rochas à esquerda.

Ghanima concordou, mas não disse nada, economizando suas forças. Haveria um humano em alguma parte. Aqueles tigres não poderiam ter licença para correr em liberdade senão no momento exato.

Os tigres se deslocavam ligeiros aos últimos clarões de luz, saltando de rocha em rocha. Eram criaturas comandadas pela visão e, logo que caísse a noite, seria a vez de se tornarem comandadas pela audição. O trinado metálico de uma ave noturna vindo do Serviçal enfatizou essa mudança. As criaturas do escuro já estavam se agitando nas sombras de fendas esculpidas nas pedras.

Os tigres continuavam visíveis aos gêmeos em fuga. Os animais transbordavam força, emanando uma sensação ondulante de impecável segurança a cada movimento.

Leto sentiu que tinha ido parar nesse lugar para se libertar de sua alma. Ele corria com a certeza do conhecimento de que ele e Ghanima poderiam alcançar seu esconderijo apertado a tempo, mas a todo instante seu olhar buscava com fascinação as feras que se aproximavam.

Um tropeção só e estamos perdidos, ele pensou.

Esse pensamento diminuiu a segurança que tinha em seu conhecimento e com isso ele acelerou a corrida.

> **Vocês, Bene Gesserit, chamam sua atividade da panoplia propheticus de "Ciência da Religião". Muito bem. Eu, buscador de outra espécie de *cientista*, considero essa definição apropriada. De fato, vocês constroem seus próprios mitos, mas todas as sociedades fazem o mesmo. Contudo, devo alertá-las. Vocês estão se comportando tal qual muitos outros cientistas desorientados se comportaram no passado. Suas ações revelam que vocês desejam tirar proveito de algo (ou remover algo) da vida. Está na hora de se lembrar de algo que professam tão frequentemente: não se pode ter nada sem seu oposto.**
>
> **– O Pregador, em Arrakina:**
> **Mensagem à Irmandade**

Na hora que antecedia o alvorecer, Jéssica sentava-se imóvel num tapete gasto de trama de especiaria. À sua volta estavam as rochas nuas de um sietch antigo e pobre, um dos assentamentos originais. Situava-se abaixo da borda do Abismo Vermelho, ao abrigo dos ocidentais do deserto. Al-Fali e seus irmãos tinham-na levado até ali. Agora, aguardavam ordens de Stilgar. Os Fedaykin, porém, tinham agido com cautela quanto à comunicação. Stilgar não deveria estar a par de sua localização.

Os Fedaykin já sabiam que estavam sob um *procès-verbal*, um relato oficial de crimes contra o Imperium. Alia estava adotando a tática de alegar que sua mãe tinha sido subornada pelos inimigos do reino, embora a Irmandade ainda não tivesse sido nominalmente citada. A natureza autoritária e tirânica do poder de Alia, no entanto, estava exposta para todos verem, e sua crença de que, porque controlava o Sacerdócio, controlava os fremen estava a ponto de ser submetida a teste.

A mensagem de Jéssica para Stilgar tinha sido direta e simples: *"Minha filha está possuída e deve ser submetida ao teste"*.

Os medos destruíam os valores, todavia, e já era sabido que alguns fremen iriam preferir não acreditar nessa acusação. A tentativa de usarem a acusação como passaporte tinha desencadeado duas batalhas durante a noite, mas os ornitópteros que o pessoal de Al-Fali tinha furtado trouxeram os fugitivos a esse local precariamente seguro: o sietch do Abismo Vermelho. A partir dali outros Fedaykin estavam sendo avisados, mas menos de duzentos deles permaneciam em Arrakis. Os demais sustentavam seus postos em locais espalhados do Império.

Refletindo sobre esses fatos, Jéssica se perguntou se por acaso não teria vindo para o lugar de sua morte. Alguns Fedaykin achavam que sim, mas os comandos suicidas aceitavam esse fato com facilidade. Al-Fali tinha apenas arreganhado os dentes quando alguns de seus rapazes resolveram falar de seus receios.

– Quando Deus deseja que uma criatura morra num determinado lugar, ele faz a vontade dessa criatura levá-la diretamente para lá – tinha dito o velho naib.

As cortinas de retalhos que vedavam sua alcova fizeram barulho e Al-Fali entrou. O rosto miúdo e crestado pelo vento daquele velho parecia abatido, e seus olhos, febris. Evidentemente, ele não tinha descansado nada.

– Vem vindo alguém – ele informou.

– A mando de Stilgar?

– Talvez. – Ele baixou os olhos e girou o olhar para a esquerda como faziam os antigos fremen quando tinham uma notícia ruim para dar.

– O que é? – Jéssica quis saber.

– Recebemos notícias de Tabr de que seus netos não estão lá. – E ele falou sem olhar para ela.

– Alia...

– Ela ordenou que os gêmeos lhe fossem entregues em custódia, mas Sietch Tabr afirma que as crianças não estão lá. É tudo que sabemos.

– Stilgar mandou os dois para o deserto – Jéssica supôs.

– Pode ser, mas sabemos que ele esteve procurando por eles a noite toda. Talvez tenha sido um ardil da parte dele...

– Stilgar não age assim – ela murmurou, e pensou: *A menos que os gêmeos o tenham enganado.* Mas isso também não dava a sensação de ser a verdade. Ela se avaliou com alguma surpresa: não sentia necessidade de suprimir nenhum pânico, e os receios que pudesse ter pelo bem-estar dos gêmeos eram amenizados pelo que Ghanima havia revelado. Ela apertou um pouco os olhos para encarar Al-Fali e viu que ele estudava sua fisionomia com piedade no olhar. Então Jéssica continuou: - Eles foram para o deserto por conta própria.

- Sozinhas? Essas duas crianças!

Ela não se deu ao trabalho de explicar que "essas duas crianças" provavelmente sabiam mais sobre como sobreviver no deserto do que a maioria dos fremen vivos. Em vez disso, seus pensamentos se fixaram no peculiar comportamento de Leto quando ele insistira que ela se permitisse ser sequestrada. Ela deixara essa recordação de lado, mas esse momento a exigia de volta. Ele tinha dito que ela saberia o momento em que iria obedecê-lo.

- O mensageiro deve estar no sietch agora - comunicou Al-Fali. - Vou trazê-lo aqui para que fale com você. - Ele então saiu, movendo um pouco a cortina de retalhos para o lado.

Jéssica contemplou aquela cortina. Era feita de pedaços de fibra vermelha da especiaria, mas os retalhos eram azuis. A história dizia que esse sietch tinha se recusado a lucrar com a religião de Muad'Dib, conquistando a inimizade do Sacerdócio de Alia. As pessoas ali tinham sido famosas por investirem seu capital na criação de cães grandes como pôneis, cães que eram treinados para serem inteligentes e guardiães de crianças. Todos os cães tinham morrido. Houve quem dissesse que tinham sido envenenados e que os sacerdotes eram responsáveis por isso.

Ela balançou a cabeça para afastar essas reflexões, reconhecendo sua verdadeira natureza: eram *ghafla*, a distração dos moscardos.

Mas para onde teriam ido as crianças? Para Jacurutu? Elas tinham um plano. *Elas tentaram me dizer o que estava acontecendo até o ponto em que pensaram que eu aceitaria*, ela se lembrou então. E quando atingissem aquilo que lhes pareceria o limite, Leto tinha decidido que ela obedeceria.

Ele tinha ordenado que *ela* obedecesse!

Leto tinha reconhecido o que Alia estava fazendo; isso era óbvio. Os dois gêmeos tinham mencionado o "transtorno" da tia, ainda quando a defendiam. Alia estava apostando no *direito* de sua posição na Regência. Ter exigido a custódia das crianças confirmava isso. Jéssica sentiu o solavanco de uma áspera risada sacudindo seu peito. A Reverenda Madre Gaius Helen Mohiam tivera a satisfação de explicar esse erro específico a sua aluna, Jéssica: *"Se você só enfoca em sua consciência o seu próprio direito a algo, então você convida as forças da oposição a derrubarem-na dali. Esse é um erro comum. Até mesmo eu, sua professora, o cometi".*

— E até mesmo eu, sua aluna, o cometi — Jéssica sussurrou baixinho para si mesma.

Ela ouviu o rumorejar de tecidos no corredor, atrás da cortina. Entraram dois jovens fremen que faziam parte do séquito reunido durante a noite. Ambos estavam evidentemente assombrados de se verem na presença da mãe de Muad'Dib. Jéssica já os havia lido completamente: eram do tipo que não pensava, apegados a qualquer poder que imaginassem para ter uma identidade. Sem reflexões da parte dela, eles eram vazios. Sendo assim, eram perigosos.

— Fomos enviados na frente por Al-Fali para prepará-la — sentenciou um dos jovens fremen.

Jéssica sentiu um aperto repentino no peito, mas sua voz permaneceu calma.

— Preparar-me para o quê?

— Stilgar enviou Duncan Idaho como mensageiro dele.

Jéssica trouxe o capuz do manto aba para lhe cobrir o cabelo, num gesto inconsciente. *Duncan?* Mas ele era instrumento de Alia.

O fremen que tinha falado deu meio passo para a frente.

— Idaho diz que ele veio para levá-la em segurança, mas Al-Fali não acha isso possível.

— De fato, parece algo estranho — Jéssica comentou. — Mas há coisas mais estranhas no universo. Tragam-no aqui.

Um olhou para o outro, mas obedeceram e saíram tão alvoroçados que abriram outra fenda na cortina gasta.

Nesse instante, Idaho atravessou o limite da cortina, seguido pelos dois fremen e por Al-Fali fechando o grupo, com a mão firme em sua dagacris. Idaho parecia controlado. Usava o traje informal da guarda da Casa Atreides, aquele uniforme que pouco tinha mudado ao longo de catorze séculos. Arrakis tinha substituído a espada de açoplás de punho de ouro pela dagacris, mas isso era mero detalhe.

— Disseram-me que você deseja me ajudar — Jéssica começou.

— Por mais estranho que isso possa parecer — ele rebateu.

— Mas não é verdade que Alia o mandou vir me sequestrar? — ela indagou.

Um leve erguer das sobrancelhas pretas foi seu único sinal de surpresa. Os olhos tleilaxu multifacetados continuavam a encarar Jéssica com a mesma cintilante intensidade.

– Essa foi a ordem dela – ele anuiu.

Os nós dos dedos de Al-Fali ficaram brancos em torno da dagacris, mas ele não desembainhou a arma.

– Passei boa parte desta noite revendo os erros que cometi com minha filha – ela suspirou.

– Foram muitos – Idaho concordou –, e estou a par da maior parte deles.

Agora ela via que os músculos do queixo dele estavam tremendo.

– É fácil dar ouvidos a argumentos que nos desorientam – Jéssica continuou. – Eu queria sair deste lugar... Você... você queria uma moça que viu como uma versão mais jovem de mim.

Ele aceitou essa constatação em silêncio.

– Onde estão meus netos? – ela inquiriu, e sua voz estava seca.

Ele piscou. Então revelou:

– Stilgar acredita que eles foram para o deserto se esconder. Talvez tenham previsto esta crise.

Jéssica relanceou os olhos por Al-Fali, que aquiesceu com o reconhecimento de que ela havia antecipado tudo isso.

– O que Alia está fazendo? – Jéssica perguntou.

– Ela corre o risco de uma guerra civil – ele argumentou.

– Você acredita que chegará a isso?

Idaho encolheu os ombros.

– Provavelmente não. Os tempos estão mais amenos. Há mais pessoas dispostas a ouvir propostas agradáveis.

– Concordo – ela disse. – Bom, muito bom, mas e os meus netos?

– Stilgar irá encontrá-los, se...

– Sim, entendo. – Então, agora realmente era a vez de Gurney Halleck. Ela se virou para olhar as rochas à sua esquerda. – Alia agora detém o poder com firmeza. – E olhou para Idaho. – Você entende? Pode-se usar o poder segurando-o com leveza. Segurá-lo com firmeza demais é o mesmo que ser dominado pelo poder e, assim, tornar-se sua vítima.

– Como meu duque sempre me disse – Idaho comentou.

De algum modo, Jéssica sabia que ele estava se referindo ao velho Leto, não a Paul. E ela perguntou:

– Para onde serei levada neste... sequestro?

Idaho desceu os olhos sobre ela, com concentração, como se tentasse desvendar o que se escondia na sombra do capuz que cobria a cabeça dela.

Al-Fali se adiantou.

– Milady, a senhora não está pensando seriamente em...

– Não tenho o direito de decidir o meu próprio destino? – ela indagou.

– Mas este... – e a cabeça de Al-Fali indicava Idaho.

– Este foi meu leal guardião antes que Alia nascesse – Jéssica explicou. – Antes que ele morresse salvando a minha vida e a vida do meu filho. Nós, Atreides, sempre honramos certas obrigações.

– Então você virá comigo? – Idaho perguntou.

– Para onde você irá levá-la? – Al-Fali quis saber.

– É melhor que você não saiba – Jéssica interrompeu.

Al-Fali resmungou, mas ficou calado. O rosto dele denunciava sua indecisão e a percepção da sabedoria contida nas palavras dela, mas ele continuava incerto quanto a confiar ou não em Idaho.

– E os Fedaykin que me ajudaram? – Jéssica perguntou.

– Eles têm a palavra de Stilgar se conseguirem chegar a Tabr – Idaho informou.

Jéssica encarou Al-Fali:

– Ordeno que vá para lá, meu amigo. Stilgar pode usar os Fedaykin para procurar meus netos.

O velho naib baixou os olhos.

– Como desejar a mãe de Muad'Dib.

Ele ainda está obedecendo a Paul, ela pensou.

– Devemos sair daqui rapidamente – Idaho disse. – A busca certamente incluirá este lugar e isso não vai demorar.

Jéssica se inclinou para a frente e se levantou com aquela elegância fluida que nunca abandonava inteiramente a Bene Gesserit, ainda que já fosse de idade avançada. E agora ela sentia o peso dos anos, após uma noite de fuga. Enquanto andava, sua mente se mantinha na cena daquela conversa peculiar que tivera com seu neto. O que é que ele tinha feito, realmente? Ela balançou a cabeça e, ajustando o capuz, recompôs seu movimento. Era fácil demais cair na armadilha de subestimar Leto. A vida com crianças comuns condicionava a pessoa a construir uma falsa imagem da herança que os gêmeos compartilhavam.

A atenção de Jéssica foi capturada pela postura de Idaho. Ele se colocara no estado de descontraída preparação para a violência, com um pé à frente do outro, uma postura que ela mesma lhe havia ensinado. Jéssica disparou um rápido olhar na direção dos dois jovens fremen e de Al-Fali. O velho naib fremen continuava acossado pela dúvida e os dois rapazes captavam isso.

– Confio minha vida a este homem – ela declarou, dirigindo-se a Al-Fali. – E não pela primeira vez.

– Milady – Al-Fali explodiu, em voz de protesto. – É só que... – e ele fitou Idaho – ele é o marido da Jovem Coan!

– E ele foi treinado por meu duque e por mim – ela insistiu.

– Mas ele é um *ghola*! – e as palavras saíram torturadas da garganta de Al-Fali.

– O ghola do meu filho – ela o lembrou.

Isso era demais para um antigo Fedaykin que um dia tinha jurado solenemente ficar ao lado de Muad'Dib até a morte. Ele suspirou, abriu passagem e indicou aos dois jovens que abrissem as cortinas.

Jéssica saiu pela abertura dos tecidos e Idaho veio atrás. Ela se voltou então e falou para Al-Fali, sob o umbral:

– Você deve ir ter com Stilgar. Ele é de confiança.

– Sim... – mas ela continuava ouvindo o timbre da dúvida na voz do homem.

Idaho tocou-lhe o braço.

– Devemos partir imediatamente. Você gostaria de levar alguma coisa?

– Somente meu bom senso – ela respondeu.

– Por quê? Tem medo de estar cometendo um erro?

Ela olhou rapidamente para ele.

– Você sempre foi o melhor piloto de tóptero a nosso serviço, Duncan.

Isso não soou engraçado para ele, que partiu na frente, andando ligeiro, refazendo o caminho por onde viera. Al-Fali avançou até onde Jéssica estava e seguia no mesmo ritmo que ela.

– Como foi que soube que ele veio de tóptero?

– Ele não está usando um trajestilador – ela respondeu.

Al-Fali pareceu constrangido com essa óbvia percepção. Mas nem assim ficou quieto.

– Nosso mensageiro o trouxe até aqui diretamente de onde Stilgar está. Eles podem ter sido vistos.

– Vocês foram avistados, Duncan? – Jéssica indagou às costas de Idaho.

– Você sabe como tudo se passou – ele resmungou em resposta. – Voamos abaixo do topo das dunas.

Viraram para pegar um corredor lateral que descia até degraus numa escada espiral e desembocava no fim numa câmara aberta e bem iluminada por luciglobos instalados no alto da rocha castanha. Um único ornitóptero estava voltado de frente para a parede de fora, agachado como um inseto esperando para saltar no ar. Aquela parede era, de fato, rocha falsa: uma porta que dava para o deserto. Por mais precário que fosse aquele sietch, ainda mantinha os recursos do sigilo e da mobilidade.

Idaho abriu a porta do ornitóptero para ela, ajudando-a a se acomodar no assento da direita. Quando ela passou à frente dele, reparou no suor da testa onde um cacho do cabelo preto pendia oleoso. Sem nenhum aviso, Jéssica se viu lembrando daquela cabeça vertendo sangue numa caverna ruidosa. Os globos gélidos dos olhos tleilaxu trouxeram-na de volta daquela recordação. Nada mais era o que parecia. Ela se apressou a afivelar o cinto de segurança.

– Faz muito tempo desde a última vez em que você me levou a bordo de uma nave, Duncan – ela comentou.

– Muito mesmo – ele concordou. Ele já estava verificando os controles.

Al-Fali e os dois fremen mais moços estavam esperando ao lado dos controles que acionavam a porta falsa, preparando-se para abri-la.

– Você acha que tenho alguma dúvida a seu respeito? – Jéssica perguntou, falando em voz baixa com Idaho.

Idaho prestava total atenção num instrumento do motor. Acionando os propulsores, observou uma agulha se mover. Um sorriso roçou-lhe os lábios, traço rápido e duro em sua fisionomia severa, desaparecendo em seguida com a mesma rapidez com que tinha surgido.

– Ainda sou Atreides – Jéssica declarou. – Alia, não.

– Não tema – ele grunhiu. – Eu ainda sirvo os Atreides.

– Alia não é mais Atreides – Jéssica repetiu.

– Não precisa ficar me lembrando! – ele rosnou. – Agora cale a boca e me deixe pilotar esta coisa.

O desespero na voz dele foi algo inesperado, totalmente fora do comum no Idaho que ela conhecia. Deixando de lado uma renovada onda de temor, Jéssica indagou:

– Para onde estamos indo, Duncan? Agora você pode me dizer.

Mas ele indicou com a cabeça a Al-Fali que era o momento de acionar a falsa rocha e ela se abriu para fora, para um espaço prateado e encharcado com a luz do sol. O ornitóptero saltou para a frente e para cima, e suas asas pululavam com o esforço. Os jatos trovejavam e eles alçaram voo pelo céu vazio. Idaho traçou um curso a sudoeste, na direção da Serra da Sihaya, que podia ser vista com uma linha escura desenhada sobre a areia.

Então, ele falou:

– Você faz má ideia de mim, milady.

– Tenho feito má ideia de você desde aquela noite em que você entrou em nosso salão em Arrakina bêbado a mais não poder, fazendo arruaça depois de ter bebido mais cerveja de especiaria do que devia – ela retrucou. Mas as palavras dele tinham despertado dúvidas nela de novo, e ela entrou na descontraída postura interior de preparo para usar uma completa defesa *prana-bindu*.

– Eu me lembro daquela noite muito bem – ele comentou. – Eu era muito jovem... inexperiente.

– Mas o melhor mestre-espadachim do séquito do meu duque.

– Nem tanto, milady. Gurney era capaz de me derrotar seis vezes em dez. – Então ele olhou para ela de lado. – Onde está Gurney?

– Fazendo o que mandei.

Ele balançou a cabeça.

– Você sabe aonde estamos indo? – ela indagou.

– Sim, milady.

– Então me diga.

– Muito bem. Prometi que armaria um complô em que acreditassem contra a Casa Atreides. Na realidade, só há um modo de fazer isso. – E ele apertou um botão no manche de controle e alças para amarrar saltaram do assento de Jéssica, envolvendo-a como um casulo em sua inviolável maciez, tomando-lhe todo o corpo e deixando somente sua cabeça de fora. – Vou levá-la para Salusa Secundus – ele revelou. – Para Farad'n.

Num espasmo raro e descontrolado, Jéssica fez força para tentar se desvencilhar das tiras que a atavam e sentiu que elas a apertavam mais ainda. Então relaxou e as tiras também, mas não antes de sentir a presença letal do shigafio escondido no revestimento de proteção.

Filhos de Duna

– A liberação do shigafio foi desligada – ele explicou, sem olhar para ela. – Ah, sim, e não tente usar a Voz comigo. Já vivi muita coisa desde aquele tempo em que você podia me manobrar desse jeito. – Ele olhou para ela. – Os Tleilaxu me protegeram de artifícios desse tipo.

– Você está obedecendo à Alia – ela acusou –, e ela...

– Alia, não – ele disse. – Nós seguimos a instrução do Pregador. Ele quer que você treine Farad'n como no passado você treinou... Paul.

Jéssica se recostou num silêncio gélido, lembrando-se das palavras de Leto, quando ele disse que ela acharia um aluno interessante. Nesse momento ela questionou:

– Esse Pregador... é o meu filho?

E a voz de Idaho parecia vir de muito, muito longe:

– Como eu queria saber...

O universo está simplesmente *lá*; essa é a única maneira de um Fedaykin poder considerá-lo e continuar no comando de seus sentidos. O universo não ameaça, nem promete. O universo mantém tudo além de nosso controle: a queda de um meteoro, o afloramento de especiaria, envelhecer, morrer. Essas são as realidades deste universo e devem ser encaradas, não importa como se sinta a respeito. Você não pode repelir essas realidades com palavras. Elas alcançam você ao seu próprio modo, sem palavras, e então, então você entenderá o que quer dizer "vida e morte". Quando compreender isso, você se sentirá inundado de alegria.

– Muad'Dib, para seus Fedaykin

– E essas foram as coisas que pusemos em movimento – Wensicia concluiu. – Essas coisas foram feitas por *você*.

Farad'n permaneceu estático, sentado em frente à mãe, na sala de estar que era reservada a ela. A luz dourada do sol entrava por trás dele, desenhando sua sombra no chão forrado com um tapete branco. A luz refletida pela parede atrás de sua mãe formava um halo em torno do cabelo dela. Como de hábito, ela usava um manto branco com bordas douradas, lembrete de seus dias de glória. Seu rosto, em formato de coração, parecia controlado, mas ele sabia que ela observava cada mínima reação da parte dele. O estômago dele dava a sensação de estar vazio, embora tivesse acabado de vir do café da manhã.

– Você não aprova? – Wensicia perguntou.

– O que há para desaprovar? – ele rebateu.

– Bem... o fato de termos mantido segredo disso para você até agora...

– Ah, isso... – Ele estudou a expressão da mãe, tentando refletir sobre sua própria complexa situação nessa questão. Ele só conseguia pensar numa coisa que tinha percebido recentemente: que Tyekanik não chamava mais sua mãe de "minha princesa". Como ele se dirigia a ela? Rainha Mãe?

Por que sinto essa sensação de perda?, ele se perguntou. *O que estou perdendo?* E a resposta era óbvia. Ele estava perdendo seus dias despreocupados, perdia o tempo que tinha para cultivar aqueles interesses mentais que tanto o atraíam. Se o complô arquitetado por sua mãe fosse bem-sucedido, essas coisas ficariam perdidas para sempre. Novas responsabilidades iriam exigir sua atenção. Ele percebeu que se ressentia disso profundamente. Como é que ousavam tomar tais liberdades com o seu tempo? E sem sequer consultá-lo!

– Fale o que está pensando – sua mãe pediu. – Tem alguma coisa errada.

– E se esse plano fracassar? – ele indagou, falando a primeira coisa que lhe passou pela cabeça.

– E como pode fracassar?

– Não sei... Todo plano pode fracassar. Como você está usando Idaho em tudo isso?

– Idaho? Que interesse é esse em... Ah, sim... aquele camarada místico que Tyek trouxe até aqui sem me consultar. Isso foi errado da parte dele. O místico falou de Idaho, não foi?

Foi uma mentira desajeitada da parte dela, e Farad'n se percebeu encarando a mãe com expressão espantada. Ela estivera inteirada da presença do Pregador todo esse tempo!

– É que eu nunca tinha visto um ghola – ele confessou.

Ela aceitou a explicação e disse:

– Estamos poupando Idaho para algo importante.

Farad'n mordeu o lábio superior e não falou nada.

Wensicia se percebeu lembrando do falecido pai de seu filho. Dalak tinha agido daquele jeito algumas vezes, muito introvertido e complexo, difícil de interpretar. Ela se lembrou de que Dalak tinha sido aparentado do conde Hasimir Fenring, e que esses dois haviam sido um tanto dândis e tanto fanáticos. Será que Farad'n seguiria pelo mesmo caminho? Ela começou a lamentar ter feito Tyek introduzir o jovem na religião arrakina. Quem poderia saber o caminho que isso o faria tomar?

– Como é que Tyek a chama agora? – Farad'n perguntou.

– O que é isso? – ela se assustou com a mudança de assunto.

– Reparei que ele não a chama mais "minha princesa".

Como ele é observador, ela pensou, surpresa ao constatar que isso a deixava muito inquieta. *Será que acha que agora Tyek é meu amante? Isso é absurdo, não faria nenhuma diferença de um jeito ou de outro. Então por que essa pergunta?*

— Ele me chama "milady" — ela revelou.

— Por quê?

— Porque esse é o costume em todas as Grandes Casas.

Incluindo a Atreides, ele pensou.

— É menos sugestivo se alguém ouve — ela explicou. — Alguém poderá pensar que desistimos de nossas aspirações legítimas.

— Quem seria tão estúpido? — ele perguntou.

Ela franziu a boca, decidida a deixar passar esse comentário. Uma coisa pequena, mas as grandes campanhas eram constituídas por muitas pequenas coisas.

— Lady Jéssica não deveria ter saído de Caladan — ele comentou.

Ela sacudiu a cabeça com firmeza. Mas o que era isso? A cabeça dele estava disparando para todo lado como se tivesse enlouquecido!

— O que você quer dizer? — ela perguntou.

— Ela não deveria ter voltado para Arrakis — ele respondeu. — Essa é uma má estratégia. Faz as pessoas pensarem. Teria sido melhor fazer seus netos irem visitá-la em Caladan.

Ele tem razão, ela pensou, descorçoada por perceber que essa ideia nunca lhe havia ocorrido. Tyek teria de explorar isso imediatamente. Mais uma vez ela sacudiu a cabeça. *Não!* O que Farad'n estava fazendo? Ele deve saber que o Sacerdócio jamais colocaria os dois gêmeos em risco no espaço.

E ela manifestou isso.

— O Sacerdócio ou lady Alia? — ele perguntou, reparando que os pensamentos dela tinha ido na direção que ele desejara. Sentia-se exultante com sua nova importância, com os jogos mentais à disposição de conspirações políticas. Fazia muito tempo desde a última vez em que a mente de sua mãe despertara seu interesse. Ela era fácil demais de ser manobrada.

— Você acha que Alia quer o poder para si mesma? — Wensicia indagou.

Ele desviou os olhos dela. Claro que Alia queria o poder para si mesma! Todos os relatos que vinham daquele planeta amaldiçoado diziam isso. Os pensamentos dele seguiram por um novo curso.

— Li alguma coisa a respeito do planetólogo deles — ele falou. — Tem de haver alguma pista para os vermes da areia e os haploides lá, se pelo menos...

— Deixe isso para os outros, por ora! — ela explodiu, começando a perder a paciência com ele. — Isso é tudo que você tem a dizer sobre as coisas que fizemos por você?

— Vocês não fizeram nada por mim — ele pontuou.

— Como é?

— Vocês fizeram pela Casa Corrino — ele argumentou —, e a Casa Corrino é você, neste momento. Eu não fui investido.

— Você tem responsabilidades! — ela exclamou. — E todas essas pessoas que dependem de você?

Como se as palavras de sua mãe o tivessem onerado, Farad'n sentiu o peso de todas as esperanças e de todos os sonhos que acompanhavam a Casa Corrino.

— Sim — ele concordou —, entendo tudo isso, mas acho que algumas feitas em meu *nome* foram de muito mau gosto.

— Mau... Mas como você pode falar uma coisa assim? Fazemos o que qualquer outra Grande Casa faria para promover seu próprio destino e seu êxito!

— É mesmo? Acho que você foi um pouco grosseira. Não! Não me interrompa. Se é para eu ser imperador, então é melhor que você aprenda a me ouvir. Você acha que não consigo ler nas entrelinhas? Como é que os tigres foram treinados?

Ela ficou muda diante dessa cortante demonstração da habilidade perceptiva de seu filho.

— Entendo — ele murmurou. — Bem, vou manter Tyek porque sei que foi você que o obrigou a isso. Ele é um bom oficial na maior parte das circunstâncias, mas só lutará em defesa de seus próprios princípios num ambiente amistoso.

— Os *princípios* dele?

— A diferença entre um bom oficial e um mau oficial é a força de caráter... e mais ou menos cinco batidas do coração — ele pontificou. — Ele deve se guiar por seus princípios onde quer que seja desafiado.

— Os tigres eram necessários — ela salientou.

— Vou acreditar nisso se eles tiverem sucesso — ele retrucou. — Mas não concordarei com o que teve de ser feito para que fossem treinados. Não proteste. É óbvio. Eles foram *condicionados*. Você mesma disse.

— E o que você vai fazer? — ela indagou.

– Vou esperar para ver – ele respondeu. – Talvez eu me torne imperador.

Ela pôs a mão no peito e suspirou. Por alguns momentos ele a havia deixado aterrorizada. Ela quase acreditara que ele iria denunciá-la. Princípios! Mas, agora, ele estava comprometido. Ela podia constatar isso.

Farad'n se levantou, foi até a porta e tocou a sineta chamando as damas de sua mãe. Então, olhou para trás:

– A conversa terminou, certo?

– Sim. – Ela ergueu a mão quando ele se virou para sair. – Aonde está indo?

– À biblioteca. Ultimamente fiquei fascinado pela história dos Corrino. – Então ele a deixou, sentindo como levava no íntimo seu novo compromisso.

Maldita!

Mas ele sabia que estava comprometido. E reconhecia que havia uma profunda diferença emocional entre a história registrada em shigafio e lida por prazer, uma profunda diferença entre essa espécie de história e aquela que se vivia. Essa nova história viva, que ele sentia se construindo à sua volta, possuía uma qualidade de imersão em um futuro irreversível. Farad'n podia se sentir arrastado agora pelos desejos de todos aqueles cuja sorte caminhava junto com a dele. Ele achava estranho não conseguir identificar exatamente seus desejos pessoais em meio a isso.

Dizem que uma vez Muad'Dib viu um matinho que tentava crescer entre duas pedras. Ele então moveu uma das pedras. Depois de um tempo, quando o matinho pareceu que ia dar flores, ele o cobriu com a outra pedra. "Era o destino dele", explicou.

– Os comentários

– Agora! – Ghanima gritou.

Dois passos à frente dela, Leto não hesitou em alcançar a fenda estreita nas rochas. Mergulhou naquele intervalo e seguiu em frente rastejando, até que a escuridão o envolveu de todo. Ele ouviu quando Ghanima caiu atrás dele; depois, uma repentina imobilidade, então a voz dela, sem medo nem pressa:

– Estou presa.

Ele ficou em pé, sabendo que assim sua cabeça ficaria ao alcance das garras que avançariam contra ele pelo ar, e refez o curto trajeto dentro daquela passagem estreita, agora rente ao chão, até sentir a mão estendida da irmã.

– É o manto – ela explicou. – Ficou enroscado.

Ele ouviu pedras que caíam bem abaixo de onde eles estavam, pipocando no chão. Ele a puxou pela mão, mas só sentiu um pequeno avanço.

Abaixo deles sons de animais que arfavam e então um rosnado.

Leto se tensionou e colocou os quadris como alavanca contra as rochas. Pegando agora o braço de Ghanima, ele deu um puxão mais firme e sentiu o tecido se rasgando e ela vindo para cima dele com um sobressalto. Ela soltou um som sibilante e ele sabia que era de dor, mas ainda assim puxou-a de novo, e com mais força. Ela entrou mais no buraco e então caiu junto dele, ali dentro. Porém, os dois estavam ainda muito próximos da abertura daquela passagem. Ele se virou, caiu de quatro e começou a engatinhar para longe dali. Ghanima se posicionou ao lado dele. A intensidade da respiração ofegante que acompanhava seus movimentos indicavam que ela estava ferida. Ele alcançou o fim da cavidade, rolou de barriga para cima e então espreitou o que havia na estreita abertura de seu santuário. Ela estava a mais ou menos dois metros sobre sua cabeça e cheia de estrelas. Havia algo grande obscurecendo os astros.

Um rosnado trovejante encheu o ar que envolvia os gêmeos. Era um som grave, intenso, ameaçador e antigo: o caçador conversando com sua presa.

– Você está muito machucada? – Leto perguntou, mantendo a voz calma.

Ela respondeu do mesmo modo:

– Um deles me deu uma patada. Isso rasgou o trajestilador na perna esquerda. Estou sangrando.

– Muito?

– Foi uma veia. Posso estancar.

– Faça pressão – ele ordenou. – Não se mexa. Vou cuidar dos nossos amigos.

– Tome cuidado – ela disse. – Eles são maiores do que eu esperava.

Leto desembainhou sua dagacris e estendeu com firmeza o braço que a empunhava. Ele sabia que o tigre estava buscando suas presas ali embaixo, com suas garras que raspavam as laterais da fenda estreita onde não cabia seu corpo.

Lentamente, bem lentamente, ele estendeu a faca. De súbito, algo atingiu a ponta da lâmina. Ele sentiu o golpe vibrando ao longo de todo o seu braço, a ponto de quase deixar a arma cair. Sangue jorrava sobre sua mão e salpicava seu rosto. Um berro logo em seguida praticamente deixou-o surdo. As estrelas se tornaram visíveis. Alguma coisa se contorcia e saltava para longe das rochas, indo na direção da areia, urrando violentamente.

Mais uma vez, as estrelas foram toldadas e ele ouviu o rugido do predador. O segundo tigre tinha ocupado a posição do outro, desatento para o destino do companheiro.

– São persistentes – Leto murmurou.

– Um deles você liquidou, com certeza – Ghanima declarou. – Ouça!

Os berros e convulsões espasmódicas vinham da parte inferior de onde eles estavam, cada vez menos audíveis. Todavia, o segundo tigre era uma verdadeira cortina tapando as estrelas.

Leto guardou a lâmina na bainha e tocou o braço de Ghanima.

– Quero a sua faca. Quero uma ponta nova, para ter certeza com esse outro.

– Você acha que eles terão um terceiro de reserva? – ela perguntou.

– Pouco provável. Os tigres laza caçam aos pares.

– Assim como nós – ela acrescentou.

— Assim como nós — ele concordou. Quando sentiu o cabo da dagacris da irmã na palma de sua mão, ele o apertou com firmeza. Mais uma vez, começou a estender para cima com todo o cuidado sua mão, buscando contato com a pata do animal. A lâmina só topou com ar, mais nada, ainda quando ergueu o corpo um pouco mais, numa altura inclusive perigosa. Então, recuou e começou a pensar sobre isso.

— Você não conseguiu encontrar o tigre?

— Ele não está se comportando como o outro.

— Mas continua ali. Sente o cheiro?

Ele engoliu em seco. Um hálito fétido, úmido e com o odor almiscarado do felino tomou suas narinas de assalto. As estrelas continuavam encobertas. Nada mais se ouvia vindo do primeiro tigre. O veneno da dagacris tinha concluído seu serviço.

— Acho que vou ter de ficar em pé — ele informou.

— Não!

— Ele precisa ser provocado para chegar ao alcance da adaga.

— Sim, mas concordamos que se um de nós pudesse evitar ser ferido...

— E você está ferida, de modo que você é quem vai recuar — ele insistiu.

— Mas se você ficar muito ferido eu não conseguirei deixar você sozinho — ela rebateu.

— Você tem uma ideia melhor?

— Dê aqui minha faca de volta.

— Mas e a sua perna!

— Eu posso ficar em pé em cima da outra, que está boa.

— Essa criatura é capaz de arrancar a sua cabeça com uma só patada. Talvez a maula...

— E se houver alguém por perto escutando, saberão que viemos preparados para...

— Não gosto de você correndo esse risco! — ele confessou.

— Quem quer que esteja lá não deve saber que temos maulas... ainda não. — Ela tocou o braço do irmão. — Vou tomar cuidado, ficarei de cabeça abaixada.

Como ele permaneceu calado, ela acrescentou:

— Você sabe que sou eu que tenho de fazer isso. Me dê a faca de volta.

Relutando, ele tateou no escuro com a mão desocupada, encontrou a da irmã e lhe devolveu a arma. Era a coisa lógica a ser feita, mas a lógica brigava com todas as emoções que o inundavam.

Ele sentiu Ghanima se afastar, ouvindo o som arenoso do manto dela raspando nas pedras. Ela respirou mais pesado, arfando, e ele soube que ela devia estar em pé. *Tome muito cuidado!*, ele pensou. E ele quase a puxou de volta para insistir que ela usasse a pistola maula. Mas, com isso, qualquer um que estivesse lá fora ficaria sabendo que eles estavam com essas armas. Pior ainda, poderia afugentar o tigre e ele se poria fora do alcance deles, deixando-os então ali dentro, presos entre as pedras e com um tigre ferido esperando pelos dois em algum lugar desconhecido no meio das rochas.

Ghanima inspirou fundo e firmou as costas contra um paredão da fenda. *Devo ser rápida*, ela pensou. Com a ponta da faca voltada para cima, ela estendeu o braço. A perna esquerda latejava nos lugares em que as garras tinham cortado a carne. Ela sentia o sangue coagulando sobre a pele e também o calor de um novo sangramento. *Muito rápida!* Então nivelou seus sentidos na calma preparação para enfrentar crises que o treinamento Bene Gesserit proporcionava, empurrando a dor e outros fatores de distração para fora de sua consciência. O felino tem de enfiar a pata ali dentro! Lentamente ela deslizou a lâmina através da abertura. Onde estava aquele desgraçado daquele animal? Mais uma vez ela atiçou o ar em estocadas curtas. Nada. O tigre teria de ser atraído para que atacasse.

Cuidadosamente, ela usou seu olfato para farejar. Um hálito quente veio da esquerda. Ela se posicionou, inspirou fundo e gritou *Taqwa!*, o antigo grito de guerra fremen. Seu significado, encontrado nas legendas mais antigas, era *O preço da liberdade!* Com esse grito, ela apontou a extremidade da faca e atacou pelo lado esquerdo da fresta. As garras encontraram seu cotovelo antes que a faca achasse a carne, e ela teve tempo apenas de virar seu punho na direção da dor antes que a agonia cobrisse seu braço do cotovelo ao punho. Através da dor, ela sentiu a ponta envenenada da faca afundar no tigre. A lâmina foi arrancada de seus dedos entorpecidos, mas novamente a estreita abertura da fenda entre as pedras estava desobstruída e cheia de estrelas, e a voz lamurienta de um felino moribundo ocupava a noite. Eles seguiram a voz até seus últimos estertores de morte, enquanto a fera cambaleava sobre os rochedos de fora. Então, instalou-se o silêncio final.

– Ele pegou o meu braço – Ghanima ofegou, tentando atar uma ponta solta do manto em torno da ferida.

– Cortou muito?

– Acho que sim. Não consigo sentir a mão.

– Vou pegar uma luz e...

– Só depois que voltarmos ao abrigo!

– Serei rápido.

Ela o ouviu se virar para alcançar o fremkit, sentiu a escura maciez de um escudo noturno deslizando sobre sua cabeça e sendo acomodado atrás dela. Ele não se deu ao trabalho de cuidar que a umidade não escapasse.

– Minha faca está deste lado – ela comentou. – Consigo sentir o cabo com o joelho.

– Deixe isso para lá, por enquanto.

Ele acendeu um pequeno globo. O clarão que emitia ofuscou Ghanima. Leto colocou o globo no chão arenoso da caverna, e então perdeu o fôlego quando olhou para o braço da irmã. Uma pata tinha aberto uma ferida longa e funda que contornava o cotovelo, pegava a parte de trás do braço e chegava praticamente até o punho. Essa ferida descrevia de que maneira ela havia girado o braço para direcionar a ponta da faca contra a pata do tigre.

Ghanima olhou uma vez para o ferimento, fechou os olhos e começou a recitar a Litania contra o medo.

Leto se sentiu compartilhando essa mesma necessidade, mas deixou de lado o clamor de suas próprias emoções enquanto se preparava para cuidar dos cortes. Era preciso agir com cuidado para deter o sangramento e ao mesmo tempo dar a impressão de um serviço desajeitado que a própria Ghanima teria feito por si mesma. Ele a fez amarrar sozinha o nó com a mão livre, segurando uma ponta da bandagem com os dentes.

– Agora, vamos dar uma olhada na perna – ele prosseguiu.

Ela girou para expor a outra ferida. Não era tão feia: dois cortes rasos feitos com as garras, ao longo da panturrilha. No entanto, tinham sangrado abundantemente dentro do trajestilador. Ele limpou tudo o melhor que pôde, atando a ferida por dentro do traje.

Então, fechou o tecido sobre a bandagem.

– Deixei entrar areia aí – ele informou. – Você precisa tratar disso assim que voltar.

– Areia em nossas feridas – ela disse. – Essa história é velha para os fremen.

Ele conseguiu sorrir e se recostou.

Ghanima inspirou fundo.

– Nós conseguimos.

– Ainda não.

Ela engoliu em seco, lutando para se recompor após o choque do embate. Seu rosto estava pálido à luz do luciglobo. E ela pensou: *Sim, temos de nos deslocar muito depressa agora. Quem controlava os tigres pode estar aí fora neste exato momento.*

Encarando a irmã, Leto sentiu o aperto repentino e intenso da perda. Era uma dor funda, que lhe atravessou o peito. Ele e Ghanima deviam se separar agora. Durante todos os anos, desde seu nascimento, tinham sido como uma só pessoa. Mas seu plano agora exigia que passassem por uma metamorfose, indo em rumos separados e singulares, num distanciamento em que dividir as experiências diárias nunca mais poderia uni-los da maneira como tinham sido unidos até então.

Ele se voltou para o que era necessariamente mundano.

– Aqui está meu fremkit. Tirei as bandagens. Alguém pode olhar.

– Sim. – Ela trocou de kit com ele.

– Alguém, em algum lugar, opera um transmissor ligado aos tigres – ele continuou. – O mais provável é que estejam esperando perto do qanat para se certificar a nosso respeito.

Ela tocou a pistola maula na posição que ocupava em cima do fremkit, pegou-a e a enfiou na faixa de cintura que ficava sob seu manto.

– Meu manto está rasgado.

– Está... Rastreadores devem chegar aqui em pouco tempo – ele insistiu. – Pode ser que haja um traidor entre eles. É melhor que você retorne sozinha. Faça Harrah esconder você.

– Eu vou... eu vou começar a buscar o traidor assim que chegar de volta – ela prometeu. Ela olhou fundo no rosto do irmão, compartilhando com ele o doloroso conhecimento de que, a partir desse momento, eles iriam acumular vastas diferenças. Nunca mais seriam como uma só pessoa, compartilhando conhecimentos que mais ninguém seria capaz de compreender.

– Irei para Jacurutu – ele declarou.

– Fondak – ela respondeu.

Ele aquiesceu. Jacurutu/Fondak – tinham de ser o mesmo lugar. Era a única maneira de o lendário lugar poder ter permanecido oculto. Naturalmente, isso era obra dos contrabandistas. Como era fácil para eles trocar um rótulo por outro, atuando sob o disfarce da convenção tácita por meio da qual tinham licença para existir. A família que governasse um planeta sempre deveria ter uma porta dos fundos para escapar *in extremis*. E uma pequena parcela dos lucros do contrabando mantinha os canais abertos. Em Fondak/Jacurutu, os contrabandistas tinham dominado um sietch completamente operacional sem a menor oposição da população residente. E tinham escondido Jacurutu à plena vista de todos, garantida pelo tabu que mantinha os fremen distantes.

– Nenhum fremen irá pensar em procurar por mim em tal lugar – ele disse. – Eles perguntarão aos contrabandistas, naturalmente, mas...

– Faremos como combinamos – ela completou. – É só...

– Eu sei. – Ao ouvir a própria voz, Leto se deu conta de que estavam estendendo esses últimos momentos de identificação. Um sorriso contorcido resvalou pelos lábios do menino, adicionando vários anos à sua fisionomia. Ghanima entendeu que ela o estava enxergando através dos véus do tempo, vendo um Leto mais velho. Lágrimas ardiam em seus olhos.

– Você ainda não precisa dar água aos mortos – ele falou, limpando com um dedo a umidade no rosto da irmã. – Irei para longe o bastante, tão longe que ninguém ficará sabendo, e chamarei um verme. – Ele indicou os ganchos do Criador atados do lado de fora do seu fremkit. – Chegarei a Jacurutu antes do amanhecer do segundo dia, a partir de agora.

– Que a viagem lhe seja leve, velho amigo – ela murmurou.

– Voltarei para você, minha única amiga – ele prometeu. – Lembre-se de tomar cuidado no qanat.

– Escolha um bom verme – ela disse, pronunciando as palavras fremen de despedida. Sua mão esquerda apagou o luciglobo e o lacre noturno farfalhou quando ela o puxou para o lado, dobrou e guardou dentro do kit. Ela sentiu o irmão indo embora, ouvindo somente o mais suave dos sons que rapidamente se desfaziam em silêncio conforme ele ia escalando as rochas que o levariam deserto adentro.

Ghanima se preparou então para o que lhe cabia fazer. Leto tinha de estar morto para ela. Ela precisava chegar a acreditar nisso. Não poderia existir Jacurutu em sua mente, não poderia existir um irmão em algum lugar buscando um lugar perdido da mitologia fremen. Desse momento em diante, ela não podia pensar em Leto como alguém vivo. Ela precisava se condicionar a reagir como se acreditasse piamente que seu irmão estava morto e que fora abatido pelos tigres laza. Poucos eram os humanos capazes de ludibriar uma Proclamadora da Verdade, mas ela sabia que era capaz disso... que deveria ser capaz disso. As vidas múltiplas que ela e Leto compartilhavam lhes haviam ensinado como realizar tal façanha: era um processo hipnótico, antigo já nos tempos de Sheba, embora ela talvez fosse a única humana viva capaz de se lembrar de Sheba como realidade. As compulsões profundas tinham sido projetadas com cuidado, e, por muito tempo depois de Leto ter partido, Ghanima retrabalhou sua consciência de si mesma, construindo a identidade da irmã solitária, a gêmea sobrevivente, até ter-se tornado uma totalidade crível. Enquanto fazia isso, comprovou que seu mundo interior se tornava silente, impedido de invadir o território de sua consciência. Esse era um efeito colateral que ela não havia antecipado.

Se pelo menos Leto pudesse ter vivido para aprender a fazer isso, ela pensou, e não lhe pareceu que essa ideia fosse um paradoxo. Colocando-se em pé, ela espreitou o deserto onde o tigre tinha acabado com a vida de Leto. Lá de longe subia um som que vinha das areias e aumentava, um som que era conhecido dos fremen: a passagem de um verme. Por mais raros que tivessem se tornado nessas paragens, um verme ainda vinha. Talvez a agonia da morte do primeiro tigre... Sim, Leto tinha matado um dos felinos antes de o outro ter dado conta dele. Era incrivelmente simbólico que um verme aparecesse naquelas circunstâncias. A compulsão dela era tão intensa que ela enxergou três pontos escuros bem distantes, no horizonte de areia: os dois tigres e Leto. Então o verme veio e só foi areia cuja superfície fendida criava novas ondas com a passagem de Shai-hulud. Não tinha sido um verme muito grande... mas grande o bastante. E a compulsão de Ghanima não lhe permitia enxergar a pequena figura que montava o dorso anelado daquela criatura.

Combatendo seu sentimento de perda, Ghanima fechou seu fremkit e saiu rastejando cautelosamente de dentro do esconderijo. Com a mão na pistola maula, ela esquadrinhou os arredores. Nenhum sinal de humano usando transmissor. Ela escalou as rochas até em cima e cruzou para o lado extremo, movendo-se abaixada quando nuvens encobriam a lua, esperando, esperando, até ter certeza de que nenhum assassino estava à espreita mais adiante no caminho.

Filhos de Duna

Através do espaço aberto, ela pôde enxergar as tochas de Tabr, na atividade oscilante da busca. Uma mancha escura se movimentou pela areia na direção do Serviçal. Ela preferiu traçar um percurso que a levasse bem ao norte da equipe que se aproximava, desceu para a areia e foi indo na direção das sombras das dunas. Cuidando para que seus passos não tivessem ritmo regular, e assim não atraíssem um verme, ela partiu através da solitária distância que separava Tabr do lugar em que Leto tinha sido morto. Ela precisava tomar cuidado perto do qanat, isso estava claro. Nada devia impedi-la de dizer como seu irmão tinha perecido, salvando-a dos tigres.

> Os governos, se perduram, sempre tendem cada vez mais na direção de modelos aristocráticos. Não se sabe de nenhum governo, na História, que tenha se furtado a esse padrão. E, à medida que a aristocracia se desenvolve, o governo tende mais e mais a agir exclusivamente no interesse da classe dominante, quer essa classe seja a realeza hereditária, oligarquias de impérios financeiros ou a burocracia mais cristalizada.
>
> – A Política como Fenômeno Repetitivo: Manual de Treinamento Bene Gesserit

– Por que ele nos apresenta essa proposta? – Farad'n perguntou. – Isso é o mais importante.

Ele e o bashar Tyekanik estavam em pé, conversando no salão de descanso dos aposentos privados de Farad'n. Wensicia estava sentada num divã baixo, azul-claro, mais como ouvinte do que como interlocutora. Ela estava ciente de sua posição e se ressentia disso, mas Farad'n tinha passado por uma mudança aterrorizante desde aquela manhã em que ela lhe havia revelado os planos que estavam sendo elaborados.

Era o final da tarde no castelo Corrino, e a luz esmaecida do poente acentuava o discreto conforto daquele recinto – um aposento forrado de livros de verdade reproduzidos em plastino, com prateleiras revelando uma horda de aparelhos de reprodução, blocos de dados, carretéis de shigafio, amplificadores mnemônicos. Por toda parte havia sinais de que esse cômodo era muito utilizado: os livros tinham lugares desgastados, os amplificadores exibiam seu metal lustroso, as beiradas dos blocos de dados estavam amassadas. Havia apenas um divã, mas muitas cadeiras, todas elas flutuadores sensiformes projetados para oferecer conforto absoluto.

Farad'n estava de costas para uma janela. Usava um uniforme básico dos Sardaukar, em cinza e preto, ostentando somente os símbolos das garras douradas do leão nas abas do colarinho, a título de adorno. Ele tinha resolvido receber o bashar e sua mãe nesta sala, na expectativa de criar uma atmosfera de comunicação mais descontraída do que a que prevaleceria se estivessem num ambiente mais formal. Mas os constantes modos de tratamento dispensados por Tyekanik – "Milorde...", "Milady..." – instalavam uma distância entre eles.

– Milorde, não acho que ele teria feito essa oferta se não fosse capaz de honrá-la – respondeu Tyekanik.

– Claro que não! – intrometeu-se Wensicia.

Farad'n apenas olhou para a mãe a fim de calá-la, e então indagou:

– Não fizemos pressão em Idaho, nenhuma tentativa de forçar a realização da promessa do Pregador?

– Nenhuma pressão – informou Tyekanik.

– Então, por que Duncan Idaho, famoso sua vida inteira pela fanática lealdade aos Atreides, está se oferecendo agora para entregar lady Jéssica em nossas mãos?

– Há boatos de uma crise em Arrakis... – Wensicia arriscou.

– Não confirmados – Farad'n rebateu. – Seria possível que O Pregador tivesse precipitado isso?

– É possível – Tyekanik conjeturou –, mas não consigo perceber com que motivo.

– Ele diz que está buscando asilo para ela – Farad'n lembrou. – Isso poderia proceder, se os boatos...

– Justamente – completou a mãe.

– Ou poderia ser algum tipo de armadilha – sugeriu Tyekanik.

– Podemos fazer diversas conjecturas e examinar cada uma – Farad'n afirmou. – E se Idaho caiu em desgraça diante de lady Alia?

– Isso explicaria a situação – anuiu Wensicia –, mas ele...

– Nenhuma notícia dos contrabandistas ainda? – Farad'n interrompeu. – Por que não podemos...

– Nesta estação, as transmissões são sempre mais demoradas – Tyekanik explicou –, e os protocolos de segurança...

– Sim, naturalmente, mas mesmo assim... – Farad'n balançou a cabeça. – Não gosto das nossas suposições.

– Não se apresse em abandoná-las – recomendou Wensicia. – Todas essas histórias sobre Alia e aquele sacerdote, seja qual for seu nome...

– Javid – lembrou Farad'n. – Mas esse homem, evidentemente...

– Ele tem sido uma fonte valiosa de informação para nós – apontou Wensicia.

– Eu ia dizer que ele, evidentemente, é um agente duplo – concluiu Farad'n. – Como é que ele poderia se incriminar nisso tudo? Ele não merece confiança. Há sinais demais de que...

– Que não consigo enxergar – interrompeu a mãe.

Repentinamente, ele perdeu a paciência com a obtusidade dela.

– Acredite no que lhe digo, mãe! Os sinais estão aí; mais tarde eu lhe explico.

– Quanto a mim, concordo – Tyekanik admitiu.

Wensicia se calou com ar magoado. Como é que eles ousavam expulsá-la do Conselho dessa maneira? Como se ela fosse uma garotinha fútil sem...

– Não devemos nos esquecer de que Idaho já foi um ghola – Farad'n considerou. – Os Tleilaxu... – E ele olhou de lado para Tyekanik.

– Essa possibilidade será investigada – ele argumentou. Tyekanik sentiu-se admirado com o modo como funcionava a cabeça de Farad'n: era uma mente alerta, inquisitiva, penetrante. Sim, quando haviam devolvido a vida a Idaho, os Tleilaxu podiam ter implantado uma poderosa farpa em seu organismo para usarem em proveito próprio.

– Mas não consigo perceber o motivo dos Tleilaxu para isso – Farad'n confessou.

– Um investimento em nossas fortunas – Tyekanik sugeriu. – Uma pequena garantia por favores futuros?

– Eu diria um grande investimento – comentou Farad'n.

– Perigoso – murmurou Wensicia.

Farad'n teve de concordar com ela. As habilidades de lady Jéssica eram famosas no Império. Afinal de contas, Muad'Dib tinha sido treinado por ela.

– Se ficassem sabendo que estamos com ela... – Farad'n começou.

– Sim, seria uma faca de dois gumes – Tyekanik concluiu. – Mas não é necessário que se divulgue isso.

– Vamos supor – disse Farad'n – que aceitamos essa oferta. Qual o valor de lady Jéssica? Podemos usá-la como moeda de troca por algo de maior importância?

– Abertamente, não – contrapôs Wensicia.

– Óbvio que não! – e o filho olhou com expectativa para Tyekanik.

– É o que veremos depois – disse ele.

– Sim – Farad'n aquiesceu –; acho que, se aceitarmos, devemos considerar lady Jéssica como fundos creditados para uso indeterminado. Afinal de contas, a fortuna não precisa obrigatoriamente ser gasta com algo específico. É só algo... potencialmente útil.

– Ela seria uma cativa muito perigosa – Tyekanik lembrou.

– De fato, temos que levar isso em conta – Farad'n concordou. – Disseram-me que seus conhecimentos Bene Gesserit lhe permitem manipular uma pessoa apenas com o uso sutil de sua voz.

– Ou de seu corpo – acrescentou Wensicia. – Irulan certa vez me apresentou algumas coisas que ela havia aprendido. Nessa época ela estava se exibindo, e eu não me dispus a assistir a essas demonstrações. Ainda assim, há evidências bem conclusivas de que as Bene Gesserit têm métodos próprios para alcançar seus objetivos.

– Você está sugerindo que ela possa me seduzir? – Farad'n perguntou.

Wensicia apenas deu de ombros.

– Eu diria que ela é um pouco idosa para isso, não é mesmo? – Farad'n perguntou.

– Quando se trata de uma Bene Gesserit, nada é certo – afirmou Tyekanik.

Farad'n registrou um arrepio de excitação mesclado com medo. Jogar esse tipo de jogo para devolver a Casa Corrino ao nível mais alto do poder era algo que tanto o atraía como o repelia. Por mais que fosse sempre uma perspectiva atraente, ele sentia uma intensa necessidade de se retirar desse jogo e retomar seus interesses pessoais prediletos: a pesquisa histórica e se inteirar dos deveres manifestos da regência ali, em Salusa Secundus. Restaurar as forças Sardaukar à sua disposição já era uma tarefa e tanto... e, para dar conta dessa incumbência, Tyek ainda era um bom recurso. Afinal de contas, um planeta era uma responsabilidade enorme, mas o Império era uma responsabilidade ainda maior, e muito mais atraente como instrumento de poder. Quanto mais ele lia sobre Muad'Dib/Paul Atreides, mais fascinado Farad'n se tornava com os usos do poder. Como líder titular da Casa Corrino e herdeiro de Shaddam IV, que grande realização seria devolver sua linhagem ao Trono do Leão. Ele queria isso! Farad'n tinha percebido que, repetindo essa litania motivacional para si mesmo, várias vezes seguidas, ele conseguia superar suas dúvidas momentâneas.

– ... e, é claro – Tyekanik estava falando –, as Bene Gesserit ensinam que a paz promove agressões e, assim, deflagram guerras. O paradoxo da...

– Como foi que chegamos a esse assunto? – Farad'n perguntou, retomando sua atenção e tirando-a da esfera das especulações.

– Ora – Wensicia respondeu suavemente, tendo notado que o rosto de seu filho tinha ficado anuviado –, eu apenas perguntei se Tyekanik estava a par da filosofia que norteia a Irmandade.

– A filosofia deve ser tratada com irreverência – pontificou Farad'n, virando-se para ficar de frente para Tyekanik. – Quanto à oferta de Idaho, acho que devemos pesquisar melhor. Quando achamos que sabemos de alguma coisa, esse é exatamente o momento em que devemos olhar aquilo bem mais a fundo.

– Assim será feito – anuiu Tyekanik. Ele apreciava esse traço cauteloso no caráter de Farad'n, mas esperava que não chegasse a atingir a esfera das decisões militares que exigissem rapidez e precisão.

Com aparente frivolidade, Farad'n perguntou:

– Sabe o que acho mais interessante na história de Arrakis? O costume dos tempos primitivos em que os fremen matavam à queima-roupa qualquer um que não estivesse usando um trajestilador, com seu capuz característico e facilmente visível.

– E o que fascina no trajestilador? – perguntou Tyekanik.

– Você reparou, foi?

– E como não reparar? – indagou Wensicia.

Farad'n desferiu um olhar irritado na direção da mãe. Por que ela interrompia daquele jeito? Ele voltou sua atenção para Tyekanik.

– O trajestilador é a chave do caráter daquele planeta, Tyek. É a marca registrada de Duna. As pessoas tendem a focalizar as características físicas: o trajestilador conserva a umidade do corpo, recicla-a e torna possível a existência num planeta como aquele. Você sabe, o costume fremen era ter um trajestilador para cada membro da família, *exceto* os coletores de comida que tinham outro, de reserva. Mas, por favor, vejam bem, vocês dois... – E ele se movimentou para incluir a mãe – trajes que parecem ser trajestiladores, e na realidade não são, se tornaram alta moda através de todo o Império. É um traço tão típico dos humanos copiar os conquistadores!

– Você realmente acha que essa é uma informação valiosa? – Tyekanik perguntou, com um tom de voz aturdido.

— Tyek, Tyek, sem uma informação dessas não se pode governar. Eu disse que o trajestilador é a chave para o caráter deles e é! É uma coisa conservadora. Os erros que cometerão serão erros conservadores.

Tyekanik relanceou os olhos para Wensicia, que estava encarando o filho com a testa franzida de preocupação. Essa característica de Farad'n ao mesmo tempo que atraía o bashar deixava-o preocupado. Era muito diferente de Shaddam. Ali sim tinha havido o Sardaukar essencial: o matador militar com poucas inibições. Mas Shaddam tinha caído perante os Atreides comandados por aquele maldito Paul. De fato, o que ele sabia de Paul Atreides revelava características muito semelhantes às que Farad'n demonstrava agora. Era possível que Farad'n pudesse hesitar menos do que os Atreides diante de necessidades brutais, mas isso era devido a seu treinamento Sardaukar.

— Muitos governaram sem utilizar essa espécie de informação — Tyekanik retrucou.

Farad'n apenas olhou fixamente para ele por um momento, antes de dizer:

— Governaram e falharam.

A boca de Tyekanik se fechou numa linha estreita e reta, diante dessa contundente alusão ao fracasso de Shaddam. Esse tinha sido um fracasso Sardaukar também, e nenhum Sardaukar iria querer se lembrar disso.

Tendo deixado claro esse ponto, Farad'n acrescentou:

— Veja, Tyek, a influência de um planeta sobre o inconsciente de sua massa de habitantes nunca foi devidamente avaliada. Para derrotar os Atreides, devemos entender não somente Caladan, mas Arrakis: um plano suave e o outro, um campo de treinamento para decisões difíceis. Aquele foi um evento singular, o casamento dos Atreides com os fremen. Devemos saber como foi que deu certo ou não seremos capazes de nos equiparar a eles, quanto mais derrotá-los!

— E o que isso tem a ver com a oferta de Idaho? — Wensicia indagou.

De pé, Farad'n olhou com dó para sua mãe, sentada no divã:

— Damos início à derrota deles com os tipos de estresse que introduzimos em sua sociedade. Esse é um recurso poderoso: o estresse. E a falta dele é importante, também. Você notou como os Atreides ajudaram as coisas a se tornarem suaves e fáceis aqui?

Tyekanik deixou transparecer um seco e breve movimento de anuência com a cabeça. Esse era um bom argumento. Não se podia permitir que os Sardaukar se tornassem suaves demais. Todavia, essa oferta de Idaho continuava a incomodá-lo. Ele sugeriu:

– Talvez seja melhor recusar a oferta.

– Ainda não – discordou Wensicia. – Temos um leque de opções aberto à nossa frente. Nossa tarefa consiste em identificar o máximo de elementos desse leque. Meu filho está certo: precisamos de mais informações.

Farad'n olhou fixamente para ela, pesando a intenção de sua mãe tanto quanto o significado superficial de suas palavras.

– Mas será que saberemos se tivermos passado o ponto de não nos restar alternativa? – ele perguntou.

Uma risadinha amarga brotou de Tyekanik.

– Se está perguntando para mim, já passamos há muito tempo do ponto em que não há mais volta.

Farad'n inclinou a cabeça e riu alto:

– Mas ainda temos alternativas de escolha, Tyek! É muito importante saber quando se chegou ao fim da linha!

> **Nesta era, em que os meios de transporte humanos incluem dispositivos capazes de vencer imensas extensões de espaço em transtempo, e em que outros engenhos são capazes de transportar rapidamente pessoas através de quase qualquer superfície planetária intransponível, parece exótico pensar em empreender uma longa viagem a pé. Contudo, esse continua sendo um meio elementar de viajar em Arrakis, fato que é atribuído em parte à preferência e, em parte, ao brutal tratamento que esse planeta dispensa a tudo aquilo que é mecânico. Nas agrestes condições vigentes em Arrakis, a carne humana continua sendo o recurso mais durável e confiável para o hajj. Talvez seja a clara e implícita percepção desse fato que faz de Arrakis o derradeiro espelho da alma.**
>
> **– Manual do hajj**

Lenta e cautelosamente, Ghanima percorreu todo o caminho de volta a Tabr, sempre se mantendo sob o abrigo das mais escuras sombras das dunas, acocorada e imóvel, quando a equipe de busca passou ao sul de sua posição. Uma terrível percepção se apoderara de sua consciência: o verme que tinha se apoderado dos tigres e do corpo de Leto, os perigos que tinha pela frente. Ele tinha morrido; seu irmão gêmeo estava morto. Ela deixou de lado todas as lágrimas e alimentou sua ira. Nisso, era fremen da cabeça aos pés. Sabedora dessa verdade, regozijou-se com ela.

Ela entendia o que diziam sobre os fremen. Não era de se esperar que tivessem consciência, depois de tê-la perdido numa fúria de vingança contra aqueles que os haviam expulsado de um planeta atrás do outro, numa peregrinação interminável. Claro que isso era bobagem. Somente os mais broncos dos primitivos não tinham consciência. Os fremen eram dotados de uma consciência altamente evoluída, centrada em seu próprio bem-estar como povo. Era apenas aos estrangeiros que eles pareciam brutais, assim como os estrangeiros pareciam brutais aos fremen. Todo fremen sabia muito bem que era capaz de cometer um ato brutal sem sentir a menor culpa. Os fremen não sentiam culpa diante das mesmas coisas que despertavam esse sentimento nos outros. Seus rituais proporcionavam a isenção de culpas que, se não fosse assim, poderiam tê-los destruído. Eles sabiam, no fundo da consciência, que toda transgressão poderia ser atribuída, pelo menos em parte, a bem conhecidas circunstâncias atenuantes: "o fracasso da autoridade", "uma má tendência *natural*" compartilhada por todos os humanos, ou "má sorte", que qualquer criatura senciente seria capaz de identificar como uma colisão entre a carne mortal e o caos externo do universo.

Nesse contexto, Ghanima se sentia uma fremen pura, uma extensão cuidadosamente preparada da brutalidade tribal. Ela só carecia de um alvo – que, obviamente, era a Casa Corrino. Ela ansiava por ver o sangue de Farad'n esguichando no chão aos seus pés.

Nenhum inimigo estava à espreita no qanat. Até mesmo a equipe de busca tinha ido em outra direção. Ela atravessou a água por uma ponte de terra, passando agachada pelo meio do mato alto que levava até a saída escondida do sietch. Subitamente, uma luz brilhou acima dela e Ghanima se lançou de comprido no chão. Entre os talos esguios da alfafa gigante, ela tentou ver o que estava acontecendo. Uma mulher tinha entrado naquela passagem escondida, tendo vindo do lado de fora, e alguém havia se lembrado de preparar aquela passagem do modo como toda entrada de sietch deveria ser preparada. Em tempos conturbados, qualquer um que entrasse no sietch era saudado com um facho de luz forte que deixava o recém-chegado com a visão ofuscada por alguns instantes, o que dava aos guardas tempo de decidir como proceder. Mas essa forma de recepção nunca teve a intenção de ser transmitida deserto afora. A luz visível ali significava que os lacres externos tinham sido abandonados.

Ghanima sentiu um baque amargo com essa traição da segurança do sietch: essa luz flutuante. As atitudes dos fremen de roupas de renda podiam ser vistas em toda parte!

A luz continuava disseminando seu leque de claridade sobre o chão, na base do penhasco. Uma moça saiu correndo de dentro da escuridão do pomar na direção do facho de luz, seus movimentos traindo um evidente receio. Ghanima pôde ver o círculo brilhante de um luciglobo dentro da passagem com um halo de insetos turbilhonando em volta dele. Aquele foco de luz iluminava duas sombras escuras na passagem: um homem e a jovem. Estavam de mãos dadas e olhavam um nos olhos do outro.

Ghanima sentiu que havia algo de errado ali com o homem e a moça. Eles não eram somente um casal de enamorados furtando para si um momento do processo de busca. A luz estava suspensa sobre eles e à sua frente, na passagem. Os dois conversavam contra o pano de fundo de um arco iluminado, lançando suas sombras sobre a noite lá fora, onde ninguém poderia estar observando o que estivessem fazendo. De vez em quando o homem soltava uma das mãos, que aparecia gesticulando na luz ao realizar um movimento furtivo e incisivo que, tão logo se completava, voltava para as sombras.

Sons solitários de criaturas da noite enchiam as trevas em torno de Ghanima, mas ela filtrou e ignorou essas distrações.

O que aqueles dois estavam fazendo?

Os gestos do homem eram muito estáticos, muito cautelosos.

Ele se virou. Um reflexo do manto da mulher o iluminou, expondo um rosto vermelho e em carne viva e um grande nariz inchado. Ghanima engoliu em seco, inspirando atônita, ao reconhecer o homem. *Palimbasha!* Ele era neto de um naib cujos filhos tinham tombado a serviço dos Atreides. O rosto e mais uma coisa revelada pelo adejar de seu manto aberto quando ele se virou compuseram uma imagem completa para Ghanima: ele estava com um cinto sob o manto ao qual estava presa uma caixa reluzente com chaves e diais. Era um instrumento tleilaxu ou ixiano, com certeza. E tinha de ser o transmissor que havia liberado os tigres. Palimbasha. Isso queria dizer que outra família de naibs tinha se bandeado para a Casa Corrino.

Quem era a mulher, então? Não importa. Era alguém que Palimbasha estava usando.

Por si próprio, um pensamento Bene Gesserit se apresentou à mente de Ghanima: *Cada planeta tem seu próprio período, assim como cada vida.*

Ela se lembrava bem de Palimbasha, enquanto o observava ali adiante com a moça, enxergando o transmissor e os movimentos furtivos. Palimbasha lecionava na escola do sietch. Matemática. Ele era um matemático e ignorante. Tinha inclusive tentado explicar Muad'Dib por meio da matemática até ser explicitamente censurado pelo Clero. Era um escravizador de mentes e seu processo de escravização podia ser entendido com extrema simplicidade: ele transferia conhecimentos técnicos sem transferir valores.

Eu devia ter suspeitado dele antes, ela pensou. *Os sinais estavam todos bem ali.*

Então, com uma acre contração na boca do estômago, ela pensou: *Ele matou meu irmão!*

Ela se obrigou a recuperar a calma. Palimbasha a mataria também se ela tentasse passar por ele ali, na passagem escondida. Agora ela entendia a razão dessa exibição nada fremen de luz, dessa traição da entrada secreta. Eles estavam vasculhando com aquela luz em busca de sinais de alguma das vítimas ter escapado. Devia ser um momento dificílimo de espera para eles, sem saber o que tinha acontecido. E, agora que Ghanima tinha visto o transmissor, ela podia explicar alguns dos gestos de mão do homem. Palimbasha estava apertando várias vezes uma das teclas do transmissor, com um gesto irritado.

A presença deles dois dizia muito para Ghanima. Provavelmente, cada via de acesso ao sietch estava com um vigia similar, vasculhando ao longe.

Ela coçou o nariz, onde a poeira tinha se depositado e causava o comichão. A perna ferida estava latejando e o braço que empunhara a faca doía quando não ardia. Seus dedos continuavam dormentes. Se viesse a ser preciso usar a faca de novo, ela teria de fazê-lo com a mão esquerda.

Ghanima pensou em usar a pistola maula, mas seu som típico com certeza atrairia uma atenção indesejada. Teria de haver algum outro modo.

Mais uma vez, Palimbasha se afastou da entrada. Ele era uma massa escura contra a luz. A mulher tornou a prestar atenção à noite lá fora, enquanto seguia falando. Ela transmitia um nível de alerta resultante de treinamento, dando a sensação de que sabia como esquadrinhar as trevas, usando a visão periférica. Ela não passava de um instrumento útil, portanto. Fazia parte de uma conspiração mais ampla.

Ghanima se lembrou então de que Palimbasha aspirava a ser um kaymakan, um governador político no regime da Regência. Ele certamente faria parte de um plano maior, não havia dúvida. Haveria mais pessoas envolvidas. Mesmo aqui, em Tabr. Ghanima examinou as bordas do problema que assim se manifestava e o sondou. Se conseguisse dominar um desses guardiões e mantê-lo vivo, muitos outros seriam igualmente depostos.

O som sibilante, mas abafado, de um animal de pequeno porte bebendo no qanat chamou a atenção de Ghanima. Sons naturais, coisas naturais. Sua memória vasculhou através de uma estranha barreira de silêncio em sua mente e encontrou uma sacerdotisa de Jowf capturada na Assíria por Senaquerib. As recordações dessa sacerdotisa disseram à Ghanima o que teria de ser feito ali. Palimbasha e a mulher que ali estavam não passavam de crianças, perigosas e rebeldes. Nada sabiam de Jowf, nada sabiam sequer do nome do planeta em que Senaquerib e a sacerdotisa tinham desaparecido no pó. O que estava prestes a acontecer com aquele par de conspiradores, se lhes fosse explicado, só poderia sê-lo nos termos de um início imediato.

E de seu término igualmente imediato.

Rolando sobre um lado, Ghanima soltou seu fremkit e desvencilhou o respirarenador de suas tiras de fixação. Destampou o dispositivo e retirou o longo filtro que continha. Agora estava com um tubo aberto nas mãos. Ela escolheu uma agulha do pacote de remendos, desembainhou sua dagacris e inseriu a agulha no oco venenoso que ficava na ponta da arma, o ponto que antes o nervo de um verme da areia ocupara. Por causa do ferimento no braço, era difícil realizar todas essas operações. Ela se mexia devagar e com cuidado, manipulando a agulha envenenada com cautela enquanto retirava do estojo uma compressa de fibra de especiaria. A haste da agulha se encaixava perfeitamente na compressa de fibra, formando um míssil que entrou com exatidão no tubo do respirarenador.

Segurando a arma na horizontal, Ghanima rastejou como um réptil para se aproximar da luz, avançando lentamente a fim de causar a mínima ondulação possível nos talos de alfafa. Conforme seguia adiante, estudava os insetos que rodopiavam na luz. Sim, havia mariposas de asas claras em meio ao enxame alvoroçado, famosas por picarem a carne humana. O dardo venenoso poderia passar despercebido, confundido com uma mordida do inseto. Restava uma só decisão: qual daqueles dois abater, o homem ou a mulher?

Muriz. Esse nome brotou do nada na mente de Ghanima. Era o nome da mulher. Trazia à memória coisas ditas a respeito dela. Ela era uma das que ficavam esvoaçando em torno de Palimbasha como os insetos em torno da luz. Era fácil de derrubar, era muito fraca.

Pois bem. Palimbasha tinha escolhido a companhia errada para aquela noite.

Ghanima ajeitou o tubo em sua boca e, com a lembrança da sacerdotisa de Jowf nitidamente desenhada no campo de sua consciência, ela mirou com muito cuidado e expeliu todo o ar em um único e poderoso sopro.

Palimbasha tocou a bochecha com a mão espalmada e, quando a retirou, viu que trazia uma mancha de sangue. A agulha não estava ali, tendo sido atirada para algum lugar pelo movimento de sua própria mão.

A mulher disse algo tranquilizador e Palimbasha riu. Enquanto ria, as pernas lhe faltaram e começaram a ceder sob seu peso. Ele despencou como um saco vazio sobre a mulher, que tentou apoiá-lo. Ela ainda estava cambaleando sob o peso morto quando Ghanima surgiu ao lado dela e apertou a ponta de sua dagacris desembainhada contra a cintura da moça.

Em tom normal de conversa, Ghanima disse:

– Não faça nenhum movimento brusco, Muriz. Minha faca está envenenada. Você pode soltar Palimbasha agora. Ele está morto.

> **Em todas as principais forças de socialização, encontramos um movimento latente para ganhar e manter o poder por meio do uso de palavras. Curandeiros, sacerdotes e burocratas, todos eles fazem a mesma coisa. A população governada deve ser condicionada a aceitar palavras de poder como coisas reais, confundindo o sistema simbolizado com o universo tangível. Na manutenção dessa estrutura de poder, alguns símbolos são mantidos fora do alcance do entendimento comum, símbolos como os que dizem respeito, por exemplo, à manipulação econômica ou aqueles que definem a interpretação local da sanidade. O sigilo em torno de símbolos desse teor leva ao desenvolvimento de subidiomas fragmentados, cada um dos quais é um sinal de que seus usuários estão acumulando alguma forma de poder. Tendo esse entendimento do processo de poder, nossas Forças Imperiais de Segurança devem estar permanentemente em alerta para detectar a formação de subidiomas.**
>
> **– Palestra para o Ministério da Guerra Arrakino, pela princesa Irulan**

– Talvez não seja necessário lhe dizer – começou Farad'n –, mas, para evitar erros, vou anunciar que um mudo foi posicionado com ordens de matar vocês dois, caso eu demonstre indícios de ser vítima de alguma bruxaria.

Ele não esperava que essas palavras surtissem qualquer efeito, e tanto lady Jéssica como Idaho corresponderam a suas expectativas.

Farad'n tinha escolhido com cuidado o ambiente para o primeiro exame daquele par: a antiga Câmara de Audiências de Estado de Shaddam. O que lhe faltava em grandiosidade o recinto compensava com ocupações exóticas. Lá fora, seguia a tarde de inverno, mas a iluminação da câmara sem janelas simulava um dia de verão eterno, banhado pela luz dourada de luciglobos do mais puro cristal ixiano, artisticamente espalhados pelo recinto.

    As notícias de Arrakis encheram Farad'n de uma tranquila satisfação. Leto, o irmão gêmeo de Ghanima, estava morto, tendo sido abatido pelo tigre assassino. A menina, que sobrevivera ao ataque dos felinos, estava sob a custódia de sua tia e diziam que era sua refém. O relatório completo explicava e muito a presença de Idaho e de lady Jéssica. O que eles queriam era serem aceitos como refugiados. Os espiões da Casa Corrino falavam de uma trégua temporária e inquieta em Arrakis. Alia concordara em se submeter a um teste chamado "Teste da Possessão", cujo propósito ainda não havia sido plenamente explicado. Todavia, não tinha sido marcada a data de tal teste, e dois espiões dos Corrino acreditavam que isso talvez nunca viesse a acontecer. Existia uma certeza, porém: tinham havido combates entre os fremen do deserto e os fremen militares do Império, uma guerra civil abortiva que tinha levado o governo a um impasse temporário. Os domínios de Stilgar agora eram território neutro, tendo sido designados após uma troca de reféns. Evidentemente, Ghanima tinha sido considerada uma dessas reféns, embora não estivesse claro como isso fora processado.

    Jéssica e Idaho foram levados até a audiência com Farad'n seguramente contidos em cadeiras suspensas. Ambos eram mantidos sentados por conjuntos finos e letais de shigafio com poder de cortar a carne ao menor sinal de luta. Dois soldados Sardaukar os haviam trazido até a sala, verificado a condição dos elementos que os mantinham presos e depois se retirado silenciosamente.

    Na realidade, o aviso fora desnecessário. Jéssica tinha visto o mudo armado em pé perto da parede à sua direita, tendo na mão uma arma disparadora de projéteis antiga, mas eficiente. Ela deixou seus olhos vagarem pela sala, apreciando os exóticos adornos entalhados. As largas folhas do raro arbusto de ferro tinham sido forjadas com olhos de pérolas e entrelaçadas de modo a formar o centro crescente do teto cônico. O piso era feito de blocos alternados de ossos de passaquet, dispostos ponta com ponta, cortados a laser e polidos. Materiais consistentes e exclusivos decoravam as paredes em padrões intrincados de tecido que desenhavam as quatro posições do símbolo do Leão, reivindicado pelos descendentes do falecido Shaddam IV. Os leões tinham sido executados em ouro bruto.

Farad'n escolhera permanecer em pé para receber os cativos. Estava usando calças curtas de uniforme e uma jaqueta leve dourada, de finíssima seda, de gola aberta. Seu único ornamento era a insígnia de príncipe de sua família real, no lado esquerdo do peito. Fazia-se acompanhar pelo bashar Tyekanik, usando os trajes Sardaukar de tom castanho e as botas pesadas, com uma armalês decorada e presa num coldre pendendo na frente, pela fivela do cinto. Tyekanik, cujo rosto pesado Jéssica conhecia dos relatos Bene Gesserit, estava postado três passos à esquerda e ligeiramente atrás de Farad'n. Um único trono esculpido em madeira escura destacava-se no piso, perto da parede bem atrás dos dois.

– Agora – prosseguiu Farad'n, dirigindo-se a Jéssica –, você tem algo a dizer?

– Gostaria de saber por que estamos amarrados desse jeito – Jéssica questionou, indicando o shigafio.

– Acabamos de receber relatos recentes de Arrakis que explicam sua presença aqui – respondeu Farad'n. – Talvez eu os liberte em breve. – Ele sorriu. – Se você... – mas se calou quando viu sua mãe atravessando a porta do salão, chegando atrás dos cativos.

Wensicia passou rapidamente por Jéssica e Idaho sem lançar nem o mais rápido olhar para eles e apresentou a Farad'n um pequeno cubo de mensagem depois de tê-lo acionado. Ele estudou a face brilhante, lançando olhares ocasionais para Jéssica e voltando a ver o cubo. A face luminosa ficou escura e ele devolveu o cubo à mãe, indicando que ela deveria mostrá-lo a Tyekanik. Enquanto ela fazia isso, ele olhou com ar carrancudo para Jéssica.

Então Wensicia se postou ao lado direito de Farad'n, com o cubo escurecido na mão, semioculto por uma dobra de seu manto branco.

Jéssica olhou rapidamente à direita para Idaho, mas ele se recusou a olhá-la de volta.

– As Bene Gesserit estão aborrecidas comigo – murmurou Farad'n. – Elas acreditam que fui responsável pela morte de seu neto.

Jéssica sustentou uma fisionomia inexpressiva enquanto pensava: *Então a história de Ghanima deve ser verídica, a menos...* Ela não gostava de incógnitas suspeitas.

Idaho fechou os olhos e os abriu de novo para olhar para Jéssica de relance. Ela continuava encarando Farad'n. Idaho tinha contado para ela a visão rhajia, mas ela não parecia ter ficado preocupada. Ele não sabia como classificar a falta de emoções nela. Mas era evidente que ela sabia de alguma coisa que não estava demonstrando.

– Esta é a situação – Farad'n continuou, e então começou a explicar tudo que sabia a respeito dos acontecimentos em Arrakis, sem omitir nada. Em conclusão, ele pontuou: – Sua neta sobreviveu, mas ao que parece está sob custódia de lady Alia. Isso deve ser gratificante para você.

– Você matou meu neto? – Jéssica perguntou.

Farad'n respondeu honestamente:

– Não. Recentemente fiquei sabendo de um complô, mas não fui eu quem o arquitetou.

Jéssica olhou então para Wensicia, viu a expressão de orgulho naquele rosto em formato de coração e pensou: *Coisa dela! A leoa arma complôs para seu filhote.* Esse era um jogo que talvez a leoa vivesse o suficiente para lamentar ter iniciado.

Voltando novamente sua atenção para Farad'n, Jéssica disse:

– Mas a Irmandade acredita que você o matou.

Farad'n voltou-se para a mãe:

– Mostre a mensagem para ela.

Como Wensicia hesitasse, ele falou com uma ponta de raiva que Jéssica anotou para uso futuro:

– Eu disse para mostrar a ela!

Com o rosto pálido, Wensicia apresentou para Jéssica a face do cubo com a mensagem e o ativou. As palavras fluíam pela face do objeto, respondendo aos movimentos dos olhos de Jéssica: *Conselho Bene Gesserit em Wallach IX protocola protesto formal contra a Casa Corrino pelo assassinato de Leto Atreides II. Os argumentos e a apresentação de evidências foram designados à Comissão de Segurança Interna do Landsraad. Será escolhido um território neutro e os nomes dos juízes serão submetidos à aprovação de todos os envolvidos. Solicita-se sua resposta imediata. Sabit Rekush, pelo Landsraad.*

Wensicia voltou a ficar ao lado do filho.

– Como você pretende responder? – Jéssica indagou.

– Como meu filho ainda não foi formalmente empossado como líder da Casa Corrino – Wensicia informou –, eu responderei... e aonde você está indo? – perguntou a mãe a Farad'n que, enquanto ela falava, tinha se virado e se encaminhava para uma porta lateral perto de onde estava o mudo de vigia.

Farad'n parou e se virou um pouco:

– Vou voltar aos meus livros e a outros projetos que são muito mais interessantes para mim.

– Como ousa? – Wensicia exigiu saber. Uma mancha escura de sangue se espalhou por seu pescoço e cobriu-lhe as bochechas.

– Vou ousar algumas coisas em meu próprio nome – rebateu Farad'n. – Você tomou decisões em meu nome, as quais considero extremamente repugnantes. Ou eu tomo as decisões por mim mesmo daqui por diante, ou você pode achar outro herdeiro para a Casa Corrino!

Jéssica resvalou seu olhar rapidamente entre os participantes dessa discussão, reparando que Farad'n estava realmente sentindo raiva. O bashar auxiliar permanecia rigidamente imóvel e atento, tentando parecer que não tinha ouvido absolutamente nada. Wensicia hesitou à beira de um ataque de nervos. Farad'n parecia perfeitamente disposto a aceitar qualquer resultado que adviesse desse embate. Jéssica de fato admirou a postura do rapaz, detectando nesse confronto muitas coisas que poderiam ser valiosas para ela. Parecia que a decisão de enviar os tigres assassinos contra seus netos tinha sido tomada sem o conhecimento de Farad'n. Praticamente não se podia duvidar de que ele fora informado do complô depois de ter sido arquitetado. Não havia como entender de outro modo a verdadeira raiva que fuzilava em seus olhos, enquanto ele permanecia em pé ali, pronto a acatar qualquer decisão que a mãe tomasse.

Wensicia inspirou fundo e revelou um forte tremor. E então disse:

– Muito bem. A investidura formal terá lugar amanhã. Você pode tomar atitudes desde já. – Ela olhou para Tyekanik, que se recusou a lhe devolver o olhar.

Vai haver uma briga com muita gritaria assim que a mãe e o filho saírem daqui, Jéssica pensou. *Mas acredito que ele ganhou*. Ela então permitiu que seus pensamentos se voltassem para a mensagem vinda do Landsraad. A Irmandade tinha julgado seus mensageiros com um requinte que fazia jus ao planejamento Bene Gesserit. Imiscuída na nota formal de protesto estava uma mensagem para Jéssica enxergar. O fato da mensagem dizia que as espiãs da Irmandade sabiam da situação em que Jéssica se encontrava e que tinham avaliado Farad'n com uma sutileza inexcedível a ponto de saber que ele mostraria a mensagem à sua prisioneira.

– Gostaria de obter uma resposta à minha pergunta – insistiu Jéssica, dirigindo-se a Farad'n quando ele se voltou para olhá-la de frente.

– Direi ao Landsraad que não tive nada a ver com o assassinato – afirmou Farad'n. – Direi ainda que compartilho o desprazer que a Irmandade expressa pela maneira como isso se deu, embora não possa dizer que estou inteiramente descontente com o resultado do plano. Minhas desculpas pela dor que isso possa ter-lhe causado. O destino passa por todos os lugares.

O destino passa por todos os lugares!, Jéssica pensou. Esse tinha sido um ditado favorito de seu duque, e havia algo nos modos de Farad'n que indicavam que ele sabia disso. Ela se forçou a ignorar a possibilidade de que eles realmente tivessem matado Leto. Ela precisava supor que os temores de Ghanima por Leto tinham motivado a exposição completa do plano dos gêmeos. Os contrabandistas colocariam Gurney em condições de encontrar Leto, então, e os desígnios da Irmandade seriam levados a cabo. Leto deveria ser testado. Tinha de sê-lo. Sem o teste, ele estava tão condenado quanto Alia. E Ghanima... bem, essa questão teria de ser enfrentada mais tarde. Não havia como enviar uma pré-nascida perante a Reverenda Madre Gaius Helen Mohiam.

Jéssica se permitiu um suspiro profundo.

– Cedo ou tarde – ela observou –, ocorrerá a alguém que você e minha neta poderão unir nossas duas Casas e sanar velhas feridas.

– Isso já me foi mencionado como possibilidade – Farad'n anuiu, olhando brevemente na direção da mãe. – Minha resposta foi que eu preferia esperar o desfecho dos mais recentes acontecimentos em Arrakis. Não há necessidade de decisões afobadas.

– Sempre existe a possibilidade de você já ter sido manipulado para desposar a minha neta – Jéssica apontou.

Farad'n se empertigou.

– Explique-se!

– As coisas em Arrakis não são o que podem parecer a você – ela apontou. – Alia faz seu próprio jogo, o jogo da Abominação. Minha neta está em perigo, a menos que Alia possa arquitetar um modo de usá-la.

– E você espera que eu acredite que você e sua filha se opõem uma à outra, que uma Atreides combate outra?

Jéssica olhou para Wensicia, e depois novamente para Farad'n.

– Um Corrino briga com outro.

Um sorriso astuto movimentou os lábios de Farad'n.

– Bem apontado. E como eu poderia ter sido empurrado para sua neta?

– Tornando-se participante da morte de meu neto, raptando-me.

– Raptando...

– Não acredite nessa bruxa – Wensicia alertou.

– Eu escolho em quem confiar, mãe – Farad'n redarguiu. – Perdoe-me, lady Jéssica, mas não entendo essa história de rapto. Eu tinha entendido que você e seu fiel escudeiro...

– Que é marido de Alia – Jéssica completou.

Farad'n endereçou um olhar de avaliação para Idaho e então para o bashar.

– O que lhe parece, Tyek?

O bashar aparentemente estava pensando de maneira parecida com a de Jéssica. Ele disse:

– Gosto de como ela raciocina. Cuidado!

– Ele é um ghola-Mentat – comentou Farad'n. – Poderíamos testá-lo até a morte e ainda assim não encontraríamos uma resposta certa.

– Mas podemos trabalhar com a suposição segura de termos sido ludibriados – Tyekanik teimou.

Jéssica soube que tinha chegado o momento de fazer sua jogada. Bastava que o luto de Idaho o mantivesse preso dentro do papel que ele tinha escolhido desempenhar. Ela não apreciava usá-lo dessa maneira, mas havia interesses maiores em jogo.

– Para início de conversa – Jéssica interrompeu –, eu poderia anunciar publicamente que vim até aqui de minha livre e espontânea vontade.

– Interessante – murmurou Farad'n.

– Você teria de confiar em mim e me assegurar a completa liberdade em Salusa Secundus – prosseguiu Jéssica. – Não se poderia dar a impressão de que falei movida por alguma compulsão.

– Não! – protestou Wensicia.

Farad'n a ignorou.

– E que razão poderia alegar?

– Que sou a plenipotenciária da Irmandade enviada para cá a fim de me incumbir de sua educação.

– Mas a Irmandade me acusa...
– Isso iria exigir uma ação decisiva de sua parte – respondeu Jéssica.
– Não confie nela! – Wensicia insistiu.
Com extrema polidez, Farad'n lançou o olhar para ela e falou:
– Se você me interromper mais uma única vez, farei Tyek retirá-la deste recinto. Ele a ouviu consentir com a investidura formal. Isso o torna leal a *mim*, agora.
– Digo a você que ela é uma bruxa! – Wensicia estava olhando para o mudo plantado junto à parede lateral.
Farad'n hesitou. Então questionou:
– Tyek, o que você acha? Fui enfeitiçado?
– No meu entender, não. Ela...
– Vocês dois foram enfeitiçados!
– Mãe – e o tom dele era final e desprovido de inflexão.
Wensicia fechou os punhos, tentou falar, girou sobre os próprios pés e saiu intempestivamente da sala.
Novamente dirigindo-se a Jéssica, Farad'n perguntou:
– As Bene Gesserit concordariam com isso?
– Concordariam.
Farad'n absorveu as implicações desse comentário, sorrindo de maneira contida.
– E o que a Irmandade quer com tudo isso?
– Seu casamento com a minha neta.
Idaho lançou um olhar indagador a Jéssica, pareceu que ia falar alguma coisa, mas continuou calado.
– Você ia falar alguma coisa, Duncan? – Jéssica indagou.
– Eu ia dizer que as Bene Gesserit querem o que elas sempre quiseram: um universo que não interfira na vida delas.
– Uma suposição óbvia – resmungou Farad'n –, mas não consigo ver por que você interferiria nisso.
As sobrancelhas de Idaho conseguiram se encolher do modo como o shigafio não permitia que seu corpo fizesse. De modo desconcertante, ele sorriu.
Farad'n viu esse sorriso e virou-se para ficar cara a cara com Idaho.
– Eu sou divertido para você?
– Toda esta situação me diverte. Alguém em sua família comprometeu a Guilda Espacial usando-a para transportar até Arrakis instrumentos

para assassinar; instrumentos cujo propósito não poderia ser ocultado. Vocês ofenderam as Bene Gesserit matando um ser humano do sexo masculino que elas queriam para seu plano de procriação...

– Está me chamando de mentiroso, ghola?

– Não. Eu acredito que você não sabia da conspiração. Mas pensei que essa situação precisaria ser enfocada com mais nitidez.

– Não se esqueça de que ele é um Mentat – lembrou Jéssica.

– Justamente o que eu estava pensando – Farad'n concordou. Novamente, ele olhou direto para Jéssica. – Digamos que eu a liberte e que você faça seu pronunciamento. Isso ainda deixa em aberto a questão da morte do seu neto. O Mentat tem razão.

– Foi sua mãe? – Jéssica indagou.

– Milorde! – Tyekanik advertiu.

– Tudo bem, Tyek – Farad'n disse, acenando com a mão. – E se eu disser que foi minha mãe?

Arriscando tudo no teste dessa ruptura interna entre os Corrino, Jéssica afirmou:

– Você deve denunciá-la e bani-la.

– Milorde – Tyekanik protestou –, pode haver truques dentro de truques, aqui.

– E lady Jéssica e eu somos os que foram logrados – murmurou Idaho.

Farad'n endureceu o queixo.

E Jéssica pensou: *Não interfira, Duncan! Agora, não!* Mas as palavras de Idaho tinham posto em movimento suas próprias habilidades lógicas de Bene Gesserit em ação. Ele a deixou chocada. Ela começou a ponderar se haveria a possibilidade de ela mesma estar sendo usada de uma maneira que não entendia. Ghanima e Leto... Os pré-nascidos se valiam de incontáveis experiências interiores, um acervo de conselhos muito mais extenso do que o disponível às Bene Gesserit vivas. E ainda havia aquela outra questão: será que sua Irmandade tinha mesmo sido inteiramente honesta com ela? Elas ainda talvez não confiassem nela. Afinal de contas, ela as havia traído uma vez... com seu duque.

Farad'n olhou para Idaho com uma expressão intrigada de testa franzida.

– Mentat, preciso saber o que esse Pregador representa para você.

– Ele providenciou a passagem até aqui. Eu... nós não trocamos nem dez palavras. Outros agiram por ele. Ele poderia ser... ele poderia ser Paul Atreides, mas não tenho dados suficientes para garantir isso. Tudo que sei ao certo é que estava na hora de eu partir e ele tinha os meios para isso.

– Você fala de ter sido logrado – Farad'n o lembrou.

– Alia espera que você nos mate sigilosamente e oculte as evidências disso – Idaho informou. – Depois de tê-la livrado de lady Jéssica, não tenho mais utilidade para Alia. E lady Jéssica, tendo servido aos propósitos de sua Irmandade, não é mais útil a elas. Alia irá convocar as Bene Gesserit para que se expliquem, mas elas vencerão.

Jéssica fechou os olhos para se concentrar melhor. Ele tinha razão! Ela era capaz de detectar a firmeza Mentat na voz dele, aquela profunda sinceridade de seu pronunciamento. O padrão se encaixou tão bem que nem fez barulho. Ela inspirou fundo duas vezes e desencadeou seu transe mnemônico, repassando os dados através de sua mente. Então saiu do transe e abriu os olhos. Tudo isso tinha acontecido enquanto Farad'n saía de sua frente para assumir posição a meio passo de Idaho – uma distância de não mais de três passos.

– Não diga mais nada, Duncan – Jéssica ordenou, e então ela pensou pesarosa em como Leto a havia advertido contra o condicionamento Bene Gesserit.

Prestes a falar, Idaho fechou a boca.

– Eu mando aqui – Farad'n exclamou. – Continue, Mentat.

Idaho permaneceu calado.

Farad'n fez meia-volta na direção de Jéssica a fim de estudá-la.

Ela estava com o olhar fixo num ponto da parede mais distante, revisando o que Idaho e o transe tinham construído. As Bene Gesserit não tinham abandonado a linhagem Atreides, naturalmente. Mas queriam controlar um Kwisatz Haderach e haviam feito um enorme investimento no prolongado programa de reprodução. Elas queriam um confronto explícito entre os Atreides e os Corrino, uma situação em que enfim pudessem agir como árbitros. E Duncan tinha razão. Elas acabariam no fim saindo com o controle tanto de Ghanima como de Farad'n. Era o único consenso possível. O estranho era que Alia não tivesse percebido isso. Jéssica engoliu, apesar da tensa secura em sua garganta. Alia... Abominação! Ghanima tinha razão em sentir pena dela. Mas quem sobraria para ter pena de Ghanima?

— A Irmandade prometeu colocar você no trono com Ghanima como sua consorte — Jéssica afirmou.

Farad'n deu um passo para trás. Será que essa bruxa lê a mente das pessoas?

— Elas agiram em sigilo, não através de sua mãe — Jéssica prosseguiu. — Elas lhe disseram que eu não estava informada do plano que tinham elaborado.

Jéssica viu a revelação no rosto de Farad'n. Como ele era aberto. Mas era verdade, a estrutura inteira. Idaho tinha demonstrado uma habilidade excepcional como Mentat ao perceber através do véu dos dados limitados que lhe estavam disponíveis.

— Então elas fizeram jogo duplo e lhe disseram — Farad'n continuou.

— Elas não me disseram nada disso — Jéssica argumentou. — Duncan estava certo: elas me enganaram. — Ela balançou de leve a cabeça, confirmando para si mesma o que havia dito. Tinha sido uma clássica manobra de adiamento dentro do padrão clássico da Irmandade: uma história razoável, fácil de aceitar porque era compatível com o que alguém acreditaria acerca dos motivos que elas teriam. Mas elas queriam Jéssica fora do caminho, sendo ela uma irmã maculada que já lhes havia sido infiel uma vez.

Tyekanik se aproximou de Farad'n e ficou ao seu lado:

— Milorde, esses dois são perigosos para...

— Espere um pouco, Tyek — Farad'n interrompeu. — Temos coisas dentro de coisas aqui. — Encarando Jéssica, ele prosseguiu: — Tivemos motivos para crer que Alia poderia ela mesma se oferecer para ser minha noiva.

Idaho teve um sobressalto involuntário, mas se controlou. Começou a gotejar sangue de seu punho esquerdo onde o shigafio cortara sua carne.

Jéssica se permitiu uma breve resposta, arregalando os olhos. Ela, que tinha conhecido o Leto original como amante, o pai de seus filhos, seu confidente e amigo, enxergou esse traço do raciocínio frio filtrado agora entre os meandros da Abominação.

— E você aceitará? — Idaho indagou.

— Está sendo cogitado.

— Duncan, eu lhe disse que calasse a boca — Jéssica ordenou. Ela então se dirigiu a Farad'n: — O preço dela foram duas mortes sem consequência... nós dois.

– Suspeitamos de traição – Farad'n confessou. – Não foi seu filho quem disse "traição gera traição"?

– A Irmandade está decidida a controlar tanto os Atreides como os Corrino – apontou Jéssica. – Isso não está óbvio?

– Agora, estamos brincando com a ideia de aceitar sua oferta, lady Jéssica, mas Duncan Idaho deve ser devolvido à sua adorada esposa.

A dor é uma função dos nervos, Idaho lembrou a si mesmo. *A dor vem como a luz chega aos olhos. O esforço vem dos músculos, não dos nervos.* Esse era um antigo exercício Mentat, e ele o completou no intervalo de uma respiração, flexionou o punho direito e seccionou uma artéria contra o shigafio.

Tyekanik deu um salto até a cadeira de Idaho, acionou o fecho que soltava as amarras e gritou pedindo ajuda. Foi revelador verificar o enxame de assistentes que imediatamente invadiu a sala pelas portas disfarçadas em painéis nas paredes.

Sempre houve um pouco de tolice em Duncan, Jéssica pensou.

Farad'n estudou Jéssica por um momento, enquanto os enfermeiros cuidavam de Idaho.

– Eu não disse que ia aceitar Alia.

– Não foi por isso que ele cortou o pulso – Jéssica explicou.

– É? Achei que ele simplesmente estava se retirando de cena.

– Você não é tão burro assim – Jéssica repreendeu. – Pare de fingir comigo.

Ele sorriu.

– Estou perfeitamente ciente de que Alia iria me destruir. Nem mesmo as Bene Gesserit poderiam esperar que eu a aceitasse.

Jéssica dirigiu um olhar intenso para Farad'n. O que era esse jovem rebento da Casa Corrino? Ele não fazia muito bem o papel de idiota. Mais uma vez, ela recordou as palavras de Leto, que lhe havia dito que ela conheceria um aluno interessante. E O Pregador queria isso também, dissera Idaho. Ela queria tanto ter conhecido O Pregador.

– Você vai banir Wensicia? – indagou Jéssica.

– Parece uma troca razoável – comentou Farad'n.

Jéssica olhou rapidamente para Idaho. Os enfermeiros tinham concluído o atendimento e agora ele estava atado à cadeira por amarras menos perigosas.

– Os Mentat deveriam tomar cuidado com os absolutos – ela observou.

– Estou cansado – Idaho informou. – Você não tem ideia do cansaço que estou sentindo.

– Quando é explorada além da conta, até mesmo a lealdade finalmente se exaure – Farad'n pontificou.

Mais uma vez, Jéssica o olhou com intenção avaliativa.

Vendo isso, Farad'n pensou: *Com o tempo ela me conhecerá com certeza e isso pode ser valioso. Uma Bene Gesserit renegada só para mim! É a única coisa que seu filho teve que eu não tenho. Que agora ela tenha apenas um vislumbre de quem sou. O resto ela poderá ver mais tarde.*

– Uma troca justa – falou Farad'n. – Aceito sua oferta, nos seus termos. – Ele sinalizou para o mudo que estava rente à parede, usando um completo conjunto de movimentos com os dedos. O mudo aquiesceu. Farad'n se aproximou dos controles da cadeira e libertou Jéssica.

Tyekanik perguntou então:

– Milorde, tem certeza?

– Não foi isso que conversamos? – Farad'n indagou.

– Sim, mas...

Com uma risadinha contida, Farad'n se voltou para Jéssica:

– Tyek desconfia de minhas fontes. Mas com os livros e os carretéis só se aprende que algumas coisas podem ser feitas. O aprendizado de verdade exige que você faça essas coisas.

Jéssica ficou matutando sobre isso enquanto se punha em pé. Sua mente voltou aos sinais de mão usados por Farad'n. Ele tinha a língua de batalha do mesmo estilo que os Atreides! Isso apontava para uma análise cuidadosa. Alguém ali estava copiando conscientemente os Atreides.

– Naturalmente – Jéssica concluiu –, você vai querer que eu ensine você como as Bene Gesserit são ensinadas.

Farad'n mirou-a com olhos cintilantes:

– Essa é a única oferta a que não posso resistir – ele murmurou.

> **A senha me foi dada por um homem que morreu nos calabouços de Arrakina. Veja bem, foi lá que consegui este anel com forma de tartaruga. Foi no *Suk* fora da cidade, onde estava escondido com os rebeldes. A senha? Ah, mudou muitas vezes, desde então. Era "persistência". E a contrassenha era "tartaruga". Ela me permitiu sair de lá com vida. Foi por isso que comprei este anel: como lembrança.**
>
> **– Tagir Mohandis: Conversas com um Amigo**

Leto já estava bastante embrenhado no deserto quando ouviu um verme cruzando a areia atrás dele, vindo atrás de seu martelador e do pó de especiaria que ele tinha espalhado em volta dos tigres mortos. Aquele era um bom augúrio para a fase inicial do plano dos gêmeos: os vermes eram raros o suficiente por aqueles lados, quase o tempo todo. O verme não era essencial, mas ajudava. Não haveria necessidade de Ghanima explicar a ausência do corpo.

A essa altura, ele já estava sabendo que Ghanima tinha se condicionado a acreditar que ele de fato estava morto. Restaria nela somente uma minúscula cápsula isolada de percepção, uma recordação segregada e que só poderia ser reativada por meio de palavras que fossem pronunciadas na língua ancestral que somente eles dois conheciam em todo este universo. *Secher Nbiw*. Se ela ouvisse essas palavras: *caminho dourado...* então, e somente então, ela se lembraria dele. Até então, ele estava morto.

Agora, Leto se sentia verdadeiramente só.

Ele se deslocava com passadas a esmo que produziam somente sons naturais no deserto. Nada, em sua passagem, diria àquele verme que vinha vindo que carne humana estava em movimento por ali. Era um modo de andar tão profundamente condicionado em seu ser que ele nem precisava pensar para executá-lo. Os pés se mexiam por si mesmos, sem nenhum ritmo mensurável ditando as passadas. Quaisquer sons provocados por seus passos poderiam ser atribuídos ao vento ou à gravidade. Nenhum humano tinha passado por ali.

Filhos de Duna

Quando o verme concluiu seu trabalho, atrás de Leto, ele se abaixou atrás da face deslizante de uma duna e olhou na direção do Serviçal. Sim, já estava longe o bastante. Ele plantou um martelador e chamou seu transporte. O verme veio rapidamente, mal lhe dando tempo para se posicionar corretamente antes que a criatura engolfasse o dispositivo. Quando o verme passou, ele montou pelo lado com os ganchos de criador, abriu a beirada sensível de um anel e direcionou a besta acéfala na direção do sudeste. Era um verme pequeno, mas forte. Ele conseguia sentir a força do animal em suas viradas conforme atravessava sibilando duna após duna. Uma brisa os acompanhava, e ele sentia o calor de sua travessia, causado pela fricção que o verme convertia no início da especiaria em seu interior.

A mente de Leto se movia no compasso do deslocamento do verme. Stilgar fora quem o levara em sua primeira jornada no dorso de um verme. Leto só precisava deixar que sua memória escoasse para conseguir ouvir a voz de Stilgar, calma e precisa, com toda a educação de uma era passada. Não eram próprios de Stilgar os ameaçadores cambaleios de um fremen bêbado de tanta aguardente de especiaria. Também não eram típicos nele o tom de voz alto e as fanfarronices daqueles tempos. Não. Stilgar tinha seus deveres. Ele era instrutor da realeza:

– Nos tempos antigos, as aves eram chamadas por seu canto. Cada vento tinha um nome. Um vento de seis tempos era chamado Pastaza; o de vinte era Cueshma, e o de cem era Heinali, o que empurrava homens. Depois também havia o vento do demônio no deserto ilimitado: Hulasikali Wala, o vento que come carne.

E Leto, que já sabia dessas coisas, tinha demonstrado sua gratidão pela sabedoria dessas instruções.

A voz de Stilgar, porém, podia ficar cheia de muitas coisas valiosas.

– Nos tempos antigos, havia algumas tribos que eram conhecidas como caçadoras de água. Eram chamadas iduali, que significa "insetos da água", porque aquelas pessoas não hesitavam em roubar a água de outros fremen. Se topassem com alguém sozinho no deserto, não lhe deixavam nem a água de sua própria carne. Eles moravam num lugar chamado Sietch Jacurutu. Foi lá que as outras tribos se uniram e exterminaram os iduali. Isso tudo se passou há muito, muito tempo atrás, antes mesmo de Kynes, na época em que vivia meu bisavô. E desde então nenhum outro fremen voltou a Jacurutu. É tabu.

Desse modo, Leto tinha sido relembrado de um conhecimento que já se encontrava em sua memória. Tinha sido uma aula importante sobre o funcionamento da memória. A memória não era suficiente, mesmo para alguém cujo passado era tão multiforme como o dele, a menos que seu uso fosse conhecido e seu valor, revelado ao discernimento. Jacurutu teria água, um captador de vento e todos os atributos de um sietch fremen, além do valor incomparável de ser um local aonde nenhum fremen se arriscaria a ir. Muitos jovens nem mesmo sabiam que um local como Jacurutu teria existido um dia. Ah, eles teriam ouvido falar de Fondak, claro, mas lá era o lugar dos contrabandistas.

Era o local perfeito para um morto se esconder: entre contrabandistas e os mortos de outros tempos.

Obrigado, Stilgar.

O verme ficou cansado antes do amanhecer. Leto deslizou de cima dele e observou quando ele cavoucou e se enterrou nas dunas, movimentando-se devagar conforme o padrão típico daquelas criaturas. Ele afundaria bastante e repousaria.

Devo aguardar o dia passar, Leto pensou.

Subindo na crista de uma duna, esquadrinhou o horizonte em torno dele: vazio, vazio e mais vazio. Somente o rastro ondulante traçado pelo verme que se enterrara interrompia esse padrão.

O pio lento de uma ave noturna desafiou a primeira linha verde de claridade ao longo do horizonte a leste. Leto se enfiou no esconderijo das areias, encheu uma tendestiladora em volta do corpo e deixou a ponta de um respirarenador para fora, para capturar ar.

Durante muito tempo antes que o sono o vencesse, ele permaneceu acordado em meio às trevas que haviam enchido o espaço, refletindo sobre a decisão que ele e Ghanima tinham tomado. Não fora nada fácil, especialmente para sua irmã. Ele não lhe havia contado sua visão por inteiro, nem todo o encadeamento de ideias que decorrera disso. Para sua maneira de pensar agora, tinha sido uma visão, não um sonho. Mas a peculiaridade disso era que ele a entendia como uma visão de uma visão. Se havia algum argumento capaz de convencê-lo de que seu pai continuava vivo, estava nessa visão-visão.

A vida do profeta nos prende na visão dele, Leto pensou. *E um profeta só poderia se livrar dessa visão criando sua morte de modo discordante em relação a essa visão.* Era assim que isso aparecia na dupla visão de Leto e ele ponderou sobre esse fator em relação à escolha que tinha feito. *Pobre João Batista,* ele pensou. *Se pelo menos ele tivesse tido coragem de morrer de algum outro modo... Mas talvez sua escolha tenha sido a mais corajosa. Como poderia eu saber quais as alternativas que se apresentaram a ele? Eu sei, porém, as alternativas que meu pai tinha.*

Leto suspirou. Dar as costas a seu pai era como trair um deus. Mas o Império Atreides precisava de um chacoalhão. Tinha descambado para o pior da visão de Paul. Como obliterava tão casualmente os homens. Isso era feito sem nem pensar duas vezes. O fio condutor de uma insanidade religiosa tinha sido tramado e tecido com muita firmeza e seguia pulsando.

E estamos presos dentro da visão do meu pai.

Leto sabia que uma saída daquela insanidade estava no Caminho Dourado. Seu pai tinha visto isso. Mas a humanidade poderia se desviar daquele Caminho Dourado e poderia recordar o passado dos tempos de Muad'Dib com nostalgia, entendendo-o como uma época melhor. A humanidade, porém, tinha de experimentar a alternativa a Muad'Dib, senão nunca entenderia seus próprios mitos.

Segurança... paz... prosperidade...

Diante dessa escolha, havia pouca dúvida do que a maioria dos cidadãos desse Império iria escolher.

Embora eles me detestem, ele pensou. *Embora Ghani me deteste.*

Sua mão direita coçou e ele pensou na luva terrível que havia em sua visão-visão. *Será,* ele pensou. *Sim, será.*

Arrakis, me dê forças, ele implorou. Seu planeta continuava forte e vivo embaixo dele e à sua volta. Suas areias apertavam-no em sua tendestiladora. Duna era um gigante, contando suas riquezas acumuladas. Era uma entidade enganadora, ao mesmo tempo linda e grosseiramente feia. A única moeda que seus mercadores realmente conheciam era a pulsação do sangue de seu próprio poder, fosse qual fosse o modo como esse poder tivesse sido alcançado. Eles possuíam o planeta da mesma maneira como um homem possui uma amante prisioneira ou como as Bene Gesserit possuíam as irmãs filiadas.

Não admira que Stilgar odiasse os sacerdotes-mercadores.

Obrigado, Stilgar.

Leto se lembrou então da beleza dos antigos costumes do sietch, da vida que viviam antes do advento da tecnocracia do Imperium, e sua mente deslizou como ele sabia que os sonhos de Stilgar deslizavam. Antes dos luciglobos e dos lasers, antes dos ornitópteros e das lagartas de especiaria, tinha havido outro tipo de existência: mães de pele morena com bebês nos quadris, lâmpadas queimando óleo de especiaria em meio ao acentuado aroma da canela, naibs que persuadiam seu povo embora soubessem que ninguém podia ser forçado. Tinha sido uma vida fervilhante à sombra dos sulcos rochosos...

Uma luva terrível recuperará o equilíbrio, Leto pensou.

Então, ele caiu no sono.

> **Vi o sangue dele e um pedaço do manto que ele usava, rasgado por garras afiadas. A irmã dele faz um vívido relato dos tigres, atestando com certeza o ataque deles. Interrogamos um dos conspiradores e outros estão mortos ou em custódia. Tudo aponta para um complô da Casa Corrino. Uma Proclamadora da Verdade confirmou esse testemunho.**
>
> *– Relatório de Stilgar à Comissão do Landsraad*

Farad'n estudou Duncan Idaho através do circuito interno de vigia, em busca de alguma pista do estranho comportamento daquele homem. Isso era logo depois do meio-dia, e Idaho esperava do lado de fora dos aposentos reservados para lady Jéssica, tentando uma audiência com ela. Será que ela o receberia? Ela sabia que estavam sendo vigiados, é claro. Mas será que ela o receberia?

Em volta de Farad'n abria-se o recinto em que Tyekanik tinha conduzido o treinamento dos tigres laza – era um aposento ilegal, na realidade, repleto de instrumentos proibidos obtidos dos Tleilaxu e dos ixianos. Com um movimento dos interruptores à sua direita, Farad'n podia visualizar Idaho de seis ângulos diferentes ou mudar a conexão para o interior dos aposentos de lady Jéssica, onde os dispositivos de espionagem eram igualmente sofisticados.

Os olhos de Idaho incomodavam Farad'n. Aquelas esferas metálicas encaixadas nas órbitas, que os Tleilaxu haviam proporcionado ao seu ghola quando o fizeram renascer em seus tanques, distinguiam acentuadamente quem os possuísse de todos os outros humanos. Farad'n tocou suas pálpebras, sentindo a superfície dura das lentes de contato permanentes que ocultavam o azul total de seu vício na especiaria. Os olhos de Idaho devem registrar um universo diferente. Nem poderia ser de outro jeito. Farad'n quase se sentiu tentado a ir em busca de cirurgiões tleilaxu para lhes perguntar e obter pessoalmente uma resposta sobre isso.

Por que Idaho tentou se matar?

Será que ele realmente tinha tentado isso? Ele devia saber que nós não o permitiríamos.

Idaho continua sendo uma perigosa interrogação.

Tyekanik queria mantê-lo em Salusa ou então matá-lo. Talvez isso fosse mesmo o melhor.

Farad'n mudou de câmera para a de ângulo frontal. Idaho estava sentado num banco duro junto à porta da suíte de lady Jéssica. Era um saguão sem janelas forrado de lambris de madeira clara decorados com flâmulas de lanças. Idaho estava sentado naquele banco havia mais de uma hora e parecia disposto a aguardar ali pelo resto da vida. Farad'n se inclinou mais perto da tela. O leal mestre-espadachim dos Atreides, instrutor de Paul Muad'Dib, tinha sido tratado generosamente ao longo dos anos em Arrakis. Ele havia chegado ali com a elasticidade dos passos de um jovem. Uma dieta constante à base da especiaria deve tê-lo ajudado, sem dúvida. E aquele maravilhoso equilíbrio metabólico que os tanques tleilaxu sempre propiciavam. Será que Idaho realmente se lembrava de seu passado antes dos tanques? Nenhum outro dos que tinham sido revividos pelos Tleilaxu podiam afirmar isso. Que enigma era esse Idaho!

Os relatos de sua morte estavam na biblioteca. O Sardaukar que o havia abatido descrevera sua proeza: Idaho tinha despachado dezenove dos seus antes de ter sido morto. Dezenove Sardaukar! A carne de Idaho valia muito a pena de ter sido enviada para os tanques de renascimento. Mas os Tleilaxu tinham-no tornado um Mentat. Que estranha criatura vivia agora naquela carne renascida... Qual seria a sensação de ser um computador humano junto com os seus demais talentos?

Por que ele tinha tentado se matar?

Farad'n conhecia seus próprios talentos e tinha poucas ilusões a respeito deles. Ele era historiador e arqueólogo, além de juiz de homens. A necessidade o havia forçado a se tornar um especialista em localizar aqueles que poderiam servi-lo – a necessidade e um cuidadoso estudo dos Atreides. Ele entendia que esse era o preço que a aristocracia sempre tinha de pagar. Governar exigia julgamentos precisos e incisivos acerca daqueles que exerciam o poder em seu nome. Mais de um regente tinha sido derrubado por conta de erros e excessos de seus subordinados.

Um cuidadoso estudo dos Atreides revelara um talento excepcional para a escolha de auxiliares. Eles tinham sabido como manter a lealdade e como manter um sutil controle sobre o ardor de seus guerreiros.

Idaho não estava agindo de acordo.

Por quê?

Farad'n apertou os olhos, tentando enxergar o que se passava sob a pele daquele homem. Idaho transmitia uma sensação de duração, uma sensação de que ele não podia ser desgastado. Ele dava a impressão de ser autocontido, de ser um todo organizado e firmemente integrado. Os tanques tleilaxu tinham posto em movimento algo mais do que humano. Farad'n captava isso. Aquele homem exalava um movimento de autorrenovação, como se agisse em obediência a leis imutáveis, começando de novo após cada término. Ele se movimentava dentro de uma órbita fixa com um poder de resistência semelhante ao de um planeta em torno de uma estrela. Ele respondia à pressão sem quebrar; apenas transferia sua órbita ligeiramente para outro trajeto, mas na realidade não mudava nada básico.

Por que ele cortou os pulsos?

Seja qual tenha sido o motivo, ele o havia feito pelos Atreides, em prol de sua Casa regente. Os Atreides eram a estrela de sua órbita.

De algum modo, ele acredita que o fato de eu manter lady Jéssica aqui fortalece os Atreides.

E então Farad'n lembrou a si mesmo: *Um Mentat pensa isso.*

Isso conferiu ao pensamento uma profundidade a mais. Os Mentat cometiam erros, mas não com frequência.

Tendo chegado a essa conclusão, Farad'n quase convocou seus auxiliares para que mandassem lady Jéssica embora junto com Idaho. Posicionado na situação de praticamente emitir a ordem, ele então recuou.

Aquelas duas pessoas – o ghola-Mentat e a bruxa Bene Gesserit – continuavam sendo peças de denominação desconhecida nesse jogo de poder. Idaho devia ser mandado de volta porque isso certamente desencadearia problemas em Arrakis. Jéssica deveria ser mantida aqui, e seus estranhos conhecimentos teriam de ser extraídos dela a fim de beneficiar a Casa Corrino.

Farad'n sabia que era sutil e letal o jogo que estava jogando. Mas ele se havia preparado para essa possibilidade ao longo dos anos, desde o momento em que percebera que era mais inteligente e mais sensível do que aqueles que o rodeavam. Tinha sido uma descoberta assustadora para uma criança, e ele sabia que a biblioteca fora seu refúgio tanto quanto seu mestre.

Agora, porém, as dúvidas o consumiam e ele se questionava se realmente estava à altura do jogo. Havia alienado sua mãe, perdido seus conselhos, mas as decisões dela sempre tinham sido perigosas para ele. Tigres! Tê-los treinado tinha sido uma atrocidade e usá-los não passara de estupidez. Como eram fáceis de rastrear! Ela devia ser grata por estar sofrendo apenas o castigo de ser banida. O conselho de lady Jéssica servira às suas necessidades no caso com exatidão adorável. Ela deve ser levada a divulgar o modo de pensar dos Atreides.

As dúvidas de Farad'n começaram a se dissipar. Ele pensou em seus Sardaukar se tornando mais uma vez duros e resistentes por meio de um rigoroso treinamento e da evitação do luxo que ele comandava. Suas legiões Sardaukar continuavam pequenas, mas novamente eram páreo, homem a homem, para os fremen. Isso tinha uma serventia limitada enquanto os limites impostos pelo Tratado de Arrakina estipulassem o tamanho relativo das forças. Os fremen podiam dominá-lo pelo número, a menos que estivessem aprisionados e enfraquecidos por uma guerra civil.

Era cedo demais para uma batalha dos Sardaukar contra os fremen. Ele precisava de mais tempo. Ele precisava de novos aliados oriundos das Casas Maiores descontentes e das recém-fortalecidas Casas Menores. Ele precisava ter acesso ao financiamento da CHOAM. Precisava de tempo para que seus Sardaukar ficassem mais fortes e os fremen, mais fracos.

Novamente, Farad'n olhou para a tela, que revelava o ghola paciente. Por que Idaho queria ver lady Jéssica neste momento? Ele sem dúvida sabia que estavam sendo vigiados, que cada palavra e cada gesto seriam gravados e analisados.

Por quê?

Farad'n desviou os olhos da tela para uma bancada ao lado do console de controle. À pálida claridade do dispositivo eletrônico, ele conseguia discernir os carretéis que continham os últimos relatos procedentes de Arrakis. Seus espiões eram meticulosos. Esse crédito eles mereciam. Havia muitas informações ali que lhe davam esperanças e prazer. Ele fechou os olhos e os pontos altos dos relatórios desfilaram em sua mente seguindo a peculiar sequência editorial à qual ele havia reduzido os carretéis, para seu próprio uso:

Conforme o planeta se torna fértil, os fremen se veem livres da pressão da terra, e suas novas comunidades perdem o caráter tradicional do sietch-fortaleza. Desde o início da vida, na antiga cultura sietch, os fremen eram instruídos por um princípio: "Assim como o conhecimento do seu próprio ser, o sietch forma uma base firme de onde você parte para o mundo e para o universo".

O fremen tradicional diz: "Olhe o Maciço", significando que a ciência-mestre é a Lei. Mas a nova estrutura social está afrouxando essas antigas restrições legais. A disciplina está desleixada. Os novos líderes fremen só conhecem o Baixo Catecismo de seus ancestrais, em conjunto com a história que está camuflada na estrutura mítica de suas canções. As pessoas das novas comunidades são mais voláteis, mais abertas; discutem com mais frequência e respondem com menor respeito à autoridade. Os antigos habitantes do sietch eram mais disciplinados, mais propensos a ações em grupo, e tendiam a trabalhar com mais empenho. Eram mais cuidadosos em relação aos seus recursos. Os antigos ainda acreditam que a sociedade organizada é a realização do indivíduo. Os jovens crescem sem contato com essa crença. Os remanescentes da antiga cultura que permanecem olham para os jovens e dizem: "O vento da morte desfez a trama de seu passado".

Farad'n apreciou a objetividade de seu próprio resumo. A nova diversidade vigente em Arrakis só poderia engendrar violência. Ele tinha os conceitos essenciais firmemente gravados nos carretéis:

A religião de Muad'Dib é firmemente baseada na antiga tradição cultural do sietch fremen, ao passo que a nova cultura se afasta cada vez mais dessas disciplinas.

Não pela primeira vez, Farad'n se perguntou por que Tyekanik tinha abraçado essa religião. Tyekanik se comportava estranhamente, segundo sua nova moralidade. Ele parecia radicalmente sincero, mas fazia as coisas como se estivesse contrariando sua própria vontade. Tyekanik era como o sujeito que entra no rodamoinho para testá-lo e é capturado por forças que estão além de seu controle. A conversão de Tyekanik tinha aborrecido Farad'n por ser uma atitude completamente descaracterizada. Era uma volta aos costumes Sardaukar mais antigos. Ele avisou que os jovens fremen ainda poderiam reverter sua posição de maneira parecida, e que as tradições mais entranhadas e inatas poderiam prevalecer.

Mais uma vez, Farad'n pensou nos relatórios daqueles carretéis. Eles falavam de algo inquietante: a persistência de um remanescente cultural dos tempos fremen mais antigos: a "Água da Concepção". O fluido amniótico do recém-nascido era coletado no parto e destilado para ser a primeira água dada à criança. Na forma tradicional, era preciso que uma madrinha servisse a água e dissesse: "Aqui está a água da tua concepção". Inclusive os jovens fremen ainda seguiam essa tradição com seus próprios recém-nascidos.

A água da tua concepção.

Farad'n se sentiu revoltado com a ideia de beber água destilada do fluido amniótico que tinha vazado ao nascer. E pensou então em Ghanima, a gêmea que sobrevivera, cuja mãe morrera quando ela, bebê, tinha bebido aquela estranha água. Teria ela refletido depois sobre aquele peculiar elo com seu passado? Provavelmente não. Ela fora criada como fremen. O que era natural e aceitável aos fremen tinha sido natural e aceitável para ela.

Por um momento, Farad'n lastimou a morte de Leto II. Teria sido muito interessante discutir com ele esse aspecto. Talvez surgisse uma oportunidade de falar a respeito com Ghanima.

Por que Idaho tinha cortado os pulsos?

Essa indagação retornava toda vez que ele espiava a imagem na tela. Novas dúvidas afligiram Farad'n. Ele ansiava por ter a habilidade de mergulhar no misterioso transe da especiaria, como Paul Muad'Dib tinha feito, para ir em busca do futuro e *saber* as respostas a suas perguntas. Por mais que ingerisse a especiaria, porém, o campo de sua consciência persistia com seu fluxo singular no *agora*, refletindo um universo de incertezas.

A tela de vigilância mostrou um serviçal abrindo a porta de lady Jéssica. A mulher chamou Idaho com um aceno, ele se ergueu do banco e atravessou a soleira. O serviçal faria um relato completo mais tarde, mas Farad'n – cuja curiosidade tinha sido novamente espicaçada – tocou outro interruptor em seu console e observou Idaho entrando na saleta de visitas de lady Jéssica.

Como parecia calmo e contido esse Mentat. E como eram insondáveis seus olhos de ghola.

Acima de tudo o mais, o Mentat deve ser um generalista, não um especialista. É sensato que as decisões de grande impacto sejam monitoradas por generalistas. Os especialistas e os *experts* conduzem rapidamente ao caos. Eles são a fonte da busca de pelos em casca de ovos, de ferozes contendas por causa de uma vírgula. O Mentat-generalista, por outro lado, deve conduzir o processo de tomada de decisão a um acordo saudável, obtido pelo bom senso. Ele não deve se furtar ao amplo movimento do que está acontecendo no universo. Deve permanecer capaz de dizer: "Não existe um verdadeiro mistério a respeito disto, no momento. É isto que queremos agora. Mais tarde, pode se mostrar errado, mas então corrigiremos o que for preciso, quando chegar o momento". O Mentat-generalista deve compreender que tudo que podemos identificar como nosso universo é somente parte de fenômenos maiores. Mas o *expert* olha para trás, para os estreitos padrões de sua própria especialidade. O generalista olha para fora, para frente; ele busca os princípios vivos, sabendo perfeitamente bem que esses princípios mudam, que eles se desenvolvem. É às características da mudança em si que o Mentat-generalista deve atentar. Não pode existir um catálogo permanente dessas mudanças, nenhum manual ou guia prático. É preciso ver as mudanças com tão menos preconcepções quanto possível, perguntando-se: "E agora, o que isso está fazendo?".

– Manual dos Mentat

Era o dia do Kwisatz Haderach, o primeiro Dia Santo dos seguidores de Muad'Dib. Esse dia celebrava o reconhecimento de Paul Atreides deificado como a pessoa que estava em toda parte simultaneamente, o Bene Gesserit masculino que mesclava sua hereditariedade masculina com a feminina num poder inseparável, que lhe permitira tornar-se Uno Com Todos. Os fiéis chamavam esse dia *Ayil*, o Sacrifício, para comemorar a morte que havia tornado a presença dele "real em todos os lugares".

O Pregador escolheu o início da manhã desse dia para aparecer mais uma vez na praça diante do templo de Alia, desafiando a ordem para sua captura que todo mundo sabia que tinha sido dada. Prevalecia uma trégua tênue entre o Clero de Alia e as tribos do deserto que se haviam rebelado, mas a presença dessa trégua poderia ser sentida como algo tangível que instigava a inquietação em todas as pessoas em Arrakina. O Pregador não dissipava esse estado de ânimo.

Estavam no vigésimo oitavo dia do luto oficial pelo filho de Muad'Dib, seis dias após o rito memorial na Velha Ravina, adiado por causa da rebelião. Todavia, nem mesmo os combates tinham interrompido o hajj. O Pregador sabia que, nesse dia, a praça estaria lotada. A maioria dos peregrinos tentava ajustar sua estada em Arrakis para coincidir com o *Ayil*, "para então sentir a Sagrada Presença do Kwisatz Haderach em Seu dia".

O Pregador adentrou a praça aos primeiros raios do sol, encontrando o lugar já tomado pela multidão de fiéis. Mantinha a mão pousada de leve no ombro de seu jovem guia, sentindo o orgulho cínico do jovem, transmitido a suas passadas. Agora, quando O Pregador se aproximava, as pessoas reparavam em cada nuance de seu comportamento. Essa atenção não era inteiramente desagradável ao jovem guia. O Pregador apenas a aceitava como uma necessidade.

Assumindo posição no terceiro patamar do Templo, O Pregador esperava a quietude pairar sobre todos. Quando o silêncio se espalhou, como uma onda engolfando o povaréu, e os passos apressados de outros que tinham vindo para ouvir-lhe a pregação podiam ser ouvidos nos limites mais distantes da praça, ele pigarreou para limpar a garganta. À sua volta ainda prevalecia o frio ar do começo da manhã e as luzes ainda não tinham descido até ali embaixo, vindas do alto dos edifícios que delimitavam aquela praça. Ele sentiu o som cinzento que pedia silêncio ecoando pela grande praça, quando começou a falar.

Filhos de Duna

– Vim prestar homenagem e pregar em memória de Leto Atreides II – ele iniciou, falando com a voz potente que tanto parecia a do homem-verme do deserto. – Faço-o com compaixão por todos aqueles que sofrem. Falo para vocês o que o falecido Leto aprendeu: o amanhã ainda não aconteceu e pode ser que nunca aconteça. Este momento, aqui, é o único tempo-lugar observável a nós em nosso universo. Digo-lhes que saboreiem este momento e entendam o que ele ensina. Digo-lhes que aprendam que o crescimento e a morte de um governo são aparentes no crescimento e na morte de seus cidadãos.

Um murmúrio de perturbação atravessou a praça. Será que ele estava zombando da morte de Leto II? Alguns pensaram que talvez a Guarda Sacerdotal aparecesse de repente para prender O Pregador.

Alia sabia que não haveria essa espécie de interrupção à fala do Pregador. Ela havia ordenado que ele não fosse molestado nesse dia. Ela mesma estava disfarçada dentro de um bom trajestilador com máscara de umidade para encobrir-lhe o nariz e a boca, e um manto comum com capuz para esconder o cabelo. Estava instalada na segunda fileira abaixo do Pregador, observando-o cuidadosamente. Seria Paul? Os anos poderiam tê-lo mudado para chegar nisso. E ele sempre tinha sido excepcional com a Voz, um fato que dificultava identificá-lo pela fala. Mesmo assim, esse Pregador usava a voz para que ela fizesse o que ele queria. Paul não teria feito melhor. Ela achou que tinha de conhecer a identidade dele antes que pudesse agir contra O Pregador. Como as palavras dele a assombravam!

Ela não captou nenhuma ironia nas declarações do Pregador. Ele estava usando a sedutora atração de sentenças definitivas, enunciadas com uma sinceridade cativante. As pessoas talvez ficassem momentaneamente aturdidas com o significado do que ele dizia, ao perceber que ele tinha pretendido aturdi-las para ensinar-lhes algo justamente dessa maneira. Aliás, ele captou a reação da multidão e prosseguiu:

– A ironia geralmente disfarça a incapacidade de pensar além dos próprios preconceitos. Não estou sendo irônico. Ghanima disse a vocês que o sangue de seu irmão não pode ser lavado. Concordo...

"... Será dito que Leto foi para onde seu pai também foi, que fez o que seu pai fez. A Igreja de Muad'Dib diz que ele escolheu pelo bem de sua própria humanidade um curso de ação que pode parecer absurdo e sem sentido, mas que será validado pela história. Essa história está sendo reescrita neste exato momento...

"... Digo a vocês que existe outra lição a ser aprendida com essas vidas e com o modo como chegaram ao fim."

Alia, alerta para cada nuance, perguntou a si mesma por que O Pregador tinha dito "chegaram ao fim" em vez de "mortes". Estaria ele dizendo que um dos gêmeos ou os dois não estavam realmente mortos? Mas como isso podia ser? Uma Proclamadora da Verdade tinha confirmado o relato de Ghanima. O que é que esse Pregador estava fazendo então? Estava dizendo algo de natureza mítica, ou falava de uma realidade?

– Prestem bem atenção a esta lição! – trovejava O Pregador, elevando os braços. – Para possuírem sua humanidade, abram mão do universo!

Ele abaixou os braços, direcionando as órbitas vazias diretamente para Alia. Ele parecia estar falando particularmente para ela, numa atitude tão óbvia que várias pessoas em volta se viraram para ela com uma expressão interrogativa no rosto. Alia estremeceu diante do poder que emanava dele. Podia ser Paul! Podia, sim!

– Vejo, porém, que os humanos não conseguem suportar muita realidade – ele disse. – A maior parte das vidas é uma fuga da essência de cada um. A maioria prefere verdades do estábulo. Vocês enfiam a cabeça na manjedoura e ruminam, contentes, até o dia de sua morte. Outros usam vocês para seus propósitos privados. Nem uma única vez vocês saem dos estábulos para erguer a cabeça e assumir sua individualidade. Muad'Dib veio para lhes falar disso. Sem compreender a mensagem dele, vocês não podem reverenciá-lo!

Alguém na audiência, possivelmente um sacerdote disfarçado, não conseguiu aguentar mais. Sua rouca voz masculina tinha se elevado aos gritos:

– Você não vive a vida de Muad'Dib! Como tem a coragem de dizer aos outros como eles devem reverenciá-lo?

– Porque ele está morto! – bradou O Pregador.

Alia se voltou para ver quem tinha desafiado O Pregador. O homem continuava fora do alcance da visão dela, mas a voz dele atravessou a massa de cabeças que se interpunha entre ele e O Pregador e gritou de novo:

– Se você acredita que ele está morto de verdade, então você está sozinho deste momento em diante!

Seguramente era um sacerdote, Alia pensou. Mas não conseguiu reconhecer a voz dele.

— Eu vim apenas para fazer uma simples pergunta — rebateu O Pregador. — A morte de Muad'Dib deverá ser seguida pelo suicídio moral de todos os homens? Será essa a decorrência inevitável de um Messias?

— Então, você admite que ele foi um Messias! — gritou a voz dentro da multidão.

— Por que não, já que sou o profeta da era dele? — indagou O Pregador.

Havia uma certeza tão tranquila em seu tom de voz e em seus modos que até mesmo aquele que o desafiava ficou quieto. A multidão respondeu emitindo um murmúrio alterado, como um som animal de timbre grave.

— Sim — repetiu O Pregador —, eu sou o profeta destes tempos.

Concentrada como estava no Pregador, Alia detectou sutis inflexões da Voz na fala dele. Ele sem dúvida tinha controlado aquele povo todo. Será que teria sido treinado pelas Bene Gesserit? Seria este outro plano da Missionaria Protectora? Nada de Paul, não; somente outro segmento do interminável jogo pelo poder?

— Eu articulo o mito e o sonho! — gritou O Pregador. — Sou o médico que ajuda a criança a nascer e anuncia que ela nasceu. Ainda assim, venho até vocês num momento de morte. Isso não perturba vocês? Deveria fazer estremecer sua alma!

Ainda que sentisse raiva ao ouvir essas palavras, Alia entendeu o estilo pontiagudo daquela fala. Assim como outros, ela se percebeu em movimento de aproximação dos degraus, acercando-se daquele homem alto, usando roupas de deserto. O jovem guia que o conduzia chamou a atenção de Alia: como parecia intenso e insolente aquele rapaz! Será que Muad'Dib empregaria um jovem tão cínico?

— Perturbá-los é o que quero! — berrou O Pregador. — Essa é a minha intenção! Venho aqui para combater a fraude e a ilusão de sua religião convencional e institucionalizada. Como sempre acontece com essas religiões, suas instituições se movimentam na direção da covardia, da mediocridade, da inércia, da autocomplacência.

Murmúrios irados começaram a se formar no meio do povo.

Alia sentiu as tensões e, com uma maligna satisfação, pensou na possibilidade de explodir um tumulto generalizado. Será que O Pregador conseguiria controlar essas tensões? Se não conseguisse, ele poderia morrer bem ali!

– Aquele sacerdote que me desafiou! – clamou O Pregador, apontando para a multidão.

Ele sabe!, Alia pensou. Um arrepio lhe percorreu o corpo, quase uma excitação sexual. Esse Pregador jogava um jogo perigoso, mas era um jogador de habilidade consumada.

– Você, sacerdote em seu mufti – O Pregador acusou –, você é o capelão dos autocomplacentes. Eu vim não para desafiar Muad'Dib, mas para desafiar você! A sua religião é de verdade, quando não lhe custa nada e não acarreta nenhum risco? A sua é uma religião de verdade quando você engorda à custa dela? A sua é uma religião de verdade quando você comete atrocidades em nome dela? De onde vem essa degeneração deteriorada da revelação original? Responda-me, sacerdote!

Mas o desafiante permaneceu calado. E Alia notou que, mais uma vez, a multidão estava ouvindo cada palavra do Pregador com ávida submissão. Ao atacar o Clero, ele tinha conquistado os favores da massa! E, se os espiões dela estivessem certos, a maioria dos peregrinos e dos fremen em Arrakis acreditava que aquele homem era de fato Muad'Dib.

– O filho de Muad'Dib se arriscou! – berrou O Pregador, e Alia ouviu as lágrimas na voz dele. – Muad'Dib se arriscou! Eles pagaram o preço! E o que Muad'Dib realizou? Uma religião que está pondo fim a ele!

Como essas palavras seriam diferentes se viessem de Paul mesmo, Alia pensou. *Tenho de descobrir!* Ela se aproximou mais um pouco dos degraus e outras pessoas se movimentaram junto com ela. Ela foi abrindo caminho em meio às filas cerradas à sua frente até quase conseguir estender a mão e tocar esse misterioso profeta. Ela sentia o cheiro do deserto nele, uma mistura de pederneira e especiaria. Tanto o Pregador como esse jovem guia estavam empoeirados, como se tivessem acabado de vir do *bled*. Ela podia ver as mãos do Pregador intensamente marcadas por veias salientes na pele que ficavam depois dos lacres de punho do trajestilador que ele usava. Ela pôde ver que ele tinha usado um anel em um dedo da mão esquerda, pois a marca afundada ainda era visível. Paul tinha usado um anel nesse mesmo dedo: o Gavião dos Atreides, que agora repousava em Sietch Tabr. Leto o teria usado se tivesse vivido até lá... ou se ela lhe desse permissão para subir ao trono.

Novamente, O Pregador dirigiu suas órbitas vazias para Alia, falando com intimidade, mas numa voz que podia alcançar até as últimas fileiras de pessoas daquela multidão:

– Muad'Dib mostrou duas coisas para vocês: um futuro certo e um futuro incerto. Com plena consciência do que fazia, ele enfrentou a derradeira incerteza do universo maior. Ele se retirou *cegamente* de sua posição neste mundo e nos mostrou que os homens sempre devem fazer isso, escolhendo o incerto em vez do certo. – Alia notou que a voz dele tinha assumido um tom de súplica no final da afirmação.

Alia olhou em torno e deslizou a mão para que ficasse apoiada sobre o cabo de sua dagacris. *Se eu o matasse neste exato momento, o que eles fariam?* Mais uma vez, ela sentiu a onda da excitação tomando-a de cima a baixo. *E se eu o matasse e me revelasse, denunciando O Pregador como impostor e herege?*

Mas e se eles provassem que ele era Paul?

Alguém empurrou Alia para ainda mais perto dele. Ela se sentia enfeitiçada pela presença dele enquanto combatia sua raiva para acalmá-la. Ele era Paul? Deuses das profundezas! O que devia fazer?

– Por que outro Leto foi tirado de nós? – perguntou com voz exigente O Pregador. Havia uma dor verdadeira em sua voz. – Respondam-me se puderem. Ah, a mensagem deles é bem clara: abandonem a certeza. – Ele repetia essas últimas palavras em tom estentóreo e cadenciado: – Abandonem a certeza! Esse é o comando mais profundo que a vida nos dá. É o que constitui a vida, no fim das contas. Somos uma sonda perscrutando o desconhecido, investigando a incerteza. Por que vocês não conseguem ouvir Muad'Dib? Se a certeza é conhecer absolutamente um futuro absoluto, então isso é apenas a morte disfarçada! O futuro começa *agora*! Ele mostrou isso a vocês!

Com uma aterrorizante objetividade, O Pregador estendeu sua mão e agarrou o braço de Alia. O movimento foi realizado sem hesitação, sem tatear. Ela tentou se desvencilhar, mas ele a mantinha presa com uma força insuspeita, falando diretamente para o rosto dela, enquanto todos que a rodeavam se afastavam, completamente perdidos.

– O que foi que Paul Atreides lhe disse, mulher? – ele indagou, autoritário.

Como é que ele sabe que eu sou mulher?, ela se perguntou. Desejava afundar em suas vidas interiores, pedir-lhes proteção, mas o mundo interno de Alia permaneceu assustadoramente calado e hipnotizado por essa figura de seu passado.

– Ele lhe disse que a completude equivale à morte! – gritou O Pregador. – A predição absoluta é o completamento... é a morte!

Ela tentou despregar os dedos dele. Queria agarrar sua dagacris e feri-lo para que ele a largasse, mas não teve coragem. Nunca se sentira tão acuada em toda a sua vida.

O Pregador elevou o queixo para falar por cima da cabeça dela para a multidão, e então trovejou:

– Eu lhes dou as palavras de Muad'Dib! Vou esfregar na cara de vocês aquelas coisas que vocês querem evitar. Não acho nada estranho que vocês queiram crer que é só isso que lhes traz consolo. De que outro modo os humanos inventam as armadilhas que nos traem e arrastam para a mediocridade? De que outro modo definimos a covardia? Foi isso que Muad'Dib lhes disse!

Abruptamente, ele soltou o braço de Alia e a empurrou de volta à multidão. Ela teria caído de costas se não fosse a pressão dos corpos que a sustentaram.

– Existir é se destacar, é sair do plano de fundo – concluiu O Pregador. – Vocês não estão pensando nem existindo de verdade a menos que se disponham a arriscar até mesmo sua sanidade no julgamento de sua existência.

Enquanto descia os degraus, O Pregador tornou a pegar o braço de Alia – e mais uma vez sem hesitar nem tatear. Desta vez, porém, usou de mais delicadeza. Inclinando-se para ela, dosou a voz para que somente ela o ouvisse e murmurou:

– Pare de tentar me empurrar de novo para o plano de fundo, irmã.

Então, com a mão no ombro de seu jovem guia, ele se embrenhou na multidão. Abriram caminho para que o insólito par pudesse passar. Algumas mãos se estendiam na tentativa de tocar no Pregador, mas essas pessoas demonstravam ternura e admiração, embora receosas do que pudessem sentir por baixo daquele empoeirado manto fremen.

Alia permaneceu sozinha, em estado de choque, enquanto o povo seguia atrás do Pregador.

A certeza a tomava por completo. Era Paul. Não restava nenhuma dúvida. Era seu irmão. Ela sentia o que o povo sentia. Ela havia estado diante da presença sagrada e agora seu mundo todo despencava à sua volta. Ela queria correr atrás dele, pedindo-lhe que ele a salvasse de si mesma, mas não conseguia se mexer. Enquanto os outros se empurravam para seguir O Pregador e seu guia, ela continuava imóvel, intoxicada por um desespero absoluto, por uma agonia tão intensa que só conseguia tremer e se via incapaz de dominar os próprios músculos.

O que faço agora? O que faço agora?, ela se perguntava.

Agora não tinha nem Duncan para se apoiar, nem sua mãe. Suas vidas interiores continuavam mudas. Havia Ghanima, seguramente vigiada pelos guardas dentro do Forte, mas Alia não podia se permitir expressar essa tormenta para a gêmea sobrevivente.

Todos se voltaram contra mim. O que posso fazer?

> **A visão monocular do nosso universo diz que você não deve buscar muito longe os seus problemas. Esses problemas talvez nunca cheguem. Em vez disso, cuide do lobo que está dentro do seu território. As alcateias que vagam lá fora talvez nem sequer existam.**
>
> **– O Livro de Azhar; Shamra I:4**

Jéssica recebeu Idaho à janela de sua sala de visitas. Era um aposento confortável, com divãs macios e cadeiras antiquadas. Não havia suspensor em nenhum de seus aposentos, e os luciglobos eram de cristal de outros tempos. Aquela janela se abria para um jardim dentro de um pátio, um andar abaixo.

Ela ouviu o serviçal abrir a porta e depois o som dos passos de Idaho no piso de tacos e finalmente sobre o tapete. Ela ouviu tudo isso sem se voltar, mantendo o olhar sobre a luz que salpicava o chão verde do pátio. A silenciosa e temerosa batalha de suas emoções devia ser suprimida agora. Ela fez as inspirações profundas de seu treinamento *prana-bindu*, sentindo o jorro da calma deliberadamente alcançada.

O sol, no alto, lançava seus raios como lanternas que escorriam por um feixe de pó até o pátio, salientando a roda prateada de uma teia de aranha estendida nos galhos de um pé de tília que quase chegava à sua janela. Estava fresco no interior de seus aposentos, mas do lado de fora da janela lacrada o ar tremia com o calor petrificado. O castelo Corrino estava situado num lugar estagnado que desmentia todo o verde do pátio.

Ela ouviu Idaho parar diretamente atrás dela.

Sem se virar, ela começou:

– A dádiva das palavras é a dádiva do engano e da ilusão, Duncan. Por que você quer trocar palavras comigo?

– Pode ser que apenas um de nós sobreviva – ele rebateu.

– E você quer que eu apresente um relatório favorável de seus esforços?

Ela se virou, viu como ele mantinha a calma ali parado, observando-a com aqueles olhos metálicos cinzentos que não tinham um foco central. Como pareciam vazios!

– Duncan, será possível que você tenha ciúmes de seu lugar na História?

Ela falou em tom de acusação e, enquanto dizia essas palavras, se lembrou de outra vez em que havia afrontado esse homem. Naquela ocasião ele estava bêbado, tinha sido obrigado a espioná-la, e estava dividido por obrigações conflitantes. Mas esse tinha sido um Duncan pré-ghola. Este aqui não era mais o mesmo homem, de jeito nenhum. Este não se sentia dividido em seus atos, nem agoniado com nada.

Ele comprovou a imagem que ela havia feito quando sorriu.

– A História tem seu próprio tribunal e emite seus próprios julgamentos – ele respondeu. – Duvido que ficarei preocupado quando meu julgamento for apresentado.

– Por que você veio aqui? – ela perguntou.

– Pela mesma razão que a mantém aqui, milady.

Nenhum sinal externo traía o chocante poder daquelas simples palavras, mas ela se pôs a raciocinar num ritmo furioso: *Será que ele realmente sabe por que estou aqui?* E como poderia sabê-lo? Ghanima era a única que estava informada. Será que, então, ele tinha dados suficientes para uma computação Mentat? Isso era possível. E se ele dissesse algo que a denunciasse? Será que ele faria isso, se tivesse a mesma razão que ela para estar ali? Ele devia saber que cada um de seus movimentos, que cada uma de suas palavras, estavam sendo monitorados por Farad'n ou por seus assistentes.

– A Casa Atreides chegou a uma árdua encruzilhada – ela disse. – A família se voltou contra si mesma. Você foi um dos homens mais leais ao meu duque, Duncan. Quando o barão Harkonnen...

– Não falemos dos Harkonnen – ele interrompeu. – Isso foi em outra era e o seu duque está morto. – E ele pensou: *Será que ela não desconfia que Paul revelou o sangue Harkonnen que corre nas veias Atreides?* Que risco Paul tinha corrido, mas isso havia vinculado Duncan Idaho ainda mais fortemente a ele. A confiança daquela revelação tinha sido uma moeda quase grande demais de se imaginar. Paul estava a par do que o povo do barão havia feito a Idaho.

– A Casa Atreides não está morta – Jéssica afirmou.

– O que é a Casa Atreides? – ele indagou. – Você é a Casa Atreides? Alia é? Ghanima? É o povo que serve essa Casa? Olho para todas essas pessoas e elas ouvem a marca de uma labuta que vai além das palavras! Como é que podem ser Atreides? Seu filho disse com precisão: "A labuta e a perseguição são o fardo de todos os que me seguirem". Eu me libertaria disso, milady.

— Você realmente se bandeou para o lado de Farad'n?

— Não foi justamente isso que a senhora fez, milady? A senhora não veio até aqui para convencer Farad'n a se casar com Ghanima para assim solucionar todos os nossos problemas?

Será que ele realmente pensa isso?, ela duvidou. *Ou está só falando para que os espiões o escutem?*

— A Casa Atreides sempre foi essencialmente uma ideia – ela murmurou. – Você sabe disso, Duncan. Nós compramos lealdade com lealdade.

— Serviço prestado ao povo – Idaho zombou. – Ah, muitas foram as vezes em que ouvi o seu duque dizendo isso. Ele deve estar se remexendo no túmulo, milady.

— Você realmente acredita que caímos tão baixo assim?

— Milady, não era de seu conhecimento a existência de rebeldes fremen que se chamam de "Marqueses do Deserto Interior" e que amaldiçoam a Casa Atreides e até mesmo Muad'Dib?

— Ouvi o relatório de Farad'n – ela afirmou, interrogando-se aonde ele estava querendo chegar com aquela conversa e com que finalidade.

— Mais do que isso, milady. Mais do que o relatório de Farad'n; eu mesmo ouvi a maldição deles. É esta: "Que todos vocês ardam no fogo, Atreides! Vocês não terão alma, nem espírito, nem corpo, nem sombra, nem magia, nem ossos, nem cabelos, nem pronunciamentos, nem palavras. Não terão túmulos, casas, buracos ou tumbas. Não terão jardim, árvore ou moita. Não terão água, pão, luz ou fogo. Não terão filhos, família, herdeiros ou tribo. Não terão cabeça, braços, pernas, passos ou sementes. Não terão assento em nenhum planeta. A alma de vocês não terá permissão para vir das profundezas, e essas almas nunca estarão com os que têm autorização para viver na terra. Em dia nenhum vocês verão Shai-hulud, mas ficarão amarrados e algemados na mais profunda abominação e suas almas jamais entrarão na gloriosa luz, para todo o sempre". É essa a maldição, milady. A senhora pode imaginar tal ódio vindo dos fremen? Eles consignam todos os Atreides à mão esquerda do amaldiçoado, à Mulher-Sol repleta de fogo que queima.

Jéssica se permitiu estremecer. Idaho tinha, sem nenhuma dúvida, pronunciado cada uma daquelas palavras com a mesma voz que as dissera no momento em que as ouviu na praga original. Por que estava expondo isso à Casa Corrino? Ela podia imaginar um fremen indignado, terrível em sua ira, diante de sua tribo, despejando aquela maldição ancestral. Por que é que Idaho queria que Farad'n ouvisse aquilo tudo?

– Você apresenta um poderoso argumento a favor do casamento de Ghanima com Farad'n – ela observou.

– A senhora sempre preferiu uma abordagem simplista dos problemas – ele argumentou. – Ghanima é fremen. Ela só pode se casar com quem não pague *fai*, a taxa de proteção. A Casa Corrino desistiu de todas as suas participações na CHOAM por seu filho e pelos herdeiros dele. Farad'n existe pelo sofrimento Atreides. E lembre-se de quando seu duque fincou o estandarte do Gavião em Arrakis, lembre-se do que ele disse: "Aqui estou e aqui fico!" Os ossos dele ainda estão lá. E Farad'n teria de viver em Arrakis, com seus Sardaukar ao lado.

Idaho sacudiu a cabeça à mera menção de uma tal aliança.

– Existe um velho ditado que diz que a gente deve descascar um problema como se fosse uma cebola – ela sussurrou, com a voz gélida. *Como é que ele ousa me dar lições de moral? A menos que esteja representando um papel para os olhos vigilantes de Farad'n...*

– Seja como for, não consigo ver como os fremen e os Sardaukar conseguiriam compartilhar um planeta – Idaho redarguiu. – Essa é uma camada que não descola da cebola.

Ela não gostou das ideias que as palavras de Idaho poderiam despertar em Farad'n e seus conselheiros, então afirmou com tom de voz incisivo:

– A Casa Atreides ainda é a lei neste Império! – e, enquanto pronunciava essas palavras, pensava: *Será que Idaho quer que Farad'n pense que ele pode recuperar o trono sem os Atreides?*

– Ah, sim – Idaho concedeu. – Quase me esqueci. A Lei Atreides! Claro que na tradução dos sacerdotes do Elixir Dourado. A mim basta que eu feche os olhos para ouvir seu duque me dizendo que imóveis e propriedades sempre são conquistados e mantidos pela violência ou pela ameaça da violência. A fortuna a tudo toca, como Gurney costumava cantar. O fim justifica os meios? Ou será que misturei os provérbios? Bom, não importa se os punhos cerrados são abertamente exibidos pelas legiões fremen ou pelos

Sardaukar, ou se estão escondidos dentro das mangas da Lei Atreides... os punhos continuam lá. E essa é a camada da cebola que não descola, milady. Sabe de uma coisa? Qual será o punho que Farad'n vai exigir?

Mas o que ele está fazendo?, Jéssica se perguntava. A Casa Corrino iria se refestelar com esse argumento e tripudiar com ele!

– Então, você pensa que os sacerdotes não deixarão Ghanima se casar com Farad'n? – sugeriu ela, averiguando até onde poderiam chegar as palavras de Idaho.

– Deixar? Pelo amor de Deus! Os sacerdotes deixarão Alia fazer qualquer coisa que ela decrete. Ela mesma seria capaz de se casar com Farad'n!

Então é isso que ele está sondando?, Jéssica se perguntou.

– Não, milady – ele prosseguiu. – A questão não é essa. O povo deste Império não consegue distinguir entre o governo Atreides e o governo do Bruto Rabban. Todo dia tem pessoas morrendo nos calabouços de Arrakina. Eu fui embora porque não podia mais oferecer minha espada aos Atreides, nem por uma hora! A senhora não entende o que estou dizendo, por que vim para cá consigo, na qualidade de o mais próximo representante dos Atreides? O Império Atreides traiu seu duque e seu filho. Eu amei sua filha, mas ela seguiu por um caminho e eu fui por outro. Se as coisas chegarem a esse ponto, aconselharei Farad'n a aceitar a mão de Ghanima... ou a de Alia... mas somente nos termos dele mesmo!

Ah, ele está montando o palco para uma saída formal e honrosa do serviço aos Atreides, ela pensou. Mas essas outras questões das quais ele falou, seria realmente possível que ele soubesse quão bem elas haviam feito em seu lugar o trabalho que cabia a ela mesma? Jéssica o advertiu:

– Você sabe que há espiões ouvindo cada palavra, não é?

– Espiões? – e ele deu uma risadinha. – Eles escutam, do mesmo jeito que eu escutaria no lugar deles. A senhora não sabe como a minha lealdade se processa de modo diferente? Foram muitas as noites que passei sozinho no deserto, e os fremen têm razão a respeito daquele lugar. No deserto, especialmente à noite, você topa com os perigos de pensar muito.

– Foi lá que você ouviu os fremen nos amaldiçoando?

– Sim. Entre os Al-Ourouba. A pedido do Pregador, me juntei a essa tribo, milady. Nós nos chamamos Zarr Sadus, aqueles que se recusam a se sujeitar aos sacerdotes. Estou aqui para fazer um pronunciamento formal para um Atreides: estou me retirando para o território inimigo.

Jéssica o estudou, buscando sinais de traição nas minúcias, mas Idaho não dava nenhum indício de que tivesse falado com falsidade ou para encobrir outros planos. Seria realmente possível que ele tivesse passado para o lado de Farad'n? Ela se lembrou de uma máxima da Irmandade: *Nas questões humanas, nada permanece duradouro; todos os assuntos humanos giram como uma hélice, movimentando-se em torno de algo e para fora.* Se Idaho realmente estava se apartando da comunidade Atreides, isso seria uma explicação para sua conduta presente. Ele estava girando em torno de algo e para fora. Ela precisava considerar isso uma possibilidade.

Mas por que ele tinha enfatizado ter atendido a um pedido do Pregador?

As ideias de Jéssica atropelavam-se em sua cabeça e, tendo considerado as alternativas, ela percebeu que teria de matar Idaho. O plano no qual tinha apostado suas fichas permanecia tão delicado que nada podia ter espaço para interferir e atrapalhar. Nada. E as palavras de Idaho sinalizavam que ele sabia qual era o plano dela. Ela avaliou a posição relativa de ambos naquele recinto, e então andou e se colocou de modo a poder desferir um golpe letal.

– Sempre considerei que o efeito normalizador da *faufreluches* era um dos pilares da nossa força – ela comentou. Que ele ficasse matutando sobre o motivo que a teria levado a derivar a conversa entre ambos para o sistema de distinção de classes. – O Conselho do Landsraad das Casas Maiores, os Sysselraads, todos merecem nosso...

– A senhora não me distrai – ele acusou.

E Idaho percebeu como as ações dela tinham se tornado transparentes. Seria por que ela se tornara desleixada quanto a encobrir as coisas, ou ele finalmente tinha conseguido derrubar os muros do treinamento Bene Gesserit? Ele resolveu que era a segunda opção, mas uma parte disso era devido a algo nela mesma, como uma mudança que tivesse acontecido com o avançar da idade. Deixava-o triste perceber como eram pequenas as diferenças entre os novos fremen e os antigos. A passagem do deserto era a passagem de algo precioso aos humanos, e ele não conseguia descrever essa coisa, assim como também não conseguia descrever o que tinha ocorrido com lady Jéssica.

Jéssica encarou Idaho, expressamente atônita, sem nenhuma tentativa de ocultar sua reação. Será que ele podia lê-la assim, com tanta facilidade?

– A senhora não me matará – ele afirmou. Ele usou as palavras fremen de advertência: – Não jogue seu sangue sobre a minha faca. – E Idaho pensou: *Tornei-me bastante um fremen.* Ao constatar isso, ele sentiu um acre senso de continuidade captando a profundidade com que aceitara os costumes do planeta que havia abrigado sua segunda vida.

– Acho que seria melhor você sair – ela disse.

– Não enquanto a senhora não aceitar que eu me retire do serviço aos Atreides.

– Aceito! – ela esbravejou, com voz cortante. E somente depois de pronunciada essa palavra foi que ela percebeu o quanto esse diálogo tinha sido fruto de puro reflexo. Ela precisava de mais tempo para pensar e reconsiderar. Como Idaho sabia o que ela pretendia fazer? Ela não acreditava que ele fosse capaz de saltos no tempo como os induzidos pela especiaria.

Idaho retrocedeu diante dela até sentir a porta às suas costas. Então fez uma mesura.

– Mais uma vez eu a chamo de milady, e esta será a última vez. Meu conselho para Farad'n será que a envie de volta a Wallach, sigilosa e rapidamente, na primeira oportunidade que se mostrar mais prática. A senhora é um brinquedo perigoso demais para se ter por perto. Embora eu não acredite que ele a considere um brinquedo. A senhora está trabalhando para a Irmandade, não para os Atreides. Agora me pergunto se alguma vez a senhora serviu aos Atreides. Vocês, bruxas, fazem tudo muito no fundo e nas trevas para que os meros mortais possam chegar a confiar.

– Um ghola que se considera um mero mortal – ela escarneceu.

– Comparado à senhora – ele rebateu.

– Saia! – ela mandou.

– Justamente a minha intenção. – E ele passou pela porta, cruzando com a expressão curiosa do serviçal, que evidentemente tinha ouvido tudo.

Está acabado, ele pensou. *E eles só poderão entender isso de um único jeito.*

> **Somente no domínio da matemática é que vocês podem compreender a visão precisa de futuro apresentada por Muad'Dib, nos seguintes termos: em primeiro lugar, postulamos um número qualquer de dimensões-ponto no espaço. (Este é o clássico *agregado estendido n vezes de n dimensões*.) Nesse contexto, o *Tempo*, como é normalmente compreendido, se torna um agregado de propriedades unidimensionais. Aplicando essa noção ao fenômeno Muad'Dib, temos que ou somos confrontados por novas propriedades do Tempo ou (pela redução por meio do cálculo do infinito) estamos lidando com sistemas separados que contêm *n* propriedades corporais. No caso de Muad'Dib, supomos a segunda possibilidade. Como ficou demonstrado por redução, as dimensões-ponto de *n* vezes só podem ter uma existência separada dentro de referências diferentes do *Tempo*. Dimensões separadas do *Tempo*, portanto, como se demonstrou, podem coexistir. Sendo esse o caso inescapável, as previsões de Muad'Dib exigiam que ele percebesse as *n* vezes não como um agregado estendido, mas como uma operação dentro de um único contexto. De fato, ele congelou o universo dele naquele único contexto que era a sua visão do *Tempo*.**
>
> **– Palimbasha: Palestras em Sietch Tabr**

Leto estava deitado na crista de uma duna, esquadrinhando as areias que se abriam num sinuoso afloramento rochoso. Essas pedras se apresentavam como um verme imenso esparramado na areia, achatado e ameaçador à luz do sol da manhã. Nada se movimentava por ali. Nenhuma ave sobrevoava em círculos aquela região, nenhum animal fuçava o chão perto das pedras. Ele podia ver as frestas de um captador de vento quase no centro das costas do "verme". Ali deveria haver água. O verme rochoso guardava uma aparência semelhante à do abrigo dos sietch, exceto pela ausência de criaturas vivas. Ele permanecia imóvel, fundido com a areia, espreitando.

Uma das canções de Gurney Halleck insistia em sua mente, com monótona persistência:

Debaixo do morro onde a raposa corre lépida,
Um sol salpicado brilha com força
Onde meu amor está quieto.
Debaixo do morro nas moitas de erva-doce
Espio meu amor que não pode despertar.
Ele se esconde num túmulo
Debaixo do morro.

Onde ficava a entrada daquele lugar?, Leto se perguntou.

Ele tinha a certeza de que ali devia ser Jacurutu/Fondak, mas havia algo errado ali, além da ausência do movimento de animais. Alguma coisa saltitou nas bordas de sua percepção consciente, alertando-o.

O que se escondia debaixo do morro?

A ausência de animais era preocupante. Era o suficiente para despertar seu senso fremen de cautela: *A ausência diz mais do que a presença quando se trata da sobrevivência no deserto.* Mas havia um captador de vento. Teria de haver água para uso de humanos. Esse era o lugar tabu, disfarçado sob o nome de Fondak, e sua outra identidade já estava perdida até mesmo na memória da maioria dos fremen. E nenhuma ave ou outro animal podia ser avistado por ali.

Nem humanos. Apesar disso, era ali que começava o Caminho Dourado.

Seu pai tinha dito um dia:

– Existe o desconhecido em toda parte, a todo momento. É aí que você busca o conhecimento.

Leto lançou o olhar à direita, acompanhando o perfil da crista das dunas. Tinha havido uma tempestade-mãe há pouco tempo. O lago Azrak, aquela planície de gipsita, tinha sido exposto, perdendo sua capa de areia. A superstição fremen dizia que aquele que visse Biyan, as Terras

Brancas, podia fazer um pedido de dois gumes, um pedido que poderia destruí-lo. Leto só viu uma planície de gipsita, que lhe dizia que antigamente, em Arrakis, ali houvera um corpo d'água.

Como se fosse existir de novo.

Ele olhou para cima, focando vários quadrantes do céu, em busca de algum sinal de movimento. O céu parecia poroso depois da tempestade. A luz que o atravessava causava a sensação de uma presença leitosa, de um sol prateado e perdido em alguma parte acima do véu empoeirado que persistia nas altitudes mais elevadas.

Novamente, Leto focalizou sua atenção de volta nas rochas sinuosas. Tirou cuidadosamente os binóculos de seu fremkit, acertando o foco de suas lentes ajustáveis, e investigou a cinzenta paisagem nua e aquele afloramento onde antigamente os homens de Jacurutu tinham vivido. O fator de amplificação dos binóculos revelou uma moita espinhosa, aquela que chamavam Rainha da Noite. O arbusto vicejava nas sombras de uma fenda que poderia ser a entrada para o velho sietch. Ele esquadrinhou toda a extensão do afloramento. O sol prateado tornava os vermelhos silhuetas cinzentas, lançando um achatamento difuso sobre a longa extensão rochosa.

Rolando lateralmente, ele ficou de lado para Jacurutu para analisar o círculo dos arredores com o uso dos binóculos. Nada em toda aquela erma vastidão preservava as marcas da passagem de humanos. O vento já tinha apagado as pegadas, deixando apenas uma vaga silhueta arredondada no local onde ele tinha caído de seu verme, à noite.

Mais uma vez, ele olhou para Jacurutu. Exceto pelo captador de vento, não havia nenhum sinal de que pessoas tivessem passado por ali. E, sem aquela sinuosa extensão das rochas, não havia mais nada que pudesse ser tirado da areia calcinada, uma superfície erma de um horizonte a outro.

Subitamente, Leto sentiu que estava naquele lugar porque tinha se recusado a permanecer confinado no sistema que seus ancestrais lhe haviam legado. Ele pensou no modo como as pessoas o viam, o mesmo erro universal em todos os olhares, exceto no de Ghanima.

Exceto por aquela turba maltrapilha de outras lembranças, esta criança nunca foi uma criança.

Devo aceitar a responsabilidade pela decisão que tomamos, ele pensou.

Mais uma vez, ele olhou com atenção o perfil da rocha em toda a sua extensão. De acordo com todas as descrições, ali tinha de ser Fondak e nenhum outro lugar poderia ser Jacurutu. Ele sentia um estranho relacionamento de ressonância com o tabu daquele lugar. Na Doutrina Bene Gesserit, ele abriu sua mente para Jacurutu, buscando nada saber a respeito. *Saber* era uma barreira que impedia aprender. Por alguns instantes, ele se permitiu simplesmente ecoar, sem fazer pedido nenhum, sem perguntar nada.

O problema estava na falta de vida animal, mas foi uma coisa em especial que o alertou. Ele então percebeu o que era: não havia aves que se alimentam de carniça; águias, urubus, gaviões. Mesmo quando outras formas de vida ficavam escondidas, essas continuavam visíveis. Cada ponto de água neste deserto tinha sua própria cadeia alimentar. E, no topo dela, os onipresentes comedores de carniça. Nenhuma dessas criaturas tinha vindo para investigar sua presença. Ele conhecia muitíssimo bem os "vigias do sietch", aquela linha de aves empoleiradas na borda do penhasco em Tabr, os mais primitivos coveiros de todos, à espera de carne. Como diziam os fremen: "Nossos concorrentes". Mas diziam isso sem nenhum sentimento de ciúme porque aves de rapina geralmente indicavam a aproximação de forasteiros.

E se este Fondak tiver sido abandonado até mesmo pelos contrabandistas?

Leto parou para beber de um dos seus tubos coletores.

E se realmente não houver água?

Ele reviu sua posição. Tinha montado e esgotado dois vermes para chegar até ali, espicaçando-os sem misericórdia a noite inteira, e os deixara quase mortos, afundados na areia. Ali era o deserto interior, onde o esconderijo dos contrabandistas podia ser encontrado. Se ali existia vida, se ali *pudesse* existir vida, teria de ser em presença de água.

E se não houvesse água? E se ali não fosse Fondak/Jacurutu?

Mais uma vez ele mirou o binóculo para visualizar o captador de vento. As bordas externas do dispositivo estavam recobertas de areia, precisando de manutenção, mas de resto ele parecia estar funcionando. Tinha de haver água.

E se não houvesse?

Um sietch abandonado pode perder sua água para o ar, ou para qualquer tipo de catástrofe. Por que não havia nenhuma ave de carniça?

Será que tinham sido mortas por causa de sua água? Por quem? Como todas elas poderiam ter sido eliminadas? Veneno?

Água envenenada.

A lenda de Jacurutu não continha nenhum relato de uma cisterna envenenada, mas uma dessas poderia existir. Se os bandos originais de aves tivessem sido mortos, já não teriam sido renovados nesta altura dos acontecimentos? Os iduali tinham sido extintos havia várias gerações e as histórias todas nunca tinham mencionado veneno. Mais uma vez ele examinou a rocha, usando o binóculo. Como é que um sietch inteiro poderia ter sido destruído? Certamente alguém devia ter escapado. Os habitantes de um sietch raramente ficavam todos em casa. Formavam grupos para perambular pelo deserto, saíam em viagens para as cidades.

Com um suspiro de resignação, Leto deixou o binóculo de lado. Escorregou então pela encosta oculta da duna, tomando um cuidado extra para enterrar sua tendestiladora e encobrir todos os sinais de sua presença, enquanto se preparava para passar as horas de maior calor. O peso da fadiga invadia seus membros, cujos movimentos se tornavam lentos e pesados. Era o preço que vinha para ser cobrado, agora que Leto providenciava um modo de se esconder no escuro. Dentro dos suarentos limites da tenda, ele passou a maior parte do dia cochilando, imaginando os erros que poderia ter cometido. Teve sonhos defensivos, mas não podia haver autodefesa neste julgamento que ele e Ghanima tinham escolhido. O fracasso escaldaria a alma de cada um deles. Depois de comer biscoitos de especiaria, adormeceu; acordou e comeu mais um pouco, bebeu e voltou a dormir. Tinha sido uma longa jornada até ali, um teste exigente para os músculos de uma criança.

Ao cair da tarde, ele acordou com as forças refeitas e buscou ouvir sinais de vida. Saiu rastejando de dentro de seu sudário de areia. Havia poeira no alto do céu, soprando numa direção só, mas ele conseguia sentir areia pinicando em sua bochecha e vindo de outro lado; um sinal seguro de que haveria uma mudança brusca no clima. Ele percebia os sinais de uma tempestade se formando.

Com extrema cautela, ele se esgueirou até o topo da duna e mais uma vez tentou enxergar alguma coisa naquelas rochas enigmáticas. O ar que os separava era de cor amarela. Os sinais indicavam uma Coriolis se aproximando, a ventania que carregava a morte em seu bojo. Cairia ali um imenso lençol contorcido de areia soprada pelo vento com capacidade de se estender por até quatro graus de latitude. O desolado vazio da superfície de gipsita era agora um caldeirão amarelo que refletia as nuvens de poeira. A falsa paz do final da tarde o envolvia. Então o dia terminou e ficou noite, a rápida noite que cai no deserto interior. As rochas se transformaram em picos angulosos refletindo a luz da primeira lua. Ele sentia espinhos arenosos picando sua pele. Um ribombar seco de trovoada pareceu o eco de tambores ao longe e, no espaço entre o luar e a escuridão, ele viu um movimento repentino: morcegos. Ele podia ouvir a agitação das asas que batiam e seus guinchos miúdos.

Morcegos.

De propósito ou por acaso, esse lugar transmitia a sensação de desolação e abandono. Estava onde deveria se situar a semilendária fortaleza dos contrabandistas: Fondak. Mas e se não fosse Fondak? E se o tabu ainda imperasse e aqui só fosse a casca de um Jacurutu fantasma?

Leto se acocorou no abrigo de sua duna e esperou que a noite descesse em seu ritmo natural. Paciência e cuidado, cuidado e paciência. Por algum tempo, ele se entreteve imaginando a rota percorrida por Chaucer, de Londres a Canterbury, fazendo a lista dos lugares desde Southwark: quase quatro quilômetros até o bebedouro de St. Thomas, nove quilômetros até Deptford, menos de dez quilômetros até Greenwich, cinquenta quilômetros até Rochester, seis quilômetros e meio até Harbledown e quase cem até Canterbury. Ele se sentia como se estivesse flutuando num tempo sem tempo, sabendo que havia poucas pessoas em todo o vasto universo que eram capazes de se lembrar de Chaucer, ou sequer conhecer alguma coisa de Londres, exceto o povoado de Gansireed. St. Thomas estava preservado na Bíblia Católica Laranja e no Livro de Azhar, mas Canterbury já tinha desaparecido da memória dos homens, assim como o planeta que havia conhecido esse lugar. Ali estava o fardo de todas as suas lembranças, de todas aquelas vidas que ameaçavam engoli-lo. Ele tinha percorrido esse trajeto até Canterbury, uma vez.

Todavia, sua viagem presente era mais longa e mais perigosa.

Então, ele chegou até a crista da duna e seguiu adiante na direção das rochas iluminadas pelo luar. Ele se fundia com as sombras, deslizando através do topo das dunas sem fazer barulho nenhum que pudesse indicar sua presença.

A poeira tinha sumido, como tantas vezes acontecia pouco antes de uma tempestade, e a noite estava límpida, brilhante. O dia não havia revelado nenhum movimento, mas ele ouvia agora pequenas criaturas se movimentando no escuro, conforme chegava mais perto das pedras.

Num vale entre duas dunas, ele topou com uma família de roedores do tipo dos gerbos, que se espalharam por ali ao perceberem a aproximação de Leto. Ele não se apressou em seguir pela crista seguinte, com emoções atribuladas pela ansiedade. Ele tinha visto aquela fenda: será que dava acesso a alguma entrada? E ainda havia outros focos de preocupação: o sietch tão antigo sempre tinha sido protegido por armadilhas: dardos envenenados em buracos, espinhos envenenados em plantas. Ele mesmo se sentiu preso num aforismo fremen ancestral: *A noite que é toda ouvidos.* Ele estava com os ouvidos abertos, à espera do menor som.

As pedras cinzentas se elevavam diante dele agora, agigantadas por sua proximidade. Enquanto prestava atenção para captar algum som, ele ouviu aves invisíveis naquele penhasco, emitindo o brando chamado das presas aladas. Eram os sons de aves diurnas, que a noite amplificava. O que teria virado o mundo dessas criaturas do avesso? Humanos predadores?

Subitamente, Leto se imobilizou rente à areia. Havia fogo no penhasco, um balé de gemas faiscantes e misteriosas contra o tule preto da noite, aquela espécie de sinal que um sietch dispararia na direção de peregrinos cruzando o *bled*. Quem eram os ocupantes deste lugar? Ele engatinhou adiante mais um pouco, buscando as sombras mais densas da base do penhasco, sentindo a superfície das rochas com uma mão e deixando seu corpo seguir atrás da mão enquanto buscava a fissura que tinha visto à luz do dia. Ele a localizou quando deu o oitavo passo, tirou suavemente o respirarenador de seu kit e com ele sondou a escuridão. Quando ele se mexeu, alguma coisa apertada que o amarrava caiu sobre seus ombros e braços e o imobilizou.

Cipó-armadilha!

Ele resistiu ao impulso de se debater, o que só levaria a planta a puxar com mais força. Leto abaixou o respirarenador e, dobrando os dedos da mão direita, buscou a faca que estava em sua cintura. Sentia-se o maior dos ingênuos por não ter jogado de longe alguma coisa dentro daquela fissura para testar a presença de um eventual perigo. Sua mente estivera toda ocupada com a fogueira no alto do penhasco.

Cada movimento que fazia aumentava o aperto do cipó-armadilha, mas seus dedos finalmente alcançaram o cabo da faca. Sorrateiramente, ele fechou a mão em volta do cabo e começou a tirar a arma da bainha.

Um facho de luz o envolveu e o imobilizou por completo.

– Ah, que bela presa pegamos com nossa rede. – Era uma voz masculina grave, que vinha de trás de Leto, com um tom vagamente familiar. Leto tentou girar a cabeça, ciente da perigosa propensão do cipó de esmagar o corpo que tentasse muito se soltar.

Uma mão apanhou a faca de Leto antes que ele pudesse ver seu captor. Essa mão se movimentou com habilidade pelo corpo de Leto, retirando todos os pequenos dispositivos que ele e Ghanima levavam para garantir sua sobrevivência. Nada escapou à investigação do sujeito, nem mesmo o garrote de shigafio que escondia no cabelo.

Leto ainda não tinha visto o homem.

Os dedos dele fizeram alguma coisa com o cipó-armadilha e, depois disso, Leto sentiu que podia respirar melhor, mas o homem avisou:

– Não resista, Leto Atreides. Sua água está na minha caneca.

Com um esforço supremo, Leto permaneceu calmo e perguntou:

– Você sabe meu nome?

– Claro que sim! Quando se monta uma armadilha é com um propósito. Tem-se em vista uma presa específica, não é mesmo?

Leto permaneceu calado, mas seus pensamentos eram vertiginosos.

– Você se sente traído! – exclamou a voz pesada. Um par de mãos o virou para a frente, com delicadeza e também uma evidente demonstração de força. Um homem adulto estava mostrando para a criança quais eram as chances que ela teria.

Leto ergueu os olhos para encarar o clarão de dois sinalizadores flutuantes e viu a escura silhueta de um rosto encoberto pelo capuz do trajestilador. Quando seus olhos se adaptaram, ele divisou uma faixa escura de pele e os olhos intensamente sombrios do vício em mélange.

– Você se pergunta por que nos demos a todo esse trabalho – sugeriu o homem. A voz dele vinha de dentro da parte protegida da metade inferior de seu rosto e tinha uma curiosa qualidade abafada, como se ele estivesse tentando disfarçar um sotaque.

– Há muito tempo deixei de me espantar com o número de pessoas que querem ver os gêmeos Atreides mortos – Leto rebateu. – As razões delas são óbvias.

Enquanto falava, a mente de Leto se atirou contra as paredes do conhecido como se fosse uma jaula, buscando selvagemente por respostas. Uma armadilha com isca? Mas quem mais sabia, além de Ghanima? Impossível! Ghanima não trairia o próprio irmão. Então haveria alguém que o conhecia tão bem que era capaz de prever suas ações? Quem? Sua avó? Mas como ela poderia?

– Não poderíamos permitir que você seguisse da maneira como estava indo – o homem argumentou. – Muito mau. Antes de subir ao trono, você precisa ser educado. – Os olhos sem branco nenhum olharam-no; o menino era bem mais baixo. – Você se pergunta como alguém poderia se imaginar educando alguém como você? Você, que tem o conhecimento de uma multidão guardado em sua memória? Mas é justamente isso, entende? Você acha que já está educado, mas a única coisa que você é, neste momento, é um depósito de vidas mortas. Você ainda não tem vida própria. Você é apenas uma réplica cambaleante de outros, todos com um único objetivo: buscar a morte. Não é bom para um regente ser um buscador da morte. Você apenas espalharia cadáveres à sua volta. Seu pai, por exemplo, nunca entendeu que...

– E você ousa falar dele desse jeito?

– Muitas foram as vezes em que ousei. Ele era somente Paul Atreides, afinal de contas. Bem, meu menino, bem-vindo à escola.

O homem estendeu uma mão que saiu de dentro do manto e então tocou de leve o rosto de Leto. Leto sentiu o choque de um golpe e se sentiu rodopiando para baixo, por dentro de uma escuridão em que um estandarte verde acenava. Era o estandarte verde dos Atreides com seus símbolos do dia e da noite, e seu cajado de Duna escondendo um tubo de água. Ele escutou o rumor da água gorgolejando enquanto a inconsciência o possuía. Ou seria a risada de alguém?

> **Ainda podemos nos lembrar dos anos dourados antes de Heisenberg, que mostrou aos humanos os muros que cercam nossos argumentos predestinados. As vidas dentro de mim acham isso muito divertido. Vejam, o conhecimento não tem serventia sem um propósito, mas o propósito é aquilo que constrói os muros que nos encerram.**
>
> – Leto Atreides II, Sua Voz

Alia se percebeu falando asperamente com os guardas que encontrou no saguão do Templo. Eram nove, todos usando o empoeirado uniforme verde das patrulhas suburbanas, e ainda estavam arfando e suando depois de todo o esforço que haviam feito. A luz do fim da tarde entrava pela porta aberta, às costas deles. Todos os peregrinos tinham sido evacuados da área.

– Então quer dizer que as minhas ordens não significam nada para vocês? – ela pressionou.

E Alia se espantou com a própria raiva, não tentando contê-la, mas deixando-a correr solta. O corpo dela tremia com as tensões acumuladas. Idaho, que tinha ido embora... e lady Jéssica... nenhuma notícia... somente boatos de que os dois estariam em Salusa. Por que Idaho não tinha enviado nenhuma mensagem? O que tinha feito? Será que finalmente ficara sabendo de Javid?

Alia estava usando o amarelo do luto em Arrakina, a cor do sol escaldante da história dos fremen. Em poucos minutos, ela estaria conduzindo o segundo e último cortejo fúnebre até a Velha Ravina, onde iria concluir o marco de pedra em honra do sobrinho desaparecido. Esse trabalho seria completado à noite, numa justa homenagem a alguém que havia sido destinado a liderar os fremen.

A guarda dos sacerdotes pareceu petulante diante de sua raiva, sem a menor indicação de vergonha. Estavam à frente de Alia, suas silhuetas recortadas contra a luz do entardecer. O odor do suor daqueles homens era facilmente perceptível através dos leves e ineficazes trajestiladores dos habitantes das cidades. O líder do grupo, um kaza loiro e alto, cuja burka trazia os símbolos da família Cadelam, tirou bruscamente a máscara de seu trajestilador para falar com mais clareza. Sua voz vinha cheia da orgulhosa entonação que se esperaria de um descendente da família que em outros tempos havia governado o Sietch Abbir.

— Certamente que tentamos capturá-lo!

O homem estava evidentemente indignado com a acusação dela.

— O que ele diz é blasfêmia! Nós sabemos quais são suas ordens, mas nós o ouvimos com os nossos próprios ouvidos!

— E não conseguiram apanhá-lo — Alia retrucou com a voz baixa, mas acusadora.

Uma de suas guardas, uma mulher jovem e de baixa estatura, tentou defender os soldados.

— A multidão ali era compacta! Juro que as pessoas nos atrapalharam!

— Continuaremos a buscá-lo — insistiu o Cadelam. — Não falharemos sempre.

Alia foi sarcástica:

— Por que não me entendem e não me obedecem?

— Milady, nós...

— E o que você fará, herdeiro de uma *cadela*, se capturá-lo e acabar descobrindo que, de fato, ele é meu irmão?

Ele evidentemente não escutou a brincadeira que ela fez com seu nome, embora não pudesse ter-se tornado um guarda do Templo sem um determinado nível de instrução e de inteligência para fazer uso dela. Será que queria se sacrificar pessoalmente?

O guarda engoliu em seco e então disse:

— Devemos nós mesmos matá-lo, pois ele provoca desordem.

Os outros ficaram horrorizados diante disso, mas ainda assim petulantes. Eles sabiam o que tinham ouvido.

— Ele conclama as tribos para se unirem contra a senhora — continuou o Cadelam.

Agora Alia percebeu como lidar com ele. E então falou, usando um tom de voz baixo e prático:

— Entendo. Então, se você precisa se sacrificar dessa maneira, prendendo-o abertamente para que todos vejam quem você é e o que faz, acho que deve fazer isso mesmo.

— Sacrificar a mim... — e ele engasgou, olhando então para os companheiros. Como o kaza do grupo, o líder nomeado, ele tinha o direito de falar em nome deles, mas dava sinais de que queria ter ficado calado. Os outros guardas se remexiam, desconfortáveis. No calor da perseguição, tinham desafiado Alia. Agora, só lhes restava refletir sobre como tinham desafiado o "Ventre Celestial". Com evidente constrangimento, os guardas abriram um pequeno espaço entre eles e seu kaza.

– Pelo bem da Igreja, nossa reação oficial deverá ser severa – Alia observou. – Você entende isso, não é?

– Mas ele...

– Eu o ouvi diretamente – ela interrompeu. – Mas este é um caso especial.

– Ele não pode ser Muad'Dib, milady!

Quão pouco você sabe!, ela pensou. E então ela falou:

– Não podemos nos arriscar a prendê-lo ao ar livre, ferindo-o de maneira que isso possa ser testemunhado. Se surgir outra oportunidade, é óbvio.

– Ele sempre está rodeado por uma multidão, ultimamente!

– Então, acredito que você deve ser paciente. Claro que se insistir em me desafiar... – e ela deixou as consequências no ar, implícitas, mas ainda assim bem compreendidas. O Cadelam era ambicioso e tinha uma carreira brilhante pela frente.

– Nossa intenção não era desafiá-la, milady. – O homem estava novamente senhor de si. – Agimos impulsivamente. Posso ver isso. Perdoe-nos, mas ele...

– Nada aconteceu; não há o que perdoar – ela contrapôs, usando a fórmula fremen costumeira. Essa era uma das muitas maneiras usadas por uma tribo para manter a paz em suas fileiras, e este Cadelam ainda era tradicionalmente fremen o suficiente para se lembrar disso. Sua família registrava uma longa tradição de liderança. A culpa era a chibata do naib, para ser usada com parcimônia. Os fremen serviam melhor quando não se sentiam culpados nem ressentidos.

Ele demonstrou que entendia o julgamento dela inclinando a cabeça à frente e dizendo:

– Pelo bem da tribo, eu entendo.

– Vão se limpar, rapazes – ela ordenou. – O cortejo terá início em poucos minutos.

– Sim, milady... – e eles se apressaram em sair dali, com movimentos que nitidamente traduziam seu alívio por terem se safado.

Uma voz de baixo ribombava dentro da cabeça de Alia.

– Ah, você lidou com a questão com muita habilidade. Um ou dois deles ainda acham que você queria O Pregador morto. Eles darão um jeito nisso.

– Cale a boca! – ela silvou. – Cale a boca! Eu nunca deveria ter dado ouvidos a você! Olhe só o que você fez...

– Coloquei você no caminho da imortalidade – murmurou a voz grave.

Ela sentiu um pensamento ecoando em seu cérebro como uma dor distante: *Onde posso me esconder? Não há nenhum lugar aonde eu possa ir!*

– A faca de Ghanima é afiada – o barão apontou. – Lembre-se disso.

Alia piscou. Sim, isso era algo a ser lembrado. A faca de Ghanima era afiada. Essa faca ainda poderia livrá-los desse atual apuro.

> **Se você acredita em determinadas palavras, acredita nos argumentos ocultos que carregam. Quando você acredita que alguma coisa é certa ou errada, verdadeira ou falsa, você acredita nos pressupostos por trás das palavras que expressam tais argumentos. Esses pressupostos geralmente são cheios de buracos, mas continuam muito preciosos para os que estão convencidos de sua veracidade.**
>
> **– A Prova em Aberto, extraída da Panoplia Propheticus**

A mente de Leto boiava num caldo de odores pungentes. Ele conseguia identificar o aroma pesado de canela do mélange, o suor confinado de corpos que trabalhavam, o acre odor inconfundível de uma destilaria fúnebre destampada, muitos tipos de poeira em que predominava a pederneira. Esses cheiros compunham um rastro que atravessava a areia onírica, criavam formas de névoa numa terra de mortos. Ele sabia que esses aromas todos deviam estar lhe dizendo alguma coisa, mas uma parte dele ainda não conseguia ouvir.

Pensamentos que pareciam espectros flutuavam através de sua mente: *Neste tempo, não tenho traços acabados; sou todos os meus ancestrais. O sol que se põe na areia é o sol que se põe em minha alma. Antigamente, essa multidão dentro de mim foi grande, mas agora isso acabou. Sou fremen e terei um fim fremen. O Caminho Dourado acabou antes mesmo de ter começado. Não é mais do que uma trilha soprada pelo vento. Nós, fremen, conhecemos todos os truques para nos disfarçar: não deixamos fezes, ou água, ou marcas... Agora, observe minha trilha se desfazer.*

Uma voz masculina falou, perto de seu ouvido:

– Eu poderia matá-lo, Atreides. Eu poderia matá-lo, Atreides. – Isso ficou se repetindo tanto que acabou perdendo o sentido, e se tornou um som sem palavras que escoava no meio do sonho de Leto, como uma espécie de litania: – Eu poderia matá-lo, Atreides.

Leto pigarreou para limpar a garganta e sentiu a realidade desse simples ato dar uma chacoalhada em seus sentidos. Sua garganta seca conseguiu produzir:

– Quem...

A voz ao lado dele o interrompeu:

– Sou um fremen instruído e matei meu homem. Você levou seus deuses, Atreides. Que importância tem para nós esse seu fétido Muad'Dib? O seu deus está morto!

Seria essa voz de um ouraba de verdade, ou outra parte de seu sonho? Leto abriu os olhos e se percebeu desamarrado, sobre um sofá duro. Olhando para o alto, viu um teto de rocha, luciglobos emitindo uma claridade tênue e um rosto, sem máscara, olhando para ele tão de perto que ele conseguia sentir o cheiro do hálito em que era perceptível o conhecido odor da dieta de um sietch. Aquele era um rosto fremen; não havia como confundir a pele morena, os traços angulares e a carne desidratada. Aquele não era um gordo habitante de cidades. Era um fremen do deserto.

– Sou Namri, pai de Javid – o fremen explicou. – Você me reconhece agora, Atreides?

– Conheço Javid – Leto respondeu em voz áspera e ressecada.

– Sim, a sua família conhece bem o meu filho. Tenho orgulho dele. Vocês, Atreides, ainda irão conhecê-lo melhor em breve.

– O que...

– Sou um de seus professores, Atreides. Tenho uma única função: sou aquele que poderia matar você. Eu o faria com satisfação. Nesta escola, chegar à formatura é viver; fracassar é ser entregue às minhas mãos.

Leto constatou o timbre de uma implacável sinceridade na voz de Namri. Forte calafrio. Ele era um gom jabbar humano, um inimigo despótico que testaria seu direito de entrar na esplanada dos humanos. Leto sentiu ali a mão de sua avó e, por trás, a massa informe de todas as Bene Gesserit. Ao pensar isso, contorceu-se de agonia.

– Sua educação começa comigo – continuou Namri. – Isso é justo. É adequado. Porque pode acabar comigo. Agora, ouça-me com cuidado. Cada palavra minha leva consigo a sua vida. Tudo em mim contém sua morte.

Leto lançou um olhar pela sala: paredes de pedra, nuas. Somente esse divã, os luciglobos de luz esmaecida e um túnel escuro atrás de Namri.

– Você não passará por mim – Namri afirmou, e Leto acreditou nele.

– Por que você está fazendo isso? – Leto indagou.

– Isso já foi explicado. Pense nos planos que estão em sua cabeça! Você está aqui e não consegue construir um futuro com base em sua situação presente. Esses dois não andam juntos: agora e o futuro. Mas, se você realmente conhece seu passado, se olhar para trás e vir onde já esteve, talvez haja uma razão, mais uma vez. Se não houver, haverá a sua morte.

Leto reparou que o tom de Namri não era maldoso, mas firme, e não havia como negar que representava a sua morte.

Namri se colocou novamente em pé e olhou para o teto rochoso.

– Antigamente, os fremen miravam o leste, ao amanhecer. *Eos*, entende? Essa é a palavra para a aurora, em uma das línguas antigas.

Com amargo orgulho na voz, Leto retrucou:

– Eu falo essa língua.

– Então você não me escutou – Namri redarguiu, e havia um timbre cortante em sua voz. – A noite era o momento do caos. O dia era o da ordem. Era assim que acontecia no tempo dessa língua que você diz que fala: escuro-desordem, claro-ordem. Nós, fremen, mudamos isso. *Eos* era a luz de que desconfiávamos. Preferíamos a luz da lua, das estrelas. A claridade era ordem demais e isso pode ser fatal. Entende o que vocês, *Eos*-Atreides, fizeram? O homem é uma criatura somente daquela luz que o protege. O sol era nosso inimigo em Duna. – Namri tornou a baixar os olhos para mirar o rosto de Leto. – Qual luz você prefere, Atreides?

Dada a postura empertigada de Namri, Leto intuiu que aquela era uma pergunta de peso decisivo. *Será que aquele homem vai me matar se eu não der a resposta certa?* Pode ser. Leto viu a mão de Namri pousada calmamente perto do cabo lustroso de uma dagacris. Um anel, no formato de uma tartaruga mágica, faiscava na mão que aquele fremen usava para manejar a faca.

Leto se endireitou até ficar apoiado nos cotovelos e, com sua mente, sondou o repertório das crenças fremen. Os fremen antigos confiavam na Lei e adoravam receber suas lições expostas no formato de analogias. A luz da lua?

– Eu prefiro... a luz de Lisanu L'haqq – Leto respondeu, observando atentamente Namri para captar algum sutil indício revelador. O homem pareceu desapontado, mas sua mão se afastou da faca. – É a luz da verdade, a luz do homem perfeito, em que pode ser claramente vista a influência de al-Mutakallim – Leto prosseguiu. – Que outra luz um humano poderia preferir?

– Você fala como alguém que repete, não como alguém que acredita – acusou Namri.

E Leto pensou: *Eu realmente repeti.* Mas ele começou a sentir a oscilação dos pensamentos de Namri, a perceber a maneira como as palavras dele eram filtradas pelos primeiros exercícios de treinamento naquele antigo jogo de adivinhações. O treinamento fremen incluía milhares desses enigmas, e Leto precisava apenas dirigir sua atenção para esse costume para encontrar uma torrente de exemplos inundando sua cabeça. *Desafio: silêncio? Resposta: o amigo do caçado.*

Namri, com um movimento de cabeça como se concordasse com essa ideia, retomou:

– Há uma caverna que é a caverna da vida pra os fremen. É uma caverna de verdade, que o deserto escondeu. Shai-hulud, o bisavô de todos os fremen, lacrou essa caverna. Meu tio, Ziamad, me falou dela e ele nunca mentiu para mim. Essa caverna existe.

Leto ouviu o silêncio desafiador quando Namri parou de falar. *Caverna da vida?*

– Meu tio, Stilgar, me falou dessa caverna – Leto disse. – Foi lacrada para que os covardes não pudessem entrar ali.

Um reflexo de luciglobo cintilou nos olhos sombrios de Namri. Ele perguntou:

– Você, Atreides, abriria essa caverna? Você tenta controlar a vida por meio de um ministério: seu Ministério Central da Informação, Auqaf e Hajj. O maulana responsável se chama Kausar. Ele percorreu um longo caminho, desde os primórdios de sua família nas minas de sal de Niazi. Diga-me, Atreides, o que há de errado com seu Ministério?

Leto se sentou, perfeitamente ciente agora de que estava até o pescoço envolvido no jogo de adivinhações com Namri e que qualquer fracasso seria sua morte. Aquele homem dava todos os sinais de que usaria sua dagacris à primeira resposta errada do menino.

Reconhecendo que Leto estava ciente do que acontecia, Namri confirmou:

– Creia em mim, Atreides. Eu sou aquele que esmaga, eu sou o Martelo de Ferro.

Agora, Leto entendia. Namri se considerava o mirzabah, o Martelo de Ferro com que são espancados os mortos que não conseguem dar respostas satisfatórias às perguntas que devem responder antes de entrar no paraíso.

O que havia de errado no Ministério Central que Alia e seus sacerdotes criaram?

Leto pensou por que ele tinha ido para o deserto, e uma pequena esperança brilhou novamente em seu íntimo de que o Caminho Dourado talvez ainda pudesse reaparecer em seu universo. O que estava implícito na pergunta de Namri era tão somente o motivo que havia levado o filho do próprio Muad'Dib a se embrenhar no deserto.

– Cabe a Deus indicar o caminho – Leto murmurou.

O queixo de Namri tremeu e caiu, e ele olhou acintosamente para Leto:

– Será verdade mesmo que você acredita nisso? – ele perguntou.

– É por isso que estou aqui – Leto respondeu.

– Para encontrar o caminho?

– Para encontrá-lo por mim mesmo. – E Leto passou os pés pela beirada do divã e sentiu o chão de pedra, frio, sem tapete. – Os sacerdotes criaram um Ministério para esconder o caminho.

– Você fala como um rebelde de verdade – Namri disse, e esfregou o anel de tartaruga no dedo. – Veremos. Mais uma vez, ouça com cuidado. Você conhece a Muralha-Escudo em Jalalud-Din? Essa Muralha guarda as marcas da minha família entalhadas nela desde os primeiros tempos. Javid, meu filho, viu essas marcas. Abedi Jalal, meu sobrinho, viu as marcas. Mujahid Shafqat, dos Outros, também viu as nossas marcas. Na época das tempestades perto de Sukkar, fui com meu amigo Yakup Abad até perto daquele local. Os ventos eram torridamente quentes, como os rodamoinhos que nos ensinaram as nossas danças. Não perdemos tempo vendo as marcas porque uma tempestade fechou o caminho. Mas quando a tempestade passou, tivemos a visão de Thatta na areia soprada. A face de Shakir Ali esteve ali por um momento, contemplando do alto sua cidade de sepulturas. A imagem se desfez num segundo, mas todos pudemos vê-la. Diga-me, Atreides, onde posso encontrar essa cidade de sepulturas?

Os rodamoinhos que nos ensinaram nossas danças, Leto refletiu. *A visão de Thatta e de Shakir Ali.* Essas eram palavras usadas pelos Peregrinos Zen-sunitas, aqueles que se consideravam os únicos verdadeiros homens do deserto.

E os fremen são proibidos de ter sepulturas.

– A cidade das sepulturas fica no fim do caminho que todos os homens percorrem – Leto recitou. E ele então arrastou como numa rede as declarações sagradas dos zen-sunitas: – Está num jardim com mil passos quadrados de tamanho. Há um belo corredor de entrada com 230 passos de comprimento e cem passos de largura, todo forrado de mármore vindo da antiga Jaipur. Ali habita Ar-Razzaq, aquele que fornece alimento a todos que pedem. E, no Dia do Julgamento, todos que se erguerem e buscarem a cidade das sepulturas não a encontrarão. Pois está escrito: "Aquilo que você conhece em um mundo, não encontrará no outro".

– Mais uma vez você repete, sem acreditar – Namri debochou. – Mas por ora vou aceitar suas palavras porque acho que sei que você sabe por que está aqui. – Um sorriso frio movimentou-lhe os lábios. – Concedo-lhe um futuro *provisório*, Atreides.

Leto estudou a fisionomia do homem, desconfiado. Seria essa outra pergunta disfarçada?

– Bom! – Namri comentou. – Sua percepção consciente foi preparada. Plantei os ganchos onde devia. Só mais uma coisa. Você ouviu dizer que usam trajestiladores de imitação nas cidades do distante Kadrish?

Enquanto Namri aguardava, Leto vasculhou a mente em busca de algum significado oculto: *trajestiladores de imitação? Eles eram usados em muitos planetas*. Leto disse:

– Os afetados costumes de Kadrish são uma velha história, muitas vezes repetida. Os animais espertos se fundem com o ambiente.

Namri aquiesceu devagar. Então informou:

– Aquele que o prendeu na armadilha e o trouxe até aqui virá vê-lo agora. Não tente sair daqui. Será a sua morte. – Pondo-se em pé enquanto falava, em seguida Namri entrou no túnel escuro.

Muito tempo depois de ele ter saído, Leto olhou na direção do túnel. Podia ouvir sons que vinham lá de dentro; eram as vozes baixas dos guardas daquele turno. A narrativa de Namri sobre a miragem-visão ficou pairando na mente de Leto. Ela suscitava a longa travessia do deserto até aquele lugar. Não importava mais se ali era ou não Jacurutu/Fondak. Namri não era um contrabandista. Ele era algo muito mais potente. E o jogo que ele fazia tinha a mão de lady Jéssica por trás: fedia a Bene Gesserit. Leto sentiu um perigo que se avizinhava ao compreender isso. Mas aquele corredor escuro por onde Namri tinha saído era a única saída desse aposento. Ali adiante, estava um sietch desconhecido e, além dele, o deserto. A áspera severidade do deserto, seu caos ordenado com miragens e dunas intermináveis, tomou Leto por inteiro, configurada como a armadilha que o havia capturado. Ele poderia tornar a cruzar as areias, mas aonde essa fuga o levaria? Essa ideia era como água estagnada. Não mataria sua sede.

> **Por causa da percepção consciente do tempo unidirecional em que a mente convencional continua imersa, os humanos são propensos a pensar em tudo conforme um contexto sequencial e orientado pelas palavras. Essa armadilha mental produz conceitos muito imediatistas de eficácia e consequências, ou seja, uma condição de resposta constante e não planejada a crises.**
>
> – Liet-Kynes, Caderno de Exercícios de Arrakis

Palavras e movimentos simultâneos, Jéssica se lembrou, e comandou seus pensamentos para que se voltassem aos necessários preparativos mentais para o encontro iminente.

Ocorreria logo após o desjejum, quando o sol dourado de Salusa Secundus estaria começando a tocar a parede mais distante do jardim murado que lhe era visível através de sua janela. Ela havia se vestido com cuidado: o manto preto, de capuz, das Reverendas Madres, mas contendo o timbre dos Atreides em ouro bordado em formato de anel em torno da bainha e na beirada de ambas as mangas. Jéssica ajeitou as dobras de seu traje com esmero, ao dar as costas à janela, mantendo o braço esquerdo sobre a cintura, à frente do corpo, para exibir o emblema do gavião no timbre.

Farad'n reparou nos símbolos Atreides e comentou a esse respeito assim que entrou, mas não demonstrou nem raiva, nem surpresa. Ela detectou um sutil bom humor na voz dele e se surpreendeu com isso. Jéssica notou que ele havia escolhido o traje cinzento e justo que ela havia recomendado. Ele se instalou no divã verde e baixo que ela havia indicado, relaxando com o braço direito no encosto do móvel.

Por que confio nela?, ele se perguntou. *Esta é uma bruxa Bene Gesserit!*

Lendo o pensamento que cruzava a mente dele no contraste entre o corpo relaxado e sua expressão facial, Jéssica sorriu e explicou:

– Você confia em mim porque sabe que nosso trato é bom e você quer aquilo que eu posso lhe ensinar.

Ela viu um leve indício de uma cara feia raspando pela testa dele, e acenou sua mão esquerda para acalmá-lo:

– Não, eu não leio a mente de ninguém. Leio o rosto, o corpo, os maneirismos, o tom de voz, a posição dos braços. Qualquer um pode fazer isso assim que aprende a Doutrina Bene Gesserit.

– E você vai ensiná-la a mim?

– Estou certa de que você leu os relatórios a nosso respeito – ela comentou. – Existe, em algum deles, uma ocorrência sequer sobre não cumprirmos uma promessa explícita?

– Não, nenhuma, mas...

– Em parte, devemos nossa sobrevivência à total confiança que as pessoas depositam em nossa veracidade. Isso não mudou.

– Parece-me razoável – ele murmurou. – Estou ansioso para começar.

– Estou surpresa que você nunca tenha pedido por uma instrutora Bene Gesserit – ela afirmou. – Elas teriam agarrado com unhas e dentes a oportunidade de incluí-lo em sua lista de credores.

– Minha mãe nunca me deu ouvidos quando eu insisti com ela que fizesse isso – ele confessou. – Mas agora... – ele deu de ombros, fazendo assim um eloquente comentário sobre Wensicia ter sido banida. – Vamos começar?

– Teria sido melhor ter começado o treinamento quando você era bem menor – Jéssica comentou. – Agora, será mais difícil para você e levará muito mais tempo. Você terá de começar aprendendo a paciência, uma extrema paciência. Espero que não ache esse preço alto demais.

– Não, tendo em vista a recompensa que você oferece.

Ela detectou o timbre da sinceridade, a pressão de expectativas e um toque de assombro na voz dele. Esses sentimentos compunham um bom ponto de partida. Ela prosseguiu:

– Sendo assim, vamos à arte da paciência. Começaremos com alguns exercícios elementares de *prana-bindu* para braços e pernas e para sua respiração. Deixaremos as mãos e os dedos para uma segunda etapa. Está pronto?

Ela se sentou numa banqueta diante dele.

Farad'n aquiesceu, mantendo uma expressão de expectativa no rosto para mascarar uma súbita sensação de medo. Tyekanik o advertira quanto a um possível truque escondido na oferta de lady Jéssica, algo que a Irmandade teria arquitetado.

– Você não deve acreditar que ela tenha abandonado as Irmãs de novo, nem que elas a tenham abandonado. – Farad'n tinha interrompido a discussão com uma explosão de raiva, pela qual se desculpara imediatamente. A reação emocional dele o fizera concordar mais rapidamente com as precauções de Tyekanik. Farad'n olhou para os cantos do aposento, para o brilho sutil de *jems* na abóbada. Tudo que cintilava não eram *jems*: tudo naquela sala estava sendo gravado e boas mentes iriam rever cada nuance, cada palavra, cada movimento.

Jéssica sorriu, notando a direção do olhar dele, mas não revelou que sabia para onde a atenção dele tinha sido desviada. Ela continuou, então:

– Para aprender a ter paciência pela Doutrina Bene Gesserit, você deve começar reconhecendo o essencial, que é a instabilidade essencial do nosso universo. Chamamos a natureza, representando essa totalidade em todas as suas manifestações, de Não Absoluto Final. Para libertar sua visão e permitir-lhe reconhecer a essência mutável da natureza condicional, você vai manter as duas mãos à sua frente, com os braços estendidos. Focalize os olhos em suas mãos estendidas, primeiro nas palmas e depois no dorso das mãos. Examine seus dedos, na frente e atrás. Faça isso.

Farad'n obedeceu, mas se sentiu um bobo. Essas eram suas mãos. Ele as conhecia.

– Imagine suas mãos envelhecendo – Jéssica prosseguiu. – Elas devem ficar muito velhas aos seus olhos. Muito, muito velhas. Observe como está seca a pele...

– Minhas mãos não mudam – ele a interrompeu. Ele já podia sentir os músculos do braço tremendo.

– Continue olhando fixamente para suas mãos. Faça com que fiquem velhas, o mais velhas que conseguir imaginar. Isso pode levar algum tempo. Mas, quando vir que envelheceram, inverta o processo. Torne suas mãos jovens de novo, tão jovens quanto lhe for possível. Trabalhe até conseguir levá-las da primeira infância até a idade mais avançada, apenas com sua força de vontade, e depois ao contrário, várias vezes.

– Elas não mudam! – ele protestou. Seus ombros ardiam.

– Se você exigir essa imagem de seus sentidos, suas mãos mudarão – ela insistiu. – Concentre-se em visualizar o fluxo do tempo que você deseja: da infância à velhice, da velhice à infância. Isso pode levar horas, dias, meses. Mas pode ser feito. Inverter o fluxo das mudanças irá ensiná-lo a ver todo e qualquer sistema como algo que gira segundo uma estabilidade relativa... apenas relativa.

– Achei que iria aprender paciência. – Ela ouviu um tom de raiva na voz dele, uma pitada de frustração.

– E estabilidade relativa – ela explicou. – Essa é a perspectiva que você cria com suas próprias crenças, e as crenças podem ser manipuladas pela imaginação. Você só aprendeu uma maneira limitada de olhar para o universo. Agora, você deve tornar o universo a sua própria criação. Isso lhe permitirá controlar e conduzir toda estabilidade relativa para fins que sejam de seu interesse, para quaisquer usos que você seja capaz de imaginar.

– Quanto tempo você disse que podia demorar?

– Paciência – ela o recordou.

Um sorriso espontâneo brotou nos lábios de Farad'n. Os olhos dele se desviaram instantaneamente para ela.

– Olhe para suas mãos! – ela exclamou, cortante.

O sorriso morreu. O olhar dele voltou bruscamente para aquela concentração hipnótica em suas mãos estendidas para a frente.

– E o que eu faço quando meus braços ficarem cansados? – ele perguntou.

– Pare de falar e se concentre – ela repreendeu. – Se ficar cansado demais, pare. Retome o exercício após alguns minutos de relaxamento e pratique. Você deve insistir até conseguir. No estágio em que você se encontra, isso é mais importante do que lhe é possível perceber. Aprenda esta lição para que as outras possam se seguir.

Farad'n inspirou fundo, mordeu a boca, olhou fixamente para as mãos. Virava-as devagar: palmas, dorso; dorso, palmas... Seus ombros tremiam com a fadiga. Dorso, palmas... Nada mudava.

Jéssica se levantou e atravessou a única porta.

Ele falou sem desviar a atenção das mãos:

– Aonde você está indo?

– Você irá trabalhar melhor se ficar sozinho. Voltarei daqui a uma hora. Paciência.

– Eu sei!

Ela o olhou detidamente por um momento. Como parecia determinado. Ele a lembrava de seu próprio filho perdido, o que lhe deu um severo e abrupto aperto no coração. Jéssica se permitiu um suspiro. Então disse:

– Quando eu voltar lhe darei alguns exercícios para aliviar os músculos. Dê tempo ao tempo. Você ficará espantado com o que pode fazer seu corpo e seus órgãos dos sentidos realizar.

Então, ela saiu da sala.

Os guardas onipresentes saíram atrás dela, mantendo uma distância constante de três passos, enquanto ela percorria o saguão. O assombro e o medo deles eram óbvios. Eles eram Sardaukar, triplamente alertados para as proezas de que ela era capaz, soldados que tinham crescido ouvindo histórias de como tinham sido derrotados pelos fremen de Arrakis. Essa bruxa era uma Reverenda Madre fremen, uma Bene Gesserit e uma Atreides.

Olhando para trás, Jéssica viu a expressão rígida dos guardas como marcos na evolução de seu projeto. Quando chegou às escadas, ela enveredou para os degraus e, depois de descer, entrou por um corredor curto que dava no jardim situado debaixo de sua janela.

Agora, basta que Duncan e Gurney façam cada qual a sua parte, ela pensou enquanto sentia o cascalho do caminho sob seus pés e aproveitava a luz dourada coada pelas plantas daquele lugar.

> **Vocês aprenderão os métodos de comunicação integrados conforme completarem o próximo passo em sua educação mental. Esta é uma função gestáltica que imprimirá cumulativamente em sua percepção consciente trajetos de dados, complexos de resolução e massas de informações, oriundos todos do catálogo indexado de técnicas Mentat que vocês já dominaram. Seu problema inicial será neutralizar as tensões advindas da assembleia divergente de minúcias/dados sobre assuntos especializados. Fiquem atentos. Sem a integração Mentat das camadas sobrepostas, vocês podem se ver imersos no Problema de Babel, que é o rótulo que damos ao onipresente perigo de obter combinações erradas a partir de informações exatas.**
>
> **– Manual dos Mentat**

O som de tecidos roçando uns nos outros disparou faíscas de atenção na mente de Leto. Ele ficou surpreso de ter transformado sua sensibilidade a ponto de ser capaz de identificar automaticamente os tecidos a partir do som que produziam. Aquela combinação vinha de um manto fremen esfregado contra os grosseiros tecidos pendentes de uma cortina para a porta. Ele se virou na direção do som. Estava vindo do túnel por onde Namri tinha saído alguns minutos antes. Quando Leto se voltou, ele viu seu captor entrar. Era o mesmo homem que o havia feito prisioneiro: a mesma faixa escura de pele acima da máscara do trajestilador, os mesmos olhos penetrantes. O homem levantou a mão até a máscara, deslizou o tubo coletor que estava ajustado a suas narinas, abaixou a máscara e, no mesmo movimento, atirou para trás o capuz. Antes mesmo de ter identificado a cicatriz do chicote de cipó-tinta ao longo do queixo daquele homem, Leto o havia reconhecido. O reconhecimento foi uma totalidade imagética em sua consciência e a busca por detalhes de confirmação só ocorreu depois. Não havia como se enganar a esse respeito, aquela figura bexiguenta e roliça, aquele guerreiro-trovador, era sem dúvida Gurney Halleck!

Leto fechou as mãos em punho, momentaneamente tomado pelo choque do reconhecimento. Nenhum fiel seguidor dos Atreides tinha sido mais leal do que ele. Ninguém o excedia nos combates com escudo. Ele fora o leal confidente e instrutor de Paul.

E era o serviçal de lady Jéssica.

Essas constatações, entre outras, irromperam na mente de Leto. Gurney o havia capturado. Gurney e Namri estavam juntos nessa conspiração. E a mão de Jéssica estava nisso, junto com as deles.

– Parece que você conheceu o nosso Namri – começou Halleck. – Peço que acredite nele, jovem senhor. Ele tem uma única função: é capaz de matá-lo, se houver necessidade.

Leto respondeu automaticamente, usando um tom de voz como o de seu pai:

– Então, você se uniu aos meus inimigos, Gurney! Nunca pensei...

– Nem tente nenhum de seus truques maldosos comigo, rapaz – Halleck advertiu. – Sou uma prova contra todos eles. Sigo as ordens de sua avó. Sua educação foi planejada até os mais mínimos detalhes. Foi ela quem aprovou a minha escolha de Namri. O que vai acontecer em seguida, por mais doloroso que possa ser, é por ordem dela.

– E o que ela ordena?

Halleck ergueu uma mão que estivera dentro das dobras de seu manto e mostrou um injetor fremen primitivo, mas eficiente. Seu tubo transparente estava carregado com um líquido azul.

Leto se contorceu para se afastar e recuar em sua maca, mas foi detido pela parede de pedra. Quando ele se movimentou, Namri entrou e ficou ao lado de Halleck com a mão sobre sua dagacris. Juntos, os dois bloqueavam a única saída.

– Vejo que reconhece a essência de especiaria – Halleck afirmou. – Você vai fazer a *viagem do verme*, meu jovem. Você deve fazê-la. Caso contrário, o que seu pai ousou, e você não, permanecerá pairando sobre você pelo resto de seus dias.

Emudecido, Leto sacudiu a cabeça. Era isso que tanto ele como Ghanima sabiam que poderia dominá-los. Gurney era um idiota ignorante! Como é que Jéssica pôde... Leto sentiu a presença-pai em suas lembranças. Ela irrompeu em sua mente, tentando dissolver suas defesas. Leto queria berrar "infâmia" e não conseguiu abrir a boca. Mas essa era a coisa sem palavras que sua consciência de pré-nascido mais temia. Esse era o transe da presciência, a leitura do futuro imutável com toda a sua fixidez e seus terrores. Seguramente, Jéssica não poderia ter ordenado uma provação de tal magnitude para seu próprio neto. Mas a presença dela era uma sombra agourenta em sua mente a enchê-lo de argumentos de aceitação. Até mesmo a Litania contra o medo lhe estava vindo com a monotonia de sua repetição: "Não terei medo. O medo mata a mente. O medo é a pequena morte que leva à aniquilação total. Enfrentarei meu medo. Permitirei que passe por cima e através de mim. E, quando tiver passado...".

Com uma imprecação que já era antiga quando a Caldeia era jovem, Leto tentou se mexer, tentou saltar na direção dos dois homens posicionados em pé à sua frente, mas seus músculos se recusaram a obedecer. Como se ele já estivesse existindo em meio ao transe, Leto viu a mão de Halleck se mover e o injetor se aproximar. A luz de um luciglobo se refletiu dentro do fluido azul. O injetor encostou no braço esquerdo de Leto. A dor o aguilhoou e subiu para os músculos de sua cabeça.

Abruptamente, Leto viu uma moça sentada do lado de fora de uma cabana precária, à luz do amanhecer. Ela estava sentada bem à frente dele, torrando grãos de café até que atingiam um tom castanho-rosado, e então acrescentava cardamomo e mélange. A voz de uma rabeca ecoava em algum lugar atrás dele. A música ecoava repetidamente até entrar em sua cabeça, e continuava ecoando. Ela lhe inundou o corpo, e ele se sentiu grande, muito grande, e de jeito nenhum uma criança. E a pele dele não era mais sua pele. Ele conhecia aquela sensação! Sua pele não era a sua pele! Um calor se difundiu por seu corpo. Tão abruptamente quanto a primeira visão, ele se viu em pé na escuridão. Estava de noite. Estrelas como uma chuva de cinzas fumegantes caíam em jorros através do cosmos luminoso.

Uma parte dele sabia que não havia meio de escapar, mas mesmo assim ele tentou combater aquilo até que a presença-pai se intrometeu: "Vou protegê-lo durante o transe. Os outros, aí dentro, não se apossarão de você".

O vento derrubou Leto, ele tropeçou e rolou sob o silvo da areia e do pó que eram despejados sobre ele, retalhando seus braços e seu rosto, abrasando suas roupas, fustigando as pontas soltas e mastigadas de um tecido agora inútil. Mas ele não sentia dor e via os cortes sarando tão rapidamente quanto tinham sido feitos. Ainda assim, ele continua rodopiando com a força do vento. E a pele não era sua.

Vai acontecer!, ele pensou.

Mas esse era um pensamento distante, que lhe veio como se não fosse seu, não fosse realmente seu. Não mais do que a sua pele.

Essa visão o absorveu. Então se tornou uma lembrança estereológica que separava o passado do presente, o futuro do presente, o futuro do passado. Cada separação se mesclava num foco triocular que ele sentia como o mapa multidimensional em relevo de sua própria existência futura.

Ele pensou: *Tempo é uma medida do espaço, assim como um distanciômetro é uma medida de espaço, mas medir nos prende ao local da medida.*

Ele sentia o transe se aprofundando. Ele vinha como uma amplificação da consciência interna que sua identidade-eu absorvia e por meio da qual ele se sentia mudando. Era estar vivendo o Tempo, e Leto não podia deter um instante dele que fosse. Fragmentos de lembranças, passadas e futuras, o engolfavam. Mas eles ocorriam como uma montagem em movimento. A relação entre eles estava sujeita a uma dança constante. A memória dele era como uma lente, um holofote que iluminava uma busca, captando os fragmentos, isolando-os, mas sempre incapaz de interromper o movimento e a modificação incessantes que surgiam em sua visão interior.

Aquilo que ele e Ghanima tinham planejado apareceu em tela pela claridade do holofote, dominando tudo o mais, mas agora o deixava aterrorizado. A visão realmente doía dentro dele. A inevitabilidade isenta de crítica fazia seu ego se encolher de medo.

E sua pele não era sua pele! O passado e o presente se atropelavam em cambalhotas em seu íntimo, investindo contra as barreiras do seu terror. Ele não conseguia separá-los. Num momento ele se sentia partindo junto com o Jihad Butleriano, ávido por destruir qualquer máquina que simulasse a percepção humana. Isso tinha de estar no passado – findo e acabado. Não obstante, seus sentidos percorriam a experiência de fio a pavio, absorvendo até os mínimos detalhes. Ele ouvia um companheiro-ministro falando do alto de um púlpito: *"Devemos negar as máquinas-*

-que-pensam. Os humanos devem estipular as suas próprias diretrizes. Isso não é algo que as máquinas possam fazer. O raciocínio depende de programação, não de hardware, e nós somos o programa por excelência!".

Ele ouviu claramente essa voz, reconhecendo o lugar: um amplo salão revestido de madeira, com janelas escuras. A luz vinha de chamas bruxuleantes. E o companheiro-ministro dizia: *"Nosso jihad é um 'programa de descarte'. Descartamos aquelas coisas que nos destroem como seres humanos!"*.

E estava na mente de Leto que o orador tinha sido um servo dos computadores, um sujeito que os conhecia e os havia consertado. Mas essa cena desapareceu e Ghanima se apresentou à frente do irmão, dizendo: *"Gurney sabe. Ele me disse. São as palavras de Duncan, e Duncan estava falando como Mentat: 'Ao fazer o bem, evite a notoriedade; ao fazer o mal, evite a autopercepção'"*.

Isso tinha de estar no futuro – num futuro distante. Mas ele sentia a realidade. Era tão intensa quanto qualquer um dos passados de sua multidão de vidas. E ele sussurrou:

– Não é verdade, pai?

Mas a presença-pai dentro dele falou em tom de advertência:

– *Não provoque desastres! Você está aprendendo a percepção estroboscópica agora. Sem ela, você poderia ultrapassar a si mesmo e perder seu marco-lugar no tempo.*

E a imagem em baixo-relevo persistia. Invasores martelavam dentro dele. Passado-presente-agora. Não havia uma verdadeira separação. Ele sabia que tinha de fluir junto com essa coisa, mas esse fluxo o aterrorizava. Como seria possível retornar a algum lugar reconhecível? Ainda assim, ele sentia que estava sendo forçado a cessar toda tentativa de resistência. Ele não podia captar seu novo universo em pedacinhos imóveis e etiquetados. Nenhum pedacinho ficava quieto. As coisas não podiam ser ordenadas e formuladas para sempre. Ele tinha de descobrir o ritmo da mudança e enxergar entre as mudanças até encontrar o próprio ato de mudar. Sem saber onde tinha começado, ele se percebeu em movimento dentro de um gigantesco *momento bienheureux*, capaz de ver o passado no futuro, o presente no passado, o *agora* tanto no passado como no futuro. Era a somatória de séculos, vivenciados entre um batimento do coração e o seguinte.

Filhos de Duna

A percepção de Leto flutuou sem impedimento, sem uma psique objetiva que compensasse a consciência, sem barreiras. O "futuro provisório" de Namri continuava levemente ativo em sua memória, mas compartilhava sua percepção com muitos outros futuros. E, nessa estilhaçante percepção, todo o seu passado, cada uma de suas vidas interiores, tornou-se sua vida. Com a ajuda do maior em seu íntimo, ele as dominou. Elas eram *dele*.

E Leto pensou: *Quando você estuda um objeto a certa distância, somente seu princípio pode ser visto.* Ele tinha conseguido impor a distância e agora era capaz de enxergar sua própria vida: o multipassado e as lembranças dele eram seu fardo, sua alegria e sua necessidade. Mas a *viagem do verme* tinha acrescentado mais uma dimensão, e seu pai não estava mais montando guarda em seu interior porque não havia mais essa necessidade. Leto enxergava claramente através das distâncias: o passado e o presente. E o passado lhe apresentava o primeiro dos ancestrais, aquele que fora chamado Harum e sem o qual o futuro distante não poderia existir. Essas nítidas distâncias propiciavam novos princípios, novas dimensões de compartilhamento. Qualquer que fosse a vida que ele escolhesse agora, ele a viveria numa esfera autônoma da experiência de massa, uma fileira de existências tão emaranhada que nenhuma vida isoladamente poderia enumerar todas as suas gerações. Instigada, essa experiência de massa tinha o poder de subjugar sua individualidade. Ela podia se tornar presente a um indivíduo, a uma nação, a uma sociedade, a uma civilização inteira. Naturalmente, era por isso que Gurney tinha sido ensinado a temê-lo e o motivo pelo qual a faca de Namri estava à espera. Eles não podiam ter autorização para perceber esse poder dentro dele. Ninguém jamais poderia vê-lo em sua plenitude... nem mesmo Ghanima.

Nesse momento, então, Leto se sentou e viu que somente Namri continuava ali, observando-o.

Com uma voz idosa, Leto afirmou:

– Não existe um único conjunto de limites para todos os homens. A presciência universal é um mito vazio. Somente as mais poderosas correntes locais do Tempo podem ser previstas. Mas em um universo infinito, *local* pode ser algo tão gigantesco que sua mente se encolhe e se afasta dele.

Namri balançou a cabeça sem entender nada.

– Onde está Gurney? – Leto perguntou.

– Ele saiu para não me ver matando você.

– Você vai me matar, Namri? – e era quase uma súplica para que aquele homem o fizesse.

Namri retirou a mão de cima da faca.

– Como você me pediu que eu o fizesse, não o farei. Mas, se você não se importasse...

– A moléstia da indiferença é o que destrói muitas coisas – concordou Leto, reforçando as palavras com um movimento de cabeça. – Sim... até mesmo civilizações morrem por causa disso. É como se houvesse um preço a ser pago por se atingir novos níveis de complexidade ou de consciência... – Ele levantou os olhos para encarar Namri, que continuava em pé. – Então lhe disseram que buscasse a indiferença em mim? – E ele percebeu que Namri era mais do que um matador: ele era traiçoeiro.

– Como um sinal do poder sem limites – Namri disse, mas era mentira.

– Poder indiferente, sim. – Leto se aprumou e então suspirou fundo. – Não houve grandiosidade moral na vida do meu pai, Namri. Apenas uma armadilha local que ele armou para si próprio.

> **Oh, Paul, tu, Muad'Dib,**
> **Mahdi de todos os homens,**
> **Teu hálito exalado**
> **Desencadeou o furacão.**
>
> **– Canções de Muad'Dib**

– Nunca! – exclamou Ghanima. – Eu o mato na nossa noite de núpcias. – E ela falava com uma obstinação cheia de rebarbas que, até esse momento, havia resistido a todas as lisonjas. Alia e seus conselheiros vinham insistindo naquilo a metade da noite, mantendo os aposentos reais em estado de tumulto, mandando trazer novos conselheiros, mais alimentos e mais bebidas. O Templo inteiro e o Forte adjacente fervilhavam com a frustração de decisões que não eram tomadas.

Ghanima estava sentada com muita compostura numa cadeira flutuante verde, em seu próprio quarto, um aposento amplo com paredes ásperas de tom castanho para imitar a face rochosa do sietch. O teto, no entanto, era de cristal emoldurado que emitia lampejos à luz azul, e o chão era de lajotas pretas. Havia poucos objetos naquele recinto: uma pequena mesa onde escrever, cinco cadeiras flutuantes e um pequeno conjunto para dormir, ao estilo fremen, instalado numa alcova. Ghanima estava usando o manto amarelo dos enlutados.

– Você não é uma pessoa livre que pode decidir cada aspecto de sua própria vida – Alia repetiu, talvez pela centésima vez. *Essa tolinha deve entender isso, cedo ou tarde! Ela tem de aprovar seu noivado com Farad'n. É preciso! Que ela o mate depois, se for o caso, mas o noivado requer o sentimento expresso da fremen comprometida.*

– Ele matou meu irmão – Ghanima teimou, agarrada à única nota que a sustentava. – Todo mundo sabe disso. Os fremen cuspiriam à menção do meu nome se eu consentisse com esse noivado.

E essa é exatamente uma das razões pelas quais você deve consentir, Alia pensou. Então, argumentou:

– Foi a mãe dele quem ordenou. Ele a baniu por causa disso. O que mais você quer dele?

– O sangue! – Ghanima respondeu. – Ele é Corrino.

– Ele denunciou a própria mãe – Alia insistiu. – E por que você se preocupa com a reação dos fremen? Eles aceitarão qualquer coisa que nós digamos que devem aceitar. Ghani, a paz do Império exige que...

– Não vou concordar – repetiu Ghanima. – Você não pode anunciar o noivado sem mim.

Irulan, que entrava no aposento no momento em que Ghanima proferia essas palavras, olhou inquisitivamente para Alia e para as duas conselheiras que estavam ao lado dela, parecendo completamente desanimadas. Irulan viu Alia levantar os braços em sinal de repúdio e em seguida despencar numa cadeira diante de Ghanima.

– Você fala com ela, Irulan – Alia murmurou.

Irulan puxou um flutuador para perto e se sentou ao lado de Alia.

– Você é Corrino, Irulan – Ghanima observou. – Não abuse de sua sorte comigo. – Ghanima se levantou, cruzou o espaço até sua cama, onde se sentou de pernas cruzadas, encarando duramente as duas mulheres. Ela notou que Irulan estava usando um aba preto, para combinar com o traje de Alia, com o capuz jogado para trás para deixar sua cabeleira loura à vista. Era um cabelo de luto à luz amarela dos luciglobos flutuantes que iluminavam o aposento.

Irulan olhou rapidamente para Alia, ficou em pé e foi até onde Ghanima estava sentada para ficar em pé diante dela:

– Ghani, eu mesma o mataria se esse fosse o jeito de resolver as coisas. E Farad'n é do meu sangue, como você salientou tão gentilmente. Mas você tem deveres muito superiores ao seu compromisso com os fremen...

– Isso não parece nem um pouco melhor de se ouvir do que o dito por minha preciosa tia – Ghanima enfatizou. – O sangue de um irmão não pode ser lavado. E isso é mais do que algum pequeno aforisma fremen.

Irulan apertou os lábios, mas depois informou:

– Farad'n está mantendo sua avó como refém. Ele prendeu Duncan e se nós não...

– Não estou convencida com a sua história de como tudo isso aconteceu – Ghanima interrompeu, olhando mais além de Irulan e Alia. – Uma vez Duncan morreu para não deixar que os inimigos capturassem meu pai. Talvez esse novo ghola de carne não seja mais o mesmo...

– Duncan foi incumbido de proteger a vida de sua avó! – Alia exclamou, girando em sua cadeira. – Tenho certeza de que ele escolheu o único meio de fazer isso. – Enquanto isso, pensava: *Duncan! Duncan! Não era para você estar fazendo as coisas desse jeito!*

Captando as insinuações de uma mentira no tom de voz de Alia, Ghanima olhou através da sala em direção à tia:

– Você está mentindo, ó Ventre Celestial. Fiquei sabendo de sua briga com a minha avó. O que é que você tanto teme nos contar sobre ela e seu precioso Duncan?

– Você ouviu tudo – Alia respondeu, mas sentiu uma pontada de medo diante dessa acusação frontal e do que ela implicava. O cansaço a havia deixado descuidada, ela percebeu naquele momento. Levantando-se, continuou: – Tudo que eu sei você também sabe. – Virando-se para Irulan, completou: – Você a convença. Ela deve ser levada a...

Ghanima interrompeu com um palavrão fremen que foi um choque quando saiu de seus lábios tão imaturos. No imediato silêncio que se seguiu, ela explodiu:

– Vocês acham que eu sou apenas uma criança, que vocês têm alguns anos para me manipular e que acabarei aceitando. Pense de novo, ó Celestial Regente. Mais do que ninguém, você sabe quantos anos guardo dentro de mim. A eles darei ouvidos, não a você.

Alia a custo engoliu uma resposta atravessada e olhou duramente de volta para Ghanima. *Abominação? Quem era essa criança?* Um novo medo de Ghanima começou a se esgueirar pelo íntimo de Alia. Teria ela aceitado seu próprio consenso com as vidas que vinham a essa pré-nascida? Alia disse:

– Ainda há tempo para que você enxergue a razão.

– Pode ainda haver tempo para eu ver o sangue de Farad'n manchando a minha faca – Ghanima redarguiu. – Confie nisso. Se alguma vez eu ficar sozinha com ele, um de nós seguramente irá morrer.

– Você acha que amava seu irmão mais do que eu? – Irulan perguntou. – Você está fazendo papel de boba! Eu era tanto mãe dele quanto sou sua mãe. Eu era...

– Você nunca o conheceu – Ghanima afirmou. – Todas vocês, exceto, às vezes, minha *amada tia*, insistem em pensar que somos crianças. Vocês é que são tolas! Alia sabe! Veja como ela foge de...

– Não fujo de nada – Alia rebateu, mas então deu as costas a Irulan e Ghanima e encarou as duas amazonas que estavam fingindo não ouvir a discussão. Evidentemente, tinham desistido de Ghanima. Talvez simpatizassem com ela. Irada, Alia as mandou embora dali. Era óbvio o alívio na fisionomia das duas ao obedecer.

– Você foge – Ghanima insistiu.

– Escolhi um tipo de vida que me convém – Alia explicou, virando-se de volta para olhar Ghanima de frente, ainda sentada de pernas cruzadas em sua cama. Seria possível ela ter realizado aquela terrível concessão interior? Alia tentou divisar os sinais dessa aliança em Ghanima, mas foi incapaz de identificar uma única traição. E ela então se perguntou: *Será que ela viu isso em mim? Mas como poderia?*

– Você teve medo de ser a janela de uma multidão – Ghanima acusou. – Mas nós somos pré-nascidos e nós sabemos. Você será a janela deles todos, consciente ou inconsciente. Você não pode negá-los. – E então pensou: *Sim, eu conheço você, Abominação. E talvez venha a acontecer comigo como aconteceu com você, mas por enquanto só posso sentir pena de você e desprezá-la.*

O silêncio pesou entre Ghanima e Alia, algo quase palpável, que acionou o treinamento Bene Gesserit em Irulan. Ela olhou de uma para outra e então perguntou:

– Por que vocês ficaram tão caladas de repente?

– Acabei de ter um pensamento que requer uma considerável reflexão – murmurou Alia.

– Reflita o quanto quiser, querida tia – Ghanima disse, sarcástica.

Deixando de lado a raiva provocada pelo cansaço, Alia exclamou:

– Basta, por enquanto! Deixe-a pensar. Talvez ela recupere o bom senso.

Irulan se pôs em pé e emendou:

– Já está quase de manhã, de todo jeito. Ghani, antes de irmos, você se importaria de ouvir a última mensagem enviada por Farad'n? Ele...

– Não – Ghanima interrompeu. – E, daqui por diante, pare de me chamar por esse apelido ridículo. Ghani! Isso apenas endossa a equivocada noção de que sou uma criança que vocês podem...

– Por que você e Alia de repente ficaram tão caladas? – Irulan indagou, retomando sua pergunta anterior, mas agora usando uma modulação delicada da Voz para formulá-la.

Ghanima jogou a cabeça para trás para rir alto.

– Irulan! Você está tentando usar a Voz comigo?

– O quê? – Irulan ficou desconcertada.

– Você podia ensinar sua avó a chupar ovo – Ghanima retrucou.

– Eu o quê?

– O fato de que eu me lembro dessa expressão e você nunca tê-la ouvido antes devia fazê-la parar – Ghanima respondeu. – Essa era uma antiga expressão de zombaria usada quando vocês, Bene Gesserit, eram jovens. Mas se isso não a põe no devido lugar, pergunte a si mesma o que seus pais da realeza poderiam estar pensando quando escolheram chamá-la pelo nome de Irulan. Não seria Ruinal?

Apesar de todo o seu treinamento, ela corou.

– Você está tentando me confundir, Ghanima.

– E você tentou usar a Voz comigo. Comigo! Eu me lembro das primeiras tentativas dos humanos nesse sentido. Eu me lembro desse tempo, Ruinosa Irulan. Agora, saiam daqui, todas vocês.

Mas Alia agora estava intrigada, capturada por uma sugestão interior que empurrava de lado todo o cansaço que sentia. Ela começou:

– Talvez eu tenha uma sugestão que poderia mudar sua opinião, Ghani.

– Ghani, de novo! – Uma risadinha malvada escapuliu de Ghanima, e então ela prosseguiu: – Pense bem só por um momento. Se eu quiser matar Farad'n, basta concordar com o plano de vocês. Presumo que vocês também pensaram nisso. Tomem cuidado com *Ghani* de bom humor. Vejam, estou sendo completamente franca com vocês.

– Era o que eu esperava – observou Alia. – Se você...

– O sangue de um irmão não pode ser lavado – Ghanima repetiu. – Não me apresentarei diante de meus entes queridos fremen como uma traidora. *Nunca perdoe, nunca esqueça*. Não é esse o nosso catecismo? Estou avisando vocês e repetirei a mesma coisa em público: vocês não podem me comprometer em um noivado com Farad'n. Quem que me conhece acreditaria nisso? O próprio Farad'n não conseguiria acreditar numa coisa dessas. Os fremen, quando soubessem de um noivado desses, iriam rir até cair no chão e dizer "Vejam! Ela o atraiu para uma armadilha". Se vocês...

– Eu entendo isso – Alia cortou, caminhando até ficar ao lado de Irulan. Ela reparou que Irulan estava em pé, plantada e calada em estado de choque, e já ciente do rumo que essa conversa estava tomando.

— E então eu o estaria atraindo para uma cilada — concluiu Ghanima. — Se é isso que vocês querem, concordo, mas talvez ele não caia na armadilha. Se vocês querem este falso noivado como a moeda vazia que precisam usar para comprar o regresso de minha avó e do seu precioso Duncan, que assim seja. Mas é com vocês. Comprem a soltura dos dois. Só que Farad'n é meu. E ele eu vou matar.

Irulan rodopiou para encarar Alia antes que esta pudesse falar.

— Alia! Se não cumprirmos nossa palavra... — e ela deixou a sentença pairando em aberto no ar, enquanto Alia refletia, sorridente, sobre a possível ira entre as Grandes Casas na Reunião das Faufreluches, as destrutivas consequências de acreditar na honra Atreides, a perda da confiança na religião, todos os pequenos e grandes tijolos que agora desmoronariam.

— Isso seria contrário aos nossos interesses — Irulan protestou. — Toda a crença na condição de Paul como profeta seria destruída. O Império... ele...

— Quem teria coragem de questionar nosso direito de decidir o que é certo e o que é errado? — Alia indagou, com voz mansa. — Nós somos os mediadores entre o bem e o mal. Eu apenas preciso proclamar...

— Você não pode fazer isso! — Irulan objetou. — A memória de Paul...

— É somente outro instrumento da Igreja e do Estado — Ghanima interveio. — Não fale asneiras, Irulan. — Ghanima tocou a dagacris em sua cintura e olhou para Alia. — Enganei-me no julgamento de minha astuciosa tia, Regente de tudo que é sagrado no Império de Muad'Dib. De fato, julguei-a de modo indevido. Atraia Farad'n para a nossa sala de estar, se quiser.

— Isso é imprudência — suplicou Irulan.

— Você concorda com esse noivado, Ghanima? — Alia ignorava Irulan.

— Nos meus termos — murmurou Ghanima, com a mão ainda apoiada no cabo de sua dagacris.

— Lavo minhas mãos em relação a isso — afirmou Irulan, literalmente torcendo os dedos como se os lavasse. — Minha intenção era propor um noivado de verdade para curar...

— Alia e eu vamos lhe dar uma ferida muito mais difícil de curar — Ghanima disse. — Traga-o depressa, se ele quiser vir. E talvez ele venha. Seria ele capaz de desconfiar de uma garotinha de tão pouca idade como eu? Vamos planejar a cerimônia formal do noivado para que ela exija a presença dele. Então, deverá haver uma oportunidade em que ficarei a sós com ele... só um minuto ou dois...

Irulan estremeceu diante da evidência de que Ghanima, afinal de contas, era fremen do começo ao fim, uma criança em nada diferente de um adulto quanto a essa terrível sede sanguinária. Afinal de contas, as crianças fremen eram acostumadas a liquidar os feridos nos campos de batalha, livrando as mulheres dessa tarefa a fim de que elas pudessem recolher os corpos e então transportá-los até as destilarias fúnebres. E Ghanima, falando com a voz de uma criança, lançava horror sobre horror com a estudada maturidade de suas palavras, com a noção ancestral da vendeta que a rodeava como uma aura.

– Combinado – anuiu Alia, se esforçando para manter a voz e o rosto impassíveis, longe de denunciar seu contentamento. – Vamos preparar o documento formal de noivado. Faremos com que a assinatura de vocês seja testemunhada por uma assembleia devidamente reunida com representantes das Grandes Casas. Farad'n não poderá alimentar nenhuma dúvida...

– Ele terá dúvidas, mas virá – Ghanima afirmou. – E virá com guardas, mas será que estes pensarão que devem protegê-lo de mim?

– Em nome do amor por tudo que Paul tentou fazer – Irulan objetou –, façamos pelo menos com que a morte de Farad'n pareça um acidente, ou o resultado de alguma malevolência externa...

– Ficarei exultante em exibir minha faca sangrenta aos meus irmãos – Ghanima anunciou.

– Alia, eu lhe suplico – Irulan insistia. – Deixe essa insanidade elementar de lado. Declare *kanly* contra Farad'n, qualquer coisa para...

– Não precisamos de uma declaração formal de vingança contra ele – Ghanima repudiou. – O Império inteiro sabe como devemos estar nos sentindo. – Ela apontou para a manga de seu manto. – Usamos o amarelo do luto. Quando eu trocar essa cor pelo preto de uma noiva fremen, será que isso conseguirá enganar alguém?

– Reze para que engane Farad'n – respondeu Alia – e os delegados das Grandes Casas que convidarmos para testemunhar o...

– Um a um, esses delegados irão se voltar contra você – afirmou Irulan. – Você sabe disso!

— Muito bem lembrado – consentiu Ghanima. – Escolha com cuidado esses delegados, Alia. Eles devem ser aqueles que não nos importaremos em eliminar depois.

Irulan lançou os braços para cima, desesperada, virou-se e saiu correndo.

— Que ela seja vigiada o tempo todo para que nem tente avisar o sobrinho – exigiu Ghanima.

— Não precisa me ensinar como levar um complô adiante – Alia comentou. Ela se virou e seguiu atrás de Irulan, mas mais devagar. As guardas do lado de fora e as assistentes que a aguardavam foram sugadas em seu rastro como partículas de areia atraídas para o vórtice de um verme em movimento ascendente.

Ghanima balançou a cabeça com tristeza, de um lado a outro, quando a porta se fechou e pensou: *É como o pobre Leto e eu pensávamos. Queria que tivesse sido eu a ser morta pelo tigre em vez dele.*

> **Muitas forças buscavam controlar os gêmeos Atreides e, com o anúncio da morte de Leto, esses movimentos de complôs e contracomplôs se amplificaram. Observe as motivações relativas: a Irmandade temia Alia, uma Abominação adulta, mas ainda queria aquelas características genéticas presentes na linhagem Atreides. A hierarquia da Igreja de Auqaf e Hajj só enxergava o poder implícito a quem obtivesse o controle da herdeira de Muad'Dib. A CHOAM queria uma via de acesso à riqueza de Duna. Farad'n e seus Sardaukar desejavam recuperar a glória para a Casa Corrino. A Guilda Espacial temia a equação Arrakis = mélange; sem a especiaria, ela não conseguia navegar. Jéssica almejava reparar o estrago causado por sua desobediência às Bene Gesserit. Poucos pensaram em perguntar aos gêmeos quais eram os planos deles, antes que fosse tarde demais.**
>
> – O Livro de Kreos

Pouco depois da refeição da noite, Leto viu um homem que passou pela soleira em arco na entrada de seus aposentos e, em sua mente, começou a caminhar junto com ele. Como a passagem tinha ficado aberta, Leto tinha visto uma parte das atividades que se desenvolviam ali perto: caçambas de especiaria que eram empurradas, a passagem de três mulheres vestidas com a evidente sofisticação ultraplanetária que as identificava como contrabandistas. O homem que tinha instigado a mente de Leto a acompanhá-lo talvez não fosse diferente, exceto pelo fato de que parecia Stilgar se movimentando, só que um Stilgar bem mais jovem.

Ele andava de um jeito peculiar. O Tempo ocupou a percepção de Leto como um globo estelar. Ele conseguia enxergar infinitos espaçotempos, mas tinha de se situar em seu próprio futuro antes de saber em que momento jazia sua carne. Suas multifacetadas vidas-recordações surgiam e recuavam, mas agora eram dele. Pareciam ondas chegando à praia, mas se subiam muito ele podia controlá-las e mandá-las descer, deixando a realeza de Harum para trás.

De vez em quando, ele ouvia essas vidas-recordações. Uma delas parecia o ponto numa peça de teatro, esticando a cabeça e sussurrando as dicas para o que fazer. Seu pai entrou em cena durante esse passeio mental e disse: "Você é uma criança querendo ser homem. Quando for homem, buscará inutilmente a criança que foi um dia".

Enquanto isso, deixava seu corpo ser atacado pelas pulgas e os piolhos do velho sietch, muito malcuidado. Nenhum dos serviçais que lhe traziam os alimentos fortemente temperados pareciam se incomodar com essas criaturas. Será que essas pessoas tinham imunidade contra essas pragas, ou só porque conviviam com elas há tanto tempo já sabiam como ignorar o desconforto?

Quem eram essas pessoas reunidas em torno de Gurney? Como tinham chegado a esse lugar? Ali era Jacurutu? Sua multimemória gerava respostas de que ele não gostava. Eram pessoas feias, e Gurney era o mais feio de todos. Não obstante, a perfeição flutuava por ali, adormecida, latente, aguardando debaixo da espessa superfície da feiura.

Uma parte dele sabia que ele continuava sob o impacto da especiaria, refém das altas doses de mélange misturadas a todas as suas refeições. Seu corpo de criança queria se rebelar, enquanto sua persona delirava com a presença imediata de lembranças que lhe chegavam, vindas de milhares de éons atrás.

A mente de Leto retornou de sua caminhada, e ele se perguntou se seu corpo teria realmente ficado para trás. A especiaria confundia os sentidos. Ele sentia a pressão das autolimitações se acumulando contra ele como as longas dunas arqueadas do *bled* que iam adquirindo o formato de rampas ao encontro de penhascos no deserto. Um dia, um pouquinho de areia soprava contra o penhasco, e no outro dia mais um pouco, e assim por muito tempo, até que finalmente apenas a areia continuaria visível e exposta ao céu.

Mas o penhasco ainda permanecia ali, encoberto.

Ainda estou dentro do transe, ele pensou.

Ele sabia que logo toparia com uma bifurcação entre vida e morte. Seus captores ficavam devolvendo o refém seguidamente à escravidão do transe da especiaria, insatisfeitos com as respostas que ele trazia a cada vez. Inevitavelmente, o traiçoeiro Namri estava aguardando sua volta, com a mão na faca. Leto conhecia um incontável número de passados e de futuros, mas ainda não tinha aprendido a contentar Namri... nem Gurney Halleck. Eles queriam algo que ficava fora das visões que podia ter. A bifurcação entre a vida e a morte atraía Leto. Ele sabia que a vida teria de possuir algum significado intrínseco que a elevava mais acima das circunstâncias da visão. Pensando nessa exigência, ele sentia que sua percepção interna era seu ser verdadeiro e que sua existência externa era o transe. Isso o deixou aterrorizado. Ele não queria voltar ao sietch com as pulgas, Namri e Gurney Halleck.

Sou um covarde, ele pensou.

Mas um covarde, mesmo um covarde, pode morrer com bravura simplesmente com um gesto. Onde estava aquele gesto que poderia deixá-lo inteiro mais uma vez? Como é que ele poderia despertar do transe e da visão e estar no universo que Gurney exigia? Sem essa virada, sem despertar de visões destituídas de propósito, ele sabia que poderia morrer numa prisão de sua própria escolha. Quanto a isso ele havia enfim colaborado com seus captores. Em alguma parte ele precisava encontrar a sabedoria, o equilíbrio interior que se refletiria no universo e lhe retornaria com uma imagem de calma e força. Somente então ele poderia buscar seu Caminho Dourado e sobreviver a essa pele que não era propriamente sua.

Alguém estava tocando o baliset em algum canto do sietch. Leto sentiu que seu corpo provavelmente ouvia a música no presente. Ele sentiu o catre sob as costas. Estava conseguindo escutar a música. Era Gurney tocando. Não havia outros dedos capazes de se comparar a este mestre de um instrumento tão difícil. Ele executava uma antiga canção fremen, chamada *hadith* por causa de sua estrutura narrativa e da voz que invocava os padrões necessários para sobreviver em Arrakis. A canção era sobre a história das ocupações humanas dentro de um sietch.

Leto sentiu a música se movimentar dentro dele através de uma maravilhosa e antiga caverna. Ele viu mulheres usando resíduos da especiaria como combustível, fervendo a especiaria para que fermentasse, produzindo tecidos a partir da especiaria. O mélange estava por toda parte no sietch.

Esses momentos ocorriam quando Leto não conseguia distinguir entre a música e as pessoas, na visão da caverna. Os lamentos e as batidas de um tear movido a energia eram os lamentos e as batidas do baliset. Mas, com o olho interior, ele enxergava tramas de cabelos humanos, a longa pelagem de ratos mutantes, fios de algodão do deserto, faixas cacheadas extraídas da pele de aves. Ele viu uma escola de sietch. A eco-linguagem de Duna ribombava através de sua mente, transportada nas asas da música. Ele viu a cozinha movida a energia solar, a longa câmara onde os trajestiladores eram confeccionados e consertados. Viu os encarregados da previsão do tempo lendo as varinhas que tinham trazido de sua ida à areia.

Em algum ponto de sua jornada, trouxeram-lhe comida e serviram-no às colheradas, dando-lhe de comer na boca, com alguém sustentando sua cabeça para cima com um braço firme. Ele sabia que essa era uma sensação em tempo real, mas o maravilhoso jogo de movimento prosseguia em seu interior.

Como se tivesse vindo no instante seguinte após ter comido o alimento encharcado de especiaria, ele viu a agitação de uma tempestade de areia se formando. As imagens que se moviam dentro do sopro da areia se tornavam reflexos dourados dos olhos de uma mariposa, e sua própria vida estava reduzida ao rastro viscoso de um inseto rastejador.

Palavras da panoplia propheticus disparavam dentro dele: "Dizem que não há nada firme, nada equilibrado, nada durável no universo inteiro, que nada permanece em seu estado, que todo dia, um momento ou outro, traz mudanças".

A velha Missionária Protectora sabia o que estava fazendo, ele pensou. *Elas sabiam da existência dos Propósitos Terríveis. Elas sabiam como manipular as pessoas e as religiões. Nem meu pai escapou deles, nem no fim.*

Ali estava a pista que ele vinha buscando. Leto a estudou. Ele sentiu que a força estava voltando à sua carne. Todo o seu ser multifacetado se voltou para olhar para o universo. Após se sentar, percebeu-se sozinho na alcova inóspita cuja única claridade vinha da luz no corredor de fora por onde o homem tinha passado andando e levado junto sua mente, um éon atrás.

– Boa sorte para todos nós! – ele exclamou, segundo o tradicional costume fremen.

Gurney Halleck apareceu no umbral arqueado, e sua cabeça formava uma silhueta escura contra a luz emanada pelo corredor de fora.

– Traga luz – Leto ordenou.

– Você quer continuar sendo testado?

Leto riu.

– Não. É a minha vez de testar você.

– Veremos. – Halleck virou-se para sair e voltou um instante depois trazendo um luciglobo de luz azul forte na dobra do braço esquerdo. Ele o libertou para que subisse ao teto da alcova, e ele foi boiando até um plano acima da cabeça deles dois.

– Onde está Namri? – Leto perguntou.

– Logo ali, esperando que o chame.

– Ah, o Velho Pai Eternidade sempre espera com paciência – Leto pontificou. Ele se sentia curiosamente livre, como se posicionado à beira de uma descoberta.

– Você chamou Namri pelo nome que é reservado a Shai-hulud? – Halleck indagou.

– A faca dele é um dente de verme – Leto explicou. – Portanto, ele é o Velho Pai Eternidade.

Halleck sorriu contrafeito, mas permaneceu calado.

– Você continua esperando para me julgar – Leto afirmou. – E, vou reconhecer, não há meios de trocarmos informações sem fazer julgamentos. Mas não se pode pedir ao universo que seja exato.

Um som farfalhante atrás de Halleck alertou Leto para a chegada iminente de Namri, que parou a meio passo de Halleck, à esquerda dele.

– Ah, a mão esquerda dos condenados – Leto observou.

– Não é sensato brincar com o Infinito e o Absoluto – Namri grunhiu. Ele olhou de lado para Halleck.

– Namri, seria você Deus para poder invocar absolutos? – Leto perguntou. Mas continuava atento a Halleck. O julgamento viria dele.

Os dois homens encararam o menino sem lhe dar resposta.

– Todo julgamento se equilibra à beira do erro – Leto explicou. – Afirmar que se detém o conhecimento absoluto é se tornar monstruoso. O conhecimento é uma aventura interminável na borda da incerteza.

– Que espécie de jogo de palavras é esse? – Halleck se impacientou.

– Deixe-o falar – Namri contrapôs.

– É o jogo em que Namri me iniciou – prosseguiu Leto, vendo que o velho fremen aquiescia com um movimento de cabeça. Ele certamente tinha reconhecido o jogo das adivinhas. – Nossos sentidos sempre têm pelo menos dois níveis – Leto lembrou.

– Trivialidades e mensagem – forneceu Namri.

– Excelente! – anuiu Leto. – Você me deu as trivialidades; eu lhe dou as mensagens. Eu vejo, ouço, detecto odores, toco. Sinto mudanças de temperatura, de sabores. Sinto a passagem do tempo. Posso obter amostras de emoções. Ahhhhhh! Estou feliz. Vocês entendem? Gurney? Namri? Não há mistério sobre a vida humana. Não é um problema a ser resolvido, mas uma realidade a ser experimentada.

– Você está testando a nossa paciência, mocinho – advertiu Namri. – É este o lugar em que você quer morrer?

Mas Halleck ergueu uma mão dominadora para conter o outro.

– Em primeiro lugar, não sou "mocinho" – Leto argumentou. E fez o primeiro sinal para sua orelha direita. – Você não vai me matar: atribuí um fardo d'água a você.

Namri tirou a dagacris da bainha, até a metade.

– Não lhe devo nada!

– Mas Deus criou Arrakis para treinar os fiéis – Leto rebateu. – Eu não só lhe mostrei minha fé como o tornei consciente de sua própria existência. A vida exige disputa. Você foi feito para *saber*, por mim!, que a sua realidade difere de todas as outras e, portanto, você sabe que está vivo.

– É perigoso fazer o jogo da irreverência comigo – preveniu Namri, enquanto a dagacris continuava metade para fora da bainha.

– A irreverência é um ingrediente muito necessário da religião – confrontou Leto. – Para nem mencionar sua importância para a filosofia. A irreverência é a única maneira que nos resta de testar nosso universo.

– Então, você acha que entende o nosso universo? – Halleck perguntou, abrindo um espaço entre ele e Namri.

– Si-immm – Namri sibilou, e sua voz transmitia morte.

– O universo pode ser entendido somente pelo vento – Leto respondeu. – Não há nenhum trono de poder para a razão no recinto do cérebro. A criação é uma descoberta. Deus nos descobriu no Vazio porque nos movíamos contra um contexto que Ele já conhecia. A parede estava nua. Então houve movimento.

– Você está brincando de esconde-esconde com a morte – Halleck advertiu.

– Vocês dois são meus amigos – Leto disse. Ele olhou diretamente para Namri. – Quando você propõe um candidato como Amigo do seu Sietch, você não mata um gavião ou uma águia como oferenda? E a resposta não é "Deus manda cada homem ao seu fim, como este gavião, esta águia, e este amigo"?

A mão de Namri soltou a faca. A lâmina deslizou de novo para dentro da bainha. Ele olhava para Leto de olhos arregalados. Todo sietch mantinha segredo sobre seu ritual de amizade, e mesmo assim ali tinha acabado de ouvir uma parte do rito.

Halleck, porém, perguntou:

– Este lugar é o seu fim?

– Eu sei o que você precisa ouvir de mim, Gurney – Leto murmurou, acompanhando a variação entre a esperança e a desconfiança manifesta naquele rosto feio. Leto tocou o próprio peito. – Esta criança nunca foi criança. Meu pai vive dentro de mim, mas ele não sou eu. Você o amava e ele foi um humano galante cujas questões alcançaram elevados lugares. A intenção dele era encerrar o ciclo de guerras, mas ele não havia considerado o movimento do infinito expressado pela vida em suas computações. Isso é Rhajia! Namri sabe. Esse movimento pode ser visto por qualquer mortal. Cuidado com os caminhos que estreitam possibilidades futuras. Esses caminhos afastam-no do infinito e o empurram para armadilhas mortais.

– O que é que preciso ouvir de você? – Halleck perguntou.

– Ele está brincando com as palavras – Namri acusou, mas a voz dele traía suas dúvidas e uma forte hesitação.

– Torno-me aliado de Namri contra meu pai – Leto admitiu. – E meu pai interior se alia conosco contra aquilo que foi feito dele.

– Por quê? – Halleck quis entender.

– Porque é o *amor fati* que eu trago para a humanidade, o gesto do mais radical autoexame. Neste universo, escolho me aliar contra qualquer força que signifique humilhar a humanidade. Gurney! Gurney! Você não nasceu nem foi criado no deserto. Sua carne não conhece a verdade do que estou falando. Mas Namri, sim. Na terra ilimitada, uma direção é tão boa quanto qualquer outra.

– Ainda não ouvi o que devo ouvir – Halleck rosnou.

– Ele fala a favor da guerra e contra a paz – Namri explicou.

– Não – Leto contradisse. – E nem meu pai falou contra a guerra. Mas veja o que aconteceu com ele. A paz tem um só significado neste Imperium. É a manutenção de um único modo de vida. Vocês são ordenados a ficarem contentes. A vida deve ser uniforme em todos os planetas, assim como no Governo Imperial. O principal objeto de estudo dos sacerdotes é achar as formas corretas de comportamento humano. Para isso, recorrem às palavras de Muad'Dib! Diga-me, Namri, você está contente?

– Não. – Essa palavra saiu como uma flecha, disparada por uma rejeição espontânea.

– Então você blasfema?

– Claro que não!

– Mas não está contente. Você está vendo, Gurney? Namri prova tudo para nós. Cada pergunta, cada problema não tem uma única resposta certa. Devemos permitir a diversidade. O monolito é instável. Então, por que você exige uma única declaração correta de mim? Será essa a medida de seu monstruoso julgamento?

– Você vai me forçar a mandar matá-lo? – Halleck perguntou com um claro timbre de agonia em sua voz.

– Não, serei piedoso com você – Leto murmurou. – Mande dizer à minha avó que irei cooperar. A Irmandade pode vir futuramente a se arrepender de eu ter cooperado, mas um Atreides dá sua palavra.

– Uma Proclamadora da Verdade irá testar isso – Namri disse. – Esses Atreides...

– Ele terá a oportunidade de dizer diante de sua avó aquilo que deve ser dito – Halleck afirmou. E então sinalizou com um movimento de cabeça a direção do corredor.

Namri parou um instante antes de sair e olhou brevemente para Leto.

– Espero termos feito a coisa certa deixando que ele viva.

– Vão, meus amigos – Leto finalizou. – Vão e reflitam.

Quando os dois homens tinham ido embora, Leto caiu de costas em seu catre, com um intenso frio na espinha. Esse movimento fez sua cabeça rodopiar na borda de sua consciência intoxicada pela especiaria. Nesse instante, ele viu o planeta inteiro, cada povoado, cada cidade pequena ou grande, os lugares desertos, os lugares plantados. Todas as formas que vinham se esborrachar contra sua visão tinham íntima relação com uma mistura de elementos dentro e fora de si mesmas. Ele viu as estruturas da sociedade imperial refletidas nas estruturas físicas de seus planetas e em suas comunidades. Como um desdobramento gigantesco dentro dele mesmo, Leto viu a revelação do que devia existir: uma janela que se abria para as partes invisíveis da sociedade. Quando enxergou isso, Leto se deu conta de que cada sistema tinha uma janela dessas. Inclusive o sistema dele mesmo e de seu universo. Ele começou a espiar através dessas janelas, como um *voyeur* cósmico.

Era isso que sua avó e a Irmandade buscavam! Agora ele sabia. Sua percepção se abria num nível novo e mais elevado. Ele sentia o passado transmitido em suas células, em suas recordações, nos arquétipos que assombravam seus pressupostos, nos mitos que o cerceavam, nas linguagens que conhecia e em seus detritos pré-históricos. Eram todas as formas surgidas de seu passado humano e não humano, todas as vidas que ele agora comandava, todas enfim integradas dentro dele. E ele se sentia uma coisa presa no fluxo-refluxo de nucleotídeos. Contra o pano de fundo do infinito, ele era um protozoário em que nascimento e morte eram processos virtualmente simultâneos, e ele era ao mesmo tempo infinito e protozoário, uma criatura com recordações moleculares.

Nós, humanos, somos uma forma de organismo em colônia!, ele pensou.

Queriam que ele cooperasse. Prometer sua cooperação lhe havia garantido outra moratória em relação à faca de Namri. Convocando sua cooperação, eles tentavam identificar um curador.

E ele pensou: *Mas não lhes trarei a ordem social do jeito que estão esperando!*

Um sorriso amargo contorceu a boca de Leto. Ele sabia que não seria tão inconscientemente malévolo quanto seu pai tinha sido – com o despotismo num prato da balança e a escravidão no outro –, mas este universo acabaria chorando de saudade pelos "bons velhos tempos".

Seu pai dentro de si então falou com ele, sondando-o cautelosamente, incapaz de exigir atenção, mas pedindo que ele o escutasse.

E Leto respondeu:

– Não. Vamos dar-lhes complexidades com que ocupar a cabeça. Há muitos modos de fugir do perigo. Como saberão que sou perigoso, a menos que me vivenciem por milhares de anos? Sim, pai-interior, nós lhes daremos indagações.

> **Não há inocência nem culpa em você. Tudo isso ficou no passado. A culpa ridiculariza os mortos, e eu não sou o Martelo de Ferro. Vocês, multidão de mortos, são somente pessoas que fizeram algumas coisas, e a lembrança dessas coisas ilumina o meu caminho.**
>
> **– Leto II para suas vidas-recordações, segundo Harq al-Ada**

– Ela se mexe sozinha! – Farad'n murmurou, e a voz dele mal se podia ouvir.

Ele estava debruçado sobre a cama de lady Jéssica, com um corpo de guardas atrás dele, muito próximos. Lady Jéssica se recostara no leito. Estava usando uma bata de parasseda de um branco cintilante, com uma faixa combinando, envolvendo seu cabelo cor de cobre. Farad'n tinha entrado repentinamente nos aposentos dela, poucos instantes antes. Ele estava usando o uniforme justo de malha cinzenta e seu rosto suado demonstrava a excitação e o resultado de seu esforço em percorrer apressadamente os corredores do palácio.

– Que horas são? – Jéssica perguntou.

– Horas? – Farad'n parecia desconcertado.

Um dos guardas informou:

– É a terceira hora depois da meia-noite, milady. – Receoso, o guarda olhou brevemente para Farad'n. O jovem príncipe tinha vindo afobado através dos corredores iluminados para a noite, arrebanhando guardas assustados em sua passagem.

– Mas se mexe – Farad'n insistiu. Ele estendeu a mão esquerda e depois a direita. – Eu vi as minhas mãos encolherem até se tornarem punhos gorduchos e então me lembrei! Eram as minhas mãos quando bebê. Eu me lembrava de ter sido um bebê, mas essa foi uma lembrança mais clara. Eu estava reorganizando as minhas recordações!

– Muito bem – Jéssica exclamou. A empolgação dele era contagiosa. – E o que aconteceu quando suas mãos ficaram velhas?

– Minha... mente ficou... lenta – ele hesitou. – Senti uma dor nas costas. Bem aqui. – E ele tocou um lugar acima do rim esquerdo.

– Você aprendeu uma lição muito importante – Jéssica professou. – Você sabe que lição foi?

Ele deixou as mãos caírem ao lado do corpo, olhando para elas. Então respondeu:

– Minha mente controla minha realidade. – Os olhos dele cintilaram e ele repetiu, desta vez em tom de voz mais alto: – Minha mente controla minha realidade!

– Esse é o começo do equilíbrio *prana-bindu* – Jéssica explicou. – Mas é só o começo.

– E o que eu faço agora? – ele perguntou.

– Milady – aventurava-se agora a interromper o mesmo guarda que tinha dito que horas eram –, a hora...

Os espiões deles não estão a postos neste horário?, Jéssica se perguntou. E ordenou:

– Retire-se. Temos trabalho a fazer.

– Mas, milady – objetou o guarda, que olhava temerosamente de Farad'n para Jéssica e de volta para o príncipe.

– Você acha que eu vou seduzir o rapaz? – ela perguntou.

O homem se empertigou.

Farad'n riu, numa explosão de alegria. Ele acenou com a mão, dispensando o guarda.

– Você ouviu o que ela disse. Retire-se.

Os guardas se entreolharam, mas obedeceram.

Farad'n se sentou na beirada da cama.

– E agora? – ele balançou a cabeça. – Eu queria acreditar em você, mas não acreditava. Então... foi como se a minha mente tivesse se dissolvido. Eu estava cansado. Ela desistiu de lutar contra você. Simplesmente aconteceu. Assim, do nada! – E ele estalou os dedos.

– Sua mente não estava lutando contra mim – Jéssica argumentou.

– Claro que não – ele concordou. – Eu estava lutando contra mim mesmo, contra todos os absurdos que já aprendi. E o que temos agora?

Jéssica sorriu.

– Confesso que não esperava que você conseguisse êxito assim tão depressa. Faz somente oito dias e...

– Fui paciente – ele interrompeu, sorridente.

– E você também começou a aprender paciência – ela retrucou.

– "Começou"?

– Você apenas acaba de alcançar, engatinhando, a pontinha desse aprendizado – ela continuou. – Agora, você é realmente um bebê. Antes... era apenas um potencial, que nem tinha nascido ainda.

Os cantos da boca de Farad'n caíram.

– Não fique tão desanimado – ela disse. – Você conseguiu. Isso é que importa. Quantos podem dizer que nasceram de novo?

– E agora? – ele insistia.

– Você vai praticar isso que aprendeu – ela respondeu. – Quero que você seja capaz de fazer isso à vontade, facilmente. Mais tarde, você preencherá um novo lugar em sua percepção com isso que se abriu a você. Esse espaço será ocupado pela capacidade de testar toda e qualquer realidade contra suas necessidades.

– Isso é tudo que eu faço agora... praticar o...

– Não. Agora, você vai começar o treinamento muscular. Diga-me uma coisa: você consegue mexer o dedinho do pé esquerdo sem mexer mais nenhum outro músculo do seu corpo?

– Meu... – Ela viu uma expressão distante se apoderar dos traços do rosto dele enquanto ele tentava movimentar o dedinho. Agora, ele olhava para o pé, fincando os olhos em seus dedos. A testa de Farad'n cobriu-se de gotas de suor. Uma forte exalação escapou de sua boca, e ele explodiu:
– Não consigo.

– Consegue, sim – ela argumentou. – Você vai aprender a fazer isso. Aprenderá a lidar com cada um dos músculos do seu corpo. Você vai conhecer esses músculos do mesmo jeito que conhece suas mãos.

Ele engoliu em seco diante da magnitude dessa perspectiva. Então indagou:

– O que você está fazendo comigo? Qual é o seu plano para mim?

– Pretendo te soltar no universo – ela respondeu. – Você se tornará aquilo que deseja no mais profundo de seu ser.

Ele refletiu um pouco sobre essas palavras.

– Qualquer coisa que eu queira?

– Sim.

– Isso é impossível!

– A menos que aprenda a controlar seus desejos do modo como controla sua realidade – ela observou, e pensou: *Pronto! Que os analistas dele examinem isso. Eles vão aconselhar uma aprovação cautelosa, mas Farad'n se aproximará mais um pouco de entender o que estou realmente fazendo.*

Ele apresentou suas conjecturas dizendo:

– Uma coisa é você dizer a uma pessoa que ela realizará o desejo de seu coração. Outra coisa é efetivamente concretizar tal promessa.

– Você foi mais longe do que eu pensava – Jéssica confessou. – Muito bom. Isto eu prometo a você: se você completar este programa de aprendizagem, será aquele que quiser. Tudo que fizer será feito porque é isso que você quer fazer.

E que uma Proclamadora da Verdade tente investigar o que está por baixo disso, ela pensou.

Ele se pôs em pé, mas a expressão com que ele a olhou era amistosa, com um sentimento de camaradagem.

– Sabe de uma coisa? Acredito em você. Não tenho nenhuma ideia de por que sinto isso, mas sinto. E não vou dizer nada a respeito de todas as outras coisas em que estou pensando.

Jéssica acompanhou-o com o olhar enquanto ele saía daquele aposento. Ela desligou os luciglobos e se deitou de novo. Este Farad'n era um sujeito profundo. Ele praticamente tinha dito a ela que estava começando a enxergar o que ela pretendia, mas estava entrando na conspiração dela de livre e espontânea vontade.

Esperem até ele começar a aprender sobre suas próprias emoções, ela pensou. Com isso, ela se preparou para voltar a dormir. Ela sabia que a manhã seguinte seria repleta de encontros casuais com pessoas do palácio, fazendo-lhe perguntas aparentemente inócuas.

> **Periodicamente, a humanidade passa por uma aceleração de seus problemas e com isso conhece uma corrida entre a renovável vitalidade dos vivos e a iminente corrosão da decadência. Nessa corrida periódica, qualquer pausa representa um luxo. Somente então é que se torna possível refletir que tudo é permitido, que tudo é possível.**
>
> – Os Apócrifos de Muad'Dib

O toque da areia é importante, Leto disse a si mesmo.

Ele conseguia sentir a aspereza debaixo dele, onde estava sentado sob um céu fulgurante. Eles o haviam alimentado à força com outra dose maciça de mélange, e a mente de Leto tinha mergulhado em si mesma, como num rodamoinho. Uma questão não respondida pulsava no fundo daquele funil em turbilhão: *Por que insistem que eu o diga?* Gurney era obstinado, quanto a isso não havia dúvida. E ele tinha recebido suas ordens de lady Jéssica.

Tinham-no tirado do sietch para levá-lo à luz do dia para essa "lição". Leto estava com a estranha sensação de que tinha deixado seu corpo realizar a curta travessia desde o sietch até ali, enquanto seu ser interior mediava uma batalha entre o duque Leto I e o velho barão Harkonnen. Eles combatiam em seu íntimo, por meio dele, porque ele não lhes permitira que se comunicassem diretamente. Essa luta lhe havia ensinado o que tinha acontecido com Alia. Pobre Alia.

Eu tinha razão de temer a viagem da especiaria, ele pensou.

Uma crescente amargura envolvendo lady Jéssica subia dentro dele. Ela e seu maldito gom jabbar! Lute e vença ou morra tentando. Ela não poderia espetar uma agulha envenenada no pescoço do neto, mas podia mandá-lo ao vale do perigo que tinha clamado posse de sua própria filha.

Sons fanhosos se intrometeram em sua percepção. Oscilaram e então se tornaram mais altos, depois mais suaves, e mais altos... e mais suaves. Não havia meios de ele discernir se eram dotados de uma realidade imediata ou se procediam da especiaria.

O corpo de Leto afundou sobre seus braços cruzados. Ele sentiu a areia quente sob as nádegas. Havia um tapete bem à sua frente, mas ele estava sentado diretamente na areia. Uma sombra se estendia através do tapete: Namri. Leto contemplou o padrão enlameado do tapete, sentindo bolhas que formavam ondas estreitas ali. Sua percepção flutuou ao sabor de sua própria corrente e atravessou um panorama que se estendia até um horizonte encimado de verde.

Em seu cérebro percutiam os sons de um tambor. Ele se sentiu quente, febril. A febre era uma pressão da temperatura escaldante que ocupava seus sentidos, abarrotando a percepção de sua carne até que só conseguia sentir as sombras móveis de seu perigo. Namri e a faca. Pressão... pressão... Leto finalmente se sentiu suspenso entre o céu e a areia, e sua mente não conseguia registrar mais do que a febre. Ele estava esperando que acontecesse alguma coisa, sentindo que qualquer coisa que ocorresse seria algo inédito e uma experiência única.

O sol inclemente caía sobre ele e ao seu redor com uma intensidade e um brilho fulminantes, sem tranquilidade, sem remédio. *Onde está o meu Caminho Dourado?* Os insetos rastejavam por toda parte. Toda parte. *Minha pele não é minha.* Ele mandou mensagens ao longo de seus neurônios e esperou a lenta reação das outras pessoas.

Cabeça, para cima, ele disse aos seus nervos.

Uma cabeça que poderia ter sido a sua se levantou, olhando para manchas de vazio contra a luz intensa.

– Agora ele está bem fundo – alguém murmurou.

Nenhuma resposta.

O sol, como um fogo ardente, ficava cada vez mais quente.

Lentamente, curvando-se para fora, a corrente de sua percepção consciente levou-o flutuando através de uma última tela de vazio verdejante e ali, sobre as dunas baixas que se desdobravam incontáveis, a não mais de um quilômetro da linha de calcário estendida do penhasco, *ali* ficava o verde e próspero futuro, exuberante, fluindo para dentro do verde interminável, inchando-se de mais verde, verde-verde, seguindo infinitamente para fora.

Em todo aquele verde não existia um único grande verme.

Abundante vida vegetal nativa, mas nada de Shai-hulud, em parte nenhuma.

Leto sentiu que tinha se aventurado e cruzado antigos limites e entrado numa terra nova que só a imaginação tinha testemunhado e que, agora, ele via diretamente através do próximo véu que uma humanidade recém-desperta chamava *Desconhecido*.

Era a realidade sedenta de sangue.

Ele sentiu o fruto vermelho de sua vida balouçando num membro, um fluido escapando-lhe por entre os dedos, e o fluido era a essência da especiaria correndo em suas veias.

Sem Shai-hulud, não haveria mais especiaria.

Ele tinha visto um futuro sem o grande verme-serpente cinzento de Duna. Ele sabia disso, mas não conseguia se desvencilhar do transe para se insurgir com essa passagem.

Abruptamente, sua percepção mergulhou de volta, e voltou, voltou, afastando-se muito de um futuro tão letal. Seus pensamentos desceram até suas vísceras e se tornaram primitivos, instigados apenas por emoções intensas. Ele se percebeu incapaz de focalizar qualquer aspecto específico de sua visão ou do que o rodeava, mas havia uma voz em seu interior. Ela falava numa língua muito antiga que ele, porém, entendia perfeitamente. A voz era musical e cadenciada, mas as palavras como que o martelavam.

– Não é o presente que influencia o futuro, seu tolo. É o futuro que forma o presente. Percebeste tudo às avessas. Como o futuro está determinado, o desenrolar de eventos que assegure esse futuro é algo fixo e inevitável.

Essas palavras o trespassaram. Ele sentiu o terror enraizado na matéria densa de seu corpo. Com isso, soube que seu corpo ainda existia, mas que a natureza inconsequente e o imenso poder de sua visão deixavam-no sentindo-se contaminado, indefeso, incapaz de sinalizar um só músculo e obter sua obediência. Ele sabia que estava se submetendo cada vez mais ao ataque daquelas vidas coletivas cujas recordações novamente haviam-no levado a crer que ele era real. O medo tomou conta dele. Ele pensou que poderia estar perdendo o controle interior, tornando-se finalmente uma Abominação.

Leto sentiu seu corpo convulsionado de terror.

Ele tinha se tornado dependente de sua vitória e da recém-conquistada benévola cooperação daquelas lembranças. Elas se haviam voltado contra ele, todas elas... inclusive a Harum, com sua realeza, em quem ele havia confiado. Ele estava estirado, trêmulo, sobre uma superfície desprovida de raízes, incapaz de dar alguma expressão à sua própria vida. Tentou se concentrar numa imagem mental de si mesmo e se viu confrontado por quadros que se sobrepunham, cada um de uma época diferente, de bebê a um ancião cambaleante. Leto se lembrou de um dos primeiros ensinamentos recebidos de seu pai: *Deixe suas mãos ficarem jovens e depois velhas.* Só que agora seu corpo todo estava mergulhado nessa realidade perdida e a totalidade da progressão de imagens se derretia em outras faces, nos traços daqueles que lhe haviam cedido suas lembranças.

Um relâmpago de diamante o estilhaçou.

Leto sentiu fragmentos de sua percepção saírem flutuando a esmo, mas mesmo assim ele conservou uma noção de si mesmo, em algum ponto entre ser e não ser. Com uma esperança acelerada, ele sentiu seu corpo respirando. Inspirando... expirando. Ele inspirou fundo: *yin*. Exalou: *yang*.

Em algum ponto imediatamente além de seu alcance estava um lugar de suma independência, da vitória sobre todas as confusões inerentes a essa multidão de vidas; não se tratava de um falso senso de comando, mas de uma verdadeira vitória. Ele agora entendia seu erro anterior: tinha buscado poder na realidade de seu transe, escolhendo isso em vez de encarar os temores que ele e Ghanima tinham incutido um no outro.

O medo derrotara Alia!

Mas a busca pelo poder armou outra armadilha que o fizera derivar para a fantasia. Ele enxergou a ilusão. Todo o processo ilusório girou meia-volta e agora ele via um centro a partir do qual ele podia observar sem nenhum propósito a fuga de suas visões, de suas vidas interiores.

Um sentimento de elação o inundou. Ele sentiu vontade de rir, mas negou-se esse luxo, sabendo que com isso travaria as portas da memória.

Ah, minhas recordações, ele pensou. *Vi sua ilusão. Vocês não inventam mais o momento seguinte para mim. Vocês somente me mostram como criar novos momentos. Não ficarei trancado dentro de velhos trilhos.*

Esse pensamento cruzou sua percepção como se limpasse escrupulosamente uma superfície e, em seu rastro, ele sentiu seu corpo, uma *einfalle* que relatava com os mais mínimos detalhes cada célula, cada neurônio. Leto entrou num estado de intensa quietude. Nessa condição, ouviu vozes, sabendo que vinham de muito longe, mas ele as ouvia nitidamente como se ecoassem num precipício.

Uma dessas vozes era a de Halleck:

– Talvez tenhamos dado demais para ele.

– Nós demos a ele exatamente o que ela nos disse para dar – Namri respondeu.

– Acho que devemos ir até lá e dar outra espiada nele, ver como ele está.

– Sabiha é boa nessas coisas. Se alguma coisa começar a dar errado, ela vai nos chamar.

– Não gosto dessa história de Sabiha.

– Ela é um ingrediente necessário.

Leto sentia uma luz intensa fora dele e escuridão dentro, mas essa escuridão era sigilosa, protetora e cálida. A luz começou a se incendiar, e ele sentiu que vinha da escuridão interior, rodopiando para fora como uma nuvem luminosa. O seu corpo se tornou transparente, puxando-o para cima, mas ele mantinha intacto o contato *einfalle* com cada célula e cada nervo. A multidão de vidas interiores entrou em alinhamento, e nada ali estava misturado ou emaranhado. Elas se tornaram muito quietas, repetindo seu próprio silêncio interior, cada uma das vidas-recordações discretas, uma entidade incorpórea e indivisível.

Leto então falou com elas:

– Sou o espírito de vocês. Sou a única vida que vocês podem realizar. Sou a casa do seu espírito na terra que não está em parte nenhuma, a terra que é o único lar que lhes resta. Sem mim, o universo inteligível retorna ao caos. O criativo e o abissal estão inextricavelmente ligados em mim. Somente eu posso mediar entre eles. Sem mim, a humanidade afundará no atoleiro e na vaidade do *saber*. Por meu intermédio, vocês e ela acharão o único caminho que sai do caos: *compreender vivendo*.

Com isso, ele se entregou e se tornou si mesmo, a pessoa que era de fato, abrangendo a totalidade de seu passado. Não era vitória, não era derrota, era algo novo a ser compartilhado com qualquer uma das vidas interiores que ele escolhesse. Leto saboreou essa novidade, deixando que ela encharcasse cada célula, cada nervo, abrindo mão do que a *einfalle* lhe havia apresentado e recuperando a totalidade no mesmo instante.

Depois de um tempo ele acordou no escuro. Com um lampejo de percepção, soube onde sua carne estava: sentado na areia a mais ou menos um quilômetro do paredão do penhasco que demarcava a fronteira norte do sietch. Ele agora sabia qual era o sietch: Jacurutu, sem dúvida...

e Fondak. Mas era muito diferente de todos os mitos, lendas e boatos que os contrabandistas permitiam que circulassem.

Uma moça estava sentada num tapete diretamente à sua frente, com um brilhante luciglobo ancorado em sua manga esquerda, flutuando um pouco acima de sua cabeça. Quando Leto desviou os olhos do luciglobo, havia estrelas. Ele conhecia essa moça; era a que estava em sua visão anterior, a que torrava os grãos de café. Era a sobrinha de Namri, tão ágil com a faca quanto o tio. A faca estava em seu colo. Ela vestia um manto verde simples sobre o trajestilador cinzento. O nome dela era *Sabiha*. E Namri tinha planos específicos para ela.

Sabiha viu o despertar de Leto nos olhos dele e informou:

– Já é quase de manhã. Você passou a noite toda aqui.

– E a maior parte de um dia – ele completou. – Você faz um bom café.

Essa declaração a surpreendeu, mas ela a ignorou com a simplicidade que resultava de um árduo treinamento e de instruções explícitas a respeito de como se comportar naquela circunstância.

– É a hora dos assassinos – Leto murmurou. – Mas a sua faca não é mais necessária. – Ele olhou brevemente para a dagacris no colo dela.

– Cabe a Namri julgar isso – ela rebateu.

Não a Halleck, então. Ela apenas confirmava o conhecimento interior dele.

– Shai-hulud é um grande coletor de lixo e apagador de evidências indesejadas – Leto comentou. – Eu mesmo o usei desse jeito.

Ela descansou levemente a mão no cabo da faca.

– Quanta coisa é revelada pelo lugar onde nos sentamos e pelo modo como nos sentamos – ele continuou. – Você está no tapete e eu, na areia.

A mão dela se fechou sobre o cabo da faca.

Leto bocejou, e com tanto entusiasmo e alongamento que seu maxilar chegou a doer.

– Tive uma visão que incluía você – ele revelou.

Os ombros dela se soltaram minimamente.

– Temos sido muito parciais a respeito de Arrakis – ele prosseguiu. – Muito bárbaro da nossa parte. Existe um certo ímpeto no que estivemos fazendo, mas agora devemos desfazer uma parte do nosso trabalho. Os pratos da balança devem encontrar um melhor ponto de equilíbrio.

Um ar aturdido franziu a testa de Sabiha.

— Na minha visão — Leto seguiu adiante —, a menos que recuperemos a dança da vida aqui, em Duna, o dragão do chão do deserto não existirá mais.

Como ele tinha usado o antigo nome fremen para o grande verme, ela levou um momento até compreender o que ele estava dizendo. Depois indagou:

— Os vermes?

— Estamos numa passagem escura — Leto explicou. — Sem a especiaria, o Império se desfaz. A Guilda não se movimentará. Os planetas irão aos poucos perdendo a clara lembrança uns dos outros. Irão se voltar para dentro de si mesmos. O espaço se tornará um limite quando os navegadores da Guilda perderem sua maestria. Eles ficarão colados no cume das dunas e se tornarão ignorantes de tudo que está acima e abaixo de nós.

— Você fala de um jeito muito estranho — ela comentou. — Como foi que você *me* viu na sua visão?

Confie na superstição fremen!, ele pensou. E respondeu:

— Tornei-me pasigráfico. Sou um hieróglifo vivo com que se anotam as mudanças que devem ainda transcorrer. Se eu não as anotar, você experimentará uma dor em seu coração de tal magnitude que nenhum humano deveria sentir.

— E que palavras são essas? — ela perguntou, mas sua mão continuava levemente sobre a dagacris.

Leto girou a cabeça na direção dos penhascos de Jacurutu, vendo o início da claridade que seria a segunda lua em sua passagem por trás das rochas, antes do alvorecer. O grito de morte de uma lebre do deserto chegou a ele como um choque sonoro. Ele viu que Sabiha estremeceu. Houve o rufar de asas, uma ave predadora, uma criatura da noite, ali. Ele viu o brilho ambarino de muitos olhos que varriam o ar acima dele, indo na direção de gretas no penhasco.

— Devo seguir o ditame do meu novo coração — respondeu Leto. — Você olha para mim, Sabiha, como se eu fosse somente uma criança, mas eu...

— Eles me avisaram sobre você — interrompeu Sabiha, e agora os ombros dela estavam rígidos e em prontidão.

Ele ouviu o medo na voz dela e acrescentou:

— Não tenha medo de mim, Sabiha. Você já viveu oito anos a mais do que esta minha carne. Por isso, eu a respeito. Mas tenho muitos mais incontáveis milhares de anos de outras vidas, muitos mais do que você já conheceu. Não me vigie como se eu fosse uma criança. Já transitei os muitos futuros e, em um deles, vi nós dois entrelaçados no amor. Você e eu, Sabiha.

— O que... Isso não pode... — e ela não conseguiu formular o pensamento, engasgada com a própria confusão.

— Essa ideia pode florescer em você — ele insistiu. — Agora, me ajude a voltar ao sietch, pois estive em lugares distantes e estou fraco com o cansaço de tantas viagens. Namri deve ficar sabendo onde estive. — Ele viu a indecisão nela e acrescentou: — Eu não sou, por acaso, o Convidado da Caverna? Namri deve se inteirar do que eu aprendi. Temos muito a fazer para impedir que o nosso universo degenere.

— Não acredito nisso... sobre os vermes — ela balbuciou.

— Nem sobre nós, entrelaçados no amor?

Ela sacudiu a cabeça. Mas ele enxergava os pensamentos que flutuavam na mente dela, como penas sopradas pelo vento. As palavras dele ao mesmo tempo que a atraíam a repeliam. Ser a consorte do poder: essa era realmente uma proposta de alta sedução. Porém, havia as ordens dadas por seu tio. Mas um dia este filho do Muad'Dib seria o regente em Duna e nos mais remotos rincões de seu universo. Então ela deparou com uma aversão a esse futuro; uma aversão extremamente fremen, comum àqueles acostumados a se esconderem em cavernas. A consorte de Leto seria vista por todos, seria alvo de fofocas e especulações. Todavia, teria uma grande fortuna e...

— Eu sou o filho do Muad'Dib, capaz de ver o futuro — ele declarou.

Lentamente, ela recolocou a faca na bainha, levantou-se facilmente do tapete, cruzou o espaço para ficar ao lado dele e ajudou-o a ficar em pé. Leto se sentiu agradavelmente surpreso com a atitude ela. Sabiha dobrou o tapete com capricho e o colocou sobre o ombro direito. Ele viu que ela avaliava a diferença de tamanho entre os dois enquanto ponderava as palavras que ele tinha dito: *Entrelaçados no amor?*

O tamanho é outra coisa que muda, ele pensou.

Ela colocou uma mão no braço dele para ajudá-lo e controlá-lo. Ele tropeçou, e ela falou asperamente:

— Estamos longe demais do sietch para *isso*! — querendo dizer que aquele som indesejado poderia atrair um verme.

Leto sentiu que seu corpo tinha se tornado uma casca seca como o exoesqueleto abandonado por um inseto. Ele conhecia essa casca: era aquela com a qual a sociedade tinha sido constituída à base de negócios com o mélange e sua Religião do Elixir Dourado. Estava vazia por conta de seus excessos. Os altos propósitos do Muad'Dib tinham se deteriorado em mera magia, imposta à força pelo braço militar da Auqaf. A religião do Muad'Dib agora tinha outro nome: era Shien-san-Shao, um rótulo ixiano que designava a intensidade e a insanidade daqueles que achavam que podiam levar o universo a se tornar o paraíso pela ponta das dagacris. Mas, assim como Ix tinha mudado, aquilo também mudaria, pois eles eram somente o nono planeta de seu sol e inclusive já haviam esquecido a língua que lhes havia dado seu nome.

– O jihad foi uma espécie de insanidade de massa – ele resmungou.

– O quê? – Sabiha estivera concentrada na tarefa de fazê-lo andar sem ritmo, ocultando a presença deles dois ali, na areia aberta. Por um momento, ela prestou atenção às palavras dele e depois as interpretou como outro produto do óbvio cansaço que ele estava sentindo. Ela sentia toda a fraqueza dele, a maneira como o transe o havia exaurido. Aquilo, para ela, parecia algo cruel e sem cabimento. Se era para matá-lo, como Namri dissera, então que isso fosse feito prontamente, sem todos aqueles rodeios. Todavia, Leto tinha falado de uma revelação maravilhosa. Talvez Namri estivesse atrás daquilo. Com certeza esse devia ser o motivo por trás do comportamento da avó desta criança. Por que outro motivo Nossa Senhora de Duna daria sua bênção a atos tão arriscados contra uma criança?

Criança?

Mais uma vez, ela refletiu sobre as palavras dele. Estavam na base do penhasco, agora, e ela deteve sua carga, ajudando-o a relaxar um pouco ali, que era mais seguro. À fraca claridade das estrelas, ela desceu os olhos para ele, ali no chão, e perguntou:

– Como é que os vermes deixariam de existir?

– Somente eu posso mudar isso – ele assegurou. – Não tema. Eu posso mudar qualquer coisa.

– Mas é...

– Algumas perguntas não têm resposta – ele murmurou. – Eu vi esse futuro, mas as contradições apenas a deixariam confusa. Este é um universo em mudança e nós somos a mais estranha de todas as mudanças. Nós ressoamos ao impacto de muitas influências. Nossos futuros necessitam de atualizações constantes. Agora, existe uma barreira que devemos remover. Isso exige que façamos coisas brutais, que contrariam nossos mais elementares e preciosos desejos... Mas deve ser feito.

– O que deve ser feito?

– Alguma vez você matou um amigo? – ele indagou e, virando-se, seguiu adiante, na direção de uma fenda que subia e se tornava a entrada oculta do sietch. Ele andava com a rapidez que a fadiga pelo transe lhe permitia, mas ela estava nos calcanhares dele e pôde agarrar a barra do manto dele e fazê-lo parar.

– Que história é essa de matar um amigo?

– De todo modo, ele vai morrer – Leto a ignorou. – Eu não tenho de fazê-lo, mas poderia impedir que acontecesse. Se eu não impeço, isso não é o mesmo que matá-lo?

– Quem é esse... que vai morrer?

– A alternativa me mantém calado – ele concluiu. – Talvez eu deva entregar minha irmã a um monstro.

Mais uma vez ele se virou e se afastou dela e dessa vez, quando ela puxou o manto dele, ele resistiu e se recusou a responder às perguntas dela. *É melhor que ela não saiba até que chegue o momento*, ele pensou.

A seleção natural tem sido descrita como um processo de filtragem por parte do ambiente para escolher aqueles que terão descendentes. No que diz respeito a humanos, porém, essa é uma perspectiva extremamente limitada. A reprodução via sexo tende à experimentação e à inovação. Ela suscita muitas questões, inclusive uma muito antiga sobre se o ambiente é um agente de seleção depois que ocorre a variação, ou se o ambiente desempenha um papel de pré-seleção para determinar as variações que filtra. Duna não respondeu de fato a essas questões; Duna apenas suscitou novas indagações que Leto e a Irmandade podem tentar responder nas próximas quinhentas gerações.

– A catástrofe de Duna, segundo Harq al-Ada

As nuas rochas de tom castanho da Muralha-Escudo se desenhavam escuras ao longe e, para Ghanima, eram visíveis como a concretização daquilo que ameaçava seu futuro. Ela estava na beirada do jardim suspenso no alto do Forte, com o sol se pondo às suas costas. O sol emitia um intenso tom laranja brilhante que escapulia por entre nuvens de poeira, uma cor tão rica quanto a borda da boca de um verme. Ela suspirou, pensando: *Alia... Alia... Será que seu destino será também o meu?*

Ultimamente, as vidas em seu interior vinham se manifestando em tom progressivamente mais estridente. Havia algo no condicionamento das mulheres na sociedade fremen – talvez fosse uma legítima diferença sexual, mas de todo modo... – que as tornava mais suscetíveis a essa maré interna. Sua avó a havia alertado quanto a isso, enquanto planejavam as coisas, recorrendo à sabedoria acumulada das Bene Gesserit, mas despertando as ameaças desse saber em Ghanima.

– Abominação – tinha dito lady Jéssica –, que é o nosso termo para os pré-nascidos, tem uma longa história de amargas experiências por trás dela. Seu teor parece ser aquilo que divide as vidas interiores. Elas se repartem em benignas e malignas. As benignas se mantêm tratáveis, úteis. As malignas parecem se unir numa só psique poderosa que tenta obter o domínio da carne viva e sua consciência. Sabe-se que esse processo leva um tempo considerável, mas seus sinais são bem conhecidos.

– Por que você abandonou Alia? – Ghanima perguntou.

– Fugi aterrorizada por causa do que tinha criado – Jéssica confessara, em voz baixa. – Desisti. E agora meu fardo é que... talvez eu tenha desistido cedo demais.

– O que você quer dizer?

– Não consigo explicar ainda, mas... pode ser... não! Não lhe darei falsas esperanças. *Ghafla*, a distração abominável, tem uma longa história na mitologia humana. Foi chamada de muitas coisas, mas principalmente era a *possessão*. É isso que parece ser. Você perde a noção em meio à malignidade, e ela se apossa de você.

– Leto... tinha medo da especiaria – Ghanima dissera, descobrindo que podia falar dele, em voz baixa. O preço terrível que custaria aos dois!

– E com razão – Jéssica concordara, e não conseguiu falar mais nada.

Mas Ghanima tinha arriscado uma explosão de suas lembranças interiores, espreitando através de um insólito véu enevoado e futilmente ampliando os temores Bene Gesserit. Explicar o que havia acometido Alia não o tornava nem um pouco mais leve. O acúmulo Bene Gesserit de experiências, porém, tinha sinalizado a existência de uma possível saída de tal armadilha e, quando Ghanima se arriscou ao compartilhamento interior, ela convocou primeiramente a *mohalata*, a parceria com o benigno que talvez pudesse protegê-la.

Ela se lembrava desse compartilhamento agora, em pé à claridade do ocaso, naquela borda do jardim suspenso do Forte. Imediatamente, ela sentiu a presença-recordação de sua mãe. Chani estava ali com ela, como uma aparição entre Ghanima e os penhascos a distância.

– Entre aqui e você provará do fruto do Zaqquum, o alimento do inferno! – Chani advertiu. – Tranque essa porta, minha filha; é sua única chance de estar a salvo.

O clamor interno irrompeu em torno dessa visão e Ghanima fugiu, afundando sua consciência no Credo da Irmandade, reagindo movida mais pelo desespero do que pela confiança. Rapidamente ela recitou o Credo, movendo os lábios, deixando sua voz se tornar um murmúrio:

– A religião é a imitação do adulto pela criança. A religião é o enquistamento de crenças passadas: a mitologia, que é um sistema de adivinhações, as suposições ocultas da confiança no universo, aqueles pronunciamentos que os homens vêm fazendo em busca de obter poder pessoal, tudo isso misturado com fragmentos de iluminação. E sempre o mandamento final e nunca explicitado é "Não questionarás!". Mas nós questionamos. Nós rompemos esse mandamento como algo dado. O trabalho ao qual nos entregamos é a libertação da imaginação, é o uso construtivo do poder da imaginação em favor do mais profundo senso de criatividade da humanidade.

Lentamente, uma sensação de ordem se instalou nos pensamentos de Ghanima. Ela sentia seu corpo tremendo, porém, e sabia como era frágil essa paz que havia alcançado – enquanto o véu enevoado continuava estendido em sua mente.

– Leb Kamai – ela sussurrou. – Coração do meu inimigo, tu não serás o meu coração.

E ela convocou a lembrança dos traços de Farad'n, o jovem rosto saturnino com suas sobrancelhas espessas e a boca firme.

O ódio me tornará forte, ela pensou. *No ódio, posso resistir ao destino de Alia.*

Mas persistia a trêmula fragilidade de sua posição, e a única coisa em que ela podia pensar era quanto Farad'n se parecia com o avô, o finado Shaddam IV.

– Você está aqui!

Era Irulan, chegando pelo lado direito de Ghanima, caminhando pelo parapeito com movimentos que lembravam os de um homem. Quando se virava, Ghanima pensou: *E ela é filha de Shaddam.*

– Por que você insiste em escapulir sozinha? – Irulan perguntou, parando na frente de Ghanima e se impondo a ela com uma expressão de recriminação.

Ghanima se absteve de afirmar que não estava sozinha, que a guarda a havia visto vir até o telhado. A raiva de Irulan se voltou para o fato de estarem expostas ali e para a possibilidade de uma arma distante poder atingi-las.

– Você não está usando um trajestilador – Ghanima apontou. – Você sabia que, antigamente, alguém flagrado do lado de fora do sietch sem um trajestilador era automaticamente morto? Desperdiçar água era colocar a tribo em risco.

— Água! Água! — Irulan retrucou. — Quero saber por que você se expõe ao perigo dessa maneira. Volte para dentro. Você está criando problemas para todos nós.

— E que perigo existe agora? — Ghanima indagou. — Stilgar já eliminou os traidores. As guardas de Alia estão por toda parte.

Irulan ergueu os olhos para cima, para o céu que escurecia. As estrelas já se tornavam visíveis contra o cinza-azulado do fundo. Ela voltou sua atenção para Ghanima:

— Não vou discutir. Fui mandada até aqui para lhe dizer que recebemos notícias de Farad'n. Ele aceita, mas, por algum motivo, deseja adiar a cerimônia.

— Por quanto tempo?

— Ainda não sabemos. Está sendo negociado. Mas Duncan está sendo mandado de volta.

— E minha avó?

— Ela prefere permanecer em Salusa por ora.

— Quem pode culpá-la? — Ghanima perguntou.

— Aquela briga idiota com Alia!

— Não tente me enrolar, Irulan! Aquela briga não foi idiota de jeito nenhum. Eu ouvi as histórias.

— Os receios da Irmandade...

— São reais — Ghanima afirmou. — Bom, você já deu o recado. Você pensa em aproveitar esta oportunidade e tentar mais uma vez me dissuadir?

— Já desisti.

— Você deveria saber que não adianta tentar mentir para mim — Ghanima a repreendeu.

— Muito bem! Continuarei tentando dissuadir você. Esta tática é uma loucura. — E Irulan se perguntou por que deixava que Ghanima se tornasse tão irritante. Uma Bene Gesserit não precisava se irritar com nada. Ela continuou: — Estou preocupada com o extremo perigo que isso representa para você. Você sabe disso. Ghani, Ghani... você é filha de Paul. Como pode...

— Porque sou a filha dele — Ghanima interrompeu. — Nós, Atreides, descendemos de Agamêmnon e sabemos o que existe no nosso sangue. Nunca se esqueça disso, esposa estéril do meu pai. Nós, Atreides, temos uma história sangrenta e ainda não acabamos com o derramamento de sangue.

Distraída, Irulan perguntou:

– Quem é Agamêmnon?

– Que rasa se mostra a tão elogiada educação Bene Gesserit – apontou Ghanima. – Sempre me esqueço de que vocês abreviam a história. Mas minhas lembranças recuam no tempo até... – mas ela se calou. Era melhor não atiçar aquelas sombras que seguiam embaladas em frágil sono.

– Seja o que for que você lembre – Irulan prosseguiu –, deve saber como é perigoso esse curso de ação...

– Eu vou matá-lo – Ghanima reafirmou. – Ele me deve uma vida.

– E eu irei impedir isso se puder.

– Já sabemos disso. Você não terá chance para tanto. Alia está mandando você para o Sul, para uma das novas cidades, até que tudo esteja acabado.

Irulan balançou a cabeça, incrédula.

– Ghani, jurei que a protegeria de todo e qualquer perigo. Eu darei minha própria vida para isso, se necessário. Se acha que vou ficar descansando em alguma djedida murada enquanto você...

– Mas os huanui sempre estarão a postos – Ghanima ameaçou, falando suavemente. – Temos a destilaria fúnebre como opção. Estou certa de que você não conseguirá interferir estando lá.

Irulan empalideceu, colocou a mão sobre a boca e por um momento se esqueceu de todo o seu treinamento. Esse gesto era uma medida do tanto de cuidado que havia investido em Ghanima, esse quase que completo abandono de tudo exceto o medo animal. Ela falou, intensamente abalada por essa emoção, permitindo que seus lábios inclusive tremessem:

– Ghani, eu não temo por mim. Eu me jogaria na boca do verme por você. Sim, eu sou isso que você me chamou, a esposa estéril do seu pai, mas você é a filha que eu nunca tive. Eu lhe imploro... – e lágrimas brilharam no canto de seus olhos.

Ghanima lutou contra o aperto que sentia na garganta e disse:

– Existe outra diferença entre nós. Você nunca foi fremen. Eu nunca fui nada além disso. Um abismo nos separa. Alia sabe. Seja lá o que ela for, disso ela sabe.

– Você não pode afirmar o que Alia sabe – Irulan apontou, com amargura na voz. – Se eu não soubesse que ela é Atreides, poderia jurar que ela se determinou a destruir sua própria família.

E como você sabe que ela ainda é Atreides?, pensou Ghanima, pasma com esse ponto cego em Irulan. Ali estava uma Bene Gesserit, e quem poderia saber melhor do que elas a história da Abominação? Ela não se permitia sequer pensar a respeito, quanto mais acreditar nisso. Alia devia ter feito alguma bruxaria naquela pobre mulher.

– Eu tenho um débito de água com você – Ghanima admitiu. – Por isso vou lhe poupar a vida, mas seu primo está condenado. Não se fala mais nisso.

Irulan acalmou o tremor dos lábios e enxugou os olhos.

– Eu realmente amei seu pai – ela sussurrou. – Nem soube disso, até ele estar morto.

– Talvez ele não tenha morrido – Ghanima cogitou. – Esse Pregador...

– Ghani! Às vezes eu não te entendo! Será que Paul atacaria sua própria família?

Ghanima deu de ombros e olhou para o céu que escurecia.

– Ele poderia achar divertida uma coisa assim...

– Como você pode falar tão levianamente de...

– Para manter longe as trevas mais profundas – Ghanima rebateu. – Não estou escarnecendo de você. Os deuses sabem que não faço isso. Mas sou somente a filha de meu pai. Sou cada uma das pessoas que contribuiu com sua essência para o sangue Atreides. Você não quer pensar em Abominação, mas eu não consigo pensar em outra coisa. Eu sou pré-nascida. Eu sei o que existe dentro de mim.

– Essa superstição antiga e idiota sobre...

– Pare! – E Ghanima estendeu a mão para alcançar a boca de Irulan. – Eu sou cada uma das Bene Gesserit e aquele desgraçado programa de procriação delas até minha avó, inclusive. E sou muito mais. – Ela arranhou a palma da mão esquerda, tirando sangue com uma unha. – Este corpo é jovem, mas suas experiências... Oh, *pelos deuses*, Irulan! Minhas experiências! Não! – Ela estendeu sua mão de novo, quando Irulan se aproximou mais um pouco. – Eu conheço todos os futuros que meu pai explorou. Tenho os conhecimentos de muitas vidas e toda a ignorância, também... todas as fragilidades. Se você quer me ajudar, Irulan, primeiro precisa saber quem eu sou.

Instintivamente, Irulan se curvou e acolheu Ghanima em seus braços, mantendo-a próxima, o rosto das duas se tocando.

Não me faça ter de matar esta mulher, Ghanima pensou. *Não permita que isso aconteça.*

E, enquanto esse pensamento a invadia, o deserto inteiro era envolvido pela noite.

> **Uma pequena ave te chamou**
> **Com um bico raiado de carmim.**
> **Ela piou uma vez em Sietch Tabr,**
> **E tu foste adiante até a Planície Fúnebre.**
>
> **– Lamento por Leto II**

Leto acordou com o retinir dos anéis de água no cabelo de uma mulher. Ele olhou para o túnel aberto que era a saída de sua alcova e viu Sabiha sentada ali. Com sua percepção parcialmente imersa no transe da especiaria, ele a viu esboçada por tudo aquilo que sua visão lhe havia revelado sobre ela. Ela já estava dois anos mais velha do que a maioria das mulheres fremen em idade de se casar ou pelo menos estar prometida. Portanto, sua família a estava reservando para alguma outra coisa... ou para alguém. Ela era evidentemente núbil. Os olhos dele, enevoados pela visão, viam-na como uma criatura saída do passado terrânico: cabelos escuros e pele pálida, órbitas fundas que davam a seus olhos completamente azuis um verniz esverdeado. Seu nariz era pequeno e a boca era larga, sobre um queixo pontudo. E, para ele, ela era o sinal vivo de que o plano das Bene Gesserit era conhecido – ou alvo de suspeitas – aqui, em Jacurutu. Então, elas esperavam reviver o imperialismo faraônico por meio dele, não é? Qual o propósito delas em forçá-lo a casar com sua própria irmã? Seguramente, Sabiha não poderia impedir isso.

Entretanto, os que o capturaram sabiam desse plano. E como tinham ficado sabendo? Eles não tinham compartilhado a visão dele. Eles não tinham vindo com ele até ali onde a vida se tornava uma membrana móvel entre outras dimensões. A subjetividade reflexa e circular das visões haviam revelado que Sabiha era única e exclusivamente sua.

Novamente, os anéis de água tilintaram no cabelo de Sabiha, e o som atiçou em Leto suas visões. Ele sabia onde tinha estado e o que tinha aprendido. Nada podia apagar isso. Ele não estava instalado no palanquim de um grande Criador, agora, em que o tilintar dos anéis de água dos passageiros criasse um ritmo para ditar o andamento de sua passagem. Não... ele estava ali, numa cela em Jacurutu, tendo embarcado naquela que era a mais perigosa de todas as viagens: para longe de e de volta a *Ahl as-sunna wal-jamas*, saindo do mundo real dos sentidos e voltando para esse mundo.

E o que ela estava fazendo ali, com os anéis de água tilintando no cabelo? Ah, é mesmo. Ela estava preparando mais doses da mistura que eles achavam capaz de mantê-lo cativo: aquele cozido encharcado de essência de especiaria que o manteria meio dentro e meio fora do universo real até que ele morresse ou bem o plano de sua avó tivesse êxito. E toda vez que pensava que tinha vencido, eles o mandavam de volta. Lady Jéssica tinha razão, naturalmente – aquela bruxa velha! Mas que coisa para se fazer... A plena recordação de todas aquelas vidas dentro dele não tinha a menor serventia enquanto ele não conseguisse organizar os dados e se lembrar deles quando quisesse. Aquelas vidas tinham sido a matéria-prima crua da anarquia. Uma delas, ou todas elas, poderia tê-lo dominado inteiramente. A especiaria e sua peculiar localização, ali em Jacurutu, tinham sido uma aposta desesperada.

Agora, Gurney espera pelo sinal, e eu me recuso a dá-lo a ele. Quanto tempo será que a paciência dele aguentará?

Ele olhou para Sabiha. Ela empurrara o capuz para trás e assim mostrava as tatuagens tribais em suas têmporas. De início, Leto não reconheceu as tatuagens, mas depois se lembrou de onde estava. Sim, Jacurutu ainda existia.

Leto não sabia se sentia gratidão pela avó ou se a odiava. Ela queria que ele tivesse instintos no nível consciente, mas instintos eram apenas reminiscências raciais de como enfrentar crises. Suas memórias diretas daquelas outras vidas lhe diziam muito mais do que isso. Agora, ele tinha esse conteúdo todo organizado e podia ver claramente o perigo de se expor a Gurney. Já com Namri não havia como esconder essa revelação, e ele era outro problema.

Sabiha entrou na cela com uma vasilha nas mãos. Ele admirou a maneira como a luz que vinha de fora produzia círculos irisados nas pontas do cabelo dela. Delicadamente, ela ergueu a cabeça de Leto e começou a dar-lhe de comer o que trouxera na tigela. Foi somente então que ele se deu conta de como estava fraco. Ele deixou que ela o alimentasse enquanto sua mente divagava, rememorando a reunião com Gurney e Namri. Os dois tinham acreditado nele! Namri mais do que Gurney, inclusive, mas Gurney não pôde negar o que seus sentidos já lhe haviam informado a respeito do planeta.

Sabiha usou uma ponta do seu manto para limpar a boca do menino.

Ah, Sabiha, ele pensou, lembrando da outra visão que enchera seu coração de dor, *muitas foram as noites em que sonhei ao lado da água corrente, ouvindo o vento que passava no alto. Muitas foram as noites em que minha carne esteve estendida ao lado do covil da serpente e em que sonhei com Sabiha ao calor do verão. Eu a vi guardando pães de especiaria assados sobre lâminas incandescentes de açoplás. Eu vi a água límpida no qanat, suave e cintilante, mas um tufão atravessou-me o coração. Ela bebe café e come. Os dentes dela brilham à sombra. Eu a vejo trançando meus anéis de água no seu cabelo. A fragrância de âmbar de seu peito penetra até o mais fundo dos meus sentidos. Ela me atormenta e me oprime simplesmente por existir.*

A pressão de suas multimemórias explodiu o encasulamento congelado no tempo no qual ele tinha tentado resistir. Ele sentiu corpos entrelaçados, os sons do sexo, ritmos entremeados a cada impressão sensorial: lábios, respiração, hálitos úmidos, línguas. Em algum ponto de sua visão, havia formas em hélice, da cor do carvão, e ele sentiu a pulsação dessas formas quando elas giravam dentro dele. Uma voz suplicava dentro do seu crânio: "Por favor, por favor, por favor, por favor...". Havia um inchaço taurino adulto em suas virilhas, e ele sentia sua boca aberta, fixa, presa ao formato-escora do êxtase. Então, um suspiro, uma onda doce e prolongada, o colapso.

Oh, que delícia permitir que isso exista!

– Sabiha – ele sussurrou. – Oh, minha Sabiha.

Quando seu encargo tinha evidentemente mergulhado até o fundo no transe induzido pela comida, Sabiha pegou a tigela e saiu, parando na entrada da cela para falar com Namri:

– Ele disse o meu nome de novo.

– Volte e fique com ele – Namri ordenou. – Preciso encontrar Halleck e falar com ele sobre isso.

Sabiha deixou a vasilha no chão, ao lado da porta, e voltou para dentro da cela. Sentou-se na beirada do catre e fixou os olhos no rosto de Leto, dentro das sombras.

Naquele instante, ele abriu os olhos e estendeu a mão, tocando o rosto dela. Ele começou a falar com ela, então, contando-lhe a visão que tivera e na qual ela vivia.

Ela cobriu a mão dele com a sua, enquanto ele falava. Ele era tão doce... tão doce... e ela afundou no catre, amortecida pela cálida maciez da mão dele, inconsciente, antes que ele tirasse a mão. Leto se sentou, sentindo a extensão de sua fraqueza. A especiaria e as visões que ela induzia o haviam exaurido. Esquadrinhando suas células, buscou alguma rara centelha de energia, e então saiu do leito, sem perturbar Sabiha. Ele tinha de ir, mas sabia que não conseguiria ir longe. Devagar, fechou seu trajestilador, enrolou-se em seu manto, deslizou pelo túnel e chegou à câmara externa, onde estavam poucas pessoas, todas entretidas com seus próprios afazeres. Elas o conheciam, mas ele não era responsabilidade de nenhuma delas. Namri e Halleck saberiam o que ele estava fazendo; Sabiha não podia estar longe.

Ele encontrou o tipo de corredor lateral que precisava percorrer e seguiu corajosamente por ele.

Lá atrás, Sabiha dormia pacificamente até ser despertada por Halleck.

Ela se sentou, esfregou os olhos, viu o catre vazio, viu o tio em pé, atrás de Halleck, viu a fúria no rosto dos dois.

Namri respondeu à expressão do rosto da sobrinha:

– Sim, ele fugiu.

– Como você pôde deixar que ele escapasse? – Halleck trovejou. – Como isso é possível?

– Ele foi visto indo na direção da saída inferior – Namri informou, com a voz estranhamente calma.

Sabiha se encolheu diante deles, recordando-se.

– Como? – Halleck insistiu.

– Não sei, não sei.

– É de noite e ele está fraco – Namri murmurou. – Ele não irá longe.

Halleck rodopiou e o olhou de frente:

– Você quer que o menino morra!

– Isso não me desagradaria.

Novamente, Halleck pressionou Sabiha:

– Conte-me o que aconteceu.

– Ele me tocou na bochecha e ficou falando da visão que tinha tido... com nós dois juntos. – Então, baixou os olhos para o catre vazio. – Ele me fez dormir. Ele fez alguma mágica comigo.

Halleck olhou rapidamente para Namri.

— Ele poderia estar escondido dentro de alguma coisa?

— Dentro de nada. Ele seria encontrado, visto. Ele estava indo para a saída. Está lá fora.

— Mágica — Sabiha murmurou.

— Não foi mágica — Namri explicou. — Ele a hipnotizou. Quase conseguiu comigo, lembra? Ele disse que eu era amigo dele.

— Ele está muito fraco — Halleck repetiu.

— Apenas o corpo está — Namri insistiu. — Mas ele não irá longe. Desmontei as bombas movidas pelos calcanhares do trajestilador dele. Ele vai morrer desidratado se não o encontrarmos.

Halleck quase se virou para socar Namri, mas se segurou graças a um rígido autocontrole. Jéssica o alertara, dizendo que Namri talvez tivesse de matar o garoto. Deuses das profundezas! A que encruzilhada tinham chegado: Atreides contra Atreides. Ele disse então:

— Seria possível ele só ter saído andando, levado pelo transe da especiaria?

— E que diferença isso faz? — Namri indagou. — Se ele escapar de nós, deve morrer.

— Começaremos a busca na primeira hora do amanhecer — Halleck falou. — Ele levou algum fremkit?

— Sempre tem alguns perto do veda-portas — Namri anuiu. — Ele teria feito grossa bobagem não levando um fremkit. Por alguma razão, ele nunca me deu a impressão de ser um tonto.

— Então, mande uma mensagem aos nossos amigos — Halleck ordenou. — Conte a eles o que aconteceu.

— Hoje à noite não mandaremos nenhuma mensagem — Namri rebateu. — Vem vindo uma tempestade. As tribos já estão acompanhando isso há três dias. Ela chegará por aqui à meia-noite. As comunicações já estão interrompidas. O sinal dos satélites caiu, neste setor, duas horas atrás.

Halleck inspirou fundo, com um estremecimento. O menino morreria ao relento, com certeza, se a tempestade de areia o apanhasse. Ela acabaria com a carne de seus ossos e estilhaçaria os ossos em fragmentos invisíveis. A falsa morte tão planejada iria se tornar real. Uma mão cerrada bateu duro na palma da outra. Essa tempestade os deixaria presos dentro do sietch. Não poderiam nem montar uma equipe de busca. E a estática da tempestade já tinha isolado o sietch.

– Distrans – ele aventou, pensando que poderiam impregnar a voz de um morcego com uma mensagem e despachá-lo para dar o alarme.

Namri balançou a cabeça, repelindo a sugestão:

– Os morcegos não voam em tempestades. Ora, meu camarada. Eles são mais sensíveis do que nós. Ficarão entocados no penhasco até que a tempestade passe. É melhor esperar que os satélites voltem a funcionar. Então podemos tentar encontrar os restos mortais dele.

– Não se ele levou um fremkit e se enfiou na areia – Sabiha balbuciou.

Xingando em voz baixíssima, Halleck saiu apressadamente dali e entrou no sietch a passos largos.

> **A paz exige soluções, mas nunca alcançamos soluções vivas. Apenas trabalhamos para chegar a elas. Uma solução fixa, por definição, é uma solução morta. O problema com a paz é que ela tende a punir os erros em vez de recompensar a lucidez.**
>
> – As palavras de meu pai: relato de Muad'Dib, reconstituído por Harq al-Ada

– Ela o está treinando? Ela está treinando Farad'n?

Alia encarou Duncan Idaho com uma mescla proposital de raiva e incredulidade. O paquete da Guilda tinha entrado em órbita em Arrakis ao meio-dia, hora local. Uma hora depois, um cargueiro havia descido Idaho no solo de Arrakina, sem aviso, de modo informal e aberto. Em poucos minutos, um tóptero o havia deixado no topo do Forte. Alertada a respeito de sua chegada iminente, Alia o havia recebido lá no alto, friamente formal diante de sua guarda, mas agora estavam os dois nos aposentos dela, na borda norte do edifício. Ele tinha acabado de apresentar seu relatório fidedigno, com precisão, enfatizando cada trecho de informação conforme o padrão Mentat.

– Ela perdeu o juízo – Alia explodiu.

Ele considerou essa declaração como uma questão Mentat.

– Todos os indicadores mostram que ela continua bem equilibrada e sã. Eu diria que seu índice de sanidade estava em...

– Pare com isso! – Alia interrompeu, incisiva. – No que ela pode estar pensando?

Idaho, que sabia que seu próprio equilíbrio emocional agora dependia de ele se refugiar na frieza Mentat, declarou:

– Calculo que ela esteja pensando no noivado da neta. – Os traços dele permaneciam cuidadosamente inexpressivos, uma verdadeira máscara sobre a agonia dilacerante de uma perda, agonia que ameaçava dominá-lo. Ali não havia nem sombra de Alia. Alia estava morta. Por algum tempo ele tinha sustentado uma Alia-mito para os seus sentidos, alguém que ele tinha fabricado a partir de suas próprias necessidades, mas um Mentat não poderia continuar alimentando esse autoengano senão por um breve período. Essa criatura que parecia humana estava possuída; uma psique demoníaca a governava. Os olhos de aço de Duncan, com sua miríade de facetas à disposição do Mentat, reproduziam em seus centros de visão uma multiplicidade de Alias-mitos. Mas quando ele as combinava numa única imagem, não restava Alia nenhuma. Os traços dela mudavam para atender a outras demandas. Ela era apenas uma casca dentro da qual haviam sido cometidos ultrajes.

– Onde está Ghanima? – ele perguntou.

Com um aceno de mão, ela encerrou a pergunta.

– Mandei que fosse com Irulan ficar sob a custódia de Stilgar.

Território neutro, ele pensou. *Houve outra negociação com tribos rebeldes. Ela está perdendo terreno e não sabe... ou será que sabe? Haveria outro motivo? Será que Stilgar passou para o lado dela?*

– O noivado – Alia repetiu, pensativa. – Quais são as condições na Casa Corrino?

– Salusa ferve de parentes distantes, todos empenhados em trabalhar Farad'n na esperança de ter alguma participação depois, quando ele reassumir o poder.

– E ela o está treinando segundo a Doutrina Bene...

– Não é o adequado para o marido de Ghanima?

Alia sorriu consigo mesma, pensando na ira irredutível de Ghanima. Que Farad'n seja treinado. Jéssica estava treinando um cadáver. Tudo daria certo.

– Devo refletir sobre isso mais extensamente – ela murmurou. – Você está muito calado, Duncan.

– Esperando suas perguntas.

– Entendo. Sabe, eu estava muito zangada com você. Levá-la a Farad'n!

– Você mandou que isso fosse real.

– Fui obrigada a divulgar o relatório de que vocês dois tinham sido feitos prisioneiros – ela redarguiu.

– Eu cumpri suas ordens.

– Você é tão literal às vezes, Duncan. Você quase me apavora. Mas se não tivesse agido assim, bem...

– Lady Jéssica está fora de perigo – ele informou. – E, pelo bem de Ghanima, devemos ser gratos...

– Sumamente gratos – ela concordou. Mas pensou: *Ele não é mais confiável. Tem aquela maldita lealdade Atreides. Preciso achar uma des-*

culpa para afastá-lo... e então mandar eliminá-lo. Um acidente, claro.

Ela o tocou no rosto.

Idaho forçou-se a corresponder à carícia tomando a mão de Alia e beijando-a.

– Duncan, Duncan, como tudo isso é triste – ela suspirou. – Mas não posso mantê-lo aqui comigo. Estão acontecendo muitas coisas e tenho pouquíssimas pessoas em quem confiar completamente.

Ele soltou a mão dela e esperou.

– Fui *forçada* a mandar Ghanima para Tabr – ela explicou. – Por aqui, as coisas estavam muito agitadas. Invasores da Terra Partida romperam os qanats na Bacia Kagga e espalharam toda a água na areia. Arrakina ficou com seu suprimento limitado. A Bacia ainda está cheia de trutas da areia, no entanto, coletando a água. Estão sendo vigiadas, é claro, mas nosso suprimento é muito pequeno.

Ele já tinha reparado como era pequeno o número de amazonas na guarda que vigiava o Forte. E pensou: *Os maquis do deserto interior continuarão sondando as defesas de Alia. Será que ela não sabe disso?*

– Tabr ainda é território neutro – ela prosseguiu. – Neste exato momento, estão acontecendo negociações por lá. Javid está lá com uma delegação do Clero. Mas eu queria que você fosse para Tabr para vigiá-los, especialmente vigiar Irulan.

– Ela é Corrino – ele concordou, mas viu nos olhos de Alia que ela o estava rejeitando. Como tinha se tornado transparente essa criatura-Alia!

Ela acenou com a mão.

– Vá agora, Duncan, antes que eu amoleça e fique com você aqui, ao meu lado. Senti tanto a sua falta...

– E eu senti a sua – ele confessou, permitindo que toda a dor pela perda dela fluísse em sua voz.

Ela olhou para ele, atônita com a tristeza dele. Então acrescentou:

– Por mim, Duncan. – E pensou: *Que pena, Duncan.* Mas concluiu: – Zia o levará a Tabr. Precisamos do tóptero aqui, de volta.

A amazona de estimação dela, Duncan pensou. *Com essa, preciso tomar cuidado.*

– Entendo – ele murmurou, tomando a mão dela mais uma vez para beijá-la. Ele olhou para aquela carne querida que um dia tinha sido a de sua Alia. Ele não conseguiu olhá-la nos olhos quando saiu. Era outra pessoa acompanhando-o por dentro daqueles olhos.

Quando ele chegou à plataforma no topo do Forte, Idaho percebeu a crescente sensação de perguntas sem resposta. O encontro com Alia tinha sido extremamente exigente para a parte Mentat dele que incessantemente ficava lendo os sinais. Ele aguardou ao lado do tóptero com uma das amazonas do Forte e lançou um olhar severo na direção sul. A imaginação se apossou de sua mirada e a levou mais além da Muralha-Escudo até Sietch Tabr. *Por que Zia está me levando a Tabr? Voltar com o tóptero é um serviço pífio. Por que a demora? Será que Zia está recebendo instruções especiais?*

Idaho observou a guarda no turno de vigia, subiu ao assento do piloto dentro do tóptero, inclinou-se para fora e falou:

– Diga a Alia que mandarei o tóptero imediatamente de volta com um dos homens de Stilgar.

E antes que a guarda pudesse protestar, ele fechou a porta e deu partida no aparelho. Ele pôde ver como ela ficara ali, indecisa. Quem poderia questionar o consorte de Alia? Ele estava no ar antes que ela tivesse conseguido decidir o que fazer.

Agora que estava sozinho no tóptero, ele permitiu que o sentimento de luto o invadisse por inteiro e pôde enfim se entregar a uma grande crise de choro convulsivo. Alia tinha morrido. Eles tinham se separado para sempre. Lágrimas escorriam de seus olhos tleilaxu, e ele murmurou:

– Que todas as águas de Duna escorram para a areia. Elas não serão maiores do que minhas lágrimas.

Esse, porém, era um excesso não Mentat, e ele o reconhecia como excesso mesmo e se forçou a recobrar a capacidade de um julgamento mais sóbrio sobre suas necessidades imediatas. O tóptero demandava sua atenção. As reações de manter o aparelho voando lhe proporcionaram um certo alívio e, mais uma vez, ele estava no controle de si mesmo.

Ghanima com Stilgar de novo. E Irulan.

Por que Zia tinha sido incumbida de acompanhá-lo? Ele se propôs essa questão dentro dos moldes Mentat e a resposta o deixou gelado: *Eu iria sofrer um acidente fatal.*

> **Esse santuário de pedra dedicado ao crânio de um governante não permite orações. Ele se tornou um túmulo para lamentações. Somente o vento ouve a voz deste lugar. Os gritos das criaturas da noite e os passantes se espantam com as duas luas e todos dizem que os dias dele chegaram ao fim. Nenhum suplicante mais vem. Os visitantes deixaram a festa. Como é desolado o caminho que vem até esta montanha.**
>
> **– Frases no santuário de um duque Atreides. Anônimo.**

Para Leto, a coisa tinha a enganadora aparência da simplicidade: evitar a visão, fazer aquilo que não tinha sido visto. Ele conhecia a armadilha em seu pensamento, vira como os fios informais de um futuro aprisionado se retorciam juntos uns sobre os outros até prenderem a pessoa firmemente, mas agora ele estava com os fios presos de modo diferente em sua mão. Ele não tinha se visto fugindo de Jacurutu em nenhum deles. O fio para Sabiha era o primeiro que devia ser cortado.

Agora, aos últimos raios da luz do dia, ele se acocorava na borda oriental da rocha que protegia Jacurutu. Seu fremkit continha tabletes de energia e alimento. Por ora, aguardava que suas forças voltassem. A oeste estendia-se o lago Azrak, a planície de gipsita que antigamente fora um corpo d'água, nos tempos de antes dos vermes. Invisível, a leste, estava Bene Sherk, uma área larga com novos assentamentos espalhados que se avizinhavam do *bled* ilimitado. Ao sul ficava Tanzerouft, a Terra do Terror: eram 38 mil quilômetros de terras estéreis, interrompidos somente por pequenos bolsões de dunas contidas por mato rasteiro e captadores de ventos para garantir a água – resultado da transformação ecológica que estava remodelando a paisagem de Arrakis. Eram mantidos por equipes enviadas por aeronaves, e ninguém ficava ali por muito tempo.

Irei para o sul, ele disse a si mesmo. *Gurney esperará que eu faça isso*. Aquele não era um momento para fazer algo completamente inesperado.

Logo ficaria escuro e ele poderia deixar seu esconderijo temporário. Ele contemplou a linha do horizonte ao sul. Havia o resquício sibilante de um céu ameaçador ao longo do horizonte, formando lá longe rolos que lembravam fumaça, uma linha ardente de poeira ondulante: uma tempestade. Ele prestou atenção no centro elevado da tempestade que se erguia desde a Grande Chã como um verme em busca de algo. Durante um minuto inteiro, ele prestou atenção nesse centro e viu que ele não se movia, nem para a direita, nem para a esquerda. O antigo ditado fremen saltitou na tela da sua mente: *Quando o centro não se mexe, você está no caminho dele.*

Aquela tempestade mudava tudo.

Por um instante, ele olhou para trás, na direção de Tabr, a oeste, sentindo a ilusória paz marrom-acinzentada do entardecer no deserto, percebendo a grande frigideira de gipsita rodeada por seixos arredondados pela erosão do vento, o desolado vazio com sua superfície irreal de um branco ofuscante que refletia as nuvens de poeira. Em nenhuma de suas visões ele se havia visto sobrevivendo à serpente cinzenta de uma tempestade-mãe, nem enterrado bem fundo na areia para sobreviver. Havia apenas a visão em que rolava com o vento... mas que isso seria mais tarde.

E uma tempestade estava ali adiante, serpenteando e ocupando muitos graus de latitude, fustigando o mundo até subjugá-lo. Podia ser arriscado. Havia histórias antigas, sempre ouvidas do amigo de um amigo, nas quais se podia prender um verme exausto, na superfície, enfiando um gancho de criador debaixo de um de seus amplos anéis e, depois de tê-lo imobilizado desse modo, enfrentar a tempestade à sua sombra, a sotavento. Era fina a distância entre a audácia e o completo abandono, descuidado e radical, que o tentava. Essa tempestade não chegaria ali antes da meia-noite, no mínimo. Havia tempo. Quantos fios podiam ser cortados ali? Todos, inclusive o derradeiro?

Gurney espera que eu vá para o sul, mas não em meio a uma tempestade.

Ele olhou em direção ao sul, buscando identificar algum caminho, e viu a pincelada de ébano traçada por uma garganta profunda que fluía adiante e se curvava através das rochas de Jacurutu. Ele enxergou cachos de areia no fundo da garganta, areia quimérica. Essa areia desembocava seus córregos altivos na planície como se fossem de água. O sabor saibroso da sede se pronunciou em sua boca quando ele colocou nos ombros o fremkit e se embrenhou no caminho que conduzia ao desfiladeiro. Ainda havia luz suficiente para que ele o enxergasse, mas ele sabia que era uma corrida contra o tempo.

Quando alcançou a boca do desfiladeiro, a rápida noite do deserto central se abateu sobre ele. Restou-lhe o amarelado *glissando* do luar para iluminar seu trajeto até Tanzerouft. Ele sentia seu coração batendo em ritmo acelerado, com todos os receios que lhe forneciam o rico acervo de suas reminiscências. Ele sentia que poderia estar entrando em huanui-naa, como o medo fremen costumava chamar a maior das tempestades: a Destilaria Fúnebre da Terra. Mas, fosse o que fosse que estava por vir, seria fora das visões. Cada passo dado o afastava mais e mais do *dhyana* induzido pela especiaria, aquela percepção expansiva de sua natureza intuitiva-criativa, com seu desdobramento na imóvel cadeia da causalidade. Para cada cem passos que ele dava agora, devia haver pelo menos um passo fora do caminho, além das palavras, mas forjando a comunhão com sua realidade interna recém-apreendida.

De um jeito ou de outro, meu pai, estou indo ao seu encontro.

Havia aves invisíveis nas rochas em torno dele, aves que se davam a conhecer pelos leves sons que emitiam. Ao estilo fremen, ele atentou para o eco que faziam para achar o caminho ali onde não enxergava nada. Muitas vezes, passando ao lado de recessos, ele identificava os malévolos olhos verdes de criaturas entocadas porque sabiam que uma tempestade se acercava.

Ele saiu do outro lado da garganta e entrou no deserto. A areia viva se movimentava e respirava embaixo dele, apontando a ação profunda e latente de fumarolas. Olhando para trás e para cima, viu os picos de lava de Jacurutu banhados pela lua. A estrutura toda era metamórfica e basicamente formada pela pressão de forças gigantescas. Arrakis ainda tinha algo a dizer quanto ao seu próprio futuro. Ele plantou seu martelador para chamar um verme e, quando o dispositivo começou a golpear a areia, Leto se posicionou para vigiar e ouvir. Inconscientemente, sua mão direita foi parar no anel Atreides com o gavião, escondido numa dobra amarrada por um nó de sua *dishdasha*. Gurney o havia encontrado, mas o deixara para trás. O que teria pensado, ao ver o anel de Paul?

Pai, espere por mim em breve.

O verme veio do sul. Fez um ângulo para evitar as rochas. Não era o verme tão grande que ele tinha desejado, mas isso não podia ser alterado. Ele dimensionou a passagem da criatura, plantou seus ganchos e escalou a lateral escamosa do bicho com uma apressada e rápida pisada em falso sobre o martelador, criando um borrifo sibilante de areia. O verme se contorceu facilmente sob a pressão de seus ganchos. O vento da passagem dele por ali começou a chicotear seu manto. Ele baixou o olhar na direção das estrelas ao sul, esmaecidas pela nuvem de poeira, e direcionou o verme naquele sentido.

Direto para a tempestade.

Quando a primeira lua subiu, Leto avaliou a altura da tempestade e alongou a previsão de sua chegada. Só com o nascer do dia. Estava se espalhando, acumulando mais energia para o grande salto. Haveria bastante trabalho para as equipes da transformação ecológica. Era como se por ali o planeta lutasse contra eles com sua fúria consciente, fúria que aumentava conforme a transformação ia ocupando mais terras.

A noite toda ele impeliu o verme para o sul, sentindo a reserva de suas energias nos movimentos que lhe eram transmitidos por seus pés. De vez em quando, ele deixava o animal pender para oeste, que era o que tentava fazer incessantemente, levado pelos invisíveis limites de seu território, ou por uma profunda percepção da tempestade que se aproximava. Os vermes se enterravam para escapar aos ventos que fustigavam tudo com areia, mas este não iria afundar embaixo do deserto enquanto os ganchos de criador segurassem seus anéis bem abertos.

Por volta da meia-noite, o verme estava dando sinais de exaustão. Leto voltou um pouco para seguir rente às grandes serras e conduzia-o sem piedade, deixando que ele seguisse mais devagar, embora sempre rumo ao sul.

A tempestade chegou pouco depois de nascer o dia. Primeiro, houve a extensa e nacarada imobilidade da aurora no deserto, empurrando as dunas umas contra as outras. Depois, a poeira que avançava obrigou-o a lacrar as abas do rosto. Na poeira cada vez mais grossa, o deserto se tornou um quadro pardacento e sem traços. Então as agulhadas de areia começaram a cortar-lhe as bochechas e a pinicar suas pálpebras. Ele sentiu a aspereza dos grãos em sua língua e soube que tinha chegado o momento da decisão. Deveria se arriscar, inspirado pelas antigas histórias, e imobilizar o verme praticamente esgotado? Foi preciso menos do que um batimento do seu coração para ele deixar essa opção de lado, e chegar até o rabo do animal, de onde extraiu seus ganchos. Mal se movimentando agora, o verme começou a cavar. Mas o excesso de batidas rítmicas do sistema de transferência de calor da criatura ainda chegaram a produzir um ciclone tórrido atrás dele, em meio à tempestade. Desde as primeiras histórias que lhes contavam, as crianças fremen aprendiam como era perigoso ficar perto da cauda de um verme. Os vermes eram fábricas de oxigênio. O fogo ardia descontroladamente quando eles passavam, alimentado pelas exuberantes exalações de suas adaptações químicas à fricção no interior de seu organismo.

A areia começou a fustigar os pés de Leto. Ele soltou seus ganchos e deu um salto amplo a fim de evitar a fornalha da cauda em movimento. Tudo agora dependia de afundar sob a areia no local em que o verme a havia deixado solta.

Agarrando a ferramenta de compactação estática com a mão esquerda, ele cavou um sulco na face móvel da duna, sabendo que o verme estaria exausto demais para se virar e engoli-lo com sua imensa boca branca e cor de laranja. Enquanto cavava com a mão esquerda, a direita lidava para tirar a tendestiladora de dentro do fremkit, deixando-a preparada para ser inflada. Tudo ficou pronto em menos de um minuto. A tenda estava montada num bolsão de areia compactada como uma parede, na face a sotavento da duna. Ele encheu a tenda e rastejou para dentro dela. Antes de lacrar a estreita abertura, ele estendeu a mão com a ferramenta de compactação e inverteu seu funcionamento. A face móvel da duna veio escorregando e cobriu a tenda. Somente uns poucos grãos de areia entraram quando ele lacrou o lacre-esfíncter.

Agora, ele tinha de agir ainda mais depressa. Nenhum respirarenador poderia chegar a subir o suficiente para assegurar-lhe o suprimento de ar respirável. Aquela era uma tempestade monstruosa, da espécie que deixava poucos sobreviventes. Cobriria aquele lugar com muitas toneladas de areia. Somente a macia bolha da tendestiladora com seu invólucro externo compactado poderia protegê-lo.

Leto se estendeu de costas em todo o seu comprimento com as mãos cruzadas sobre o peito e se induziu um transe para dormir em que seus pulmões só se movimentariam uma vez a cada hora. Com isso ele se rendeu ao desconhecido. A tempestade passaria e, se não expusesse esse frágil bolsão, talvez pudesse emergir... ou talvez entrasse em *Madinat assalam*, a Morada da Paz. O que quer que acontecesse, ele sabia que devia romper os fios, um a um, até que ao final só lhe restasse o Caminho Dourado. Era isso ou ele não conseguiria retornar ao califado dos herdeiros de seu pai. Ele não viveria mais a mentira daquele *Desposyni*, aquele califado terrível, adorando o demiurgo de seu pai. Ele não mais se calaria quando um sacerdote pronunciasse absurdos ofensivos: *A dagacris dele dissolverá os demônios!*

Tendo firmado esse compromisso, a percepção de Leto se fundiu com a teia atemporal do *dao*.

> **Existem óbvias influências de nível superior em todo sistema planetário. Isso em geral é demonstrado introduzindo-se a vida terraformada em planetas recém-descobertos. Em todos os casos desse tipo, a vida em zonas similares desenvolve semelhanças notáveis entre as formas adaptadas. Essas formas significam muito mais do que matéria configurada; elas conotam uma organização para a sobrevivência e um relacionamento entre essas organizações. A busca humana por essa ordem interdependente e nosso nicho dentro dela representam uma profunda necessidade. No entanto, essa busca pode ser pervertida e se tornar um apego conservador à mesmice. Isso sempre se provou fatal para o sistema inteiro.**
>
> – A catástrofe de Duna,
> segundo Harq al-Ada

– Meu filho não viu realmente *o futuro*; ele viu o processo de criação e sua relação com os mitos em cujo seio os homens dormem – Jéssica explicou. Ela falava rapidamente, mas sem dar a impressão de que estava apressando a questão. Ela sabia que os observadores escondidos dariam um jeito de interromper assim que identificassem o que ela estava fazendo.

Farad'n estava sentado num retângulo de luz no chão, recortado pela luz da tarde que coava em ângulo inclinado através da janela atrás dele. Jéssica só podia enxergar a copa de uma árvore no jardim de trás quando olhou para a parede oposta à posição que ocupava, em pé, naquele momento. Ela via à sua frente um novo Farad'n; mais magro, mais forte. Os meses de treinamento tinham operado sua inevitável magia nele. Os olhos dele cintilaram quando ele olhou para ela.

– Ele viu as configurações de matéria que as forças existentes iriam criar a menos que fossem desviadas – Jéssica continuou. – Em vez de se voltar contra seus semelhantes, ele se voltou contra si mesmo e se recusou a aceitar somente aquilo que o confortava porque isso seria covardia moral.

Farad'n tinha aprendido a ouvir em silêncio, testando, sondando, contendo as perguntas até as ter aperfeiçoado e tornado um gume afiado. Ela falara sobre a visão Bene Gesserit da memória molecular, expressa como ritual, e, muito naturalmente, tinha se desviado para a descrição da maneira usada pela Irmandade para analisar Paul Muad'Dib. Farad'n, todavia, percebeu um jogo de luz e sombras em suas palavras e atitudes, uma espécie de projeção de formas inconscientes que destoavam da intenção manifesta de seus comentários.

– De todas as nossas observações, essa é a mais importante – ela havia dito. – A vida é uma máscara através da qual o universo se manifesta. Supomos que a humanidade inteira e suas formas de sustentação da vida representam uma comunidade *natural* e que o destino de toda a vida está em jogo no destino do indivíduo. Assim, quando se trata daquele autoexame absoluto, o *amor fati*, paramos de brincar de deus e voltamos a ensinar. Sob pressão, escolhemos indivíduos e os tornamos tão livres quanto nos é possível.

Agora ele percebia aonde ela teria de estar indo, sabendo o efeito que esse encaminhamento da situação teria naqueles que observavam escondidos. Farad'n absteve-se de dar uma rápida olhada de apreensão à porta. Somente um olhar treinado poderia ter detectado esse seu momentâneo desequilíbrio, mas Jéssica o captou e sorriu. Afinal de contas, um sorriso podia significar muitas coisas.

– Esta é uma espécie de cerimônia de graduação – ela comunicou. – Estou muito satisfeita com você, Farad'n. Queira ficar em pé, por favor.

Ele obedeceu e, com isso, tapou a visão da copa da árvore que tivera através da janela atrás dele.

Jéssica manteve os braços rigidamente colados ao corpo enquanto pronunciou:

– Estou incumbida de dizer isto a você. "Estou diante da presença humana sagrada. Assim como eu faço agora, um dia você também o fará. Rezo para a sua presença para que assim seja. O futuro continua incerto e assim deve ser, pois é a tela na qual pintamos os nossos desejos. Desse modo, a condição humana sempre tem à frente uma tela maravilhosamente vazia. De nosso, temos somente este momento no qual nos dedicamos continuamente à presença sagrada que compartilhamos e criamos".

Quando Jéssica terminou de falar, Tyekanik entrou pela porta à esquerda, andando com uma falsa informalidade que o desdém em sua fisionomia contradizia.

– Meu senhor – ele interrompeu.

Mas já era tarde demais. As palavras de Jéssica e todos os preparativos que tinham sido feitos antes haviam surtido o efeito. Farad'n não era mais Corrino. Agora, ele era Bene Gesserit.

> O que vocês, do diretório da CHOAM, parecem incapazes de entender é que raramente vocês encontram lealdades reais no comércio. Quando foi a última vez que vocês ouviram falar de um funcionário dando a vida por sua empresa? Talvez sua deficiência esteja no falso pressuposto de que vocês podem mandar os homens pensarem e cooperarem. Esse tem sido o fracasso de tudo, de religiões aos estados maiores, ao largo de toda a história. Os estados maiores exibem um longo histórico de destruir suas próprias nações. Quanto às religiões, recomendo que releiam Santo Tomás de Aquino. Quanto a vocês da CHOAM, em quantos absurdos acreditam! Os homens precisam querer fazer as coisas, movidos por seus mais profundos interesses. As pessoas, e não as organizações comerciais ou cadeias de comando, são o que fazem funcionar as grandes civilizações. Toda civilização depende da qualidade dos indivíduos que ela produz. Se você superorganiza os homens, se você os superlegaliza, estará assim suprimindo sua ânsia de construir a própria grandeza: então, os homens não conseguem trabalhar e sua civilização entra em colapso.
>
> - Carta à CHOAM, atribuída ao Pregador

Leto saiu do transe numa transição tranquila que não definiu limites entre um estado e outro. Um nível de sua percepção simplesmente migrou para o outro.

Ele sabia onde estava. A recuperação da energia o inundou de cima a baixo, mas ele percebeu que havia outra mensagem proveniente da atmosfera quase cadavérica dentro da tendestiladora cujo ar agora já não tinha oxigênio. Se ele se recusasse a se mexer, sabia que permaneceria preso numa teia atemporal, no *agora* eterno em que todos os eventos coexistiam. Essa perspectiva o deixou interessado. Ele entendia o Tempo como uma convenção moldada pela mente coletiva de todos os sencientes. Tempo e Espaço eram categorias impostas ao universo por sua Mente. Ele tinha apenas de se desvencilhar da multiplicidade para a qual as visões da presciência o atraíam. Uma seleção audaciosa poderia mudar os futuros provisórios.

E que audácia era exigida nesse momento?

O estado de transe o seduzia. Leto sentiu que tinha vindo do *alam al-mythal* para o universo da realidade, e então percebera que ambos são idênticos. Ele queria manter a magia rihani dessa revelação, mas a sobrevivência impunha que ele tomasse decisões. Seu implacável apetite pela vida disparou sinais através de sua malha neural.

Abruptamente, ele estendeu a mão direita para o lugar em que tinha deixado o instrumento de compactação de areia. Ele o segurou, rolou-o sobre seu estômago e abriu uma fenda no esfíncter da tenda. Um bolsão de areia escorreu sobre sua mão. Trabalhando no escuro, instigado pelo ar viciado, ele agia com rapidez e cavava um túnel para cima, em ângulo muito inclinado. Ele percorreu uma distância equivalente a seis vezes a sua própria altura antes de emergir no escuro e ao ar fresco. Quando saiu de uma vez de seu casulo, viu-se ao luar e na face de frente para o vento de uma duna longa e sinuosa, mais ou menos a um terço da crista dessa elevação.

Era a segunda lua lá no alto. Ela passou depressa no arco do céu acima dele, sumindo atrás da duna, com as estrelas que estavam espalhadas sobre ele como pedras fulgurantes ao lado de um caminho. Leto tentou localizar a constelação do Peregrino, encontrou e deixou que seus olhos seguissem o braço estendido até o brilho cintilante de Foum al-Hout, a estrela polar do sul.

Aí está o seu maldito universo para você!, ele pensou. Visto de perto, era um lugar opressivo como a areia por toda parte à sua volta, um lugar de mudanças, de singularidades sobrepondo mais singularidades. Visto de longe, somente os padrões se tornavam revelados e esses padrões tentavam a pessoa a crer em absolutos.

Nos absolutos podemos perder nosso rumo. Isso o fez pensar no familiar aviso de uma máxima fremen: "Aquele que perde seu caminho no Tanzerouft perde sua vida". Os padrões podiam guiar e podiam aprisionar. Era preciso lembrar que os padrões mudam.

Ele respirou fundo e se mexeu para entrar em ação. Deslizando de volta por dentro da passagem, ele desmontou a tenda, trouxe-a para fora e tornou a fechar o fremkit.

Um clarão cor de vinho começou a despontar no horizonte a leste. Ele colocou a mochila nas costas, escalou a duna até o topo e ficou em pé ali, sentindo a friagem do ar de antes do amanhecer, até que o sol em ascensão lhe trouxe uma sensação de calor no lado direito do rosto. Para reduzir o reflexo do sol, Leto tingiu as pálpebras, sabendo que devia seduzir o deserto agora, e não lutar contra ele. Depois de recolocar o pigmento de volta na mochila, ele bebericou algumas gotas de seus tubos coletores, engoliu-as e então inspirou.

Caindo de volta na areia, ele começou a investigar seu trajestilador, até chegar às bombas movidas pelo calcanhar. Elas tinham sido caprichosamente cortadas com uma faca muito fina. Ele despiu o traje e o consertou, mas o estrago já tinha sido feito. Pelo menos metade da água do seu corpo estava perdida. Se não fosse pela captura do trajestilador... Ele refletiu um pouco sobre isso ao colocar o traje, pensando como era estranho que ele não tivesse previsto essa possibilidade. Este era um óbvio perigo de um futuro desprovido de visões.

Leto se agachou na crista da duna e então colou seu corpo à solidão extrema daquele lugar. Deixou que seus olhos vagassem a esmo, olhando para detalhes na areia em busca de alguma abertura sibilante, de alguma irregularidade na superfície que pudesse indicar a atividade de um verme. Mas a tempestade tinha imprimido sua uniformidade à areia. Nesse momento, ele tirou um martelador de dentro do kit, armou o instrumento e o disparou girando para chamar Shai-hulud para que subisse das profundezas. Então se preparou para esperar.

O verme demorou bastante para aparecer. Ele ouviu a criatura antes de a ver, virou para o leste de onde procedia o sussurrante tremor de terra que fazia o ar vibrar e esperou pelo primeiro vislumbre de laranja da boca que emergia de dentro da areia. O verme se levantou desde lá debaixo emitindo um silvo gigantesco de poeira que obscureceu seus flancos. A parede cinzenta recurvada passou rastejando por Leto e ele então firmou seus ganchos, subindo pelo lado do verme com passos ágeis. Girou-o para o sul, traçando uma grande curva na areia.

Filhos de Duna

Instigado pelos ganchos de montaria, o verme aumentou a velocidade de seu deslocamento. O vento chicoteava o manto de Leto contra seu corpo. Ele mesmo se sentia tão espicaçado quanto o verme, percebendo uma intensa corrente de criação em suas virilhas. Cada planeta tinha seu próprio período e cada vida também, foi o que pensou.

Aquele verme era do tipo que os fremen chamavam de "resmungão". Várias vezes ele enterrava os segmentos dianteiros da carapaça enquanto a cauda estava dando a direção. Isso gerava sons retumbantes e fazia com que parte de seu corpo se erguesse totalmente da areia formando uma corcova móvel. Apesar disso, esse era um verme rápido, e, quando seguiam a favor do vento, a exalação escaldante de sua cauda emitia uma brisa quente que o envolvia, repleta de odores acres levados pelo frescor do oxigênio.

Enquanto o verme disparava rumo ao sul, Leto deixou sua mente correr solta. Tentou pensar que essa passagem era uma nova cerimônia para sua vida, cerimônia que não lhe pedia que pensasse no custo que teria de arcar se seguisse o Caminho Dourado. Como os antigos fremen, ele sabia que teria de adotar muitas novas cerimônias para impedir que sua personalidade se dividisse em suas partes de memória, para manter sob custódia permanente os caçadores carniceiros de sua própria alma. Imagens contraditórias, que nunca poderiam ser unificadas, devem agora ser enquistadas numa tensão vibrante, criando forças polarizantes que o mobilizariam internamente.

Sempre uma novidade, ele pensou. *Devo sempre buscar os novos fios a partir de minha visão.*

No início da tarde, sua atenção foi capturada por uma protuberância à frente e um pouco à direita do rumo em que seguia. Lentamente, a protuberância se tornou um ressalto estreito, um afloramento de rocha precisamente onde ele tinha esperado.

Agora, Namri... agora, Sabiha, vejamos como seus irmãos recebem a minha presença, ele pensou. Esse era um dos fios mais delicados que tinha pela frente, perigoso mais por seus atrativos do que por suas ameaças ostensivas.

O ressalto ficou mudando suas dimensões por um longo tempo e, por alguns momentos, parecia estar se aproximando de Leto, em vez de ele estar chegando mais perto.

Demonstrando cansaço, agora, o verme começou a se desviar para a esquerda. Leto desceu pelas laterais imensas para reajustar seus ganchos e manter o gigante no rumo certo. A doce pungência do mélange lhe chegou às narinas, um sinal de um veio rico. Passaram pelas manchas leprosas de areia cor de violeta onde um afloramento de especiaria tinha irrompido, e ele segurou as rédeas do verme com firmeza até terem ultrapassado o veio. A brisa, recendendo ao aroma acentuado da canela, perseguiu-o por algum tempo até que Leto encaminhou o verme num novo curso, em rumo direto ao ressalto que emergia na paisagem.

Repentinamente, faiscaram cores distantes no *bled* ao sul: o relampejar imprevidente tal arco-íris, emitido por um artefato feito pelo homem, naquela imensidão. Ele pegou o binóculo, focalizou as lentes a óleo e, ao longe, divisou as asas desfraldadas de um batedor de especiaria faiscando à luz do dia. Embaixo dele, uma grande colheitadeira descartava suas asas como uma crisálida antes de se desmontar e despencar. Quando Leto baixou o binóculo, a colheitadeira tinha se tornado um cisquinho e ele se viu tomado pela *hadhdhab*, a onipresente imensidão do deserto. Ela lhe disse como aqueles coletores de especiaria o estariam vendo – um objeto escuro entre o céu e o deserto, ou seja, o símbolo fremen para *homem*. Naturalmente eles o veriam e tomariam cuidado. Esperariam. Os fremen sempre desconfiavam uns dos outros no deserto, até que reconhecessem o recém-chegado ou vissem com certeza que ele não representava nenhuma ameaça. Mesmo no âmbito da requintada pátina da civilização imperial com suas regras sofisticadas, eles continuavam sendo selvagens semidomesticados, perpetuamente cientes de que a dagacris se dissolvia com a morte de seu dono.

É isso que pode nos salvar, Leto pensou. *Essa selvageria.*

Ao longe, o rastreador de especiaria enveredou para a direita e depois para a esquerda, o que era um sinal para o chão. Ele imaginou que os ocupantes do aparelho que esquadrinhava o deserto atrás dele esperavam um sinal de que ele seria mais do que um cavaleiro solitário montado num único verme.

Leto conduziu o verme para a esquerda e assim o manteve até ter invertido seu rumo. Então desceu pela lateral da criatura e saltou, afastando-se dela. O verme, livre do atiçador, ficou arfando rente à superfície por alguns instantes e depois afundou a terça parte anterior do seu corpo e ficou ali prostrado, se recuperando, num claro indício de que tinha sido usado em demasia.

Leto se afastou do verme; por ora, ele permaneceria onde estava. O batedor estava voando em círculos sobre o rastejador, ainda emitindo sinais com as asas. Aqueles certamente eram renegados pagos pelos contrabandistas, cuidadosos quando se tratava de comunicações eletrônicas. Os caçadores estariam lá buscando especiaria. Essa era a mensagem que vinha da presença do rastejador.

O batedor deu mais uma volta, mergulhou as asas e saiu do círculo para entrar num curso que vinha diretamente na direção de Leto. Ele reconheceu que o aparelho era do tipo dos tópteros leves que seu avô tinha introduzido em Arrakis. O aparelho o sobrevoou uma vez, seguiu na direção da duna onde ele tinha parado e se posicionou para aterrissar contra a brisa. Desceu a dez metros dele, atiçando uma nuvem de pó. A porta lateral rangeu e abriu o suficiente para dar passagem a uma única pessoa usando um pesado manto fremen com o símbolo de uma lança no peito direito.

O fremen se acercou devagar, dando a ambos tempo suficiente para se estudarem mutuamente. O homem era alto e tinha olhos totalmente em índigo dos usuários da especiaria. Sua máscara no trajestilador ocultava a parte inferior de seu rosto e o capuz tinha sido puxado bem para a frente a fim de proteger sua testa. O movimento do manto revelou uma mão que segurava uma pistola maula, sob uma dobra.

O homem se deteve a dois passos de Leto, desceu o olhar para vê-lo e expressou sua surpresa nas rugas que se formaram em torno dos próprios olhos.

– Boa sorte para todos nós – disse Leto.

O homem olhou em torno, em cada quadrante, esquadrinhando o vazio, e então tornou a prestar atenção em Leto:

– O que faz aqui, criança? – ele perguntou. A voz dele vinha abafada por causa da máscara do trajestilador. – Está tentando ser uma rolha no buraco de um verme?

Mais uma vez, Leto usou a fórmula fremen tradicional:

– O deserto é a minha casa.

– Wenn? – o homem quis saber. *Para que lado vai?*

– Venho de Jacurutu e vou para o sul.

Uma risada abrupta explodiu do homem.

– Ora, Batigh! Você é a coisa mais esquisita que já vi no Tanzerouft.

– Não sou seu Pequeno Melão – Leto objetou, respondendo a *Batigh*. Esse era um rótulo com terríveis insinuações. O Pequeno Melão nos confins do deserto oferecia sua água a quem o encontrasse.

– Não vamos beber você, Batigh – o homem assegurou. – Sou Muriz. Sou o arifa deste taif. – Com um aceno da cabeça, ele indicou o movimento do rastejador de especiaria ao longe.

Leto notou que o homem tinha se referido como o juiz de seu grupo e chamara os outros de *taif*, que era o bando ou uma companhia. Eles não eram *ichwan*, não eram um grupo de irmãos. Renegados mercenários, sem dúvida. Ali estava o fio de que ele precisava.

Quando Leto continuou calado, Muriz perguntou:

– Você tem nome?

– "Batigh" serve.

Muriz se sacudiu com uma risadinha contida.

– Você não me disse o que faz por aqui.

– Estou procurando as pegadas de um verme – Leto respondeu, usando a frase religiosa que significava que ele estava num hajj em busca do próprio *umma*, quer dizer, sua revelação pessoal.

– Alguém tão jovem? – Muriz questionou. Ele balançou a cabeça. – Não sei o que fazer com você. Você nos viu.

– O que eu vi? – Leto perguntou. – Falei de Jacurutu e você não me deu resposta.

– Jogo de adivinhas – Muriz resmungou. – O que é isso, então? – E ele moveu a cabeça na direção do ressalto distante.

Leto falou com base em sua visão:

– Somente Shuloch.

Muriz se empertigou, e Leto sentiu sua pulsação acelerando.

Seguiu-se um demorado silêncio, e Leto pôde ver que o homem debatia e descartava diversas respostas. *Shuloch!* Nos calmos momentos de contação de histórias após uma refeição no sietch, as que versavam sobre Shuloch e seu caravançará eram repetidas muitas vezes. Os ouvintes sempre imaginavam que Shuloch era somente um mito, um lugar para coisas interessantes acontecerem e só para manter a história cativante. Leto se lembrou de uma dessas: um menino extraviado tinha sido encontrado na beira do deserto e levado para um sietch. No início, ele se recusava a responder aos seus salvadores, mas depois, quando ele começou a falar, ninguém conseguiu entender o que ele dizia. Os dias iam passando e ele continuava distante, recusando-se a se vestir ou a cooperar de qualquer modo que fosse. Toda vez que o deixavam sozinho, ele fazia estranhos movimentos com as mãos. Todos os especialistas no sietch foram convocados para estudar aquele menino perdido, mas não chegavam a nada. Então, uma mulher muito velha passou pela porta, viu os movimentos das mãos da criança e riu. "Ele apenas está imitando o pai que enrola as fibras da especiaria para fazer uma corda", ela explicou. "É assim que eles ainda fazem em Shuloch. Ele só está tentando se sentir menos sozinho." Moral da história: *Nos antigos costumes de Shuloch há segurança e a sensação de pertencer à trama dourada da vida.*

Como Muriz continuava calado, Leto prosseguiu:

– Eu sou o menino extraviado de Shuloch que só sabe mexer as mãos.

No rápido movimento que o homem fez com a cabeça, Leto depreendeu que Muriz conhecia essa história. Ele respondeu lentamente, com a voz baixa e cheia de ameaça:

– Você é humano?

– Tão humano quanto você – Leto rebateu.

– Você fala de um jeito muito esquisito para uma criança. Lembro a você que sou juiz e que posso corresponder ao *taqwa*.

Ah, sim, Leto pensou. Na boca de um juiz daqueles, *taqwa* representava uma ameaça imediata. *Taqwa* era o medo invocado pela presença de um demônio, uma crença muito real entre os fremen mais velhos. O arifa conhecia como abater um demônio e sempre era escolhido "porque tem o conhecimento para ser impiedoso sem ser cruel, para saber quando a bondade é, inclusive, a maneira de praticar a maior crueldade".

Mas aquela situação tinha chegado ao ponto que Leto queria, e ele disse:

– Posso me submeter ao *Mashhad*.

– Eu serei o juiz de qualquer prova espiritual – declarou Muriz. – Você aceita isso?

– Bi-la kaifa – disse Leto. *Sem ressalvas.*

Uma expressão astuciosa revestiu o rosto de Muriz. Ele murmurou:

– Não sei por que permito isso. Seria melhor acabar com você de imediato, mas você é um pequeno Batigh e tive um filho que morreu. Venha, vamos até Shuloch e vou me reunir com o Isnad para tomar uma decisão a respeito do que fazer com você.

Leto, percebendo como cada trejeito daquele homem denunciava uma decisão letal, perguntou-se se alguém se deixaria enganar quanto a isso. E então disse:

– Eu sei que Shuloch é Ahl as-sunna wal-jamas.

– O que uma criança sabe do mundo real? – perguntou Muriz, indicando que Leto deveria entrar primeiro no tóptero.

Leto obedeceu, mas ouviu cuidadosamente o ruído dos passos do fremen.

– O jeito mais seguro de guardar um segredo é fazer as pessoas acreditarem que elas já sabem a resposta – redarguiu Leto. – As pessoas não fazem perguntas nesse caso. Foi inteligente da parte de vocês, banidos de Jacurutu. Quem iria acreditar que Shuloch, o mítico lugar das histórias, é real? E também muito conveniente para os contrabandistas ou qualquer outro que queira entrar em Duna.

Os passos de Muriz cessaram. Leto virou de costas para a lateral do tóptero, com a asa à sua esquerda.

Muriz estava a meio passo de distância, com a mão na pistola maula estendida apontando diretamente para Leto.

– Então você não é uma criança – ele acusou. – Um maldito anão veio para nos espionar! Achei que você falava com sabedoria excessiva para uma criança, mas você falou demais e muito antes da hora.

– Mas não o suficiente – Leto respondeu. – Sou Leto, filho de Paul Muad'Dib. Se você me matar, você e o seu povo afundarão nas areias. Se me poupar a vida, eu o conduzirei à grandeza.

– Não faça seus joguinhos comigo, anão – Muriz desdenhou. – Leto está no Jacurutu real de onde você disse... – e ele engasgou. A arma tinha abaixado um pouco quando sua testa franziu, demonstrando como estava aturdido. Ele contraiu os olhos.

Era justamente a hesitação que Leto esperava. Ele deu todas as indicações musculares de que faria um movimento para a esquerda, mas, desviando seu corpo somente um milímetro, levou a pistola do fremen a balançar freneticamente na direção da beirada da asa. A maula voou da mão dele e, antes que ele pudesse se recuperar, Leto estava ao lado dele com a dagacris do próprio Muriz espetando-lhe as costas.

— A ponta está envenenada — Leto avisou. — Diga ao seu amigo dentro do tóptero que fique exatamente onde está, sem se mexer por nada, caso contrário, serei obrigado a matar você.

Muriz, protegendo a mão machucada, balançou a cabeça para o camarada que estava dentro do aparelho e disse:

— Meu companheiro, Behaleth, ouviu você e ficará tão imóvel quanto uma rocha.

Sabendo que tinha pouquíssimo tempo antes que os dois bolassem um plano de ação ou que os amigos deles aparecessem para saber o que estava acontecendo, Leto prosseguiu sem perda de tempo:

— Muriz, você precisa de mim. Sem mim, os vermes e a especiaria deles desaparecerão de Duna. — Ele podia sentir o fremen endurecer.

— Mas como você sabe de Shuloch? — Muriz indagou. — Eu sei que em Jacurutu eles não falaram nada a esse respeito.

— Então você reconhece que sou Leto Atreides?

— E quem mais você poderia ser? Mas como é que...

— Porque você está aqui — Leto explicou. — Shuloch existe, portanto o resto é mera simplicidade. Vocês são os Banidos que escaparam quando Jacurutu foi destruído. Vi o sinal em suas asas, portanto você não usa nenhum dispositivo cujo som possa ser captado a distância. Você colhe especiaria, portanto negocia. Você só poderia negociar com os contrabandistas. Você é um contrabandista, mas também é fremen. Você deve ser de Shuloch.

— Por que você me provocou a tentação de matá-lo de imediato?

— Porque você teria me matado de todo modo quando estivéssemos de volta em Shuloch.

Uma violenta rigidez tomou conta do corpo de Muriz.

— Cuidado, Muriz — Leto aconselhou. — Eu conheço você. Foi em sua história que você ficou com a água de viajantes desavisados. Atualmente, esse se tornou um ritual comum entre vocês. De que outro modo poderiam calar aqueles que tivessem topado com vocês por acaso? De que outro modo manter o segredo? Batigh! Você me seduz com apelidos gentis e palavras cordiais. Por que desperdiçar a minha água na areia? E se eu fosse dado como perdido, assim como tantos outros, bom, o Tanzerouft me engoliu.

Muriz fez o sinal dos *Cornos-do-Verme* com a mão direita para se proteger da rihani que as palavras de Leto convocavam. E Leto, sabendo como os fremen mais velhos desconfiavam dos Mentat e de qualquer coisa que lhes parecesse uma exibição de lógica levada às últimas consequências, disfarçou um sorriso.

– Namri nos falou de Jacurutu – Muriz concluiu. – Vou pegar a água dele quando...

– A única coisa que você vai pegar é areia vazia se continuar bancando o idiota – Leto disse. – Muriz, o que você vai fazer quando Duna inteiro tiver se tornado uma massa de grama verde, árvores e água corrente?

– Isso jamais acontecerá!

– Já está acontecendo bem debaixo do seu nariz.

Leto ouviu Muriz ranger os dentes de ira e frustração. Então o homem grunhiu:

– E como você impediria que isso acontecesse?

– Eu conheço o plano inteiro da transformação – Leto argumentou. – Conheço cada fraqueza dele e cada ponto forte. Sem mim, Shai-hulud desaparecerá para sempre.

Com um tom de esperteza na voz, Muriz perguntou:

– Bem, por que discutir isso aqui? Estamos num impasse. Você tem sua faca. Poderia me matar, mas Behaleth atiraria em você.

– Não antes que eu pegasse a sua pistola, Muriz – Leto apontou. – Então eu tomaria o tóptero. Sim, eu sei pilotar.

Uma careta desdenhosa vincou a testa do fremen sob o capuz.

– E se você não é quem diz ser?

– Será que meu pai não me reconhecerá?

– Ah – suspirou Muriz. – Então foi assim que você aprendeu, é? Mas... – ele se interrompeu e balançou a cabeça. – Meu próprio filho é o guia dele. Ele diz que vocês dois nunca... como seria possível...

– Então vocês não acreditam que Muad'Dib lê o futuro – Leto acusou.

– Claro que acreditamos! Mas ele fala que ele mesmo... – e novamente Muriz se calou.

– E você pensou que ele não tinha percebido sua desconfiança – Leto sugeriu. – Cheguei a este lugar no momento exato para conhecê-lo, Muriz. Sei tudo a seu respeito porque *vi* você... e seu filho. Eu sei como vocês se acham seguros e como escarnecem de Muad'Dib, como conspiraram para proteger seu pequeno nicho no deserto. Mas sem mim, Muriz, esse seu pequeno nicho no deserto está condenado. Perdido de maneira irrecuperável. As coisas foram longe demais aqui, em Duna. Meu pai quase esgotou a visão e agora vocês só podem recorrer a mim.

— Aquele cego... — Muriz parou e engoliu em seco.

— Em breve ele voltará de Arrakina — Leto afirmou —, e então veremos se ele é cego mesmo e quanto. Quando foi que vocês se afastaram dos costumes fremen, Muriz?

— O quê?

— Ele está *wadquiyas* com vocês. Seu povo o encontrou sozinho no deserto e o trouxe a Shuloch. Que rica descoberta ele foi! Mais rica do que um veio de especiaria. *Wadquiyas!* Ele viveu entre vocês. A água dele se misturou à água da sua tribo. Ele faz parte do seu Rio Espiritual. — Leto empurrou a dagacris contra o manto de Muriz. — Cuidado, Muriz. — Leto ergueu a mão esquerda, soltou a aba do rosto do fremen e a deixou cair.

Sabendo o que Leto planejava, Muriz perguntou:

— Aonde iria se matasse nós dois?

— De volta a Jacurutu.

Leto pressionou a parte carnuda do seu polegar contra a boca de Muriz.

— Morda e beba, Muriz. Isso, ou morra.

Muriz hesitou e então mordeu com crueldade o dedo de Leto.

Leto acompanhou a movimentação da garganta do homem, viu-a convulsionar e engolir, afastou a faca e devolveu-a.

— *Wadquiyas* — Leto declarou. — Devo ofender a tribo antes de vocês poderem pegar a minha água.

Muriz aquiesceu.

— Sua pistola está ali — Leto apontou com o queixo.

— Você confia em mim, agora? — Muriz perguntou.

— De que outro modo posso viver com os Banidos?

Mais uma vez, Leto reconheceu a expressão astuciosa nos olhos de Muriz, mas dessa vez tinha a qualidade de uma mensuração, de uma avaliação pesando o equilíbrio de forças. O homem se afastou com uma brusquidão que comunicava a vibração de decisões sigilosas, e recuperou sua pistola. Então, voltou para o degrau de acesso à asa.

— Venha, já nos demoramos demais no covil do verme.

> **O futuro da presciência não pode ficar sempre trancado nas regras do passado. Os fios da existência se emaranham segundo muitas leis desconhecidas. O futuro presciente insiste em suas próprias regras. Ele não se resignará a ordenações ditadas pelos zen-sunitas nem pela ciência. A presciência constrói uma integridade relativa. Ela exige o trabalho deste instante, sempre alertando que não se pode entremear cada fio na trama do passado.**
>
> **– Kalima: Palavras de Muad'Dib**
> **Comentário de Shuloch**

Muriz levou o ornitóptero até sobrevoar Shuloch com a facilidade ditada pela experiência. Sentado ao lado dele, Leto sentia a presença armada de Behaleth atrás de si. Tudo agora era uma questão de confiança e do delgado fio de sua visão ao qual se apegava. Se isso desse errado, *Allahu akbahr*. Às vezes, era o caso de se submeter a uma ordem mais elevada.

O ressalto de Shuloch era impressionante nesse deserto. Sua presença não identificada ali sinalizava a ação de muitos subornos e muitas mortes, de muitos amigos nos altos escalões. Leto pôde enxergar que o centro de Shuloch era uma caldeira murada por paredões com desfiladeiros que se entrecruzavam e avançavam lá para dentro. Densas moitas de ervas e vegetação rasteira ladeavam as bordas inferiores desses desfiladeiros com um anel interior de palmeiras-de-leques, indicando a abundância de água que havia por ali. Construções precárias de fibra de especiaria e plantas variadas tinham sido erguidas em torno das palmeiras. Essas edificações eram como botões verdes espalhados pela areia. Ali viviam os banidos pelos Banidos, os que não podiam descer mais, exceto para a morte.

Muriz aterrissou na caldeira perto da base de um dos desfiladeiros. Uma única estrutura se erguia na areia diretamente à frente do tóptero: uma cobertura de cipó-do-deserto e folhas de bejato, todas alinhadas com trama de especiaria fundida ao calor. Era a réplica viva das primeiras tendestiladoras provisórias e denunciava a degradação em que viviam alguns moradores de Shuloch. Leto sabia que aquele lugar vazaria umidade e estaria cheio de predadores noturnos vindos das moitas próximas. Então, era assim que seu pai tinha vivido. E pobre Sabiha. Aqui seria seu castigo.

Por ordem de Muriz, Leto saltou do tóptero e caiu na areia, andando em seguida na direção da cabana. Pôde ver muitas pessoas trabalhando mais ao longe, na direção do desfiladeiro entre as palmeiras. Pareciam maltratadas, pobres, e o fato de mal lançarem um olhar para ele ou para o tóptero dizia muito a respeito da opressão que imperava por ali. Leto pôde perceber a borda rochosa de um qanat além de onde estavam os trabalhadores, e não havia como se enganar a respeito da sensação de umidade no ar: era água corrente. Passando pela cabana, Leto viu que era tão tosca quanto tinha esperado. Ele seguiu direto rumo ao qanat e, olhando para baixo, viu o rodopiar dos peixes predadores na correnteza escura. Evitando os olhos de Leto, os trabalhadores prosseguiram na tarefa de limpar as aberturas da rocha removendo a areia que se acumulasse ali.

Muriz chegou por trás de Leto e indicou:

– Você está no limite entre os peixes e os vermes. Cada um desses desfiladeiros tem seu verme. Este qanat foi aberto e iremos agora retirar os peixes para atrair as trutas da areia.

– Claro – Leto compreendeu. – Cativeiros. Vocês vendem trutas da areia e vermes fora do planeta.

– Por sugestão de Muad'Dib!

– Eu sei. Mas nenhum dos vermes ou das trutas da areia de vocês sobrevivem muito tempo fora de Duna.

– Ainda não – murmurou Muriz. – Mas algum dia...

– Nem em dez mil anos – Leto objetou, virando para observar a perturbação no rosto de Muriz. Ali se atropelavam perguntas num torvelinho que lembrava a água do qanat. Será que este filho do Muad'Dib realmente conseguia prever o futuro? Alguns ainda acreditavam que Muad'Dib tinha feito isso, mas... Como se poderia julgar uma coisa dessas?

Nesse instante, Muriz se afastou para levá-los de volta à cabana. Ele abriu o tosco veda-portas e fez um movimento com a mão para que Leto entrasse. Havia uma lamparina de óleo de especiaria ardendo numa parede e uma pessoa pequena agachada embaixo dela, de costas para a porta. O óleo que queimava soltava uma intensa fragrância de canela.

– Mandaram uma nova cativa para cuidar do sietch de Muad'Dib – Muriz observou com desdém. – Se ela servir, poderá conservar sua água por algum tempo. – Ele então encarou Leto. – Alguns acham que é maldade pegar esse tipo de água. Aqueles fremen de roupa rendada agora amontoam lixo em suas novas cidades! Montes de lixo! Quando foi que Duna alguma vez teve montes de lixo? Quando pegamos alguém como essa aí – e ele gesticulou na direção da figura sob a lamparina –, em geral eles estão quase dementes de tanto medo, apartados dos seus, e nunca são aceitos pelos verdadeiros fremen. Você entende o que estou dizendo, Leto-Batigh?

– Eu entendo você. – A figura acocorada não tinha se mexido.

– Você fala de nos liderar – Muriz retomou. – Os fremen são liderados por homens que foram sangrados. No que você poderia nos liderar?

– Kralizec – respondeu Leto, mantendo sua atenção fixa na pessoa abaixada.

Muriz encarou o menino com as sobrancelhas contraídas sobre seus olhos índigo. Kralizec? Aquela não era somente uma guerra ou uma revolução, aquela era a Batalha do Tufão. Essa palavra pertencia às mais sagradas das lendas fremen: a batalha a ser travada no ocaso do universo. Kralizec?

O fremen alto engoliu com dificuldade. Aquele moleque era tão imprevisível quanto um janota da cidade! Muriz se virou para a figura acocorada.

– Mulher! Liban wahid! – ele ordenou. *Traga-nos bebida de especiaria!*

Ela hesitou.

– Faça o que ele ordenou, Sabiha – Leto insistiu.

Ela deu um salto e ficou em pé, girando nos calcanhares. Olhou para ele com olhos arregalados, incapaz de desviar o olhar do rosto de Leto.

– Você conhece essa aí? – Muriz perguntou.

– É a sobrinha de Namri. Ela ofendeu Jacurutu, e eles a mandaram para você.

– Namri? Mas...

– Liban wahid – Leto repetiu.

Ela passou rapidamente por eles, atravessou impetuosamente o veda-portas e eles ouviram o som de seus pés correndo.

— Ela não irá muito longe — balbuciou Muriz. Ele levou um dedo ao lado do nariz. — Uma parente de Namri. Interessante. O que foi que ela fez de ofensivo?

— Ela me deixou escapar. — Leto então se virou e seguiu atrás de Sabiha. Encontrou-a em pé, na borda do qanat. Leto se aproximou para ficar ao lado dela e olhou para a água. Havia aves nas palmeiras-de-leques ali perto, e ele ouviu o chamado, viu suas asas. Os trabalhadores produziam sons de raspagem quando removiam a areia. Ele continuou fazendo o mesmo que Sabiha, olhando para baixo, para o fundo da água com seus reflexos. Com o canto do olho, ele viu periquitos azuis nas folhas das palmeiras. Um voou através do qanat, e ele o viu refletido num redemoinho prateado de peixes, todos juntos, como se as aves e os predadores nadassem no mesmo firmamento.

Sabiha pigarreou para limpar a garganta.

— Você me odeia — Leto suspirou.

— Você me envergonhou. Você me envergonhou perante meu povo. Eles realizaram um Isnad e me mandaram aqui para que eu perdesse a minha água. Tudo por sua causa!

Muriz riu a pouca distância atrás deles dois.

— E agora, veja você, Leto-Batigh, como nosso Rio Espiritual tem muitos tributários.

— Mas minha água flui em suas veias — lembrou Leto, virando-se para ele. — Este não é nenhum tributário. Sabiha é o destino da minha visão, e eu a sigo. Fugi através do deserto para encontrar meu futuro aqui, em Shuloch.

— Você e... — E Muriz apontou Sabiha. Então jogou a cabeça para trás e explodiu numa gargalhada.

— Não será como nenhum de vocês dois poderia pensar — Leto o ignorou. — Lembre-se disso, Muriz. Eu encontrei as pegadas do meu verme. — Nesse instante, ele sentia as lágrimas tomando seus olhos.

— Ele dá água para os mortos — Sabiha murmurou.

Até mesmo Muriz olhou para ele, admirado. Os fremen jamais choravam a menos que fosse a mais profunda dádiva da alma. Quase constrangido, Muriz fechou seu lacre bucal e puxou o capuz de sua djeballa sobre a testa.

Leto firmou os olhos sobre o homem e pontificou:

— Aqui, em Shuloch, eles ainda rezam pelo orvalho na borda do deserto. Vá, Muriz, e reze por Kralizec. Eu lhe prometo que ela virá.

> O discurso fremen implica grande concisão e um senso preciso de expressão. Ele está imerso na ilusão dos absolutos. Suas suposições são solo fértil para as religiões absolutistas. Sobretudo, os fremen apreciam moralizar. Eles enfrentam a aterrorizante instabilidade de todas as coisas com afirmações institucionalizadas. Eles dizem: "Sabemos que não há *summa* de todo o conhecimento que se pode obter; isso é privilégio de Deus. Mas tudo aquilo que os homens podem aprender, eles podem conter". Com base nessa abordagem ao universo equilibrada sobre o fio da navalha, eles esculpem uma crença fantástica em sinais e presságios e em seu próprio destino. Esta é uma das origens de sua lenda sobre o Kralizec: a guerra ao final do universo.
>
> – Bene Gesserit: Relatórios Privados/Fólio 800881

– Eles o aprisionaram num local seguro – disse Namri, sorrindo do outro lado da câmara quadrada de pedras para Gurney Halleck. – Você pode relatar o fato aos seus amigos.

– E onde é esse local seguro? – Halleck quis saber. Ele não gostava do tom de Namri e se sentia restringido pelas ordens de Jéssica. Bruxa maldita! As explicações que ela dava não faziam nenhum sentido, exceto a advertência sobre o que poderia ocorrer caso Leto deixasse de manter o domínio sobre suas terríveis reminiscências.

– É um local seguro – insistiu Namri. – Isso é tudo que tenho permissão para lhe dizer.

– Como você sabe disso?

– Recebi um distrans. Sabiha está com ele.

– Sabiha! Ela simplesmente deixará que ele...

– Desta vez, não.

– Você vai matá-lo?

– Isso não me cabe mais.

Halleck contorceu o rosto numa careta. *Distrans*. Qual seria o alcance daqueles morcegos desgraçados? Muitas vezes ele os havia visto em disparada através do deserto, com mensagens sigilosas impressas sobre seus guinchos estridentes. Mas até onde eles conseguiriam chegar nesse planeta dos infernos?

– Preciso vê-lo com meus próprios olhos – teimou Halleck.

– Isso não é permitido.

Halleck respirou fundo para se acalmar. Ele tinha passado dois dias e duas noites esperando pelos relatórios da equipe de busca. Agora já era outro dia de manhã, e ele sentia que seu papel se desmanchava à sua volta, deixando-o nu. De todo modo, nunca tinha gostado de comandar. O comando sempre ficava à espera enquanto os outros faziam as coisas interessantes e perigosas.

– E por que não é permitido? – ele indagou. Os contrabandistas que tinham providenciado esse sietch de segurança tinham deixado muitas perguntas sem resposta, e ele queria que Namri parasse de repetir sempre a mesma ladainha.

– Há quem pense que você viu demais quando viu esse sietch – comentou Namri.

Halleck registrou a ameaça, relaxou na postura descontraída do lutador treinado, com a mão perto da dagacris, mas não sobre ela. Ele queria ter um escudo, mas esses tinham sido banidos dado o efeito que surtiam nos vermes e por ter sua vida útil abreviada devido à exposição às descargas de eletricidade estática geradas pelas tempestades.

– Esse sigilo não faz parte de nosso acordo – Halleck insistiu.

– Se eu o tivesse matado, isso teria sido parte de nosso acordo?

Mais uma vez, Halleck sentiu a presença insidiosa de forças invisíveis a respeito das quais lady Jéssica não o havia alertado. Ela e seu maldito plano! Talvez fosse mesmo o caso de não confiar nas Bene Gesserit. Imediatamente ele se sentiu desleal. Ela havia explicado o problema, e ele tinha entrado no plano dela com a expectativa de que, como todos os planos, aquele viesse a precisar de ajustes futuros. Aquela não era uma Bene Gesserit qualquer. Era Jéssica dos Atreides, que nunca tinha sido senão sua amiga e protetora. Sem ela, ele sabia que teria permanecido à deriva num universo mais perigoso do que aquele em que habitava agora.

– Você não consegue dar uma resposta à minha pergunta – Namri salientou.

– Você deveria matá-lo somente se ele demonstrasse estar... possuído – comentou Halleck. – Abominação.

Namri colocou sua mão fechada em punho ao lado da orelha direita.

– Sua senhora sabia que tínhamos testes para averiguar isso. Muito sensato da parte dela deixar esse julgamento nas minhas mãos.

Halleck apertou os lábios para conter sua frustração.

– Você ouviu as palavras que a Reverenda Madre me dirigiu – Namri continuou. – Nós, fremen, compreendemos essas mulheres, mas vocês, de outro mundo, nunca as entendem. As mulheres fremen muitas vezes mandam os filhos para a morte.

Halleck falou entredentes:

– Você está me dizendo que o matou?

– Ele está vivo. Está num local seguro. E continuará a receber a especiaria.

– Mas eu devo levá-lo de volta para a avó, caso ele sobreviva – apontou Halleck.

Namri se limitou a dar de ombros.

Halleck entendeu que essa seria a única resposta que ele obteria. Maldição! Ele não poderia voltar à Jéssica com tantas perguntas sem resposta! Balançando a cabeça, ele ouviu outra pergunta de Namri:

– Por que questionar aquilo que você não pode mudar? Você está sendo bem pago.

Halleck torceu o nariz para aquele homem. Fremen! Eles acreditavam que todos os forasteiros eram basicamente movidos a dinheiro. Mas Namri estava falando de mais do que preconceito. Havia outras forças em jogo ali, e isso era evidente para quem tivesse sido treinado a observar por uma Bene Gesserit. Aquilo tudo cheirava a uma finta dentro de outra dentro de outra...

Mudando para a forma insultuosamente familiar, Halleck retrucou:

– Lady Jéssica ficará enfurecida. Ela poderia despachar verdadeiras coortes contra...

– *Zanadiq!* – amaldiçoou Namri. – Seu garoto de recados! Você está fora da *Mohalata*! Para mim é um grande prazer me apossar de sua água em nome do Nobre Povo!

Halleck pousou a mão em sua faca e preparou a manga esquerda de seu manto, em que havia instalado uma pequena surpresa para quem o atacasse.

– Não vejo nenhuma água sendo vertida aqui – ele murmurou. – Talvez seu orgulho o tenha deixado cego.

– Você está vivo porque eu queria que soubesse, antes de morrer, que sua lady Jéssica não mandará coortes contra ninguém. Você não deverá ser calmamente atraído até o huanui, escória do outro mundo. Eu sou do Nobre Povo e você...

– E eu sou apenas um serviçal dos Atreides – interrompeu Halleck, com a voz serena. – Nós somos a escória que tirou o jugo Harkonnen de cima de seus cangotes fedorentos.

Namri exibiu dentes alvos num sorriso que era uma careta.

– Sua senhora é prisioneira em Salusa Secundus. Os bilhetes que você pensou terem sido enviados por ela vieram da filha dela!

Com um esforço extremo, Halleck conseguiu manter a voz inalterada.

– Não importa. Alia irá...

Namri desembainhou sua dagacris.

– O que você sabe sobre o Ventre Celestial? Eu sou um serviçal dela, seu prostituto. Cumpro ordens dela quando pego a sua água! – e com isso avançou impetuosamente através do aposento com um insensato movimento à frente.

Halleck, que não se permitiu ser enganado por uma tal falta de destreza tão óbvia, puxou o braço esquerdo de seu manto e liberou o pedaço extra de tecido pesado que tinha costurado ali dentro, deixando que essa parte acolchoada recebesse a faca de Namri. No mesmo movimento, Halleck usou as dobras de tecido para cobrir a cabeça de Namri, entrou por baixo do pano e através dele, com sua faca, mirou diretamente contra o rosto do oponente. Ele sentiu a ponta de sua dagacris atingir o alvo quando o corpo de Namri o atingiu com a superfície dura da armadura metálica que ele usava por baixo do manto. O fremen soltou um ganido de cólera, teve uma reação convulsiva que o fez ir para trás e depois despencou no chão. Ali ele ficou, esguichando sangue pela boca aberta enquanto seus olhos arregalados fixaram-se em Halleck e, em seguida, ficaram baços.

Halleck exalou entre dentes. Como é que aquele ingênuo do Namri poderia ter esperado que alguém não percebesse a existência de uma armadura debaixo de um manto? Halleck se aproximou do cadáver enquanto tornava a dobrar a manga oculta para dentro, pegou sua dagacris, limpou-a e tornou a guardá-la na bainha.

– Como é que você acha que nós, os *serviçais* Atreides, fomos treinados, seu tolo?

Respirando fundo mais uma vez, Halleck pensou: *Muito bem. De quem sou a finta?* As palavras de Namri tinham sido embaladas por um clima de verdade. Jéssica era prisioneira dos Corrino e Alia estava arquitetando seus próprios complôs. Jéssica inclusive o havia alertado para as muitas contingências de ter Alia como inimiga, mas não havia previsto que iria se tornar prisioneira. Ele tinha ordens a cumprir, apesar de tudo. Em primeiro lugar, havia a necessidade de sair daquele lugar. Felizmente, um fremen de manto parecia muito com qualquer outro fremen de manto. Ele rolou o corpo de Namri para um canto, jogou algumas almofadas em cima dele e puxou um tapete para cobrir o sangue. Depois de ter deixado aquilo em ordem, Halleck ajustou os tubos coletores para o nariz e para a boca de seu trajestilador, subiu a máscara para o rosto como faria qualquer um que estivesse se preparando para partir para o deserto, trouxe o capuz de seu manto para a frente e enveredou pelo longo corredor.

Os inocentes se movem sem preocupação, ele pensou, determinando um ritmo tranquilo para suas passadas. Ele se sentia curiosamente livre, como se tivesse saído da esfera do perigo e não mergulhado dentro dela.

Na realidade, eu nunca apreciei muito o plano dela para o menino, ele pensou. *E vou dizer isso a ela se a vir. Se.* Porque, se Namri tinha falado a verdade, o mais perigoso plano alternativo tinha acabado de ser posto em ação. Alia não o deixaria viver muito tempo se o capturasse, mas sempre havia Stilgar – um bom fremen, com um bom conjunto de superstições fremen.

Jéssica já lhe havia explicado: "Existe uma camada muito fina de verniz comportamental civilizado sobre a natureza original de Stilgar. E é desse jeito que você remove essa camada dele...".

> **O espírito de Muad'Dib é mais do que palavras, mais do que a letra da Lei que se pronuncia em seu nome. Muad'Dib deve ser sempre aquela indignação interior contra os poderosos e complacentes, contra os charlatões e os fanáticos dogmáticos. É aquela indignação interior que deve ter voz porque Muad'Dib nos ensinou uma coisa acima de todas as outras: que os humanos só conseguem prevalecer numa fraternidade de justiça social.**
>
> **– O Compacto Fedaykin**

Leto se sentou com as costas na parede da cabana, prestando atenção em Sabiha e assistindo aos fios de sua visão se desenrolarem. Ela havia preparado o café e pusera o bule de lado. Agora, estava acocorada à frente dele, preparando a refeição noturna de Leto. Era um mingau repleto de mélange. As mãos dela moviam rapidamente a concha, e o líquido de tom índigo manchou as beiradas de sua tigela. Ela inclinou seu rosto fino sobre a tigela, misturando o concentrado. A membrana crua que constituía a tendestiladora da cabana tinha sido remendada com um material mais fino bem atrás dela e formava um halo cinzento em torno de Sabiha, sobre o qual sua sombra dançava à luz bruxuleante das labaredas acesas no fogo e da lamparina solitária.

Essa lamparina deixava Leto intrigado. Aquele povo de Shuloch esbanjava o óleo de especiaria a torto e a direito: uma lamparina, não um luciglobo. Sustentavam escravos proscritos dentro de seus muros, do modo como era narrado nas mais antigas tradições fremen. Ainda assim, utilizavam ornitópteros e as mais avançadas colheitadeiras de especiaria. Eles eram uma mistura acintosa do antigo com o moderno.

Sabiha empurrou a tigela com a gororoba na direção dele e apagou a chama de cozinhar.

Leto ignorou a vasilha.

– Serei castigada se você não comer isso – ela se queixou.

Ele olhou para ela, pensando: *Se eu matá-la, isso romperá uma visão. Se eu lhe disser quais são os planos de Muriz, romperá outra. Se eu esperar aqui por meu pai, esse fio-visão se transformará numa corda poderosa.*

A mente dele escolheu entre os fios. Alguns eram de uma doçura que o torturava. Um futuro com Sabiha tinha uma realidade sedutora no âmbito de sua consciência presciente e ameaçou impedir todos os outros enquanto ele não o seguiu até sua agonia final.

– Por que você me olha dessa maneira? – ela perguntou.

Ele ainda não disse nada.

Ela empurrou a vasilha para mais perto dele.

Leto tentou engolir, embora sua garganta estivesse seca. O impulso de matar Sabiha se avolumou dentro dele. Ele sentiu que tremia com a força desse desejo. Como era fácil estilhaçar uma visão e deixar que a selvageria tivesse livre curso!

– Muriz ordena isso – ela insistiu, tocando a vasilha.

Sim, Muriz ordena. A superstição conquistava tudo. Muriz queria que uma visão lhe fosse oferecida para que ele a interpretasse. Ele era um antigo selvagem pedindo ao curandeiro que lançasse os ossos de um boi e interpretasse o desenho que formava no chão. Muriz tinha se apoderado do trajestilador de seu prisioneiro "por simples precaução". Tinha havido a insinuação de um ardiloso golpe em Namri e Sabiha nesse comentário. *Somente idiotas deixam um prisioneiro escapar.*

Muriz tinha um problema emocional profundo, no entanto: o Rio Espiritual. A água do cativo corria nas veias de Muriz. Ele buscava um indício que lhe permitisse emitir uma ameaça de morte contra Leto.

Tal pai, tal filho, Leto pensou.

– A especiaria o fará ter visões – Sabiha explicou. Os longos intervalos de silêncio a deixavam inquieta. – Muitas vezes, tive visões nas orgias. Elas não querem dizer nada.

Então é isso!, ele pensou, com o corpo se fechando numa imobilidade que fazia sua pele se tornar fria e pegajosa. O treinamento Bene Gesserit se apossou de sua consciência como uma iluminação extremamente pontual que se espalhava para fora e além dele até lançar a luz abrasadora de uma visão sobre Sabiha e todos os seus pares Banidos. A antiga lição Bene Gesserit era explícita:

"As línguas foram formadas para refletir especializações num modo de vida. Cada especialização pode ser reconhecida por suas palavras, suas suposições e as estruturas de suas sentenças. Procure pontos de interrupção. Especializações representam aqueles lugares em que a vida está sendo

interrompida, onde o movimento é represado e imobilizado." Então, ele viu Sabiha como uma visionária independente e viu que todos os outros humanos tinham o mesmo poder. Ainda assim, ela desdenhava as visões que tivera em orgias com a especiaria. Elas causavam inquietação e, por isso, deviam ser descartadas, deliberadamente esquecidas. O povo dela rezava para Shai-hulud porque o verme dominava a maioria das visões que ele tinha. Esse povo rezava pelo orvalho na borda do deserto porque a umidade limitava a vida que levavam. Contudo, chafurdavam na riqueza da especiaria e atraíam trutas da areia até o qanats de água corrente. Sabiha o alimentava com visões prescientes com uma indiferença trivial, mas dentro de suas palavras ele percebeu os sinais iluminados: ela dependia de absolutos, buscava limites finitos, e tudo isso porque não conseguia lidar com os rigores de decisões terríveis que atingiam sua própria carne. Ela se apegava à sua visão monocular do universo, englobando e paralisando o tempo do jeito que fosse possível porque as demais opções a deixavam aterrorizada.

Por outro lado, Leto sentia o movimento puro em si mesmo. Ele era uma membrana coletando infinitas dimensões e, porque via essas dimensões, era capaz de tomar decisões terríveis.

Assim como aconteceu com o meu pai.

Com voz petulante, Sabiha exclamou:

– Você tem de comer isso!

Leto agora enxergava o padrão inteiro das visões e sabia que fio devia seguir. *Minha pele não é minha.* Ficou em pé, arrumando o manto à sua volta. Dava uma sensação estranha, ao tocar sua carne, sem o trajestilador para proteger-lhe o corpo. Seus pés estavam descalços sobre o tecido feito de especiaria que recobria o piso e sentiam a areia que tinha entrado naquele lugar.

– O que você está fazendo? – Sabiha quis saber.

– O ar está ruim aqui. Vou ali fora.

– Você não pode escapar – ela disse. – Todo desfiladeiro tem seu verme. Se você for além do qanat, os vermes perceberão sua presença por causa de sua umidade. Esses vermes aprisionados são muito perspicazes; não são de jeito nenhum como os do deserto. Além disso... – e como a voz dela soou arrogante! – você não tem trajestilador.

– Então, por que você se preocupa? – ele perguntou, curioso para saber se ainda deveria provocar uma reação verdadeira em Sabiha.

– Porque você não comeu.

— E você será castigada.

— Sim!

— Mas já estou saturado de especiaria — ele comentou. — Cada momento é uma visão. — Ele moveu um dos pés descalços na direção da tigela. — Derrame isso na areia. Quem pode ficar sabendo?

— Eles espionam — ela murmurou.

Ele sacudiu a cabeça, expurgando-a das próprias visões que o inundavam, sentindo uma nova espécie de liberdade envolvendo-o. Não havia necessidade de matar aquele pobre peão. Ela dançava ao som de outra música ainda que nem soubesse os passos, acreditando que ainda poderia compartilhar do poder que seduzia os famintos piratas de Shuloch e Jacurutu. Leto se encaminhou para o veda-portas e colocou a mão sobre o dispositivo.

— Quando Muriz chegar — ela balbuciou —, ele vai ficar muito zangado com...

— Muriz é um comerciante de vazios — Leto interrompeu. — Minha tia o esvaziou.

Ela se pôs em pé.

— Vou com você.

E ele pensou: *Ela se lembra de como fugi dela. Agora enxerga a fragilidade do cerco que mantém sobre mim. As visões que ela tem estão se movimentando dentro dela.* Só que ela não queria escutar essas visões. Bastava apenas que ela ponderasse: como ele poderia ser mais astuto do que um verme preso em seu desfiladeiro estreito? Como ele poderia viver no Tanzerouft sem um trajestilador ou um fremkit?

— Devo ficar sozinho para consultar minhas visões — ele objetou. — Você ficará aqui.

— Aonde você irá?

— Ao qanat.

— As trutas da areia chegam aos milhares, à noite.

— Elas não vão me devorar.

— Às vezes, o verme aparece num lugar logo depois da água — ela alertou. — Se você cruzar o qanat... — e ela se calou, tentando incutir ameaças em suas palavras.

— Como é que eu poderia montar um verme sem ganchos? — ele questionou, perguntando-se se ela ainda seria capaz de salvar pelo menos uma parte das próprias visões.

– Você vai comer quando voltar? – ela indagou, acocorando-se mais uma vez perto da tigela, pegando de novo a concha e mexendo o caldo índigo.

– Cada coisa a seu tempo – ele pontificou, sabendo que ela seria incapaz de detectar o delicado uso da Voz que ele estava fazendo, a fim de insinuar seus desejos pessoais no processo de tomada de decisões dela.

– Muriz chegará e verificará se você teve uma visão – ela avisou.

– Deixe que eu dou conta de Muriz do meu próprio jeito – ele murmurou, notando como os movimentos dela tinham se tornado pesados e lentos. O padrão de todos os fremen se imiscuíra naturalmente na maneira como agora ele a conduzia. Os fremen eram pessoas de uma extraordinária energia no começo do dia, mas uma profunda e letárgica melancolia geralmente os acometia ao cair da noite. Ela já queria afundar no sono e nos sonhos.

Leto saiu sozinho para a noite.

O céu cintilava de estrelas e ele conseguiu discernir o contorno volumoso do ressalto rochoso ali perto, contra o pano de fundo das constelações. Então, seguiu na direção das palmeiras que margeavam o qanat.

Por um longo tempo, Leto ficou agachado na borda do qanat, ouvindo o silvo inquieto da areia fustigada através do desfiladeiro lá adiante. Um verme pequeno, a julgar pelo som, e escolhido exatamente por esse motivo, sem dúvida. Um verme pequeno seria mais fácil de transportar. Ele pensou na captura do verme: os caçadores o deteriam com uma névoa úmida, usando o tradicional método fremen de pegar um verme para o rito de orgia/transformação. Mas esse verme não seria morto por imersão. Este seria levado num paquete da Guilda até algum esperançoso comprador cujo deserto provavelmente era úmido demais. Poucos indivíduos extraplanetários percebiam a desidratação básica que as trutas da areia tinham imposto a Arrakis e sustentado. *Tinham imposto e sustentado.* Porque inclusive aqui, no Tanzerouft, existiria muito mais vezes umidade no ar do que algum verme já teria experimentado, exceto no momento de sua morte em alguma cisterna fremen.

Ele ouviu Sabiha se movimentando na cabana atrás dele. Ela estava desassossegada, incomodada pela autossupressão de suas próprias visões. Ele se perguntou como seria viver fora de uma visão, com ela, compartilhando cada momento do jeito como eles viessem, espontaneamente. Esse pensamento o atraiu com muito mais força do que qualquer visão induzida pela especiaria. Havia uma espécie de limpeza e candura na ideia de encarar um futuro desconhecido.

"*Um beijo no sietch vale dois na cidade.*"

Essa velha máxima fremen dizia tudo. O sietch tradicional tinha sustentado um reconhecível estado selvagem mesclado de timidez. Havia vestígios dessa timidez no povo de Jacurutu/Shuloch, mas somente vestígios. Isso o entristeceu, pois revelava o que tinha sido perdido.

Devagar, tão devagar que essa constatação o havia tomado por completo antes de ele ter identificado seu início, Leto tomou consciência do macio farfalhar de muitas criaturas à sua volta.

Trutas da areia.

Em breve chegaria o momento de mudar de uma visão para outra. Ele sentiu o movimento das trutas da areia como um movimento em seu interior. Os fremen tinham convivido com essas estranhas criaturas durante gerações, sabendo que, arriscando mostrar um pouco de água à guisa de isca, seria possível atraí-las ao alcance da mão. Muitos fremen morrendo de sede tinham arriscado suas últimas e preciosas gotas de água nessa aposta, sabendo que o extrato verde e doce obtido de uma truta da areia poderia render um pequeno ganho de energia. Mas as trutas da areia eram principalmente brinquedos para as crianças, que as apanhavam para o huanui. E para brincar.

Leto estremeceu ao pensar no que *brincar* agora significava para ele.

Ele sentiu uma das criaturas deslizando sobre seu pé descalço. Ela hesitou e depois continuou seu trajeto, atraída pelo volume maior de água do qanat.

Por um momento, porém, ele tinha sentido a realidade de sua terrível decisão. *A luva de truta da areia.* Era a brincadeira das crianças. Se uma segurava uma truta da areia na mão, alisando-lhe a pele, ela formava uma espécie de luva viva. Traços de sangue nos capilares da pele podiam ser percebidos por essas criaturas, mas alguma coisa misturada com a água do sangue as repelia. Cedo ou tarde, a luva deslizava de volta para a areia e ali seria recolhida num cesto de fibra de especiaria. A especiaria acalmava as criaturas até serem despejadas na destilaria fúnebre.

Ele podia ouvir as trutas da areia caindo dentro do qanat e o rodamoinho dos predadores ao comê-las. A água amolecia as trutas da areia e as tornava maleáveis. As crianças logo aprendiam isso. Um pouco de sali-

Filhos de Duna

va provocava o extrato doce. Leto ouvia os barulhos de água espadanada. Era uma verdadeira migração de trutas da areia vindo para a água corrente, mas elas não podiam conter um qanat com água corrente patrulhado por peixes predadores.

Ainda assim, continuavam vindo e ainda assim saltavam na água com estrépito.

Leto remexeu a areia com a mão direita até seus dedos encontrarem a pele coriácea de uma truta da areia. Era o exemplar grande que ele tinha desejado. A criatura não tentou se esquivar dele, mas se adiantou avidamente na direção da carne dele. Ele tateou a silhueta do animal com sua mão livre e percebeu que tinha um formato que lembrava os diamantes. Não tinha cabeça, nem extremidades, nem olhos, e mesmo assim era capaz de achar água sem cometer erros. Com outras criaturas como ela, juntavam o corpo umas às outras e se prendiam mutuamente por meio dos grosseiros entrelaçamentos de cílios projetados para isso até que o conjunto todo se tornava um grande organismo-recipiente que capturava água e continha o "veneno", mantendo-o longe do gigante que as trutas da areia acabariam se tornando: Shai-hulud.

Aquele exemplar se revirava e contorcia em sua mão, alongando-se, esticando-se. Quando se movia, Leto sentia um alongamento e estiramento correspondentes na visão que tinha escolhido. *Este fio, não aquele*. Ele sentia a truta da areia se tornando fina e recobrindo mais e mais porções de sua mão. Nenhuma truta da areia tinha encontrado uma mão como essa, em que cada célula estava supersaturada de especiaria. Nenhum outro humano já tinha sobrevivido e raciocinado numa situação dessas. Delicadamente, Leto ajustou seu equilíbrio enzimático, recorrendo à certeza iluminada que havia alcançado no transe da especiaria. O conhecimento daquelas incontáveis existências que se mesclavam dentro dele fornecia-lhe a certeza com a qual ele escolhia os ajustamentos exatos, prevenindo que sofresse uma morte causada pela overdose que se apoderaria dele se ele fraquejasse em sua vigilância por um batimento cardíaco que fosse. Ao mesmo tempo, ele se fundia com a truta da areia, alimentando-se dela, alimentando-a, apreendendo-a. Sua visão no transe servia de gabarito, e ele o seguia minuciosamente.

Leto sentiu a truta da areia se adelgaçando, se espalhando e recobrindo mais e mais sua mão e subindo pelo braço. Ele localizou outra e a colocou sobre a primeira. O contato entre as duas deu início a frenéticos sacolejos nas criaturas. Seus cílios se entrelaçaram e as duas se tornaram uma membrana só, que lhe recobria o braço até o cotovelo. As trutas da areia se ajustavam à luva viva da brincadeira de criança, mas cada vez mais finas e sensíveis conforme ele as provocava a assumir o papel de uma pele simbiótica. Com a luva viva, ele estendeu o braço, tateou a areia e percebeu cada grão separadamente. Aquilo não era mais a truta da areia; era algo mais duro, mais forte. E se tornaria cada vez mais forte. Sua mão que tateava encontrou mais outra truta da areia que veio chicoteando na direção das outras duas para se unir a elas e se adaptar ao seu novo papel. A maciez coriácea se propagava braço acima e lhe alcançava o ombro agora.

 Com uma tremenda concentração da atenção num único ponto, ele conseguiu unir sua nova pele com seu corpo, prevenindo uma rejeição. Nenhum resquício de sua atenção ficou livre para matutar sobre as tenebrosas consequências do que ele estava fazendo ali. Somente as necessidades ditadas pela visão do transe é que importavam. Somente o Caminho Dourado poderia resultar dessa provação.

 Leto retirou o manto e se deitou nu sobre a areia com o braço enluvado estendido no caminho de migração das trutas da areia. Ele se lembrava de uma vez em que ele e Ghanima tinham capturado uma dessas criaturas e raspado seu corpo na areia até que se contraísse e virasse o *verme-criança*, um tubo rígido com o interior prenhe do xarope verde. Um deles deu uma leve mordida na extremidade e rapidamente sugou pela abertura antes que o corte se fechasse, recolhendo as poucas gotas daquela doçura.

 Agora as trutas da areia estavam cobrindo todo o corpo de Leto. Ele conseguia sentir a pulsação de seu sangue contra a membrana viva. Uma delas tentou cobrir seu rosto, mas ele a retirou prontamente até que ela se alongou e formou um rolo fino, que cresceu muito mais do que o verme-criança, mantendo-se flexível. Leto mordeu-lhe uma ponta e provou um escoamento doce que se manteve durante muito mais tempo do que qualquer outro fremen já tinha experimentado. Ele conseguia sentir a energia que lhe era proporcionada pela doçura se espalhando por seu ser. Uma peculiar excitação inundou seu corpo. Por algum tempo, manteve-se ocupado enrolando a membrana para longe de seu rosto até ter formado uma borda dura que o contornava do queixo à testa e deixava as orelhas de fora.

Agora, era o momento de testar a visão.

Ele ficou em pé, virou-se para regressar à cabana e, ao se movimentar, sentiu que seus pés iam muito mais depressa do que lhe era possível para manter o equilíbrio. Ele mergulhou na areia, rolou e ficou em pé de um salto. Esse salto o levou dois metros acima da areia e, quando ele caiu de volta no chão, tentando andar, novamente estava indo depressa demais.

Pare!, ele ordenou a si mesmo. Então, impôs-se o relaxamento forçado que treinara com os exercícios *prana-bindu* e reuniu seus sentidos sob o comando da consciência. Isso trouxe foco para as ondulações interiores do *agora-constante* por meio do qual ele experienciava o tempo, e então permitiu-se ser alertado pelo êxtase da visão. A membrana funcionava precisamente como a visão tinha previsto.

Minha pele não é minha pele.

Mas seus músculos precisaram de um pouco de treino para conviver com essa movimentação ampliada. Quando ele andava, caía e rolava. Nesse momento, Leto se sentou. Na quietude, a borda sob seu queixo tentou se tornar uma membrana que lhe cobriria a boca. Ele cuspiu nela e a mordeu, provando o xarope doce. A membrana rolou para baixo sob a pressão de sua mão.

Já havia transcorrido tempo suficiente para que se formasse uma união com seu corpo. Leto se estendeu de comprido, de barriga para baixo. Começou a rastejar, raspando a membrana contra a areia. Ele poderia sentir nitidamente a areia, mas não escoriava sua própria carne. Com poucos movimentos de natação, ele atravessou cinquenta metros de areia. A reação física foi uma sensação de aquecimento induzida pela fricção.

A membrana tinha parado de tentar cobrir sua boca e o nariz, mas agora ele estava diante de um segundo grande passo em seu Caminho Dourado. Seus esforços o haviam levado mais além do qanat, até o desfiladeiro onde estava preso o verme. Ele o ouvia sibilando em sua direção, atraído por seus movimentos.

Leto se pôs em pé de um salto, pretendendo aguardar, mas o movimento amplificado o fez avançar disparando mais vinte metros desfiladeiro adentro. Controlando suas reações com um tremendo esforço, ele se sentou sobre as nádegas e endireitou as costas. Agora, a areia começava a inchar diretamente à sua frente, elevando-se numa monstruosa curva iluminada pelas estrelas. A areia se abriu a apenas dois corpos de distância dele. Dentes de cristal faiscaram naquela pouca claridade. Ele viu a caverna-boca escancarada e, lá no fundo, a movimentação contida de uma labareda indistinta. A impregnação do aroma da especiaria era tão avassaladora que se apoderou dele, mas o verme tinha parado. Ele ficou na frente de Leto enquanto a primeira lua se erguia sobre o ressalto de Shuloch. A luz era refletida pelas presas do verme contornando o fulgor feérico dos fogos químicos no fundo daquela criatura.

Era tão profundo o temor ancestral dos fremen que Leto se sentiu tomado por um desejo impetuoso de fugir, mas sua visão o manteve imóvel e fascinado por aquele momento que se prolongava. Nunca ninguém tinha ficado assim tão perto da bocarra de um verme vivo e sobrevivera. Suavemente, Leto mexeu o pé direito, topou com um montinho de areia e, reagindo com excessiva rapidez, foi impelido na direção da boca do verme. Caindo de joelhos, ele se deteve.

O verme ainda não tinha se mexido.

Ele captava somente as trutas da areia e não atacaria o vetor que vivia no fundo das areias e era da sua própria espécie. O verme atacaria outro verme em território que se aproximasse da especiaria exposta. Somente uma barreira de água o deteria: e as trutas da areia, encapsulando água, eram essa barreira.

A título de experiência, Leto estendeu uma mão na direção daquela boca monstruosa. O verme recuou pelo menos um metro.

Com a confiança renovada, Leto se afastou do verme e começou a ensinar seus músculos a conviver com seu novo poder. Cautelosamente, ele caminhou de volta até o qanat. O verme permaneceu parado atrás dele. Quando Leto estava além da barreira de água, ele saltou de alegria e saiu deslizando dez metros através da areia, dando piruetas, rolando e rindo.

Uma luz criou um facho definido sobre a areia quando o veda-portas da cabana foi rompido. A silhueta de Sabiha estava recortada contra o fundo amarelo e púrpura da claridade emitida pela lamparina, olhando para ele fixamente.

Rindo, Leto correu de volta através do qanat, parou diante do verme, virou-se e olhou para ela com os braços abertos.

– Veja! – ele gritou. – O verme faz o que eu comando!

Enquanto Sabiha se mantinha paralisada em estado de choque, ele rodopiou e saiu correndo em volta do verme e desfiladeiro adentro. Já mais acostumado com sua nova pele, ele descobriu que podia correr flexionando somente muito pouco os seus músculos. Ele quase não fazia esforço para isso. Quando fazia força para correr, conseguia ir tão depressa que o vento do deslocamento queimava a parte exposta do seu rosto. No final do desfiladeiro, um beco sem saída, em vez de parar, ele saltou bem uns quinze metros, agarrou-se ao paredão do penhasco e começou a se arrastar para cima, como os insetos com todas as suas patas, e surgiu no alto, na crista sobre Tanzerouft.

O deserto se abria à sua frente, aquela vasta ondulação prateada à luz do luar.

A excitação descontrolada de Leto então se acalmou.

Ele se acocorou, sentindo como seu corpo lhe parecia leve. Toda aquela movimentação havia desencadeado uma película pegajosa de suor que um trajestilador teria absorvido e canalizado para o tecido de transferência que filtrava os sais. Enquanto ele relaxava, a película desapareceu, tendo sido absorvida pela membrana com mais velocidade do que um trajestilador teria podido fazer. Calculadamente, Leto enrolou uma faixa da membrana que vinha de baixo de seus lábios, levou-a até a boca e sorveu a doçura.

Todavia, sua boca não estava protegida. Como fremen, ele sentiu que a umidade de seu corpo estava sendo desperdiçada a cada respiração e, com isso, Leto trouxe uma parte da membrana para cobrir a boca, mas a enrolou de volta para baixo quando ela tentou tapar suas narinas e manteve-se assim ocupado até que a barreira enrolada ficou no mesmo lugar. Fiel aos padrões da vida no deserto, ele começou a respirar conforme um padrão automático, inspirando pelo nariz e expirando pela boca. A membrana sobre sua boca inchou com uma pequena bolha, mas ficou no lugar. Nenhuma umidade coletada em seus lábios e em suas narinas permanecia exposta. Então, a adaptação prosseguia.

Um tóptero voou entre Leto e a lua, deu um bordo de aproximação e aterrissou de asas abertas sobre o ressalto a talvez cem metros à esquerda de Leto. Ele olhou rapidamente para o aparelho, virou-se e olhou de volta para o caminho que tinha percorrido desde o desfiladeiro. Muitas luzes podiam ser vistas lá embaixo, além do qanat, a agitação de uma multidão. Ele ouvia gritos esparsos que a distância diluía e percebia o timbre da histeria naqueles sons. Dois homens chegaram perto dele, saídos do tóptero. A luz da lua cintilou sobre as armas que portavam.

O Mashhad, Leto pensou. Esse foi um pensamento triste. Ali estava o grande salto para dentro do Caminho Dourado. Ele tinha vestido o trajestilador vivo e autorreparador de uma membrana feita de trutas da areia, uma coisa de valor incomensurável em Arrakis... até que você compreendia o preço que pagava por isso. *Não sou mais humano. As lendas sobre esta noite crescerão e a ampliarão muito além de qualquer coisa reconhecível por seus participantes. Mas essa lenda se tornará verdade.*

Do topo do ressalto, ele olhou para baixo e estimou que o solo do deserto estaria a duzentos metros. O luar salientava lapas e fendas na face íngreme, mas nenhuma trilha de interligação. Leto ficou em pé, respirou fundo e olhou por cima do ombro para os homens que se aproximavam. Então, posicionou-se na beirada do penhasco e se arremessou no espaço. A mais ou menos trinta metros em direção ao chão, suas pernas flexionadas encontraram um estreito beiral. Os músculos amplificados absorveram o impacto e ricochetearam em outro salto que ele deu para uma plataforma lateral, onde se agarrou a uma saliência com as mãos. Caiu mais vinte metros, saltou na direção de outro ponto onde podia se agarrar e mais uma vez desceu, quicando, saltando e se segurando em pequenos trechos rochosos que ofereciam encaixe para os dedos. Os últimos quarenta metros ele venceu de um salto só, aterrissando com um rolamento com os joelhos dobrados que o fez mergulhar deslizando até a face móvel de uma duna, criando um borrifo gigante de areia e pó. Quando bateu no fundo, ele se levantou e se atirou para a crista da duna mais próxima num único salto. Leto conseguia ouvir os gritos roucos que vinham do alto do penhasco, mas os ignorou para se concentrar nas passadas ou saltos que lhe permitiam ir de uma crista de duna para a seguinte.

Conforme se acostumava com a amplificação de seus músculos, descobria um prazer sensual que não havia previsto na execução desses movimentos que engoliam distâncias. Era como um balé no deserto, desafiando o Tanzerouft de um modo que nunca havia sido vivido por ninguém.

Quando julgou que os ocupantes do ornitóptero tinham vencido seu estado de choque o suficiente para se pôr novamente em seu encalço, Leto mergulhou rumo à encosta de uma duna cuja face estava encoberta por sombras e ali se enterrou. A areia era como um líquido pesado para sua nova força, mas a temperatura subia perigosamente quando ele se deslocava com muita velocidade. Ele se desvencilhou do esconderijo saindo pela encosta mais distante da duna e descobriu que a membrana tinha recoberto suas narinas. Ele a removeu e sentiu a nova pele pulsando sobre seu corpo em seu afã de absorver sua transpiração.

Leto moldou um tubo em sua boca, bebeu o xarope e, enquanto isso, levou os olhos para o alto, para o céu forrado de estrelas. Imaginava que teria percorrido cerca de quinze quilômetros desde Shuloch. Nesse instante, um tóptero traçou seu rumo através das estrelas como uma grande ave seguida por outra e mais outra. Ele ouvia o silvo macio das asas dos aparelhos e o murmúrio de seus jatos abafados.

Bebericando do tubo vivo, ele esperou. A primeira lua passou, cumprindo seu percurso, e depois passou a segunda lua.

Uma hora antes do amanhecer, Leto subiu rastejando até o topo da duna e examinou o céu. Nenhum caçador. Agora ele sabia que tinha embarcado numa viagem da qual não haveria retorno. À sua frente, abria-se a armadilha do Tempo e do Espaço que tinha sido montada como uma lição inesquecível para ele e para toda a humanidade.

Leto se virou para noroeste e percorreu outros cinquenta quilômetros antes de se enterrar na areia e dar o dia por encerrado, deixando somente um mínimo orifício aberto na direção da superfície, que um tubo de trutas da areia mantinha desobstruído. A membrana estava aprendendo como conviver com ele, assim como ele estava aprendendo a conviver com ela. Ele tentou não pensar nas outras coisas que estariam acontecendo com a sua carne.

Amanhã avançarei contra Gara Rulen, ele pensou. *Vou destruir o qanat deles e deixar sua água escorrer e sumir na areia. Depois, vou para Fole, Velha Ravina e Harg. No intervalo de um mês, a transformação ecológica terá recuado ao ponto de uma geração completa para trás. Isso nos dará espaço para desenvolver um novo cronograma.*

E a selvageria das tribos rebeldes seria culpada, sem dúvida. Alguns iriam reviver memórias de Jacurutu. Alia estaria muitíssimo ocupada. Quanto a Ghanima... Silenciosamente, em seu íntimo, Leto enunciou as palavras que iriam restaurar a memória dela. Mas isso ficaria para mais tarde... se eles sobrevivessem a esse terrível emaranhamento dos fios.

O Caminho Dourado acenava para ele ali adiante, no deserto, como uma coisa quase física que ele podia ver de olhos abertos. E ele pensou como seria: assim como os animais devem se deslocar através da terra, a existência deles dependia do movimento da alma da humanidade, bloqueada há éons, e precisava de uma trilha que pudesse percorrer.

Ele pensou em seu pai e então disse para si mesmo: *Logo iremos lutar de igual para igual e somente uma visão irá emergir.*

> **Os limites da sobrevivência são determinados pelo clima, aquelas longas vagas de mudança em que uma geração pode não reparar. E são os extremos climáticos que ditam o padrão. Os humanos finitos e solitários podem observar províncias climáticas, flutuações das condições atmosféricas ao longo do ano e, de vez em quando, comentar coisas como "Este é o ano, que eu me lembre, que mais fez frio". Essas são coisas perceptíveis. Mas os humanos raramente estão alertas para a *média mutável através de um intervalo* mais extenso, que abrigue um grande número de anos. E é precisamente nesse estado de alerta que os humanos aprendem como sobreviver em qualquer planeta. Eles precisam aprender como é o clima.**
>
> – **Arrakis, a transformação, Segundo Harq al-Ada**

Alia estava sentada de pernas cruzadas em sua cama, tentando se recompor recitando a Litania contra o Medo, mas uma risadinha de escárnio ficava ecoando em seu crânio e impedia seu esforço. Ela podia ouvir essa voz, que controlava seus ouvidos e sua mente.

– Que absurdo é esse? O que você tem a temer?

Os músculos de suas panturrilhas estremeceram quando os pés de Alia tentaram fazer o movimento de correr. Não havia para onde correr.

Ela estava usando só uma bata dourada da seda paliana mais requintada e transparente, que revelava os inchaços que tinham começado a deixar seu corpo mais arredondado. A Hora dos Assassinos tinha acabado de passar; a aurora se aproximava.

Relatórios cobrindo os últimos três meses estavam abertos à sua frente, sobre a colcha vermelha. Ela conseguia ouvir o zunido do ar-condicionado, e uma brisa ligeira levantava as etiquetas dos rolos de shigafio.

Duas horas atrás, suas amedrontadas assistentes a haviam acordado para lhe dar notícias da mais recente insubordinação, e Alia tinha pedido que lhe trouxessem os carretéis com os relatórios, para tentar encontrar um padrão inteligível.

Então desistiu da Litania.

Esses ataques tinham de ser coisa dos rebeldes. Evidentemente. Um número cada vez maior deles se insurgia contra a religião de Muad'Dib.

– E qual é o problema? – indagou a voz sardônica em seu interior.

Alia sacudiu a cabeça selvagemente. Namri tinha falhado com ela. Ela havia sido uma tola em confiar num duplo instrumento tão perigoso. Suas auxiliares tinham insinuado que a culpa era de Stilgar, que ele era um rebelde disfarçado. E o que tinha acontecido com Halleck? Resolveu sumir do mapa entre seus contrabandistas? Era possível.

Ela pegou um dos carretéis de relatório. *E Muriz!* O sujeito estava histérico. Aquela era a única explicação possível. Caso contrário, ela teria de acreditar em milagres. Nenhum humano, muito menos uma criança (ainda que essa criança fosse Leto), poderia saltar do ressalto de Shuloch e sobreviver a uma fuga através do deserto dando saltos que o levavam de uma crista de duna para a seguinte.

Alia sentiu a frieza gélida do shigafio em sua mão.

Onde estava Leto, portanto? Ghanima se recusava a acreditar que ele não estivesse morto. Um Que Diz a Verdade tinha confirmado a história dela: Leto fora morto por um tigre laza. Então, quem seria a criança que constava nos relatórios de Namri e Muriz?

Ela estremeceu.

Quarenta qanats tinham sido rompidos e suas águas tinham sido entregues à sede da areia. Os fremen leais e até mesmo os rebeldes, aqueles palermas supersticiosos, todos eles! Os relatórios que havia recebido estavam forrados de narrativas sobre ocorrências misteriosas. Trutas da areia saltando para dentro de qanats e despedaçadas até se tornarem exércitos de pequenas réplicas. Vermes que se afogavam deliberadamente. Sangue pingando da segunda lua e caindo sobre Arrakis, onde provocava grandes tempestades. E a frequência das tempestades *estava* aumentando!

Ela pensou em Duncan, mantido incomunicável em Tabr, sapateando de frustração sob o jugo das restrições que ela obrigara Stilgar a cumprir. Ele e Irulan não falaram de quase mais nada além do *verdadeiro* sentido embutido nesses presságios. Tolos! Até mesmo os espiões que a serviam traíam a influência dessas histórias repugnantes!

Por que Ghanima insistia em sua história do tigre laza?

Alia suspirou. Somente um dos relatórios nos rolos de shigafio a tranquilizava. Farad'n tinha enviado um contingente de sua guarda pessoal "para ajudá-la em seus apuros e preparar o caminho para o Rito Oficial de Noivado". Alia sorriu consigo mesma e compartilhou a risadinha sardônica que ecoava em seu crânio. Aquele plano, pelo menos, permanecia intacto. As devidas explicações lógicas seriam encontradas para dissipar todos esses outros disparates supersticiosos.

Enquanto isso, ela usaria os homens de Farad'n para ajudar a cercar Shuloch e prender os dissidentes conhecidos, especialmente entre os naibs. Ela ponderou sobre a possibilidade de uma investida contra Stilgar, mas sua voz interior aconselhou que não o fizesse.

– Ainda não.

– Minha mãe e a Irmandade ainda têm algum plano próprio – Alia sussurrou. – Por que ela está treinando Farad'n?

– Talvez ele a deixe excitada – comentou o velho barão.

– Aquela frígida? Duvido.

– Você não está pensando em pedir a Farad'n que a mande de volta, está?

– Eu sei o perigo que isso representa!

– Bom. No ínterim, aquele jovem auxiliar que Zia trouxe há pouco tempo. Acredito que o nome dele é Agarves, Buer Agarves. Se você o convidar para vir aqui hoje à noite...

– Não!

– Alia...

– Já é quase de manhã, seu velho bobalhão e insaciável! Hoje pela manhã vai haver uma reunião do Conselho Militar e os sacerdotes terão...

– Não confie neles, Alia querida.

– Claro que não!

– Muito bem. Quanto a esse Buer Agarves...

– Eu disse que não!

O velho barão permaneceu calado dentro dela, mas ela começou a sentir dor de cabeça. Uma dor lenta veio subindo pelo lado direito do rosto e penetrou-lhe no crânio. Houve uma vez em que conseguira que ela saísse pelos corredores uivando de dor, usando esse truque. Só que agora ela estava resolvida a resistir a ele.

– Se insistir, tomarei um sedativo – ela ameaçou.

Ele pôde sentir que ela falava a sério. A dor de cabeça começou a diminuir.

– Muito bem. – Voz petulante. – Uma outra hora, quem sabe.

– Uma outra hora – ela concordou.

> **Dividiste a areia com a tua força: tu quebras as cabeças dos dragões no deserto. Sim, eu te contemplei como uma besta emergindo das dunas: tu tens os dois chifres do carneiro, mas falas como o dragão.**
>
> – Bíblia Católica de Orange Revisada
> Arran II:4

Era a profecia imutável, os fios tornando-se uma corda, aquilo que agora Leto parecia ter sabido sua vida inteira. Ele olhou adiante, através das sombras da noite que cobriam o Tanzerouft. A uma distância de 170 quilômetros ao norte abria-se a Velha Ravina, a funda e sinuosa fenda através da Muralha-Escudo por onde os primeiros fremen tinham atravessado em sua migração rumo ao deserto.

Em Leto não restava mais nenhuma dúvida. Ele sabia por que estava ali sozinho, no deserto, embora repleto da sensação de que possuía aquela terra toda e que ela deveria cumprir suas ordens. Ele sentiu o cordão que o conectava com toda a humanidade e aquela profunda necessidade de um universo de experiências que tinha um sentido lógico, um universo de regularidades reconhecíveis em meio a suas mudanças perpétuas.

Eu conheço este universo.

O verme que o havia levado até ali havia correspondido às batidas de seu pé e, ao se erguer à sua frente, tinha parado na atitude de um animal obediente. Ele saltara sobre o dorso da criatura e, usando apenas suas mãos ampliadas pela membrana, tinha exposto o lábio principal dos anéis do verme para mantê-lo na superfície. O verme tinha se exaurido com a corrida rumo ao norte, que havia durado a noite inteira. Sua "fábrica" interna de enxofre e silicone tinha esgotado sua capacidade operacional, soltando jatos volumosos de oxigênio que o vento favorável tinha enviado em ondas envolventes à volta de Leto. Às vezes, esses jatos quentes o deixavam tonto e enchiam sua mente de estranhas percepções. A subjetividade circular e reflexa de suas visões tinha se voltado para dentro, sobre seus ancestrais, forçando-o a reviver partes de seu passado terrânico, para então comparar essas porções com as mudanças no seu ser.

Ele já podia perceber a grande distância que se havia criado em relação a algo que se pudesse reconhecer como humano. Seduzido pela especiaria que engolira em cada vestígio que ele havia encontrado, a membrana que o recobria não era mais truta da areia, assim como ele não era mais humano. Os cílios tinham penetrado em sua pele, formando uma nova criatura que iria em busca de sua própria metamorfose nos éons que viriam.

Você viu isso, meu pai, e o rejeitou, ele pensou. *Era uma coisa terrível demais para encarar.*

Leto sabia o que acreditavam acerca de seu pai e por quê.

Muad'Dib morreu por causa da presciência.

Mas Paul Atreides tinha migrado do universo da realidade para o *alam al-mythal* onde ele ainda vivia, fugindo disso que seu filho tinha ousado enfrentar.

Agora, só existia O Pregador.

Leto se agachou na areia e manteve sua atenção voltada para o norte. O verme viria daquela direção e traria no lombo duas pessoas: um jovem fremen e um cego.

Um bando de morcegos pálidos sobrevoou a cabeça de Leto e se dirigiu para sudeste. Eram como manchas aleatórias contra o céu que escurecia, e um olho fremen experiente poderia reparar em seu curso de retorno para ficar sabendo onde haveria algum abrigo naquela direção. O Pregador, contudo, evitaria esse abrigo. Ele estava indo para Shuloch, onde não se permitiam morcegos selvagens a fim de que não guiassem forasteiros àquele lugar secreto.

O verme apareceu primeiro como um movimento escuro entre o deserto e o céu a noroeste. *Matar*, a chuva de areia que caía de altitudes elevadas quando uma ventania de tempestade estava arrefecendo, obscureceu a imagem para Leto por alguns minutos, mas, depois, ela ficou cada vez mais nítida e próxima.

A linha fria na base da duna onde Leto se havia abaixado começou a produzir sua umidade noturna. Ele absorveu o frágil orvalho pelas narinas, ajustando o tampão-revestimento em formato de bolha da membrana sobre a boca. Ele não tinha mais nenhuma necessidade de encontrar algo encharcado ou fontes de onde bebericar. Graças aos genes de sua mãe, tinha aqueles intestinos fremen maiores e mais longos, grandes o suficiente para armazenar água de todas as fontes que pudesse contatar. O trajestilador vivo capturava e retinha cada mínima parcela de umidade que encontrasse. E inclusive agora, sentado ali naquela crista de duna, a membrana que tocava a areia expelia cílios pseudópodes que saíam à captura de quaisquer itens fornecedores de energia que ela pudesse acumular.

Leto estudou o verme que se aproximava. Ele sabia que o jovem guia já o teria visto nesse momento, já teria reparado que ele estava sentado no topo da duna. O cavaleiro que conduzia o verme não podia discernir nenhum princípio naquele objeto visto a distância, mas esse era um problema que os fremen tinham aprendido como enfrentar. Todo objeto desconhecido era perigoso. As reações do jovem condutor seriam bem previsíveis, inclusive sem a visão.

Fiel a essa previsão, o curso do verme mudou ligeiramente e agora ele estava vindo direto na direção de Leto. Vermes gigantes eram uma arma que os fremen tinham empregado muitas vezes. Os vermes haviam ajudado a derrotar Shaddam em Arrakina. Esse verme, contudo, não estava obedecendo ao comando do guia. Quando faltavam dez metros para tocar Leto, ele estancou, e não havia o que o instigasse a avançar mais um grão de areia que fosse.

Leto se ergueu, sentindo os cílios se fecharem rapidamente de volta sobre a membrana atrás dele. Ele destampou a boca e gritou:

– Aschlan, waschlan! – *Bem-vindo, duas vezes bem-vindo!*

O cego se levantou atrás do guia, equilibrado sobre o dorso do verme, com uma das mãos apoiada no ombro do jovem. O homem estava com o rosto voltado para cima e o nariz apontado sobre a cabeça de Leto como se tentasse farejar essa interrupção. A testa do velho estava cor de laranja, pintada com a cor do ocaso.

– Quem é? – ele perguntou, sacudindo o ombro do guia. – Por que paramos? – A voz dele era anasalada por causa dos coletores do seu trajestilador.

O jovem mirava amedrontado a figura de Leto e respondeu:

– É somente alguém sozinho no deserto. Uma criança, ao que parece. Tentei fazer o verme avançar sobre ele, mas o verme se recusa.

– Por que não disse? – indagou o velho cego.

– Pensei que fosse apenas alguém sozinho no deserto! – protestou o jovem. – Mas é um demônio.

– Dito como um verdadeiro filho de Jacurutu – aparteou Leto. – E você, sire, é O Pregador.

– Sou ele, sim. – E havia medo na voz do Pregador porque, finalmente, tinha encontrado o seu próprio passado.

– Aqui não é nenhum jardim – Leto concedeu –, mas você é bem-vindo a compartilhar este lugar comigo hoje à noite.

– Quem é você? – O Pregador quis saber. – Como deteve o nosso verme? – Havia um tom fatídico de reconhecimento na voz do Pregador. Agora ele estava convocando as reminiscências de sua outra visão... sabendo que poderia encontrar um fim aqui.

– É um demônio! – interrompeu o jovem guia, protestando. – Devemos fugir deste lugar ou nossas almas...

– Silêncio! – trovejou O Pregador.

– Sou Leto Atreides – anunciou Leto. – Seu verme parou porque eu assim ordenei.

O Pregador ficou imóvel, paralisado e em silêncio.

– Venha, meu pai – Leto insistiu. – Desmonte e passe esta noite comigo. Vou lhe dar xarope doce para beber. Vejo que tem o fremkit com comida e água. Vamos dividir nossas riquezas aqui, na areia.

– Leto ainda é uma criança – contrapôs O Pregador. – E dizem que ele morreu vítima de uma conspiração dos Corrino. Não há infância em sua voz.

– O senhor me conhece, sire – Leto murmurou. – Sou pequeno para a minha idade, tal como você foi, mas minha experiência é antiga e minha voz aprendeu com ela.

– O que está fazendo aqui, no fundo do deserto? – O Pregador perguntou.

– Bu ji – Leto respondeu. *Nada a partir de nada*. Essa era a resposta de um andarilho zen-sunita, de alguém que só agia partindo de uma posição de repouso sem esforço e em harmonia com o ambiente em torno.

O Pregador sacudiu o ombro de seu jovem guia.

– É realmente uma criança, uma criança de verdade?

– Aiya – balbuciou o jovem, mantendo uma receosa atenção voltada para Leto.

Um grande calafrio de choque abalou O Pregador.

– Não – ele suspirou.

– É um demônio na forma de uma criança – insistiu o guia.

– Vocês passam a noite aqui – sentenciou Leto.

– Faremos o que ele diz – anuiu O Pregador. Ele tirou a mão do ombro de seu guia, deslizou do lombo do verme e de um anel da criatura e atingiu a areia, dando um salto lépido assim que seus pés tocaram o solo. Voltando-se, disse: – Leve o verme embora e devolva-o para a areia. Ele está cansado e não nos incomodará.

– O verme não irá – protestou o jovem.

– Irá – Leto confirmou. – Mas, se tentar fugir montado nele, deixarei que ele coma você. – Ele se dirigiu para uma lateral do espectro sensorial do verme e apontou na direção de onde eles tinham vindo: – Siga nessa direção.

O jovem deu um leve tapinha com um aguilhão no anel atrás dele e encaixou um gancho onde ele mantinha um anel aberto. Lentamente, o verme começou a deslizar pela areia, virando quando o jovem mudou a posição do gancho para mais baixo.

Guiando-se pelo som da voz de Leto, O Pregador tinha subido a encosta da duna apesar da dificuldade e agora se postava à distância de dois passos do menino. Seu deslocamento fora realizado com tal segurança que Leto soube no mesmo momento que aquela não seria uma contenda fácil.

Aqui, as visões divergiam.

– Tire a máscara do seu traje, pai – Leto pediu.

O Pregador obedeceu, deixando cair a dobra do capuz e removendo a cobertura que tapava sua boca.

Conhecendo sua própria aparência, Leto estudou aquele rosto, vendo as linhas de semelhança como se elas tivessem sido esboçadas à luz. As linhas formavam uma reconciliação indefinível, um percurso genético sem limites bem demarcados, e não havia como se confundir a respeito delas. Essas linhas vinham desde o Leto dos tempos das caçadas, dos tempos em que a água pingava, desde os mares milagrosos de Caladan. Mas, agora, configuravam uma encruzilhada em Arrakis, enquanto a noite esperava para se desdobrar sobre as dunas.

– Então, pai – começou Leto, olhando para o lado esquerdo onde podia ver o jovem guia vindo de volta através da areia até onde eles estavam, tendo abandonado o verme.

– Mu zein! – exclamou O Pregador, acenando com a mão direita num gesto cortante. *Isto não é bom!*

– Koolish zein – Leto respondeu com a voz baixa. *Este é todo o bom que poderemos ter*. E acrescentou em chakobsa, a língua de batalhas dos Atreides: – Aqui estou e aqui fico! Não podemos esquecer isso, pai.

Os ombros do Pregador afundaram. Ele colocou as duas mãos sobre as órbitas vazias, num gesto que não usava há muito tempo.

— Certa vez, eu lhe dei a capacidade de ver a partir dos meus olhos e peguei suas memórias — lembrou Leto. — Sei das suas decisões e estive no lugar em que você se escondeu.

— Eu sei. — O Pregador baixou as mãos. — Você vai ficar?

— Você me deu o nome daquele homem que inscreveu essas palavras em seu brasão — insistiu Leto. — *J'y suis, j'y reste!*

O Pregador suspirou profundamente.

— A que ponto isso chegou, isso que você fez consigo mesmo?

— Minha pele não é mais minha, pai.

O Pregador estremeceu.

— Então entendo como foi que você me encontrou aqui.

— Sim, eu atei minha memória a um lugar que minha carne nunca tinha visto — Leto contou. — Preciso atravessar uma noite com meu pai.

— Não sou seu pai. Sou somente uma cópia fajuta, uma relíquia. — Ele girou a cabeça na direção do som do guia que vinha chegando. — Não sigo mais na direção das visões para o meu futuro.

A escuridão desceu sobre o deserto enquanto ele falava. As estrelas pipocaram no alto, sobre eles, e Leto também se voltou na direção do guia que se aproximava.

— Wubakh ul kuhar! — Leto exclamou para o jovem. — *Saudações!*

E veio a resposta:

— Subakh un nar!

Falando num murmúrio rouco, O Pregador alertou:

— Esse jovem Assan Tariq é perigoso.

— Todos os Banidos são perigosos — Leto acrescentou. — Mas não para mim. — E ele falou em voz baixa, normalmente.

— Se essa é a sua visão, não irei compartilhá-la — O Pregador afirmou.

— Talvez você não tenha escolha — murmurou Leto. — Você é *fil-haquiqa*, A Realidade. Você é Abu Dhur, o Pai das Indefinidas Estradas do Tempo.

— Não passo da isca numa armadilha — rebateu O Pregador, e sua voz soou amarga.

— E Alia já mordeu essa isca — concluiu Leto. — Mas não gosto do sabor dela.

— Você não pode fazer isso! — silvou O Pregador.

- Já fiz. Minha pele não é a minha pele.
- Talvez não seja tarde demais para você...
- É tarde demais. - Leto inclinou a cabeça de lado. Ele podia ouvir Assan Tariq trabalhosamente escalando a duna pelo lado mais fácil de chegar a eles, guiado pelo som de suas vozes. - Saudações, Assan Tariq de Shuloch - Leto cumprimentou.

O jovem parou logo abaixo de Leto na encosta de areia, uma sombra escura perfilada à luz das estrelas. Havia indecisão no modo como seus ombros estavam postos e na inclinação de sua cabeça.

- Sim - confirmou Leto. - Eu sou aquele que escapou de Shuloch.
- Quando ouvi... - O Pregador começou. E de novo: - Você não pode fazer isso!
- Estou fazendo. O que importa se você ficar cego mais uma vez?
- Você acha que tenho medo disso? - perguntou O Pregador. - Não está vendo o belo guia que me forneceram?
- Eu o vejo. - Mais uma vez, Leto encarou Tariq. - Você não me ouviu, Assan? Eu sou aquele que escapou de Shuloch.
- Você é um demônio - o jovem acusou, vacilante.
- O seu demônio - Leto concordou. - Mas você é o meu demônio. - E Leto sentiu crescer a tensão entre ele e seu pai. Era um jogo de sombras em volta deles, uma projeção de formas inconscientes. E Leto sentiu as reminiscências de seu pai, uma forma de profecia retroativa que distinguia entre as visões e a realidade familiar desse momento.

Tariq sentiu isso, essa batalha das visões. E desceu vários passos pela encosta da duna.

- Você não pode controlar o futuro - O Pregador murmurou, e o som de sua voz estava cheio de esforço, como se ele tivesse levantado um grande peso.

Leto sentiu então a dissonância entre eles dois. Era um elemento do universo ao qual sua vida inteira se agarrava. Ele ou seu pai logo seriam forçados a agir, a tomar uma decisão em função desse ato, a escolher uma visão. E seu pai estava certo: na busca do controle do universo, só se pode construir as armas com as quais o universo acabará derrotando você no final. Escolher e administrar uma visão exigia que você se equilibrasse num único fio, muito fino, brincando de Deus numa corda bamba lá no alto com a solidão cósmica de ambos os lados. Nenhum dos competidores poderia recuar para a morte-como-cessação-do-paradoxo. Ambos conheciam as visões e as regras. Todas as antigas ilusões estavam morrendo. E quando um dos competidores se mexia, o outro podia fazer um contramovimento. A única verdade real que importava a eles agora era aquela que os separava do pano de fundo da visão. Não havia lugar de segurança, somente uma troca transitória de relacionamentos, aprisionada dentro dos limites que agora eles traçavam e impunham para as mudanças inevitáveis. Cada um deles possuía apenas uma coragem desesperada e solitária na qual confiar, mas Leto contava com duas vantagens: ele se havia comprometido com um caminho do qual não havia retorno e havia aceitado para si as terríveis consequências. Seu pai ainda esperava que existisse um caminho de volta e não tinha se comprometido de maneira cabal.

– Você não deve! Não deve! – O Pregador esganiçava com voz que raspava incomodamente os ouvidos.

Ele percebe a minha vantagem, Leto pensou.

E, usando uma voz normal de conversa, encobrindo sua própria tensão, no esforço exigido para equilibrar essa competição de outro nível, Leto comentou:

– Não acredito apaixonadamente na verdade, não tenho fé em nada além do que naquilo que eu crio. – E então sentiu um movimento entre ele e seu pai, algo com as características granulares que tocavam apenas a crença pessoal e apaixonadamente subjetiva de Leto em si mesmo. Por meio dessa crença, ele sabia que tinha assentado os marcadores do Caminho Dourado. Algum dia, esses marcadores poderiam dizer aos outros como serem humanos. Um estranho presente vindo de uma criatura que não seria mais humana quando esse dia chegasse. Mas esses marcadores sempre tinham sido assentados por aqueles que apostavam alto. Leto os percebeu espalhados pela paisagem das vidas interiores existentes nele e, sentindo isso, preparou-se para a aposta final.

Delicadamente ele farejou o ar, buscando o sinal que tanto ele como o pai sabiam que viria. Restava uma pergunta: será que seu pai avisaria o aterrorizado jovem guia que esperava ali embaixo?

Nesse instante, Leto sentiu o cheiro de ozônio, o odor que traía a presença de um escudo. Fiel às ordens dadas pelos Banidos, o jovem Tariq estava tentando matar aqueles dois Atreides perigosos, sem saber os horrores que isso poderia precipitar.

– Não – O Pregador murmurou.

Mas Leto sabia que aquele era o sinal verdadeiro. Ele percebera o ozônio, mas não havia comichão no ar em torno deles. Tariq usava um pseudoescudo no deserto, uma arma criada exclusivamente para Arrakis. O efeito Holtzmann convocaria um verme e ao mesmo tempo o enlouqueceria. Nada seria capaz de deter esse verme – nem água, nem a presença de trutas da areia... nada. Sim, o jovem tinha armado o dispositivo na encosta da duna e estava começando a se afastar da zona de perigo.

Leto se atirou do alto da duna, ouvindo o grito de protesto de seu pai. Mas o ímpeto terrível dos músculos amplificados de Leto lançou-o no ar como se ele fosse um míssil. Uma de suas mãos estendidas fechou-se na gola do trajestilador de Tariq, enquanto a outra o estapeava do outro lado para agarrar o manto do jovem pela cintura. Ouviu-se um simples estalar de ossos quando o pescoço de Tariq foi quebrado. Leto rolou e levantou seu corpo como um instrumento minuciosamente calibrado, capaz de entrar na areia no local preciso em que o pseudoescudo tinha sido camuflado. Seus dedos encontraram o dispositivo e ele o arrancou da areia, atirando-o para o alto num movimento que descreveu um arco, cujo final ficava longe, ao sul de onde estavam.

Nesse momento, um ruidoso misto de silvos e estrépitos no chão atravessou o deserto desde onde o pseudoescudo tinha caído. Então o som cessou, e o silêncio tornou a imperar.

Leto olhou para o alto da duna onde seu pai continuava parado, ainda desafiador, mas derrotado. Ali estava Paul Muad'Dib, imóvel, cego, furioso, quase desesperado por ter fugido antes da visão que agora Leto tinha aceitado. Agora, a mente de Paul deveria estar refletindo sobre o longo koan zen-sunita: *"No ato específico de predizer um futuro exato, Muad'Dib introduziu um elemento de desenvolvimento e crescimento na própria faculdade da presciência por meio do qual ele enxergou a existência humana. Com isso, ele acarretou a incerteza para si mesmo. Buscando o absoluto da previsão ordenada, ele amplificou a desordem e a previsão distorcida".*

Voltando ao topo da duna em um único salto, Leto observou:

– Agora sou o seu guia.

– Nunca!

– Você prefere voltar para Shuloch? Mesmo que o acolhessem de bom grado se chegasse lá sem Tariq, aonde Shuloch terá ido agora? Seus *olhos* enxergam isso?

Paul então enfrentou seu filho, direcionando suas órbitas vazias para o rosto dele:

– Você realmente conhece o universo que criou aqui?

Leto ouviu a ênfase especial. A visão terrível que ambos sabiam ter sido posta em movimento ali tinha exigido o ato de criação de um determinado *ponto* no tempo. Por esse momento, o universo senciente inteiro compartilhava uma visão linear do tempo dotada das características de uma progressão ordenada. Eles embarcaram nesse tempo como poderiam ter embarcado num veículo em movimento e só poderiam sair dele do mesmo jeito.

Contra isso, Leto segurava as rédeas de múltiplos fios, equilibrado em sua própria capacidade de ver iluminada pela visão do tempo como algo multilinear e multientrelaçado. Ele era o homem capaz de ver no universo de cegos. Somente ele podia disseminar o raciocínio ordenador porque seu pai não mais segurava as rédeas. Na opinião de Leto, um filho tinha mudado o passado. E um pensamento ainda não cogitado no mais remoto dos futuros poderia se refletir sobre o *agora* e movimentar sua mão.

Somente *a sua* mão.

Paul sabia disso porque não podia mais perceber como Leto era capaz de manipular as rédeas; ele só podia reconhecer as consequências inumanas que Leto havia aceitado. E pensou: *Aqui está a mudança pela qual eu tinha rezado. Por que tenho medo dela? Porque é o Caminho Dourado!*

– Estou aqui para dar propósito à evolução e, portanto, dar propósito a nossas vidas – Leto afirmou.

– Você *deseja* viver milhares de anos, mudando como sabe agora que mudará?

Leto entendeu que seu pai não estava falando de mudanças físicas. Eles dois sabiam das consequências físicas: Leto iria se adaptar seguidamente. A pele que não era a sua pele iria se adaptar incessantemente. O ímpeto evolutivo de cada parte se fundiria na outra e emergiria uma única transformação. Quando ocorresse a metamorfose, *se* ocorresse, emergiria nesse universo uma criatura pensante de dimensões assombrosas, e esse universo iria adorá-la.

Não... Paul estava se referindo às mudanças interiores, aos pensamentos e às decisões que se abateriam sobre os adoradores.

– Esses que pensam que você morreu – Leto apontou –, você sabe o que dizem a respeito de suas palavras finais.

– Claro que sim.

– *"Agora eu faço o que toda a vida deve fazer a serviço da vida"* – Leto recitou. – Você nunca disse disso, mas um sacerdote que achou que você nunca poderia retornar e chamá-lo de mentiroso colocou essas palavras em sua boca.

– Eu não o chamaria de mentiroso. – Paul respirou fundo. – Essas são boas palavras finais.

– Você prefere ficar aqui ou voltar para aquela cabana na bacia de Shuloch? – Leto perguntou.

– Este é o seu universo agora – Paul respondeu.

Essas palavras repletas de derrota percutiram em Leto. Paul tinha tentado direcionar os derradeiros fiapos de uma visão pessoal, de uma escolha que ele tinha feito antes, em Sietch Tabr. Por causa disso, ele tinha aceitado seu papel como instrumento de vingança para os Banidos, os remanescentes de Jacurutu. Esses o haviam contaminado, mas ele aceitara isso e não a visão do universo que tivera e que Leto havia escolhido.

Era tão grande a tristeza dentro de Leto que ele não conseguiu falar nada durante muitos minutos. Quando enfim pôde achar sua voz, prosseguiu:

– Então você fisgou Alia, tentou-a e confundiu-a até que ela ficasse imóvel e tomasse as decisões erradas. E agora ela sabe quem você é.

– Ela sabe... Sim, ela sabe.

A voz de Paul estava velha então e refletia protestos ocultos. Mas ainda havia nele uma reserva de desafio. E ele atacou:

– Tirarei de você a visão se eu puder.

– Milhares de anos pacíficos – rebateu Leto. – É isso que darei a eles.

– Hibernação! Estagnação!

– Naturalmente. E as formas de violência que eu permitir. Será uma lição que a humanidade nunca esquecerá.

– Cuspo em sua lição! – Paul exclamou. – Você acha que eu não vi uma coisa parecida com essa que você escolheu?

– Você viu – Leto concordou.

– E a sua visão é melhor do que a minha em algum sentido?

– Nem um milímetro melhor. Pior, possivelmente – Leto considerou.

– Então, o que posso fazer senão resistir a você? – Paul indagou.

– Me matar, talvez?

– Não sou tão inocente. Eu sei o que você desencadeou. Estou a par dos qanats destruídos e de todos os tumultos.

– E agora Assan Tariq nunca mais regressará a Shuloch. Você tem de voltar comigo ou não voltar de jeito nenhum porque essa é a minha visão, agora.

– Prefiro não voltar.

Como a voz dele parece velha, Leto pensou, e esse pensamento doeu como uma pancada. Ele disse:

– Estou com o anel do gavião dos Atreides escondido na minha *dishdasha*. Quer que eu o devolva a você?

– Se eu ao menos tivesse morrido – Paul murmurou. – Eu realmente quis morrer quando fui para o deserto naquela noite, mas sabia que não poderia partir deste mundo. Eu tinha de voltar e...

– Resgatar a lenda – completou Leto. – Eu sei. E os chacais de Jacurutu estavam esperando por você naquela noite, como você sabia que eles estariam. Eles queriam as suas visões! Você sabia disso.

– Eu me recusei. Nunca dei a eles nenhuma visão.

– Mas eles o contaminaram. Eles lhe deram de comer a essência da especiaria e o manipularam com mulheres e sonhos. E você efetivamente teve visões.

– Às vezes. – E a voz dele soou muito ardilosa.

– Você vai querer de volta seu anel do gavião? – Leto insistiu.

De repente, Paul se sentou na areia e criou uma mancha escura à luz da estrelas.

– Não!

Então ele sabe da futilidade desse caminho, Leto pensou. Isso revelava bastante, mas não o suficiente. A disputa de visões tinha se deslocado de seu delicado contexto de escolhas para uma grosseira eliminação de alternativas. Paul sabia que não poderia vencer, mas ainda esperava anular aquela única visão à qual Leto se apegava.

Nesse instante, Paul pronunciou:

– Sim, fui contaminado por Jacurutu. Mas você se contamina a si próprio.

– É verdade – Leto reconheceu. – Sou seu filho.

– E é um bom fremen?

— Sim.

— Você permitiria que um cego finalmente fosse para o deserto? Você me deixará encontrar a paz do jeito que eu quero? — E ele deu um soco na areia ao seu lado.

— Não — respondeu Leto —, não permitirei isso. Mas é seu direito cair sobre sua própria faca se insistir nisso.

— E você ficaria com o meu corpo!

— É verdade.

— Não!

Então, ele conhece esse caminho, Leto pensou. O filho de Muad'Dib criando um santuário com o corpo do pai seria interpretado como uma forma de cimentar a visão de Leto.

— Você nunca lhes disse, não é mesmo, pai? — Leto perguntou.

— Nunca.

— Mas eu disse — Leto falou. — Contei para Muriz. Kralizec, a Batalha do Tufão.

Os ombros de Paul afundaram.

— Você não pode — ele sussurrou. — Não pode.

— Agora, eu sou uma criatura deste deserto, meu pai — Leto afirmou. — Você falaria desse jeito de uma tempestade de Coriolis?

— Você acha que sou um covarde por ter recusado seguir por esse caminho — balbuciou Paul com a voz rouca e trêmula. — Ah, eu entendo bem você, filho. Presságios e predições sempre foram o tormento deles. Mas nunca me perdi entre os possíveis futuros porque este é inominável.

— O seu jihad será um piquenique de verão em Caladan, em comparação — Leto concordou. — Vou levá-lo para Gurney Halleck, agora.

— Gurney! Ele serve à Irmandade por meio de minha mãe.

E agora Leto compreendia a extensão da visão de seu pai.

— Não, pai. Gurney não serve mais a ninguém. Eu conheço o lugar onde posso encontrá-lo e levarei você até lá. Está na hora de uma nova lenda ser criada.

— Percebo que não consigo fazer você mudar de ideia. Deixe-me tocá-lo, então, pois você é meu filho.

Leto estendeu a mão direita para encontrar os dedos que tateavam, sentiu a força deles, avaliou-a e resistiu a todos os sutis movimentos de mudança que vinham do braço de Paul.

— Nem mesmo uma faca envenenada pode me ferir agora — afirmou Leto. — Já sou uma química diferente.

Lágrimas deslizaram dos olhos sem vida de Paul e ele soltou a mão, que caiu ao seu lado.

— Se eu tivesse escolhido o seu caminho, teria me transformado no *bicouros de shaitan*. E você, o que se tornará?

— Por algum tempo irão me chamar de missionário de *shaitan* também — Leto anuiu. — Depois, começarão a matutar sobre isso e, por fim, irão entender. Você não levou sua visão longe o suficiente, meu pai. Suas mãos fizeram coisas boas e outras más.

— Mas o mal foi conhecido depois do acontecido!

— Que é como se dá com muitos grandes males — Leto assentiu. — Você só se aventurou a uma parte da minha visão. A sua força não foi bastante?

— Você sabe que eu não podia ficar lá. Eu nunca poderia cometer uma maldade que fosse conhecida antes do ato. Não sou Jacurutu. — Ele ficou em pé. — Você acha que sou desses que dá gargalhadas sozinho, à noite?

— É uma pena que você nunca tenha sido realmente um fremen — Leto disse. — Nós, fremen, sabemos como comissionar um arifa. Nossos juízos podem escolher entre males. Sempre foi assim para nós.

— Fremen, é? Escravos de um destino que você ajudou a construir? — Paul deu alguns passos na direção de Leto, estendeu uma mão com um movimento curiosamente tímido, tocou no braço encouraçado dele, tateando até onde a membrana deixava de fora a orelha daquele lado, então a bochecha e, por fim, a boca. — Ah, essa ainda é a sua própria carne — ele disse. — Para onde é que essa carne irá levá-lo? — E ele deixou a mão cair.

— Até um lugar onde os humanos possam construir seu futuro de instante a instante.

— Veremos. Uma Abominação poderia dizer o mesmo.

— Eu não sou Abominação, embora pudesse ter sido — concedeu Leto. — Vi o que pode acontecer, com Alia. Um demônio vive dentro dela, meu pai. Ghani e eu conhecemos esse demônio: é o barão, o seu avô.

Paul enterrou o rosto nas mãos. Seus ombros se sacudiram por um minuto, e então ele baixou as mãos; sua boca desenhava uma linha rígida.

— Existe uma maldição sobre a nossa Casa. Suplico que você jogue esse anel na areia, que me renegue e fuja, para construir... uma vida diferente. Você tinha essa opção.

– A que preço?

Depois de um prolongado silêncio, Paul respondeu:

– O final ajusta o caminho que veio atrás dele. Somente uma única vez deixei de lutar por meus princípios. Uma só. Aceitei o mahdinato. Fiz isso por Chani, mas desse modo me tornei um mau líder.

Leto percebeu que não podia dar uma resposta a isso. A lembrança dessa decisão estava ali, dentro dele.

– Não posso mentir para você mais do que pude mentir para mim mesmo – Paul confessou. – Eu sei. Todo homem deveria ter um auditor desses. A única coisa que vou perguntar é esta: a Batalha do Tufão é uma necessidade?

– É isso ou os humanos serão extintos.

Paul ouviu a verdade nas palavras de Leto, ditas com uma voz moderada que reconhecia a maior amplitude da visão de seu filho.

– Não tinha visto isso dentre as escolhas.

– Acredito que a Irmandade desconfie disso – confidenciou Leto. – Não posso aceitar nenhuma outra explicação para a decisão de minha avó.

O vento da noite soprou gelado em volta deles e fustigou o manto de Paul sobre suas pernas. Ele tremeu. Quando viu isso, Leto disse:

– Você tem um kit, meu pai. Vou armar a tenda e podemos passar uma noite confortável.

Mas Paul só conseguiu negar com a cabeça, sabendo que ele não provaria de conforto nesta noite, e tampouco em nenhuma outra. Muad'Dib, o Herói, devia ser destruído. Ele mesmo tinha dito isso. Somente O Pregador seguiria em frente agora.

Os fremen foram os primeiros humanos a desenvolver uma simbologia consciente/inconsciente por meio da qual vivenciar os movimentos e os relacionamentos de seu sistema planetário. Foram o primeiro dentre todos os povos a expressar o clima em termos de uma linguagem semimatemática cujos símbolos escritos encarnam (e internalizam) os relacionamentos exteriores. A linguagem em si fazia parte do sistema que descrevia. Sua forma escrita continha a forma do que descrevia. O íntimo conhecimento local do que estava disponível para sustentar a vida estava implícito nesse desenvolvimento. Pode-se medir a extensão dessa interação entre linguagem e sistema pelo fato de os fremen se aceitarem como animais forrageiros e coletores.

– **A história de Liet-Kynes,
por Harq al-Ada**

– Kaveh Wahid – disse Stilgar. – *Traga café*. Ele fez um sinal com a mão levantada para um auxiliar que permanecia parado em pé, perto da única porta que dava acesso a uma austera sala de paredes de pedra, onde ele tinha passado aquela noite de vigília. Aquele era o lugar em que o antigo naib fremen costumava tomar seu espartano desjejum, e já estava quase na hora dessa refeição, mas, depois de uma noite daquelas, ele não sentia fome. Stilgar se levantou e alongou os músculos.

Duncan Idaho estava sentado numa almofada no chão, perto da porta, tentando conter um bocejo. Ele tinha acabado de constatar, enquanto falavam, que ele e Stilgar tinham atravessado uma noite inteira.

– Perdoe-me, Stil – ele murmurou. – Eu o mantive acordado a noite toda.

– Ficar acordado a noite toda aumenta um dia à sua vida – comentou Stilgar, aceitando a bandeja com café que lhe era passada através da porta. Ele empurrou um banco baixo para a frente de Idaho, colocou ali a bandeja e sentou do outro lado, à frente de seu convidado.

Os dois usavam o manto de cor amarela dos enlutados, mas o de Idaho tinha sido emprestado porque o pessoal de Tabr não apreciava o verde Atreides de seu uniforme de trabalho. Stilgar verteu o líquido escuro de uma bojuda jarra de cobre, deu um gole primeiro e levantou a xícara como um sinal para Idaho, fiel ao antigo costume dos fremen: *"É seguro; provei um pouco"*.

O café tinha sido feito por Harah, exatamente do jeito como Stilgar preferia: os grãos eram torrados até adquirirem uma tonalidade castanho-rosada, depois moídos até se tornarem um pó dentro de um almofariz de pedra enquanto ainda estavam quentes e então imediatamente fervidos; em seguida se acrescentava uma pitada de mélange.

Idaho inalou o aroma rico da especiaria e bebericou com cuidado, embora ruidosamente. Ele ainda não sabia se havia convencido Stilgar. Suas faculdades como Mentat tinham começado a funcionar lentamente nas primeiras horas da manhã, e todas as suas computações tinham sido finalmente confrontadas pelos dados inescapáveis fornecidos na mensagem de Gurney Halleck.

Alia estava a par de Leto! Ela fora informada.

E Javid tinha de ser parte desse conhecimento.

– Eu devo ser libertado de suas restrições – Idaho disse por fim, retomando novamente os debates.

Stilgar não arredou pé.

– O acordo de neutralidade exige que eu faça julgamentos severos. Ghani está a salvo aqui. Você e Irulan estão a salvo aqui. Mas você não pode enviar mensagens. Receber mensagens, sim, mas não pode enviar nenhuma. Dei a minha palavra.

– Esse não é o tratamento que se costuma dar a um convidado e a um velho amigo que compartilhou seus perigos – Idaho lembrou, sabendo que já tinha usado esse argumento antes.

Stilgar depositou a xícara, colocando-a cuidadosamente no devido lugar na bandeja e mantendo sua atenção nela enquanto falava.

– Nós, fremen, não sentimos culpa pelas mesmas coisas que despertam esse tipo de sentimento nos outros – ele explicou, levando então sua atenção ao rosto de Idaho.

Ele precisa ser levado a pegar Ghani e fugir deste lugar, Idaho pensou, e então disse:

– Não era minha intenção despertar uma tempestade de culpa.

– Eu entendo – falou Stilgar. – Levantei essa questão para inculcar em você nossa atitude fremen porque é isso que estamos enfrentando aqui: os fremen. Até mesmo Alia pensa como fremen.

– E os sacerdotes?

– Eles são outra questão – Stilgar respondeu. – Eles querem que as pessoas engulam o grande vento do pecado, levando *isso* para a esfera perene. Essa é a grande pústula por meio da qual eles buscam conhecer a própria piedade. – Stilgar falava com uma voz neutra, mas Idaho ouvia o amargor e se perguntava por que esse amargor não era capaz de abalar Stilgar.

– Esse é um truque muito, muito antigo do regime autocrático – apontou Idaho. – Alia o conhece bem. Bons súditos devem sentir culpa. A culpa começa como uma sensação de fracasso. O bom autocrata fornece muitas oportunidades de fracasso para o seu povo.

– Reparei nisso – Stilgar comentou, seco. – Mas você deve me perdoar se menciono isso uma vez mais a você, mas você está se referindo à sua esposa. Ela é a irmã de Muad'Dib.

– Ela está possuída, acredite no que lhe digo!

– Muitos estão dizendo isso. Um dia ela terá de passar pelo teste. Enquanto isso, há outras considerações mais importantes.

Idaho sacudiu a cabeça, entristecido.

– Tudo que eu lhe disse pode ser comprovado. A comunicação com Jacurutu sempre ocorreu por meio do Templo de Alia. O complô contra os gêmeos teve cúmplices lá dentro. O dinheiro da venda de vermes em locais extraplanetários vai para lá. Todos os fios levam ao gabinete de Alia, levam à Regência.

Stilgar sacudiu a cabeça e inspirou fundo.

– Este é um território neutro. Dei minha palavra.

– As coisas não podem continuar do jeito que estão – protestou Idaho.

– Concordo – Stilgar aquiesceu. – Alia está presa dentro do círculo e todo dia o círculo fica menor. É como o nosso antigo costume de ter muitas esposas. Isso sinaliza especificamente a esterilidade masculina. – Ele endereçou um olhar inquisitivo para Idaho. – Você disse que ela o traiu com outros homens... "usando o sexo como arma" acredito que foram as palavras que você usou. Então, você tem um modo perfeitamente legal à sua disposição. Javid está aqui, em Tabr, com mensagens enviadas por Alia. Você só precisa...

– Em seu território neutro?

– Não, mas lá fora, no deserto...

– E se eu usar essa oportunidade para fugir?

– Você não terá esse tipo de oportunidade.

– Mesmo assim, juro para você, Alia está possuída. O que tenho de fazer para convencê-lo de que...

– Isso é difícil de provar – interrompeu Stilgar. Era o mesmo argumento que ele tinha usado muitas vezes durante a noite.

Idaho se lembrou das palavras de Jéssica e rebateu:

– Mas você tem meios de provar.

– Um meio, sim – Stilgar reconheceu. Novamente, ele sacudiu a cabeça. – Doloroso, irrevogável. É por isso que eu assinalei para você nossa atitude com respeito à culpa. Podemos nos eximir de culpas que poderiam nos destruir em tudo exceto no Teste da Possessão. Para esse julgamento, o tribunal composto pelo povo todo assume a total responsabilidade.

– Vocês já fizeram isso antes, não foi?

– Estou certo de que a Reverenda Madre não omitiu nossa história no recital que realizou – disse Stilgar. – Você sabe muito bem que já fizemos isso antes.

Idaho respondeu ao tom de irritação na voz de Stilgar:

– Eu não estava tentando atraí-lo a cometer falsidades. Era só...

– Foi uma longa noite, com perguntas sem resposta – Stilgar afirmou. – E agora já amanheceu.

– Devo ter autorização para enviar uma mensagem para Jéssica – insistiu Idaho.

– Isso seria uma mensagem para Salusa – concluiu Stilgar. – Eu não faço promessas levianas. Minha palavra será mantida. É por isso que Tabr se mantém um território neutro. Eu o manterei em silêncio. Jurei isso envolvendo todos que estão em minha casa.

– Alia deve ser trazida perante o seu Tribunal!

– Talvez. Antes, devemos descobrir se há circunstâncias atenuantes. Uma falha de autoridade, possivelmente. Até mesmo azar. Poderia ser um caso daquela má tendência natural que todos os humanos compartilham e não uma possessão.

— Você quer ter certeza de que não sou somente o marido traído, buscando que outros executem sua vingança por ele — acusou Idaho.

— Esse pensamento ocorreu a outras pessoas, mas não a mim — murmurou Stilgar. Ele sorriu para anular o veneno de suas palavras. — Nós, fremen, temos nossa ciência da tradição, nosso *hadith*. Quando temos medo de um Mentat ou de uma Reverenda Madre, retomamos o *hadith*. Dizem que o único medo que não podemos retificar é o medo dos nossos próprios erros.

— Lady Jéssica deve ser informada — teimou Idaho. — Gurney afirma...

— Essa mensagem pode não ser de Gurney Halleck.

— Não é de mais ninguém. Nós, Atreides, temos nossos métodos para comprovar a origem das mensagens. Stil, será que você não poderia ao menos investigar...

— Não há mais Jacurutu — Stilgar interrompeu. — Foi destruído há muitas gerações. — Ele tocou na manga de Idaho. — De todo modo, não posso abrir mão de nenhum guerreiro. Estes são tempos tumultuados e a ameaça aos qanat... você entende? — ele se sentou de novo. — Agora, quando Alia...

— Não existe mais Alia — Idaho cortou.

— É o que você diz. — E Stilgar deu mais um gole no café, recolocando a xícara na bandeja, depois. — Deixemos a conversa por aqui, amigo Idaho. Em geral, não há necessidade de arrancar o braço para retirar a farpa.

— Então, falemos sobre Ghanima.

— Não há necessidade. Ela tem meu semblante, minha linhagem. Ninguém pode atacá-la aqui.

Ele não pode ser assim tão ingênuo, Idaho pensou.

Mas Stilgar estava se erguendo, o que indicava que a entrevista estava encerrada.

Idaho também se colocou em pé, sentindo os joelhos travados. Suas pernas estavam dormentes. Quando Idaho ficou em pé, um assistente entrou e se postou de lado. Javid entrou no aposento atrás dele. Idaho se virou. Stilgar estava a quatro passos de distância. Sem hesitar, Idaho desembainhou a faca com um único movimento rápido e investiu a ponta contra o peito do surpreso Javid. Ele cambaleou para trás, afastando-se da faca. Então girou e caiu de cara no chão. Suas pernas convulsionaram. Ele estava morto.

– Isso foi para calar as intrigas – murmurou Idaho.

O assistente estava com sua faca na mão, indeciso quanto a como reagir. Idaho já tinha guardado sua própria lâmina na bainha, deixando um fio de sangue na beirada de seu manto amarelo.

– Você me desonrou – gritou Stilgar. – Aqui é neutro...

– Calado! – Idaho fuzilou, para o choque do atônito naib. – Colocaram uma coleira em você, Stilgar!

Esse era um dos três mais mortíferos insultos que se poderiam lançar contra um fremen. O rosto de Stilgar ficou lívido.

– Você é um servo – Idaho acusou. – Você vendeu gente fremen pela água deles.

Esse era o segundo pior insulto possível, aquele que havia destruído o Jacurutu original.

Stilgar rangeu os dentes e colocou a mão sobre sua dagacris. O auxiliar se afastou do cadáver, estirado perto do umbral de saída.

Dando as costas ao naib, Idaho se aproximou da porta, ocupando a estreita abertura ao lado do corpo de Javid e, falando sem se voltar, desfechou o terceiro insulto fatal:

– Você não tem imortalidade, Stilgar. Nenhum dos seus descendentes tem o seu sangue!

– E aonde está indo agora, Mentat? – Stilgar chamou, quando Idaho seguiu em frente e saiu do aposento. A voz de Stilgar estava tão gelada quanto um vento polar.

– Descobrir onde fica Jacurutu – respondeu Idaho, ainda sem virar.

Stilgar desembainhou sua própria faca.

– Talvez eu possa ajudá-lo.

Idaho estava agora na borda externa do corredor. Sem se deter, ele exclamou:

– Se vai me ajudar com a sua faca, seu ladrão de água, então faça isso nas minhas costas. É assim que agem aqueles que usam a coleira do demônio.

Em dois pulos, Stilgar atravessou o aposento, pisou sobre o corpo de Javid e alcançou Idaho no corredor externo. Uma mão crispada agarrou Idaho e o fez girar e parar. Stilgar encarou Idaho com os dentes arreganhados como uma fera e a faca no ar. Stilgar estava a tal ponto enfurecido que nem reparou no curioso sorriso de Idaho.

– Saque sua faca, maldita escória Mentat! – Stilgar rosnou.

Idaho riu. Então, golpeou Stilgar prontamente, a mão esquerda, a mão direita e dois tapas estalados na cabeça.

Com um grito incoerente, que mais lembrava um guincho, Stilgar enterrou sua faca no abdome de Idaho, golpeando para cima através do diafragma para chegar ao coração.

Idaho afundou mais sobre a lâmina, sorrindo de orelha a orelha para Stilgar, cuja ira então se dissolveu num estado de choque gélido.

– Duas mortes para os Atreides – sibilou Idaho. – A segunda por nenhum motivo melhor do que a primeira. – Ele se inclinou para o lado e despencou no chão de pedra, de barriga para baixo. O sangue esguichava de sua ferida.

Stilgar olhou para sua faca de onde gotejava sangue e então para o corpo de Idaho. Ele respirou fundo, tremendo. Javid estava morto atrás dele, e o consorte de Alia, o Ventre Celestial, estava morto por obra do próprio Stilgar. Poderiam dizer que o naib tinha apenas protegido a honra de seu nome, vingando a ameaça à sua jurada neutralidade. Mas esse morto era Duncan Idaho. Quaisquer que fossem os argumentos que ele pudesse lançar, quaisquer que fossem as "circunstâncias atenuantes", nada poderia apagar esse ato. Ainda que Alia o aprovasse confidencialmente, em público ela seria forçada a responder com um ato de vingança. Afinal de contas, ela era fremen. Para governar os fremen, ela não poderia ser menos do que fremen, nem mesmo no menor dos aspectos.

Somente então foi que ocorreu a Stilgar que essa era precisamente a situação que Idaho tinha tencionado comprar com a sua "segunda morte".

Stilgar levantou os olhos, viu o rosto chocado de Harah, sua segunda esposa, que espiava a cena de dentro de uma alcova lateral. Para onde quer que Stilgar se virasse havia rostos com a mesma expressão: choque e a compreensão das consequências daquele ato.

Devagar, Stilgar se endireitou, limpou a lâmina na manga do seu manto e tornou a colocá-la na bainha. Dirigindo-se a todos os rostos, em tom de voz informal, ele ordenou:

– Aqueles que vão partir comigo devem se preparar imediatamente. Mandem homens chamarem vermes.

– Para onde você irá, Stilgar? – Harah perguntou.

– Para o deserto.

– Vou com você – ela declarou.

– Claro que você irá comigo. Assim como todas as minhas esposas. E Ghanima. Vá buscá-la, Harah. Agora.

– Sim, Stilgar... agora mesmo. – Ela hesitou. – E Irulan?

– Se ela assim quiser.

– Sim, marido. – Ela continuava hesitando. – Você está levando Ghanima como refém?

– Refém? – Ele ficou genuinamente surpreso com essa ideia. – Mulher... – Ele tocou o corpo de Idaho delicadamente com um dedo do pé. – Se este Mentat estava certo, eu sou a única esperança de Ghani. – E ele se lembrou então do aviso de Leto: *"Cuidado com Alia. Você tem de pegar Ghani e fugir"*.

> **Assim como os fremen, todos os planetologistas enxergam a vida como expressões de energia e buscam os relacionamentos predominantes. Em pedacinhos, partes e elementos que acabam se tornando uma referência de entendimento geral, a sabedoria racial dos fremen é traduzida numa nova certeza. Aquilo que os fremen têm como povo, qualquer povo pode ter. Só é preciso desenvolver a percepção dos relacionamentos energéticos. É preciso apenas observar que a energia absorve os padrões das coisas e se remodela com base nesses padrões.**
>
> – A catástrofe arrakina,
> Segundo Harq al-Ada

Era o Sietch de Tuek na borda interna da Falsa Muralha. Halleck permaneceu à sombra do contraforte de pedra que se salientava e protegia a alta entrada do sietch, esperando pelos que estavam ali dentro até que decidissem se iriam ou não lhe dar abrigo. Ele voltou os olhos para a região norte do deserto e depois mirou o céu cinza-azulado da manhã. Os contrabandistas que ali estavam tinham ficado muito surpresos ao saber que ele, um sujeito extraplanetário, tinha capturado um verme e o montara. Mas Halleck ficara igualmente pasmo com a reação deles. Aquilo era uma coisa fácil de fazer para um homem ágil e que vira o mesmo ser feito muitas vezes.

Halleck voltou a atenção para o deserto, o deserto prateado de rochas cintilantes e campos cinza-esverdeados nos quais a água tinha efetuado sua mágica. Tudo aquilo de repente lhe pareceu um aprisionamento enormemente frágil de energia, de vida, em que tudo estava ameaçado se ocorresse uma mudança no padrão de mudanças.

Ele sabia qual era a fonte dessa reação. Era a cena fervilhante que se desenrolava na areia do deserto lá embaixo. Contêineres com trutas da areia mortas estavam sendo transportados para o sietch, encaminhados à destilaria para então capturar a água delas. Havia milhares dessas criaturas. Elas tinham vindo com o transbordamento da água, e fora esse transbordamento que fizera a mente de Halleck disparar.

Halleck olhou mais além, lá embaixo, onde ficavam os campos do sietch e os limites do qanat que não mais escoava sua preciosa água. Ele tinha visto as fendas nas paredes de pedra do qanat, o desmoronamento das paredes de pedra que tinha espirrado água na areia. O que havia provocado essas aberturas? Algumas se estendiam por até vinte metros nas partes mais vulneráveis do qanat, em pontos nos quais a areia macia escoava em bacias que absorviam a água. Eram essas depressões no terreno que tinham ficado forradas de trutas da areia. As crianças do sietch as estavam matando e capturando.

Equipes de manutenção trabalhavam no conserto das paredes destruídas do qanat. Outras transportavam doses mínimas de irrigação para as plantas mais necessitadas. A fonte de água da cisterna monumental sob os captadores de vento de Tuek tinha sido lacrada para impedir que escoasse no qanat danificado. As bombas movidas a energia solar tinham sido desligadas. A água da irrigação vinha de bolsões já quase esgotados, no fundo do qanat, e, a muito custo, da cisterna sob o sietch.

A esquadria metálica do veda-portas atrás de Halleck estalou sob o efeito da temperatura em ascensão. Como se o som tivesse feito seus olhos se moverem, Halleck se percebeu atentando para a curva mais distante do qanat, no lugar onde a água tinha sido vertida mais descaradamente nas areias do deserto. Os esperançosos urbanistas do sietch, almejando um jardim, tinham plantado um tipo especial de árvore ali e ela estava condenada, a menos que o fluxo de água pudesse ser restabelecido logo. Halleck contemplou a tola e esfiapada plumagem de um salgueiro-chorão que ali tinha sido destruída quase totalmente pela areia e pelo vento. Para ele, aquele chorão simbolizava a nova realidade para si e para Arrakis.

Nós dois somos alienígenas aqui.

Estavam levando muito tempo para decidir, ali dentro, no sietch, mas a verdade é que estavam precisando de bons combatentes. Os contrabandistas sempre precisavam de bons homens. Halleck, porém, não tinha ilusões a respeito deles. Os contrabandistas dessa época não eram os mesmos que o haviam abrigado há muitos anos, quando ele fugira da dissolução do regime de seu duque. Não, essa era uma nova leva, imediatista, em busca de lucros rápidos.

Novamente, ele prestou atenção naquele salgueiro bobo. Ocorreu a Halleck, então, que as ventanias dessa nova realidade poderiam dizimar os contrabandistas e todos os seus amigos. Poderia destruir Stilgar com sua frágil neutralidade e levar com ele todas as tribos que continuavam leais a Alia. Todos eles se tornariam povos coloniais. Halleck tinha visto aquilo acontecer antes, tendo provado seu sabor amargo em seu próprio mundo de origem. Ele via tudo claramente, lembrando os maneirismos dos fremen da cidade, o padrão dos subúrbios e os inconfundíveis modos do sietch rural que impregnavam até mesmo aquele esconderijo dos contrabandistas. Os distritos rurais eram colônias dos centros urbanos. Eles tinham aprendido a usar um jugo acolchoado e tinham sido levados a isso por sua ganância, quando não por suas superstições. Até mesmo ali, e especialmente ali, as pessoas tinham a atitude de uma população subjugada, não a de pessoas livres. Tinham atitudes defensivas, evasivas, acobertavam suas verdades. Toda manifestação de autoridade era recebida com ressentimento, fosse a autoridade que fosse: a da Regência, a de Stilgar, a de seu próprio Conselho...

Não posso confiar neles, Halleck pensou. Ele só podia usá-los e alimentar sua desconfiança dos outros. Era uma pena. Não havia mais nada que lembrasse o velho dar e receber dos homens livres. Os costumes antigos tinham sido reduzidos a palavras rituais, e suas origens se perdiam na memória.

Alia tinha feito bem o seu trabalho, punindo a oposição e recompensando a ajuda, deslocando as forças imperiais de maneira aleatória, ocultando os principais elementos de seu poder imperial. Os espiões! Pelos deuses das profundezas, que espiões ela devia ter!

Halleck quase conseguia enxergar o ritmo letal do movimento e do contramovimento por meio dos quais Alia esperava manter sua oposição em desequilíbrio.

Se os fremen continuarem dormindo, ela vai vencer, ele pensou.

O veda-portas atrás dele rangeu quando a porta foi aberta. Um auxiliar do sietch chamado Melides apareceu. Era um homem baixo, com um corpo bojudo que ia afinando até um par de pernas magricelas cuja deselegância só era ainda mais acentuada pelo trajestilador.

– Você foi aceito – informou Melides.

E Halleck ouviu a astuciosa dissimulação na voz daquele homem. O que transparecia nessa voz informava a Halleck que ali ele teria refúgio, mas somente por pouco tempo.

Só até que eu possa roubar um dos tópteros deles, ele pensou.

– Sou grato ao seu Conselho – ele aquiesceu. E pensou em Esmar Tuek, que dera o nome a esse sietch. Esmar, morto há muito tempo, tendo sido vitimado pela traição de alguém, teria cortado a garganta daquele Melides assim que pusesse os olhos nele.

Qualquer caminho que estreite as possibilidades futuras pode se tornar uma armadilha letal. Os humanos não estão percorrendo um caminho através de um labirinto: eles esquadrinham um vasto horizonte, repleto de oportunidades únicas. A perspectiva limitadora do labirinto deveria ser atraente apenas para criaturas cujos narizes permanecem enterrados na areia. Singularidades e diferenças que são fruto da sexualidade são a proteção à vida das especiarias.

– Manual da Guilda Espacial

– Por que não sinto nenhum pesar? – Alia dirigiu a pergunta ao teto de sua pequena câmara de audiências, um aposento que ela era capaz de atravessar em apenas dez passos num sentido e quinze no outro. O recinto ainda tinha duas janelas altas e estreitas que davam vista para a Muralha-Escudo, depois da sequência de telhados de Arrakina.

Era quase meio-dia. O sol ardia sobre a caldeira em cima da qual a cidade havia sido construída.

Alia baixou os olhos para fitar Buer Agarves, o antigo tabrita e agora auxiliar de Zia, que por sua vez era incumbida de dirigir a guarda do Templo. Agarves tinha sido o portador da notícia de que Javid e Idaho estavam ambos mortos. Uma turba de sicofantas, assistentes e guardas tinha vindo com ele, e outros mais lotavam toda a área externa adjacente, revelando que já estavam a par da mensagem de Agarves.

Notícias funestas trafegavam depressa em Arrakis.

Homem pequenino, esse Agarves, dotado de uma cara redonda para um fremen, quase infantil em seu formato. Ele era um indivíduo da nova espécie que tinha descambado para o acúmulo exagerado de água em sua pele. Alia o via como se ele tivesse sido repartido em duas imagens: uma com uma expressão séria e olhos índigo opacos, uma contração de preocupação em torno da boca; a outra imagem sensual e vulnerável, excitantemente vulnerável. Ela apreciou em particular a grossura de seus lábios.

Embora ainda não fosse meio-dia, Alia sentiu algo no silêncio chocado que se instalara ao seu redor e que lembrava o entardecer.

Idaho deveria ter morrido ao entardecer, ela disse a si mesma.

– E como você, Buer, se tornou o portador dessa notícia? – ela perguntou, reparando na rápida atitude vigilante que a fisionomia dele assumiu.

Agarves tentou engolir e falou numa voz rouca que era quase um murmúrio:

– Fui com Javid, a senhora se lembra? E quando... Stilgar me mandou vir falar com a senhora, ele me disse que lhe informasse que eu transmitia a obediência final dele.

– Obediência final – ela repetiu, como um eco. – E o que ele queria dizer com isso?

– Não sei, lady Alia – ele se lamentou.

– Explique-me de novo o que você viu – ela ordenou, perplexa com a frialdade que sentia em sua pele.

– Vi... – E a cabeça dele balançou de nervoso, enquanto ele baixava os olhos até o chão, diante de Alia. – Eu vi o Sagrado Consorte morto no chão do corredor central, e Javid estava morto, estirado no chão, num corredor lateral ali perto. As mulheres já estavam preparando os dois para o huanui.

– E Stilgar o convocou a presenciar essa cena?

– É verdade, milady. Stilgar me convocou. Ele mandou Modibo, o Curvado, que era seu mensageiro no sietch. Modibo não me deu nenhum aviso. Ele apenas disse que Stilgar queria que eu fosse até ele.

– E você viu o corpo do meu marido estendido no chão?

Ele a olhou nos olhos de maneira furtiva e mais uma vez voltou a prestar atenção no chão à frente dela, para então aquiescer.

– Sim, milady. E Javid morto ali do lado. Stilgar me disse... me disse que o Sagrado Consorte tinha assassinado Javid.

– E o meu marido, você diz que Stilgar...

– Ele me disse com suas próprias palavras, milady. Stilgar disse que tinha feito aquilo. Ele disse que o Sagrado Consorte havia provocado sua ira.

– Ira – Alia repetiu. – Como foi que isso aconteceu?

– Ele não disse. Ninguém disse. Eu perguntei, mas ninguém disse.

– E foi então que você foi enviado para me trazer essas notícias?

– Sim, milady.

– Não havia nada que você pudesse fazer?

Agarves umedeceu os lábios com a língua e então respondeu:

– Stilgar mandou, milady. Era o sietch dele.

– Entendo. E você sempre obedeceu Stilgar.

– Sempre, milady, até ele me libertar de minha servidão.

– Quando foi mandado para me servir, é isso?

– Agora, só obedeço à senhora, milady.

– É mesmo? Diga-me, Buer, se eu mandasse que você fosse matar Stilgar, seu antigo naib, você o faria?

O olhar dele enfrentou o dela com crescente firmeza:

– Se a senhora o ordenasse, milady.

– De fato, ordeno. Você tem alguma ideia de para onde ele foi?

– Para o deserto. É tudo que sei, milady.

– Quantos homens ele levou?

– Talvez metade do efetivo.

– E Ghanima e Irulan com ele!

– Sim, milady. Os que partem têm a obrigação de levar suas mulheres, seus filhos e todos os seus pertences. Stilgar deu uma escolha a todos: ir com ele ou ficar livres de suas obrigações. Muitos escolheram a soltura. Eles escolherão um novo naib.

– Eu escolherei o novo naib para eles! E será você, Buer Agarves, no dia em que me trouxer a cabeça de Stilgar.

Agarves podia aceitar uma escolha feita após uma batalha. Era um costume fremen. Ele assentiu:

– Às suas ordens, milady. Que forças posso...

– Fale com Zia. Não posso lhe conceder muitos tópteros para a busca. Eles são necessários em outra tarefa. Mas terá um número suficiente de guerreiros. Stilgar difamou sua honra. Muitos servirão ao seu lado com alegria.

– Vou tomar as providências então, milady.

– Espere! – Ela o estudou por um momento, revendo quem poderia despachar para vigiar esse bebezão vulnerável. Ele precisaria ser monitorado de perto até ter provado seu valor. Zia saberia quem despachar com essa incumbência.

– Não estou dispensado, milady?

– Você não está dispensado. Devo consultá-lo em particular e detalhadamente para saber quais são seus planos para capturar Stilgar. – Ela pôs a mão no próprio rosto. – Não sentirei o pesar dessa perda até que você tenha realizado minha vingança. Dê-me alguns minutos para eu me recompor. – Ela baixou a mão. – Uma de minhas assistentes o acompanhará até a saída. – Ela fez um sutil gesto de mão para uma de suas assistentes e cochichou para Shallus, sua nova camareira-mor: – Faça com que ele tome um banho e seja perfumado antes de trazê-lo de volta. Ele fede a vermes.

– Sim, senhora.

Alia se voltou, fingindo o luto que não sentia, e fugiu para seus aposentos privados. Ali, em seu quarto, bateu com força a porta, que ficou firme em seus caixilhos, xingou, amaldiçoou e bateu os pés.

Duncan maldito! Por quê? Por quê? Por quê?

Ela percebia a provocação proposital de Idaho. Ele havia assassinado Javid e provocado Stilgar. Afirmara que sabia de Javid. A coisa toda devia ser entendida como uma mensagem de Duncan Idaho, seu gesto final. *Maldito! Maldito! Maldito!*

Stilgar agora entre os rebeldes e Ghanima com ele. Além de Irulan. *Malditos, todos eles!*

De tanto sapatear de raiva, ela acabou topando com um obstáculo doloroso quando enfiou o pé em um objeto metálico. A dor a fez gritar e ela olhou para baixo, localizando o que a tinha machucado: uma fivela de metal. Ela a agarrou com um movimento brusco e ficou imóvel e rígida ao ver o que tinha na mão. Era uma antiga fivela, uma das fivelas originais de prata e platina de Caladan, oferecida como prêmio pelo duque Leto Atreides I ao seu mestre-espadachim, Duncan Idaho. Ela vira Duncan usando-a inúmeras vezes. E ele a havia largado ali.

Os dedos de Alia se apertaram firmemente em volta da fivela. Idaho tinha deixado aquilo ali quando... quando...

Lágrimas saltaram de seus olhos, vencendo à força seu tremendo condicionamento fremen. Sua boca descaiu e formou uma contração imobilizada, e ela sentiu a velha batalha recomeçar em seu crânio, descendo até a ponta de seus dedos, até a ponta dos pés. Ela sentiu que havia se tornado duas pessoas. Uma olhava para essas contorções corpóreas em completo aturdimento. A outra buscava se submeter à enorme dor que se espalhava pelo seu peito. As lágrimas escorriam livremente de seus olhos, agora. Dentro dela, o Atônito perguntou, petulante:

Frank Herbert

– Quem chora? Quem é essa que chora? Quem está chorando agora?

Mas nada detinha as lágrimas, e ela sentiu a pungência da dor que inflamava seu peito e moveu a sua carne até fazê-la desabar na sua cama.

Apesar de tudo, alguma voz ainda persistia em indagar, instigada por um profundo sentimento de espanto:

– Quem chora? Quem é essa?...

> **Por meio desses atos, Leto II se retirou da sucessão evolutiva. E o fez com uma ação deliberada e cortante, dizendo: "Ser independente é estar removido". Ambos os gêmeos enxergaram além das necessidades da memória como processo de medição, ou seja, a maneira de determinar a distância a que estavam de suas origens humanas. Mas coube a Leto II tomar a atitude audaciosa, reconhecendo que a criação real é independente de seu criador. Ele se recusou a repetir a sequência evolutiva, dizendo: "Isso também me leva cada vez mais para longe da humanidade". Ele percebeu as implicações contidas nisso: não podem existir sistemas de vida verdadeiramente fechados.**
>
> – A Sagrada Metamorfose,
> por Harq al-Ada

Havia aves – papagaios, pegas, gaios – se fartando dos insetos que infestavam a areia úmida espalhada além do qanat. Aquela tinha sido uma djedida, a última das cidades novas, construída sobre uma base de basalto exposto. Agora estava abandonada. Usando as primeiras horas da manhã para estudar a região mais além das plantações originais do sietch abandonado, Ghanima detectou movimentos e viu uma lagartixa listrada. Mais cedo, avistara um pica-pau que fizera seu ninho num muro de lama da djedida.

Para ela, aquele era um sietch, mas na realidade se tratava de um agrupamento de paredes baixas construídas de tijolos de lama estabilizados, rodeados por plantações que serviam para conter as dunas. Estava dentro dos limites do Tanzerouft, seiscentos quilômetros ao sul da Serra da Sihaya. Sem mãos humanas que se incumbissem de sua manutenção, o sietch já estava começando a se desfazer e voltar a ser deserto. Suas paredes iam sendo corroídas por rajadas de areia soprada pelo vento, e as plantas estavam morrendo. A área plantada mostrava a erosão provocada pelo sol inclemente.

Não obstante, a areia mais além do qanat destruído continuava úmida, o que atestava o fato de que o atarracado sistema do captador de vento continuava funcionando.

Nos meses que se seguiram à sua saída de Tabr, os fugitivos tinham experimentado a proteção de vários lugares assim, tornados inabitáveis pelo Demônio do Deserto. Ghanima não acreditava no Demônio do Deserto, embora não houvesse como negar as ostensivas evidências da destruição do qanat.

De vez em quando, recebiam notícias de assentamentos no norte durante os encontros com rebeldes caçadores de especiaria. Alguns tópteros – diziam que não mais de seis – executavam voos de busca atrás de Stilgar, mas Arrakis era grande e seu deserto era amistoso para com os fugitivos. Diziam que tinha sido montada uma força-tarefa para localizar e destruir o bando liderado por Stilgar, mas essa força-tarefa, liderada por Buer Agarves, ex-tabrita, tinha outras missões e geralmente voltava a Arrakina.

Os rebeldes diziam que havia poucos combates entre seus homens e as tropas de Alia. As depredações aleatórias do Demônio do Deserto tornavam os deveres da Guarda Palaciana a principal preocupação de Alia e dos naibs. Até os contrabandistas tinham sido atingidos, mas dizia-se que estavam vasculhando o deserto atrás de Stilgar, querendo receber o prêmio por sua cabeça.

Stilgar tinha conduzido seu grupo até a djedida pouco antes do escurecer no dia anterior, confiando no certeiro faro de seu olfato fremen para perceber umidade. Ele tinha prometido que em breve seguiriam rumo ao sul, onde estavam os palmares, mas se recusava a explicitar a data para essa jornada. Embora estivesse a prêmio aquela sua cabeça que antes teria podido comprar um planeta, Stilgar parecia o mais feliz e despreocupado dos homens.

– Este é um bom lugar para nós – ele havia dito, indicando que o captador de vento ainda funcionava. – Nossos amigos nos deixaram um pouco de água.

Seu grupo agora era pequeno, totalizando sessenta integrantes. Os velhos, os doentes e os muitos jovens tinham sido dispersados nas regiões dos palmares ao sul, tendo sido acolhidos por famílias de confiança. Apenas os mais resistentes permaneciam, e eles tinham muitos amigos ao norte e ao sul.

Ghanima se perguntava por que Stilgar se recusava a discutir o que estava acontecendo com o planeta. Será que ele não conseguia ver? Estando os qanats destruídos, os fremen retrocederam para as linhas ao norte e ao sul que antigamente tinham demarcado a extensão de seus territórios. Esse movimento só poderia sinalizar o que devia estar acontecendo com o Império. Uma situação era o reflexo da outra.

Ghanima deslizou a mão sob o colarinho de seu trajestilador e o lacrou novamente. Apesar de suas preocupações, sentia-se nitidamente feliz ali. As vidas interiores não a assediavam mais, embora de vez em quando ela sentisse as reminiscências delas inseridas em sua consciência. Ela sabia, por conta dessas memórias, o que esse deserto tinha sido antigamente, antes do trabalho da transformação ecológica. Antes de mais nada, fora muito mais seco. Aquele captador de vento sem reparos continuava funcionando porque processava ar úmido.

Muitas criaturas que antes haviam fugido daquele deserto agora se aventuravam a viver ali. Várias pessoas do bando de Stilgar comentavam como proliferavam as corujas diurnas. Inclusive agora Ghanima tinha visualizado alguns passarinhos. Eles saltitavam e dançavam ao longo das fileiras de insetos que abundavam na areia úmida, na extremidade do qanat destruído. Poucos texugos podiam ser avistados por ali, mas havia um número incontável de ratos-cangurus.

O medo supersticioso dominava os novos fremen, e Stilgar não era em nada melhor do que o resto. Aquela djedida tinha sido devolvida ao deserto depois que seu qanat tinha sido destroçado pela quinta vez no intervalo de onze meses. Por quatro vezes haviam consertado os danos causados pelo Demônio do Deserto, mas depois deixaram de contar com o excedente de água e com isso não quiseram arriscar outra perda.

Acontecia o mesmo em todas as outras djedidas e em muitos dos antigos sietches. De nove assentamentos, oito haviam sido abandonados. Muitas das antigas comunidades sietch estavam agora mais abarrotadas do que em qualquer outra época. E, enquanto o deserto entrava nessa nova fase, os fremen retomavam seus antigos costumes. Viam presságios por toda parte. Será que os vermes estavam cada vez mais escassos, exceto no Tanzerouft? Era o julgamento de Shai-hulud! E tinham sido vistos vermes mortos sem nenhum indício do que causara isso. Rapidamente eles voltavam a ser poeira do deserto, mas aquelas carcaças esfaceladas que os fremen iam encontrando ao acaso enchiam os observadores de terror.

O grupo liderado por Stilgar tinha encontrado uma carcaça no mês anterior e levado quatro dias para se livrar da sensação de algo ruim. Aquilo fedia a azedo e à sua venenosa putrefação. Os restos mortais despedaçados haviam sido encontrados num enorme afloramento de especiaria, em sua maior parte estragada.

Ghanima deixou de observar o qanat e voltou seus olhos para a djedida. Diretamente à sua frente, estava uma parede partida que antes servira para proteger um *mushtamal*, um pequeno jardim anexo. Ela havia explorado o lugar com uma firme confiança em sua própria curiosidade e achou um estoque de pão chato de especiaria, não fermentado, dentro de uma caixa de pedra.

Stilgar o havia destruído, dizendo:
– Os fremen nunca deixariam comida boa para trás.

Ghanima desconfiara de que ele estava enganado, mas não valeria a pena discutir por causa disso, nem correr riscos. Os fremen estavam mudando. Antes, eles se deslocavam livremente através do *bled*, levados por suas necessidades naturais: água, especiaria, comércio. As atividades animais tinham sido seus despertadores, mas os animais agora se moviam conforme ritmos novos e estranhos, ao passo que a maioria dos fremen se amontoava em suas velhas cavernas-currais, à sombra da Muralha-Escudo ao norte. Caçadores de especiaria no Tanzerouft eram raros, e somente o grupo de Stilgar se deslocava conforme os velhos moldes.

Ela confiava em Stilgar e em seu medo de Alia. Irulan reforçava os argumentos dele agora, retomando as peculiares divagações Bene Gesserit. Mas, no remoto Salusa, Farad'n continuava vivo e algum dia teria de acontecer o ajuste de contas.

Ghanima olhou o céu cinza-prateado do dia nascendo, perguntando, no fundo de sua cabeça, onde poderia encontrar ajuda. Onde é que haveria alguém para ouvir quando ela revelasse o que via acontecer por toda parte? Se ela pudesse confiar nos relatos, lady Jéssica seguia em Salusa. E Alia era uma criatura no pedestal, cujo único interesse era se tornar colossal enquanto se afastava cada vez mais da realidade. Gurney Halleck não estava em lugar nenhum que pudesse ser encontrado, embora dissessem tê-lo visto em toda parte. O Pregador tinha sumido para se esconder, e suas arengas hereges não passavam de uma recordação distante agora.

E Stilgar.

Ela olhou pela parede desmoronada para onde Stilgar estava ajudando a consertar a cisterna. Ele estava adorando seu papel arisco, e o preço por sua cabeça subia todo mês.

Nada mais fazia sentido. Nada.

Quem era esse Demônio do Deserto, essa criatura capaz de destruir qanats como se eles fossem falsos ídolos a serem derrubados na areia? Seria um verme selvagem? Seria uma terceira força na rebelião – muitas pessoas? Ninguém acreditava que fosse um verme. A água mataria qualquer verme que se arriscasse a investir contra um qanat. Muitos fremen pensavam que o Demônio do Deserto fosse, na realidade, um grupo revolucionário decidido a destruir o mahdinato de Alia e a restaurar os antigos costumes em Arrakis. Os que acreditavam nisso diziam que seria uma boa coisa. Livrar-se daquela gananciosa sucessão apostólica que pouco mais fazia do que cultivar a própria mediocridade. Recuperar a verdadeira religião que Muad'Dib tinha divulgado.

Um profundo suspiro sacudiu Ghanima. *Oh, Leto*, ela pensou. *Estou quase feliz por você não estar vivo para enxergar o que está acontecendo agora. Eu me juntaria a você, mas tenho uma faca que ainda não verteu sangue. Alia e Farad'n. Farad'n e Alia. O velho barão é o demônio dela, e isso não pode ser consentido.*

Harah saiu da djedida, aproximou-se de Ghanima com passos firmes, que sabiam vencer a areia, e parou diante dela, perguntando:

– O que está fazendo aqui, sozinha?

– Este lugar é esquisito, Harah. Devíamos partir.

– Stilgar está esperando para encontrar alguém aqui.

– É mesmo? Ele não me disse isso.

– E por que ele deveria lhe contar tudo? *Maku*? – Harah deu um tapa na bolsa de água que se projetava na parte da frente do manto de Ghanima. – Você é uma adulta que ficou grávida?

– Já estive grávida tantas vezes que nem sei contar – Ghanima grunhiu. – Não fique fazendo brincadeirinhas de criança comigo!

Harah deu um passo para trás ao ouvir o veneno na voz de Ghanima.

– Vocês são um bando de estúpidos – Ghanima afirmou, abanando a mão para abranger a djedida e as atividades de Stilgar e seu povo. – Eu nunca deveria ter vindo com vocês.

– Você já estaria morta agora, se não tivesse vindo.

– Talvez. Mas vocês não percebem o que está bem diante do seu nariz! Quem é que Stilgar está esperando para encontrar aqui?

– Buer Agarves.

Ghanima encarou a mulher.

– Ele está sendo escoltado até aqui em segredo, por amigos do sietch do Abismo Vermelho – Harah explicou.

– Aquele brinquedinho de Alia?

– Ele está vindo com os olhos vendados.

– E Stilgar acredita nisso?

– Buer solicitou a entrevista. Ele concordou com todos os nossos termos.

– E por que não fui informada disso?

– Stilgar sabia que você fazia oposição.

– Oposição... Isso é loucura!

Harah foi zombeteira:

– Não se esqueça de que Buer é...

– Ele é *Família*! – Ghanima retrucou. – Ele é o neto do primo de Stilgar. Eu sei. E Farad'n, cujo sangue derramarei um dia, é um parente meu, igualmente próximo. Você acha que isso deterá minha faca?

– Temos um distrans. Ninguém está seguindo o grupo dele.

Ghanima falou em voz baixa:

– Harah, isso não vai trazer nada de bom. Devíamos partir imediatamente.

– Você teve algum presságio? – Harah perguntou. – Aquele verme morto que vimos! Será que...

– Guarde isso no seu útero e vá pari-lo em outra parte! – Ghanima bradou. – Não gosto dessa reunião e nem deste lugar. Não é o suficiente?

– Vou dizer a Stilgar que você...

– Eu mesma digo a ele! – Ghanima saiu, passando por Harah, que fez o sinal dos cornos do verme às costas dela, para se proteger do mal.

Mas Stilgar apenas riu dos temores de Ghanima e ordenou que ela fosse em busca de trutas da areia, como se ela fosse mais uma das crianças. Ela se refugiou então dentro de uma das casas abandonadas da djedida e se acocorou num canto para alimentar sua ira. Essa emoção se dissipou brevemente, porém. Ela sentia a movimentação de suas vidas interiores e se lembrava de alguém dizendo: "Se pudermos imobilizá-los, então as coisas seguirão como planejamos".

Que pensamento estranho.

No entanto, ela não conseguia se recordar de quem tinha dito isso.

> **Muad'Dib era um deserdado e falava em nome dos deserdados de todos os tempos. Ele se pronunciou incisivamente contra aquela injustiça profunda que aliena o indivíduo daquilo em que ele foi ensinado a acreditar, daquilo que lhe parecia vir como direito adquirido.**
>
> – O mahdinato, uma análise
> por Harq al-Ada

Gurney Halleck sentou-se no cume do ressalto em Shuloch com seu baliset ao lado, sobre um tapete de fibra de especiaria. Logo abaixo, na bacia cercada, um número incontável de trabalhadores cuidava do plantio. A rampa de areia para onde os Banidos tinham atraído os vermes numa trilha de especiaria fora interditada por um novo qanat. Plantas tinham sido introduzidas na encosta para contê-la.

Já era quase a hora da refeição do meio-dia, e Halleck já estava ali naquela crista havia mais de uma hora, em busca de um pouco de privacidade para pensar. Os humanos se atarefavam lá embaixo, mas tudo que se via era produto do mélange. A previsão pessoal de Leto era que a produção de especiaria em breve decairia e se estabilizaria em um décimo de seu auge na época dos Harkonnen. Os estoques em todo o império dobravam de valor a cada nova postagem. Diziam que trezentos e vinte e um litros haviam sido destinados à compra de metade do planeta Novebruns, antes sob o domínio da Família Metulli.

Os Banidos trabalhavam como criaturas espicaçadas por um demônio, e talvez o fossem mesmo. Antes de cada refeição, voltavam-se na direção do Tanzerouft e rezavam para o Shai-hulud personificado. Era assim que viam Leto e, por meio dos olhos deles, Halleck enxergava um futuro em que a maior parte da humanidade iria compartilhar essa visão. Halleck não estava certo sobre se ele mesmo gostava dessa perspectiva.

Leto tinha estabelecido o padrão quando trouxera Halleck e O Pregador até ali, no tóptero roubado de Halleck. Apenas com suas próprias mãos, Leto rompera as margens do qanat de Shuloch, arremessando grandes pedras contra ele, a distâncias superiores a cinquenta metros.

Quando os Banidos tentaram intervir, Leto decapitara os primeiros que o alcançaram, usando tão somente um movimento do braço em um arco indistinto. Outros ele atirou de volta sobre seus companheiros e rira das armas que haviam empunhado contra ele. Com uma voz demoníaca, rugira:

– O fogo não me atinge! Suas facas não me ferem! Eu uso a pele de Shai-hulud!

Os Banidos o haviam reconhecido, então, e se lembravam de sua fuga saltando do alto do morro e indo "diretamente para o deserto". Eles se haviam prostrado perante Leto, que então proclamou suas ordens:

– Estou lhes trazendo dois convidados. Vocês irão abrigá-los e honrá-los. Irão reconstruir o qanat e começar a plantar um oásis aqui. Um dia, voltarei e aqui construirei o meu lar. Vocês irão preparar a minha casa. Não irão mais vender especiaria e armazenarão cada colheita que fizerem.

Ele seguiu dando várias outras instruções que os Banidos tinham ouvido cuidadosamente, palavra a palavra, sentindo um assombro aterrorizado, evidente em seus olhares vidrados pelo medo.

Ali estava Shai-hulud encarnado, finalmente surgido das areias!

Não haviam existido indícios dessa metamorfose quando Leto encontrara Halleck com Ghadhean al-Fali em um dos pequenos sietches rebeldes em Gare Ruden. Com seu companheiro cego, Leto chegara do deserto após percorrer a velha rota da especiaria, viajando no dorso de vermes através de uma área em que vermes eram agora uma verdadeira raridade. Ele tinha falado sobre ter tomado vários desvios aos quais se vira forçado pela presença de umidade na areia, de água suficiente para envenenar o verme. Chegaram pouco depois do meio-dia e foram levados pela guarda até a sala comum de paredes de pedra.

Essa lembrança agora atormentava Halleck.

– Então esse é O Pregador – ele dissera.

Dando alguns passos em volta do homem cego, estudando-o, Halleck se lembrava de histórias a respeito dele. Nenhuma máscara de trajestilador ocultava o rosto envelhecido ali no sietch, e seus traços estavam ali para que a memória traçasse suas comparações. Sim, aquele homem de fato lembrava o velho duque cujo nome fora dado a Leto. Seria uma semelhança fortuita?

– Você sabe das histórias que contam sobre ele? – Halleck perguntara, falando com Leto de lado. – Que ele é o seu pai que voltou do deserto?

– Eu ouvi essas histórias.

Halleck virava-se para examinar o menino. Leto usava um trajestilador estranho com bordas enroladas em volta do rosto e das orelhas. Um manto preto o recobria e botas de areia envolviam-lhe os pés. A presença dele ali exigia muitas explicações; como ele tinha conseguido escapar, mais uma vez?

– Por que trouxe O Pregador para cá? – Halleck perguntou. – Em Jacurutu disseram que ele trabalha para eles.

– Não mais. Eu o trouxe porque Alia o quer morto.

– E daí? Você acha que aqui é um refúgio?

– Você é o refúgio dele.

Esse tempo todo, O Pregador havia ficado parado perto deles ouvindo, mas sem dar nenhum sinal de que se importasse com o rumo que a conversa pudesse tomar.

– Ele me serviu bem, Gurney – explicou Leto. – A Casa Atreides não perdeu todo o seu senso de obrigação em relação aos que nos servem.

– A Casa Atreides?

– Eu sou a Casa Atreides.

– Você fugiu de Jacurutu antes que eu pudesse completar o teste que sua avó ordenou – Halleck acusou, com voz fria. – Como você pode supor...

– A vida deste homem deverá ser protegida como se fosse a sua – declarou Leto como se não houvesse dúvida, e ele encarou o olhar de Halleck sem fraquejar.

Jéssica havia treinado Halleck em muitos dos refinamentos Bene Gesserit do poder de observação, e ele não havia detectado nada em Leto que transmitisse outro sentimento que não uma calma certeza. Não obstante, as ordens de Jéssica continuavam válidas.

– Sua avó me incumbiu de completar a sua educação e me certificar de que você não está possuído.

– Não estou possuído. – E essa foi uma declaração simples e direta.

– Por que você fugiu?

– Namri tinha ordens de me matar, independentemente do que eu fizesse. Ele tinha recebido essa ordem de Alia.

– Então, você é um Proclamador da Verdade?

– Sou. – Outra declaração direta e simples, repleta de autoconfiança.

– Ghanima também?

– Não.

Então, O Pregador rompeu seu silêncio e girou seu rosto de órbitas vazias para Halleck, mas apontando para Leto.

– Você acha que *você* pode testá-lo?

– Não interfira quando não sabe nada do problema nem de suas consequências – ordenou Halleck, sem olhar para o homem.

– Ah, mas eu sei muito bem quais são as consequências – rebateu O Pregador. – Uma vez eu fui testado por uma mulher velha que achou que sabia o que estava fazendo. Como se viu depois, ela não sabia.

Agora, Halleck estava olhando para ele.

– Você também é um Proclamador da Verdade?

– Qualquer um pode ser, até mesmo você – respondeu O Pregador. – Trata-se de uma questão de honestidade para consigo mesmo a respeito da natureza dos próprios sentimentos. Isso exige que você tenha feito um pacto interior com a verdade, por meio do qual se processa o rápido reconhecimento do que é.

– Por que você está interferindo? – perguntou Halleck, colocando a mão no cabo da sua dagacris. *Quem era aquele Pregador?*

– Eu respondo a esses acontecimentos – retrucou O Pregador. – Minha mãe seria capaz de colocar seu próprio sangue no altar, mas eu tenho outros motivos. E realmente enxergo seu problema.

– É mesmo? – E Halleck agora realmente se sentia curioso.

– Lady Jéssica mandou que você diferenciasse entre o lobo e o cachorro, entre *ze'eb* e *ke'leb*. Segundo a definição dela, lobo é alguém com poder que faz mau uso desse poder. No entanto, entre o lobo e o cachorro existe um período de alvorecer durante o qual não se pode discernir um do outro.

– Isso está bem perto do xis da questão – disse Halleck, reparando que mais e mais pessoas do sietch tinham entrado na sala comum para ouvir. – E como você sabe disso?

– Porque conheço este planeta. Você não entende? Pense em como ele é. Abaixo da superfície há rochas, terra, sedimento, areia. Essa é a memória do planeta, a imagem de sua história. É a mesma coisa com os humanos. O cão se lembra do lobo. Cada universo gira em torno de um cerne de *ser*, e a partir desse cerne seguem todas as reminiscências, até chegar à superfície.

– Muito interessante – murmurou Halleck. – E como isso me ajuda a executar as minhas ordens?

– Reveja a imagem da sua história que está aí dentro de você. Comunique-se como os animais se comunicariam.

Halleck sacudiu a cabeça. Desse Pregador emanava algo direto, muito poderoso e envolvente, uma qualidade que ele várias vezes tinha reconhecido nos Atreides, e naquele homem havia mais do que leves indícios de que ele estava usando os poderes da Voz. Halleck sentiu o coração começando a martelar. Seria possível?

– Jéssica queria um teste final, cabal, uma pressão por meio da qual a trama subjacente da constituição de seu neto se expusesse – prosseguiu O Pregador. – Mas essa trama sempre esteve aí, exposta e aberta ao seu olhar.

Halleck se virou para olhar bem para Leto. Esse movimento aconteceu por si, determinado por forças irresistíveis.

O Pregador continuou como se estivesse ministrando uma lição a um aluno obstinado.

– Este jovem o confunde porque ele não é um ser singular. Ele é uma comunidade. Assim como se dá com qualquer comunidade sob pressão, qualquer membro dela pode assumir o comando. Esse comando nem sempre é benigno, e temos nossas histórias de Abominação. Mas você já feriu essa comunidade o suficiente, Gurney Halleck. Será que não consegue enxergar que a transformação já aconteceu? Este jovem atingiu uma cooperação interior que é enormemente poderosa, que não pode ser subvertida. Eu não tenho olhos e posso ver isso. Antes eu me opus a ele, mas agora faço o que ele determina. Ele é o Curador.

– Quem é você? – Halleck exigiu saber.

– Nada mais do que você pode ver. Não olhe para mim; olhe para essa pessoa que lhe ordenaram que ensinasse e testasse. Ele foi formado pela crise. Ele sobreviveu a um ambiente letal. Ele está aqui.

– Quem é você? – insistiu Halleck.

– Eu lhe digo que apenas olhe para este jovem Atreides! Ele é o *feedback* derradeiro do qual depende a tua espécie. Ele irá reinserir no sistema os resultados de desempenhos passados. Nenhum outro humano poderia conhecer os desempenhos passados como ele conhece. E você está cogitando destruir uma criatura destas!

– Recebi ordens para testá-lo e não testei...

– Testou, sim!

– Ele é Abominação?

Uma risada cansada sacudiu O Pregador.

– Você continua insistindo nesse absurdo Bene Gesserit. Como elas sabem forjar mitos para deixar os homens dormindo!

– Você é Paul Atreides? – Halleck perguntou.

– Não existe mais Paul Atreides. Ele tentou se posicionar como o símbolo moral supremo enquanto renunciava a todas as pretensões morais. Ele se tornou um santo sem um deus, e cada palavra dele foi uma blasfêmia. Como é que você poderia pensar...

– Porque você fala com a voz dele.

– Você gostaria de testar a *mim*, agora? Cuidado, Gurney Halleck.

Halleck engoliu em seco e forçou-se a prestar novamente atenção no impassível Leto, que permanecia em silêncio, observando calmamente a cena.

– Quem está sendo testado? – perguntou O Pregador. – Seria possível, talvez, que lady Jéssica estivesse testando você, Gurney Halleck?

Halleck achou essa ideia profundamente perturbadora e se perguntou por que deixava que as palavras daquele Pregador mexessem tanto com ele. Mas era profundo nos servos dos Atreides o costume de obedecer àquela mística autocrática. Quando explicara isso, Jéssica tinha tornado o assunto ainda mais misterioso. Agora, Halleck sentia que algo estava mudando dentro dele, *algo* cujas pontas tinham sido meramente tocadas pelo treinamento Bene Gesserit que Jéssica lhe havia ministrado e inculcado. Uma fúria emudecida se avolumou em seu íntimo. Ele não queria mudar!

– Qual de vocês está se fazendo de Deus, e com que finalidade? – perguntou O Pregador. – Você não pode usar somente a razão para responder a essa pergunta.

Lenta e deliberadamente, Halleck desviou a atenção de Leto para o homem cego. Jéssica vivia repetindo que ele devia alcançar o equilíbrio de *kairits*: "tu deves/tu não deves". Ela o chamava de a disciplina sem palavras ou frases, regras ou argumentos. Era o gume afiado de sua própria verdade interior, que englobava tudo. Mas algo na voz daquele cego, em seu tom e seus modos disparava uma fúria que, dentro de Halleck, acabava se autoincinerando numa calma que lhe tapava a vista.

– Responda à minha pergunta – insistiu O Pregador.

Halleck sentiu essas palavras aprofundarem sua concentração sobre esse local, sobre esse momento singular e suas exigências específicas. Sua posição no universo era definida somente por sua concentração. Não restava dúvida dentro dele. Aquele era Paul Atreides, que não estava morto e tinha retornado. E Leto, essa não criança. Halleck olhou para Leto mais uma vez e realmente o viu. Halleck enxergou sinais de estresse em volta dos olhos dele, a sensação de equilíbrio em sua postura, a boca passiva com seu senso de humor ardiloso. Leto se destacava contra o fundo como se fosse o foco de uma luz que cegasse. Ele havia chegado à harmonia simplesmente por aceitá-la.

– Diga-me, Paul – Halleck falou. – Sua mãe está sabendo?

O Pregador suspirou.

– Para a Irmandade, todos alcançam a harmonia simplesmente ao aceitá-la.

– Diga-me, Paul – Halleck falou. – Sua mãe está sabendo?

O Pregador suspirou.

– Para a Irmandade, para toda ela, estou morto. Não tente me ressuscitar.

Ainda sem olhar para ele, Halleck prosseguiu:

– Mas por que ela...

– Ela faz o que deve. Ela constrói a própria vida pensando que governa muitas vidas. Assim, todos brincamos de deus.

– Mas você está vivo – Halleck murmurou, tomado agora pela constatação e enfim se voltando para encarar aquele homem, mais novo do que ele mesmo e tão envelhecido pelo deserto que parecia ter duas vezes a idade de Halleck.

– O que é isso? – Paul interrogou. – Estar vivo?

Halleck espiou à sua volta para observar os fremen que vigiavam a cena e viu que estavam entre a dúvida e o assombro.

– Minha mãe nunca teve de aprender minhas lições. – Era a voz de Paul! – Ser um deus pode acabar se tornando muito tedioso e degradante no fim. Haveria motivos suficientes para a invenção do livre-arbítrio! Um deus poderia sentir vontade de se refugiar no sono e só permanecer vivo nas projeções inconscientes de suas criaturas-sonho.

– Mas você está vivo! – agora Halleck falara mais alto.

Paul ignorou a excitação na voz de seu velho companheiro e perguntou:

– Você realmente teria colocado este rapaz contra a própria irmã no teste Mashhad? Que absurdo letal! Cada um deles teria dito: "Não! Mate a mim! Deixe o outro viver!". E o que esse teste apresentaria? Então, Gurney, o que é estar vivo?

– O teste não era esse – Halleck protestou. Ele não gostava do modo como os fremen se aproximavam deles, fechando-se em volta de Paul para estudá-lo e ignorando Leto.

Mas Leto interferiu então.

– Observe a trama, pai.

– Sim... sim... – Paul levantou bem alto a cabeça, como se estivesse farejando o ar. – Então é Farad'n!

– É tão mais fácil seguir nossos pensamentos em vez de nossos sentidos – murmurou Leto.

Halleck não tinha conseguido acompanhar esse pensamento e estava prestes a indagar quando foi interrompido por Leto, que apoiou a mão no braço de Gurney.

– Não pergunte. Você pode voltar a suspeitar que sou Abominação. Não! Deixe que aconteça, Gurney. Se tentar forçar, a única coisa que conseguirá será se destruir.

Mas Halleck se sentia tomado por fortes dúvidas. Jéssica o havia advertido. *"Eles podem ser muito sorrateiros, esses pré-nascidos. Eles têm truques com que você nunca nem sonhou."* Halleck balançou lentamente a cabeça. E Paul! Pelos infernos! Paul, vivo, e aliado desse ponto de interrogação de quem era pai!

Os fremen que estavam por ali não puderam mais se conter. Empurraram Halleck e Paul cada qual para um lado e afastaram Leto e Paul um do outro, empurrando os dois para o fundo da sala. O ar foi fustigado por uma ventania de perguntas:

– Você é Muad'Dib? Você é realmente Muad'Dib? É verdade o que ele está dizendo? Fale!

– Vocês devem pensar em mim somente como O Pregador – bradou Paul, empurrando-os de volta. – Não posso mais ser Paul Atreides, nem Muad'Dib, nunca mais. Não sou o consorte de Chani, nem o imperador.

Halleck, temendo o que poderia acontecer se essas perguntas frustradas não encontrassem uma resposta lógica, estava a ponto de interferir quando Leto se adiantou e agiu antes. Foi então que Halleck teve um primeiro vislumbre da terrível mudança que havia acontecido com Leto. Uma voz tonitruante rugiu "Para trás!", e Leto avançou, arremessando fremen adultos à direita e à esquerda, deitando-os por terra, golpeando-os com as próprias mãos e arrancando-lhes as facas empunhadas puxando-as pelas lâminas.

Em menos de um minuto, os fremen que ainda estavam em pé tinham recuado e se colavam à parede, calados e consternados. Leto estava ao lado do pai.

– Quando Shai-hulud fala, vocês obedecem – ele disse.

E quando alguns daqueles fremen tinham começado a discutir, Leto arrancou um pedaço de rocha da parede do corredor ao lado da saída daquele aposento e o esmagou entre as mãos sem deixar de sorrir enquanto fazia isso.

– Eu acabo com esse sietch de vocês, bem diante do nariz de cada um – ele pontuou.

– O Demônio do Deserto – alguém sussurrou.

– E os qanats de vocês – Leto concordou. – Destruo um por um. Nós não estivemos aqui, entenderam?

As cabeças se moveram aquiescendo, suas fisionomias expressando uma submissão aterrorizada.

– Ninguém aqui nos viu – Leto insistiu. – Um só murmúrio de vocês e eu volto e mando todos para o deserto, sem água.

Halleck viu mãos se levantando no gesto de proteção, o sinal do verme.

– Nós iremos embora agora, meu pai e eu, acompanhados por nosso velho amigo – continuou Leto. – Prepare o nosso tóptero.

E Leto os guiara então até Shuloch, explicando durante a travessia que deviam se deslocar rapidamente:

– Farad'n chegará aqui em Arrakis muito em breve. E, como disse meu pai, então você verá o teste de verdade, Gurney.

Olhando do alto do morro de Shuloch, Halleck se perguntou mais uma vez, como fazia diariamente:

– Que teste? O que ele quis dizer?

Mas Leto não estava mais em Shuloch, e Paul se recusava a responder.

> **A Igreja e o Estado, a razão científica e a fé, o indivíduo e sua comunidade, até mesmo o progresso e a tradição – tudo isso pode ser reconciliado nos ensinamentos de Muad'Dib. Ele nos ensinou que não existem opostos intransigentes nas crenças dos homens. Qualquer um pode rasgar o véu do Tempo e se desvencilhar dele. Você pode descobrir o futuro no passado ou em sua imaginação. Ao fazer isso, você reconquista a consciência em seu ser interior. Então, saberá que o universo é um todo coerente e que você é indivisível dele.**
>
> – O Pregador, em Arrakina,
> segundo Harq al-Ada

Ghanima estava sentada fora do círculo da luz projetada pelas lamparinas de especiaria e observava Buer Agarves. Ela não gostava da cara redonda dele, nem de suas sobrancelhas agitadas, ou do modo como mexia os pés quando falava, como se suas palavras fossem uma música escondida cujo ritmo seus pés acompanhavam.

Ele não está aqui para negociar com Stil, Ghanima pensou. Cada palavra que o homem dizia, cada movimento que fazia confirmavam para ela essa percepção. Ela se afastou mais um pouco do círculo do Conselho.

Todo sietch tinha um recinto desse tipo, mas o salão de reuniões da djedida abandonada chamou a atenção de Ghanima como um local apertado porque era muito baixo. As sessenta pessoas do grupo de Stilgar, mais os nove que tinham vindo com Agarves, enchiam apenas uma ponta do salão. As lamparinas de especiaria se refletiam em vigas baixas que davam sustentação ao teto. A luz lançava sombras oscilantes que bailavam nas paredes, e a fumaça de odor pungente enchia o aposento com o aroma de canela.

A reunião tivera início ao entardecer, após as preces pela umidade e a refeição do final da tarde. Já durava mais de uma hora, agora, e Ghanima não conseguia discernir as forças latentes na performance de Agarves. Embora suas palavras parecessem claras, seus movimentos em geral, e dos olhos em especial, não combinavam entre si.

Agarves estava falando nesse momento, respondendo a uma pergunta de uma das tenentes de Stilgar, uma sobrinha de Harah chamada Rajia. Esta era uma moça ascética, de tez morena, cujos cantos da boca se curvavam para baixo, dando-lhe um ar de perpétua desconfiança. Ghanima considerou que, dadas as circunstâncias, essa expressão era satisfatória.

– Certamente acredito que Alia concederá pleno e irrestrito perdão a todos vocês – proclamou Agarves. – Eu não estaria aqui com esta mensagem se não fosse assim.

Stilgar interveio no momento em que Rajia ia falar de novo.

– Não estou tão preocupado em confiar nela ou não. Minha preocupação é se ela confia em você. – A voz de Stilgar continha sutis grunhidos: ele estava muito incomodado com a sugestão de que retornaria a seu antigo status.

– Não importa se ela confia em mim ou não – respondeu Agarves. – Para ser sincero, acho que ela não confia. Levei tempo demais procurando vocês antes de encontrá-los. Mas sempre senti que ela realmente não queria que vocês fossem capturados. Ela estava...

– Ela era esposa do homem que eu matei – Stilgar interrompeu. – Afirmo a você que ele pediu isso. Ele poderia simplesmente ter caído sobre a própria faca. Mas esta nova atitude parece...

Agarves movimentou os pés, e sua fisionomia era um esgar de raiva.

– Ela o perdoa! Quantas vezes preciso repetir isso? Ela obrigou os sacerdotes a fazerem uma grande exibição pedindo orientação divina...

– Você apenas levantou outra questão. – Era Irulan que se inclinava à frente e passava adiante de Rajia, sua cabeleira loira contrastando com a pele escura de Rajia. – Ela convenceu você, mas pode ter outros planos.

– O Clero...

– Mas existem todas essas histórias – insistiu Irulan. – Que você é mais do que apenas um consultor militar, que você é...

– Basta! – Agarves estava fora de si de tanta raiva. Sua mão pairou sobre o cabo da faca. Emoções conflitantes se atropelavam sob sua pele e contorciam seus traços faciais. – Acreditem no que quiserem, mas não posso continuar debatendo com essa mulher! Ela me enoja! Ela macula tudo aquilo que toca! Estou usado. Estou sujo. Mas não levantei minha faca contra os meus. Agora, basta!

Observando tudo isso, Ghanima pensou: *Pelo menos isso foi uma verdade, vinda dele.*

Para a surpresa de todos, Stilgar explodiu numa gargalhada.

– Ah, meu primo, me perdoe – ele disse. – Mas na raiva há verdade.

– Então você concorda?

– Eu não disse isso. – E ele ergueu a mão quando Agarves ameaçou ter outra explosão. – Não é por mim, Buer, mas há estes outros. – E ele fez um gesto abarcando o grupo. – Eles são minha responsabilidade. Vamos considerar por um instante as reparações que Alia oferece.

– Reparações? Não houve nenhuma menção a reparações. Perdão, mas não...

– Então o que ela oferece como garantia de sua palavra?

– Sietch Tabr e você como naib, total autonomia como elemento neutro. Ela agora entende como...

– Não voltarei a fazer parte do séquito dela, nem fornecerei guerreiros – declarou Stilgar, avisando. – Isso está claro?

Ghanima podia ouvir Stilgar começando a fraquejar e pensou: *Não, Stil! Não!*

– Não há necessidade de nada disso – Agarves murmurou. – A única coisa que Alia quer é que Ghanima volte para lá e dê prosseguimento ao compromisso de noivado que ela...

– Então, agora veio à tona! – exclamou Stilgar com a expressão abatida. – Ghanima é o preço do meu perdão. Será que ela acha que eu...

– Ela acha que você é sensato – argumentou Agarves, retomando seu assento.

Esperançosa, Ghanima pensou: *Ele não fará isso. Economize a saliva. Ele não fará isso.*

Enquanto pensava nisso, Ghanima ouviu um farfalhar macio atrás de si, vindo da esquerda. Ela começou a se virar quando percebeu mãos fortes que a agarravam. Um pedaço de pano fedendo a drogas para dormir cobriu-lhe o rosto antes que ela pudesse gritar. Com a consciência por um fio, sentiu-se sendo carregada na direção de uma porta que ficava na extremidade mais distante daquela sala. E ela pensou: *Eu devia ter imaginado! Eu devia ter me preparado!* Mas as mãos que a seguravam eram de adulto e fortes. Ela não conseguiria se debater e se livrar delas.

As últimas impressões sensoriais de Ghanima foram do ar frio, um vislumbre rápido de estrelas e um rosto encapuzado que olhava para ela e, então, perguntou:

Frank Herbert

– Ela não está machucada, certo?

A resposta lhe escapou, enquanto as estrelas rodopiavam e zuniam diante de seus olhos e se perdiam depois num clarão só, que era o núcleo central de sua essência.

Muad'Dib nos propiciou um tipo particular de conhecimento a respeito do *insight* profético, a respeito do comportamento que gira em torno desse *insight* e de sua influência nos eventos que podem ser considerados "alinhados" (quer dizer, os eventos que se espera que ocorram num sistema relacionado que o profeta revela e interpreta). Como já foi mencionado em outro contexto, esse *insight* funciona como uma armadilha peculiar para o próprio profeta. Ele pode se tornar vítima daquilo que sabe – o que é uma falha humana relativamente comum. O perigo é que aqueles que fazem previsões de eventos reais podem desconsiderar o efeito polarizador desencadeado pelo crédito excessivo que eles mesmos concedem às suas verdades. Eles tendem a esquecer que nada, num universo polarizado, pode existir sem a presença de seu oposto.

– A visão presciente,
por Harq al-Ada

Fumos de areia suspensa pairavam como névoa no horizonte, obscurecendo o sol nascente. A areia estava fria na sombra da duna. Leto foi para fora do anel dos palmares para olhar para o deserto. Ele sentiu o cheiro da poeira e o aroma de plantas espinhentas, ouviu os sons matinais das pessoas e dos animais. Nesse lugar os fremen não tinham um qanat. Eles tinham somente um escasso mínimo de plantações manuais irrigadas pelas mulheres que transportavam água em bolsas de pele. O captador de vento deles era uma coisa frágil, facilmente destruída pelas ventanias, mas também facilmente reconstruída. Agruras, os rigores do comércio da especiaria e aventuras ali eram o modo de vida. Esses fremen ainda acreditavam que paraíso era o som de água corrente, mas cultivavam um antigo conceito de liberdade que Leto também respeitava.

A liberdade é um estado solitário, ele pensou.

Leto ajustou as dobras do manto branco que cobria seu trajestilador vivo. Ele podia sentir como a membrana de trutas da areia o havia modificado e, como sempre ocorria quando lhe vinha essa sensação, ele era forçado a superar um profundo sentimento de perda. Ele não era mais completamente humano. Coisas estranhas fluíam em seu sangue. Cílios das trutas da areia tinham penetrado em cada um de seus órgãos, que se ajustavam e se modificavam. As próprias trutas da areia estavam mudando e se adaptando. Mas Leto, sabendo disso, se sentia dividido pelos antigos fios de sua humanidade perdida. Sua vida agora era prisioneira de uma angústia primal depois de perdida a conexão com sua continuidade ancestral. Ele conhecia o ardil que era se permitir essa espécie de emoção. Ele a conhecia muito bem.

Que o futuro aconteça por si, ele pensou. *A única regra que governa a criatividade é o próprio ato da criação.*

Era difícil afastar os olhos da areia, das dunas – daquela vastidão grandiosa. Ali, na fronteira das areias, havia algumas rochas, mas elas levavam a imaginação mais além, para os ventos, a poeira, as escassas e solitárias plantas e animais, dunas se mesclando a outras dunas, o deserto afundando no deserto.

Por trás dele veio o som de uma flauta que tocava a prece da manhã, o cântico pela umidade que agora era uma serenata sutilmente modificada em honra a Shai-hulud. Esse conhecimento na mente de Leto dotava a música de um senso de eterna solidão.

Eu podia apenas sair andando e afundar no deserto, ele pensou.

Tudo então se modificaria. Uma direção seria tão boa quanto qualquer outra. Ele já tinha aprendido a levar a vida livre de posses. Tinha refinado a mística fremen até uma borda terrível: tudo que ele pegava era necessário, e era somente isso que ele pegava. Mas ele não carregava nada além do manto em suas costas, o anel de gavião dos Atreides que mantinha escondido nas dobras do tecido e aquela pele que não era a sua.

Seria fácil ir embora, saindo dali.

Um movimento no céu, lá no alto, prendeu sua atenção: as pontas das asas abertas com falhas entre as penas identificava um abutre. Essa visão encheu seu peito de dor. Como os fremen selvagens, os abutres viviam nessa terra porque era ali que tinham nascido. Eles não conheciam outras coisas. O deserto fizera deles o que eram.

Outra raça de fremen estava despontando na esteira de Muad'Dib e de Alia, no entanto. Eles eram a razão pela qual ele não poderia se permitir sair andando e ir embora deserto afora, como seu pai tinha feito. Leto se lembrou das palavras de Idaho, no início de tudo: "Esses fremen! São criaturas magnificamente vivas! Nunca conheci um fremen ganancioso".

Agora, fremen gananciosos eram abundantes.

Uma onda de tristeza perpassou Leto. Ele estava comprometido com um curso de ação que poderia mudar aquilo tudo, mas a um preço terrível. E os cuidados com esse curso se tornavam cada vez mais difíceis, conforme eles se aproximavam do vórtice.

Kralizec, a Batalha do Tufão, estava adiante... mas Kralizec ou pior seria o preço de um só passo em falso.

Vozes ribombavam atrás de Leto, e então o nítido som cristalino de uma voz de criança:

– Olha ele ali.

Leto se virou.

O Pregador tinha saído da área dos palmares e vinha trazido por uma criança.

Por que ainda penso nele como O Pregador?, Leto se questionou.

A resposta se manifestou na lousa limpa da mente de Leto: *Porque ele não é mais Muad'Dib, nem Paul Atreides.* O deserto o havia tornado o que era. O deserto e os chacais de Jacurutu com suas overdoses de mélange e suas traições constantes. O Pregador ficara velho antes do tempo, velho por causa da especiaria, não apesar dela.

– Disseram que você queria falar comigo agora – murmurou O Pregador, falando quando seu guia-criança parou.

Leto olhou para a criança dos palmares, uma pessoa quase da sua altura, cujo assombro era aliviado por uma avara curiosidade. Os olhos jovens faiscaram sombriamente sobre a máscara do trajestilador de tamanho infantil.

– Pode ir. – Leto acenou com a mão.

Por um momento, os ombros da criança denotaram rebeldia, mas depois o respeito e o assombro naturais dos fremen diante da necessidade de privacidade levaram a melhor e a criança partiu.

– Você sabe que Farad'n está aqui, em Arrakis? – Leto indagou.

– Gurney me informou quando me trouxe de avião na noite passada.

E O Pregador pensou: *Como suas palavras são friamente calculadas. Ele é como eu era antigamente.*

– Estou diante de uma escolha difícil – confessou Leto.

– Pensei que você já tinha feito todas as escolhas.

– Nós conhecemos *essa* armadilha, pai.

O Pregador limpou a garganta. As tensões lhe disseram quão perto eles estavam da crise definitiva, que poria tudo abaixo. Agora, Leto não estava mais se baseando somente na visão, mas em como aplicar a visão.

– Você precisa da minha ajuda? – perguntou O Pregador.

– Sim. Estou voltando para Arrakina e quero ir como o seu guia.

– Com que propósito?

– Você faria novamente sermões em Arrakina?

– Talvez. Há coisas que eu não disse a eles.

– Você não vai voltar para o deserto, pai.

– Se eu for com você?

– Sim.

– Farei o que você quiser.

– Já pensou bem nisso? Se Farad'n está lá, sua mãe estará com ele.

– Seguramente.

Mais uma vez, O Pregador pigarreou. Era a denúncia de um nervosismo que Muad'Dib nunca teria se permitido. Essa carne tinha sido mantida muito tempo afastada das antigas práticas da autodisciplina, e sua mente fora vezes demais traída e atraída para a loucura por Jacurutu. E O Pregador pensou que talvez não fosse sensato voltar a Arrakina.

– Você não é obrigado a voltar para lá comigo – afirmou Leto. – Mas minha irmã está lá, e eu devo regressar. Você poderia seguir com Gurney.

– E você iria para Arrakina sozinho?

– Sim, eu tenho de encontrar Farad'n.

– Irei com você. – E O Pregador suspirou.

Leto sentiu um toque da antiga loucura da visão nos modos do Pregador, e então se perguntou: *Será que ele esteve jogando o jogo da presciência?* Não. Ele nunca mais seguiria por esse caminho. Ele conhecia a armadilha de um compromisso parcial. Cada palavra pronunciada pelo Pregador confirmava que ele tinha transmitido as visões ao seu filho, sabendo que tudo neste universo havia sido antecipado.

Eram as velhas polaridades que atormentavam O Pregador agora. Ele fugira de um paradoxo para cair em outro.

– Então, partiremos em poucos minutos – disse Leto. – Você avisa Gurney?

– Gurney não irá conosco?

– Quero que Gurney sobreviva.

O Pregador então se abriu para as tensões. Estavam no ar em volta dele por toda parte, no chão sob seus pés, como algo móvel que focava a não criança que era seu filho. O grito surdo de suas antigas visões aguardava na garganta do Pregador.

Esta maldita santidade!

O caldo arenoso de seus temores não poderia ser evitado. Ele sabia o que os aguardava em Arrakina. Mais uma vez, eles jogariam o jogo com forças mortais e aterrorizantes que nunca lhes poderiam trazer paz.

> **O filho que se recusa a seguir jornada sob a tutela do pai constitui o símbolo da mais peculiar capacidade humana. "Não tenho de ser o que meu pai foi. Não tenho de obedecer às regras do meu pai, nem acreditar em tudo que ele acreditou. É minha força como humano poder fazer minhas próprias escolhas a respeito daquilo em que acreditar ou não, a respeito do que ser e do que não ser."**
>
> **– Leto Atreides II,
> a biografia de Harq al-Ada**

As peregrinas estavam dançando ao som de tambores e flautas na praça do Templo, com a cabeça descoberta, usando colares e vestes finas e reveladoras. O cabelo escuro de todas elas estava solto, escorrido nas costas, e, quando elas rodopiavam, mechas listravam seu rosto.

Do terraço do Templo, Alia olhava para a cena que se desenrolava lá embaixo, ao mesmo tempo repugnada e atraída. Era o meio da manhã, o horário em que o aroma do café de especiaria começava a flutuar e invadir a praça, vindo das barracas dos vendedores alojados à sombra dos arcos. Logo ela teria de sair e ir saudar Farad'n, oferecer os presentes formais e supervisionar seu primeiro encontro com Ghanima.

Tudo estava saindo conforme planejado. Ghani iria matá-lo e, na destrutiva confusão que se instalaria em seguida, uma única pessoa estaria preparada para recolher os cacos. As marionetes dançavam quando os cordões eram puxados. Stilgar tinha matado Agarves tal como ela esperava. E Agarves tinha levado os sequestradores até a djedida sem saber, com um transmissor de sinais escondido nas botas novas que ela havia dado a ele. Agora, Stilgar e Irulan esperavam nos calabouços do Templo. Esperar não prejudicava ninguém.

Ela notou que os fremen urbanos estavam espiando as dançarinas peregrinas no pátio da praça, e que seus olhares eram intensos e concentrados na movimentação delas. Uma igualdade de gênero básica tinha emergido do deserto para persistir nas cidades fremen menores e maiores, mas as diferenças sociais entre homens e mulheres já estavam se tornando perceptíveis. Também isso estava acontecendo de acordo com os planos. Dividir e enfraquecer. Alia podia registrar a mudança sutil na maneira como os dois fremen assistiam às mulheres extraplanetárias em sua dança exótica.

Que eles olhem. Que eles entupam a cabeça com ghafla.

As frestas laterais da janela de Alia tinham sido abertas, e ela pôde sentir o acentuado aumento do calor que começava com o nascer do dia, nessa época do ano, e atingiria sua temperatura máxima no meio da tarde. No piso de pedras da praça, a temperatura estaria muito mais elevada. Devia estar desconfortável para aquelas dançarinas, mas elas continuavam girando e se dobrando, abanando os braços e o cabelo no frenesi de sua entrega. Tinham dedicado sua dança a Alia, o Ventre Celestial. Uma auxiliar viera cochichar isso para Alia, zombando das mulheres extraplanetárias e seus costumes peculiares. A auxiliar havia explicado que aquelas mulheres vinham de Ix, onde persistiam resquícios da ciência e da tecnologia proibidas.

Alia fungou. Aquelas mulheres eram tão ignorantes, tão supersticiosas e atrasadas quanto os fremen do deserto... tal como a auxiliar desdenhosa tinha dito, tentando conquistar os favores dela com aquela notícia sobre a dança ter-lhe sido dedicada. E nem a auxiliar, nem as ixianas, sabiam que Ix era tão somente um número numa língua esquecida.

Rindo de leve consigo mesma, Alia pensou: *Que dancem.* Dançar consumia energia que, se não fosse por isso, talvez fosse canalizada para usos mais destrutivos. E a música era agradável, um lamento sutil tocado junto com tímpanos graves feitos de tambores de cabaça, acompanhado por palmas ritmadas.

De súbito, a música foi abafada pelo vozerio levantado por muitos indivíduos que estavam na ponta extrema da praça. As dançarinas erraram o passo e se recompuseram após uma ligeira confusão, mas tinham perdido sua sensual peculiaridade e até mesmo elas estavam agora prestando atenção no portão mais distante na praça, onde se podia ver a multidão se esparramando pelas pedras como se fosse água escoando da válvula aberta de um qanat.

Alia fixou os olhos na onda que estava vindo.

Agora estava ouvindo algumas palavras, uma mais do que todas as outras:

– Pregador! Pregador!

Então, ela o viu, vindo no embalo da primeira ondulação da onda, com uma das mãos no ombro de seu jovem guia.

As dançarinas peregrinas desistiram de girar e se dirigiram para os degraus da entrada do Templo. O público foi com elas, e Alia sentiu que os espectadores demonstravam assombro. A emoção que ela mesma estava sentindo era medo.

Como ele ousa?!

Ela havia se virado em parte para chamar a guarda, mas parou após pensar melhor. A multidão agora já lotava a praça. Eles podiam se amotinar se seu óbvio desejo de ouvir aquele cego visionário fosse reprimido.

Alia cerrou os punhos.

O Pregador! Por que Paul estava fazendo aquilo? Para metade da população ele era o "louco do deserto" e, portanto, sagrado. Outros diziam em voz baixa, nos bazares e nas lojas, que ele devia ser Muad'Dib. Por que o mahdinato permitia que ele falasse heresias tão iradas?

Alia podia ver alguns refugiados no meio da multidão, remanescentes de sietches abandonados, usando mantos em farrapos. Ali embaixo tinha se tornado um lugar perigoso, um lugar em que podiam ocorrer erros.

– Senhora?

A voz vinha de trás de Alia. Ela se virou e viu Zia parada no umbral em arco da porta de acesso da câmara externa. As guardas de sua Tropa Armada Pessoal estavam próximas, atrás dela.

– Sim, Zia?

– Milady, Farad'n está aqui fora solicitando uma audiência.

– Aqui? Nos meus aposentos?

– Sim, milady.

– Ele está sozinho?

– Está com dois guarda-costas e com lady Jéssica.

Alia levou a mão à garganta, lembrando-se de seu último encontro com a mãe. Os tempos tinham mudado desde então. Novas condições regiam a relação entre elas agora.

– Como ele é impetuoso – Alia observou. – Que motivo ele alegou?

– Ele ouviu sobre... – E Zia apontou para a janela que dava para a praça. – Ele diz que ouviu dizer que a senhora tem mais vantagem.

Alia franziu a testa.

– Você acredita nisso, Zia?

– Não, milady. Acho que ele ouviu os boatos. Ele quer ver sua reação.

– Minha mãe foi quem enfiou isso na cabeça dele!

– É bem possível, milady.

– Zia, minha cara, quero que você execute um conjunto específico de ordens muito importantes para mim. Venha cá.

Zia se adiantou até ficar a um passo de Alia.

– Milady?

– Deixe que Farad'n, os guarda-costas dele e minha mãe *também* entrem. Então se prepare para trazer Ghanima. Ela deve estar arrumada como uma noiva fremen em todos os detalhes... o traje *completo*.

– Com a faca, milady?

– Com a faca.

– Milady, isso é...

– Ghanima não é ameaça para mim.

– Milady, há motivos para crer que ela fugiu com Stilgar mais para protegê-lo do que por qualquer outra...

– Zia!

– Milady?

– Ghanima já apresentou sua solicitação para que eu poupe a vida de Stilgar, e ele continua vivo.

– Mas ela é a herdeira presuntiva!

– Apenas cumpra minhas ordens. Mande Ghanima ser preparada. Enquanto você está cuidando disso, mande cinco assistentes do Clero do Templo saírem para a praça. Eles deverão convidar O Pregador a vir aqui. Faça com que esperem pela oportunidade de falar com ele, apenas isso. Não devem recorrer à força. Quero que o convite seja feito com cortesia. Absolutamente sem nenhum uso de força. E, Zia...

– Sim, milady? – Como ela soava mal-humorada.

– O Pregador e Ghanima devem vir à minha presença simultaneamente. Eles deverão entrar juntos quando eu der o sinal. Você entendeu?

– Sei qual é o plano, milady, mas...

– Então faça e pronto! Juntos. – E Alia dispensou a amazona e sua auxiliar com um movimento de cabeça. Quando Zia se virou para sair, Alia ordenou: – Ao sair, mande que entrem Farad'n e seu grupo, mas primeiro faça com que sejam precedidos por dez de suas mais confiáveis guerreiras.

Zia olhou rapidamente para trás, mas continuou rumo à saída.

– Será feito conforme ordena, milady.

Alia se virou para a janela a fim de ver o que se passava lá embaixo. Em mais poucos minutos, o *plano* daria seus sangrentos frutos. E Paul estaria aqui quando sua filha desferisse o golpe de misericórdia contra as sagradas pretensões que ele pudesse estar alimentando. Alia ouviu o destacamento montado por Zia adentrar o recinto. Logo tudo estaria acabado. Tudo acabado. Ela olhou para a praça com uma sensação crescente de triunfo quando O Pregador se posicionou para falar, ocupando o primeiro degrau. Seu jovem guia se abaixou ao lado dele. Alia viu os mantos amarelos dos sacerdotes do Templo aguardando à esquerda, contidos pela pressão da multidão. Mas eram sujeitos acostumados a lidar com a massa. Eles achariam um jeito de se aproximar do alvo. A voz do Pregador trovejava através da praça, e o povo embevecido atentava com sede às palavras que ele dizia. Que ouçam! Logo, as palavras dele seriam levadas a adquirir outro significado que não o pretendido por ele. E não existiria mais nenhum *Pregador* por ali para objetar.

Ela ouviu o grupo com Farad'n entrando, e então a voz de Jéssica:

– Alia?

Sem se voltar, Alia respondeu:

– Bem-vindos, príncipe Farad'n, mãe. Venham e assistam ao espetáculo. – Ela olhou brevemente por cima do ombro, agora; viu o grande Sardaukar, Tyekanik, franzindo o cenho para as guardas de Alia que estavam atrapalhando a passagem. – Assim não é hospitaleiro – Alia repreendeu. – Deixem que se aproximem! – Duas guardas, evidentemente agindo conforme instruções de Zia, foram até Alia e se postaram entre ela e os outros. As demais amazonas abriram ala. Alia recuou para o lado direito da janela e fez um movimento de mão em direção a ela. – Esta é sem dúvida a melhor perspectiva.

Usando seu tradicional manto preto com aba, Jéssica olhou fixamente para Alia e escoltou Farad'n até a janela, mantendo-se todavia entre ele e as guardas de Alia.

– Isso é muito gentil de sua parte, lady Alia – murmurou Farad'n. – Ouvi falar muito desse Pregador.

– E aí está ele em carne e osso – Alia apontou. Ela viu que Farad'n estava usando o cinza habitual dos comandantes Sardaukar, sem nenhum atavio. Ele se movia com aquela elegância esguia que Alia admirava. Talvez houvesse mais do que um ocioso divertimento com esse príncipe Corrino.

A voz do Pregador ribombava dentro da sala, reproduzida pelos amplificadores instalados ao lado da janela. Alia sentia os tremores dessa voz em seus ossos e começou a ouvir as palavras do homem com crescente fascinação.

– Eu estava no deserto de Zan – gritava O Pregador –, naqueles ermos da mais desolada vastidão. E Deus me ordenou que eu deixasse aquele lugar limpo. Pois fomos provocados no deserto e lamentamos nossas perdas no deserto, e fomos tentados naquela solidão a esquecer os nossos costumes.

O deserto de Zan, pensou Alia. Aquele era o nome que tinha sido dado ao lugar do primeiro ordálio dos andarilhos zen-sunitas dos quais surgiram os fremen. Mas as palavras dele! Será que estava assumindo o crédito pela destruição imposta às fortalezas do sietch das tribos leais?

– Animais selvagens ocupam as suas terras – dizia O Pregador com a voz que trovejava através da praça. – Criaturas tristonhas enchem as casas de vocês. Vocês, que fugiram de seus lares, não multiplicam mais seus dias passados na areia. Sim, vocês, que se esqueceram de nossos costumes, morrerão num ninho fétido, se continuarem nesse caminho. Mas se ouvirem o meu aviso, o Senhor os conduzirá através de uma terra de poços até as Montanhas de Deus. Sim, Shai-hulud os guiará.

Lamúrias suaves brotaram dos ouvintes. O Pregador fez uma pausa, lançando suas órbitas vazias de lado a lado, ao ritmo daqueles lamentos. Então ergueu os braços e os abriu largamente para dizer:

– Oh, Deus, minha carne anseia por Teu caminho nesta terra seca e sedenta!

Uma mulher idosa que estava de frente para O Pregador, evidentemente uma refugiada, a julgar pelo estado puído e remendado de seus trajes, estendeu as mãos na direção dele e implorou:

– Ajude-nos, Muad'Dib. Ajude-nos!

Com uma repentina sensação de aperto e temor no peito, Alia se perguntou se aquela velha realmente saberia qual era a verdade. Ela olhou de relance para a mãe, mas Jéssica se mantinha impassível, dividindo sua atenção entre as guardas de Alia, Farad'n e o que se podia ver pela janela. Farad'n permanecia plantado e imóvel, atento e fascinado.

Alia olhou através da janela na tentativa de ver onde estavam os sacerdotes do Templo. Não estavam em lugar nenhum que ela pudesse enxergar, e ela desconfiou que tivessem dado a volta pela parte que ficava fora de vista, perto das portas do Templo, tentando achar um caminho que levasse diretamente até os degraus.

O Pregador apontou com a mão direita sobre a cabeça da mulher idosa e bradou:

– Vocês são a única ajuda que resta! Vocês foram rebeldes, vocês trouxeram o vento seco que não limpa e que não refresca. Vocês carregam o fardo do nosso deserto, e o torvelinho virá desse lugar, dessa terra terrível. Eu estive naqueles ermos. A água escorre sobre a areia quando sai dos qanats destruídos. Riachos cruzam o chão. A água caiu do céu no Cinturão de Duna! Oh, meus amigos, Deus me ordenou. Construa no deserto um caminho reto para o nosso Senhor, pois eu sou a voz que vem a vocês desde o deserto.

Ele apontou para os degraus sob seus pés com um dedo duro e trêmulo:

– Esta não é uma djedida perdida que não é mais habitada para sempre! Aqui comemos o pão do paraíso. E aqui o ruído de estranhos nos expulsa de nossas casas! Eles criam para nós a desolação, a terra em que ninguém habita, que nenhum homem atravessa.

A multidão se remexia incomodada; refugiados e fremen citadinos olhavam para os lados, deparando com os peregrinos do hajj que se encontravam entre eles.

Ele poderia começar um confronto sangrento!, Alia pensou. *Bom, então que seja. Meus sacerdotes podem capturá-lo no meio da confusão.*

Ela viu então os cinco sacerdotes formando um nó apertado de mantos amarelos a se esgueirar para descer os degraus atrás do Pregador.

– As águas que espalhamos nas areias do deserto viraram sangue – O Pregador prosseguiu, abanando os braços em amplos movimentos. – Sangue sobre a nossa terra! Vejam o nosso deserto, que poderia ser festivo e próspero; ele atraiu o forasteiro e o seduziu a se misturar entre nós. Mas eles vieram pela violência! O rosto deles está lacrado como se fora para o vento derradeiro de Kralizec! Eles armazenam o cativeiro da areia. Eles sugam a abundância da areia, o tesouro escondido em suas profundezas. Vejam como eles se entregam a seus maléficos feitos. Está escrito: "E eu fiquei de pé na areia, e vi uma besta surgir dessa areia e sobre a cabeça dessa besta estava o nome de Deus"!

Resmungos de raiva subiram da multidão, e punhos cerrados se erguiam e agitavam no ar.

– O que ele está fazendo? – Farad'n sussurrou.

– Bem que eu queria saber – Alia balbuciou. Ela levou a mão ao peito, sentindo a temerosa excitação do momento. A multidão iria se voltar contra os peregrinos se ele continuasse com aquilo!

Mas O Pregador tinha se virado um pouco, direcionando suas órbitas vazias na direção do Templo. Então levantou uma mão para apontar para a janela alta do terraço de Alia.

– Ainda resta uma blasfêmia! – ele trovejou. – Blasfêmia! E o nome dessa blasfêmia é Alia!

Um silêncio chocado desceu sobre a praça.

Alia parou, imobilizada pela consternação. Ela sabia que o povo não podia vê-la, mas se sentiu tomada pela sensação de estar exposta, pelo sentimento da vulnerabilidade. Ecos de palavras tranquilizadoras dentro de seu crânio competiam com as marteladas de seu coração. Ela só conseguia fitar aquela cena inacreditável que se desenrolava lá embaixo. O Pregador continuava com a mão apontada para sua janela.

Para os sacerdotes, porém, as palavras dele tinham sido excessivas. Eles quebraram o silêncio com gritos encolerizados, desceram os degraus como uma avalanche, atirando pessoas para os lados. Quando entraram em cena, a multidão reagiu e quebrou como onda sobre os degraus, arrastando as primeiras fileiras de espectadores e carregando O Pregador diante deles. O velho tropeçou às cegas e se separou de seu jovem guia. Então um braço revestido de amarelo se levantou em meio à pressão da multidão e uma dagacris balançava nessa mão. Ela viu a faca descer num golpe reto que encontrou o peito do Pregador e nele se enterrou.

O som metálico e trovejante das gigantescas portas do Templo sendo cerradas tirou Alia de seu estupor. Evidentemente, as guardas tinham fechado as portas para impedir o acesso da multidão. Mas as pessoas já estavam recuando e abrindo espaço em torno de uma figura despencada num monte disforme no chão. Um silêncio sepulcral se estendeu sobre a praça. Alia viu muitos corpos, mas somente aquele jazia ali, solitário.

Então uma voz estridente gritou em meio à multidão:

– Muad'Dib! Eles mataram Muad'Dib!

— Pelos deuses das profundezas! Pelos deuses das profundezas — Alia repetiu, em choque.

— Um pouco tarde demais para isso, não é mesmo? — indagou Jéssica.

Alia girou nos calcanhares, notando a súbita reação de susto de Farad'n quando ele reparou na cólera que lhe distorcia o rosto.

— Foi Paul que eles mataram! — Alia bradou. — Aquele era o seu filho! Quando confirmarem isso, você sabe o que vai acontecer?

Jéssica permaneceu imóvel por um longo momento, pensando que tinha acabado de ouvir algo que ela já sabia. A mão de Farad'n sobre o braço dela quebrou o clima.

— Milady. — E havia tanta compaixão na voz dele que Jéssica pensou que talvez ela morresse por isso, bem ali, naquele momento. Ela desviou o olhar da raiva fria e colérica do rosto de Alia para a empática infelicidade nos traços de Farad'n e pensou: *Talvez eu tenha feito o meu trabalho bem demais.*

As palavras de Alia não davam margem a dúvidas. Jéssica se lembrava de cada entonação da voz do Pregador, ouvindo nela os truques que ela mesma praticava, os longos anos de treinamento que ela gastara instruindo um jovem rapaz destinado a ser imperador, mas que agora se resumia a um amontoado disforme de trapos e sangue nos degraus do Templo.

Ghafla me deixou cega, Jéssica pensou.

Alia gesticulou para chamar a atenção de uma de suas auxiliares e ordenou:

— Traga Ghanima agora.

Jéssica se forçou a reconhecer essas palavras. *Ghanima? Por que Ghanima agora?*

A auxiliar se virou na direção da porta externa e fez um gesto para que a destravassem, mas, antes que uma única palavra pudesse ser pronunciada, a porta se entortou. As dobradiças saltaram dos encaixes. A trava estalou e partiu e a porta, fabricada de açoplás grosso e destinada a aguentar o impacto de energias monumentais, caiu ao chão ricocheteando dentro da sala. As guardas saltaram de lado para evitar serem atingidas e ficaram de armas em punho.

Os guarda-costas de Jéssica e Farad'n se fecharam em volta do príncipe Corrino.

Mas no vão que fora aberto apenas duas crianças eram visíveis: Ghanima, à esquerda, usando seu manto preto de noivado, e Leto à direita, com a cinzenta finura de um trajestilador aparecendo em parte por baixo de um manto branco, manchado pela travessia do deserto.

Alia olhava da porta derrubada para as duas crianças e se sentiu tremendo de maneira incontrolável.

– A família está aqui para nos receber – observou Leto. – Minha avó – ele saudou com um movimento de cabeça na direção de Jéssica. Então, desviou a atenção para o príncipe Corrino. – E este deve ser o príncipe Farad'n. Bem-vindo a Arrakis, príncipe.

Os olhos de Ghanima pareciam vazios. Ela mantinha a mão direita sobre uma dagacris cerimonial à sua cintura e parecia que tentava escapar de Leto, que a continha pelo braço. Leto sacudiu o braço da irmã, e todo o corpo dela repercutiu o chacoalhão.

– Olhem para mim, família – Leto prosseguiu. – Sou Ari, o Leão dos Atreides. E aqui... – Novamente, ele sacudiu o braço de Ghanima com aquela poderosa facilidade que fazia o corpo inteiro da irmã sacolejar. – Aqui está Aryeh, a Leoa dos Atreides. Viemos para levá-los até Secher Nbiw, o Caminho Dourado.

Absorvendo as palavras-gatilho – *Secher Nbiw* –, Ghanima sentiu a consciência trancafiada voltar a fluir dentro de sua mente. Ela vinha com uma suavidade linear, com a percepção interior de sua mãe pairando ali, atrás de sua própria consciência, como um guardião de um portal. E, nesse instante, Ghanima soube que tinha conquistado o clamoroso passado. Ela possuía um portal através do qual poderia espiar sempre que precisasse daquele passado. Os meses de supressão auto-hipnótica tinham construído para ela um lugar seguro de dentro do qual ela podia cuidar de sua própria carne. Ela começou a se virar na direção de Leto com a necessidade de explicar isso, quando se tornou ciente de onde estava e com quem.

Leto soltou-lhe o braço.

– Seu plano deu certo? – Ghanima sussurrou.

– Bem o suficiente – Leto respondeu.

Recuperando-se do estado de choque, Alia gritou para o amontoado de guardas que se formara à sua esquerda:

– Prendam-nos!

Mas Leto se abaixou, pegou a porta derrubada com uma mão e a atirou através da sala sobre as guardas. Duas ficaram pregadas na parede e as outras recuaram horrorizadas. A porta pesava meia tonelada métrica, e aquela criança a tinha levantado e atirado.

Percebendo que o corredor atrás da porta estava cheio de guardas pelo chão, Alia entendeu que Leto devia ter cuidado delas e que aquela criança era a força que tinha destroçado sua porta impenetrável.

Jéssica também vira os corpos, o poder inacreditável de Leto, e chegara a conclusões similares, mas as palavras de Ghanima tocaram o cerne da disciplina Bene Gesserit que forçava Jéssica a manter a compostura. Sua neta mencionara um "plano".

– Que plano? – perguntou Jéssica.

– O Caminho Dourado, nosso plano imperial para nosso Império – explicou Leto. Ele fez um movimento com a cabeça para Farad'n: – Não faça mau juízo de mim, primo. Ajo pelo seu bem, inclusive. Alia esperava que Ghanima o matasse. Eu prefiro que você viva com alguma medida de felicidade.

Alia gritou para sua guarda, acuada no corredor:

– Estou mandando que vocês prendam esses dois!

Mas as guardas se recusaram a entrar na sala.

– Espere por mim aqui, irmã – Leto ordenou. – Tenho uma tarefa desagradável a cumprir. – Então, atravessou o espaço na direção de Alia.

Ela recuou para se distanciar dele e foi para um canto, acocorou-se e tomou a faca nas mãos. As joias verdes do cabo faiscaram à luz que entrava pela janela.

Leto apenas continuou avançando, de mãos vazias, mas alerta e pronto.

Alia avançou com a faca em punho.

Leto saltou quase até o teto e desferiu um golpe com seu pé esquerdo, atingindo a cabeça de Alia com um golpe oblíquo que a fez rodopiar e cair estatelada com uma marca sangrenta na testa. Ela soltou a faca, que saiu deslizando pelo chão. Alia se arrastou de qualquer jeito atrás da arma, mas topou com Leto em pé à sua frente.

Alia hesitou, tentando convocar tudo que sabia do treinamento Bene Gesserit. Levantou-se do chão e mostrou um corpo solto e posicionado.

Mais uma vez, Leto avançou contra ela.

Alia fintou com um movimento para a esquerda enquanto o ombro direito subia e o pé direito se estendia para dar um chute com os dedos em ponta, potente o bastante para rasgar o ventre de um homem se o atingisse no ponto exato.

Leto aparou o golpe com o braço, agarrou o pé e a suspendeu por ali, fazendo um movimento circular com ela em volta de sua própria cabeça. A velocidade com que ele a girava criava um som sibilante de algo que adejava pela sala, conforme o manto ia rebatendo contra seu corpo.

Os outros se afastaram, acuados.

Alia berrava sem parar, mas continuava girando no ar, traçando voltas e mais voltas. Então, ela se calou.

Lentamente, Leto reduziu a velocidade do giro até deixar que ela caísse delicadamente no chão. Alia agora não passava de um feixe de carne arfante.

Leto se debruçou sobre ela:

– Eu poderia ter atirado você através da parede. Talvez eu devesse ter feito isso, mas agora estamos no meio da luta. Você merece a sua chance – ele murmurou.

Os olhos de Alia fuzilavam de cólera, indo de um lado para outro.

– Eu conquistei as vidas interiores – ele explicou. – Olhe para Ghani. Ela também pode...

Ghanima interrompeu, dizendo:

– Eu posso te mostrar, Alia...

– Não! – explodiu Alia. O peito dela arfava e as vozes começaram a brotar de sua boca. Eram comunicações desconexas, maldições, súplicas. – Está vendo? Por que não me ouviu? – E depois: – Por que você está fazendo isso? O que está acontecendo? – E outra voz ainda: – Pare esses dois! Faça com que parem!

Jéssica cobriu os olhos e sentiu a mão de Farad'n estabilizando-a.

E Alia continuava falando descontrolada:

– Eu te mato! – E maldições hediondas irrompiam de dentro dela. – Vou beber o teu sangue! – Os sons de muitas línguas começaram a ser despejados por ela, confusos e embaralhados.

As guardas, amontoadas no corredor externo, fizeram o sinal do verme e então cerraram os punhos atrás de suas orelhas. Alia estava possuída!

Leto seguia de pé, balançando a cabeça. Ele se aproximou da janela e, com três golpes rápidos, estilhaçou o vidro supostamente inquebrável de cristal reforçado.

Uma expressão ardilosa se espalhou pela fisionomia de Alia. Jéssica ouviu algo que parecia ser sua própria voz, vindo daquela boca retorcida como uma paródia do controle Bene Gesserit.

— Todos vocês! Fiquem onde estão!

Jéssica, baixando as mãos, sentiu que elas estavam molhadas com suas lágrimas.

— Vocês não sabem quem eu sou? — ela perguntou. Era sua antiga voz, a doce voz saltitante da jovem Alia que não existia mais. — Por que estão todos olhando para mim desse jeito? — Ela dirigiu à mãe um olhar suplicante: — Mãe, faça com que parem.

Jéssica só conseguia balançar a cabeça de um lado para outro, consumida pelo horror absoluto. Todos os antigos avisos Bene Gesserit eram verdadeiros. Ela olhou para Leto e Ghani lado a lado, parados perto de Alia. O que aqueles avisos queriam dizer aos pobres gêmeos?

— Minha avó — disse Leto, e sua voz trazia um tom de súplica —, deveremos instaurar um Teste da Possessão?

— Quem é você para falar de julgamento? — indagou Alia, e sua voz era a de um homem queixoso, despótico e sensual, profundamente dedicado à autoindulgência.

Tanto Leto como Ghanima reconheceram aquela voz. Era o velho barão Harkonnen. Ghanima ouviu a mesma voz começando a ecoar dentro de sua cabeça, mas o portão interno se fechou, e ela sentiu que sua mãe estava plantada à frente dele.

Jéssica se manteve calada.

— Então, a decisão é minha — concluiu Leto. — E a escolha cabe a você, Alia. O Teste da Possessão ou... — E ele indicou a janela aberta com um movimento da cabeça.

— Quem é você para me dar escolhas? — Alia interrogou, e ainda era a voz do velho barão.

— Demônio! — Ghanima berrou. — Deixe que ela faça a própria escolha!

— Mãe — Alia pediu, com a voz de uma menininha —, mãe, o que eles estão fazendo? O que você quer que eu faça? Me ajude.

— Ajude-se você mesma — Leto ordenou e, por um breve instante, ele viu a presença estilhaçada de sua tia nos olhos dela, uma flagrante impotência que o espiou brevemente e então desapareceu. Mas o corpo dela se mexeu, com um movimento empertigado, avançando a passadas duras. Ela cambaleou, tropeçou, saiu um pouco do trajeto que tinha traçado, mas voltou logo a ele e se aproximou um pouco mais da janela aberta.

Agora a voz do velho barão bradava em sua boca:

– Pare! Pare, estou dizendo! Eu ordeno que pare! Pare! Então, sinta isto! – E Alia agarrou a cabeça dos dois lados, cambaleando para mais perto da janela. Estava agora com as coxas encostadas no parapeito, mas a voz continuava esbravejando no auge da cólera: – Não faça isso! Pare e eu ajudarei você. Eu tenho um plano. Ouça o que lhe digo. Pare, estou dizendo. Espere! – Mas Alia tirou as mãos da cabeça e segurou os caixilhos quebrados. Com um impulso, ergueu-se sobre o parapeito e saltou. Nem um único som ela emitiu enquanto caía.

Da sala pôde-se ouvir quando o povo lá embaixo gritou, diante do impacto surdo de Alia nos degraus da escadaria.

Leto olhou para Jéssica:

– Dissemos a você que se apiedasse dela.

Jéssica se virou e enterrou o rosto na túnica de Farad'n.

> **A suposição de que um sistema inteiro pode ser levado a funcionar melhor com um ataque a seus elementos conscientes denuncia a atuação de uma perigosa ignorância. Essa tem sido em geral a abordagem ignorante daqueles que se dizem cientistas e tecnólogos.**
>
> – *O Jihad Butleriano,*
> *segundo Harq al-Ada*

– Ele corre à noite, primo – Ghanima explicou. – Ele corre. Você o viu correr?

– Não – Farad'n respondeu.

Ele esperava com Ghanima do lado de fora do pequeno salão de audiências do Forte onde Leto os havia chamado para uma audiência. Tyekanik estava num dos lados, desconfortavelmente em pé com lady Jéssica, que parecia absorta, como se sua mente vivesse em outro lugar. Mal havia se passado uma hora após a refeição da manhã, mas muitas coisas já tinham sido postas em movimento: uma convocação para a Guilda, além de mensagens para a CHOAM e o Landsraad.

Farad'n achava difícil entender esses Atreides. Lady Jéssica o advertira, mas a realidade deles ainda o deixava atônito. Eles ainda falavam sobre o noivado, embora a maior parte das razões políticas para ele parecesse agora dissolvida. Leto assumiria o trono; parecia haver poucas dúvidas quanto a isso. Sua estranha *pele viva* teria de ser removida, naturalmente, mas com o tempo...

– Ele corre para se cansar – disse Ghanima. – Ele é a encarnação de Kralizec. Vento nenhum alguma vez correu como ele. Ele é um borrão no topo das dunas. Eu o vi. Ele corre sem parar. E, quando enfim está exausto, ele volta e descansa a cabeça no meu colo. E então pede: "Peça à nossa mãe-interior que encontre um jeito de eu morrer".

Farad'n fitou-a demoradamente. Naquela semana, desde os confrontos na praça, o Forte tinha funcionado segundo ritmos estranhos, com misteriosas idas e vindas. Relatos sobre batalhas ferozes além da Muralha-Escudo eram transmitidos a ele por Tyekanik, cuja assessoria militar tinha sido solicitada.

– Eu não entendo vocês – Farad'n confessou. – Achar um jeito de ele morrer?

– Ele me pediu que preparasse você – Ghanima respondeu. Não pela primeira vez, ela se surpreendia com a curiosa inocência desse príncipe Corrino. Seria fruto do trabalho de Jéssica ou algo natural dele?

– Para o quê?

– Ele não é mais humano – Ghanima disse. – Ontem você perguntou quando ele iria remover a *pele viva*. Nunca. Agora, ela faz parte dele e ele é em parte ela. Leto estima que mais ou menos quatro mil anos passarão antes que a metamorfose o destrua.

Farad'n tentou engolir, mas sua garganta estava seca.

– Você entende agora por que ele corre? – Ghanima perguntou.

– Mas se ele vai viver durante tanto tempo e ser tão...

– Porque a memória de ser humano é muito intensa nele. Pense em todas aquelas vidas, primo. Não. Você não consegue imaginar o que é isso porque não tem a vivência do que estou falando. Mas eu sei. Eu posso imaginar a dor dele. Ele dá mais do que qualquer um já deu antes. Nosso pai foi para o deserto tentando escapar disso. Alia se tornou Abominação pelo temor disso. Nossa avó tem apenas uma infância indistinta dessa condição, e ainda assim precisa recorrer a todas as artimanhas Bene Gesserit para conviver com isso... que é aquilo em que, no fundo, consiste o treinamento de uma Reverenda Madre. Mas Leto! Ele está inteiramente sozinho e jamais será duplicado.

Farad'n sentia-se estupefato com as palavras dela. Imperador durante quatro mil anos?

– Jéssica sabe – Ghanima acrescentou, olhando para sua avó, do outro lado. – Ele contou a ela na noite passada. Ele se chamou de o primeiro planejador verdadeiramente de longo prazo da história humana.

– E o que ele... planeja?

– O Caminho Dourado. Ele explicará isso a você mais tarde.

– E ele tem algum papel para mim nesse... plano?

– O de meu consorte – Ghanima respondeu. – Ele está assumindo o programa de procriação da Irmandade. Estou certa de que minha avó lhe contou sobre o sonho Bene Gesserit de um Reverendo com poderes extraordinários. Ele...

– Você quer dizer que nós apenas seremos...

– Não é *apenas*. – Ela pegou o braço dele e o apertou com uma cálida familiaridade. – Ele terá muitas tarefas de grande responsabilidade para nós dois. Quer dizer, quando não estivermos produzindo filhos.

– Bom, você ainda é um pouco jovem – Farad'n comentou, soltando o braço.

– Jamais cometa esse erro novamente – ela repreendeu. E havia gelo em sua voz.

Jéssica se aproximou deles, com Tyekanik.

– Tyek está me dizendo que os combates se espalharam para fora do planeta – informou Jéssica. – O Templo Central de Biarek está em estado de sítio.

Farad'n achou que ela estava estranhamente calma ao dar essa notícia. Ele tinha repassado os relatórios com Tyekanik durante a noite. Um incêndio de rebeliões estava se propagando descontroladamente através do Império. Naturalmente seria extinto, mas Leto teria um Império lamentável para recuperar.

– Agora vem Stilgar – apontou Ghanima. – Estávamos esperando por ele. – E mais uma vez ela tomou o braço de Farad'n.

O velho naib fremen tinha entrado pela porta mais distante, escoltado por dois antigos companheiros dos Comandos Suicidas, dos tempos do deserto. Todos usavam o manto preto formal com bordas brancas e bandanas amarelas, em sinal de luto. O grupo se aproximou com passadas firmes, mas Stilgar mantinha-se fixamente atento à Jéssica. Parou diante dela e cumprimentou-a secamente com uma inclinação sumária de cabeça.

– Você ainda está preocupado com a morte de Duncan Idaho – observou Jéssica. Ela não apreciava tanta cautela em seu velho amigo.

– Reverenda Madre – ele cumprimentou.

Então, é assim que vai ser!, Jéssica pensou. *Todo formal e fiel ao código fremen, com o sangue difícil de expurgar.*

E ela continuou:

– Em nosso ponto de vista, você apenas desempenhou o papel que Duncan mesmo lhe atribuiu. Não é a primeira vez que um homem dá a vida pelos Atreides. Por que eles fazem isso, Stil? Você mesmo já esteve pronto para tanto mais de uma vez. Por quê? Seria porque sabem quanto os Atreides dão em troca?

— Estou feliz por você não buscar uma desculpa para se vingar — ele rebateu. — Mas há alguns assuntos que preciso discutir com seu neto. Esses assuntos podem nos separar para sempre.

— Você quer dizer que Tabr não lhe renderá sua homenagem? — Ghanima indagou.

— Quer dizer que reservo meu julgamento. — Ele olhou friamente para a menina. — Não gosto do que meus fremen se tornaram — ele grunhiu. — Nós retornaremos aos velhos costumes. Sem vocês, se necessário.

— Por algum tempo, pode ser — retrucou Ghanima. — Mas o deserto está morrendo, Stil. O que vocês farão quando não houver mais vermes, quando não houver mais deserto?

— Não acredito nisso!

— No intervalo de cem anos — Ghanima continuou —, existirão menos de cinquenta vermes e esses estarão doentes, mantidos numa reserva cuidadosamente administrada. A especiaria deles servirá apenas à Guilda espacial, e o preço... — Ela balançou a cabeça. — Eu vi as estatísticas de Leto. Ele percorreu o planeta inteiro. Ele sabe.

— Esse é mais um truque para manter os fremen como seus vassalos?

— E quando foi que você alguma vez serviu como meu vassalo? — Ghanima perguntou.

Stilgar resmungou. Apesar do que ele dissesse, ou fizesse, aqueles gêmeos sempre davam um jeito de ser culpa dele!

— Na noite passada, ele me falou desse Caminho Dourado — Stilgar despejou. — Não gosto nada disso!

— Isso é estranho — Ghanima comentou, olhando de relance para sua avó. — A maior parte do Império dará as boas-vindas a ele.

— A destruição de todos nós — Stilgar murmurou.

— Mas todos esperam pela Era de Ouro — insistiu Ghanima. — Não é verdade, minha avó?

— Todo mundo — concordou Jéssica.

— Eles esperam pelo Império Faraônico que Leto lhes proporcionará — Ghanima explicou. — Todos anseiam por uma paz na riqueza, com safras abundantes, comércio vigoroso, a igualdade social, exceto para o Regente Dourado.

— Será a morte dos fremen! — Stilgar protestou.

— Como você pode dizer uma coisa dessas? Será que não necessitaremos de soldados e homens de coragem para remover as eventuais insatisfações? Ora, Stil, você e os bravos companheiros de Tyek terão muitos e prementes afazeres de que cuidar.

Stilgar olhou para o oficial Sardaukar e uma estranha luz de entendimento fulgurou entre eles.

– E Leto controlará a especiaria – Jéssica lembrou a eles.

– Ele a controlará de maneira absoluta – confirmou Ghanima.

Ouvindo o que era dito com a nova percepção que Jéssica lhe havia ensinado, Farad'n captou a cena, a interpretação ensaiada e combinada entre Ghanima e a avó.

– A paz irá durar, e durar e durar – reafirmou Ghanima. – A lembrança das guerras irá desaparecer. Leto conduzirá a humanidade através desse jardim durante, pelo menos, quatro mil anos.

Tyekanik olhou com expressão dubitativa para Farad'n e então pigarreou.

– Sim, Tyek? – perguntou Farad'n.

– Gostaria de lhe falar a sós, meu príncipe.

Farad'n sorriu, sabendo qual seria a indagação naquela mente militar de Tyekanik e que pelo menos duas outras das pessoas ali presentes também identificavam a pergunta dele.

– Não venderei os Sardaukar – afirmou Farad'n.

– Não é preciso – argumentou Ghanima.

– Você dá ouvidos a essa criança? – Tyekanik indagou. Ele estava indignado. O velho naib ali entendia os problemas de ser criado em meio a tantos complôs, mas ninguém mais sabia alguma coisa sobre essa situação!

Ghanima sorriu amargamente e disse:

– Conte para ele, Farad'n.

Farad'n suspirou. Era fácil esquecer a estranheza dessa criança que não era criança. Ele era capaz de imaginar uma vida inteira casado com ela, as reservas ocultas em cada intimidade. Não era uma perspectiva totalmente agradável, mas ele estava começando a admitir sua inevitabilidade. O controle absoluto de estoques cada vez menores da especiaria! Nada aconteceria no universo sem a especiaria.

– Mais tarde, Tyek – murmurou Farad'n.

– Mas...

– *Eu disse mais tarde!* – Pela primeira vez, ele usava a Voz com Tyekanik e viu o homem piscar de surpresa e então se calar.

Um sorriso tenso perpassou os lábios de Jéssica.

– Ele fala de paz e morte numa mesma sentença – Stilgar interpôs. – Era de Ouro!

– Ele conduzirá os humanos através do culto à morte ao ar livre da vida exuberante! – Ghanima reassegurou. – Ele fala da morte porque isso é necessário, Stil. É a tensão por meio da qual os vivos sabem que estão vivos. Quando o Império cair... Sim, ele cairá. Você acha que isto é Kralizec, agora, mas Kralizec ainda está por vir. E, quando vier, os humanos terão renovadas suas reminiscências do que é estar vivo. Essa lembrança persistirá enquanto houver um só humano vivo. Atravessaremos a pior das provas mais uma vez, Stil. E sairemos do outro lado. Nós sempre renascemos das nossas cinzas. Sempre.

Ouvindo as palavras de Ghanima, Farad'n entendia agora o que ela quisera dizer quando lhe contara que Leto corria. *Ele não será humano.*

Stilgar ainda não estava convencido.

– Sem os vermes – ele resmungou.

– Oh, os vermes retornarão – Ghanima garantiu. – Em duzentos anos todos estarão mortos, mas eles retornarão.

– Como... – mas Stilgar se calou.

Farad'n sentiu sua mente varrida pela revelação. Ele sabia o que Ghanima iria dizer antes que ela abrisse a boca.

– A Guilda mal conseguirá operar durante os anos de escassez e mesmo então só à custa de seus estoques e dos nossos – Ghanima prosseguiu. – Mas depois de Kralizec haverá abundância. Os vermes retornarão depois que meu irmão afundar na areia.

> **Assim como sucedeu com muitas outras religiões, o Elixir Dourado da Vida, de Muad'Dib, degenerou em mera magia externa. Seus signos místicos se tornaram pouco mais do que símbolos de processos psicológicos mais profundos, e estes processos, naturalmente, perderam o rumo. O que eles precisavam era de um deus vivo e eles não o tinham, situação essa corrigida pelo filho de Muad'Dib.**
>
> – Comentário atribuído a Lu Tung-pin
> (Lu, o convidado da caverna)

Leto se sentou no Trono do Leão para aceitar as homenagens das tribos. Ghanima estava em pé ao lado dele, um degrau abaixo. A cerimônia no Grande Salão demorou horas. Inúmeras tribos fremen desfilaram diante dele, com seus representantes e naibs. Cada grupo oferecia seus presentes, dignos de um deus com poderes tremendos, um deus de vingança que lhes prometia paz.

Ele os havia subjugado e forçado à submissão na semana precedente, apresentando-se para os arifa reunidos de todas as tribos. Os juízes haviam-no visto caminhar sobre uma vala em fogo, emergindo incólume do outro lado a fim de demonstrar que sua pele não exibia marcas e pedindo-lhes que o examinassem de perto. Ele lhes havia ordenado que o golpeassem com facas, e sua pele impenetrável tinha recoberto seu rosto enquanto era inutilmente golpeado. Verteram líquidos ácidos sobre ele e tudo que produziram foi uma tênue névoa. Depois de ingerir os venenos que lhe apresentaram, rira de todos eles.

Ao final da demonstração, ele convocara um verme e ficara de pé, diante dos arifa, ao alcance da boca da criatura. De lá, ele chegou à pista de pouso em Arrakina, onde provara sua audácia ao tombar uma fragata da Guilda apenas erguendo uma de suas barbatanas de pouso.

Os arifa haviam relatado todos esses feitos com assombro e temor, e agora os delegados tribais tinham vindo para sancionar sua submissão.

O amplo e abobadado recinto do Grande Salão, com seus sistemas acústicos de abafamento do som, tendia a absorver ruídos estridentes, mas o contínuo farfalhar de pés em movimento se insinuava aos sentidos, raspando a poeira e despertando o aroma da pederneira que vinha de fora.

Jéssica, que se recusara a estar presente, assistia a tudo de uma espia no alto, por trás do trono. Sua atenção se fixava em Farad'n e na constatação de que tanto ela como ele tinham sido manipulados. Claro que Leto e Ghanima haviam previsto a Irmandade! Os gêmeos podiam consultar, entre os dois, toda uma coorte de Bene Gesserit, muito maior do que as que agora estavam vivas no Império.

Jéssica estava se sentindo especialmente amarga com o modo como a mitologia da Irmandade tinha capturado Alia. *Medo sobre medo!* Os hábitos de gerações haviam impregnado nela o destino da Abominação. Alia não conhecera nenhuma esperança. Claro que ela sucumbiria. O destino de Alia tornava os feitos de Leto e Ghanima ainda mais difíceis de neutralizar. Não havia somente uma maneira de sair da armadilha, mas duas. A vitória de Ghanima sobre as vidas interiores e sua insistência em que Alia só merecia piedade eram as coisas mais amargas de todas. A supressão hipnótica sob pressão, ligada à proteção de um ancestral benigno, tinham salvado Ghanima. Eles poderiam ter salvado Alia. Mas, sem esperança, nada havia sido tentado até que fosse tarde demais. A água de Alia fora vertida na areia.

Jéssica suspirou e voltou a prestar atenção a Leto no trono. Uma gigantesca ânfora canópica, contendo a água de Muad'Dib, ocupava um lugar de honra perto do cotovelo direito de Leto. Ele tinha se gabado a Jéssica de ter ouvido seu pai interior rir daquele gesto, ainda que o admirasse.

A ânfora e aquele comentário arrogante haviam-na levado a decidir que não participaria do ritual. Enquanto vivesse, Jéssica sabia que nunca poderia aceitar que Paul falasse pela boca de Leto. Ela se regozijava pelo fato de a Casa Atreides ter sobrevivido, mas as coisas que poderiam ter acontecido estavam além do suportável para ela.

Farad'n estava sentado de pernas cruzadas ao lado da ânfora com a água de Muad'Dib. Essa era a posição do Escriba Real, uma honraria recentemente conferida e recentemente aceita.

Farad'n sentia que estava se adaptando muito bem a essas novas realidades, embora Tyekanik ainda vociferasse e prometesse terríveis consequências. Tyekanik e Stilgar tinham formado uma parceria de desconfiança que parecia divertir muito Leto.

Nas horas em que durou a cerimônia das homenagens, Farad'n passara do assombro ao tédio e de novo ao assombro. Havia um fluxo interminável de humanos, de combatentes e guerreiros sem igual. A renovada lealdade desses visitantes ao Atreides que agora ocupava o trono não poderia ser questionada. Estavam todos perfilados diante dele, em um estado de terror submisso, completamente estarrecidos pelo que os arifa haviam relatado.

Finalmente, a procissão chegou ao fim. O último naib se postou diante de Leto, com Stilgar na "posição de honra à retaguarda". Em vez de cestos de vime cheios de especiaria, joias de fogo ou qualquer outro dos dispendiosos presentes que se acumulavam em pilhas em volta do trono, Stilgar trazia uma coroa de fibras de especiaria trançadas. O Gavião dos Atreides tinha sido desenhado em ouro e verde.

Ghanima o reconheceu e disparou uma olhada de lado para Leto.

Stilgar depositou a coroa no segundo degrau abaixo do trono e se curvou numa reverência profunda.

– Entrego-lhe a coroa usada por sua irmã quando a levei para o deserto a fim de protegê-la – ele explicou.

Leto suprimiu um sorriso.

– Eu sei que você atravessou períodos difíceis, Stilgar – respondeu Leto. – Há aqui alguma coisa que você pediria em troca? – Ele abarcou com um gesto as pilhas de presentes de alto valor.

– Não, milorde.

– Então, aceito seu presente – Leto declarou. Ele se dobrou para a frente, pegou a bainha do manto de Ghanima, rasgou uma tira fina e disse: – Em troca, dou-lhe este pedacinho do manto de Ghanima, o manto que ela usava quando foi sequestrada do teu acampamento, forçando-me a ir salvá-la.

Stilgar aceitou o tecido com mãos trêmulas.

– O senhor está zombando de mim, milorde?

– Zombar de você? Por meu nome, Stilgar, eu jamais zombaria de você. Eu lhe fiz um presente inestimável. Ordeno que o leve sempre perto do coração, como recordação de que todos os humanos podem errar e de que todos os líderes são humanos.

Uma risadinha leve escapou de Stilgar.

– Que naib você teria dado!

– Que naib eu sou! Eu sou o naib de todos os naibs! Jamais se esqueça disso!

– Como quiser, milorde. – Stilgar engoliu, lembrando-se dos relatos de seu arifa. E então pensou: *Houve um dia em que pensei que poderia matá-lo. Agora, é tarde demais.* Seu olhar caiu sobre a ânfora, um recipiente elegante de ouro fosco recoberto de verde. – Essa é a água da minha tribo.

– E da minha – Leto completou. – Ordeno que leia a inscrição na lateral. Leia em voz alta para que todos possam ouvir.

Stilgar lançou um olhar questionador para Ghanima, mas ela reagiu elevando o queixo, numa fria resposta que fez Stilgar sentir um calafrio. Será que esses molequinhos Atreides estavam pensando em fazê-lo responder por sua própria impetuosidade e por seus erros?

– Leia – Leto insistiu, apontando.

Lentamente, Stilgar subiu os degraus e se inclinou na direção da ânfora. Então, leu em voz alta:

– "Esta água é a essência final, a fonte da criatividade que flui para fora. Embora imóvel, esta água é o meio de todo movimento". O que significa, milorde? – Stilgar sussurrou. Ele se sentia abismado com aquelas palavras, atingido num lugar dentro de si mesmo que não conseguia entender.

– O corpo de Muad'Dib é uma casca seca que jaz abandonada como um inseto – pontificou Leto. – Ele dominou seu mundo interior ao mesmo tempo que sentia desprezo pelo exterior, e isso o levou à ruína. Ele dominou o mundo exterior ao preço de excluir o mundo interior e isso deixou seus descendentes entregues aos demônios. O Elixir Dourado desaparecerá de Duna, mas a semente de Muad'Dib persiste e essa água movimenta o nosso universo.

Stilgar inclinou a cabeça para a frente. Coisas místicas sempre o deixavam abalado.

– O princípio e o fim são um só – continuou Leto. – Você vive no ar e não o vê. Uma fase se encerrou. Desse final brota o começo de seu oposto. Assim, teremos Kralizec. Tudo retorna depois, em forma alterada. Você sente os pensamentos na cabeça; seus descendentes os sentirão na barriga. Volte a Sietch Tabr, Stilgar. Gurney Halleck irá ao seu encontro lá, como meu conselheiro em teu Conselho.

– Não confia em mim, meu senhor? – A voz de Stilgar soou grave.

– Completamente, senão não enviaria Gurney para você. Ele começará a recrutar as novas forças que logo necessitaremos acionar. Aceito seu voto de fidelidade, Stilgar. Você está dispensado.

Stilgar fez uma reverência profunda, recuou descendo os degraus, virou-se e deixou o salão. Os outros naibs seguiram os passos dele, fiéis ao princípio fremen de que "o último será o primeiro". Mas algumas de suas indagações podiam ainda ser ouvidas desde a área do trono, enquanto iam embora.

– Do que vocês estavam falando lá em cima, Stil? O que querem dizer aquelas palavras sobre a água de Muad'Dib?

Leto falou com Farad'n:

– Você absorveu tudo, escriba?

– Sim, milorde.

– Minha avó me disse que o treinou muito bem nos processos mnemônicos das Bene Gesserit. Isso é bom. Não quero ver você tomando notas ao meu lado.

– Como queira, meu senhor.

– Venha e fique em pé à minha frente – ordenou Leto.

Farad'n obedeceu, mais do que nunca grato ao treinamento de Jéssica. Quando você aceitava o fato de que Leto não era mais humano, de que não podia mais pensar como os humanos pensavam, o curso do Caminho Dourado traçado por ele se tornava ainda mais assustador.

Leto levantou os olhos para fitar Farad'n. Os guardas estavam distantes o suficiente para não conseguirem ouvi-lo. Somente os conselheiros da Presença Interior permaneciam no recinto do Grande Salão, formando grupos subservientes posicionados bem além do primeiro degrau. Ghanima movera-se e aproximara-se do trono, onde pousara um braço.

– Você ainda não concordou em me dar seus Sardaukar – Leto observou. – Mas o fará.

– Eu lhe devo muito, mas não isso – Farad'n objetou.

– Você acha que eles não se misturarão bem com os meus fremen?

– Tão bem quanto os novos amigos, Stilgar e Tyekanik.

– E ainda assim você recusa?

– Aguardo sua proposta.

– Então devo apresentar a proposta, sabendo que você nunca a repetirá. Rezo para que minha avó tenha feito bem a parte dela, e que você por isso esteja preparado para entender.

– O que é que devo entender?

– Sempre existe uma mística predominante em qualquer civilização – começou Leto. – Ela se ergue como uma barreira contra mudanças, e isso sempre deixa as gerações futuras despreparadas para os ardis do universo. Todas as místicas são iguais na construção dessas barreiras: a mística religiosa, a mística do herói-líder, a mística messiânica, a mística da ciência/tecnologia e a mística da natureza em si. Vivemos em um Imperium moldado por uma dessas místicas, e agora o Imperium está ruindo porque a maioria das pessoas não distingue entre a mística e o universo delas. Veja bem, a mística é como a possessão demoníaca; tende a se apoderar da consciência e a se tornar todas as coisas ao observador.

– Reconheço a sabedoria de sua avó nessas palavras – anuiu Farad'n.

– Que bom, primo, muito bem. Ela me perguntou se eu era Abominação, e eu respondi que não. Esse foi o meu primeiro ardil. Entenda, Ghanima escapou disso, mas eu não. Fui forçado a equilibrar as vidas interiores sob a pressão de uma quantidade excessiva de mélange. Tive de buscar a cooperação ativa daquelas vidas despertas dentro de mim. Ao fazer isso, evitei as mais malignas e escolhi um ajudante predominante que me foi trazido impetuosamente pela percepção interior, a saber, meu pai. Na verdade, não sou meu pai, nem esse ajudante. Mas, de todo modo, não sou também o Segundo Leto.

– Explique-se.

– Você é dono de uma admirável objetividade – aprovou Leto. – Sou uma comunidade dominada por um que era antigo e extraordinariamente poderoso. Ele foi a origem de uma dinastia que durou três mil anos, tal como os contamos. Seu nome era Harum e, até que sua linhagem tivesse desaparecido em meio à fraqueza congênita e às superstições de um descendente, seus súditos levavam uma sublime existência rítmica. Todos se movimentavam inconscientemente conforme as mudanças das estações. Geraram indivíduos que tinham em geral vidas curtas, eram supersticiosos e facilmente comandados por um deus-rei. Tomados em seu conjunto, eram um povo poderoso e sua sobrevivência como espécie se tornou um hábito.

– Não gosto de como isso soa – murmurou Farad'n.

– Na realidade, eu também não – Leto acrescentou. – Mas é o universo que irei criar.

– Por quê?

– É uma lição que aprendi em Duna. Mantemos a presença da morte como um espectro dominante entre os que vivem ali. Por meio dessa presença, os mortos mudavam os vivos. As pessoas dessa sociedade afundam para dentro das próprias barrigas, mas quando chega o momento do oposto, quando elas se levantam, são grandes e maravilhosas.

– Isso não me responde à pergunta – protestou Farad'n.

– Você não confia em mim, primo.

– Sua própria avó também não.

– E com razão – concedeu Leto. – Mas ela aquiesce porque é o que deve fazer. As Bene Gesserit são pragmáticas, no fim das contas. Sabe, eu também tenho a mesma visão de universo delas. Você usa as marcas desse universo. Você conserva os hábitos da regra, catalogando tudo à sua volta em termos de seus possíveis valor ou ameaça.

– Concordei em ser seu escriba.

– Isso o divertiu e lisonjeou seu verdadeiro talento, que é o de ser historiador. Você tem um talento indiscutível para ler o presente em termos do passado. Você se antecipou a mim em diversas ocasiões.

– Não gosto de suas insinuações veladas – recriminou Farad'n.

– Ótimo. Você vem de uma ambição infinita até o seu estado atual de subordinado. Será que minha avó não o alertou a respeito do infinito? Ele nos atrai como um holofote à noite, deixando-nos cegos para os excessos que é capaz de infligir ao que é finito.

– Aforismos Bene Gesserit! – protestou Farad'n.

– Mas muito mais precisos – atalhou Leto. – As Bene Gesserit acreditaram que podiam prever o curso da evolução, mas ignoraram suas próprias mudanças no decurso dessa evolução. Elas acreditaram que podiam permanecer imóveis enquanto seu plano de procriação evoluía. Eu não sofro de tal cegueira reflexiva. Olhe cuidadosamente para mim, Farad'n, pois eu não sou mais humano.

– Foi o que a sua irmã me garantiu. – Farad'n hesitou e então acrescentou: – Abominação?

– Segundo a definição da Irmandade, talvez. Harum é cruel e autocrático. Eu compartilho a crueldade dele. Entenda bem o que eu digo: eu tenho a crueldade do camponês, e este universo humano é a minha lavoura. Os fremen antigamente tinham águias como animais de estimação, mas para mim terei um Farad'n domado.

O rosto de Farad'n ficou sombrio.

– Cuidado com as minhas garras, primo. Sei bem que meus Sardaukar cairiam, após certo tempo, diante de seus fremen, mas nós os feriríamos dolorosamente e haveria chacais à espreita, prontos para exterminar os fracos.

– Eu usarei vocês bem, isso posso prometer – argumentou Leto. Ele se inclinou adiante. – Eu já disse que não sou mais humano? Acredite em mim, primo. Filho nenhum nascerá de minhas virilhas, pois já não tenho mais virilhas. E isso impõe o meu segundo ardil.

Farad'n manteve silêncio enquanto aguardava, percebendo finalmente o rumo que tomava a argumentação de Leto.

– Irei contra todos os preceitos fremen – ele prosseguiu. – E eles aceitarão isso porque não podem fazer outra coisa. Eu mantive você aqui com a isca de um noivado, mas não haverá noivado nenhum entre você e Ghanima. Minha irmã se casará comigo!

– Mas você...

– Casar, foi o que eu disse. Ghanima deve dar continuidade à linhagem Atreides. Há ainda a questão do programa de procriação das Bene Gesserit, que agora é o meu programa de procriação.

– Eu me recuso – exclamou Farad'n.

– Você se recusa a procriar para a dinastia Atreides?

– Qual dinastia? Você ocupará o trono durante milhares de anos.

– Moldando seus descendentes à minha imagem. Será o mais intenso e abrangente programa de treinamento de toda a história. Será um ecossistema em miniatura. Veja bem, seja qual for o sistema de sobrevivência escolhido pelos animais, ele deve estar baseado no padrão de comunidades entrelaçadas, de interdependência, agindo juntas dentro do projeto comum que é o sistema. E esse sistema produzirá os governantes mais esclarecidos de todos os tempos.

– Você usa palavras sedutoras para falar do mais repugnante...

– Quem sobreviverá a Kralizec? – Leto indagou. – Eu lhe prometo: Kralizec virá.

– Você é um homem louco! Você vai liquidar com o Império.

– Claro que sim... e não sou homem. Mas criarei uma nova consciência em todos os homens. Eu lhe digo que, sob o deserto de Duna, existe um local secreto com o maior tesouro de todos os tempos. Não estou mentindo. Quando o último verme morrer e o último mélange for colhido de nossas areias, esses tesouros enterrados brotarão por toda parte, através do universo. Conforme for minguando o poder do monopólio da especiaria e os estoques escondidos se fizerem presentes, novos poderes irão aparecer em todas as partes do reino. Está na hora de os humanos aprenderem mais uma vez a viver com seus instintos.

Ghanima tirou o braço que estivera apoiado na parte de trás do trono, foi até onde estava Farad'n e tomou-lhe a mão.

– Assim como minha mãe não foi esposa, você não será marido – Leto confidenciou. – Mas talvez haja amor, e isso será o bastante.

– Cada dia, cada momento, contém sua mudança – Ghanima sussurrou. – Aprende-se isso reconhecendo os momentos.

Farad'n sentiu a cálida maciez da pequena mão de Ghanima como uma presença insistente. Ele reconhecia o fluxo e o refluxo dos argumentos de Leto, mas ele não havia usado a Voz nenhuma vez. O apelo fora às suas vísceras, não à sua mente.

– Essa é sua proposta para os meus Sardaukar? – ele indagou.

– Mais, primo, muito mais. Ofereço aos seus descendentes o Imperium. Eu lhe ofereço a paz.

– E qual será o desfecho de sua paz?

– O oposto – respondeu Leto, com uma voz calmamente zombeteira.

Farad'n sacudiu a cabeça.

– Acho muito alto o preço pelos meus Sardaukar. Devo seguir sendo o escriba, o pai secreto de sua linhagem real?

– Deve.

– Você irá me forçar a adotar seu hábito de paz?

– Irei.

– Resistirei a você todos os dias da minha vida.

– Mas essa é a função que espero que você cumpra, primo. É por isso que escolhi você. Eu tornarei isso oficial. Irei dar-lhe outro nome. Daqui em diante, você se chamará Quebra-do-Hábito que, em nossa língua, se diz Harq al-Ada. Ora, primo, não seja obtuso. Minha mãe o treinou bem. Dê-me seus Sardaukar.

– Dê a ele – Ghanima repetiu. – Ele ficará com eles, de um jeito ou de outro.

Farad'n ouviu medo por ele na voz dela. Amor, então? Leto não estava pedindo razão, mas um salto intuitivo.

– Fique com eles – concedeu Farad'n.

– De fato – respondeu Leto. Ele então se levantou do trono com um movimento curiosamente fluido, como se mantivesse seus tremendos poderes sob o mais delicado controle. Leto desceu então alguns degraus até chegar ao nível em que Ghanima estava, girou-a suavemente até que ela estivesse voltada para o lado oposto a ele, voltou-se e colou suas costas às dela. – Observe isto, primo Harq al-Ada. É deste jeito que sempre será conosco. Ficaremos assim quando estivermos casados. Costas com costas, cada um olhando para longe do outro a fim de proteger a única coisa que nós sempre fomos. – Ele então se virou, olhando com jeito espirituoso para Farad'n e baixando a voz: – Lembre-se disto, primo, quando estiver frente a frente com minha Ghanima. Lembre-se disso quando falar baixinho de amor e murmurar coisas doces, quando mais se sentir tentado pelos hábitos da minha paz e do meu contentamento. Suas costas estarão expostas.

Afastando-se deles, Leto desceu os últimos degraus na direção dos cortesãos que aguardavam, recolheu-os como se fossem satélites ao passar diante deles e, então, saiu do salão.

Mais uma vez, Ghanima tomou a mão de Farad'n, mas seu olhar ia na direção da extremidade do salão e por lá permaneceu muito tempo depois de Leto ter passado pela porta.

– Um de nós tinha de aceitar a agonia – ela explicou –, e ele sempre foi o mais forte.

Terminologia do Imperium

A

ABA: manto folgado usado pelas mulheres fremen; geralmente na cor preta.

ABOMINAÇÃO: termo usado pelas irmãs Bene Gesserit para descrever indivíduos que não podem controlar as memórias surgidas ou após o consumo da Água da Vida, ou através da herança genética direta em crianças pré-nascidas.

AÇO-LISO: qualquer arma branca de lâmina curta e fina (muitas vezes com a ponta envenenada) para ser usada com a mão esquerda no combate com escudos.

AÇOPLÁS: aço estabilizado com fibras de estravídio introduzidas em sua estrutura cristalina.

ADAB: lembrança exigente que se manifesta por conta própria.

A.G.: empregado ao lado de uma data, significa "antes da Guilda" e identifica o sistema de datação imperial, fundamentado na gênese do monopólio da Guilda Espacial.

AL-MUTAKALLIM: outro termo para "O Pregador".

ALAM AL-MYTHAL: lugar mítico onde moram as mentes de algumas pessoas mortas.

ARIFA: terminologia fremen para Juiz.

ARMALÊS: projetor laser de onda contínua. Seu emprego como arma é limitado numa cultura de escudos geradores de campos, por causa da pirotecnia explosiva (tecnicamente, uma fusão subatômica) criada quando seu raio encontra um escudo.

AYAT: os sinais da vida (*veja-se* burhan).

B

BALISET: um instrumento musical de nove cordas, a ser dedilhado e afinado na escala chusuk. Descendente direto da zithra, é comumente o instrumento preferido dos trovadores imperiais.

BASHAR (GERALMENTE BASHAR CORONEL): um oficial dos Sardaukar, uma fração acima de coronel na classificação militar padrão. Patente criada para o governante militar de um subdistrito planetário (bashar da corporação é um título de uso estritamente militar).

BATIGH: terminologia fremen para "Pequeno Melão". Segundo uma lenda, o Pequeno Melão, nos confins do deserto, oferecia sua água a quem o encontrasse.

BATOR: comandante de uma pequena tropa, uma patente militar abaixo de Bashar.

BI-LA KAIFA: amém (literalmente: "Nada mais precisa ser explicado").

BÍBLIA CATÓLICA DE ORANGE: o "Livro Reunido", o texto religioso produzido pela Comissão de Tradutores Ecumênicos. Contém elementos de religiões antiquíssimas, entre elas o saari maometano, o cristianismo maaiana, o catolicismo zen-sunita e as tradições budislâmicas. Considera-se como seu mandamento supremo: "Não desfigurarás a alma".

BINDU: relacionada ao sistema nervoso humano, em especial ao treinamento dos nervos. Muitas vezes mencionada como inervação-bindu (*veja-se* prana).

BLED: deserto plano e aberto.

BURHAN: a prova da vida (comumente, os ayat e a burhan da vida; *veja-se* ayat).

BURSEG: general que comanda os Sardaukar.

C

CAÇADOR-BUSCADOR: fragmento voraz de metal sustentado por suspensores e teleguiado, tal qual uma arma, por um console controlador situado nas proximidades; dispositivo comum de assassínio.

CAHUEIT: termo fremen utilizado para determinar uma presença ruim ou um traidor.

CALDEIRA: em Arrakis, qualquer região baixa ou depressão criada pelo afundamento do complexo subterrâneo subjacente. (Nos planetas com água suficiente, uma caldeira indica uma região antes coberta por água ao ar livre. Acredita-se que Arrakis tenha pelo menos uma dessas áreas, apesar de ainda se discutir esse assunto.)

CAPTADOR DE VENTO: aparelho instalado na trajetória dos ventos predominantes e capaz de condensar a umidade do ar aprisionado em seu interior, geralmente por meio de uma queda nítida e brusca da temperatura dentro do captador.

CHAKOBSA: a chamada "língua ímã", derivada em parte do antigo bhotani (bhotani jib, sendo que jib significa dialeto). Uma série de dialetos antigos modificados pela necessidade de manter sigilo, mas sobretudo a língua de caça dos bhotani, os matadores de aluguel da primeira Guerra de Assassinos.

CHAUMAS (AUMAS EM ALGUNS DIALETOS): veneno no alimento sólido, distinto dos venenos administrados de outras maneiras.

CHAUMURKY (MUSKY OU MORKY EM ALGUNS DIALETOS): veneno administrado à bebida.

CHOAM: acrônimo para Consórcio Honnête Ober Advancer Mercantiles, a empresa de desenvolvimento universal controlada pelo imperador e pelas Casas Maiores, tendo a Guilda e as Bene Gesserit como sócios comanditários.

CIPÓ-TINTA: trepadeira natural de Giedi Primo, geralmente usada como chicote nos fossos de escravos. As vítimas ficam marcadas por tatuagens cor de beterraba que provocam dor residual durante muitos anos.

CORIOLIS, TEMPESTADE DE: qualquer grande tempestade de areia em Arrakis, em que os ventos, nas planícies desprotegidas, são amplificados pelo movimento de rotação do próprio planeta e atingem velocidades de até setecentos quilômetros por hora.

D

DAO: meditação que leva o corpo humano a um transe, reduzindo as atividades fisiológicas apenas para a manutenção da vida.

DISTRANS: um aparelho que produz uma impressão neural temporária no sistema nervoso de quirópteros ou aves. A voz normal da criatura passa a portar a impressão da mensagem, que pode ser separada da onda portadora por um outro distrans.

E

EFEITO HOLTZMANN: o efeito repelente negativo de um gerador de escudo.

ERG: área extensa de dunas, um mar de areia.

F

FAI: tributo de água, o principal tipo de imposto em Arrakis.
FAUFRELUCHES: rígida lei de distinção de classes imposta pelo Imperium. "Um lugar para todo homem, e todo homem em seu lugar."
FARDO D'ÁGUA: no idioma fremen, uma dívida de gratidão extrema.
FREMKIT: kit de sobrevivência no deserto de fabricação fremen.

G

GALACH: idioma oficial do Imperium.
GHAFLA: entregar-se a distrações. Por conseguinte, uma pessoa volúvel, indigna de confiança.
GOM JABBAR: inimigo despótico; a agulha inoculadora específica, envenenada com metacianureto e usada pelas censoras Bene Gesserit no teste que coloca à prova a percepção humana e tem, como alternativa, a morte.
GHOLA: humano criado artificialmente a partir de um indivíduo morto.

H

HAJJ: jornada sagrada.
HARKONNEN: foram uma grande casa durante o tempo dos Imperadores Padishah. Sua capital era Giedi Prime, um planeta altamente industrializado e com pouca vegetação.
HUANUI: dispositivo capaz de obter água a partir de qualquer material, especialmente de origem animal.

J

JACURUTU: sietch lendário localizado no deserto profundo de Arrakis.
JIHAD BUTLERIANO: a cruzada contra os computadores, máquinas pensantes e robôs conscientes iniciada em 201 a.G. e concluída em 108 a.G. Seu principal mandamento continua na Bíblia C. O.: "Não criarás uma máquina para imitar a mente humana".

K

KAIRITS: conceito de treinamento das Bene Gesserit.

KANLY: rixa ou vendeta formal submetida às leis da Grande Convenção e levada avante de acordo com as mais severas restrições.

KEDEM: termo utilizado para se referir ao deserto interior.

KITAB AL-IBAR: misto de guia de sobrevivência e manual religioso desenvolvido pelos fremen em Arrakis.

KOAN ZEN-SUNITA: Afirmação da religião dos zen-sunitas (*veja-se* zen-sunitas).

KRALIZEC, A BATALHA DO TUFÃO: na religião fremen, é uma longa batalha que causaria o fim do universo.

KWISATZ HADERACH: "encurtamento do caminho". É o nome dado pelas Bene Gesserit à incógnita para a qual elas procuram uma solução genética: a versão masculina de uma Bene Gesserit, cujos poderes mentais e orgânicos viriam a unir o espaço e o tempo.

L

LANDSRAAD: uma das principais instituições do Imperium. Mesmo dois milênios antes de CHOAM e a Guilda se tornarem relevantes, a Landsraad já existia e servia como um corpo deliberativo para debates e disputas entre os governos participantes. O Landsraad tem o poder de influenciar até em uma discussão em que algum dos lados fere a disposição fundamental da lei universal.

LEVENBRECH: título militar dado ao assessor de um Bashar correspondente aos capitães fremen ou Sardurkar.

LÍNGUA DE BATALHA: qualquer idioma especial de etimologia restrita, desenvolvido para a comunicação inequívoca na guerra.

LUCIGLOBO: dispositivo de iluminação sustentado por suspensores e que tem fornecimento de energia próprio (geralmente baterias orgânicas).

M

MAKU: palavra fremen para gravidez.

MAHDI: nas lendas messiânicas dos fremen, "aquele que nos levará ao paraíso".

MARTELADOR: estaca curta com uma matraca de mola numa das extremidades. Função: ser enterrado na areia e começar a "martelar" para chamar Shai-hulud.

MOHALATA: união realizada quando um indivíduo é possuído por uma personalidade benigna.

MUFTI: aquele que interpreta e representa uma religião.

MURALHA-ESCUDO: um acidente geográfico montanhoso nos confins setentrionais de Arrakis, que protege uma pequena área da força total das tempestades de Coriolis do planeta.

MUSHTAMAL: um pequeno anexo ou pátio ajardinado.

N

NAIB: alguém que jurou nunca ser capturado vivo pelo inimigo; juramento tradicional de um líder fremen.

O

O SERVIÇAL: afloramento de rochas que foram reduzidas a uma silhueta baixa e sinuosa, como um verme escuro, esgueirando-se através das dunas.

ORNITÓPTERO (COMUMENTE, TÓPTERO): qualquer aeronave capaz de voo sustentado por meio do bater de asas, como fazem as aves.

P

PANOPLIA PROPHETICUS: termo que abrange as superstições contagiantes usadas pelas Bene Gesserit para explorar regiões primitivas.

PEREGRINOS DO HAJJ: grupo de seres humanos que realizam a peregrinação até a capital de Arrakis.

PRANA (MUSCULATURA-PRANA): os músculos do corpo quando considerados como unidades para o treinamento supremo (*veja-se* bindu).

PRIMEIRA LUA: o principal satélite natural de Arrakis, a primeira a nascer à noite; destaca-se por apresentar o desenho distinto de um punho humano em sua superfície.

PROCÈS-VERBAL: relatório semiformal que denuncia um crime contra o Imperium. Legalmente, uma ação que se situa entre uma alegação verbal imprecisa e uma acusação formal de crime.

PROCLAMADORA DA VERDADE: Reverenda Madre qualificada a entrar no transe da verdade e detectar a falta de sinceridade ou a mentira.

Q

QANAT: canal a céu aberto para o transporte de água de irrigação em condições controladas através de um deserto.

R

RESPIRARENADOR: aparelho respirador que bombeia o ar da superfície para dentro de uma tendestiladora coberta de areia.

S

SARDAUKAR: os fanáticos-soldados do imperador padixá. Eram homens criados num ambiente de tamanha ferocidade que seis a cada treze pessoas morriam antes de chegar aos treze anos de idade. Seu treinamento militar enfatizava a desumanidade e uma desconsideração quase suicida pela segurança pessoal. Eram ensinados desde a infância a usar a crueldade como arma-padrão, enfraquecendo os oponentes com o terror. No auge de sua hegemonia sobre o universo, dizia-se que sua habilidade com a espada se equiparava à dos Ginaz de décimo nível e que sua astúcia no combate corpo a corpo seria quase equivalente à de uma iniciada Bene Gesserit. Qualquer um deles era considerado páreo para os recrutas normais das forças armadas do Landsraad. À época de Shaddam IV, apesar de ainda serem formidáveis, sua força tinha sido minada pelo excesso de confiança, e a mística que nutria sua religião guerreira havia sido profundamente solapada pelo ceticismo.

SECHER NBIW: tradução direta para Caminho Dourado.

SHIEN-SAN-SHAO: durante o reinado de Alia, nome usado para designá-la por alguns Ixianos que aceitaram a religião de Muad'Dib.

SHIGAFIO: extrusão metálica de uma planta rastejante (Narvi narviium) que só cresce em Salusa Secundus e Delta Kaising III. Destaca-se por sua extrema força elástica.

SIETCH: na língua fremen, "lugar de reunião em tempos perigosos".

SUBAKH UN NAR: "Estou bem, e você?". Resposta tradicional a um cumprimento fremen.

SUSPENSOR: fase secundária (baixo consumo) de um gerador de campo de Holtzman. Anula a gravidade dentro de certos limites prescritos pelo consumo relativo de massa e energia.

SYSSELRAADS: conselho regional responsável por representar as Casas Menores. Normalmente é presidido por um representante da Casa Maior que controla a região.

T

TANZEROUFT: o deserto profundo de Arrakis.

TAQWA: literalmente, "o preço da liberdade". Uma coisa de grande valor. Aquilo que uma divindade exige de um mortal (e o medo provocado por essa exigência).

TAU, O: na terminologia fremen, a unidade da comunidade sietch, ampliada pela dieta baseada em especiaria e, principalmente, a orgia tau de unidade evocada pela ingestão da Água da Vida.

TENDESTILADORA: recinto pequeno e lacrável de tecido em microssanduíche, projetado para reaproveitar, na forma de água potável, a umidade ambiente liberada dentro dela pela respiração de seus ocupantes.

TESTE DE POSSESSÃO: ritual fremen que atesta a possessão em crianças ou adultos pré-nascidos.

TIGRES LAZA: poderoso predador felino capaz de sobreviver em ambientes hostis.

TRAJESTILADOR: roupa que envolve o corpo todo inventada em Arrakis. Seu tecido é um microssanduíche com as funções de dissipar o calor e filtrar os dejetos do corpo. A umidade reaproveitada torna-se disponível por meio de um tubo que vem de bolsas coletoras.

TRUTAS DA AREIA: forma larval dos vermes da areia. Nessa fase, as trutas são parecidas com grandes sanguessugas, bolhas amorfas ou lesmas.

U

UMMA: alguém que pertence à irmandade dos profetas (no Imperium, termo desdenhoso que indica qualquer pessoa "desvairada" e dada a fazer predições fanáticas).

V

VEDA-PORTAS: lacre plástico, hermético e portátil usado para manter a hidrossegurança nas cavernas onde os fremen acampam durante o dia.
VENTO CORIOLIS: grande tempestade de areia em Arrakis.

W

WADQUIYAS: termo fremen utilizado para denominar uma pessoa que faz um pacto de sangue com outra. Ela automaticamente tem uma ligação com a tribo com a qual fez o pacto, que deve a ela proteção. A proteção só se encerra caso o indivíduo ofenda a tribo.

Z

ZEN-SUNITAS: Seguidores de uma seita cismática que se desviou dos ensinamentos de Maomé (o chamado "Terceiro Muhammad") por volta de 1381 a.G. A religião zen-sunita destaca-se principalmente por sua ênfase no misticismo e por um retorno aos "costumes dos antepassados". A maioria dos estudiosos nomeia Ali Ben Ohashi como o líder do cisma original, mas há indícios de que Ohashi possa ter sido meramente o porta-voz masculino de sua segunda esposa, Nisai.

Sobre o autor

Franklin Patrick Herbert Jr. nasceu em Tacoma, Washington. Trabalhou nas mais diversas áreas – operador de câmera de TV, comentarista de rádio, pescador de ostras, instrutor de sobrevivência na selva, psicólogo, professor de escrita criativa, jornalista e editor de vários jornais – antes de se tornar escritor em tempo integral. Em 1952, publicou seu primeiro conto de ficção, "Looking For Something?", na revista *Startling Stories*, mas a consagração ocorreu apenas em 1965, com a publicação de *Duna*. Herbert também escreveu mais de vinte outros títulos, incluindo *The Jesus Incident* e *Destination: Void*, antes de falecer em 1986.